MW01156277

COLLECTION FOLIO

Romain Gary

Les racines du ciel

TEXTE DÉFINITIF

Gallimard

PRÉFACE A LA NOUVELLE ÉDITION

On a bien voulu écrire, depuis la parution de ce livre il y a vingt-quatre ans, qu'il était le premier roman « écologique », le premier appel au secours de notre biosphère menacée. Je ne mesurais cependant pas moi-même, à l'époque, l'étendue des destructions qui se perpétraient ni toute l'ampleur du péril.

En 1956, je me trouvais à la table d'un grand journaliste, Pierre Lazareff. Quelqu'un avait prononcé le mot « écologie ». Sur vingt personnalités présentes, quatre seulement en connaissaient le sens...

On mesurera, en 1980, le chemin parcouru. Sur toute la terre les forces s'organisent et une jeunesse résolue est à la tête de ce combat. Elle ne connaît certes pas le nom de Morel, le pionnier de cette lutte et le héros de mon roman. C'est sans importance. Le cœur n'a pas besoin d'un autre nom. Et les hommes ont toujours donné le meilleur d'eux-mêmes pour conserver une certaine beauté à la vie. Une certaine beauté naturelle...

J'ai situé mon récit dans ce qu'on appelait encore en 1956 l' « Afrique-Équatoriale Française » parce que j'y ai vécu et peut-être aussi parce que je n'ai pas oublié que ce fut l'A.É.F. qui, la première, répondit jadis à un appel célèbre contre l'abdication et le désespoir et que le refus de mon héros de se soumettre à l'infirmité d'être un homme et à la dure loi qui nous est faite rejoignait ainsi dans mon esprit d'autres heures légendaires...

Les temps n'ont guère changé depuis la publication de cet ouvrage : on continue à disposer tout aussi facilement des peuples au nom du droit des peuples à disposer d'eux-

mêmes. La prise de conscience « écologique » elle même se heurte à ce que j'appellerais l'inhumanité de l'humain. Au moment où j'écris, 1 200 éléphants viennent d'être massacrés au Zimbabwe pour protéger l'habitat des autres espèces... Il s'agit là d'une contradiction fondamentale qu'aucune pensée, aucune religion ne sont parvenues à résoudre.

Quant à l'aspect plus général, universel, de la protection de la nature, il n'a, bien entendu, aucun caractère spécifiquement africain : il y a belle lurette que nous hurlons comme des écorchés. C'est à croire que les droits de l'homme deviennent, eux aussi, des survivants encombrants d'une époque géologique révolue : celle de l'humanisme. Les éléphants de mon roman ne sont donc nullement allégoriques : ils sont de chair et de sang, comme les droits de l'homme justement...

Je tiens à remercier une fois encore ceux dont l'amitié m'a soutenu avec tant de constance pendant que je travaillais à ce roman dans des conditions difficiles : Claude Hettier de Boislambert, les professeurs J. E. de Hoorn, René Agid, ainsi que Jean de Lipkowski, Leigh Goodman, Roger Saint-Aubyn et Henri Hoppenot à qui ce livre est dédié.

1956-1980.

PREMIÈRE PARTIE

I

Depuis l'aube, le chemin suivait la colline à travers un fouillis de bambous et d'herbe où le cheval et le cavalier disparaissaient parfois complètement ; puis la tête du jésuite réapparaissait sous son casque blanc, avec son grand nez osseux au-dessus des lèvres viriles et ironiques et ses yeux perçants qui évoquaient bien plus des horizons illimités que les pages d'un bréviaire. Sa haute taille s'accommodait mal des proportions du poney Kirdi qui lui servait de monture ; ses jambes faisaient un angle aigu avec sa soutane, dans des étriers beaucoup trop courts pour lui, et il se balançait parfois dangereusement sur sa selle, regardant avec des mouvements brusques de son profil de conquistador le paysage des monts Oulé, auquel il était difficile de ne pas reconnaître un certain air de bonheur. Il avait quitté, il y avait trois jours, le terrain où il dirigeait des fouilles pour des instituts belge et français de paléontologie et, après un parcours en jeep, il suivait à cheval le guide depuis quarante-huit heures à travers la brousse, vers l'endroit où Saint-Denis était censé se trouver. Il n'avait pas aperçu le guide depuis le matin, mais la piste n'avait pas d'embranchement, et il entendait parfois devant lui un crissement d'herbes et le bruit des sabots. Parfois, il s'assoupissait, ce qui le mettait de mauvaise humeur ; il n'aimait pas se souvenir de ses soixante-dix ans, mais la fatigue de sept heures de selle faisait souvent dériver ses pensées dans une rêverie dont sa conscience de religieux et son esprit de savant réprouvaient à la fois le vague et la douceur. Parfois il s'arrêtait et attendait que son boy le rejoignît, avec le cheval qui transportait dans une cantine quelques fragments intéressants, résultats de ses dernières fouilles, ainsi que ses manuscrits, qui ne le quittaient jamais. On n'était pas très haut ; les collines avaient des pentes douces ; parfois, leurs flancs se mettaient à bouger, à vivre : les éléphants. Le ciel était, comme toujours, infranchissable, vaporeux et lumineux, obstrué par toutes les sueurs de la terre africaine. Les oiseaux eux-mêmes paraissaient en avoir perdu le chemin. Le sentier continua à monter et, à un tournant, le jésuite vit, au-delà des collines, la plaine de l'Ogo, avec cette brousse crépue et serrée qu'il n'aimait pas et qui était, pensait-il, à la grande forêt équatoriale, ce que la grossièreté des poils est à la noblesse de la chevelure. Il avait calculé son arrivée pour midi, mais ce ne fut que vers deux heures qu'il déboucha au sommet de la colline. Il y vit la tente de l'administrateur, et le boy occupé à nettoyer des gamelles accroupi devant les restes d'un feu. Le jésuite passa la tête à l'intérieur de la tente et trouva Saint-Denis assoupi sur son lit de camp. Il ne le dérangea pas, attendit que sa tente fût dressée, fit sa toilette, but du thé et dormit un peu. Quand il se réveilla il sentit aussitôt la fatigue dans tout son corps. Il demeura un moment étendu sur le dos. Il pensait qu'il était un peu triste d'être très vieux et qu'il ne lui restait donc plus beaucoup de temps, et qu'il allait falloir se contenter sans doute de ce qu'il savait déjà. Lorsqu'il sortit de sa tente, il trouva Saint-Denis en train de fumer sa pipe, face aux collines que le soleil n'avait pas encore quittées, mais qui paraissaient déjà comme touchées par un pressentiment. Il était plutôt petit, chauve, le visage pris dans une barbe désordonnée, avec des lunettes d'acier sur des yeux qui tenaient toute la place dans un visage émacié, aux pommettes saillantes ; les épaules voûtées et étroites évoquaient un emploi sédentaire, plutôt que celui de dernier gardien des grands troupeaux africains. Ils parlèrent un moment des amis communs, des bruits de guerre et de paix, puis Saint-Denis interrogea le Père Tassin sur ses travaux, lui demandant notamment s'il était exact que, depuis les dernières découvertes en Rhodésie, on pût tenir pour acquis que l'Afrique fût le vrai berceau de l'humanité. Enfin, le jésuite posa sa question. Saint-Denis ne parut pas surpris qu'un membre éminent de l'Illustrissime Compagnie, âgé de soixante-dix ans et qui avait parmi les Frères des missions la réputation de s'intéresser beaucoup plus aux origines scientifiques de l'homme qu'à son âme, n'eût pas hésité à faire deux jours de cheval pour venir l'interroger au sujet d'une fille dont la beauté et la jeunesse ne devaient pourtant pas peser bien lourd dans l'esprit d'un savant habitué à compter en millions d'années et en âges géologiques. Il répondit donc franchement et continua à parler avec un abandon grandissant et un étrange sentiment de soulagement, au point qu'il lui arriva plus tard de se demander si le Père Tassin n'était pas venu jusqu'à lui uniquement pour l'aider à jeter bas ce poids de solitude et de souvenirs qui l'oppressait. Mais le jésuite écoutait en silence, avec une politesse presque distante, n'essayant à aucun moment d'offrir une de ces consolations pour lesquelles sa religion est si justement célèbre. La nuit les surprit ainsi, mais Saint-Denis continua à parler, ne s'interrompant qu'une fois, pour ordonner à son boy N'Gola d'allumer un feu qui fit aussitôt fuir ce qui restait du ciel, si bien qu'ils durent s'écarter un peu pour retrouver la compagnie des collines et celle des étoiles.

II

« Non, je ne puis prétendre l'avoir vraiment connue, j'ai surtout beaucoup pensé à elle, ce qui est encore une façon d'avoir de la compagnie. Elle avait certainement manqué de franchise à mon égard, et même de simple honnêteté : c'est à cause d'elle que l'administration d'une région à laquelle je tenais beaucoup m'a été retirée, et que l'on m'a confié la charge de ces grandes réserves de troupeaux africains, jugeant sans doute que la confiance et la naïveté dont j'avais fait preuve dans cette affaire me révélaient plus qualifié pour m'occuper des bêtes que des humains. Je ne m'en plains pas et je trouve même que l'on a encore été bien gentil avec moi : ils auraient pu m'expédier quelque part, loin de l'Afrique, et, à mon âge, il y a des ruptures auxquelles on risque de ne pas survivre. Quant à Morel... Tout a été dit là-dessus. Je crois que c'était un homme qui, dans la solitude, était allé encore plus loin que les autres — véritable exploit, soit dit en passant, car lorsqu'il s'agit de battre des records de solitude, chacun de nous se découvre une âme de champion. Il vient souvent me retrouver, pendant mes nuits d'insomnie, avec son air en rogne, les trois rides profondes de son front droit, têtu, sous les cheveux ébouriffés, et cette fameuse serviette à la main, bourrée de pétitions et de manifestes pour la défense de la nature, qui ne le quittait jamais. J'entends souvent sa voix me répéter, avec cet accent faubourien assez inattendu chez un homme qui avait, comme on dit, de l'éducation : “ C'est bien simple, les chiens, ça suffit plus. Les gens se sentent drôlement seuls, ils ont besoin de compagnie, ils ont besoin de quelque chose de plus grand, de plus costaud, sur quoi s'appuyer, qui puisse vraiment tenir le coup. Les chiens ne suffisent plus, les hommes ont besoin des éléphants. Alors, je ne veux pas qu'on y touche. ” Il me le déclare avec le plus grand sérieux et il frappe toujours un coup sec sur la crosse de sa carabine, comme pour donner plus de poids à ses paroles. On a dit de Morel qu'il était exaspéré par notre espèce et acculé à défendre contre elle une sensibilité excessive, les armes à la main. On a affirmé gravement qu'il était un anarchiste, décidé à aller plus loin que les autres, qu'il voulait rompre, non seulement avec la société, mais avec l'espèce humaine elle-même — “ volonté de rupture ” et “ sortir de l'humain ”, furent, je crois, les expressions les plus fréquemment employées par ces messieurs. Et comme s'il ne suffisait pas de ces sornettes, je viens de trouver dans une ou deux vieilles revues qui me sont tombées sous la main, à Fort-Archambault, une explication particulièrement magistrale. Il paraît que les éléphants que Morel défendait étaient entièrement symboliques et même poétiques, et que le pauvre homme rêvait d'une sorte de réserve dans l'Histoire, comparable à nos réserves africaines, où il serait interdit de chasser, et où toutes nos vieilles valeurs spirituelles, maladroites, un peu monstrueuses et incapables de se défendre, et tous nos vieux droits de l'homme, véritables survivants d'une époque géologique révolue, seraient conservés intacts pour la beauté du coup d'œil et pour l'édification dominicale de nos arrière-petits-enfants. » Saint-Denis se mit à rire silencieusement, en secouant la tête. « Mais là, je m'arrête. J'ai moi aussi besoin de comprendre, mais pas à ce point. D'une façon générale, je souffre plus que je ne pense, c'est une question de tempérament — et je crois qu'on comprend parfois mieux de cette façon-là. Ne me demandez donc pas d'explications trop profondes. Tout ce que je peux vous offrir, c'est quelques débris — dont moi-même. Je vous fais confiance pour le reste : vous avez l'habitude des fouilles et des reconstitutions. Je me suis laissé dire que, dans vos écrits, vous annoncez l'évolution de notre espèce vers une totale spiritualité et un amour total, et que vous l'annoncez pour bientôt — je suppose qu'en langage de paléontologie, qui n'est pas précisément celui de la souffrance humaine, le mot " bientôt " veut dire une bagatelle de quelques centaines de milliers d'années — et que vous donnez à notre vieille notion chrétienne de salut un sens scientifique de mutation biologique. J'avoue que je vois mal quelle place peut avoir dans une vision aussi grandiose une pauvre fille dont le principal destin, ici-bas, semble avoir été d'assouvir des besoins qui n'étaient pas précisément spirituels. Passe encore pour Minna — je ne méconnais pas le rôle humble mais nécessaire que les prostituées jouent dans les Écritures —, mais quelle place peut avoir dans vos théories et vos curiosités un homme comme Habib, quelle signification peut-on bien vouloir donner à ce rire silencieux qui secouait plusieurs fois par jour, et sans raison apparente, sa barbe noire, alors qu'il regardait les eaux étincelantes du Logone, affalé sur une chaise longue à la terrasse du Tchadien, une casquette de navigateur sur la tête, agitant sans arrêt un de ces éventails en papier qui portent la marque pourpre d'une limonade américaine, mâchonnant un cigare humide et éteint ? Ceci dit, si c'est pour connaître les raisons de ce rire énorme que vous êtes venu jusqu'ici, vos deux jours de cheval n'auront pas été entièrement vains. Je puis vous donner mon explication. J'ai beaucoup réfléchi là-dessus, figurez-vous. Il m'est même arrivé de me réveiller brusquement sous ma tente, tout seul devant le plus beau paysage du monde — je veux dire, le ciel africain la nuit — et de m'interroger sur les raisons qui pouvaient pousser une canaille comme Habib à rire avec autant d'insouciance et autant de pure joie. Je suis arrivé à la conclusion que notre Libanais était un homme qui collait admirablement à la vie, et que ses éclats de rire satisfaits célébraient une union parfaite avec elle, une mutuelle compréhension, un accord que rien n'est jamais venu troubler, le bonheur, quoi. Ils formaient tous les deux un beau couple. Peut-être tirerez-vous de ces propos la même conclusion que certains de mes jeunes collègues, à savoir que Saint-Denis est devenu un vieux “ rogue ” isolé, hargneux et méchant, “ qu'il n'est plus des nôtres ”, et tout à fait à sa place parmi les bêtes sauvages de nos réserves où l'administration l'a envoyé avec tant de prudence et de sollicitude. Mais il était quand même difficile de ne pas être frappé par cet air de santé et de joie coutumier à Habib, par sa force herculéenne, la solidité bien terrestre de ses jambes, ses clins d'œil goguenards qui ne s'adressaient à personne en particulier et semblaient bien destinés à la vie elle-même, et connaissant la carrière si réussie de notre crapule, de ne pas en tirer certaines conclusions. Vous l'avez sans doute connu comme moi, présidant aux destinées de l'hôtel du Tchadien, à Fort-Lamy, en compagnie de son jeune protégé, de Vries, après que l'établissement eut changé de main pour la deuxième ou troisième fois — les affaires n'étaient pas brillantes. Du moins, elles ne le furent pas jusqu'à l'arrivée de MM. Habib et de Vries, qui installèrent un bar, firent venir une “ hôtesse ”, arrangèrent une piste de danse sur la terrasse dominant le fleuve, et offrirent bientôt tous les signes extérieurs d'une prospérité grandissante, dont les véritables sources ne furent connues que beaucoup plus tard. De Vries ne s'occupait guère de l'affaire. On le voyait rarement à Fort-Lamy. Il passait le plus clair de son temps à chasser. Lorsqu'on l'interrogeait sur les absences de son associé, Habib riait silencieusement, puis ôtait son cigare de ses lèvres et faisait un geste large vers le fleuve, les échassiers, les pélicans qui venaient se poser sur les bancs de sable au crépuscule, et les caïmans qui mimaient des troncs d'arbres sur la rive du Cameroun.

« — Que voulez-vous, le cher garçon n'est pas très copain avec la nature — il passe son temps à la poursuivre dans tous ses retranchements. Le meilleur coup de fusil, ici-bas. A fait ses preuves dans la Légion étrangère, est obligé aujourd'hui de se contenter d'un gibier plus modeste. Un sportsman dans toute l'acception du terme. — Habib parlait toujours de son associé avec un mélange d'admiration et de dérision, et parfois presque avec haine ; il était difficile de ne pas sentir que l'amitié entre les deux hommes était plutôt une soumission à quelque lien secret, indépendant de leur volonté. Je n'ai rencontré de Vries qu'une fois, plus exactement, je n'ai fait que le croiser sur une route, près de Fort-Archambault. Il revenait d'une partie de chasse, dans une jeep qu'il conduisait lui-même, suivi d'une camionnette. Il était très mince, très droit, blond ondulé, le visage assez beau, dans le genre prussien. Et il tourna vers moi un regard bleu pâle qui m'avait frappé, malgré la rapidité de notre rencontre — il faisait le plein d'essence, avec des bidons, sur la route, et venait de finir lorsque j'arrivai. Je me souviens aussi qu'il tenait sur ses genoux un fusil qui m'avait surpris par sa beauté — la crosse était incrustée d'argent. Il démarra sans répondre à mon salut, laissant là sa camionnette, et je m'arrêtai pour bavarder un peu avec le chauffeur Sara qui m'expliqua qu'ils revenaient d'une expédition dans le district de Ganda et que le patron " lui chasser tout le temps, même quand la pluie ". Poussé par je ne sais quelle curiosité, j'allai soulever la bâche de la camionnette. Je dois dire que je fus servi. La camionnette était littéralement bourrée de " trophées " : des défenses, des queues, des têtes et des peaux. Mais ce qu'il y avait de plus étonnant, c'étaient les oiseaux. Il y en avait de toutes les couleurs et de toutes les dimensions. Et le beau M. de Vries ne constituait certainement pas une collection pour des musées, parce que la plupart avaient été criblés de plombs au point d'être méconnaissables et en tout cas inutilisables pour l'agrément de l'œil. Notre régime des chasses est ce qu'il est — ce n'est pas moi qui vais le défendre — mais il n'y a pas de permis capable de justifier les ravages qu'il faisait. J'interrogeai un peu le chauffeur, qui m'expliqua fièrement que " le patron, lui chasser pour plaisir ". J'ai horreur du petit nègre, qui est une de nos grandes hontes en Afrique, je lui parlai donc en sara, et au bout d'un quart d'heure j'en sus assez sur les exploits sportifs de de Vries pour lui faire coller une amende du tonnerre de Dieu à mon retour à Fort-Lamy. Ce qui n'empêcha sûrement rien : il y a des gens qui sont toujours disposés à payer le prix qu'il faut pour satisfaire les besoins intimes de leur âme, ainsi que vous devez le savoir. J'allai également faire une scène à son protecteur sur la terrasse du Tchadien, et le priai de modérer un peu les épanchements de son jeune ami. Il rit de bon cœur. " Qu'est-ce que vous voulez, mon bon : une noble âme, un besoin terrible de pureté — d'où heurt violent avec la nature, ça ne peut pas être autrement, une espèce de règlement de comptes perpétuel. Membre de plusieurs sociétés cynégétiques, plusieurs fois primé, très grand chasseur devant l'Éternel — lequel, fort heureusement, est à l'abri, sans quoi... " Il rigola. " Doit donc se contenter d'un gibier intermédiaire, de broutilles : hippos, éléphants, oiseaux. Le vrai gros gibier demeure invisible, Lui, fort prudemment. Dommage — quel beau coup de fusil ! Le pauvre garçon doit en rêver la nuit. Prenez une limonade, c'est ma tournée. " Il continua à s'éventer, affalé sur son éternelle chaise longue, et je le laissai là, puisqu'il était chez lui. Il me jeta encore, comme je m'éloignais : " Et ne vous gênez pas pour les amendes : il faut ce qu'il faut. Les affaires vont bien. "

« Elles allaient bien, en effet.

« L'explication de cette prospérité, extraordinaire pour qui connaissait les déboires financiers des exploitants successifs du Tchadien, se révéla d'une manière tout à fait inattendue. Un camion de caisses de limonade eut un accident malencontreux à l'est d'Ogo : il y eut une explosion qui n'était pas entièrement explicable par la teneur en gaz de la limonade. On découvrit que MM. Habib et de Vries prenaient une part active à la contrebande d'armes qui suivait les vieilles routes des marchands d'esclaves vers les profondeurs de l'Afrique, à partir de quelques bases de départ bien connues. Vous n'ignorez pas les luttes sourdes dont notre vieux continent est l'enjeu : l'Islam augmente sa pression sur les tribus animistes, de l'Asie surpeuplée monte lentement un nouveau rêve d'expansion, et la leçon de la lutte sans issue que les Anglais mènent depuis trois ans au Kenya n'a pas été perdue pour tout le monde. Habib était installé dans tout cela plus confortablement encore que sur sa chaise longue, et son casier judiciaire, lorsqu'on songea enfin à le faire venir, se révéla être un véritable chant de triomphe de ce bas monde. Mais à ce moment-là, il avait déjà filé, avec son bel associé, l'ennemi de la nature, averti sans doute par quelques-uns de ces messages mystérieux qui semblent toujours arriver à temps en Afrique, cependant que rien, jamais, ne trahit la hâte ou l'inquiétude sur les visages impassibles de certains de nos marchands arabes, assis dans la pénombre bien aérée de leurs boutiques, rêveurs et doux, et comme entièrement à l'écart des bruits et de l'agitation de ce monde troublé. Nos hommes disparurent donc, avant de ne réapparaître, d'une manière tout à fait inattendue, mais, à bien y penser, naturelle, qu'au moment où l'étoile de Morel était à son apogée, pour recueillir quelques-uns des derniers rayons de cette gloire terrestre qui allait si bien à leur genre de beauté. »

III

« Ce fut en tout cas Habib, dès qu'il eut acquis le Tchadien, transformé désormais, à l'aide du néon, en " café-bar-dancing ", qui eut l'idée d'animer l'atmosphère quelque peu désolée de l'endroit — c'était particulièrement sensible à la terrasse, devant la rive du Cameroun tout hérissée de solitude, et le ciel immense, qui paraissait avoir été conçu pour quelque bête préhistorique à sa dimension — qui eut donc l'idée d'animer cette atmosphère un peu trop nostalgique par une présence féminine. Il fit part de son intention aux habitués longtemps à l'avance, et la répétait chaque fois qu'il venait s'asseoir à une table, s'éventant de cet éventail publicitaire dont il ne se séparait jamais et qui paraissait particulièrement frivole dans sa main énorme — il s'asseyait, nous tapait sur l'épaule, comme pour nous réconforter, nous aider à tenir encore un peu — il s'occupait de nous — il allait faire venir quelqu'un — ça faisait partie de son plan de réorganisation — pas une grue, remarquez bien — simplement quelqu'un de gentil — il comprenait parfaitement que les copains, surtout ceux qui se tapent cinq cents kilomètres de piste pour sortir du bled, en ont marre de se dessécher tout seuls devant leur whisky, — ils ont besoin de compagnie. Il se levait lourdement et allait répéter son boniment à une autre table. Il faut dire qu'il réussit assez bien à créer une atmosphère de curiosité et d'attente — on se demandait avec un peu de pitié et d'ironie quel genre de fille allait tomber dans le panneau — et je suis persuadé qu'il y a eu parmi nous quelques pauvres bougres — vous voyez que je ne vous cache rien — qui en rêvaient secrètement dans leur coin. C'est ainsi que Minna était devenue un sujet de conversation dans les endroits les plus perdus du Tchad, bien avant son apparition, et le temps qu'elle mit à se matérialiser permit à quelques-uns d'entre nous de constater une fois de plus que des années d'isolement au fond de la brousse ne peuvent rien contre certains espoirs tenaces et qu'un terrain de cent hectares en pleine saison des pluies est plus facile à défricher que quelques petits recoins intimes de notre imagination. Si bien que lorsqu'elle descendit un jour de l'avion, avec un béret, une valise, des bas nylon, un grand corps impressionnant et un visage assez quelconque, si l'on met à part une certaine expression d'anxiété, assez compréhensible, ma foi, dans les circonstances, on peut vraiment dire qu'elle était attendue. Apparemment, Habib avait écrit à Tunis, à un ami qui avait une boîte de nuit où Minna faisait alors son numéro de " strip-tease ". Il avait expliqué exactement ce qu'il voulait : une fille bien foutue, avec tout ce qu'il fallait, là où il le fallait, blonde de préférence, qui pourrait s'occuper du bar, faire un numéro de chant, mais surtout être gentille avec les clients — oui, il lui fallait avant tout une petite obéissante — il ne voulait pas d'histoires, c'était ça le plus important. Il ne voulait pas de putain non plus — ce n'était pas le genre de la maison — simplement, une fille qui se montrerait parfois gentille avec un gars que lui, Habib, lui recommanderait particulièrement. A Tunis, le patron de la boîte avait dû remarquer que Minna était blonde, se rappela probablement qu'elle était allemande, que ses papiers n'étaient pas en règle, ce qui était évidemment un gage d'obéissance, et lui fit la proposition.

« — Et vous avez accepté, comme ça, tout de suite ?

« Ce fut le commandant Schölscher qui lui posa cette question, au moment de l'enquête qui suivit la disparition de MM. Habib et de Vries, ainsi que les révélations sur les intéressantes activités auxquelles ils se livraient. Il avait fait venir Minna dans son bureau, pour se faire une opinion sur des accusations précises lancées contre elle par Orsini. L'enquête était menée par la police, mais les militaires étaient préoccupés depuis quelque temps par l'apparition aux confins libyens des premières bandes de fellaghas copieusement armées, et les ramifications que l'entreprise Habib pouvait avoir à Tunis et ailleurs paraissaient mériter la plus grande attention. Peu d'hommes connaissaient les confins mieux que

Schölscher qui avait parcouru pendant quinze ans le désert à la tête des compagnies méharistes du Sahara à Zinder et du Tchad au Tibesti et que toutes les tribus nomades venaient saluer de loin lorsque montaient à l'horizon les tourbillons de sable soulevés par ses chameaux. Depuis un an et pour la première fois de sa carrière, il occupait un poste presque sédentaire, appelé comme conseiller spécial par le gouverneur du Tchad inquiet du flot sournois d'armes modernes qui semblait alors déferler sur le territoire jusqu'aux profondeurs de la forêt. Minna était arrivée dans le bureau du commandant entre deux tirailleurs, complètement affolée par l'interrogatoire qu'elle venait de subir à la direction de la police, convaincue qu'on allait l'expulser d'un coin du monde auquel elle paraissait s'être curieusement attachée.

« — Je suis bien ici, vous comprenez ! avait-elle crié à Schölscher, entre deux sanglots, avec cet accent allemand qui vous faisait malgré vous faire la grimace. Quand j'ouvre ma fenêtre le matin, et que je vois les milliers d'oiseaux debout sur les bancs de sable du Logone, je suis heureuse. Je ne demande rien d'autre... Je suis bien ici, et puis, où pourrais-je aller...

« Schölscher n'avait pas un tempérament à se livrer à des méditations ironiques en présence d'une détresse humaine quelle qu'elle fût, mais il ne put quand même pas réprimer un accès d'humour : c'était la première fois, dans son expérience, que quelqu'un assimilait une éventuelle interdiction de séjour en A.E.F. à une expulsion du paradis terrestre. Cela supposait évidemment un passé... pas très heureux — c'est aussi enclin à la pitié que le commandant voulut bien se montrer, et guère plus. Il avait démêlé tout de suite que Minna n'avait rien su des activités secrètes de son employeur, auquel elle avait servi d'élément de façade, de trompe-l'œil, au même titre que le reste de la superbe installation du Tchadien, les deux palmiers nains, dans leurs caisses, sur la terrasse, le commerce de limonade, le pick-up, les disques éraillés, et les rares couples qui s'aventuraient le soir sur la piste de danse. Il lui avait fait apporter du café et un sandwich — on l'avait tirée du lit à cinq heures du matin — et ne lui avait plus posé de questions, mais elle essayait toujours de s'expliquer, le regard anxieux, le visage chiffonné, à la fois véhément et humble, élevant parfois la voix jusqu'à crier, dans son désir presque passionné d'être crue. Peut-être avait-elle lu dans le regard de Schölscher une disposition qu'elle n'avait pas dû rencontrer souvent dans le regard des hommes, et elle devait avoir besoin de sympathie. Elle tenait absolument à dire tout ce qu'elle savait, insista-t-elle, elle n'avait vraiment rien à se reprocher et elle ne voulait pas qu'un soupçon continuât à peser sur elle. Elle comprenait très bien qu'on pût la soupçonner. On pouvait se demander, en effet, comment elle avait pu échouer au Tchad, elle, une Allemande, avec des papiers qui n'étaient même pas en règle... Mais de là à l'accuser d'avoir aidé des trafiquants d'armes, d'avoir abusé de l'hospitalité qui l'avait accueillie à Fort-Lamy, alors qu'elle n'avait aucun lieu de refuge... Ses lèvres tremblèrent, les larmes se précipitèrent de nouveau sur ses joues. Schölscher se pencha et lui posa doucement la main sur l'épaule.

« — Allons, dit-il, personne ne vous accuse. Dites-moi simplement pourquoi vous êtes venue au Tchad et comment vous avez connu Habib.

« Elle leva le visage, le nez dans son mouchoir, et regarda longuement le commandant avec une attention hésitante, comme pour décider si elle pouvait lui faire un tel aveu. Elle était venue au Tchad, expliqua-t-elle, parce qu'elle n'en pouvait plus — elle avait un tel besoin de chaleur — et aussi, parce qu'elle aimait les bêtes. Oh, elle comprenait très bien ce qu'une telle explication pouvait avoir de peu convaincant, mais elle n'y pouvait rien : c'était la vérité. Schölscher ne manifesta ni surprise, ni scepticisme. Qu'un être humain eût besoin de chaleur et d'amitié, il n'y avait là vraiment rien qui pût l'étonner. Mais il fallait tout de même que la malheureuse fût bien dépourvue pour se contenter de la chaleur de la terre africaine et de l'amitié de quelque bête apprivoisée — pour ne pas rêver d'un autre merveilleux que celui des grands troupeaux d'éléphants aperçus parfois à l'horizon. Il y avait là une preuve d'humilité à laquelle il lui était impossible de ne pas se montrer sensible. Il la jugea entièrement sans défense et encore plus perdue sur la terre que tous les autres nomades qu'il lui avait été donné de rencontrer.

« — Et Habib ?

« Eh bien, elle était prête à s'expliquer là-dessus également. Mais, pour bien faire, elle était obligée de remonter à quelques années en arrière. Ses parents avaient été tués lorsqu'elle avait seize ans dans un bombardement de Berlin et elle était allée vivre chez un oncle que sa famille ne voyait pas. Il s'occupa d'elle cependant, quand elle fut restée seule, et eut même l'idée de la faire chanter dans une boîte de nuit, bien que, de son propre aveu, elle n'eût pas de voix. Elle s'exhiba donc pendant un an à la " Kapelle " — la guerre était déjà comme perdue et les hommes avaient besoin de femmes. Puis ce fut la prise de la capitale par les Russes — elle subit le sort de beaucoup d'autres Berlinoises. Cela avait duré pratiquement plusieurs jours, avant que les combats fussent finis et que le commandement reprît ses troupes en main. Ensuite... Elle parut embarrassée, presque coupable, et regarda un instant par la fenêtre ouverte. Ensuite, il lui était arrivé quelque chose d'inattendu. Elle était tombée amoureuse d'un officier russe. Elle s'interrompit de nouveau et regarda Schölscher humblement, comme pour lui demander pardon. Oh, elle comprenait très bien ce qu'il pensait. On le lui avait jeté à la figure. D'un Russe ? s'exclamait-on. Comment avait-elle pu tomber amoureuse d'un Russe, après tout ce qui lui était arrivé ? Elle haussa les épaules, avec un peu d'irritation. La nationalité n'y était pour rien, naturellement. Mais ses compatriotes lui en avaient beaucoup voulu. Dans la rue, des voisins passaient sans la saluer, le regard fixe. Les plus courageux lui disaient ce qu'ils pensaient à haute voix, lorsqu'ils la rencontraient seule. Comment avait-elle pu tomber amoureuse d'un homme qui lui était, pour ainsi dire, passé dessus à la tête de ses troupes ? J'imagine que les gens qui lui faisaient ce genre de réflexion parlaient au figuré, mais elle semblait l'avoir pris littéralement. Et ça, ce n'était pas du tout certain, expliqua-t-elle à Schölscher, avec chaleur. Bien sûr, c'était peut-être arrivé. Ils en avaient parlé une ou deux fois avec Igor — c'était le nom de l'officier — mais ils n'en savaient rien, ni l'un ni l'autre, et franchement cela leur était égal. Il lui était bien arrivé à lui d'entrer dans une de ces villas — il était au front depuis trois ans, sa famille avait été fusillée par les Allemands, et il était un peu soûl — quant à elle, elle ne se souvenait pas des visages : la seule chose qui s'était à jamais imprégnée dans sa mémoire, c'était la boucle des ceinturons. Et on ne peut pas juger les hommes par leur comportement sexuel, surtout en pleine bataille, quand ils sont à bout... Elle leva encore les yeux vers Schölscher, mais le commandant ne disait rien, parce qu'il n'y avait rien à dire. Elle continua donc à lui parler de son Igor. Il lui avait tout de suite plu : il avait quelque chose de gai et de sympathique dans le visage, comme beaucoup de Russes et d'Américains... et de Français aussi, se rattrapa-t-elle, un peu lourdement. Elle l'avait rencontré dans la maison de son oncle — le rez-de-chaussée avait été réquisitionné par l'armée — il lui fit une cour timide, lui apportant des fleurs, partageant avec eux ses rations alimentaires... Un soir, enfin, il l'embrassa maladroitement sur la joue — elle sourit, appuya la main contre sa joue et la laissa là, à l'endroit de ce premier baiser — “ c'était mon premier baiser ”, dit-elle, en levant de nouveau vers Schölscher un regard clair. »

IV

Saint-Denis interrompit son récit et aspira l'air profondément, comme s'il avait eu soudain besoin de toute la fraîcheur de la nuit. « Enfin, dit-il, je suppose qu'il y a des choses que rien ne peut tuer et qui demeurent pour toujours intactes. C'est à croire vraiment que rien ne peut atteindre les hommes. C'est une espèce dont on ne triomphe pas facilement. » Le jésuite se pencha vers le feu, saisit une branche et la rapprocha de sa cigarette. Les lueurs errèrent un moment sur ses longs cheveux blancs, sur sa soutane et sur son visage osseux, taillé à la hache comme une de ces sculptures de pierre dont il poursuivait inlassablement les vestiges dans les profondeurs de la terre. Depuis que la nuit était tombée, il paraissait consacrer toute son attention aux étoiles, et Saint-Denis lui savait gré de ce regard qui semblait prêcher le détachement en allant égrener dans le ciel le chapelet de l'infini. « Oui, mon Père, sans doute avez-vous raison de m'inviter à un certain renoncement. J'avoue qu'il me devient de plus en plus difficile de parler au lieu d'interpeller, et les nuits, même les plus étoilées, offrent seulement de la beauté, non pas une réponse. Mais revenons donc à Minna, puisque c'est à elle, apparemment, que nous devons l'apparition, en plein pays Oulé, sur les collines de cette réserve d'éléphants dont j'ai désormais la charge, d'un membre éminent de la Compagnie de Jésus dont les travaux sur la préhistoire semblaient avoir été jusqu'à présent la seule curiosité terrestre. Mais peut-être l'Illustre Compagnie a-t-elle été saisie d'une demande d'enquête et vous a-t-elle chargé de constituer un dossier — on dit tant de choses sur les Jésuites ! » Il rit dans sa barbe, et le Père Tassin sourit poliment. « Revenons donc à Minna. Elle dit qu'elle vécut parfaitement heureuse pendant six mois, puis l'officier fut muté. Ni l'un ni l'autre n'avaient songé à cette éventualité pourtant prévisible. Mais leur bonheur avait cette qualité de perfection qui excluait tout souci de le voir finir. L'officier avait quarante-huit heures pour prendre ses dispositions et il les prit immédiatement. Il décida de déserter et de passer avec elle en zone française. Elle expliqua qu'ils avaient choisi la zone française parce que les Français avaient la réputation de mieux comprendre les histoires d'amour. Il leur fallut évidemment certaines complicités. Ils eurent le grand tort de mettre l'oncle au courant de leurs projets. Comme il était plongé dans les affaires illégales, il leur parut tout désigné pour les aider. Il cacha Igor chez un ami, puis le dénonça à la police russe. Il était impossible de savoir les motifs exacts qui l'avaient poussé à agir ainsi. Peut-être le patriotisme — cela faisait tout de même un officier russe de moins — ou, au contraire, le désir de se mettre bien avec les autorités soviétiques — ou peut-être tenait-il à elle physiquement... Elle fit cette dernière remarque comme en passant et sans paraître se douter le moins du monde des abîmes qu'elle laissait entrevoir. Schölscher ne broncha pas. Il continua à fumer sa pipe — simplement, il l'entoura de ses doigts, pour mieux sentir au creux de la main sa chaleur amicale. Il est probable, du reste, qu'à cette époque sa décision finale était déjà prise — cette décision qui causa une telle surprise parmi ceux qui le connaissaient, à l'exception de Haas qui, je dois dire, l'avait toujours prévue. « Tous ces anciens méharistes ne pensent qu'au Père de Foucauld, disait-il, pendant ses rares et brefs séjours à Fort-Lamy. Schölscher n'est pas une exception. » Bref, dit-elle avec un soupir, Igor fut arrêté et elle n'entendit plus jamais parler de lui. Quant à elle, elle était retournée à la « Kapelle ». Son absence lui avait coûté huit jours de sa paie. Elle était également revenue vivre chez l'oncle. Il était à peu près impossible de trouver à se loger dans les ruines de Berlin, à cette époque, et il lui parut naturel de reprendre sa chambre. D'ailleurs, tout lui était devenu indifférent. L'oncle se procurait facilement du charbon par ses relations et s'il lui restait encore quelque chose, c'était son horreur du froid. Mais elle supportait difficilement l'atmosphère de Berlin. Elle rêvait de s'évader, d'aller vivre quelque part loin, très loin, sous quelque ciel plus clément. La vue de chaque soldat russe lui serrait le cœur. Elle devait aussi manquer de vitamines, parce qu'elle avait l'impression de crever de froid. Certainement, dit-elle à Schölscher, avec le désir évident d'être juste et de rendre à chacun son dû, son oncle avait été assez gentil pour elle, il avait installé dans sa chambre un grand poêle qui marchait jour et nuit. Mais elle rêvait d'aller vivre en Italie, ou en France — pendant la guerre, les soldats qui en revenaient lui en parlaient souvent avec enthousiasme et lui montraient des photos d'orangers, de mer bleue et de mimosas. Comme dans la chanson :

Kennst Du das Land, wo die Citronen blühen,
Im dunkeln Laub die Goldorangen glühen,
Ein sanfter Wind vom blauen Himmel weht,
Die Myrthe still und hoch der Lorbeer steht.
Kennst Du es wohl ?
Dahin, dahin,
Möcht ich mit Dir,
O mein Geliebter, ziehen.

« Elle avait chanté souvent ces vers de *Mignon* en public, jusqu'au jour où, tout à fait à la fin de la guerre, un officier SS était descendu sur la piste et l'avait giflée ; elle fut ensuite interrogée par la Gestapo qui l'accusa de chanter sur un ton sarcastique des chansons sur les revers de l'armée allemande en Méditerranée. Elle chercha donc un engagement dans le Sud et en parla à tous les militaires des troupes d'occupation. Finalement, ce fut le pianiste de la " Kapelle " qui lui permit de réaliser son rêve. Il avait fait la campagne de Tunisie avec l'Afrika Korps et s'était lié, pendant son passage là-bas, avec le propriétaire d'une boîte de nuit — il était sûr de pouvoir lui obtenir quelque chose. Le plus dur fut de se procurer les papiers nécessaires — toutes ses économies y passèrent, mais, Dieu merci, elle eut un peu de chance et trois mois plus tard elle était à Tunis, faisant un numéro de strip-tease au " Panier fleuri ". Elle resta là un an, à peu près satisfaite, malgré l'hiver plus froid qu'elle ne croyait et la présence, évidemment, de clients qui l'embêtaient. Mais, chose curieuse, elle avait toujours cette envie de s'évader, de partir plus loin encore, n'importe où. Elle rit soudain et regarda Schölscher. " Vous direz que je ne suis jamais contente. Mais c'était ainsi : un vague besoin, une envie de n'être plus là. " Un soir, le patron de la boîte, un gros Tunisien qui s'était montré assez gentil avec elle — il n'aimait pas les femmes — la prit à part et lui demanda si ça l'intéresserait d'aller travailler comme hôtesse dans un hôtel à Fort-Lamy. Il fallait s'occuper du bar, chanter un peu — on n'avait pas besoin d'avoir de la voix — et surtout, être gentille avec les clients. Non, ce n'était pas ce genre d'établissement, répondit-il avec indulgence à la question qu'elle lui avait posée tout de suite. C'était au contraire un endroit tout ce qu'il y a de bien. Simplement, il y avait beaucoup d'hommes seuls au Tchad, qui venaient de la brousse et qui avaient besoin de compagnie. Elle savait que Fort-Lamy était loin, de l'autre côté du désert, au cœur de l'Afrique — un autre monde. Et elle pourrait satisfaire enfin son besoin de chaleur — même à Tunis, il y avait des moments où elle n'en pouvait plus. C'est ainsi que, sans trop savoir comment, elle se trouva un beau jour sur la terrasse du Tchadien, d'où elle pouvait voir, sur les bancs de sable, des milliers d'oiseaux, le matin — c'était la première chose qu'elle faisait à son réveil : elle courait regarder les oiseaux. Elle s'occupait du bar et du dancing et, contrairement à ce qu'elle avait redouté au début, Habib n'avait jamais exigé qu'elle couchât avec qui que ce fût, sauf une fois, se reprit-elle rapidement, et il était clair qu'elle l'avait complètement oublié. Schölscher n'avait posé aucune question, mais elle se hâta de donner des précisions. Oui, une fois, Habib était venu au bar, et il lui avait jeté : " Tu diras oui à Sandro, s'il te le demande " et M. Sandro le lui avait en effet demandé, et elle avait dit oui, naturellement. Elle attendit un moment et, comme Schölscher ne disait rien, elle leva vers lui les yeux, avec un peu de défi, en haussant les épaules : " Moi, vous savez, ces histoires physiologiques, je n'y attache plus d'importance. Ce n'est pas ça qui compte. " Elle ne dit pas ce qui comptait. »

V

« Sandro avait une entreprise de camionnage qui desservait les coins où les grandes compagnies refusaient de lancer leurs camions, peu soucieuses d'user leur matériel sur les pistes que les gens sérieux savaient impraticables, même six mois par an, et où seuls quelques vieux camions militaires allaient finir leurs jours. Il avait systématiquement prospecté ce réseau tout à fait négligé par les grosses compagnies routières, trop prospères pour s'occuper de broutilles, d'abord tout seul, faisant péniblement du fret au volant de son unique bull-dog Renault qu'il avait raflé d'occasion, pour se trouver trois ans plus tard, au moment du boom, à la tête d'une affaire de vingt-cinq camions qui avaient pratiquement le monopole de la piste secondaire et qui avaient la réputation de mordre chaque année plus profondément dans la brousse, alors que les camions des Portugais et de la S.E.C.A. attendaient prudemment les rapports de leurs experts sur l'état des nouvelles pistes et leur rendement commercial probable. Schölscher n'apercevait que trop clairement l'intérêt qu'Habib pouvait avoir à se " mettre bien " avec le patron d'une entreprise qui, s'il faisait payer jusqu'à dix pour cent plus cher au kilomètre, hésitait rarement à lancer son matériel sur une piste d'où l'eau venait à peine de se retirer et où les ponts n'avaient pas été vérifiés depuis la saison précédente. On trouvait assez fréquemment ses chauffeurs installés rêveusement depuis deux jours dans le " potopoto " devant un cours d'eau " qui n'était pas là la dernière fois qu'on est passé ", ou enlisés jusqu'aux pare-brise dans une boue devant laquelle le soleil lui-même paraissait reculer. Mais le chargement finissait malgré tout par arriver à sa destination, là où aucun autre camionneur ne se risquait à cette époque de l'année, et touchait les tribus réputées hors d'atteinte par la route, les Dibouns du Cameroun, les Kreichs des confins soudanais, ou même les Oulés. Une telle " ouverture " sur la brousse était évidemment très précieuse pour Habib, qui était ainsi sûr de voir ses envois, couverts par le sceau de la même limonade américaine qui ornait déjà son éternel éventail, arriver à bon port chez quelque marchand arabe ou asiatique, perdu au fond de l'Afrique, et pour qui l'esprit de pionnier d'un homme comme Sandro était une source de sincère admiration et de contentement. Le Marseillais ignorait tout de la nature de certains chargements qu'on lui confiait, jusqu'au jour où un de ses véhicules explosa, à la suite d'une banale culbute dans un fossé — étant donné le lieu éloigné de l'accident, il avait fallu quinze jours à la police pour commencer à se poser certaines questions, et ce jour-là, fussent-ils restés à Fort-Lamy, MM. Habib et de Vries eussent payé très cher au camionneur la mort de son chauffeur massa. Mais à ce moment-là, ils étaient déjà loin, et tout ce que Sandro put faire fut de s'expliquer avec Minna dont l'évidente innocence et l'affolement finirent par l'écœurer complètement. Elle n'avait donc jamais connu Habib avant son arrivée à Fort-Lamy — la preuve, c'est qu'elle avait dû lui envoyer sa photo — et elle n'avait jamais songé à venir en A.E.F. jusqu'au jour où le patron de sa boîte à Tunis le lui avait proposé.

« — Et vous avez accepté, comme ça, tout de suite ?

« Oui, elle avait accepté sans hésiter. Elle avait entendu parler du Tchad lorsqu'elle était encore une petite fille — son père avait été professeur d'histoire naturelle dans un lycée — elle avait donné ce dernier renseignement avec une certaine insistance, comme pour souligner qu'elle avait connu des jours meilleurs. Elle savait que c'était loin de tout, très loin, dans une région encore intacte de l'Afrique — et elle avait immédiatement pensé à tous les grands troupeaux qui errent encore tranquillement dans la savane. Elle n'avait plus personne au monde — à part son oncle de Berlin — et elle avait accepté sans hésiter... " J'aime beaucoup la nature et les bêtes ", conclut-elle, avec élan.

« — C'est une curieuse idée de venir au Tchad seulement pour ça, dit Schölscher amicalement. Vous auriez pu acheter un chien.

« Elle prit cette remarque très au sérieux et s'anima : il était clair que Schölscher venait de toucher un point sensible. Il lui était difficile d'avoir un chien, expliqua-t-elle, avec la vie qu'elle menait. A Tunis, elle était payée à la semaine et risquait toujours de se retrouver dans la rue, elle ne pouvait pas se permettre d'avoir des responsabilités. Et puis, vous savez, les chiens ont beaucoup d'amour-propre, remarqua-t-elle. Elle l'avait souvent constaté. A Berlin, elle avait pour voisin un vieil homme qui allait en plein jour fouiller dans les boîtes à ordures, accompagné de son chien. " Eh bien, il fallait voir la tête que le chien faisait. Je vous jure qu'il regardait de côté, comme s'il voulait ignorer que son maître fouillait dans les ordures, et je suis sûre qu'il avait honte pour lui. C'est un peu pour ça que je n'ai jamais voulu avoir de chien... " Elle se mit à rire, avec une soudaine gaieté qui lui allait bien : Schölscher s'aperçut pour la première fois qu'elle pouvait être jolie. " Je n'ai pas osé. Mais ça ne m'empêche pas de les aimer de loin. Je suis du genre qui caresse les chiens des autres. Et si vous tenez vraiment à savoir pourquoi j'ai accepté, je peux vous le dire : pour avoir la paix. A Tunis, les clients ne me laissaient jamais tranquille — vous savez ce que c'est, quand vous faites du nu dans une boîte de nuit. Et je croyais vraiment que le Tchad, c'était un peu un endroit où on pouvait se réfugier au sein de la nature, parmi les éléphants et tous ces grands troupeaux paisibles qui parcourent la savane. Et les oiseaux. Voilà pourquoi je suis venue. Je n'ai pas été déçue, vous savez : il me suffit d'ouvrir ma fenêtre, le matin. " Une telle explication, donnée par une fille dont on disait assez crûment et tout à fait injustement, je crois que " c'est dix mille balles pour la nuit ", eût paru plutôt saugrenue et certainement suspecte à tout autre homme que Schölscher. Répétée à la terrasse du Tchadien, elle ne manqua pas de provoquer quelques rires et quelques hochements de tête désabusés. Elle fit la joie d'Orsini qui, plus tard, au moment de ce que tout le monde au Tchad appela " les événements ", sans qu'on eût besoin de préciser davantage, devait la citer avec une jubilation de connaisseur, comme exemple de la naïveté extrême du commandant. Mais vous avez connu Schölscher : c'était un homme qui savait se faire une opinion, et ce ne sont pas quelques ricanements derrière son dos qui pouvaient le troubler. Il avait cru Minna immédiatement lorsqu'elle lui avait parlé de son amour de la nature et de son besoin de chaleur et d'amitié pour expliquer sa venue au Tchad, et après quelques vérifications à Tunis et en Allemagne, il la laissa tranquille.

« Je dois ajouter cependant que les seules bêtes qu'elle pouvait voir de la terrasse du Tchadien, où elle demeurait parfois longtemps appuyée contre la balustrade, étaient, depuis le départ de MM. Habib et de Vries, quelques caïmans sur les bancs de sable, des pélicans et l'antilope apprivoisée du vétérinaire municipal, qui venait généralement lui rendre visite au crépuscule, avant les premiers clients.

« Je l'ai vue ainsi une fois, debout dans le jour finissant, tenant le museau de la bête dans le creux de sa main, avec une telle expression de jeunesse et de plaisir enfantin sur le visage que, selon la remarque du colonel Babcock qui m'accompagnait : " On se serait cru à cent mille lieues de tout ça " — il ne dit pas de quoi, exactement, mais je suis sûr que vous comprendrez. » Le visage du jésuite demeura impassible et Saint-Denis, après avoir attendu une seconde, reprit son récit. « Ce fut d'ailleurs le même colonel Babcock qui, un peu plus tard, alors que Minna était déjà devenue au Tchadien une légende, et son souvenir, quelque chose comme une propriété privée du lieu, approcha peut-être aussi près que possible de la vérité, — pour un officier et un gentleman — ce qui suppose évidemment certaines limitations. Il était resté un bon moment au bar, tout seul — il n'avait adressé la parole à personne de la soirée — puis il avait posé son verre et réglé l'addition. Invitant le barman à conserver la monnaie, il avait dit, sans transition, en le regardant sévèrement dans les yeux, mais comme sans le voir :

« — Au fond, c'était une fille qui avait besoin d'affection.

« On ne se retourna même pas : il n'était pas le seul qui fût secrètement hanté par l'affaire. Voilà pour le colonel Babcock. Je regrette que la Compagnie de Jésus ne puisse l'interroger sur " tout ça ", pour employer son expression : malheureusement, il ne suffit plus d'un bon cheval et d'un Père bien résolu pour arriver jusqu'à lui. » Le jésuite sourit : ce que le colonel avait à dire n'était pas perdu, loin de là.

« Vous voyez donc que nous sommes quelques-uns à nous poser votre question et à revivre continuellement cette aventure dans ses moindres détails. Il me semble parfois qu'elle se poursuit quelque part, autour de nous, dans une autre dimension, et que ses héros, ainsi frappés d'éternité, sont à jamais condamnés aux mêmes péripéties et aux mêmes erreurs, jusqu'à l'heure où ils sont enfin libérés de ce cycle infernal par quelque fraternel éclair de notre sympathie. Il me semble qu'ils nous font des signes désespérés, qu'ils cherchent à attirer par tous les moyens notre attention, avec parfois une singulière impudeur, comme s'il leur fallait à tout prix gagner notre compréhension. Je suis sûr que vous les voyez tous aussi clairement que moi, et qu'ils hantent vos nuits comme les miennes, puisque vous voilà ici. » Saint-Denis se tut et se tourna vers son compagnon, comme s'il attendait une réponse, une confirmation. Les bras croisés sur la poitrine, le jésuite tenait la tête levée. La lune errait sur les collines, les étoiles continuaient jusqu'au bord des vallées leur insistante et facile leçon de détachement. On entendait parfois le passage d'un troupeau. Le Père Tassin prit une cigarette et l'alluma. Il se demanda avec un peu d'humeur s'il allait enfin trouver ce pour quoi il était venu, ou s'il allait falloir se contenter de ce qu'il savait déjà. Il pensa qu'à son âge, la patience cessait d'être une vertu, pour devenir un luxe qu'il pouvait se permettre de moins en moins. Il écouta donc Saint-Denis avec attention, prompt à saisir le moindre indice nouveau, mais en même temps, il se pencha sur ses propres souvenirs, essayant de s'expliquer avec eux une fois pour toutes et, aidé par la paix presque contagieuse de ces collines et par la voix chaleureuse à ses côtés, il s'efforça une dernière fois de considérer l'affaire avec tout le détachement et toute la sérénité convenant à un savant.

VI

Il n'avait pas du tout l'air d'un « rogue » — c'est ainsi qu'on l'avait surnommé, par allusion à cet éléphant qui vit seul, porte en général une blessure secrète et finit par devenir méchant et hargneux au point de vous attaquer. Il était plutôt costaud, râblé, avec un visage énergique et un peu sombre et les cheveux châtains et bouclés, qu'il écartait parfois d'un geste vif — tout ce qu'il faisait il le faisait vite, avec brusquerie — on sentait qu'il n'aimait pas les hésitations. On l'avait fort peu vu à Fort-Lamy. Plus tard, on découvrit qu'il avait pourtant vécu un certain temps dans la ville indigène — on ne lui avait pas prêté attention. Ce n'est pas, d'ailleurs, qu'il cherchât à passer inaperçu. Au contraire, il avait trouvé moyen d'ennuyer à peu près tout le monde avec une histoire embrouillée et ridicule de pétition au gouvernement. « Il s'agit d'une affaire qui nous intéresse tous », disait-il — il sortait de sa serviette une feuille de papier, la dépliait soigneusement et indiquait du doigt l'endroit où l'on était censé apposer sa signature — il paraissait sûr qu'on n'allait pas refuser, bien qu'il n'y eût pas une seule signature au bas du texte. En général, au premier mot de « pétition », les gens lui tournaient le dos, en disant qu'ils ne s'intéressaient pas à la politique. « Il ne s'agit pas de politique, voyons », s'exclamait-il aussitôt avec irritation. « Il s'agit d'une simple question d'humanité. » « Bien sûr, bien sûr ! » lui répondait-on, sur un ton goguenard, en lui donnant une tape amicale sur l'épaule et en le congédiant avec le minimum d'égards qu'on doit après tout à un blanc à la colonie. Il n'insistait pas, prenait son vieux feutre roussi et sortait silencieusement, sans un regard, avec le visage impassible de quelqu'un qui se sent parfaitement sûr d'avoir le dernier mot. Ceux qui prenaient la peine de parcourir sa « pétition » — Orsini, quant à lui, la connaissait à peu près par cœur, l'ayant lue et relue avec une délectation morose, nourrissant sans doute ainsi sa haine pour ce qu'il détestait, disait-il, le plus au monde, c'est-à-dire un certain type d'homme qui se croit tout permis — il ne disait pas quoi, au juste — ceux donc qui avaient lu sa pétition, en avaient parlé en riant au bar du Tchadien, heureux de trouver un sujet de conversation autre que la chute des prix du coton ou les dernières atrocités des Mau-Mau au Kenya. Minna, que l'on invitait parfois à table, écoutait ces propos tout en surveillant les boys qui allaient et venaient sur la terrasse avec les boissons, dans le crépuscule qui engloutissait rapidement le monde — il ne restait bientôt de l'Afrique qu'un ciel qui semblait descendre, se rapprocher comme pour mieux vous regarder, pour mieux voir d'où venait tout ce bruit. « Figurez-vous, j'ai reçu la visite d'une espèce de toqué qui prétend me faire signer une pétition interdisant la chasse à l'éléphant en Afrique... » Au-dessus du fleuve, Minna regardait un vautour tournoyer lentement. Chaque soir, il semblait signer ainsi le ciel, comme pour lui permettre de tourner la page. Un cavalier apparut un instant parmi les roseaux de l'autre rive, lancé au galop : le major américain, qui paraissait fuir quelque chose d'inexorable, peut-être le crépuscule lui-même ; il passait ainsi chaque soir à la même heure depuis des mois, comme s'il faisait corps avec quelque aiguille invisible l'entraînant irrésistiblement avec elle sur ce cadran dont Minna connaissait si bien chaque repère : quelques arbres, trois cabanes d'un village de pêcheurs, quelques pirogues, une ligne d'horizon brouillée par les herbes, la bouche du Chari vers le Logone et plus loin, à l'est, le palmier solitaire de Fort-Foureau, et de nouveau le ciel immense, comme l'absence de quelqu'un.

— Et, bien sûr, l'administration ignore tout de ce farfelu...

Kotowski, le commissaire de police — « Koto » pour ses subordonnés — un ancien légionnaire qui portait sur son visage des cicatrices de guerre ressemblant aux marques rituelles des tribus du Sud, dit que ce « farfelu » s'appelait Morel, qu'il était à Fort-Lamy depuis plus d'un an, mais qu'il passait le plus clair de son temps au fond de la brousse. Il avait marqué « dentiste » sur la fiche de renseignements, à l'emplacement réservé à la profession, mais sa grande passion semblait être les éléphants ; les frères Huette l'avaient rencontré un jour au beau milieu d'une harde de quatre cents bêtes, dans la région est du Tchad. Il était venu l'ennuyer aussi avec sa pétition. Il s'agissait apparemment d'un doux maniaque, tout à fait inoffensif. Ce fut alors que s'éleva dans la pénombre le croassement de mépris effroyablement hargneux et agressif d'Orsini — et tous ceux qui le connaissaient virent apparaître, malgré la nuit, son visage sarcastique et irrité, un visage qui signifiait au monde entier que personne n'était jamais parvenu à le rouler, lui, d'Orsini d'Aquaviva — « Appelez-moi simplement Orsini, disait-il, je m'en fous » — qu'il les avait tous percés à jour, tirés au clair, flairés dès la première seconde, jaugés, en somme, pour exactement ce qu'ils étaient, c'est-à-dire, fort peu de chose. C'était un cri qui avait le pouvoir étrange de réduire tout l'horizon humain aux dimensions d'une pointe d'épingle. Pour Minna, ce ricanement triomphal semblait proclamer que tout ce qu'on pouvait attendre de la vie était qu'elle vous autorisât, après, à vous laver les dents et à vous rincer la bouche, que tout ce que les hommes font est destiné à finir dans quelque immense cochonnerie. Dès le premier regard, elle avait toujours refusé d'avoir affaire à lui. Elle avait refusé immédiatement et catégoriquement ses avances, avec une sorte de détermination farouche, exaspérée. Il ne l'appela alors plus que « la Bochesse », mais en général, lorsque le nom de Minna était prononcé en sa présence, il se taisait abruptement, se retirait de la conversation, regardait ailleurs d'un air indifférent. Toute son attitude semblait suggérer qu'il en savait long là-dessus, mais qu'il n'allait pas gaspiller son souffle : ce n'était pas le moment. Parfois, ce stratagème réussissait auprès de quelque nouveau venu qui le pressait alors de questions. Orsini se faisait quelque peu prier, puis éclatait. Est-ce que l'on pensait, par hasard, qu'il était dupe ? Libre au commissaire Kotowski de se laisser rouler, ou de fermer volontairement les yeux ; quant à lui, il y avait longtemps qu'il savait à quoi s'en tenir. Croyaient-ils vraiment, eux, des gens sérieux, pleins d'expérience, croyaient-ils vraiment que cette fille était tombée à Fort-Lamy par hasard, simplement parce qu'elle ne savait plus où aller? Croyaient-ils vraiment qu'une fille aussi bien foutue — il n'était pas, quant à lui, amateur du type « bochesse » — mais il fallait tout de même reconnaître qu'il ne lui manquait rien — croyaient-ils qu'une fille pareille était venue en A.E.F. uniquement pour servir de barmaid à l'Hôtel du Tchadien et coucher avec certaines gens — certaines gens, remarquait-il, et pas d'autres — des gens choisis avec un soin assez particulier? Il fallait vraiment Schölscher pour être aussi naïf — ou peut-être y avait-il là quelque chose de plus grave qu'une simple naïveté. Et que faisait-elle donc au Tchad, selon lui? Orsini haussait les épaules, s'enfonçait encore plus profondément dans son fauteuil. Il ne tenait pas à en parler. Du moins pas pour le moment. Cela regardait la Surveillance Générale du Territoire. Tout cela lui était personnellement tout à fait indifférent. Il n'était pas dans le coup. Cela ne voulait pas dire que, le moment venu, il n'allait pas parler, qu'il n'allait pas situer certaines responsabilités — mais pour l'instant il dirait simplement ceci : il n'avait jamais, dans sa vie de chasseur, lâché une piste, il l'avait toujours suivie jusqu'au bout. C'était tout ce qu'il était disposé à dire là-dessus pour le moment. Koto, à qui on rapportait régulièrement ces propos, les accueillait avec indifférence, mais un jour, rencontrant Orsini au marché, il lui dit en passant, avec son fort accent slave :

— A propos, mon vieux, j'ai une nouvelle qui vous intéressera. Je crois que je vais faire expulser la petite Minna. J'ai l'intention d'en dire un mot au gouverneur. Les épouses commencent à se plaindre. Cela devient un peu voyant. Je vous en parle parce que j'ai entendu dire que vous vous êtes plaint également de cette situation — à juste titre, je m'empresse de le dire. Je vais donc la prier d'aller porter ses charmes ailleurs.

Il disait cela tout en continuant à inspecter, avec le médecin de l'hôpital militaire, les mains de femmes accroupies, dans leurs draperies noires, devant les tas de cacahuètes qu'elles offraient aux passants. De leurs cheveux lustrés d'huile par coquetterie s'exhalait une odeur violente, nauséabonde. Les deux hommes procédaient à cet examen parce qu'on leur avait signalé qu'une des femmes avait la lèpre, avec des plaies aux mains, et quand même, avec ces cacahuètes épluchées... Orsini était devenu blême. Sa pomme d'Adam bougeait spasmodiquement. Il essaya de sourire.

— Ah bon, dit-il, des mesures énergiques, je vois.

— Ça nous prend parfois, dit le commissaire. Vous avez acheté des cacahuètes ? On m'a signalé qu'une des vendeuses a la lèpre.

— Je m'en fous, dit Orsini, ce n'est pas contagieux. Ça fait vingt ans que je suis dans le pays, vous savez.

— Oui, je sais.

Koto avait pris une poignée de cacahuètes et se mit à les croquer. Il savait qu'on n'allait pas trouver la lépreuse, soit qu'elle eût filé à leur arrivée, soit, chose encore plus probable, que ce fût un simple ragot lancé par les boutiquiers syriens en lutte avec les marchés en plein vent. Orsini ne dit pas un mot, mais le lendemain matin, en arrivant au bureau, Koto le trouva installé dans un fauteuil de la salle d'attente.

— Est-ce que je peux vous dire deux mots d'une affaire qui ne me regarde nullement ?

— Allez-y. Je suis sensible aux conseils, surtout de la part d'un ancien.

— Écoutez, Koto, pourquoi ne laissez-vous pas cette fille tranquille ?

Le commissaire ne sourcilla même pas. Il comprenait très bien. Une fille seule au cœur de l'Afrique, une Allemande par-dessus le marché, cela pouvait résister quelque temps, mais un jour ou l'autre, elle serait obligée de s'incliner, surtout devant un ami de ceux qui l'employaient. Et le genre de rancune qu'elle inspirait à Orsini ne pouvait s'assouvir que d'une seule façon.

— Ah bon, dit-il, je vois que vous êtes parmi les heureux élus.

— Vous avez tort de traiter cette affaire à la légère, reprit Orsini avec un véritable élan de haine. Vous avez souvent vu une fille aussi bien foutue venir faire la barmaid à Lamy ?

— J'ai déjà vu beaucoup de choses, dont vous, Orsini, dit Koto.

— Elle vient de Berlin, n'est-ce pas ? ajouta Orsini. Il se trouve que j'ai quelques renseignements là-dessus. Elle chantait dans une boîte de nuit en zone russe. Elle avait été la maîtresse d'un officier soviétique. Si vous croyez que les Mau-Mau se sont inventés tout seuls...

— Raison de plus pour s'en débarrasser, non ?

— Permettez-moi de vous dire que ce serait travailler comme un cochon. Il faut au contraire la laisser ici, mais la surveiller étroitement. L'empêcher de bouger, la coincer de tous les côtés. Tôt ou tard, le climat aidant, elle fera une bêtise. On pourra alors cueillir tous ses petits copains.

— Je vois votre idée, répondit Koto, gravement.

— Vous pouvez compter sur moi pour vous tenir au courant. J'ai mes sources d'information.

— Merci.

Il regardait Orsini fixement. Celui-ci pâlit et ses lèvres tremblantes s'essayèrent à un sourire.

— Et quel est votre diagnostic, Koto, puisque vous êtes en train d'en faire un ? demanda-t-il avec un air de défi. Un cas de beau salaud ?

Le commissaire ne dit rien et fit semblant de s'intéresser à un papier sur son bureau. Orsini se tut un moment ; son souffle paraissait emplir la pièce.

— Voilà vingt ans que je vis en Afrique... seul. Pour une fois que je trouve quelqu'un qui me plaît...

Le commissaire regardait toujours son bureau.

— Vous n'allez pas l'expulser, Koto ? Vous n'allez pas me faire cela ? On ne peut pas se soulager toute sa vie en tuant des éléphants...

Il prit doucement son panama, attendit un moment une réponse, puis sourit et sortit. Koto demeura quelques secondes tête baissée, mâchoires serrées, puis tendit brusquement la main et sonna son caporal. C'était un Sara au visage rond et serein, fait seulement de bonne santé, de riz et de douce rêverie dans un regard paisible. Il resta au garde-à-vous pendant que Koto le regardait fixement sans rien dire. Il ne s'étonna pas, ne posa pas de question, simplement demeura le petit doigt sur la couture du pantalon. Le regard de Koto se nourrit un moment de cette bonne bouille rassurante et complètement saine, en accord parfait avec la vie. Quand il se sentit mieux et put respirer à nouveau à pleins poumons, il le renvoya.

VII

Ce fut donc la voix d'Orsini qui s'éleva dans la pénombre — on retardait toujours le plus possible le moment d'allumer les lampes, avec leurs tourbillons d'insectes — pour faire entendre un cri presque lyrique à force d'ironie cinglante et de railleuse indignation — un cri qui paraissait doter les ténèbres africaines d'un nouveau genre d'oiseau nocturne — lorsque le commissaire eut qualifié d' « inoffensif » ce Morel qui était venu les voir tour à tour, le regard sévère, pour leur demander de signer sa pétition. Instinctivement, tout le monde se tourna vers ce coin de la nuit d'où s'était élevée la voix : il avait vraiment le don de ces exclamations fulgurantes, de ces interpellations éraillées qui étaient comme des plaies soudain ouvertes dans les flancs du silence. On attendit. Du fond de l'obscurité monta alors une voix frémissante, un chant, presque, dont l'indignation était l'accent naturel, une indignation sans limite, qui dépassait toujours son objet immédiat et où les hommes, les planètes, chaque grain de poussière, chaque atome de vie isolé pouvaient être accueillis avec tous les égards qui leur étaient dus. Inoffensif ? Il avait son opinion là-dessus et personne ne pourrait le faire changer d'avis. Bien sûr, aux purs tout est pur — il faisait hommage de cette pensée au commandant Schölscher — mais il ne nourrissait, quant à lui, aucune prétention excessive à la pureté. Il avait, comme tout le monde, reçu la visite de Morel et il avait lu sa pétition avec un vif intérêt. Après tout, la chasse à l'éléphant, cela le concernait quelque peu. Il en avait cinq cents, dûment homologués, à son tableau. Sans parler de rhinos, d'hippos et de lions : cela devait approcher des mille au total, — modeste estimation. Oui, il était un chasseur et il s'en vantait, et il allait continuer ses grandes chasses tant qu'il lui resterait assez de souffle pour suivre une piste et assez de force au poing pour tenir une arme à feu. Il avait donc lu la pétition, comme on se l'imagine, avec un soin particulier. On y rappelait le nombre d'éléphants abattus en Afrique chaque année — trente mille, soi-disant, au cours de l'année écoulée — et on s'y apitoyait longuement sur le sort de ces bêtes, refoulées de plus en plus vers les marécages et condamnées à disparaître un jour d'une terre d'où l'homme s'acharne à les chasser. Il y était dit, et il citait textuellement : « qu'il n'est pas possible de surprendre les grands troupeaux en train de courir à travers les vastes espaces de l'Afrique sans faire aussitôt le serment de tout tenter pour perpétuer la présence parmi nous de cette splendeur naturelle dont la vue fera toujours sourire d'allégresse tout homme digne de ce nom ». Tout homme digne de ce nom, répéta Orsini, dans un cri presque désespéré, avec une extraordinaire rancune, et il se tut, comme pour mieux souligner l'énormité d'une telle prétention. Il y était proclamé également que « le temps de l'orgueil est fini », et que nous devons nous tourner avec beaucoup plus d'humilité et de compréhension vers les autres espèces animales, « différentes, mais non inférieures ». Différentes, mais non inférieures ! répéta encore Orsini, avec une sorte de délectation exaspérée. Et cela continuait ainsi : « L'homme en est venu au point, sur cette planète, où il a vraiment besoin de toute l'amitié qu'il peut trouver, et dans sa solitude il a besoin de tous les éléphants, de tous les chiens, de tous les oiseaux... » Orsini fit entendre un rire étrange, une espèce de ricanement triomphant, entièrement dépourvu de gaieté. « Il est temps de nous rassurer sur nous-mêmes en montrant que nous sommes capables de préserver cette liberté géante, maladroite et magnifique, qui vit encore à nos côtés... » Orsini se tut, mais on devinait sa voix tapie dans le noir, prête à se jeter sur la première proie qui se présenterait. Il y eut quelques rires. Quelqu'un fit observer que si tel était en effet le contenu de ce document homérique, son auteur devait être considéré évidemment comme un doux original, mais qu'il était difficile de voir en quoi il pouvait être dangereux. Orsini ignora cette observation, exclut purement et simplement l'interrupteur du rang des mortels qui avaient droit à son attention. Voilà donc, reprit-il, l'individu qui depuis des mois parcourait la brousse, qui pénétrait dans les villages les plus éloignés et, ayant appris plusieurs dialectes, depuis le temps qu'il traînait parmi les indigènes, se livrait à un tenace et dangereux travail de sape contre le bon renom des blancs. Car on n'avait pas besoin d'être particulièrement perspicace, ni même d'être un fonctionnaire payé pour veiller sur la sécurité du territoire — Schölscher sourit, dans l'obscurité — pour comprendre quel était le but de cette pétition, qui circulait sans doute en ce moment même, de village en village, commentée probablement par son auteur, en des termes encore plus clairs que ceux du document lui-même. On présentait manifestement aux tribus africaines la civilisation occidentale comme une immense faillite à laquelle elles devaient à tout prix s'efforcer d'échapper. Voilà l'image qu'on leur offrait de l'Occident. C'est tout juste si on ne les suppliait pas de retourner à l'anthropophagie considérée comme un mal moindre que la science moderne avec ses armes de destruction, si on ne les invitait pas à adorer leurs idoles de pierre, dont les gens de l'espèce de Morel, justement, bourraient, comme par hasard, les musées du monde entier. Ah ! il s'agissait bien des éléphants ! Libre à ceux qui avaient vu chez les Mau-Mau du Kenya un mouvement d'insurrection spontané sans aucune organisation préalable, de continuer à fermer les yeux. Quant à lui, d'Orsini d'Aquaviva, il ne proposait rien, il ne suggérait rien, il refusait simplement d'être dupe. Encore une fois il n'était pas payé pour veiller sur la sécurité du territoire. La pétition de Morel faisait tranquillement son chemin à travers le Tchad, s'ornant de toutes sortes de signatures qu'il avait, pour ainsi dire, devinées d'avance... Il parla un peu plus lentement, d'une voix moins irritée et plus narquoise, et les plis de sa bouche composèrent une espèce de sourire. Oui, au moment où Morel lui avait présenté la feuille, il avait trouvé au bas du texte deux noms de blancs — c'était naturellement la première chose qu'il avait regardée. Deux noms, celui du major Forsythe, le paria américain vidé de l'armée de son pays pour avoir avoué complaisamment en captivité, pendant la guerre de Corée, qu'il avait bombardé les populations avec des mouches infectées de choléra et de peste. On pouvait d'ailleurs se demander pourquoi les autorités du Tchad avaient cru bon d'offrir l'hospitalité à un traître dont son propre pays ne voulait pas. Quant à l'autre nom, il laissait à ses interlocuteurs le soin de le deviner... Il se tut. Et au fond du silence équivoque qui venait de s'établir, on le sentit soudain discret, gentleman jusqu'au bout des ongles : comme on dit, il ne mangeait pas de ce pain-là... On entendit alors la voix de Minna dire tranquillement :

— C'était mon nom. Moi aussi, j'ai signé.

VIII

Il était apparu devant elle au Tchadien, une fin d'après-midi, alors qu'elle choisissait, derrière le bar, les disques pour la soirée. Il avait débouché rapidement sur la piste de danse vide et s'était arrêté, les poings fermés, regardant autour de lui comme s'il cherchait quelqu'un avec qui il aurait eu des comptes à régler. Il paraissait à la fois menaçant et un peu perdu sur la terrasse déserte où le ciel lui-même semblait attendre le premier client. Elle lui avait souri, d'abord parce qu'elle était là un peu pour ça, ensuite parce qu'elle ne l'avait jamais vu auparavant et qu'elle avait un préjugé favorable envers les gens qu'elle ne connaissait pas. Non, il ne lui avait pas présenté sa fameuse pétition, du moins, pas tout de suite. Il était venu vers elle : elle s'aperçut alors que sa chemise était déchirée, son visage couvert d'ecchymoses et que ses cheveux bouclés, désordonnés, collaient à ses tempes et à son front têtu, droit, creusé de trois rides profondes. Il semblait à la fois sortir d'une bagarre et en chercher une autre. Il tenait sous le bras une vieille serviette de cuir.

— Je voudrais parler à Habib.

— Il n'est pas là.

Il parut contrarié et regarda encore une fois autour de lui comme pour s'assurer qu'elle ne mentait pas.

— M. Habib est à Maidaguri. Il ne rentre que demain soir. Est-ce que je peux faire quelque chose ?...

— Vous êtes allemande ?

— Oui.

Son visage s'éclaira un peu. Il posa sa serviette sur le bar.

— Eh bien, nous sommes presque des compatriotes. Je suis un peu allemand moi-même, par naturalisation, si on peut dire. J'ai été déporté pendant la guerre, et je suis resté deux ans dans différents camps. J'ai même failli y rester pour de bon. Je me suis attaché au pays.

Elle s'était penchée sur ses disques, embarrassée et immédiatement sur la défensive, et pourtant, à Fort-Lamy, on était plutôt gentil avec elle, avec seulement cette soudaine attention un peu ironique dans les regards lorsque sa nationalité était mentionnée. Elle sentit soudain la main de l'homme toucher la sienne.

— Ça y est, j'ai encore dit quelque chose qu'il ne fallait pas. A force de vivre seul, j'ai perdu l'habitude de parler aux gens. Ce n'est pas mauvais à perdre, du reste.

— Vous êtes planteur ?

— Non. Je m'occupe des éléphants.

— Vous connaissez M. Haas, alors ? Il travaille pour les zoos et pour les cirques. Il est spécialisé dans la capture des éléphants. A Hambourg, toutes les bêtes de Hagenbeck étaient fournies par lui.

— Je connais M. Haas, dit-il lentement — son visage s'était de nouveau rembruni. Bien sûr, je le connais. Il y a longtemps que je l'ai repéré... Un jour ou l'autre, M. Haas sera pendu. Non, mademoiselle, je ne capture pas les éléphants. Je me contente de vivre parmi eux. Je passe des mois entiers à les suivre, à les étudier. A les admirer, plus exactement. A ne vous rien cacher, je donnerais n'importe quoi pour devenir un éléphant moi-même. C'est vous dire que je n'ai rien contre les Allemands en particulier, contrairement à ce que vous aviez cru tout à l'heure... C'est plus général. Donnez-moi un rhum.

Elle ne savait pas s'il plaisantait ou s'il parlait sérieusement. Peut-être ne le savait-il pas lui-même. Mais elle sentait qu'il y avait derrière ces propos déroutants quelqu'un de gentil et d'un peu bizarre, la bonté rend souvent bizarre, devait-elle expliquer plus tard à Saint-Denis, c'est forcé.

— Puisque Habib n'est pas là, je peux peut-être laisser quelque chose pour lui ?

— Bien sûr.

— Il faudra me donner un coup de main.

Elle le suivit au-dehors, se demandant ce que cela pouvait être. Devant l'arc de triomphe qui ornait l'entrée du Tchadien, elle reconnut la voiture de de Vries. Morel ouvrit la portière. Le sportsman était écroulé sur le siège arrière, le visage tuméfié, un de ses bras en écharpe. Il avait un bandage sur la tête et paraissait incapable de bouger. Il leur jeta un regard de souffrance et de haine.

— Je l'ai surpris à l'est du lac en train d'abattre son quatrième éléphant de la journée. J'ai tiré cette canaille à quarante mètres, mais j'avais trop couru et mes mains tremblaient : je l'ai loupé.

Il avait l'air de s'excuser.

— Alors, je me suis un peu expliqué avec lui à coups de crosse. Vous serez gentille de dire à Habib que si jamais je reprends ce salaud à rôder autour d'un troupeau, j'en ferai une telle marmelade que les éléphants eux-mêmes ne l'arrangeraient pas mieux. C'est tout. Au revoir.

— Attendez.

Il se retourna.

— Vous n'avez pas réglé votre rhum.

— C'est combien ?

— Vous ne l'avez même pas bu... Finissez-le, au moins... Allons, venez.

Il la suivit jusqu'au bar. Elle donna des ordres aux boys qui s'affairèrent autour de de Vries. Puis ils demeurèrent un moment sans se parler. Appuyée contre le mur, les bras croisés, elle le regardait gravement. Il baissait la tête, tournant et retournant son verre sur le comptoir. Elle attendait, tranquille, avec une assurance extraordinaire, et il lutta un moment contre cet appel muet. Puis il tourna les yeux vers le fleuve, vers l'autre rive — il y avait là, comme dans tout paysage africain, une place immense à prendre, une place illimitée, et comme mystérieusement désertée par quelque présence formidable. Cela évoquait irrésistiblement l'image de quelque bête préhistorique aujourd'hui disparue, à la mesure de cet espace vide et abandonné qui paraissait réclamer son retour. Il sourit et se mit à lui parler doucement, gentiment, un peu comme on parle aux enfants. Il ne lui dit ni qui il était, ni d'où il venait, mais lui parla des éléphants, comme si c'était la seule chose qui comptait. C'était par dizaines de milliers, dit-il, que les éléphants étaient abattus chaque année en Afrique — trente mille, l'année dernière — et il était décidé à tout faire pour empêcher ces crimes de continuer. Voilà pourquoi il était venu au Tchad : il avait entrepris une campagne pour la défense des éléphants. Tous ceux qui ont vu ces bêtes magnifiques en marche à travers les derniers grands espaces libres du monde savent qu'il y a là une dimension de vie à sauver. La conférence pour la protection de la faune africaine allait se réunir bientôt au Congo et il était prêt à remuer ciel et terre pour obtenir les mesures nécessaires. Il savait bien que les troupeaux n'étaient pas menacés uniquement par les chasseurs — il y avait aussi le déboisement, la multiplication des terres cultivées, le progrès, quoi ! Mais la chasse était évidemment ce qu'il y avait de plus ignoble et c'était par là qu'il fallait commencer. Savait-elle par exemple qu'un éléphant tombé dans un piège agonisait souvent, empalé sur des pieux, pendant des jours et des jours ? Que la chasse au feu était encore pratiquée par les indigènes sur une large échelle et qu'il lui était arrivé de tomber sur les carcasses de six éléphanteaux victimes d'un feu auquel les bêtes adultes avaient pu échapper grâce à leur taille et à leur rapidité ? Et savait-elle que des troupeaux entiers d'éléphants s'échappaient quelquefois de la savane enflammée brûlés jusqu'au ventre et qu'ils souffraient pendant des semaines ? — il avait entendu pendant des nuits entières les cris de ces bêtes blessées. Savait-elle que la contrebande de l'ivoire était pratiquée sur une grande échelle par les marchands arabes et asiatiques qui poussaient les tribus au braconnage ? Des milliers de tonnes d'ivoire vendues chaque année à Hong-Kong... Trente mille éléphants par an — pouvait-on réfléchir un instant à ce que cela représente sans avoir envie de saisir un fusil pour se mettre du côté des survivants ? Savait-elle qu'un homme comme Haas, fournisseur choyé de la plupart des grands zoos, voyait crever sous ses yeux au moins la moitié des éléphanteaux qu'il capturait ? Les indigènes, eux, au moins, avaient des excuses : il n'y avait pas assez de protéines dans leur régime alimentaire. Ils abattaient les éléphants pour les manger. C'était, pour eux, de la viande. La préservation des éléphants exigeait donc, en premier lieu, l'élévation du niveau de vie en Afrique, condition préalable de toute campagne sérieuse pour la protection de la nature. Mais les blancs ? La chasse « sportive » — pour la « beauté » du coup de fusil ? Il avait élevé la voix et son doux regard brun avait pris une expression de détresse plus explicite que tous les mots. Car elle avait compris tout de suite, dès le premier accent et sans la moindre hésitation : c'était encore une histoire de solitude. Elle devait l'affirmer plus tard devant les juges avec gravité, avec solennité même, en les regardant droit dans les yeux, comme pour écarter toute espèce de doute à ce sujet : pour elle la chose était évidente — et elle s'y connaissait. C'était un homme qui avait beaucoup souffert et qui se sentait bien seul. Elle l'avait tout de suite compris parce qu'il n'y avait aucune différence entre le besoin qui l'avait poussé parmi les éléphants et celui qui l'étreignait elle-même, lorsqu'elle se penchait de la terrasse du Tchadien vers la rive déserte et les bancs de sable où des milliers d'échassiers blancs se tenaient immobiles, et où chaque buisson tordu, chaque oiseau finissaient par paraître comme une grimace de l'absence, une caricature de ce qui n'était pas là. La seule tendresse rendue, le seul signe d'affection qu'elle trouvait autour d'elle était le museau chaud de l'antilope apprivoisée, dans le creux de sa main. C'était d'ailleurs amusant de voir ce que pouvait devenir ce besoin qu'elle connaissait si bien lorsqu'il se mettait à grandir — on pourrait jeter tous les éléphants d'Afrique dans ce vide sans parvenir à le combler. Elle ne bougeait pas, appuyée contre le mur, s'efforçant de ne pas interrompre, de ne pas sourire aussi à l'idée que jamais sans doute un homme n'avait parlé ainsi des éléphants à une femme. Elle pensait aussi qu'il était vraiment bien tombé, et que seule une fille sur laquelle les hommes s'étaient jetés sans même desserrer leurs ceinturons pouvait comprendre sans s'étonner toutes les formes étranges et parfois un peu comiques que peut prendre le besoin d'amitié et de protection. Pas une fois il ne lui parla d'autre chose que de l'éléphant africain, mais elle devait dire plus tard à Saint-Denis, au cours de cette nuit où elle avait presque abordé une explication, que jamais aucun homme ne lui avait ainsi tout révélé sur lui-même. « J'ai voulu l'aider, voilà », avait-elle conclu, en haussant légèrement les épaules, et Saint-Denis fut frappé par le contraste entre ce qu'elle avait si évidemment ressenti et la pauvreté des mots qu'elle trouvait pour l'exprimer. Il l'avait interrogée alors longuement, agressivement presque, mais elle n'alla jamais plus loin dans ses explications. « Je voyais bien qu'il était à bout, qu'il avait besoin de quelqu'un. » Elle aspira la fumée de sa cigarette et jeta à Saint-Denis un de ces longs regards insistants dont elle accompagnait souvent certaines de ses phrases, comme pour leur donner un prolongement, suggérer qu'elles avaient un sens caché, en vous laissant le soin de le découvrir. « On sait ce que c'est, quoi... » Saint-Denis eut soudain l'impression que ces mots éculés, cet accent traînant, cette cigarette au coin des lèvres fardées et ces jambes nues, croisées sous le peignoir trop court, tout cela n'était qu'une façon de se protéger, de se cacher, une démarche toute terrestre, une protestation contre quelque cruel abandon : « Oui, je sais ce que c'est. Je suis sûre que vous le savez aussi, monsieur Saint-Denis, puisqu'on dit que vous vivez seul dans la brousse depuis trente ans. Tôt ou tard, on n'en peut plus, monsieur Saint-Denis, et alors c'est les éléphants pour l'un, un chien pour l'autre, ou les étoiles et les collines comme pour vous — on dit que ça vous suffit. Mais lui, je voyais bien qu'il n'en pouvait plus. » Le jésuite soupira et Saint-Denis, qui avait cité les paroles de Minna avec un peu d'amertume, s'associa immédiatement à ce soupir. « Bien sûr, mon Père, je comprends entièrement vos pensées. Qu'il se fût tourné vers les bêtes, voilà qui montre bien le dénuement dans lequel nous sommes tombés. Sans doute, lui eussiez-vous conseillé de chercher quelque chose de plus grand que notre bon pachyderme. Peut-être était-il au fond un homme qui avait manqué d'audace ou qui avait simplement fait preuve de médiocrité d'imagination. Je suis entièrement d'accord avec vous sur ce point. » Le jésuite haussa les sourcils avec un peu d'étonnement devant une telle interprétation d'un bien innocent phénomène respiratoire. « Il y a à nos côtés une grande place à prendre, mais tous les troupeaux de l'Afrique ne suffiraient pas à l'occuper. L'âme humaine, mon Père, c'est autre chose que le continent africain, lequel est vaste incontestablement, mais enfin limité, enfermé qu'il est entre des mers et des océans. » Le Père Tassin baissa un peu les yeux. Il se sentait toujours gêné lorsqu'on lui parlait de l'âme humaine avec tant d'assurance. « J'ai voulu l'aider, voilà... » Il comprenait beaucoup mieux cette explication de Minna.

Le crépuscule tombait rapidement, dans un silence étonnant qui semblait toujours choisir ce moment pour venir se poser sur le fleuve et sur les roseaux, parmi les derniers oiseaux encore éveillés. Morel continua à parler, de cette voix sourde, grondante, pleine d'une passion contenue. Puis il s'interrompit et leva les yeux.

— Mais je vous ennuie, avec mes histoires.

— Vous ne m'ennuyez pas. Ce n'est pas comme ça qu'on m'ennuie.

— Je dois vous dire aussi que j'ai contracté, en

captivité, une dette envers les éléphants, dont j'essaye seulement de m'acquitter. C'est un camarade qui avait eu cette idée, après quelques jours de cachot — un mètre dix sur un mètre cinquante — alors qu'il sentait que les murs allaient l'étouffer, il s'était mis à penser aux troupeaux d'éléphants en liberté — et, chaque matin, les Allemands le trouvaient en pleine forme, en train de rigoler : il était devenu increvable. Quand il est sorti de cellule, il nous a passé le filon, et chaque fois qu'on n'en pouvait plus, dans notre cage, on se mettait à penser à ces géants fonçant irrésistiblement à travers les grands espaces ouverts de l'Afrique. Cela demandait un formidable effort d'imagination, mais c'était un effort qui nous maintenait vivants. Laissés seuls, à moitié crevés, on serrait les dents, on souriait et, les yeux fermés, on continuait à regarder nos éléphants qui balayaient tout sur leur passage, que rien ne pouvait retenir ou arrêter; on entendait presque la terre qui tremblait sous les pas de cette liberté prodigieuse et le vent du large venait emplir nos poumons. Naturellement, les autorités du camp avaient fini par s'inquiéter : le moral de notre block était particulièrement élevé, et on mourait moins. Ils nous ont serré la vis. Je me souviens d'un copain, un nommé Fluche, un Parisien, qui était mon voisin de lit. Le soir, je le voyais, incapable de bouger — son pouls était tombé à trente-cinq — mais de temps en temps nos regards se rencontraient : j'apercevais au fond de ses yeux une lueur de gaieté à peine perceptible et je savais que les éléphants étaient encore là, qu'il les voyait à l'horizon... Les gardes se demandaient quel démon nous habitait. Et puis, il y a eu parmi nous un mouchard qui leur a vendu la mèche. Vous pouvez vous imaginer ce que ça a donné. L'idée qu'il y avait encore en nous quelque chose qu'ils ne pouvaient pas atteindre, une fiction, un mythe qu'ils ne pouvaient pas nous enlever et qui nous aidait à tenir, les mettait hors d'eux. Et ils se sont mis à fignoler leurs égards! Un soir, Fluche s'est traîné jusqu'au block et j'ai dû l'aider à atteindre son coin. Il est resté là un moment, allongé, les yeux grands ouverts, comme s'il cherchait à voir quelque chose et puis il m'a dit que c'était fini, qu'il ne les voyait plus, qu'il ne croyait même plus que ça existait. On a fait tout ce qu'on a pu pour l'aider à tenir. Il fallait voir la bande de squelettes que nous étions l'entourant avec frénésie, brandissant le doigt vers un horizon imaginaire, lui décrivant ces géants qu'aucune oppression, aucun idéologie ne pouvaient chasser de la terre. Mais le gars Fluche n'arrivait plus à croire aux splendeurs de la nature. Il n'arrivait plus à imaginer qu'une telle liberté existait encore dans le monde — que les hommes, fût-ce en Afrique, étaient encore capables de traiter la nature avec respect. Pourtant il a fait un effort. Il a tourné vers moi sa sale gueule et il m'a cligné de l'œil. « Il m'en reste encore un, murmura-t-il. Je l'ai bien planqué, bien au fond, mais j' pourrai plus m'en occuper... J'ai plus c' qu'il faut... Prends-le avec les tiens. » Il faisait un effort terrible pour parler, le gars Fluche, mais la petite lueur dans les yeux y était encore. « Prends-le avec les tiens... Il s'appelle Rodolphe. — C'est un nom à la con, que je lui dis. J'en veux pas... Occupe-t'en toi-même. » Mais il m'a regardé d'une façon... « Allez zou, lui dis-je, je te le prends, ton Rodolphe, quand t'iras mieux, je te le rendrai. » Mais je tenais sa main dans la mienne et j'ai tout de suite su que Rodolphe il était avec moi pour toujours. Depuis, je le trimbale partout avec moi. Et voilà, mademoiselle, pourquoi je suis venu en Afrique, voilà ce que je défends. Et quand il y a quelque part un salaud de chasseur qui tue un éléphant, j'ai une telle envie de lui loger une balle là où il aime bien ça, que je n'en dors pas la nuit. Et voilà pourquoi aussi j'essaye d'obtenir des autorités une mesure bien modeste...

Il ouvrit sa serviette, prit une feuille de papier et la déplia soigneusement sur le comptoir.

— J'ai là une pétition qui demande l'abolition de la chasse à l'éléphant sous toutes ses formes, à commencer par la plus ignoble, la chasse pour le trophée — pour le plaisir, comme on dit. C'est le premier pas, et ce n'est pas grand-chose. Ce n'est vraiment pas trop demander. Je serais heureux si vous pouviez signer là...

Elle avait signé.

IX

Ainsi firent-ils, insensiblement, l'un vers l'autre, les premiers pas d'une aventure qui pourrait bien devenir au Tchad une légende, les années aidant. « Je les ai très bien connus », voilà une phrase qui ne manquait jamais d'assurer un moment d'attention incontestée à celui qui savait la prononcer avec juste la pointe de nonchalance qu'il faut pour aiguiser la curiosité. Aux heures de grand-soif, cette phrase servit beaucoup à quelques-uns, parmi tant d'autres, dont les plantations de coton ne concurrencèrent guère, en fin de compte, celles de la vallée du Nil, dont les mines d'or n'étaient plus qu'un sujet tabou, dont le grand réseau routier panafricain n'était, en définitive, signalé que par une carcasse de camion rouillée dans un oued desséché. Mais la vérité était que Morel n'avait pas d'amis, qu'il passait le plus clair de son temps dans la brousse, et que personne n'avait prêté attention à ses allées et venues à Fort-Lamy, avec sa pétition ridicule que l'on écartait d'un haussement d'épaules — personne, à part Orsini. Car s'il y eut jamais un homme à qui les événements donnèrent raison, un homme qui « n'était pas de la race des dupes », ce fut bien Orsini, l'ancien, le chasseur, qui savait flairer l'ennemi autour de lui, comme s'il n'eût vécu que pour ça. N'avait-il pas clamé dès le début que l'homme était dangereux, que semblable affaire risquait de mettre l'Afrique à feu et à sang ? N'avait-il pas poussé en vain son cri d'avertissement, ce cri étrange, à la fois désespéré et ricanant, qui semblait appartenir depuis toujours à la faune nocturne du Tchad, — mystérieux écho d'une aspiration qui lui était certainement étrangère ? Ne s'était-il pas, enfin, méfié de la « Bochesse » ? N'avait-il pas reconnu, là aussi, un élément important du complot ? Oui, Orsini avait vécu des heures de triomphe, mais elles furent assez brèves et s'il fait partie de la légende, ce n'est certes pas de la façon qu'il eût souhaitée. Il commit une grave erreur,

Orsini : il s'était trop profondément identifié à l'affaire. Il fut brûlé par la flamme trop vive qui l'attirait. Il fut le premier à reconnaître la trace du gibier et à sonner l'hallali, — il s'était rué à l'attaque avec la passion de qui se sent défié par toute manifestation d'une exigence trop noble envers l'homme, comme si l'humain s'élevait à dix mille mètres au-dessus du niveau de la terre, dix mille mètres au-dessus du niveau d'Orsini. Il était résolu à défendre ses mesures, ses dimensions. En dehors de lui, le seul qui prêtât à Morel quelque attention fut le Père Fargue, qui s'occupait plutôt en général des lépreux. Ancien aumônier de l'aviation de la France libre, c'était un franciscain qui avait le verbe violent, la bonté colérique, facile le coup de poing sur la table. Lui qui avait vu, dans la longue marche de Leclerc du Tchad aux Alpes bavaroises, tomber ses meilleurs camarades, il ne supportait plus le doute athée simplement parce qu'il le priverait outre-tombe de la compagnie des frères d'armes auxquels il demeurait profondément fidèle. Avec sa barbe rousse et sa nuque de taureau, son langage dont la naïveté tenait parfois du blasphème, il avait l'apparence d'un moine paillard — « c'est pas ma faute, disait-il, c'est la carcasse » — mais menait une vie exemplaire au fond de la brousse, au nord-ouest de Fort-Archambault. Il était connu pour ses gaffes, la plus fameuse d'entre elles figurant sans doute à tout jamais dans le folklore de la colonie. Elle était entrée dans l'histoire à Bangui, à bord du vapeur qui faisait sur le Congo la liaison avec Brazzaville et son énormité était due, justement, à l'effort désespéré et grandiose que le Père Fargue avait fait pour éviter de gaffer. Il avait emprunté à l'argot de l'escadrille l'habitude d'appeler tout individu auquel il adressait la parole « cocu », les hommes pour lui étaient divisés en « bons cocus » et « méchants cocus ». « Bonjour, cocu » était sa façon aimable de vous accueillir. Il se trouva qu'au moment de l'apparition de Fargue sur le pont du vapeur, la compagnie habituelle était déjà formée. Parmi elle se trouvait un certain Ouard dont la réputation était fermement établie dans le pays grâce à sa jeune femme qui le trompait largement, ouvertement, et sans trop de discrimination. Fargue s'était approché du groupe et avait commencé à serrer les mains à la ronde, avec son salut habituel. « Bonjour, cocu, disait-il en passant de l'un à l'autre. Bonjour, cocu, bonjour, cocu, bonjour, cocu, bonjour... » Il se rendit brusquement compte qu'il tenait dans sa grosse patte les doigts du malheureux Ouard. Il crut alors faire preuve d'une très grande présence d'esprit : « Bonjour, monsieur Ouard ! » hurla-t-il, enchanté de pouvoir enfin montrer qu'il avait du tact, et il enchaîna aussitôt, en passant aux suivants : « Bonjour, cocu, bonjour, cocu », et ainsi de suite jusqu'au dernier. Tel était le Père Fargue, le missionnaire préféré des lépreux et des sommeilleux. Il avait vécu trop longtemps au fond de la brousse, au cœur noir de la souffrance, pour manifester autre chose que de l'impatience lorsqu'un homme se présenta devant lui, à la mission de Fort-Lamy où il était venu gueuler parce que les médicaments arrivaient avec six semaines de retard, sous prétexte qu'il n'y avait pas de routes —, lorsqu'un homme, donc, vint lui coller sous le nez une pétition ridicule où il était question de défendre les éléphants.

— Vous pouvez vous les fourrer quelque part, vos éléphants, avait gueulé le Révérend Père avec une grandeur de vision incontestable. Il y a sur ce continent je ne sais combien de sommeilleux, de lépreux, sans parler du pian — tout ça baise plus que ça ne bouffe, si bien que les gosses crèvent comme ils naissent, c'est-à-dire comme des mouches — et le trachome, vous en avez entendu parler ? Et le spirochète, et la filariose ? Et vous venez m'emmerder avec des éléphants ?

L'homme — Fargue ne l'avait jamais vu auparavant : il paraissait d'ailleurs sortir tout droit de la brousse, débraillé, avec ses leggings, sa chemise sale, ses joues au poil vieux de plusieurs jours — l'homme le regarda sombrement. Même le Père Fargue, chez qui la sensibilité n'était pourtant pas le trait dominant, fut frappé par ce regard véhément, violent presque, où se terrait pourtant, inattendue, une étincelle de folle ironie. Il ajusta ses lunettes sur son nez, et répéta encore, pour le principe, mais sans trop de conviction :

— Et vous venez m'emmerder, avec vos éléphants ?

Morel ne répondit pas tout de suite. Il serra les poings, puis prit dans sa poche une blague à tabac et demeura un moment silencieux, jambes écartées, à rouler une cigarette, sans doute pour calmer la rage de ses mains. Il leva enfin les yeux :

— Écoute-moi bien, curé, dit-il. Bon, tu es curé. Missionnaire. Bon. Tu as toujours le nez en plein dedans. Je veux dire, tu vois toutes les plaies, et toutes les laideurs à longueur de journée. Bon, d'accord. Tu vois toutes sortes de saloperies — la misère humaine, quoi. Et alors, quand tu as bien vu tout ça, quand tu as bien torché le derrière de l'humanité, est-ce que t'as pas envie, après, de lever les yeux, de monter sur une colline, de regarder quelque chose d'autre ? Quelque chose de beau, pour une fois, et de libre — une tout autre compagnie ?

— Quand j'ai envie de lever les yeux et que j'ai besoin d'une autre compagnie, gueula le Père Fargue, en donnant sur la table un coup de poing formidable, c'est pas vers les éléphants que je regarde, moi !

— Ça va, curé, ça va. T'as comme tout le monde besoin de regarder de temps en temps autour de toi, pour te prouver qu'on n'a pas encore tout salopé, tout exterminé, tout gâché. T'as comme tout le monde besoin de te rassurer, de te dire qu'il reste encore quelque chose de beau et de libre sur cette terre de merdeux, même si ça n'est que pour continuer à croire à ton Dieu. Alors, signe là. Pas la peine de te tortiller comme ça, curé, et d'avoir les jetons : c'est pas avec le diable que tu signes. C'est seulement pour qu'on tue plus d'éléphants. On en tue trente mille par an.

Il sourit brusquement, avec malice.

— Et rappelle-toi, curé, qu'ils y sont pour rien, dans toutes nos cochonneries. Ils sont pas coupables, curé, ils sont pas coupables.

— Qui ça ? gueula Fargue.

— Les éléphants, curé — qui veux-tu que ce soit d'autre ?

Fargue resta bouche bée.

— Nom de...

Il se rattrapa à temps. Puis il dit :

— Assieds-toi.

— Le gars s'assit, racontait plus tard Fargue au Père Tassin, qui était venu le voir et qui surprit et inquiéta le bon franciscain par l'intérêt extraordinaire qu'il portait à l'affaire — c'était bien la première fois qu'il s'intéressait à autre chose qu'un fossile vieux d'au moins cent mille ans — le gars s'assit et nous sommes restés un moment à nous regarder. Vous comprenez, il me poignardait dans le dos, ce salaud-là, avec ses éléphants « qui n'étaient pas coupables ». Ce que ce cocu était en train d'insinuer, c'est que les hommes, eux, étaient coupables, et qu'est-ce que je pouvais lui répondre à cela, moi, un curé ? Que c'était pas vrai ? Et le péché ? Le péché originel et tout le truc, enfin, vous savez ça mieux que moi. Il me poignardait dans le dos, il me visait dans ma religion. Moi, vous me connaissez, je suis un homme d'action ; donnez-moi une bonne vérole, une bilieuse, là, je suis à l'aise. Mais la théorie... Je dis ça entre nous. La foi, le Bon Dieu, j'ai tout ça dans le ventre, dans les tripes, mais pas dans le cerveau. Je suis pas un cérébral, moi. Alors, j'ai essayé de lui offrir un pastis, mais il a refusé.

Le visage du jésuite s'éclaira un moment et les rides parurent s'effacer dans la jeunesse du sourire. Fargue se rappela tout à coup qu'il n'était pas très bien vu de son ordre, on l'avait à plusieurs reprises empêché de publier ses travaux ; on murmurait même que son séjour en Afrique n'était pas tout à fait volontaire. Il avait entendu dire que, dans ses écrits, le Père Tassin présentait le salut comme une simple mutation biologique, et l'humanité, telle que nous la connaissons encore, comme une espèce archaïque appelée à rejoindre dans les ténèbres de l'évolution d'autres espèces disparues. Il s'assombrit : cela sentait l'hérésie.

— Je lui répétai que s'il avait besoin d'oublier les hommes, de se tourner vers quelque chose d'autre et de vraiment grand, il avait tort de s'arrêter aux éléphants. Il ferait beaucoup mieux de défendre un animal qui était encore plus menacé d'extinction dans le cœur des hommes, c'est-à-dire le Bon Dieu !

Fargue dit cela avec une innocence telle et une telle simplicité que le mot « animal » ne sonna pas du tout comme un blasphème, mais comme un terme un peu rude et naïf de profond attachement filial.

— Il me laissa gueuler, et puis il eut une espèce de sourire. « Ça se peut, curé, mais dis-moi, qu'est-ce qui t'empêche de signer ? C'est pas ton âme qu'on te demande. C'est seulement une signature. Tout ce que je veux, c'est qu'on tue plus les éléphants. C'est pas bien méchant. Alors, qu'est-ce que t'as à te tortiller ? » Je dois dire que là, il me tenait. C'est vrai, qu'est-ce qui m'empêchait de signer ? J'en suis resté comme deux ronds de flan. J'ouvris la bouche, mais ne trouvai rien à dire. Et comme il continuait à me fourrer son torchon sous le nez, j'ai fini par me mettre en rogne et je l'ai foutu dehors, lui et ses éléphants. Mais ça a continué à me turlupiner. Pourquoi n'avais-je pas signé ? Ça n'avait aucune importance, ce n'était pas de la politique, l'évêque n'aurait rien pu me dire... J'ai pas pu roupiller la moitié de la nuit, en cherchant la raison, et finalement je crois que j'ai mis le doigt dessus.

Fargue lança au jésuite un regard malin comme pour lui dire : « Vous voyez, mon vieux, je ne suis tout de même pas aussi con qu'on le prétend. »

— C'est que, de la façon dont ce cocu-là vous présentait les choses, il avait un peu trop l'air de cracher sur une espèce pour laquelle Notre-Seigneur était mort. On n'avait pas l'impression de signer pour les éléphants, mais contre les hommes. Je ne sais pas comment ça se fait, mais on avait même l'impression de trahir, de devenir un renégat. Saperlipopette, je n'allais quand même pas me laisser faire. On a sa dignité, quoi... Je ne sais pas si vous voyez ce que je veux dire.

Le jésuite voyait très bien.

— J'ai pensé à tous les copains que j'ai eus à l'escadrille et qui ont donné leur vie pour quelque chose de propre, et j'ai trouvé qu'il charriait vraiment, celui-là avec ses éléphants. Il n'y en avait que pour eux. Et puis, je n'aime pas les désespérés.

Le visage de Fargue se congestionna et il donna un grand coup de poing sur la table.

— Chaque fois que je vois un désespéré, j'ai envie de lui botter le cul. Ce sont tous des cochons.

Le Père Tassin l'interrompit doucement.

— Je voudrais beaucoup rencontrer ce garçon, dit-il.

— Vous le rencontrerez, soyez tranquille, grommela Fargue. Il doit encore traîner à Fort-Lamy et il viendra sûrement vous fourrer sa pétition sous le nez un de ces jours.

X

Mais il ne traînait plus à Fort-Lamy. Quant à sa pétition, il l'avait déchirée, ne gardant qu'un bout de papier sur lequel figurait, d'une écriture féminine, une signature qu'il regardait souvent. Minna continuait à s'occuper du bar, le soleil continuait ses comptes sur le cadran blanc du ciel africain, suivant toujours les mêmes points de repère : les cabanes des pêcheurs à dix heures du matin, une falaise brune au-dessus du Chari à midi, le palmier solitaire de Fort-Foureau à quatre heures, et puis, vers cinq heures et demie, le major américain qui passait à cheval au grand galop sur l'autre rive et disparaissait du même côté que le soleil qu'il semblait poursuivre avec frénésie, ses cheveux roux étincelant dans les derniers rayons qui les saisissaient comme un poing. Minna le rencontrait parfois au marché ou dans la ville indigène, géant turbulent et hirsute, dans sa vieille veste d'aviateur qu'il ne quittait jamais, et un soir elle le trouva étendu sur la route de Maidaguri, le visage dans la poussière, au milieu d'un groupe de noirs riant de ce rire jeune et léger qui est leur façon de tout affronter. Elle le fit placer dans sa jeep et arriva chez le colonel Babcock chez qui elle dînait ce soir-là, avec son compagnon inanimé. Le colonel fut extrêmement affecté par l'état de l'Américain : il avait attendu avec impatience cette soirée en tête à tête avec Minna, qu'il invitait à dîner régulièrement tous les trois mois. Ils l'étendirent sur la terrasse, sous une couverture, mais lorsque, après dîner, ils revinrent pour voir comment il allait, ils le trouvèrent debout, regardant la nuit qui enveloppait la maison dans cette clarté féminine où les troupeaux eux-mêmes se sentent en sécurité...

— La prochaine fois que vous me trouverez dans le ruisseau, laissez-moi là, leur dit-il, ou mieux encore, venez m'y rejoindre, on y est très bien. Vous y serez d'ailleurs chez vous.

Les yeux du colonel étincelèrent.

— Ma voiture est dehors, dit-il. Prenez-la et allez-vous-en. Cette jeune femme vous a probablement sauvé d'une pneumonie, et votre premier soin, naturellement, est de l'insulter.

L'Américain se mit à rire.

— Et vous, naturellement, vous considérez que ma remarque ne peut s'adresser qu'à elle, et non à vous, n'est-ce pas, colonel Babcock? Je ne sais pas où les Anglais ont puisé leur merveilleuse assurance ; elle n'est sans doute qu'une forme de leur hypocrisie. Soyez tranquille, colonel, je parle aussi pour vous, vous n'êtes pas exclu de la grande fraternité du ruisseau. La différence entre les Anglais et le reste des mortels, c'est que les Anglais savent très bien et depuis longtemps la vérité sur eux-mêmes, ce qui leur permet toujours de l'éviter discrètement, de la contourner. Votre maudit sens de l'humour est une façon de tricher, d'apprivoiser cette vérité, au lieu de vous mesurer avec elle. Il fut un temps où moi aussi j'avais mes illusions. J'ai eu simplement la malchance d'être fait prisonnier par les Chinois en Corée et ils se sont chargés de me renseigner sur moi-même. Ou, plus exactement, j'ai appris la vérité sur eux, ce qui revient au même. Bien qu'originaire du Sud, j'ai l'originalité de ne pas être raciste, et je suis obligé de reconnaître qu'ils sont des hommes comme moi. Vous savez sans doute que j'ai été honteusement vidé de l'armée pour avoir avoué à la radio chinoise que j'avais bombardé la Corée avec des mouches contaminées et que donc mon pays se livrait à la guerre bactériologique. Ce n'était pas vrai, bien sûr, mais chose étrange, que ce soit vrai ou non, les conséquences sont les mêmes. Que les communistes aient monté une escroquerie diabolique, ou que les Américains aient semé le choléra en Chine, la seule chose qui compte c'est que vous êtes dans le ruisseau, colonel Babcock. On ne pourra jamais enlever aux communistes un mérite : celui d'avoir regardé l'homme en face. Ils ne l'ont pas envoyé à Eton pour lui apprendre à dissimuler. L'Occident a peut-être une civilisation, mais les communistes détiennent une vérité. Ne les accusez surtout pas de méthodes inhumaines : tout est humain chez eux. Nous sommes tous une grande et belle famille zoologique, il ne faudrait pas l'oublier ! Voilà, colonel Babcock, comment vous vous êtes trouvé dans le ruisseau. Ce n'était pas la peine de vous réfugier sur une île et de faire l'autruche, c'est-à-dire l'Angleterre : le ruisseau est là, devant vous, ou plutôt en vous, car il coule dans vos veines. Ceci dit, mon nom est Forsythe, de Charleston, Georgia — je suis heureux de vous rencontrer officiellement. Il vaut mieux se connaître quand on vit dans le même patelin ! Dormez bien.

Il dégringola les marches de la terrasse et s'enfonça dans la nuit. Le colonel le laissa s'éloigner, puis prit le bras de Minna, et dit doucement :

— Pauvre garçon. Comme il se trompe... sur l'Angleterre.

Désormais lorsque Minna voyait passer, au crépuscule, sur l'autre rive du Chari, la haute silhouette qui fuyait au galop, elle la suivait des yeux avec amitié. A plusieurs reprises, elle essaya d'avoir des nouvelles de Morel, mais on ne l'avait plus vu depuis longtemps à Fort-Lamy. Lorsqu'un jour elle se rendit à cheval à la case de terre sèche qu'on lui avait indiquée dans la ville indigène, elle n'y trouva qu'une vieille édentée qui hochait la tête, tendait la main et ne savait rien.

XI

Puis les événements se précipitèrent dans un crescendo effarant, et la ville entière passa d'abord de l'incrédulité à la stupeur, ensuite à l'indignation, pour finir, lorsque les premiers envoyés spéciaux des journaux commencèrent à débarquer d'avion à Fort-Lamy, dans une sorte de fierté de propriétaire : une telle histoire ne pouvait arriver qu'au Tchad, disait-on avec complaisance, et ceux-là même pour qui l'aventure n'avait plus, depuis longtemps, qu'un goût de quinine et les visages de la Mère l'Autruche et de la Mère l'Ail, deux noires qui faisaient le tour de certaines cases à l'heure de la sieste, sentirent s'éveiller en eux une vague nostalgie. Langevielle, qui avait été autorisé à chasser les troupeaux d'éléphants qui ravageaient régulièrement sa plantation et les potagers des indigènes, fut ramené dans un avion sanitaire à l'hôpital de Fort-Lamy avec une balle dans la jambe. Il n'avait rien vu, rien entendu, simplement au moment de tirer sur le plus beau mâle d'un troupeau de près de quarante bêtes qui étaient en train de dévaster méthodiquement un champ, il avait eu la jambe gauche traversée par une balle. On s'agita. Le colonialisme vivait ses dernières heures, mais ne voulait pas le savoir. A Kano, en Nigeria britannique, des troubles politiques venaient d'éclater entre partisans et adversaires de la Fédération — à l'est les Mau-Mau mettaient à feu et à sang les territoires depuis longtemps les plus pacifiques de l'Afrique — du nord venait le bruit menaçant de l'Islam, qui empruntait une fois de plus les anciennes voies des marchands d'esclaves — au sud, enfin, l'Afrique des Boers réveillait dans l'âme noire les plus anciennes plaies. On ne trouva rien. Puis, Haas, ses deux mètres d'homme à moitié bouffés par les moustiques depuis tant d'années qu'il parcourait les roseaux du Tchad, pour capturer des éléphanteaux et approvisionner en pachydermes africains la moitié des zoos du monde, arriva sur une civière au poste d'infirmerie d'Assua. Il hurlait dans son hollandais natal des jurons d'une longueur sans précédent dans l'histoire de la colonie, pourtant bien fournie à cet égard. Il avait les fesses labourées d'une balle du même calibre que celle qui avait interrompu si malencontreusement le beau coup de fusil de Langevielle. Haas était un original, qui en savait plus long sur les mœurs des éléphants que n'importe qui. Il était dans un tel état de rage et d'indignation qu'il fallut deux jours pour qu'il consentît à répondre aux questions autrement que par des injures. Couché sur le ventre, une sœur infirmière attachée en permanence à son derrière qu'elle saupoudrait, arrosait et badigeonnait avec un dévouement d'ange sévère, il maudissait Schölscher qui essayait en vain de lui offrir les cigares les plus infects, et finit par grommeler avec une répugnance extrême quelques vagues explications. Il visitait comme chaque soir l'enclos où il tenait ses éléphants capturés. Il en avait pris un nouveau le matin même : un vrai nourrisson, qui se tenait immobile, tourné obliquement vers la barrière, malgré les incessantes invites au jeu des autres captifs. Il tenait sa trompe enroulée autour d'une branche de buisson, comme s'il eût espéré que sa mère allait se matérialiser soudain au bout de cette queue imaginaire. Le matin même, il trottait derrière elle, dans cette position familière, la main dans la main, en quelque sorte, lorsque Haas fit tirer en l'air un véritable feu d'artifice qui affola le grand animal au point de lui faire perdre pendant quelques instants tout sentiment du devoir maternel. Le troupeau se dispersa, laissant sur le terrain le plus jeune des bébés, figé sur place, les pattes raides, urinant de terreur. Haas lui passa la corde au cou et le traîna derrière lui, aidé par deux de ses noirs à cheval. La mère s'était enfuie avec le troupeau, mais elle devait avoir le cœur particulièrement bien accroché, ou au contraire particulièrement tendre, parce qu'elle continua pendant des heures à charger au hasard à travers la brousse avec des barrissements désespérés, la trompe levée, essayant de retrouver l'odeur de son petit. Haas interrompit son récit et leva vers Schölscher un œil sombre.

— Vous savez, ou vous ne savez pas, qu'il existe un langage d'éléphants, déclara-t-il. Chaque fois que j'ai entendu une mère appeler son petit qui se trouvait entre mes mains, j'ai toujours entendu le même son. Trois notes. Quelque chose comme ça...

Il leva la tête et émit un barrissement étonnamment suggestif et d'une tristesse affreuse. La bonne sœur se précipita comme un boulet de canon dans la chambre et s'affaira autour de lui.

— Mon pauvre monsieur Haas, essayez d'avoir un peu de patience, le supplia-t-elle, je vous ferai bientôt une piqûre pour la nuit.

Haas dit quelques mots en hollandais, et la sœur se retira précipitamment.

— Bref, cette mère-là me parut particulièrement résolue et je pris mes précautions autour de l'enclos. Le camp était à dix kilomètres du lieu de capture et je me méfiais. Je plaçai deux de mes noirs sur des acacias avec ordre d'ouvrir l'œil. Vers le coucher du soleil, je vins m'assurer moi-même qu'ils ne roupillaient pas ; naturellement, ils roupillaient. L'éléphanteau s'accrochait toujours à sa branche en sifflant tristement...

Le nez de Haas siffla tristement.

— Je lui donnai une ou deux tapes sur le derrière et m'apprêtais à rentrer lorsque j'entendis le bon vieux bruit de l'ouragan qui roule par terre à cent à l'heure dans votre direction.

Haas sourit d'un air radieux.

— Je l'ai entendu un bon millier de fois dans ma vie et j'en ai rêvé encore plus souvent la nuit, mais chaque fois c'est comme si j'étais encore vierge, ça me fait un effet formidable. L'envie me prend de m'élever verticalement dans les airs et d'y demeurer, assis sur un nuage, pour tout voir de haut. C'est un bruit qui fait paraître le monde plus habitable quand il s'arrête. Je vis presque en même temps l'éléphante surgir devant moi avec toute la légèreté d'une montagne qui s'apprête à vous tomber dessus. J'épaulai, mais juste au moment où j'allais tirer, je reçus une balle dans les fesses.

Schölscher fumait pensivement.

— La montagne est passée à trois mètres de moi,

sans me prêter la moindre attention, continua Haas. Elle m'a traité par le mépris. Elle n'avait pas l'air de se soucier le moins du monde de ma réputation. Elle n'avait qu'une idée en tête, c'était son petit. Elle a enfoncé les barrières, le petit s'est collé à elle comme une puce et ils sont partis en trottant allégrement.

— Et cette balle ? demanda Schölscher.

Le visage du Hollandais prit un air malin.

— C'est cet imbécile d'Abdou, grogna-t-il. C'est la dernière fois que je lui confie un fusil. L'idée, je suppose, était de me sauver la vie. Mais avec la tremblote qu'il avait...

— J'ai parlé à vos boys, dit le commandant. Vous leur avez bien appris leur leçon, mais vous sous-estimez le prestige de l'uniforme. Tout ce qu'ils savent, c'est qu'on vous a trouvé couvert de sang et disant des gros mots.

Haas parut se résigner.

— Écoutez, vieux, je vais vous le dire, mais que ça reste entre nous. Si on connaît l'histoire, je serai la risée de la colonie.

Schölscher attendait.

— La vérité est que, lorsque j'ai vu l'éléphant arriver sur moi, j'ai perdu complètement la tête, j'ai mal visé et je me suis logé une balle dans le cul.

Schölscher se leva.

— Bon, dit-il. C'est ce que je pensais. Ce que je ne comprends pas, c'est pourquoi vous cherchez à protéger le tireur.

Le vieux Hollandais leva la tête ; il avait l'air sérieux et un peu triste.

— Figurez-vous, Schölscher, que moi aussi j'aime les éléphants, dit-il. Je crois même que je les aime plus que n'importe quoi au monde. Si je fais ce métier, c'est parce qu'il me permet depuis trente ans de vivre parmi eux, de les connaître, et je sais, moi, que chaque éléphant que je prends, c'est autant de moins pour les chasseurs, les tiques, les plaies, les moustiques, oui, les moustiques. Les éléphants y sont particulièrement sensibles. Mais j'ai vu mourir des douzaines d'éléphanteaux avant d'apprendre à les nourrir, avant de comprendre, par exemple, que sans l'eau boueuse du Tchad à une certaine température, ils crevaient... Ils crevaient. Vous avez déjà vu un éléphanteau couché sur le flanc, la trompe inerte, et vous regardant avec des yeux où semblent s'être réfugiées toutes les qualités humaines tant vantées et dont l'humanité est si abondamment dépourvue ? Oui, moi aussi, j'aime les éléphants — au point que lorsqu'il m'arrive de prier — tout le monde a ses moments de faiblesse — la seule chose que je demande, c'est d'aller avec eux, là où ils vont, après ma mort. C'est de rester avec eux, pas avec vous autres. Mettez-vous donc bien dans la tête que je n'ai rien vu, rien entendu. Quant à cette balle dans les fesses, je ne l'ai pas volée. D'ailleurs, qui vous dit que c'est une balle ? C'est peut-être simplement un pet qui est mal parti.

Il jeta à Schölscher un regard de défi. Le commandant pensait aux motifs qui pouvaient pousser un homme comme Haas à vivre seul, depuis trente ans, parmi les moustiques du Tchad. Il était toujours sensible à cette étincelle de misanthropie que la plupart des gens portent en eux et qui risque parfois de s'embraser et de prendre des formes étonnantes et imprévisibles. Il pensait aussi aux vieux Chinois qui ne se déplacent jamais sans leur grillon favori, aux Tunisiens qui emmènent avec eux au café leur oiseau dans sa cage et aux Indiens du Pérou qui vivent des jours entiers les yeux fixés sur un haricot sauteur. Il s'étonna un peu d'apprendre que Haas était croyant, il semblait y avoir là une contradiction ; il est vrai, pensa-t-il, que Dieu n'a pas un nez froid que l'homme pourrait toucher lorsqu'il se sent seul, qu'on ne peut pas le caresser derrière l'oreille, qu'il ne remue pas chaque matin la queue à votre vue, et qu'il ne vous fait pas sourire de bonheur lorsque vous le surprenez trottant par les collines, les oreilles flottantes et la trompe au vent. On ne peut même pas le tenir dans sa main, comme une pipe bien chaude, et puisqu'un passage sur terre peut bien durer cinquante ou soixante ans, il est tout à fait compréhensible que des gens finissent par s'acheter une pipe ou un haricot sauteur. Il avait lui-même passé cinq années dans le Sahara, à la tête d'une unité de méharistes, et ces années avaient été les plus heureuses de sa vie. Il est vrai qu'au désert on avait moins besoin de compagnie qu'ailleurs, peut-être parce qu'on y vivait dans un contact constant et presque physique avec le ciel, qui paraissait toujours occuper toute la place. Il voulait dire tout cela à Haas, mais ses années de Sahara l'avaient rendu peu loquace, et il avait remarqué également que certaines choses qu'il sentait pourtant profondément changeaient de sens au contact des mots, au point que non seulement il n'arrivait pas à les communiquer, mais qu'il ne les reconnaissait plus lui-même en les prononçant. Si bien qu'il se demandait souvent si les pensées suffisaient, si elles n'étaient pas un simple tâtonnement, si la vraie vue n'était pas ailleurs, et s'il n'y avait pas dans le cerveau des hommes des nerfs encore inutilisés qui iraient porter ces mêmes pensées un jour vers des lieux de vision illimitée. Il dit :

— Je ne suis pas tellement sûr qu'il s'agisse vraiment de bêtes, dans cette histoire.

— Et de quoi s'agit-il donc, selon vous ?

Schölscher faillit répondre qu'il était bien permis d'avoir besoin d'une autre compagnie et de se réclamer d'une tout autre protection, mais il eut l'impression que ce genre de propos, ou même de pensées, n'allait pas avec l'uniforme qu'il portait. Cela datait probablement du temps où, jeune saint-cyrien, le mince galon de sous-lieutenant était son seul horizon. Son visage demeura impassible, mais il sourit intérieurement aux souvenirs de sa jeunesse. Pendant longtemps, l'uniforme était demeuré pour lui le symbole même de ce que, dès les premières lueurs de l'adolescence, il avait souhaité avec le plus de ferveur : la fidélité à une règle. Cela excluait certaines attitudes, certains états d'âme. Il garda donc sa réflexion pour lui d'autant que, ces dernières années, il éprouvait de moins en moins le besoin d'échanger des idées avec d'autres hommes, parce que, pour l'essentiel, elles ne lui venaient plus sous forme de questions. Il ne lui restait plus ainsi que de petites curiosités.

— De quoi s'agit-il, selon vous, sinon des éléphants ? répéta Haas, en élevant la voix d'un ton menaçant.

— D'autre chose, dit Schölscher, vaguement.

Le Hollandais l'observait avec une extrême méfiance, un œil à demi fermé.

— Savez-vous comment on vous appelle dans le pays ? grommela-t-il. Le moine-soldat.

Schölscher haussa les épaules.

— Oui, haussez les épaules, mais vous finirez à la Trappe, mon ami. D'ailleurs, chaque fois que je vois un officier méhariste, avec son burnous blanc, ses pieds nus dans ses sandales, son crâne rasé et son désir de retourner le plus tôt possible dans le désert, je me dis : encore un que le souvenir du Père de Foucauld empêche de dormir. Mais en ce qui concerne Morel, vous faites fausse route. Quel besoin avez-vous de compliquer une chose aussi simple que l'amour d'un homme pour les bêtes ?

Schölscher se leva.

— Le meilleur service que vous puissiez rendre à ce malheureux, dit-il, c'est de nous aider à lui mettre la main dessus. Sans ça, la prochaine fois, il va tuer quelqu'un, et nous ne pourrons plus rien pour lui. Il ira pourrir en prison.

Il le laissa là, silencieux et maussade et rentra chez lui en se demandant jusqu'où les hommes pouvaient aller dans leur aveuglement.

XII

Il passa les quelques jours suivants dans la brousse, sur les traces de Morel, qu'on lui signalait partout à la fois. Les chasseurs qui rentraient juraient qu'ils l'avaient aperçu dans un village et chaque chef de district était persuadé qu'il était caché dans son secteur, en train de préparer un sale coup. Schölscher commençait d'ailleurs à se demander si Morel agissait vraiment seul, s'il ne bénéficiait pas de quelques complicités intéressées : il était difficile d'imaginer qu'un blanc pût se déplacer comme il le faisait à travers la brousse sans être aidé. Mais chaque fois qu'il interrogeait les indigènes dans les villages, il ne rencontrait que des visages vides : dès qu'il abordait le sujet, personne ne semblait plus comprendre de quoi il parlait. Il rentra à Fort-Lamy vers une heure du matin, mais, à peine couché, il fut tiré de son lit par un ordre urgent du gouverneur du Tchad de se présenter devant lui. Il s'habilla en hâte, avala un bol de café brûlant, sauta dans sa voiture et roula, tout frissonnant, dans Fort-Lamy silencieux et enveloppé d'étoiles. Il arriva au milieu d'un véritable conseil de guerre. Le gouverneur, en grande tenue, mais débraillé, sortant sans doute de quelque réception, un mégot planté au milieu de sa barbe dont on ne savait pas si elle était roussie par le tabac, ou si telle était sa teinte naturelle, était en train de dicter des télégrammes. En sa compagnie se trouvaient le secrétaire général Foissard dont le visage d'hépatique ressemblait à un oreiller sur lequel on aurait beaucoup mais mal dormi, le colonel Borrut, commandant militaire du Tchad, penché sur une carte qu'il étudiait avec une concentration tellement excessive qu'elle ressemblait beaucoup plus à une attitude et à une prudente retraite qu'à un véritable intérêt, et l'officier de service de la Place, qui avait une fâcheuse tendance à se mettre au garde-à-vous dès qu'une des personnalités présentes prenait la parole. Un peu à l'écart, Laurençot, l'inspecteur des chasses que l'on voyait rarement à Fort-Lamy et qui traînait toujours quelque part dans les collines, — colosse noir qui n'avait pas beaucoup le sens de la hiérarchie administrative, mais qui, parmi tous ceux que Schölscher connaissait, pouvait parler des lions sans paraître ridicule — semblait tantôt soucieux et tantôt exaspéré.

Le gouverneur accueillit le nouveau venu avec impatience.

— Ah, Schölscher... tout de même ! Je suppose que vous n'êtes au courant de rien, comme d'habitude ? Foissard, renseignez-le.

Le secrétaire général se mit à parler avec la rapidité

saccadée d'un homme qui avait passé sa vie parmi les télégrammes. Il s'agissait d'Ornando...

— Peut-être avez-vous cependant entendu parler d'Ornando ? demanda le gouverneur avec le maximum de sarcasme dans la voix.

Schölscher sourit. Depuis trois semaines, l'Afrique équatoriale entière retentissait du nom d'Ornando. Son arrivée avait été précédée de tant de télégrammes officiels, de recommandations, de circulaires, d'instructions confidentielles, que les moustiques eux-mêmes paraissaient bourdonner son nom aux oreilles des fonctionnaires exaspérés. Ornando était le journaliste le plus célèbre des États-Unis, un chroniqueur lu, écouté à la radio et admiré à la télévision par plus de cinquante millions d'Américains chaque semaine, et les consignes formelles de Paris étaient de faire bonne impression sur lui. On espérait qu'à son retour il exercerait son influence sur l'opinion publique américaine dans un sens favorable à l'Union française. En conséquence, il ressortait clairement des instructions que M. Ornando ne devait pas attraper la dysenterie, qu'il ne devait pas avoir trop chaud, ou être trop secoué sur les routes, ou manquer son gibier — car la chasse au gros gibier était le but principal de sa venue en Afrique. Bien que les instructions ne l'eussent pas dit explicitement, on sentait néanmoins le désir pathétique de Paris qu'on fît jaillir des fontaines d'eau fraîche sous les pieds d'Ornando, qu'une douce brise caressât ses boucles et que pas un moustique ne piquât son auguste personne. C'était un homme obèse, énorme, au teint laiteux, aux cheveux crépus pareils à de l'astrakan blanc, qui, aux passages difficiles, se faisait transporter dans une espèce de litière, jetant le même regard curieusement immobile aux rivières, collines et précipices par-dessus lesquels on le trimbalait. Il était difficile d'imaginer quel besoin obscur l'avait poussé à venir chasser le grand fauve en Afrique, lui qui avait la réputation de pouvoir tuer un homme d'un mot. Protégé et guidé par les frères Huette, les meilleurs lieutenants de chasse du territoire, il avait déjà abattu deux lions, un rhino, quelques antilopes admirables de grâce — si on peut parler de grâce à propos d'un animal abattu — et finalement, à l'aube du troisième jour, au bord du Yala, un magnifique éléphant aux défenses pesant quarante kilos, qui s'écroula à ses pieds avec toute l'humilité de la mort. Mais une demi-heure plus tard, Ornando, qui s'était éloigné seul de sa tente pour uriner, recevait une balle en pleine poitrine et était transporté en toute hâte à Fort-Archambault, où il délira, le projectile à moins de deux centimètres du cœur, ce qui permit à un de ses concurrents aux États-Unis de commencer sa chronique par ces simples mots : « Il avait donc un cœur ! »

— Et voilà, dit le gouverneur, en repoussant le tas de télégrammes loin de lui. C'est arrivé il y a cinq jours, et depuis, la seule conclusion à peu près cohérente qui ressort des communications de Paris et de Brazzaville, c'est qu'on n'y est pas très, très content de moi. C'est une expérience inoubliable. Je n'aurais jamais cru que les télégrammes officiels pouvaient atteindre à un tel lyrisme dans l'invective, mais vous n'avez que l'embarras du choix.

Il fit un geste vers le tas accumulé sur son bureau.

— J'ai quarante-huit heures pour arrêter Morel. Car, naturellement, je lui ai mis ça sur le dos et j'espère bien qu'il ne me fera pas faux bond. Notre version a été immédiatement qu'il s'agit d'une espèce de fou, de misanthrope, qui s'est mis en tête de défendre les éléphants contre les chasseurs, et qui a, en quelque sorte, décidé de changer d'espèce, par dégoût de l'humanité. Un blanc qui est devenu amok par misanthropie, et qui est passé du côté des éléphants...

Il eut un rire sans joie.

— Du côté de la nature, comme il dit... Pourvu que ce soit bien Morel : inutile de vous dire que si tel n'était pas le cas, il nous faudrait alors faire face à un certain nombre d'hypothèses extrêmement désagréables, surtout à un moment où les Mau-Mau provoquent, c'est le moins qu'on puisse dire, quelques remous.

— On a examiné la balle ? demanda Schölscher.

— Il s'agit du même fusil que pour Haas et Longevielle, dit Foissard. C'est signé.

— J'aime mieux vous dire que nous avons d'abord

été fort mal reçus avec notre explication, dit le gouverneur. A Paris, ils voulaient à tout prix une version de terrorisme politique local. Quand j'ai maintenu ma version, ils ont commencé à me parler sur un ton vraiment pincé. Ils m'ont dit que s'il ne s'agissait pas d'un mouvement organisé, je n'avais vraiment aucune excuse. Ils ont fini, je vous le jure, par me donner la sensation que j'ai failli à ma tâche, simplement parce que je n'ai pas trouvé moyen de susciter des Mau-Mau dans le Tchad. Au fond, voyez-vous, ce sont des gens qui sont convaincus qu'une colonisation qui n'aboutit pas à un mouvement séditieux et à des massacres n'est pas une colonisation réussie. Peut-être ont-ils raison, en un certain sens.

Schölscher savait que derrière l'ironie de ce vieil Africain se cachait beaucoup d'amertume et une grande fatigue.

— Mais je dois dire qu'ils ont fini par changer d'avis. Nous avons été beaucoup aidés par la presse dans cette affaire. Je crois que c'est pour la première fois dans l'histoire de la colonie que le Tchad tient enfin la vedette dans la presse mondiale. Ils n'ont jamais parlé ni de nos routes, ni de notre lutte contre les maladies, ni de la baisse sensationnelle de la mortalité infantile, ni de notre résistance pendant la guerre. Mais cette fois, ça y est. Nous avons même reçu des envoyés spéciaux. Ça a l'air de toucher les gens, cette histoire, ce qui prouve que la misanthropie, ou si vous préférez l'amour des bêtes, c'est vraiment très répandu. L'environnement, l'écologie, tout ça : empêcher l'homme de nuire, les amis de la vie, ils appellent ça. Ils ont même trouvé de jolis titres. Si vous jetez un coup d'œil sur les dépêches de presse, vous verrez que les journaux ne parlent plus que de « l'homme qui a changé de camp », et du dernier « bandit d'honneur » — je dois dire que je ne vois pas très bien de quel honneur il s'agit.

— C'est pourtant assez clair, non ? fit Laurençot.

— Peut-être auriez-vous la gentillesse de nous expliquer toute la profondeur de votre pensée, Laurençot ? demanda le gouverneur. Il est trois heures du matin et il ne faut pas trop demander aux bureaucrates.

— Tout ce que je veux dire, monsieur le Gouverneur, c'est que, jusqu'à présent, les éléphants ne disposaient pas d'armes perfectionnées. Ce qui fait que trente mille éléphants ont pu être exterminés, l'année dernière, en Afrique.

— Continuez, continuez.

— Trente mille éléphants, ça fait à peine trois cents tonnes d'ivoire. Et comme le but d'un bon gouvernement c'est d'augmenter la production, je suis sûr que cette année on fera mieux. N'oublions pas que le Congo belge a fourni à lui seul plus de soixante mille éléphants, ces dernières années. Je suis sûr que nous aurons tous à cœur de battre ce record. Avec un peu de bonne volonté, on arrivera bien, pour l'ensemble de l'Afrique, à abattre cent mille éléphants par an, jusqu'à ce qu'on atteigne le plafond, si je puis dire. Il faudra alors passer à d'autres espèces...

La cigarette aux lèvres, le gouverneur regardait fixement son briquet allumé. Schölscher remarqua qu'il était en ivoire. Derrière, contre le mur, des défenses d'éléphants choisies avec un amour de collectionneur, recouvraient presque entièrement le mur. Mais il s'agissait là de l'œuvre de quelques-uns de ses prédécesseurs. Le colonel Borrut se penchait studieusement sur la carte militaire du Tchad avec la mine absorbée de quelqu'un qui se mêle uniquement de ce qui le regarde. Le lieutenant de la Place disparut pratiquement dans un garde-à-vous tout à fait étonnant. Seul, Laurençot paraissait très à l'aise. Il observa avec intérêt les signes désespérés que le secrétaire général lui faisait.

— Continuez, je vous en prie, dit le gouverneur, avec une politesse exquise.

— Et je ne vous parle, naturellement, que de l'ivoire frais : les défenses anciennes, cachées par les indigènes, ont depuis longtemps été soutirées aux chefs de villages par les marchands. D'ailleurs, vous savez aussi bien que moi que la colonisation s'est faite en partie sur les cadavres des éléphants : c'est la chasse à l'ivoire qui a permis aux commerçants et aux colons de faire face aux premiers frais d'établissement.

— Alors ? dit le gouverneur, d'une voix égale.

— Alors, il est temps d'en finir avec la chasse à l'éléphant, monsieur le Gouverneur. Ce Morel est peut-être un fou, mais s'il arrive à ameuter l'opinion publique, j'irai lui serrer la main au fond de sa prison.

Le gouverneur se tenait très droit derrière son bureau. Il vaut mieux se tenir droit, quand on est petit, pensa Schölscher. Il ne le pensait pas uniquement à propos du gouverneur. Le secrétaire général avait le visage anxieux et malheureux de l'homme qui sait qu'il sera encore là quand ce sera fini pour les autres. Mais lorsque le gouverneur répondit enfin, ce fut sans trace de colère, presque avec amitié.

— Est-ce qu'il ne vous semble pas, cher Laurençot, qu'il existe à l'heure actuelle dans le monde des causes, des valeurs, des... mettons, des libertés, qui méritent, un peu plus que les éléphants, ce dévouement admirable dont notre ami et vous-même paraissez déborder ? Nous sommes quelques-uns encore à refuser de désespérer, de jeter le manche après la cognée et de nous consoler avec les bonnes bêtes... Des hommes luttent et meurent en ce moment même, dans des camps de travail forcé et dans les prisons totalitaires... Quand ce n'est pas carrément le génocide. Il est encore permis de s'intéresser de préférence à eux.

Il se tut, contemplant fixement son briquet que ses mains tournaient et retournaient. La pièce était brillamment éclairée par un lustre, mais la lumière, débordant la fenêtre, s'arrêtait net devant la nuit africaine qu'elle n'arrivait pas à entamer. Le gouverneur avait perdu son fils unique dans la Résistance et Schölscher se demandait avec anxiété si Laurençot le savait ou s'en souvenait.

— Je sais, monsieur le Gouverneur, dit Laurençot, doucement, presque tristement. Mais les éléphants font partie de ce combat-là. Les hommes meurent pour conserver une certaine beauté de la vie. Une certaine beauté *naturelle*...

Il y eut un silence. Le gouverneur frotta son briquet qui ne s'allumait pas. Schölscher sourit et s'étonna en même temps du plaisir idiot qu'il prenait à constater l'impuissance de certains gestes des hommes, même insignifiants. Le secrétaire général se précipita, offrit du feu, que le gouverneur accepta avec irritation : comme beaucoup de fumeurs, il avait besoin du geste bien plus que de la cigarette.

— Je vais vous dire encore un mot, Laurençot. L'humanité n'a pas encore atteint ce degré de résignation ou... ou de solitude qu'il faut aux vieilles dames pour se consoler avec des pékinois. Ou avec des éléphants, si vous préférez. L'amour des bêtes est une chose, mais le dégoût pour les hommes en est une autre, et j'ai mon opinion là-dessus, dans le cas de notre ami. C'est pourquoi je vais essayer de le coffrer le plus rapidement possible, et avec un certain plaisir. Non parce que je me fais engueuler par Brazzaville ou par Paris : j'ai une existence politique plus solide qu'eux. Mais parce que je n'aime pas les gens qui prennent leur névrose pour des vues philosophiques.

Il observa Laurençot posément par-dessus ses lunettes, avec la sévérité d'un vieux maître d'école.

— Pour une fois, je trouve que les journalistes ont vu clair. Ce gars-là essaie de nous cracher à la figure. Il essaie de nous dire ce qu'il pense de nous. Jadis, les anarchistes étaient simplement contre les institutions, notre ami a fait un pas de plus. Seulement, voyez-vous, je suis un vieux bougre qui va sur ses soixante ans, mais qui n'a pas encore appris à détester les hommes. Que voulez-vous, je dois être vicieux. Ma génération n'a jamais mangé de ce pain-là. Nous sommes probablement d'affreux bourgeois. Alors ce bougre-là, qui est venu au Tchad pour faire des gestes, je vais te me le coller au bloc, monzami, c'est comme ça n'est-ce pas, colonel, que l'on dit, je crois, dans le langage des officiers supérieurs ? Vous allez prendre un bataillon de tirailleurs, fouiller entre le seizième et le dix-huitième parallèle, là où notre aigri s'est manifesté pour la dernière fois. Vous direz à Koto de mettre ses informateurs dans le coup et que je veux des résultats, pour changer.

— Il serait beaucoup plus courageux d'interdire la chasse aux éléphants, monsieur le Gouverneur, dit

Laurençot. Ce type-là dit à sa façon ce que je vous ai répété dans vingt rapports officiels.

— Vous devriez écrire des poèmes, Laurençot, je suis sûr que ça vous soulagerait.

Il se leva.

— En attendant, je me rends à Canossa, c'est-à-dire à Fort-Archambault. Avec les excuses du Gouvernement pour M. Ornando. Figurez-vous du reste que ce... ce monsieur qui, après tout ce raffut, n'est même pas mort, me convoque, littéralement. Incroyable, mais vrai. Je vous verrai dans une heure à l'aérodrome.

Schölscher et Laurençot sortirent ensemble. La nuit était encore là. Ils marchèrent un moment en silence sur la route; le vent du désert les enveloppait de ses tourbillons de sable. Il faisait froid. De temps en temps, ils croisaient une silhouette qui paraissait flotter dans la poussière. Des yeux phosphorescents brillaient parfois étrangement dans la nuit, mais un jet de torche électrique les transformait en bête errante qui filait, la queue entre les pattes. Des paysannes se dirigeaient vers le marché, avec leur démarche de reine, un mouchoir noué sur quelques œufs ou des légumes posé sur la tête. Schölscher savait qu'elles faisaient quelquefois trente kilomètres dans la nuit pour aller vendre à Fort-Lamy une poignée de cacahuètes. Mais il savait aussi qu'il s'agissait là moins de misère que de vie africaine. Ce que le progrès demande inexorablement aux hommes et aux continents, c'est de renoncer à leur étrangeté, c'est de rompre avec le mystère, — et sur cette voie s'inscrivent les ossements du dernier éléphant... L'espèce humaine était entrée en conflit avec l'espace, la terre, l'air même qu'il lui faut pour vivre. Les terrains de culture gagneront peu à peu sur les forêts et les routes mordront de plus en plus dans la quiétude des grands troupeaux. Il y aura de moins en moins de place pour les splendeurs de la nature. Dommage. Il sourit, serra un peu plus fort la pipe dans sa main, sentit avec plaisir autour de lui l'air froid qui augmentait encore le confort amical de ce bout de chaleur qu'il tenait — cet air froid qui s'accordait si bien avec les étoiles. Il se rappela soudain les mots de Haas : « Figurez-vous, il m'arrive de prier pour aller rejoindre les éléphants là où ils vont, après la mort », et se demanda un instant ce qu'il allait faire sans sa pipe. Un camion les prit dans ses phares, de très loin, sur la route droite, et deux ombres énormes se mirent à danser dans les tourbillons de poussière et marchèrent devant eux. A la sortie de la ville indigène, une silhouette gigantesque déboucha soudain sur la route, s'éleva jusqu'au ciel dans la lumière des phares, sur l'écran de poussière, puis se réduisit aux dimensions plus humaines du major américain qui passa à côté d'eux, penché en avant, titubant.

— Pauvre bougre, dit Laurençot. Je me demande ce qui le travaille.

— Il a été pendant un an prisonnier des troupes chinoises en Corée, dit Schölscher. Il a cédé à un peu de persuasion et à un peu de confort. Il a été de ces officiers américains qui trouvèrent plus simple de « confesser » que les États-Unis se livraient à la guerre bactériologique sur les populations chinoises. Alors maintenant, ça fait mal. Il est venu se terrer à Fort-Lamy. Encore une histoire en faveur des éléphants.

— Vous pensez que j'ai eu tort, tout à l'heure ?

— Non.

— J'essayais simplement de parler en naturaliste. Après tout, c'est pour cela qu'on me paie...

Schölscher écoutait distraitement. Il lui était impossible de voir ces événements simplement sous l'angle de la préservation de la faune africaine. Sous ce ciel clair, devant cet horizon où les seules limites étaient celles de la vue, il sentait la présence d'un autre enjeu. Les journalistes n'avaient peut-être pas tort lorsqu'ils avaient surnommé ironiquement Morel « un bandit d'honneur ». Peut-être était-il en effet de ces maniaques qui ne voient pas plus haut et plus loin que l'homme et qui finissent par se faire de lui une idée illimitée, grandiose, toute de noblesse et de générosité, idée qu'ils essaient de défendre. C'était un véritable baroud d'honneur qu'il était venu livrer au fond de la brousse africaine. Pauvre type. Schölscher leva les yeux vers le ciel. Le seroual blanc donnait à sa silhouette des formes étranges dans la nuit. Il tira pensivement sur sa pipe. Mais peut-être se trompait-il. C'était manifestement une affaire où chacun voyait surtout son propre cœur et il était persuadé que si l'attentat contre Ornando avait provoqué un tel intérêt dans le monde, ce n'était pas tellement à cause de la personnalité de la victime, mais parce que la peur, la rancune et les désillusions avaient fini par marquer le cœur de millions d'hommes d'une pointe de misanthropie : elle leur faisait suivre avec sympathie, et peut-être avec un sentiment de vengeance personnelle, l'histoire de ce Français amoureux de la nature et qui la défendait contre une persécution dont ils ne se sentaient pas eux-mêmes exclus. Ce n'était ni très conscient, ni très avoué, mais cela devait y être, tout de même. Il écoutait Laurençot avec sympathie. Il était difficile de ne pas aimer cette voix généreuse, un peu chantante, de ne pas aimer ce géant au visage noir qui parlait si ouvertement de lui-même en croyant parler de la faune africaine.

— J'essaie simplement de faire mon métier. Vous savez aussi bien que moi ce que l'Afrique perdra lorsqu'elle perdra les éléphants. Et nous sommes sur la voie. Nom de nom, Schölscher, comment pouvons-nous parler de progrès, alors que nous détruisons encore autour de nous les plus belles et les plus nobles manifestations de la vie ? Nos artistes, nos architectes, nos savants, nos penseurs suent sang et eau pour rendre la vie plus belle, et en même temps nous nous enfonçons dans nos dernières forêts, la main sur la détente d'une arme automatique. Ce Morel, s'il n'existait pas, il faudrait l'inventer. Il va peut-être réussir à ameuter l'opinion publique. Bon Dieu, je me sens capable de rejoindre son maquis, son noyau de résistance. Car il s'agit bien de ça, il faut lutter contre cette dégradation de la dernière authenticité de la terre et de l'idée que l'homme se fait des lieux où il vit. Est-ce que nous ne sommes vraiment plus capables de respecter la nature, la liberté vivante, sans aucun rendement, sans utilité, sans autre objet que de se laisser entrevoir de temps en temps ? La liberté elle-même serait alors anachronique. Vous allez me dire qu'à force de vivre seul dans la forêt, me voilà atteint de diarrhée verbale, mais je me fous de ce que vous pensez. Je parle pour moi-même, pour me soulager, parce que je n'ai pas le courage de faire comme Morel. Il faut absolument que les hommes parviennent à préserver autre chose que ce qui leur sert à faire des semelles, ou des machines à coudre, qu'ils laissent de la marge, une réserve, où il leur serait possible de se réfugier de temps en temps. C'est alors seulement que l'on pourra commencer à parler d'une civilisation. Une civilisation uniquement utilitaire ira toujours jusqu'au bout, c'est-à-dire jusqu'aux camps de travail forcé. Il nous faut laisser de la marge. Et puis, je vais vous dire... Il n'y a pas de quoi être tellement fier, n'est-ce pas ? Il n'y a plus vraiment que la tour Eiffel pour nous permettre de regarder de haut en bas sur le reste de la création. Vous allez m'envoyer composer des poèmes, comme le gouverneur, mais dites-vous bien que les hommes n'ont jamais eu plus besoin de compagnie qu'aujourd'hui. On a besoin de tous les chiens, de tous les chats, et de tous les canaris, et de toutes les bestioles qu'on peut trouver...

Il cracha soudain par terre, avec force. Puis il dit, la tête baissée, comme s'il n'osait pas regarder les étoiles :

— Les hommes ont besoin d'amitié.

XIII

Ornando reçut le gouverneur dans sa chambre d'hôpital. Il pouvait à peine parler. Renversé sur le dos, il fixait le plafond d'un œil qui ne retrouva un peu de sa haine habituelle que lorsqu'il vit le représentant de la France effectuer son entrée, en grande tenue, toutes décorations dehors. Le secrétaire, qui servait d'interprète, devait dire plus tard que ce regard de haine était le premier signe de santé qu'il avait donné. Depuis qu'on l'avait ramassé, Ornando ne s'était pas plaint, n'avait pas dit un mot, et s'était contenté de saigner en silence ; la plupart du temps, il y avait une curieuse expression de satisfaction sur son visage. On eût dit qu'il trouvait normal, et même satisfaisant, ce qui lui était arrivé. Lorsque quelqu'un eut enfin le courage de lui parler de Morel, il ne parut pas particulièrement surpris et continua à contempler le plafond fixement. Puis il exigea que l'on fît venir le gouverneur. A présent, il l'observait attentivement, après avoir écouté avec indifférence les vœux de rétablissement et les regrets que le haut fonctionnaire lui exprimait.

— Dites-lui bien, monsieur, conclut le gouverneur, que le coupable recevra le châtiment qu'il mérite.

Le secrétaire traduisit. Ornando s'anima soudain. Il fit un effort pour se soulever, dit rapidement quelques mots. Le secrétaire parut stupéfait.

— M. Ornando vous demande instamment de laisser cet homme tranquille, traduisit-il enfin. Il y tient essentiellement.

Le gouverneur eut un sourire entendu.

— C'est très généreux de la part de M. Ornando, et veuillez l'en remercier, dit-il. Nous informerons la presse de son geste, et je suis sûr que son public l'appréciera beaucoup. Néanmoins, la justice suivra son cours. M. Ornando n'est d'ailleurs pas le seul à avoir été attaqué par cet individu...

Ornando se mit subitement à gueuler. Il était parvenu à se soulever sur un coude, malgré ses bandages, et il gueulait, secouant la tête de rage impuissante, comme on tape du pied.

— M. Ornando vous rappelle que cinquante millions d'Américains l'écoutent chaque semaine, traduisit le secrétaire affolé. Il me prie de vous dire que... que si vous touchez à un cheveu de la tête de cet homme, il mènera pendant des années, s'il le faut, une campagne contre la France, dont votre pays se souviendra pendant longtemps. Si on ne laisse pas cet homme tranquille, il va consacrer toute son influence à ruiner le prestige de la France auprès de ses compatriotes...

Il ajouta très rapidement, d'une voix suppliante :

— Monsieur le gouverneur, je ne sais si vous connaissez l'influence de M. Ornando aux États-Unis...

Ornando s'était encore un peu plus redressé. Des gouttelettes de sueur s'étaient formées sur son visage et coulaient sur son cou gras. Ses yeux s'étaient agrandis, pleins d'une souffrance qui semblait ne rien devoir à la chair blessée, mais qui paraissait être aussi inhérente au regard que la couleur même des yeux. Le gouverneur se tenait à côté du lit, bouche bée. Dans le bref moment de silence qui s'établit, on entendit dans la cour de l'hôpital les voix des enfants qui répétaient en chœur les versets du Coran.

— Et M. Ornando vous propose, à vous personnellement, vingt mille dollars si vous laissez cet homme tranquille, bégaya le secrétaire, complètement épouvanté, sans doute parce qu'il n'avait pas encore la foi illimitée de son maître dans la bassesse humaine.

Le gouverneur se mit à vociférer à son tour. Il commença par rappeler à tue-tête son fils mort dans la Résistance. Puis il hurla quelques phrases au nom de la France, puis il rugit en frappant sa Légion d'honneur du poing.

— En tout cas, bredouilla l'interprète, dont on sentait que, s'il le pouvait, il se cacherait volontiers sous le lit, en tout cas, M. Ornando rassemble dès maintenant un fonds de cinquante mille dollars pour la défense de cet homme, s'il venait à être pris, ce qu'il... ce qu'il ne souhaite à personne. M. Ornando en fait son affaire... son affaire personnelle...

Ornando était retombé sur le dos. Le gouverneur du Tchad cria encore quelques imprécations autour des mots de *dignité* et d'*honneur,* puis tourna sur ses talons, s'engouffra littéralement dans son casque très blanc et se rua au-dehors, la barbe en avant ; on le vit passer, blême et très droit, « hérissé comme un poil », selon l'expression d'un sergent de la Coloniale, au fond de sa limousine qui traversa Fort-Archambault dans un nuage de poussière — le nuage paraissait soulevé beaucoup plus par son indignation que par sa voiture, et flotta pendant longtemps encore derrière lui, avec une sorte de respect servile. A l'aérodrome, d'une voix pincée qu'on ne lui connaissait pas, car c'était un homme courtois et plutôt débonnaire, enclin à un doux scepticisme qui le protégeait aussi bien contre un excès d'illusions sur la nature humaine que contre un excès de doute à son égard, il annonça au colonel commandant la Place qu'il avait quarante-huit heures pour mettre la main sur Morel et amener à Brazzaville, menottes aux poings, « ce salopard, ce salopard, vous m'entendez » ? répéta-t-il en élevant la voix et en fixant le colonel avec une sévérité extrême, comme s'il l'accusait plus ou moins de sympathie cachée pour « l'homme qui voulait changer d'espèce ». Dans l'avion, il demeura silencieux, les bras croisés sur la poitrine, regardant par le hublot avec un air de défi, comme s'il soupçonnait Morel de se tenir caché derrière chaque touffe de brousse, un fusil à la main, prêt à nier la dignité de la condition humaine. Il fronçait les sourcils, remuait entre ses lèvres un mégot mouillé qu'il avait complètement oublié, foudroyait du regard le Chari, la brousse et tous les troupeaux qu'elle pouvait héberger, toutes les espèces présentes et passées depuis le ptérodactyle antédiluvien jusqu'à l'artichaut sauvage, faisant glisser le mégot de la commissure droite de ses lèvres à la commissure gauche, la barbe raide d'indignation, avec toute la fureur d'un humaniste qui croirait du reste aussi à la démocratie. Il foudroyait la brousse du regard et s'efforçait de penser à Michel-Ange, Shakespeare, Einstein, au progrès technique, à la pénicilline, à la suppression de la circoncision de la femme chez les pygmées, à laquelle il avait personnellement contribué, aux réalisations picturales et sculpturales du génie français, au troisième acte de *Rigoletto,* chanté par Caruso, dont il avait le disque chez lui. Il pensa à Gœthe, au Président Herriot, à nos institutions parlementaires, et à chacune de ses pensées, il faisait glisser triomphalement son mégot d'une commissure à l'autre et foudroyait du regard la brousse au-dessous de lui et Morel tapi parmi ses éléphants sauvages — sauvages — il insistait là-dessus. Il lui livra en somme un combat singulier et étourdissant dont il se déclara vainqueur. Il était là, très haut dans l'atmosphère, les bras croisés, le mégot de plus en plus humide, et il marquait des points. Il fit un gros effort de culture générale et fut heureux d'avoir fait ses humanités. Pétrarque, Ronsard, Jean-Sébastien Bach, tout le monde y passa. C'était vraiment la lutte pour l'honneur. Avec beaucoup d'adresse et de discipline, avec une astuce de vieux militant radical-socialiste, il sut éviter tous les pièges que Morel, bien qu'invisible, lui tendait manifestement. Il sut éviter de penser, ne fût-ce qu'une seconde, à cette saloperie nucléaire — cent fois ce qu'il faut pour tuer chaque habitant de la Terre — simplement, il fit glisser son mégot dans sa barbe avec une rapidité étonnante, d'un coin à l'autre, et il prit adroitement le tournant en attaquant l'ennemi dans ses retranchements mêmes : il pensa aux bienfaits de l'énergie atomique lorsqu'elle permettra notamment à l'Afrique de fertiliser ses déserts. Sa situation très élevée — on était à trois mille mètres en plein azur, au-dessus des monts Bongo — l'aida beaucoup dans son combat, si bien qu'en descendant de l'avion à Fort-Lamy, il avait retrouvé sa bonne humeur, et chantonnait en sourdine l'air de la scène du jardin de *Faust,* qu'il aimait beaucoup : cette beauté d'inspiration n'était-elle pas en elle-même une réponse à tous les détracteurs de l'humanité dans le genre de Morel et d'Ornando ? Il déclara aux journalistes qui l'attendaient — trois envoyés spéciaux arrivés de Paris le jour même et Air France en annonçait de nouveaux pour le lendemain — que l'on était en présence d'une affaire de misanthropie à laquelle on aurait grand tort de vouloir donner des implications politiques, d'un illuminé qui agissait seul, d'un homme qui était devenu « amok », ou si l'on préférait « rogue », comme cet éléphant qui s'écarte du troupeau à la suite d'une blessure inguérissable et devient particulièrement agressif et hargneux. Les journalistes notèrent le mot « rogue » et criblèrent de questions le gouverneur. Pouvait-il leur donner quelques renseignements sur ce Morel ? Que savait-on de lui au juste ? Quelqu'un avait-il sa notice biographique ? Était-il exact qu'il s'agissait d'un ancien résistant qui avait déjà été déporté par les Allemands pour son activité dans le maquis ? Le gouverneur jeta un regard à Schölscher, qui confirma d'un signe de tête... Il venait de recevoir un câble du ministère de l'Intérieur où

Morel avait en effet sa fiche. Mais le gouverneur crut plus habile de s'en tirer avec quelques plaisanteries. Tout ce qu'il pouvait dire pour le moment, déclara-t-il avec bonhomie, c'est qu'il s'agissait d'un dentiste, et l'explication de toute cette histoire ridicule était qu'on avait affaire avec ce Morel à un obsédé de l'ivoire. Il y eut quelques rires, mais le gouverneur se rendit compte qu'il s'était trompé de ton et il prit un air légèrement pincé. Il fit un pas vers sa voiture, mais les journalistes continuaient à l'entourer. Était-il exact que Morel avait cherché à lui présenter sa pétition, avant de prendre le maquis, mais qu'il avait toujours refusé de le recevoir ? Cette affaire suscitait un intérêt extraordinaire dans le monde, et il semblait bien que la sympathie du public allait plutôt du côté de Morel, du côté des éléphants, que de celui de... enfin, des autorités. Était-il exact que l'on tuait en Afrique environ trente mille éléphants par an, tout cela pour fournir des boules de billard et des coupe-papier ? Était-il exact que les réserves de chasse actuelles n'étaient pas suffisantes ? Le journaliste qui posait cette question était un petit homme agité, aux sourcils indignés derrière des lunettes, qui avait lui-même un air assez rogue et hargneux et qui sautillait sur place, comme pressé de courir au petit endroit ou peut-être de rejoindre Morel dans son maquis. Le gouverneur pouvait-il leur dire quelques mots sur la préservation des richesses naturelles en Afrique ? Il était un peu trop commode de vouloir expliquer toute cette affaire par une simple misanthropie — Morel n'était-il pas un homme qui se faisait une idée très haute de nos devoirs et de nos responsabilités et qui, malgré toutes les déceptions de ces vingt dernières années, refusait de transiger ? Il assura ses lunettes sur son nez d'un geste énergique comme pour indiquer qu'il était lui-même à l'avant-garde de ce combat-là. Le gouverneur, cette fois, fit très attention à la réponse qu'il allait faire : il se rendait compte que l'on était sur un terrain glissant. Il dit que la France était traditionnellement attachée aux éléphants. Elle entendait leur assurer toute la protection dont ils pouvaient avoir besoin. Il était lui-même un grand ami des bêtes et il était en mesure d'assurer aux journalistes, — ceux-ci, à leur tour, pourraient l'assurer à leurs lecteurs, — que le nécessaire était fait pour protéger ces sympathiques pachydermes que nous avons tous appris à aimer dès notre enfance. Il parvint finalement à monter dans sa voiture, suivi de Foissard et de Schölscher. Il était tellement troublé par l'assaut inattendu des journalistes et l'importance qu'ils attachaient manifestement à l'affaire, qu'il ne remarqua même pas que le secrétaire général était livide, paraissait malade, avec en même temps la mine touchante et scandalisée des bons fonctionnaires devant les tremblements de terre, les raz de marée et autres risques de pertes de dossiers importants.

— Ouf, dit le gouverneur, en s'épongeant le front. Eh bien, mes enfants, qu'est-ce que vous en dites ? Pas un mot au sujet d'Ornando ! Tout ce qui les intéresse, c'est Morel.

— Les journaux ne parlent en effet que de lui, dit Foissard, avec effort. Le public se passionne toujours pour les histoires d'animaux. Il y a tout ce qu'il faut pour rendre l'affaire romantique à leurs yeux.

— Oui, eh bien, je ne tiens pas à jouer les traîtres dans cette affaire. Ce qui me fait penser... Comme j'aurai sans doute à recevoir les journalistes dans mon bureau, vous allez me faire le plaisir d'enlever les défenses d'éléphants qui couvrent les murs. Sans ça, vous voyez ce que ça va donner, s'ils prennent des photos ?

Schölscher sourit.

— Vous pouvez sourire, mon ami, mais après leurs questions, on voit très bien où vont les sympathies du public. Ce n'est pas que je cherche la popularité, ce n'est pas dans mon tempérament, mais je ne tiens pas non plus à passer pour une espèce de bureaucrate sans trace de sensibilité. Vous allez voir que si l'on ne met pas rapidement la main sur ce salopard, il deviendra une espèce de héros. Qu'est-ce qu'ils disent à Paris ?

— Ils semblent avoir tout dit pour le moment, monsieur le gouverneur. Par contre...

Ils passaient devant le centre de vaccination. Le gouverneur jeta aux bâtiments un regard de propriétaire : depuis qu'il était là, la mortalité infantile avait baissé de vingt pour cent. Il se sentait toujours mieux lorsqu'il passait devant le Centre. Il avait un peu le sentiment d'avoir agi en bon père. Son visage s'éclaira. Foissard profita de ce sourire pour présenter sa pilule.

— Par contre, concernant Morel, il y a du nouveau.

Le gouverneur fit un bond — mais c'était peut-être un simple cahot de la voiture.

— Alors ? Alors ? Qu'est-ce qu'il y a encore ?

— Il a attaqué une plantation. La plantation Sarkis. Le Syrien n'était pas là, mais ils ont brûlé sa maison. Car il n'est plus seul : il a toute une bande avec lui.

Chose étrange, le gouverneur parut soulagé et presque rassuré. Schölscher l'observait avec intérêt. Il pensait à ce que l'on disait de tous les vrais créateurs : les grandes œuvres sont celles qui finissent toujours par leur échapper.

— Eh bien, j'aime encore mieux ça, dit lentement le gouverneur. Au moins, à présent, c'est clair et net. Nous avons affaire à un vulgaire bandit, qui en est réduit à piller les fermes. Oui, j'aime encore mieux ça. S'il s'agissait vraiment des éléphants, il serait à peu près impossible de faire quelque chose contre lui... Il est très difficile de lutter contre les légendes. Mais comme ça, il n'y a plus à hésiter. C'est un desperado, probablement le dernier aventurier blanc de l'Afrique...

Il était émouvant de voir un homme défendre son bien avec tant d'acharnement.

— C'est tout à fait cela, monsieur le gouverneur, dit Foissard, avec empressement. Il a également attaqué le magasin d'ivoire Banerjee, à Bangassa. Il a fait attacher l'Indien à un arbre et il lui a lu le texte de sa pétition...

Schölscher ne put s'empêcher de sourire à l'idée de Banerjee, un des hommes les plus douillets et les plus pacifiquement gras qu'il lui eût été donné de rencontrer, tiré du lit au milieu de la nuit, attaché à un arbre et forcé d'écouter ce texte incroyable à la lueur de l'incendie qui détruisait son magasin...

— Il l'a condamné ensuite à six coups de basoche et à la confiscation de ses biens « au nom du Comité mondial pour la Défense des Éléphants », ou quelque chose comme ça. Il lui a également annoncé qu'il se proposait d'aller un jour aux Indes pour continuer sa campagne « parce que les éléphants asiatiques sont tout autant menacés ». Banerjee — il est à l'hôpital avec une dépression nerveuse — est convaincu qu'il s'agit d'un fou qui croit vraiment à sa « mission », mais qui est manœuvré par quelqu'un. En attendant, ils ont bel et bien brûlé son magasin. Ils ont pris tout l'argent qu'ils ont pu trouver, des armes et des munitions. Une des femmes Saras a été violée. Les noirs qu'il avait avec lui étaient tous des Oulés et les domestiques ont reconnu deux ou trois prisonniers de droit commun, dont le fameux Korotoro, qui s'est évadé il y a trois mois de la prison de Bangui. Mais Banerjee jure qu'il y avait encore d'autres Européens avec lui, et un des signalements qu'il a donnés correspond assez bien à celui du naturaliste danois Peer Qvist, qui se trouvait justement dans la région pour le compte du Musée d'Histoire naturelle de Copenhague...

— Rien de politique, en tout cas? demanda le gouverneur, lentement.

— Il ne semble pas. Pas directement, du moins...

Schölscher observait les deux fonctionnaires qui essayaient de lutter si vaillamment contre le fantôme hideux qui se penchait sur leur épaule. Ils ne pouvaient s'empêcher de retrouver dans cette affaire toutes leurs obsessions profondes, leurs insomnies, leurs craintes et presque leurs superstitions. Ils étaient trop fiers de leur réussite pour ne pas se sentir menacés par elle. Mais leur réussite n'était peut-être pas aussi complète qu'ils le redoutaient et leur œuvre, pas assez grande et belle pour qu'elle s'animât soudain sous leurs yeux et se mît à vivre d'une vie indépendante. Ils anticipaient. Ils voyaient trop grand et trop loin. Mais il leur en sut gré, tout à coup, avec un élan chaud et comme fraternel.

— Je crois qu'il ne faut pas essayer de chercher trop loin, monsieur le gouverneur. Nous devons avoir des vues plus modestes, si je puis m'exprimer ainsi. C'est peut-être notre faute, mais il est prématuré de regarder le Tchad avec ces yeux-là. Je crois que c'est beaucoup plus simple — et plus fantastique. Sarkis est le plus grand chasseur d'éléphants de la région. Il a été frappé de plusieurs amendes pour avoir organisé des expéditions « de représailles » contre les troupeaux qui piétinaient ses champs, et pour les avoir faites sans la supervision d'un lieutenant de chasse. Banerjee fait le commerce de l'ivoire... Je crois qu'il ne faut pas chercher plus loin. Nous sommes devant une aventure inouïe, et peut-être devant la plus belle histoire du monde.

Foissard lui jeta un coup d'œil désapprobateur.

— Oui, et les Oulés sont la tribu la plus primitive de toute l'Afrique, dit le gouverneur. Je suis d'accord avec vous, Schölscher. Nous devenons un peu trop impressionnables. Il est ridicule de mêler la politique à cette histoire-là. Ceci dit...

Il sourit amèrement.

— Ceci dit, ça n'a pas commencé autrement au Kenya.

« Ce que je ne comprends pas, tonnait ce soir-là le Père Fargue, qui recevait le jésuite à dîner, c'est pourquoi chacun se comporte dans cette affaire comme s'il était personnellement menacé, ou insulté. Ils font tous des gueules étonnantes, comme si ce malheureux Morel leur avait personnellement craché dessus. Vous y comprenez quelque chose, vous ? » Le jésuite ne put s'empêcher de taquiner un peu son hôte. « L'orgueil, l'orgueil ! » dit-il. Le Père Fargue parut inquiet : s'il y avait une chose dont il avait horreur, c'était de parler boutique. « Ça c'est vrai », dit-il très vite, regrettant amèrement d'avoir lancé l'autre sur ce sujet fatigant. « Prenez encore un peu de poulet. » Le Père Tassin sourit. Ils se comprenaient très bien. « D'ailleurs, c'est un bon signe. Les hommes commencent à sentir confusément que l'humanité a une âme, une conscience — ce qu'ils appellent un honneur — indépendantes de chaque homme pris individuellement. Orgueil, mais orgueil de l'espèce, ce qui est déjà mieux. Je regrette que mon ordre regarde avec une telle... mettons, prudence, mes idées là-dessus. Enfin, j'espère qu'on publiera mes manuscrits après ma mort. Il sera intéressant de voir un jour l'humanité sortir comme un tout vivant de ses deux milliards de cocons. » Fargue n'aima pas ça du tout : il savait que le jésuite se déplaçait partout avec une imposante caisse de manuscrits. D'ici qu'il lui en fît lire un, il n'y avait qu'un pas et Dieu sait quelles cochonneries on pouvait y trouver. « Moi, la prière me suffit ! » déclara-t-il d'un ton bourru avec sa délicatesse habituelle, et il attaqua le poulet avec une violence qui excluait tout autre sujet de préoccupation.

XIV

Fort-Lamy n'avait jamais été un endroit où les langues fussent oisives. Aussi bien les ragots s'élevèrent-ils en cette occasion à la hauteur des circonstances. « Il » était en liaison avec les Mau-Mau. « Il » avait attaqué un poste militaire isolé à la tête d'une bande de noirs, assommé l'officier et le sous-officier et emmené les soldats avec lui dans le maquis — car « il » cherchait à constituer une légion pour l'indépendance africaine — « les éléphants, enfin, mon cher, vous n'y croyez tout de même pas ? » Mais les gens y croyaient, au contraire. Ils paraissaient même étonnés que quelque chose de ce genre ne se fût pas produit plus tôt. En général, Morel avait la sympathie des femmes, on regretta de ne pas lui avoir prêté attention, c'était très romanesque, très émouvant, on n'avait qu'à laisser ces pauvres éléphants tranquilles. Les hommes avaient beau expliquer qu'il ne s'agissait pas du tout d'éléphants, mais d'un terroriste qui se prenait pour l'ennemi du genre humain, les femmes refusaient de voir Morel autrement que sous les traits d'un beau jeune homme aux yeux brûlants, une espèce de saint François d'Assise en plus énergique, plus musclé. Au Tchadien, Minna allait de table en table, son châle ramené sur ses épaules, guettant les moindres bribes de conversation.

« Oui, c'était exactement ce qu'elle faisait, dit le colonel Babcock avec un léger sourire, au jésuite qui était venu le voir à l'hôpital, quelques jours après la crise cardiaque qui avait terrassé l'officier. Elle allait d'une table à l'autre, de cette démarche mécanique des êtres qui n'ont qu'une pensée, qu'un seul but, puis s'asseyait très droite, écoutait un moment les nouvelles — personne ne savait rien, naturellement, mais on avait de l'imagination — restait là sans dire un mot, les mains jointes sur les bouts de son châle, puis se levait et allait à une autre table. Elle ne posait pas de questions. Mais elle paraissait attendre quelque chose avec anxiété, avec une impatience croissante, et maintenant que j'y pense, je sais, bien sûr, quel était le renseignement essentiel qu'elle cherchait. Nous étions à mille lieues de nous douter de ce qui se passait en elle. C'était normal : cela sortait entièrement du champ de notre expérience... Je le dis surtout pour moi. »

Le visage du colonel eut de nouveau cet air désemparé et défait qui suggérait beaucoup plus une souffrance du cœur qu'une simple crise cardiaque.

« Je suppose que je devrais m'expliquer là-dessus une fois pour toutes. Les hommes de ma classe, de mon milieu, ont reçu une certaine éducation — je devrais plutôt dire, une certaine vision du monde. Celle-ci est ce qu'elle est : cela est sans importance. Je suppose que je vous ferais sourire en disant que nous avons été élevés pour prendre notre place dans un monde de gentlemen. Nous savions, bien sûr, que l'on risquait parfois d'être frappés au-dessous de la ceinture, mais nous avons été élevés dans la croyance que le coup bas était hors-la-loi. Il ne nous était jamais venu à l'idée que le coup bas pouvait être la loi — la règle. Vous pouvez, si vous voulez, me prendre pour un vieil imbécile démodé, mais les hommes comme moi ignoraient tout des circonstances qui peuvent produire un Morel ou une Minna. Je vous avoue qu'aujourd'hui encore, je suis à peu près incapable de voir en Morel autre chose qu'un original d'ailleurs sympathique, décidé à défendre les éléphants contre les chasseurs, et c'est tout. Le reste... »

Il bougea avec effort dans son lit, comme pour y trouver enfin une position confortable.

« L'idée qu'il n'y avait là peut-être qu'un geste — un geste de mépris et de dégoût à l'égard des hommes, une sorte de... rupture, de crachat — vous savez aussi bien que moi tout ce que l'on a dit là-dessus — m'a toujours été et m'est encore complètement incompréhensible. Qu'un être humain pût aller aussi loin dans le désaveu, dans le refus — de notre compagnie, je veux dire — jusqu'à vouloir véritablement changer d'espèce, comme on l'a écrit... Ce sont des idées morbides, indignes, et il m'est difficile de croire qu'il existe dans la vie des circonstances qui puissent les justifier entièrement. Mais apparemment, ces circonstances existent. »

Il jeta au jésuite un regard de détresse, et cette fois encore c'était un regard qui ne devait rien à l'épuisement physique.

« Comprenez-moi bien. Je ne suis pas complètement idiot, mais j'ai été mal élevé : on ne m'a jamais appris la règle du jeu. Naturellement, nous avions bien fini par nous apercevoir de certaines choses. Il y a eu des Anglais pris dans les camps de concentration japonais. Il y a eu les bombardements de Londres, et puis cette affreuse histoire des chambres à gaz, sur le continent. Ce n'était évidemment pas très " cricket ". Mais nous ne voyions là que des énormités, d'atroces accidents de l'Histoire, des exceptions. Nous croyions toujours que ce n'était pas la règle du jeu, que c'étaient des coups au-dessous de la ceinture. L'idée ne nous était pas venue qu'il pût s'agir là au contraire de la règle du jeu véritable et authentique, qui nous était ainsi révélée. Nous avons vécu longtemps dans le coton moral, mais les nazis, Staline ont fini tout de même par nous donner l'idée que la vérité sur l'homme était peut-être chez eux, et non pas sur les terrains verts d'Eton. Je ne sais pas trop pourquoi je dis " nous " en parlant de tout cela, mais je veux marquer, simplement, qu'il y a eu et qu'il y a peut-être encore beaucoup d'imbéciles dans mon genre en Angleterre. Il est possible que ce qu'on appelle la civilisation consiste en un long effort pour tromper les hommes sur eux-mêmes — et c'est ce qu'a fait l'Angleterre. Nous croyons profondément à une certaine décence élémentaire chez tous. Mais je veux bien admettre que nous sommes peut-être des survivants d'une époque révolue, et que le poids des réalités ignobles nous fera bientôt disparaître de la planète, un peu comme les éléphants, tenez. »

Le jésuite lui jeta un regard perçant, mais le malade ne semblait pas attacher un sens particulier à cette comparaison.

« Tout ceci pour vous dire seulement que je manquais donc de l'expérience nécessaire pour comprendre un être comme Minna. Je manquais d'une certaine intimité avec la réalité autour de nous et en nous-mêmes, comme beaucoup de mes compatriotes — nous n'avons pas été submergés par ces vagues de souffrances qui ont ravagé le continent. Je savais naturellement que cette fille avait beaucoup souffert, mais je n'avais pas la moindre idée de la somme de ressentiment qu'elle avait accumulée dans son cœur. J'étais en tout cas à mille lieues de me douter du geste insensé qu'elle allait accomplir et qu'elle était en train de préméditer, alors qu'elle allait et venait de sa démarche rapide parmi les clients du Tchadien. Elle était venue s'asseoir à ma table, un moment, et je dois dire qu'elle me sourit comme d'habitude — elle souriait toujours, en me voyant, je suppose que je lui paraissais quelqu'un de comique. " Eh bien, colonel Babcock, que pensez-vous de cette aventure ? " Je lui répondis que j'avais toujours une certaine sympathie pour un homme qui aimait les bêtes et qu'il était parfaitement exact que les éléphants avaient été pratiquement exterminés dans certaines régions de l'Afrique, mais que ce Morel s'y prenait vraiment d'une manière un peu excessive. " En Angleterre, lui dis-je, tout cela se serait probablement réglé par une lettre au *Times,* à la suite de quoi, sous la pression de l'opinion publique, le Parlement aurait voté les lois nécessaires à la protection de la faune africaine. " Vous voyez quel vieil imbécile je suis : je croyais vraiment qu'il s'agissait de cela. " Il n'a évidemment aucune chance de s'en tirer ", dit-elle, comme pour exprimer un fait acquis. Je lui dis qu'en effet les chances de Morel me paraissaient pratiquement nulles. Je me souviendrai toujours du regard qu'elle me jeta alors : éperdu, noyé, suppliant. J'ajoutai rapidement que cela n'irait sans doute pas plus loin qu'un an de prison, à moins qu'il ne tuât quelqu'un entre-temps, ce qui était évidemment dans le domaine des choses possibles. Je lui demandai si elle accepterait de boire quelque chose avec moi, ce qui était, je l'avoue, une façon discrète de lui rappeler que j'étais là depuis un bon moment et que pas un garçon n'était venu prendre ma commande. C'était l'heure de mon premier whisky, et j'y tenais. Mais je crois qu'elle ne m'entendit même pas. Elle se tenait à côté de moi, s'enveloppant frileusement dans son châle gris, en train de penser à quelque chose qui n'était certainement pas mon whisky. Très belle — je le constatais chaque fois que je la voyais — très belle. »

Le colonel se tut. « Dommage, dit-il, sans préciser autrement sa pensée. Oui, dommage. » Il se tut de nouveau, puis reprit :

« Je me rendais bien compte qu'elle était préoccupée. Je lui dis qu'elle paraissait soucieuse. Elle me jeta un regard étonné. Puis elle me sourit. Je me rappelle qu'elle m'a manifesté soudain une sorte d'amitié, de sympathie, et qu'elle s'est occupée de mon whisky. »

Le colonel soupira. « Bien sûr, j'imagine très bien ce qu'elle devait penser de moi, à ce moment-là. Elle devait penser que j'étais un vieil imbécile, qui ne comprenait rien. Mais peut-être ne le pensait-elle pas sans une certaine sympathie, elle devait bien savoir que les troupes que j'ai commandées n'ont jamais violé personne. Elle est donc allée s'occuper de mon whisky, puis elle est revenue s'asseoir à ma table, et savez-vous ce qu'elle a fait ? Elle m'a pris la main. Je puis dire, avec regret, que je ne suis pas le genre d'homme dont les femmes, en général, prennent la main en public. Le crépuscule commençait bien à tomber, mais pour une fois ce fameux crépuscule africain, qui est toujours si pressé, n'avait pas l'air de se dépêcher. La plupart des gens du Tchadien me connaissent et ils devaient comprendre qu'il y avait là un malentendu, mais j'étais pourtant assez gêné. D'autant plus que je ne savais pas quoi lui dire. J'ai dû me contenter de tousser un peu et de regarder sévèrement autour de moi d'un air menaçant, pour le cas où on aurait eu l'idée de sourire. Mais le plus désagréable était à venir. Car alors que j'étais assis là, ma main dans la sienne, n'osant pas la retirer pour ne pas paraître grossier, brusquement je sentis sur le dos de cette main quelque chose d'humide — des larmes ! Elle pleurait. Elle tenait ma main violemment serrée, et elle pleurait. J'ouvris la bouche pour dire quelque chose, n'importe quoi, essayer de l'aider, de la réconforter, lorsque je l'entendis rire. Oui, rire. Je dois dire que je suis resté complètement pétrifié de stupeur. Et au même moment, alors que je ne comprenais plus rien, plus rien du tout, elle me lança d'une voix déchirée, sanglotante, que tout le monde sur la terrasse dut entendre : " Oh, colonel Babcock, vous êtes un si brave homme ! " et puis, brusquement, cette fille, cette Minna, porta ma main à ses lèvres et l'embrassa. »

Le colonel aspira l'air avec effort. « Ce qu'elle voulait dire par là, et ce que j'avais pu faire ou ne pas faire pour provoquer un tel geste, demeure pour moi un mystère jusqu'aujourd'hui. Je me demande parfois si ma maladie de cœur ne date pas de ce moment-là. »

Il s'interrompit et regarda le jésuite avec reproche.

« Je ne me souviens pas très bien de ce que j'ai dit ou fait. Elle dut pourtant se rendre compte de la situation, parce qu'elle lâcha ma main. Ou peut-être ses pensées étaient-elles déjà ailleurs. Je crois que c'était plutôt ça et qu'elle ne pensait même pas à moi. " Mais il reste encore un peu de temps, n'est-ce pas ? " demanda-t-elle. Je n'avais pas la moindre idée de ce qu'elle voulait savoir. Je faillis lui répondre que, malgré tous les préparatifs dans ce sens, nous n'allions pas disparaître du jour au lendemain dans quelque soudain holocauste nucléaire. « Oui, il reste encore du temps », répondis-je, à tout hasard. J'étais décontenancé. On venait d'allumer les lampes et j'avais nettement l'impression qu'on nous observait en souriant. Vous me direz : pourquoi ce souci des autres ? Eh bien, personne n'aime le ridicule, pas plus les vieux colonels anglais en retraite que n'importe qui. Vous me direz aussi qu'à mon âge, ces choses-là n'ont plus guère d'importance.

Mais peut-être y a-t-il des points sur lesquels on ne vieillit jamais. Et il n'est pas plus agréable à soixante-trois ans de sentir qu'une jeune femme ne vous considère plus comme un homme que de sentir à seize ans qu'elle vous considère encore comme un enfant. Il est assez désagréable pour un homme d'être soudain traité comme un père par une jeune femme quand on n'a jamais été traité... autrement, par aucune femme. »

Le jésuite fit signe qu'il comprenait. Il regretta que le monde fût passé à côté du colonel sans lui avoir prêté un peu plus d'attention. C'était un rameau, une pousse infinitésimale de l'évolution que l'humanité aurait eu intérêt à observer davantage. La décence : une chose évidemment sans grandes ambitions, sans génie, sans possibilités grandioses, mais quand même un tournant devant lequel l'humanité eût dû hésiter plus qu'elle ne l'avait fait. Il avait aussi le plus grand respect de l'humour parce que c'était une des meilleures armes que l'homme eût jamais forgées pour lutter contre lui-même.

« Je finis enfin par comprendre qu'elle me parlait de Morel, continua le colonel. Je fus vraiment soulagé de voir qu'elle pensait enfin à quelque chose de différent. Je lui dis que Morel pouvait échapper aux recherches pendant quelque temps encore, mais que c'était une question de jours, tout au plus. »

Le colonel bougea un peu dans son lit. « Elle écoutait mes paroles avec une attention extrême. Elle était penchée sur moi, très droite, tendue, ses mains serrées mordant presque l'une dans l'autre. Elle ne cachait pas ses sentiments, voyez-vous, pas avec moi, elle devait savoir qu'avec moi, elle ne risquait rien, que je ne comprendrais pas. Elle devait se dire que l'on peut toujours compter sur un gentleman lorsqu'il s'agit de ne pas comprendre une femme. Je dois dire que j'ai justifié cette confiance entièrement. J'étais là, en train de lui expliquer tranquillement que Morel n'avait aucune chance de s'en sortir, qu'il était probablement à bout, et qu'un blanc seul, dans la brousse, allait être tôt ou tard dénoncé par les noirs des villages voisins. Elle m'écoutait avec la même passion que d'autres mettent à parler

— si je puis m'exprimer ainsi, elle m'écoutait avec volubilité. »

Le colonel se tut. « Je ne sais si vous vous souvenez de ses yeux, reprit-il, au bout d'un moment. Ils étaient gris, d'un gris très clair, et ils paraissaient toujours vous interpeller douloureusement. Il y avait une sorte de contradiction entre ses yeux et tout ce qui lui était arrivé. Mais enfin, dans l'obscurité, les soldats ne les avaient sans doute pas vus, ou peut-être regardaient-ils de côté... Ils avaient une innocence extraordinaire, c'était peut-être leur couleur, tout simplement — c'étaient des yeux qui avaient tout vu, mais victorieusement. Je dois ajouter que la voix était très différente des yeux, peut-être à cause de l'accent allemand. Elle avait une certaine lourdeur, une certaine expérience... Mais Minna fumait beaucoup. J'étais donc en train de lui expliquer que l'arrestation de Morel n'était plus sans doute qu'une question de jours et qu'il n'avait aucune chance de s'en tirer, seul dans la brousse, lorsqu'elle m'interrompit.

« — Mais il n'est pas seul, dit-elle. J'ai parlé aux journalistes et ils m'ont tous dit la même chose : il a la sympathie du public. Si quelqu'un seulement pouvait le lui dire... » Ce fut alors que je fis ce que je considère comme la remarque la plus idiote de ma carrière — et j'ai quarante ans de service actif. " Eh bien, lui dis-je, je vois que vous aussi, vous aimez les éléphants. " Elle me sourit, me regarda une seconde avec une expression qui ressemblait fort à de l'amitié et toucha ma main. Puis elle se leva et s'en alla. Je restai seul, avec ma pipe, essayant d'avoir l'air indifférent, mais j'avais toujours de la peine quand elle me quittait. Depuis que je vieillis, j'ai de plus en plus besoin de compagnie. Je restai là encore un moment, parce qu'elle allait de table en table et il se pouvait qu'elle revînt. Parfois, elle revenait, quelquefois deux et même trois fois en une soirée — j'arrivais vers six heures, et si je n'avais pas envie de rentrer chez moi, je dînais là ; elle venait généralement quand je commandais le dîner, et ensuite pour le café, mais cela dépendait naturellement du monde qu'il y avait. Je ne pouvais jamais être sûr d'avance. Le samedi soir, je n'allais jamais au Tchadien, j'ai horreur de la foule. Et elle m'oubliait !... Je veux dire, je n'arrivais pas à me faire servir. Le lundi était le meilleur jour, elle était beaucoup plus libre. Pendant la demi-heure qui suivit, je ne pus que la suivre des yeux, de loin. Je la regardais souvent — ce n'était pas du tout parce qu'elle était jolie ou gracieuse, bien qu'elle le fût, qu'elle le fût incontestablement, mais pour voir si elle revenait de mon côté — j'avais l'impression qu'elle se sentait un peu seule, et je ne voulais pas avoir l'air de me dérober. Je lui consacrai ainsi toute la soirée — je restai dîner à la terrasse — et je sentis qu'elle m'était reconnaissante. Je devinais vaguement qu'elle avait besoin d'une présence amicale. J'ai une grande expérience de la solitude et je sais combien une présence sympathique peut vous faire du bien, même de loin. Je n'aime pas beaucoup le Tchadien, d'abord parce que les prix y sont scandaleux, et qu'on y voit toujours les mêmes têtes, mais j'y venais quand même presque tous les soirs, à cause d'elle — elle souriait toujours en me voyant entrer, je crois qu'elle tenait à moi, à sa façon. Sans ça, l'endroit est assez affreux, avec ses insectes et ses disques, toujours les mêmes — il y en a un qui s'intitule *Remember the forgotten men* que j'aurais cassé avec plaisir — et ce sinistre bonhomme, Orsini, dont la voix était toujours la première chose qu'on entendait en arrivant.

« Je dois dire que je fais toujours de grands efforts pour être particulièrement gentil avec lui, parce que j'estime qu'il faut être tolérant, et que ce n'est pas la faute du putois s'il sent mauvais. On n'a pas le droit de montrer aux gens qu'ils vous sont désagréables. Je faisais donc toujours des efforts pour lui manifester de la sympathie. Il finit par me considérer comme un de ses grands amis — il me dit même une fois que j'étais son seul ami avec quelque chose de mouillé dans la voix — absolument dégoûtant — ce qui me forçait à l'inviter de temps en temps chez moi pour ne pas le blesser et je finissais par le détester au point que sa vue seule me donnait la migraine. Cela m'obligeait à des efforts encore plus grands, pour cacher mes véritables sentiments, sentiments que je ne me reconnais pas le droit d'avoir ou de manifester à une personne humaine, quelle qu'elle soit. Le résultat était que nous passions souvent des soirées ensemble, chez lui ou chez moi, sur la terrasse, à regarder les étoiles, et je dois dire que ce malheureux m'était tellement antipathique qu'il avait fini par me dégoûter des étoiles, simplement parce qu'il était là, à côté de moi, et qu'il les regardait. Il avait même l'air d'aimer cela et de les trouver belles. Il y avait là aussi quelque chose qui me paraissait dégoûtant. Qu'un homme comme lui pût aimer les étoiles, cela semblait prouver qu'elles n'étaient pas ce qu'on croit généralement. Nous passions donc souvent nos soirées ensemble et j'étais obligé de l'entendre déverser son fiel sur tout et sur tous. Quand il était assis là, à côté de moi, à regarder silencieusement et rêveusement les étoiles, on avait l'impression qu'il se demandait tout simplement comment les atteindre de sa bave. Jusqu'à un certain point, il y parvenait, parce qu'il passait son temps à baver sur Minna, en lui attribuant toutes sortes de coucheries avec toutes sortes d'individus — il va sans dire que lorsque je parle d'étoiles à propos de Minna, ce n'est pas par quelque romantisme ridicule, qui n'est plus de mon âge, mais simplement afin d'indiquer qu'elle était pour Orsini aussi inaccessible que toute étoile lointaine de notre firmament, et qu'il se consolait en la dénigrant. Je n'ai jamais pu tolérer qu'on dît du mal des femmes. Vous me demanderez alors comment j'ai pu tolérer qu'Orsini le fît devant moi, et pour moi seul, sur la terrasse de ma maison, à cinq kilomètres du premier voisin. Mais soupçonneux et malveillant comme il était, si je l'avais rappelé à l'ordre, il m'aurait accusé de je ne sais quelle absurdité : par exemple, de nourrir pour cette femme quelque sentiment secret. C'était un être qui voyait tout bassement. De plus, si je lui avais interdit de raconter ses histoires sur elle, comme il ne pouvait en parler autrement, il ne m'en aurait pas parlé du tout. Il y avait des moments où je me demandais si je ne tolérais pas sa présence sous mon toit deux ou trois fois par semaine, uniquement parce qu'il était le seul homme qui me parlât d'elle. Cela l'empêchait peut-être de déverser ses torrents d'ordure ailleurs, auprès de gens qui se seraient peut-être révélés plus disposés à y croire que moi. Voyez donc la situation pénible dans laquelle je m'étais mis. D'autant plus que je finissais par me sentir très malhonnête avec Orsini, ce qui m'obligeait à redoubler de gentillesse à son égard, surtout en public, pour éviter le reproche d'hypocrisie que l'on nous fait si facilement, à nous autres Anglais. Si bien qu'à la fin tout le monde nous croyait amis, bien que je fusse sans doute, de tout Fort-Lamy, celui qui détestait le plus Orsini. Ce soir-là, il était à l'autre bout de la terrasse, en train de vitupérer, devant les boys noirs qui comprenaient chaque propos qu'il tenait, contre les indigènes, lesquels d'après lui avaient certainement aidé Morel, simplement pour donner au monde l'impression qu'il y avait des désordres au Tchad comme au Kenya. C'était la sorte de propos imbécile qui nous a tellement nui en Afrique. J'étais si énervé par ses niaiseries que j'avais fini par perdre Minna de vue, lorsque je l'aperçus juste devant moi, près d'une table. Je me levai. Je me souviens même, maintenant que j'y pense, que mon cœur battit soudain avec une rapidité inaccoutumée, ce qui prouve qu'il était déjà atteint à ce moment-là, et qu'un simple mouvement un peu brusque l'accélérait anormalement. Mais je n'y fis pas attention. »

Le colonel Babcock parut réfléchir. « Je crois que ce qu'il y avait de plus frappant chez elle, c'étaient ses yeux. Grande, très bien bâtie, je crois que l'on dit bien faite pour les dames, avec des cheveux très blonds, un visage… et des lèvres… enfin, charnues, des pommettes saillantes et ces yeux qui vous faisaient confiance. On se sentait toujours un peu ému en la regardant. On en oubliait presque son accent quand elle vous parlait. Elle s'assit dans le fauteuil de rotin et y resta un moment immobile, absente, fixant quelque point au-delà de moi sur l'autre rive du Chari — je faillis me retourner pour voir ce qui la fascinait ainsi. " Orsini prétend qu'il est protégé par les indigènes, dit-elle. Si seulement cela pouvait être vrai. " Je lui dis que l'idée me paraissait absurde. " La seule chose que les indigènes voient dans un éléphant, c'est la viande, lui rappelai-je. La beauté de la faune africaine les laisse, croyez-moi, bien indifférents. Lorsque les troupeaux dévastent les récoltes, et que l'Administration fait abattre quelques bêtes, en principe on laisse toujours pourrir les corps sur place pour servir d'exemple aux autres. Mais dès que le lieutenant de chasse a le dos tourné, les noirs dévorent la viande et ne laissent que la carcasse. Quant à la beauté de l'éléphant, sa noblesse, sa dignité, et cætera, ce sont là des idées entièrement européennes comme le droit des peuples à disposer d'eux-mêmes. " Elle se tourna vers moi avec impatience. " Voilà un homme qui croit en vous, colonel Babcock, qui fait appel à vous pour essayer de sauver, de préserver quelque chose, et tout ce que vous trouvez de mieux à faire, c'est de discuter froidement ses chances, comme si tout cela ne vous concernait pas. Il croit à la nature, y compris la nature humaine, que vous tous ne faites que calomnier, il croit que l'on peut encore agir, sauver quelque chose, que tout n'est pas irrémédiablement voué à la destruction. " Je fus tellement surpris par cet éclat inattendu, par ces propos, surtout venant d'elle, vous comprenez, avec tout ce qui lui était arrivé, tout ce qu'elle avait, enfin... enfin vu, de ses propres yeux, que ma pipe m'est tombée des lèvres. " Mais, ma chère enfant, bredouillai-je, je ne vois pas en quoi le souci de préservation de la faune africaine... " Elle m'interrompit. " Mon Dieu, colonel Babcock, essayez donc de comprendre... Ne voyez-vous pas de quoi il est question ? Il s'agit de savoir si vous avez confiance en vous-même, en votre bon sens, en votre cœur, en votre possibilité de vous en tirer, oui, de vous en tirer, vous tous tant que vous êtes. Il y a là-bas, dans cette forêt, un homme qui croit en vous, un homme qui croit que vous êtes capable de bonté, de générosité, de... d'un... d'un grand amour, où il y aurait de la place pour le dernier des chiens ! " Elle avait les yeux pleins de larmes et avec ses cheveux très blonds, et la beauté de son visage, j'avais vraiment l'impression qu'elle avait raison. " Si vous autres Anglais, vous ne comprenez pas quel est l'enjeu, c'est que l'Angleterre est un mensonge de plus, une histoire que l'on raconte, *ein Wintermärchen* ", termina-t-elle en allemand. Puis elle se leva, traversa la terrasse et je ne l'ai plus revue de la soirée. J'essayai de rassembler mes esprits. *Ein Wintermärchen ? Ein Wintermärchen ?* Je suppose que cela veut dire un conte de fées. Je ne voyais pas très bien ce qu'elle voulait dire. S'attendait-elle vraiment à ce que l'Angleterre se ruât, avec Sir Winston Churchill à sa tête, à la défense des éléphants, qu'elle se rangeât aux côtés de ce Morel, comme si elle était une immense société protectrice des animaux ? Minna avait l'air d'ailleurs de dire qu'il ne s'agissait pas d'animaux — mais de quoi s'agissait-il alors ? Je ne voyais pas très bien ce qu'elle me reprochait, et en même temps, je me sentais vaguement fautif. Que voulez-vous, nous autres, vieux colonels en retraite dans mon genre, nous ne sommes pas faits pour faire face à des situations de ce genre. Je n'ai pas fermé l'œil de la nuit. Je me tournais et me retournais dans mon lit, je voyais son visage devant moi et j'étais sûr qu'elle avait raison, puisqu'elle avait si manifestement de la peine. Je sentais que, de quelque façon mystérieuse, je n'avais pas justifié sa confiance, et comme je n'avais personne d'autre qu'elle en ce coin du monde — j'ai encore une cousine éloignée qui vit en Angleterre, dans le Devon — je me sentais naturellement assez triste : j'avais un peu le sentiment qu'elle était peut-être injuste à mon égard. Voyez-vous... »

Le colonel leva la tête. Il paraissait fatigué, ses yeux semblaient plus profonds, ses traits plus saillants. Mais le regard, malgré les traces de souffrance, tenait bon et se réfugiait jusqu'au bout dans l'humour. « Je ne sais vraiment pas comment le dire. Voyez-vous... J'ai l'impression d'avoir toujours respecté les éléphants, dans ma vie, si je puis m'exprimer ainsi. »

XV

Les journalistes s'impatientaient, se faisaient extorquer des sommes impressionnantes par des « émissaires » mystérieux qui leur offraient de les conduire jusqu'à Morel, puis s'évaporaient avec l'argent versé pour l'achat de « certaines complicités et de l'équipement nécessaire » — les épaves les plus oubliées du Tchad, qui semblaient reposer depuis longtemps quelque part par mille mètres de fond, réapparurent soudain à la surface, avec des airs importants qui cachaient surtout leur profond ébahissement d'avoir réussi encore une fois à se faire prendre au sérieux. Ils donnèrent des rendez-vous secrets aux journalistes — « vous comprenez bien, monsieur, il ne faut pas que l'on nous voie ensemble, j'ai consacré toute ma vie à gagner la confiance des indigènes, que je n'ai d'ailleurs pas l'intention de trahir » —, flottèrent un moment ainsi, la tête hors de l'eau, grâce à la complicité goguenarde de tout Fort-Lamy, le temps de quelques repas civilisés, d'une apparition sensationnelle à la terrasse du Tchadien dans un complet impeccable et sous un panama flambant neuf — « l'équipement » — puis disparaissaient secrètement, après une cuite monumentale, rejoignaient leur vase profonde, où ils se réinstallaient sans doute avec un soupir de soulagement. Pendant ce temps, on affirmait que dans le Sud les tam-tams redisaient déjà à travers la forêt les exploits de Morel en les embellissant, que les indigènes connus pour leurs sentiments anti-blancs, et notamment Waïtari, l'ancien député des Oulés, l'avaient rejoint dans la brousse, et attaquaient les plantations à ses côtés, que Morel était en réalité un agent communiste. On disait... mais que ne disait-on pas ? Le territoire se soulageait sur Morel de toutes ses hantises secrètes. Puis Saint-Denis surgissait du trou perdu où il exerçait ses fonctions d'administrateur du pays Oulé, avec un dévouement qui le faisait s'amenuiser d'année en année — il ne restait plus de lui qu'un crâne chauve, une barbe noire et des yeux dévorés par quelque rêve effarant d'hygiène et de salubrité universelles — pour donner à l'histoire des proportions plus humblement humaines. Il annonça qu'il avait rencontré Morel dans la brousse et que celui-ci était à demi mort de fièvre, seul et sans munitions. Lorsqu'on lui demanda où il l'avait rencontré, il scruta longuement le visage de son interlocuteur avec un peu d'étonnement mais sans se fâcher le moins du monde — puis il donna la longitude et la latitude avec une telle précision et tant de bonhomie que personne n'insista. Oui, il l'avait rencontré en pleine brousse, et Morel lui avait demandé de la quinine. « Et vous lui en avez donné ? » Oui, bien sûr, il lui en avait donné, il ne savait pas encore à qui il avait affaire. Rien, assura-t-il honnêtement, en fixant sur le journaliste son regard brûlant, fiévreux, mystique, où se cachait on ne savait quelle absence de Dieu, rien dans l'apparence de Morel ne permettait de déceler qu'il n'appartenait pas à la race des hommes. Il lui avait donc donné de la quinine. Il faudrait absolument trouver un jour un truc qui vous permettrait de distinguer les hommes des autres, médita-t-il ensuite à haute voix, établir un critère qui vous autoriserait à dire que ça, c'est un homme, et ça, ce n'en est pas un malgré les apparences, quelque chose comme des tables de logarithmes spéciales qui vous fourniraient immédiatement le moyen de vous y retrouver, ou peut-être de nouvelles lois de Nuremberg... Ces messieurs les journalistes venus tout spécialement de si loin — en ligne droite des hauts lieux de la civilisation — ces messieurs les journalistes pourraient peut-être mettre cela au point, avec le concours de la science moderne. Puis il attendit que les insultes se fussent tues et ajouta, se rengorgeant comme un petit coq déplumé par mille combats, mais qui est encore bon pour la lutte : « Je lui ai même donné des munitions. » On entendit des « oh » et des « ah » et il comprit que d'ici une demi-heure il allait de nouveau être convoqué chez le gouverneur, avec qui il venait déjà d'avoir une entrevue orageuse. « Oui, je lui ai donné des munitions. Mettez-vous à ma place : je ne savais pas que j'avais affaire à un rogue, à un enragé. J'étais depuis six semaines en tournée, inspectant une de ces fameuses zones-limites que nous disputons à la mouche tsé-tsé. Je n'étais au courant de rien. Un blanc sort de l'herbe à éléphants, me dit qu'il a perdu ses munitions de chasse en traversant l'Obo, et me demande si je pourrais lui en donner un peu ? Je lui en ai donné un peu. Il me déclare qu'il était naturaliste et qu'il étudie la faune de l'Afrique ; je lui dis que c'était une entreprise noble et voilà tout. » Plus tard, lorsqu'il en fut réduit comme tout le monde à débattre sans fin les « pourquoi » et les « comment » d'une affaire où, en définitive, chacun ne voyait plus que son propre cœur, lorsqu'il ne resta plus de tout cela que les longues nuits étoilées d'Afrique, qui ont toujours le dernier mot, Saint-Denis devait confier au jésuite qu'il avait senti à ce moment-là, à côté de lui, avec une acuité presque physique, une présence féminine angoissée. Elle l'écoutait — mais avec une attention qui lui fit tourner la tête dans sa direction comme s'il s'était entendu interpeller.

« Elle était debout dans l'ombre, les deux mains crispées sur les bouts de son châle de cachemire gris, et il y avait dans son immobilité passionnée tout ce que je n'avais jusqu'alors pressenti que par les tragédies grecques. Dès que je l'ai vue ainsi dressée, figée, derrière la misérable petite meute qui était en train de m'insulter sur tous les tons, dès que j'ai rencontré son regard, j'ai senti tout de suite qu'elle était dans le coup, qu'il s'agissait d'elle d'une façon ou d'une autre, dans tout cela, et qu'elle était du côté de Morel. Je me souviens d'avoir pensé : " Tiens, tiens, tiens ", comme un imbécile, mais c'était moins par ironie que pour me défendre contre cette vague de passion dans son regard, qui déferlait sur moi et qu'il était impossible d'ignorer. J'étais alors, naturellement, à mille lieues de me douter de ce qui se passait dans sa jolie tête — je dis " alors ", bien que nous ne soyons guère plus avancés aujourd'hui. Tout ce qu'on peut dire, c'est que c'est une histoire où la place ne manque pas, la place pour vous et pour moi, et pour les troupeaux d'éléphants, et même pour bien d'autres choses — pour tout ce qui n'est pas encore né, par exemple. Mais à ce moment-là, bien sûr, je ne me doutais de rien. »

Il jeta quelques brindilles sur le feu, les flammes firent un bond, se rapprochèrent, puis s'accroupirent à nouveau. Le jésuite regardait l'obscurité.

« Finalement, dit Saint-Denis, finalement, vous savez, peut-être parce que j'ai vécu seul pendant si longtemps, je crois que c'est avant tout une histoire de solitude. Je crois que ce type-là, ce Morel, avait un tel besoin de compagnie, il sentait à côté de lui un tel trou, un tel vide, qu'il lui avait fallu tous les troupeaux d'Afrique pour le remplir, et sans doute n'était-ce pas encore suffisant. Vous voyez qu'il est allé très loin, mon Père, mais je suis sûr qu'à votre avis, c'était surtout parce qu'il s'était trompé de direction. » Saint-Denis se tut un instant pour reprendre contact avec le silence de la nuit, avec le troupeau des collines, massé à leurs pieds jusqu'aux limites de lune.

« On avait dû surprendre mon regard, parce que des têtes se tournèrent vers Minna, il y eut quelques rires et une voix dit ironiquement : " Vous savez naturellement que Minna a signé ? " On expliqua l'affaire de la pétition et qu'elle avait donné sa signature. " Venez donc prendre un verre avec nous ", lui dis-je. Elle s'excusa. Elle n'avait pas le temps, elle devait surveiller les boys, s'occuper du pick-up. Elle me tourna le dos et s'en alla. J'eus, je ne sais pourquoi, l'impression idiote de la perdre pour toujours. Elle alla placer un nouveau disque sur le phono, *Remember the forgotten men* ou quelque chose comme ça. Mais elle revint presque aussitôt s'asseoir à notre table, comme malgré elle. Décidément, elle devait s'intéresser à ce qu'on disait. On parlait toujours de Morel, bien sûr. Qu'il n'avait plus de munitions, sauf les quelques cartouches que je lui avais données, qu'il ne pouvait guère tenir plus longtemps dans la forêt, qu'il allait se rendre. Oui, ajouta quelqu'un, il est foutu, et on voit mal ce que les éléphants peuvent faire pour lui. Soudain, j'en eus assez : il y avait dans l'air une atmosphère de chasse à l'homme, et de Dieu sait quel obscur règlement de comptes de chacun avec soi-même dans son petit coin. C'était particulièrement sensible pour Orsini. Il n'était pas à ma table — je crois qu'il me méprisait, m'accusant, de toute la hauteur de vingt siècles de civilisation très blanche, de m'être " bougnoulisé " — mais sa voix me poursuivait de l'autre côté de la terrasse, cette voix dont on ne pouvait pas lui tenir rigueur, et qu'il fallait savoir accepter avec toutes les autres voix de la nuit. Il parlait aux journalistes. Ils formaient autour de lui un cercle respectueux, puisque aussi bien, il était le premier homme à avoir " vu clair ". Il était en train de déclamer contre " l'incurie criminelle des autorités " et de dénoncer le tort irréparable causé au prestige des blancs en Afrique. Il parlait aussi de certaines complicités " haut placées " et là, il eut à propos de Morel une phrase étonnante, une phrase qui allait vraiment loin. De cette voix aiguë et exaltée par le sentiment de l'injustice — mon Dieu, me voilà encore en train de parler de sa voix — il s'était exclamé, soudain, avec un accent étonnant, à la fois triomphant et railleur : " Et n'oubliez pas, Messieurs, que c'est ce qu'on appelle chez vous un idéaliste ! " Jamais je n'ai entendu la haine venir frapper aussi près de la vérité. Car d'une certaine façon obscure, retorse et haineuse comme la pensée d'Orsini elle-même, il me semblait qu'il avait fait mouche, et que sa voix avait sonné, mystérieusement mais avec une résonance irréfutable, le glas et la faillite d'un autre grand troupeau très ancien, de ces géants maladroits et émouvants, acharnés à la poursuite d'un certain idéal de dignité humaine, sans même parler de tolérance, de justice ou de liberté. A croire que, de cause perdue en cause perdue, de déception en déception, l'un d'eux était devenu *amok*, et ne sachant plus à qui se vouer, avait échoué en Afrique noire pour mourir aux côtés des derniers grands éléphants ! Il y avait là évidemment une image de désespoir et de faillite qu'Orsini ne pouvait pas manquer. Mais il alla plus loin, encore plus loin, avec un comique irrésistible, et je me souviendrai toujours de sa dernière exclamation, comme d'un des bons moments de ma vie :

« — Et je vais vous dire, Messieurs, je vais vous dire : c'est un humanitaire ! — Je faillis me lever pour lui serrer la main. L'espace d'une seconde, je crus presque qu'il avait le sens de l'humour, le don de réduire en une image comique l'espoir et le désespoir de tant d'entre nous. Mais ce n'était pas cela, pas le moins du monde. Il désignait l'ennemi, voilà tout. Il n'était pas capable d'humour, Orsini, il n'était pas capable de cette courtoisie envers l'ennemi. C'était seulement un homme qui gueulait là où il avait mal. » Saint-Denis hocha la tête.

« Quand même, il y a une chose que je ne comprendrai jamais entièrement : pourquoi Orsini avait-il fait, dès le début, de cette affaire son drame intime comme si c'eût été pour lui une question de vie ou de mort ? Vous allez me dire qu'il avait raison, que c'était bien de cela que, en fin de compte, il s'était agi pour lui — et que donc, jusqu'à la fin, " il ne fut pas dupe ", pour employer ses mots favoris — mais cela ne prouve rien, puisqu'un pressentiment de ce qui l'attendait eût dû, au contraire, l'inciter à se tenir tranquille. Peut-être avait-il donné toutes ces raisons lorsqu'il s'était exclamé, avec cette conviction profonde : " c'est un idéaliste ! ", mais alors il faudrait attribuer un caractère absolument désintéressé et presque pur au duel qu'il avait engagé avec Morel, car cette obsession étrange qu'il avait de se sentir défié par tout ce qui, de près ou de loin, touchait à l'idéalisme, témoignait malgré tout d'une profonde, d'une déchirante vocation. Je me souviens encore de sa dernière remarque, lancée avec cette emphase qui paraissait la destiner à quelques-unes de ces puissances occultes dont il se sentait toujours à la fois entouré et menacé, et dont il voyait toujours la trace dans toutes les affaires humaines : " Devant la carence des autorités, incapables d'agir à cause de certaines infiltrations, il y aura bientôt quelques vieux chasseurs résolus qui seront forcés de prendre cette affaire en main ! " Je m'éloignai. J'avais hâte de ne plus être là, à la merci de cet accent, de cette médiocrité qui finissait par devenir grandiose, et par engluer le monde entier dans sa petitesse. C'était un de ces moments où l'on a besoin de toute l'immensité que l'œil peut vous faire découvrir autour de vous sur la terre et dans le ciel pour vous rassurer sur vous-même. Un moment où l'on a besoin de prolongement, et où le poids, l'existence même de la matière, vous font rêver de quelque impossible amitié. J'avais hâte d'être dehors, de retourner enfin à mes étoiles, car c'est de cela, n'est-ce pas, que notre vieille Afrique est faite, lorsqu'on sait la regarder comme il faut. » Saint-Denis leva un peu le visage vers le ciel qui était partout, tellement immense qu'il en paraissait proche. « A portée de la main, n'est-ce pas », dit-il, avec une quiétude que sa voix semblait puiser à la source même de toute tranquillité. « J'étais triste, et je crois qu'à partir de ce soir-là, chaque fois que je pensais à Orsini, c'était désormais sans animosité, mais avec une compréhension qui finissait par me rapprocher de lui. Je le vois encore, vêtu de blanc, avec ses lèvres tordues haineusement par une espèce de connaissance totale du monde — une ignoble perspicacité — on ne peut pas appeler cela un sourire — protestant, avec la dernière énergie, contre tous ceux qui, comme Morel, cherchaient à faire sonner trop haut et trop clair l'honneur d'être un homme, exigeant de nous une générosité où il y aurait facilement de la place pour toutes les splendeurs de la nature — oui, je le vois encore et je le verrai sans doute toujours, les yeux pathétiques à force de rancœur, brandissant ses poings dans un geste où éclatait surtout l'impuissance des poings. Inculte, sachant à peine écrire, ce qu'il cachait sous une emphase verbale intolérable, et des phrases toutes faites, habilement choisies, il avait pourtant été le premier à comprendre Morel et le véritable enjeu de l'affaire : voilà qui prouve bien une étrange fraternité. Peut-être avaient-ils tous les deux la même obsession profonde et lancinante, mais l'un s'y était soumis alors que l'autre se jetait contre elle de toute sa rage mesquine. Peut-être étaient-ils torturés l'un et l'autre par la même aspiration, mais ils se révoltaient contre elle de deux manières opposées et qui les destinaient à se rencontrer. Du reste, je n'en sais rien. Tout demeure ouvert à tout venant dans cette affaire. On peut entrer, en apportant son manger. Parfois, il m'arrive de penser qu'Orsini avait haineusement, mais non sans un certain courage de roquet, défendu sa propre petitesse contre une conception trop élevée de l'homme — conception qui l'excluait. Orsini était sans doute prêt à se mépriser — car de lui-même non plus il ne fut pas dupe — mais il n'était certes pas prêt à accepter que cette opinion plus que modeste qu'il avait de lui-même l'exclût du reste de l'humanité. Au contraire. Il y voyait sans doute un signe d'appartenance. Il tirait de toutes ses forces vers lui, vers le bas, la couverture, dont Morel tenait très haut l'autre bout, et il essayait de s'en couvrir, il voulait à tout prix prouver qu'il n'était pas exclu. Au fond, il devait souffrir d'un besoin déchirant de fraternité. » Saint-Denis se tut. Peut-être avait-il senti ce qu'il y avait de contradictoire entre la sympathie que ces mots trahissaient et la seule fraternité dont lui-même se réclamait, celle des étoiles. Mais il savait aussi que les contradictions sont la rançon de toutes les vérités à peu près humaines. Il haussa les épaules. « Je vous ennuie sans doute avec Orsini. Je suis sûr qu'il ne vous intéresse pas, mais cela aussi fit partie d'un destin contre lequel il ne cessa de protester. Et je sais également qu'en pressant des âmes comme des tubes de pâte dentifrice, on finit toujours par faire sortir quelques gouttes de pureté. Laissons donc là, si vous le voulez bien, Orsini. Il n'est pas à sa place sur ces hauteurs. Je quittai donc la terrasse et me dirigeai vers la sortie. J'étais sous cet arc de triomphe ridicule qui forme l'entrée du Tchadien, lorsque je sentis une main sur la mienne. Je grognai : quelquefois, les filles noires — quand ce ne sont pas des garçons — viennent jusque-là avec leurs humbles propositions de services précis, rapidement rendus parmi les stands vides du marché. Mais c'était Minna. “ Est-ce que je peux vous parler un moment ? ” Je n'avais pas bien envie de lui parler. Depuis que je la connaissais, chaque fois que je venais à Fort-Lamy, j'évitais de lui parler, ou même de trop la regarder. Je vis seul, dans la brousse, sans souvenirs, et il est très mauvais de retourner pour neuf mois dans la forêt avec l'image d'une fille comme celle-là dans les yeux. Ça gratte, gratte, jusqu'à donner l'impression d'avoir non pas choisi sa vie, mais de l'avoir manquée. Je répondis oui, naturellement. J'espère que vous en conclurez que je suis une nature forte, qui ne craint pas de braver le danger. »

XVI

« Elle me fit monter dans sa chambre. L'Hôtel du Tchadien avait été bâti dans le plus beau style de l'exposition coloniale de 1937, et sa chambre était au sommet d'un escalier en colimaçon, dans une des deux tours sur lesquelles reposait l'arc de triomphe dont je vous ai parlé. Je dois dire qu'elle avait arrangé sa chambre avec beaucoup de goût. On voyait bien ce qu'elle aurait pu faire d'une vraie maison, d'un " home ", comme disent les Anglais... Enfin.

« — Ils ne viennent jamais ici, dit-elle, jamais. Elle me regarda attentivement, avec un peu de défi, prête à se défendre, à se justifier, mais je n'étais absolument pas disposé à entamer ce genre de discussion, ce n'était vraiment pas très important. Je me souviens que je fus surtout frappé par les dessins épinglés au mur ; ils évoquaient dans mon esprit je ne sais quel vague souvenir d'enfance et même le souvenir de mes parents. Oui, pensai-je, elle avait raison de ne pas les faire monter ici. Cela risquait de les gêner dans leurs transports. Comme vous voyez, je n'étais pas particulièrement bien disposé. Je me tournai vers elle, cette grande jeune femme casquée de cheveux blonds, une Allemande — il n'était pas possible de s'y tromper — au visage très pâle et aux yeux qui — comment dire ? — qui n'avaient rien à voir avec tout ça. J'eus soudain envie de lui demander : que faites-vous ici ? Pourquoi êtes-vous là — on peut naturellement poser cette question à pas mal de gens, au Tchad, ce qui fait qu'on ne la pose jamais. Il me semblait aussi qu'elle avait un peu bu. Ses yeux brillaient, ses paupières étaient rougies et son visage enflammé de passion : elle ne se retenait plus, ne dissimulait plus comme elle l'avait fait en bas, tout à l'heure, sur la terrasse, parmi les clients. Il n'y avait plus trace de soumission dans son attitude, et elle ne s'enveloppait plus de son châle, comme de la seule chose au monde qui pût la protéger mais portait la tête haute, avec un air presque de triomphe, oui, et de défi. Je ne sais pourquoi, je me suis senti pris d'une certaine antipathie, d'une animosité presque physique. Elle allait et venait dans la chambre avec des mouvements rapides et brusques, un peu mécaniques. Elle semblait se dépêcher. Il y avait une bouteille de cognac sur la table et un seul verre. Je l'observai un peu plus attentivement, et elle secoua la tête, avec un sourire presque méprisant.

« — Oh non, dit-elle, je ne suis pas ivre. Bien sûr, il m'arrive de boire un verre en compagnie de moi-même. Elle ne parlait pas très bien français. Son accent en tout cas était fort, elle disait presque " che " au lieu de je et sa voix manquait de tenue, de discrétion, elle parlait beaucoup trop haut.

« — Mais ce soir, j'ai trinqué avec quelqu'un qui n'est pas là.

« J'avoue qu'à ce moment je commis moi aussi l'erreur que tout le monde avait faite. Il était tellement facile de se tromper, tellement commode. Je connaissais un peu l'histoire de cette fille, et surtout je connaissais bien l'histoire de Berlin, la guerre, la ville prise d'assaut, la revanche, les ruines, la difficulté de vivre et puis les hommes qui s'étaient servis d'elle pour leurs petits besoins. J'aurais dû comprendre comment lui était venue sa sympathie pour Morel et la campagne qu'il menait pour la protection de la nature. Je me suis trompé, comme tous les autres, j'ai choisi, moi aussi, le chemin de la bassesse, le plus facile pour expliquer le comportement humain, et ce n'est pas à mon honneur... C'est là le côté infernal de cette affaire. On croyait toujours y être chez les autres, alors qu'on était seulement chez soi. Je me suis donc dit que cette fille à vingt-trois ans avait vu tout ce que l'humanité peut offrir comme spectacle, en fait de saleté, lorsqu'elle fait un petit effort, et que Minna devait à présent éprouver une joie mauvaise à l'idée qu'il y avait au fond de la brousse africaine un homme qui avait en somme pris le maquis contre nous, qui était passé avec armes et bagages du côté des éléphants. Je vis soudain cette... cette Berlinoise fermer à clef la porte de sa chambre, puis dire “ *Prosit* ” en levant son verre à la santé d'un enragé comme elle qui s'était dressé contre l'ennemi commun. La haine, quoi. J'ai vu ça tout de suite, avec une rapidité qui en dit long surtout sur la couleur de mes propres yeux. Il n'était pas possible de se tromper plus complètement. » L'homme qui écoutait Saint-Denis dans la tranquillité des collines sentit à l'amertume de la voix du vieil Africain que cette erreur l'accompagnerait toujours.

« Je ne sais si j'arriverai jamais à bien m'expliquer là-dessus. Il y avait sans doute là, de ma part, un préjugé. Une sorte de méfiance instinctive envers des êtres qui ont trop souffert. L'irritation que l'on ressent malgré soi lorsque les estropiés blessent un peu trop cruellement votre vue. L'idée, aussi, que les gens qui ont trop souffert ne sont plus capables de... de complicité avec vous, car c'est à cela que tout revient. Qu'ils ne sont plus capables de confiance, d'optimisme, de bonheur, l'idée qu'on les a en quelque sorte *gâtés* définitivement. Ce sont des fâcheux, on compatit évidemment à leurs malheurs, mais on leur reproche aussi d'y avoir survécu. C'est un peu au nom de cette idée que les théoriciens allemands du racisme prêchaient l'extermination des Juifs : on les avait trop fait souffrir, et ils ne pouvaient donc désormais être autre chose que des ennemis du genre humain. Telle fut ma première réaction — avec, il est juste de le dire, une pointe de pitié. J'ai cru sincèrement que le seul lien qui existât entre cette fille et Morel était une communauté de rancune et de mépris. Qu'il se fût agi là d'une histoire de dignité humaine, de confiance humaine poussée jusqu'au bout, au-delà de toute limite explorée, d'une révolte, aussi, contre la dure loi qui nous est faite — voilà ce que je trouve vraiment difficile à concevoir. Mais je dois dire qu'elle ne nous facilitait pas les choses, cette fille, cette Minna.

« — Je voulais vous remercier, dit-elle avec une sorte de solennité, comme si elle était en train de créer entre nous quelque lien officiel. *Ich wollte Ihnen danken,* traduisis-je dans mon esprit, malgré moi, agressivement. Elle prit une cigarette et l'alluma.

« Je voulais vous remercier de l'avoir aidé. De lui avoir donné des médicaments et des munitions et de ne pas l'avoir livré à la police. Vous, au moins, vous avez compris. » « Non, grand Dieu, je n'avais pas compris ! » La voix de Saint-Denis s'enfla avec une férocité moqueuse. « Non, je n'avais rien compris du tout — mais je vous le dis, cette fille ne vous facilitait pas les choses. Car savez-vous ce qu'elle fit, tout à coup ? Peut-être avait-elle lu quelque chose dans mon regard — il était difficile de ne pas la suivre des yeux... En tout cas, elle me sourit — le plus fort, je vous le jure, est qu'elle avait des larmes dans les yeux — elle sourit et dénoua la ceinture de son peignoir. Puis elle l'entrouvrit. " Si vous voulez ? " dit-elle. Elle se tenait là, les mains sur les hanches, le peignoir entrouvert, me regardant la tête haute. Voilà l'idée qu'elle se faisait des hommes, et elle tenait à me dire que je n'étais pas exclu. " Si vous voulez, dit-elle. Pour moi, ça ne compte pas, ça n'existe pas, ça n'a jamais existé, ça ne tache plus. Alors, si ça peut vous faire plaisir... " Elle me sourit de nouveau, comme une espèce d'infirmière, de sœur de charité... On dit bien que ces filles, après la prise de Berlin, sont devenues toutes des détraquées sexuelles, des hystériques. » Saint-Denis secoua la tête, rageusement.

« Allez donc vous dépatouiller là-dedans. Il fallait voir cette supériorité si caractéristique n'est-ce pas, du Herrenvolk. " Pour moi, ça ne compte pas, ça n'existe pas, ça n'a jamais existé... ça ne tache plus. " Je l'entends encore me déclarer cela tranquillement, et avec un accent de triomphe, comme si jamais personne ne lui était passé dessus. Que voulait-elle dire par là ? Que ces choses-là ne peuvent pas vous salir ? Voulait-elle ainsi se laver de son passé, retrouver une sorte de virginité ? Se libérer du souvenir ? Voulait-elle reprendre Berlin aux Russes, ou quoi ? Était-elle seulement une enfant qui essayait de se défendre, une gosse qui luttait vaillamment, qui essayait de minimiser ce qui l'avait le plus atteinte et le plus meurtrie ? En tout cas, elle était là devant moi, le peignoir entrouvert et... »

Saint-Denis serra violemment ses mains l'une contre l'autre, comme pour écraser le vide.

« Je ne l'ai pas touchée. Par respect humain — chacun ses éléphants, après tout. J'avais besoin de me rassurer sur moi-même. Du moins, ce sont là les justifications que je me donne aujourd'hui. Je crois que je fus surtout pris de court et que je manquai de réflexe, voilà tout. Bref, je n'ai pas passé dans ses bras une nuit inoubliable, pas même les cinq minutes qu'il faut à un homme pour être tout à fait heureux sur terre. Je crois même que mon regard dut exprimer une certaine pitié, parce qu'elle referma un peu nerveusement son peignoir, remplit son verre de cognac jusqu'au bord, comme ces petites filles qui veulent vous montrer qu'elles tiennent bien l'alcool.

« — Vous buvez trop, lui dis-je. C'était tout ce que je pouvais faire pour montrer qu'elle ne m'était pas indifférente. Elle posa son verre. Naturellement, elle pleurait à présent.

« — Où est-il ?

« Je ne sais pas ce qu'il y avait dans cette voix, quelle passion soudaine, mais je me souviens clairement d'avoir pensé : il y a vraiment des gens qui ont toutes les veines. J'ai cinquante-cinq ans, et pourtant, j'aurais donné beaucoup pour être à la place de Morel, et à ce moment-là, croyez-moi, sa place n'était pas à cinq cents kilomètres de là, au fond de la brousse du pays Oulé, mais dans cette voix. Et elle me demandait où il était ! » Saint-Denis regarda le jésuite avec un air presque scandalisé et le Père Tassin hocha approbativement la tête pour indiquer qu'il partageait son étonnement.

« — Mademoiselle, lui dis-je avec, Dieu me pardonne, une pointe de méchanceté, je sais bien que vous êtes prête à courir au fin fond de la forêt pour lui prendre la main et essayer de le sauver, mais il faut être raisonnable. Je vais vous faire un aveu. Je ne l'ai pas rencontré par hasard au coin des bois. J'ai remué ciel et terre pour savoir où il était, pour entrer en contact avec lui, pour tenter de le raisonner. Je n'ai pas réussi, comme vous voyez. Elle ne dit rien, reprit sa cigarette, m'observant de ses yeux gris qui se gardaient bien de me révéler ce qu'elle pensait de moi — elle devait se dire que j'étais un pauvre imbécile. » Le jésuite fit de la tête un rapide mouvement de dénégation, comme pour exprimer son désaccord poli.

*

« Depuis des semaines, continuai-je, les tam-tams ne parlaient que de lui dans la forêt, et je suis le dernier blanc vivant qui comprenne le langage des tambours africains. Ce qu'ils disaient ne présageait rien de bon, ni pour Morel, ni pour la paix du territoire, ni pour les tribus. Une légende était en train de s'établir, et je savais qu'il allait être difficile à Morel d'y échapper. Les tam-tams parlaient le langage de la haine, et je vous jure qu'il n'y était pas question d'éléphants. C'était surtout cela que je voulais dire à Morel. Lui expliquer qu'il était en train d'être roulé. Car je puis vous dire, et je viens de le dire au gouverneur, que Morel n'est plus seul, qu'il est tombé entre les pattes d'un de ces agitateurs politiques auxquels nous avons inoculé, dans nos écoles, dans nos universités, et surtout par nos propos, nos préjugés, notre comportement, notre exemple, tous les maux dont nous sommes depuis si longtemps atteints : racisme, nationalisme absurde, rêves de domination, de puissance, d'expansion, passions politiques, tout y est.

« Je suis un trop vieil Africain pour ne pas rêver parfois, moi aussi, d'indépendance africaine, d'États-Unis d'Afrique, mais ce que je voudrais éviter à une race que j'aime, ce sont les nouvelles Allemagne africaines et les nouveaux Napoléon noirs, les nouveaux Mussolini de l'Islam, les nouveaux Hitler d'un racisme à rebours. Or, ces notes-là, mon oreille expérimentée les avait reconnues sans peine dans le langage des tam-tams. .Voilà pourquoi je voulais à tout prix rencontrer Morel, bien qu'il ne relevât pas, territorialement parlant — on est bureaucrate ou on ne l'est pas — de ma circonscription. Dans ma région, les tribus sont intactes, j'en suis responsable depuis vingt ans et je vous jure que, tant que je serai là, personne ne viendra les contaminer. Il y a encore, chez moi, des coins où les indigènes vivent sur les arbres — ce n'est pas moi qui les forcerai à descendre. Tout ce que je suis disposé à faire, c'est de garder quelques branches disponibles pour les survivants de l'âge atomique. Je sais bien qu'on me supporte avec peine dans les chefs-lieux administratifs, et que l'on y attend avec impatience qu'une bonne bilieuse vienne les débarrasser de moi. Je sais aussi que je suis un arriéré, un vivant anachronisme, pas très intelligent par-dessus le marché, et que j'ai appris en Afrique l'amour du paysan noir qui va mal avec celui du " progrès ". J'ai même la naïveté de rêver que l'indépendance de l'Afrique se fasse un jour au profit des Africains, mais je sais qu'entre l'Islam et l'U.R.S.S., entre l'Est et l'Ouest, les enchères sont ouvertes pour se disputer l'âme africaine. Cette âme africaine, n'est-ce pas, qui est une source illimitée de matières premières et un débouché pour nos produits manufacturés. Il se trouve aussi que je crois plus aux fétiches de mes noirs qu'à la camelote politique et industrielle dont on veut les inonder. Il n'y a pas de doute : je suis un anachronisme, un survivant d'une époque géologique révolue — comme les éléphants, tenez, puisqu'on parle d'eux. Au fond, je suis moi-même un éléphant.

« Voilà quelques-unes des choses que j'avais hâte de dire à Morel. Lui expliquer la mauvaise foi qui l'entourait, lui traduire un soir le langage des tam-tams, surtout l'empêcher de venir trop près de ma circonscription — et j'étais prêt à lui envoyer une bonne dégelée de plomb dans les fesses, s'il ne comprenait pas ou s'il insistait. Cependant, j'étais convaincu de sa bonne foi, j'ai le nez fin et je ne me trompe pas sur ces choses-là.

« Je n'avais pas la moindre idée de l'endroit où il se trouvait, pour l'excellente raison qu'il était signalé partout à la fois — dans tous les marchés, les conteurs d'histoires se vantaient de l'avoir vu — généralement sur un cheval ailé et tenant une épée de feu à la main. Quelques-uns, toujours les mêmes, se prétendaient chargés par lui de messages inquiétants. Il n'y a rien de tel que les tam-tams pour édifier un mythe — nous ne l'avons appris que trop, en Europe. Finalement, j'envoyai mon boy, N'Gola, — qui est le fils du plus grand et sans doute du dernier chef fétichiste des Oulés, —

auprès de son père, pour lui demander de m'aider. Dwala est un vieil ami, un grand faiseur de miracles — il peut faire pleuvoir quand il faut, ressusciter certains morts, et vous exorciser des démons s'ils ne sont pas en vous depuis trop longtemps et si vous ne les avez pas sollicités vous-même. C'est un très grand homme qui aurait fait honneur à n'importe quel pays. Je le respecte profondément. J'étais sûr qu'il allait comprendre et je ne me trompais pas.

« Trois jours plus tard, N'Gola revint, en me disant que son père me priait de venir le voir.

« Je me rendis chez Dwala. »

XVII

« Il m'accueillit dans l'ombre de sa case, petit, vieux, ridé, assis les jambes croisées, les yeux fermés. Son corps et son visage étaient peints de bleu, de jaune et de rouge. Je sus par là qu'il revenait d'une cérémonie magique. Il paraissait complètement épuisé. N'Gola me dit qu'il venait de ressusciter une petite fille. » Saint-Denis s'interrompit, serra les lèvres et jeta au jésuite un regard irrité.

« Je crois, mon Père, que vous avez souri. Libre à vous — vous ne seriez pas le premier prêtre à manquer d'imagination —, libre à vous de me croire bien naïf et de murmurer peut-être plus tard, avec quelques-uns de mes jeunes collègues de l'Administration, que Saint-Denis s'est bougnoulisé complètement, qu'à force de vivre parmi ses noirs, depuis tant d'années, il a épousé leurs superstitions et que, d'ailleurs, c'est un vieux réactionnaire qui empêche les idées nouvelles de pénétrer dans les territoires dont il a la charge. Je sais ce qu'on dit de moi. Mais il se trouve que j'ai été moi-même ressuscité par Dwala, alors que j'étais mort depuis assez longtemps — deux heures — à la suite d'une mauvaise fièvre. Il m'a dit qu'il avait dû faire un effort terrible pour me faire revenir, parce que j'étais déjà loin — et je ne vois pas du tout ce qu'il y a de si extraordinaire à cela. Ils ont leurs secrets, nous avons les nôtres, et moi, je crois à l'Afrique. » Le jésuite fit un geste d'approbation.

« En tout cas, cette jeune femme, Minna, m'écoutait avec attention et sans trace d'ironie. Elle paraissait même avoir pour moi beaucoup de sympathie. Elle s'était assise sur le bras d'un fauteuil, les jambes croisées, et j'avais envie de lui raconter ma vie. Mais pour le moment, je ne pouvais, bien sûr, lui parler que de ce qui l'intéressait : Morel. Sans ça, je n'aurais plus eu aucune raison d'être là. Peut-être allait-elle m'interroger ensuite sur moi-même. Elle paraissait bien disposée à mon égard. Elle ne me quittait pas des yeux, tout en fumant nerveusement une cigarette après l'autre. J'en étais même un peu troublé. Ce n'est pas parce qu'on est un vieux barbu qu'on n'est plus sensible à l'attention qu'une jeune femme vous prête. Et je la sentais en confiance. Lorsqu'elle avait un geste un peu brusque, par exemple, et que son peignoir s'entrouvrait sur ses cuisses, elle ne s'en occupait même pas, et d'ailleurs, je prenais bien garde à ne pas regarder, je continuais mon récit. Je lui dis comment j'avais parlé à Dwala et comment il m'avait écouté, les yeux vagues sous les paupières mi-closes, immobile, les bras inertes ; il ne paraissait pas respirer. Je ne savais même pas s'il m'écoutait. Peut-être était-il déjà parti à la recherche de Morel, en train de parcourir des milliers de kilomètres dans la forêt pour le retrouver. D'habitude, c'était un petit homme énergique et rapide, toujours gesticulant et affairé. Des touffes de poils gris sur son crâne et son menton lui donnaient un air hérissé. Mais cette fois, il paraissait vraiment épuisé. Je continuais néanmoins à parler, au cas où il m'entendrait malgré tout.

« Je n'avais pas grand-chose à lui expliquer.

« Nous nous connaissions de longue date. Nous avions confiance l'un dans l'autre. Nous avions tous les deux le même amour pour notre terre africaine, pour nos tribus, le même attachement à leurs croyances, leurs traditions, et le même désir de leur assurer la paix.

Nous avions aussi en commun la même méfiance à l'égard de la civilisation et de ses poisons. La seule différence entre nous était que je connaissais mieux le péril qui menaçait notre monde pastoral, péril que Dwala ne faisait que pressentir confusément. Je lui en parlais souvent, mais il m'était difficile d'expliquer toute l'horreur de ce que nous appelions le progrès technique. Il n'y avait pas en langage Oulé de mots assez forts pour l'exprimer. Il n'y avait aucun terme équivalant à nos termes technologiques, à nos inventions sans cesse renouvelées, et j'étais obligé de faire appel à des images traditionnelles qui avaient toujours un sens magique, pour exprimer ce qui manquait totalement de magie. Je parlai donc peu, et lui demandai seulement de m'aider. Il continua à baisser les paupières, mais à un moment je prononçai le nom de Waïtari et, du coup, il s'anima. Il ouvrit les yeux, sa tête se mit à trembler, il articulait avec colère des phrases précipitées et parfois il brandissait les poings. Waïtari était un traître, dit-il — il employa le mot *gouanga-ala* qui veut dire littéralement " celui qui change de tribu et conduit la tribu nouvelle contre celle dont il était issu " — nos tribus occidentales appellent cela un *quisling.* Il me cria que Waïtari n'était plus un Oulé, et que, lorsqu'il venait dans les villages, il y venait avec des idées de blanc, des idées d'étranger. Il voulait abolir le pouvoir des anciens dans les conseils des tribus, supprimer les couvents fétichistes, interdire les cérémonies magiques, punir les parents qui pratiquaient encore l'ablation du clitoris chez les filles — il empoisonnait l'esprit des paysans par les idées qu'il avait apprises chez les Français. Mais surtout, Waïtari empêchait les blancs de dormir. Il les réveillait brutalement, en leur faisant très peur et les blancs allaient s'agiter, essayer de changer l'Afrique, lui donner un visage nouveau, *leur* visage, rompre avec le passé. Mon vieil ami tremblait de rage, les poings levés, et les lignes magiques tracées sur son corps — jaunes, rouges et bleues, — ruisselaient de sueur et se brouillaient. Il était revenu sur terre, décidément, il n'y avait plus trace en lui de fatigue ou d'absence, il était des nôtres. Que faisaient donc les

Français ? gémissait-il. Pourquoi laissaient-ils agir des hommes comme Waïtari ? Pourquoi les encourageaient-ils, pourquoi discutaient-ils avec eux ? N'avaient-ils pas promis de respecter les tribus, leurs coutumes, leurs dieux ancestraux ?

« Je lui dis que Waïtari n'avait plus l'oreille des autorités et qu'il avait rejoint Morel dans son maquis. Il se servait habilement de lui pour provoquer des troubles. J'essayai de ramener la conversation sur Morel. Mais il m'écoutait avec impatience. C'était Waïtari qui l'intéressait. Je crois qu'il ne comprenait rien à l'histoire de Morel. C'était encore pour lui une histoire de blancs entre eux. Comme j'essayais de l'expliquer, il m'interrompit : notre peuple a toujours chassé les éléphants. Ils sont bons à manger. Mais je finis par lui faire comprendre l'avantage que Waïtari pouvait tirer de Morel — il savait aussi bien que moi ce que l'on racontait sur les marchés et ce qu'annonçaient les attaques à main armée des plantations. J'étais convaincu qu'il connaissait jour par jour et dans le moindre détail les déplacements de la bande. Il détestait Waïtari, mais il cherchait sûrement à entretenir de bons rapports avec lui : on ne pouvait jamais savoir ce que l'avenir réservait. Demain peut-être, Waïtari allait avoir son mot à dire dans les conseils des Français. Les pensées des Français sont impénétrables et puisqu'ils n'ont pas, depuis longtemps, pendu Waïtari, c'est qu'ils sont capables de tout. Et puis, le métier de sorcier, lui dis-je en souriant, n'est-il pas d'entretenir des rapports corrects avec les démons, pour ne pas être pris au dépourvu ?

« Il y eut, sur le visage de mon vieil ami, une espèce de sourire — comme la trace d'une très vieille expérience des choses de ce monde et non pas seulement de la magie — chez nous, on eût appelé cela du cynisme, mais nous étions très loin de chez nous. Nous nous comprenions à demi-mot : il y avait vingt ans que nous jouions à cache-cache ensemble. Je lui dis que je n'avais aucun doute sur ses véritables sentiments pour Waïtari, qui étaient fort voisins des miens, mais que j'étais sûr aussi qu'il était en rapports constants avec lui : sans doute lui envoyait-il régulièrement du mil et des poulets ? Peut-être même avait-il adjoint un ou deux garçons du village au petit groupe qui suivait Waïtari et Morel ? L'œil gauche de Dwala se ferma à demi — un aveu — puis il célébra par quelques minutes de silence grave notre vieille et complète entente. Il m'assura ensuite de sa haine pour Waïtari, sur lequel il avait à plusieurs reprises jeté le mauvais sort — malheureusement, c'était un mécréant et les malédictions n'agissaient pas sur lui. Mais il était exact qu'il avait dépêché un jeune garçon du village dans la troupe pour mieux le surveiller — et que son propre fils était en rapports constants avec lui. Il me conseilla de retourner chez moi et d'attendre. Son fils N'Gola connaissait tous les chemins, ajouta-t-il, et je compris que c'était une promesse formelle.

« Voilà comment, huit jours plus tard, je me trouvai avec N'Gola quelque part aux abords du Galangalé, dans les monts Bongo.

« Je connaissais la région, où j'avais eu affaire, quelques années auparavant, aux bandits Kreichs qui faisaient à cette époque et font encore aujourd'hui des raids hors de leurs territoires du Soudan anglais, massacrant des éléphants dans les réserves et emportant l'ivoire.

« Je ne m'attendais pas à trouver Morel par là. Aux derniers renseignements, il opérait beaucoup plus au sud, où il avait été vu pour la dernière fois lors de l'attaque de la plantation Kolb. Qu'il pût se déplacer avec tant de rapidité et d'aisance à travers une région où les villages ne manquaient pas, en disait long sur le prestige dont Waïtari jouissait encore. Pour la première fois, il m'apparut que Morel n'était peut-être pas dupe autant qu'on le croyait de l'ancien député des Oulés, et qu'il avait quelque intérêt à s'allier avec lui.

« J'avoue que je me rendis au rendez-vous avec une grande curiosité et même une certaine émotion. Je faisais des efforts pour m'imaginer la tête de Morel. J'éprouvais un besoin éperdu de le voir, et ce besoin expliquait peut-être plus que toute autre considération les efforts que j'avais faits pour entrer en contact avec lui. On ne peut pas passer sa vie en Afrique sans acquérir pour les éléphants un sentiment assez voisin d'une très grande affection. Chaque fois que vous les rencontrez, dans la savane, en train de remuer leurs trompes et leurs grandes oreilles, un sourire irrésistible vous monte aux lèvres. Leur énormité même, leur maladresse, leur gigantisme représentent une masse de liberté qui vous fait rêver. Au fond, ce sont les derniers individus. Ajoutez à cela que nous sommes tous plus ou moins misanthropes et que le geste de Morel touchait en moi une fibre particulièrement sensible. Telles étaient mes pensées lorsque, après avoir quitté la route, N'Gola me fit faire deux jours de cheval sur les sentiers perdus des monts Bongo. Puis, un matin, comme nous cheminions lentement dans les sous-bois épineux et sur les roches volcaniques du Galangalé, un noir sortit des fourrés et saisit mon cheval par la bride. Nous étions arrivés. »

XVIII

« Morel vint vers moi tout seul, au milieu d'une clairière entourée de parois rocheuses, mais il me suffit de lever la tête pour voir, à côté d'une cascade, un groupe d'hommes en armes debout près de leurs chevaux. Il marchait rapidement, se frayant un chemin à travers l'herbe qui lui arrivait jusqu'à la poitrine, tête nue, le fusil en bandoulière, le canon baissé vers le sol, fonçant vers moi avec un air de résolution presque farouche que, déjà, je trouvai irritant, mais qui vous eût sans doute fait seulement sourire avec indulgence en tant que membre d'une Compagnie bien connue pour son absence d'illusions sur les airs que nous nous donnons. Je dois avouer que, dès le premier coup d'œil, je fus frappé par l'insignifiance de l'homme. Peut-être parce qu'autour de nous le ciel était immense et tumultueux, au-dessus des basaltes entassés par les âges, et suggérait de tout autres proportions. Je crois surtout que, malgré moi, je m'étais laissé impressionner par sa légende. Au fond, je m'attendais à rencontrer un héros. Quelqu'un de plus grand que nature, si vous voyez ce que je veux dire. Au lieu de quoi, je me trouvais devant un homme costaud, un peu vulgaire, au visage têtu et renfrogné sous des cheveux désordonnés et collés par la sueur ; il avait les joues couvertes d'une barbe de plusieurs jours, et il vous donnait une impression de force et même de brutalité. Mais les yeux étaient assez étonnants — grands, sombres, violents — des yeux qui crevaient littéralement d'indignation dans les orbites. Il y avait aussi en lui quelque chose de fruste, de populaire, une certaine simplicité qui se manifestait surtout par son sérieux, cette mine de croire vraiment à ce qu'il faisait. Il me faisait l'effet d'un de ces hommes dont on nous a tout dit quand on les a qualifiés de " militants ". Ajoutez qu'il tenait fermement dans sa main une serviette de cuir bourrée de papiers. Je ne sais pourquoi, cette serviette éveilla particulièrement mon hilarité, peut-être parce qu'elle évoquait beaucoup plus une salle de conférences quelque part, à Genève, ou une réunion syndicale dans un faubourg de Paris que les fourrés sauvages du Galangalé. Et puis je compris que c'était ça, que c'était précisément ça : il était venu parlementer avec l'ennemi et il apportait ses dossiers. Je faillis éclater de rire, mais quelque chose, en lui, vous donnait envie de le ménager. Peut-être son évident manque d'humour : il m'a souvent paru qu'à partir d'un certain degré de sérieux, de gravité, un homme, dans la vie, est un infirme, on a toujours envie de l'aider à traverser la rue. C'est ainsi que je le décrivis à Minna, en insistant malgré moi sur son côté un peu ridicule — on fait le malin comme on peut. Elle sourit, et j'eus d'abord la faiblesse de prendre ce sourire pour un hommage à mon sens de l'ironie. Mais ce n'était pas ça. Je compris presque aussitôt que c'était une expression de tendresse et que l'image que j'évoquais rencontrait auprès d'elle une entière approbation. Il y avait, même, une trace de supériorité, de condescendance à mon égard, comme pour m'indiquer qu'il s'agissait évidemment de quelque chose que je ne pouvais comprendre, d'un monde privé et secret où il ne m'était pas permis de pénétrer. Vous connaissez cette impression qu'une femme sait parfois si bien vous infliger : vous vous sentez laissé dehors, exclu. » Le jésuite fit signe qu'il connaissait cela, en effet. « Comme je continuais à me taire, interloqué, elle me rappela à l'ordre, avec impatience. “ Que vous a-t-il dit ? ” Je lui expliquai avec un peu d'irritation que j'avais été le premier à parler. Je commençai par lui demander s'il avait pris le maquis pour servir la cause du nationalisme africain. Je lui demandai s'il était exact qu'il prêchait la révolte des tribus. Je lui dis que je connaissais Waïtari et ses ambitions. Je lui demandai encore s'il voulait jeter les blancs hors d'Afrique, et enfin, ce que les éléphants venaient faire là-dedans. Il m'écouta avec une impatience et une irritation visibles.

« — C'est pour me raconter ça qu'ils vous ont envoyé ? gronda-t-il, d'une voix sourde — on sentait qu'il se retenait. Ce n'était vraiment pas la peine de fatiguer votre cheval. Oui, il se trouve qu'il y a avec moi un homme qui pense à l'indépendance de l'Afrique. Mais pourquoi ? Pour assurer la protection des éléphants. Lui aussi, ça l'intéresse. Il veut que les Africains prennent eux-mêmes en main la protection de la nature, puisque malgré toutes nos conférences, nous n'y sommes pas parvenus... Voilà tout ce que nous avons de commun et pourquoi j'ai accepté son aide. Il veut la même chose que moi, il me l'a écrit dès qu'il a eu entendu parler de mon action, et il l'a même exposé dans un projet de constitution qu'il a rédigé et que j'ai là-dedans...

« Il frappa sa serviette de la main. J'essayais en vain de trouver quelque chose à dire devant une telle naïveté. C'était énorme et désarmant. Il était de ces obstinés qu'aucune bombe à hydrogène, aucun camp de travail forcé ne découragent jamais et qui continuent tranquillement à vous faire confiance et à espérer. Et il parlait avec satisfaction, en frappant sa précieuse serviette de la main et il se prenait visiblement pour un gros malin qui avait su s'entourer de toutes les garanties nécessaires.

« — Personnellement, bien entendu, je me fous de tous les nationalistes, quels qu'ils soient : les Blancs comme les Noirs, les Rouges comme les Jaunes, les nouveaux comme les anciens. Tout ce qui m'intéresse, c'est l'essentiel : la protection de la nature...

« Il cracha soudain, comme pour se libérer d'un excès de violence contenue. Sa façon de s'exprimer était curieuse, il passait indifféremment d'un langage assez soigné à l'argot, avec parfois des intonations traînantes, faubouriennes, souvent une sorte de vulgarité voulue. Je pensai sur le moment que c'était pour servir de rempart à une sensibilité excessive. Depuis, j'ai eu le temps de beaucoup penser à lui, et en ce qui concerne son langage, j'en suis arrivé à une autre conclusion. Il avait passé pas mal d'années dans les endroits fréquentés par le peuple, les endroits où gronde la colère : les casernes, les prisons, les maquis, les camps de travail forcé et chaque fois qu'il sentait quelque chose profondément, il parlait comme on parle là-bas. Mais peut-être ai-je trop pensé à lui, justement, si bien qu'il a fini par prendre dans mes souvenirs des proportions presque épiques.

« — Je les accepte avec moi, parce qu'ils m'aident et parce qu'ils m'ont promis que la première chose qu'ils feront, lorsqu'ils seront les patrons, ce sera d'assurer la protection des éléphants, c'est une chose qu'ils sont prêts à inscrire en toutes lettres dans leur programme, et même dans leur constitution...

« Je lui jetai un regard pénétrant pour voir s'il se foutait de moi : mais non, rien — il paraissait simplement en rogne.

« — On dit toujours ça, remarquai-je.

« — Oui, acquiesça-t-il, tranquillement, on dit toujours ça. Mais en attendant, qu'est-ce qui empêche les autorités belges, anglaises, françaises et autres de montrer la voie ? La nouvelle conférence pour la protection de la faune africaine va se tenir bientôt à Bukavu...

« Voilà qu'à nouveau il me parlait de faune africaine : ne s'agissait-il vraiment que de cela, dans son esprit ? Je lui jetai encore un coup d'œil perçant — mais c'est en vain que je cherchai au fond de ses yeux quelque éclair, quelque pointe d'impitoyable humour. Si seulement il avait consenti à toucher le misanthrope que chacun porte un peu en soi, à lui adresser un clin d'œil complice, on se fût immédiatement senti à l'aise — quel est celui d'entre nous qui n'a jamais été saisi d'une haine aussi soudaine que passagère pour notre espèce ? Mais non, rien — il paraissait simplement en rogne.

« — Les salauds, dit-il, le visage durci, en baissant un peu la voix. Ils tirent dans le tas, simplement parce que c'est grand et que c'est beau. C'est ce qu'on appelle un beau coup de fusil. Un trophée. Nous avons trouvé des femelles parmi les bêtes abattues : essayez de me dire que ce n'est pas vrai.

« C'était vrai.

« — Vos amis ont tout de même brûlé une plantation, lui dis-je, sans trop de conviction. Ça commence à ressembler un peu trop au banditisme pur et simple.

« — Nous avons en effet brûlé une plantation dans le Nord, dit-il. La plantation Sarkis. Mais il s'agit là d'un cas particulièrement clair, et nous recommencerons autant de fois qu'il le faudra. Vous connaissez la chose aussi bien que moi.

« Je la connaissais en effet : sous prétexte d'écarter les éléphants qui piétinaient leurs champs, certains planteurs se livraient à une extermination en règle des troupeaux. D'après la loi, ce genre d'expédition punitive devait s'exécuter sous la direction d'un lieutenant de chasse. Mais en réalité les planteurs n'avaient pas le temps, et souvent pas le désir, de saisir les autorités, et prenaient l'affaire en main, trop heureux de pouvoir se livrer à une partie de plaisir.

« — Il s'agit là de cas tout à fait exceptionnels, lui dis-je.

« Ce n'était pas vrai, et je le savais. Je savais, par exemple, qu'au moment même où je lui parlais les autorités de l'Afrique du Sud, de la Rhodésie et du Bechuanaland étaient en train d'exterminer systématiquement une bande de huit cents éléphants maraudeurs, lesquels, chassés de partout par l'avance inexorable des terres cultivées, saccageaient les récoltes dans la région de Tuli, au confluent du Limpopo et du Shashi. C'était un de ces conflits impossibles à éviter dans la marche du progrès, et aucune bonne volonté ne pouvait sauver les éléphants.

« — Ce sont malgré tout des exceptions, lui répétai-je.

« Pour la première fois, son visage hirsute arbora une espèce de sombre sourire.

« — Nous n'allons pas brûler *toutes* les fermes, dit-il. Il ouvrit sa serviette et me tendit une feuille de papier.

« — Donnez-leur cette liste que nous avons établie : elle énumère tous les spécimens menacés d'extinction et dont la protection est nécessaire.

« Je pris la liste et, dès le premier coup d'œil, vis que l'homme n'y figurait pas. J'étais à ce point écœuré du mot et de la chose, que je poussai un soupir de soulagement, et il me fut tout de suite plus sympathique. Il savait bien éviter d'inutiles sensibleries. En dehors des éléphants, le tableau comprenait encore le gorille de montagne, le rhinocéros blanc, le céphalope à dos jaune et, en général, toutes les espèces que nos forestiers et nos naturalistes signalaient en vain au gouvernement depuis des années. Mais, ainsi que je vous l'ai dit, mon Père, le principal intéressé n'y figurait pas, et je fus pris d'une douce hilarité à l'idée que, cette fois, il n'allait pas passer au travers, et que bientôt peut-être on allait en être débarrassé. Je regardai Morel, d'un air de sous-entendu, mais c'est en vain que je cherchai sur son visage un signe de complicité, il paraissait simplement en rogne, il n'y avait pas chez lui trace d'arrière-pensée, et ma bonne humeur se mua en exaspération devant un tel refus de coopérer. C'était clairement un de ces hommes bien intentionnés qui n'ont pas du tout le sens de l'ironie et qui ne voient pas plus loin que le bout de leur nez. Il se tenait devant mon cheval, dans l'herbe, les jambes un peu écartées, avec un air stupide de fermeté, d'obstination, et il ne paraissait vraiment douter de rien.

« — Tout ce que je leur demande, dit-il, c'est un

décret interdisant la chasse à l'éléphant. Je me rendrai alors tout de suite. Ils pourront me mettre en taule. Je sais qu'il n'existe pas de tribunal français qui me condamnerait.

« J'étais indigné. Oui, j'étais vraiment scandalisé, outré, pris d'une exaspération prodigieuse, d'une terrible envie de lui casser la gueule, de le faire passer à tabac, rien que pour lui rappeler de quel bois on se chauffait. L'espace d'une seconde, je dus même penser à la baignoire de la Gestapo, aux fours crématoires, aux dernières explosions nucléaires, et à tous les autres engins radicaux et définitifs, pour reprendre pied et ne pas me laisser décontenancer. Car il nous faisait confiance, par-dessus le marché. Il croyait qu'il suffirait d'attirer notre attention sur le sort des derniers grands éléphants pour que nous prenions immédiatement les mesures nécessaires pour garantir leur immortalité. Ce qu'il y avait de plus révoltant, c'est qu'il paraissait tranquillement convaincu que nous y pouvions quelque chose, que nous tenions notre destinée et celle des éléphants entre nos propres mains, que la protection de la nature était une tâche pour les mains humaines, qu'il n'y a pas un temps pour durer et un temps pour finir, que nous pouvions encore nous en tirer. C'était clairement un salaud, une brute arriérée et rationaliste, un de ces éternels cocus qui ne se rendent compte de rien, même quand ils assistent à la cérémonie. Vous excuserez ce langage, mon Père, mais s'il y a une chose qui me met hors de moi, ce sont ces petits malins qui croient que la condition humaine, c'est une simple question d'organisation. Des maniaques, des vicieux, qui ne doutent de rien, et font toujours miroiter des solutions et des mesures à prendre devant vous, et vous empêchent d'avoir la paix. » Le nez de Saint-Denis siffla tristement dans la nuit. Le jésuite approuva gravement, et Saint-Denis l'observa avec méfiance, se demandant à qui, à quoi il donnait ainsi son approbation. « Et pourtant, je n'osais rien lui dire. Car on avait envie de le ménager, par-dessus le marché. On avait en même temps envie de le secouer, de lui crier la vérité sur nous-mêmes et de l'aider à la démentir. Il avait pris dans sa poche du papier et du tabac, et il se roulait une cigarette, debout devant moi, la serviette sous le coude, les jambes un peu écartées, avec une belle assurance, avec sa bonne mine, ses cheveux bouclés, son nez retroussé, son regard franc et droit et sans une trace de cynisme, et il continuait tranquillement à me dire des énormités sans la moindre trace de gêne ou de pudeur.

« — Ce qui se passe, c'est que les gens ne sont pas au courant, alors ils laissent faire. Mais quand ils ouvriront leur journal, le matin, et qu'ils verront qu'on tue trente mille éléphants par an pour faire des coupe-papier, ou pour de la bidoche, et qu'il y a un gars qui fait des pieds et des mains pour que ça cesse, vous verrez le raffut que ça fera. Quand on leur expliquera que sur cent éléphanteaux capturés, quatre-vingts meurent dès les premiers jours, vous verrez ce que l'opinion publique dira. Ce sont là des choses qui font tomber un gouvernement, je vous le dis, moi. Il suffit que le peuple le sache.

« C'était intolérable. J'écoutais bouche bée, absolument pétrifié. C'était un gars qui avait confiance en nous, d'une manière totale et inébranlable, et c'était quelque chose d'aussi élémentaire, d'aussi irraisonné que la mer, ou le vent — quelque chose, ma foi, qui finissait par ressembler comme deux gouttes d'eau à la force même de la vérité. Je dus vraiment faire un effort pour me défendre — pour ne pas succomber sous cette étonnante naïveté. Il croyait vraiment que les gens avaient encore assez de générosité, par les temps que nous vivons, pour s'occuper non seulement d'eux-mêmes, mais encore des éléphants. Qu'il y avait dans leur cœur encore assez de place. C'était à pleurer. Je restais là, muet, à le regarder, à l'admirer, devrais-je plutôt dire, avec son air sombre, obstiné, et sa serviette bourrée de toutes les pétitions, de tous les manifestes que vous pouvez imaginer. Désopilant, si vous voulez, mais aussi désarmant, parce qu'on le sentait tout pénétré de ces belles choses que l'homme s'est racontées sur lui-même dans ses moments d'inspiration. Et, de plus, têtu, — avec une révoltante application de maître d'école qui s'est mis en tête de faire faire ses devoirs à l'humanité, et qui n'hésiterait pas à la punir, si elle se conduisait mal. Vous voyez que c'était un malade dangereusement contagieux. »

Le jésuite sourit, dans l'ombre. « Je comprends à présent à quel point ma première impression de lui avait été injuste. J'étais venu à sa rencontre, m'attendant à trouver un homme digne de sa légende, et j'avais été déçu par sa simplicité, sa petite taille, sa mine un peu fruste. Mais cette simplicité était celle-là même de tous les héros populaires dont on ne cessera jamais de raconter les histoires et les naïvetés. Oui, je le regardais à présent tout autrement, j'apprenais par cœur cet air buté, ce visage résolu et indigné, sous des cheveux ébouriffés, et je croyais entendre déjà une voix qui disait : " Il y avait une fois un garçon un peu simple qui aimait tellement les éléphants qu'il décida d'aller vivre parmi eux et de les défendre contre les chasseurs... " Il était en train de me parler. Il avait pris un air malin et me parlait sur un ton presque confidentiel. D'abord, je crus que je rêvais, puis j'eus envie de saisir mon casque, de l'écraser par terre et de lâcher une bordée de jurons.

« — Vous verrez le bruit que ça va faire, disait-il avec satisfaction. Voyez-vous, jusqu'à présent, les chiens suffisaient à pas mal de gens. On se consolait avec eux. Mais depuis quelque temps, les choses ayant pris la tournure que vous savez, les chiens n'arrivent plus à suffire. Ils sont complètement crevés au boulot, les chiens, ils n'en peuvent plus. Vous pensez, depuis le temps qu'ils tortillent du croupion à nos côtés et qu'ils donnent la patte, ils en ont marre...

« Il rit, mais je vous assure que ce n'était pas drôle. Il avait fini de lécher sa cigarette et l'avait laissée entre ses lèvres sans l'allumer.

« — Ils en ont marre, quoi. Ça se comprend : ils en ont trop vu. Et les gens se sentent tellement seuls et abandonnés, qu'ils ont besoin de quelque chose de costaud, qui puisse vraiment tenir le coup. Les chiens, c'est dépassé, les hommes ont besoin des éléphants. C'est comme ça que je vois les choses, moi.

« Je crus vraiment qu'il se foutait de moi. Vous le savez d'ailleurs : on a beaucoup dit que c'était un anarchiste particulièrement rageur et narquois, une sorte d'extrémiste de la dérision. Moi-même je fus pris de doute. Je l'ai bien regardé : mais non, rien, pas trace d'ironie, pas le moindre clin d'œil, parfaitement sérieux, le gars. Il alluma sa cigarette et me jeta un coup d'œil, comme pour voir si j'étais d'accord. J'essayai de ricaner, d'un air encourageant, mais il parut seulement un peu surpris. Alors quelque chose s'est tordu dans mon ventre, et je crois que je suis devenu un peu vert. Je crois même que j'ai eu des larmes dans les yeux : je venais d'avoir l'impression qu'il m'avait parlé de moi-même. Il attendait, debout dans l'herbe qui bougeait doucement, sous les nuages qui passaient, et il me regardait presque avec amitié, presque avec gentillesse. Je ne savais plus quoi penser. Je ne le sais pas encore aujourd'hui. Tout ce que je peux vous dire, c'est que, comme je racontais à Minna cette étonnante sortie qu'il m'avait faite, elle se redressa avec une lueur de triomphe dans les yeux, serra violemment ses mains l'une contre l'autre et parut lutter contre un irrésistible élan. De nouveau, je vis sur ses lèvres un sourire de parfaite connivence.

" Et alors ? Et alors ? " me jeta-t-elle. Et alors, lui dis-je, un peu sèchement, je jurai dans ma barbe et renonçai. Je pris le parti d'être bourru et vaguement protecteur. Je dis à Morel que je serais à Fort-Lamy dans quelques jours, et que je rendrais compte aux autorités de notre entrevue. Je lui demandai de se tenir tranquille, en attendant que je puisse plaider sa cause. J'ajoutai que son action avait à ce point exaspéré certains chasseurs, dont Orsini, que les éléphants risquaient fort de faire les frais de l'affaire. Je lui demandai enfin s'il n'avait pas de message personnel pour quelqu'un à Fort-Lamy, auquel cas, je me chargerais de le transmettre. Il hésita.

« — Nous n'avons presque plus de munitions, dit-il. Vous pouvez le leur signaler.

« Je ne voyais pas très bien ce que cela avait à faire avec mon offre de transmettre un message à Fort-Lamy : il ne s'imaginait quand même pas qu'on allait lui en envoyer ? Mais si, pensai-je soudain, c'est exactement ce qu'il espère. Encore une fois je sentis avec consternation qu'il ne se sentait pas isolé, mais au contraire au cœur d'une sympathie universelle : il était sincèrement convaincu qu'à la seule nouvelle qu'il manquait de munitions, tout le monde allait se précipiter, par monts et par vaux, pour lui en apporter. Je crois que je me mis à rire. Je lui jetai en tout cas toutes mes munitions, sauf quelques cartouches de chasse. Vous me direz que je n'avais pas le droit d'approvisionner un hors-la-loi — c'est pourtant ce que je fis. Pas étonnant que tout foute le camp avec des administrateurs pareils, et que le gouvernement ne puisse plus compter sur rien. » Saint-Denis souffla sombrement dans sa barbe. « Puis je jetai un regard vers le groupe d'hommes en armes, sous le rocher.

« — C'est ça, dit Morel. Allez leur parler. Vous pourrez alors expliquer à vos chefs que vous avez vraiment tout essayé. Allez-y seul : comme ça, ils pourront vous dire sans se gêner ce qu'ils pensent de moi...

« Pour la première fois, son visage eut une expression de franche gaieté. Il prit la bride de son poney de la main du cavalier noir au burnous bleu qui l'attendait, sauta en selle, et tranquillement s'éloigna. Je poussai mon cheval vers la cascade. »

XIX

« Je savais bien, en venant, que je n'allais pas trouver Morel seul. Je savais aussi que l'Afrique ne manquait pas de ces aventuriers toujours prêts à sauter sur la première occasion qui se présente de voler, piller et, en général, " vivre librement ". Notre continent n'a pas encore perdu tout son attrait pour les hommes qui ne se sentent vraiment libres qu'une arme au poing. Je m'attendais donc à trouver autour de Morel quelques-uns des hors-la-loi qui nous échappaient depuis longtemps. Je ne fus pas déçu. Le premier que je reconnus en m'approchant de la bande fut Korotoro, le pillard des boutiques et des bazars, qui s'était évadé quelque temps auparavant de la prison de Bangui. Il était accroupi par terre, une mitraillette sur les genoux, en train de rire et de gesticuler avec un autre noir. Il ne me jeta pas un regard. Mais j'oubliai vite Korotoro. Vous savez sans doute que lorsque j'annonçai à mon retour à Fort-Lamy quels étaient les hommes que j'avais trouvés au camp de Morel, je fus carrément traité de menteur et accusé de vouloir gonfler l'affaire hors de toute proportion et de toute vraisemblance, pour en faire en quelque sorte une projection de ma propre misanthropie. Il est possible, bien sûr, et même probable que ceux des compagnons de Morel que je ne connaissais pas personnellement, m'avaient donné une fausse identité pour cette raison, sans doute, que toutes les polices du monde devaient rêver d'eux tendrement. Mais quant à prétendre, comme on l'a fait, que personne ne les avait jamais vus, sauf moi, et qu'ils étaient le produit de mon imagination de vieux rogue sans compagnie, qui essayait de s'en donner une selon son cœur — eh bien, mon Père, c'est me faire vraiment beaucoup d'honneur et ce n'est pas moi qui irai protester. En tout cas, vous pouvez vous imaginer la tête que je fis lorsque je reconnus, tout d'abord, dans le groupe quelqu'un que je connaissais fort bien, le naturaliste danois Peer Qvist, qui était censé accomplir une mission d'études en Afrique Centrale et que j'avais aidé moi-même à plusieurs reprises au cours de ses déplacements. C'était un homme ancien — âgé n'est pas le mot — maigre comme une trique, le visage perpétuellement figé dans la même expression de sévérité et qui cachait sous sa barbe de patriarche une sensibilité exaspérée. C'était exactement le genre de personnage dont les sentiments humanitaires finissent par ressembler trait pour trait à une véritable haine de l'humanité. Je ne sais quel était au juste son âge, mais il paraissait bien avoir cinquante ans de plus, et il me dévisagea de ses petits yeux bleus et froids comme des glaçons. A côté de lui se tenait, appuyé sur son fusil, un homme au visage sarcastique dont je n'ai jamais appris l'identité et qui est de ceux, précisément, que l'on ne retrouva jamais, même après le dénouement de l'affaire. On a prétendu depuis qu'il avait pu rejoindre le Kenya, et qu'il était un des deux blancs qui combattent aux côtés des Mau-Mau, dans la forêt d'Aledeen. Vous savez en effet la légende selon laquelle il y aurait quelques Blancs chez les Mau-Mau, l'un d'eux se faisant appeler Général Français. On ne sait rien de sûr, là-dessus, quelques ragots de Kikuyus capturés, et on continuera à ne rien savoir tant qu'ils ne seront pas dûment abattus — et encore, il faudra faire vite et arriver avant les fourmis. Tout ce que je pus apprendre sur lui, au cours d'une conversation de deux minutes, fut qu'il était parisien ; comme j'essayais de le convaincre de la folie de leur entreprise, il m'interrompit en rigolant :

« — Écoutez, Monsieur, j'ai été pendant trois ans receveur d'autobus à Paris, sur le 91, et je vous le recommande aux heures de cohue. Ce qui fait que j'ai pu acquérir une connaissance de l'humanité qui se pose un peu là, et qui m'a naturellement poussé du côté des bêtes. J'espère que ça vous suffira, comme explication.

« Son compagnon était un personnage singulier, au visage congestionné, aux yeux légèrement exorbités, une petite moustache grisonnante entre des joues gonflées qui paraissaient retenir quelque chose — un soupir, un éclat de rire, ou quelque total vomissement — il était assis sur un roc, tremblant légèrement sur ses fondements, en proie au dernier degré de stupeur alcoolique ; il était habillé avec un reste d'élégance pour de tout autres horizons ; son costume de tweed et son petit chapeau tyrolien à plume étaient déchirés en plusieurs endroits ; il tenait sur ses genoux un fusil de chasse ; il était clair que ces vêtements et leur propriétaire avaient connu des jours meilleurs. Lorsque j'essayai d'échanger quelques mots avec lui, son compagnon, à qui je venais de parler, s'interposa : il me dit : " Le baron, bien que d'une très grande famille, a décidé de changer lui aussi d'espèce et de rompre totalement avec tout ça ; son écœurement est tel qu'il refuse même d'avoir recours au langage humain. " Là-dessus, le soi-disant baron lâcha, comme pour confirmer ces propos, une série de petits pets tout à fait étonnants. “ Vous voyez, me dit son acolyte, vous voyez, il s’exprime uniquement en morse, il estime que c’est là tout ce que nous méritons. ” Il était parfaitement clair que ces bandits n’avaient aucune intention de me révéler leur identité véritable, et bien que je fisse un vague effort pour me rappeler les dernières fiches de criminels recherchés qui me parvenaient chaque trimestre de Lamy, je n’eus qu’à jeter les yeux sur le dernier homme de la bande pour négliger, du coup, tout le menu fretin.

« Il se tenait un peu à l’écart, au pied du rocher, et je fus étonné de ne pas avoir reconnu de loin sa silhouette de géant : mais c’était la première fois que je voyais l’ancien député des Oulés sans un costume européen bien coupé sur le dos. Il avait le torse nu, une vareuse militaire jetée sur les épaules, la lèvre boudeuse, et il tenait une mitraillette au poing — oui, Waïtari... » Saint-Denis prononça ce nom avec une pointe d’ironie et d’amertume. « Je le connaissais bien : c’était moi qui, vingt ans auparavant, lui avais obtenu sa bourse d’études. Plus tard, beaucoup plus tard, il avait fait comme député des tournées dans ma circonscription, et il avait eu à son retour à Sionville beaucoup à dire sur ma façon “ de ne rien faire pour libérer les tribus arriérées des servitudes du passé ”. Il avait raison : je ne suis en effet pas pressé de le faire. Au contraire, j’ai de plus en plus l’irrésistible envie, non seulement de garder intacts les coutumes et les rites de la forêt africaine, mais encore, parfois, de les partager moi-même. J’y crois... Mais passons. Il me suffira de vous dire que lorsque je l’ai vu, dans l’herbe à éléphants, silhouette haute et fière, et l’arme au poing, — comme pour bien montrer que tout était vraiment fini entre nous — je compris immédiatement tout ce qu’il y avait au fond de l’affaire, et quel parti il entendait tirer de la folie de Morel. Et comme toujours, je fus sensible à la beauté du ciel africain qui l’entourait. J’allai à lui. Nous nous regardâmes. Il se tenait à quelques pas de la cascade, dans le fourmillement vaporeux des gouttes qui me mouillaient le visage et voletaient autour de nous, immobile, dans une attitude d’hostilité, en harmonie avec ces muscles luisants et tout ce paysage de rocs et d'herbe fauve hérissée. J'avais beau savoir qu'il posait pour une affiche de la révolte africaine dans l'espoir, sans doute, que j'avais un appareil de photo, il y avait cependant là une authenticité irréfutable : celle de la beauté. Il y avait chez lui quelque chose de presque dédaigneux, dans le port de la tête, dans la tranquille puissance des épaules : il était le magnifique produit d'une sélection qui n'était en rien naturelle, puisque la tribu dont il était issu s'était, pendant des générations, débarrassée des sous-produits humains entre les mains des négriers arabes et portugais. J'attendais, en l'observant avec méfiance, une chique entre les dents.

« — J'espère que vous m'aiderez à dissiper certains malentendus, dit-il, et sa voix elle-même semblait emprunter aux rocs de basalte quelques-uns de ses accents — mais peut-être s'efforçait-il seulement de couvrir le bruit de la cascade. Ma présence ici devrait suffire à vous éclairer. On essaye, un peu partout, de camoufler cette affaire, de nous dérober aux yeux de l'opinion — on veut jeter sur la révolte africaine un rideau de fumée écologique...

« Je ne disais toujours rien. Je mâchais ma chique de tabac, et j'attendais. Je le regardais, je sentais les gouttelettes d'eau fraîche qui se mêlaient à la sueur sur mon visage et me chatouillaient la barbe et je pensais à tout ce que j'avais déjà vu en Afrique, ma vraie patrie, d'où aucune puissance au monde ne pourrait jamais me chasser. Je relevai mon casque et j'essuyai mon front. Au-dessus de la cascade, dans le tourbillon des embruns, le soleil jetait un arc-en-ciel entre deux amoncellements de rocs.

« — Morel est un illuminé. Mais il nous est utile. Et il y a au moins un point sur lequel nous sommes d'accord avec lui : il est temps de faire cesser l'exploitation éhontée des richesses naturelles de l'Afrique par le capitalisme mondial. Pour le reste...

« Il jeta un coup d'œil amusé vers la clairière.

« — C'est un idéaliste du genre pathétique et démodé...

« — Je vois, dis-je.

« J'ajoutai, sans aucune ironie :

« — Vous devriez quand même le mettre au courant.

« Il ne m'écoutait pas. Ce que je pouvais avoir à dire ne l'intéressait pas ; il avait dix générations de chefs Oulés derrière lui et les années de Parlement et d'honneurs n'avaient pas dû arranger les choses. Et puis, il savait bien qu'il était plus intelligent que moi, plus instruit, plus grand, quoi, à tous les points de vue. Brusquement, je me rappelai une autre figure tragique, Kenyatta, le chef spirituel des Mau-Mau, qui était en train de pourrir au fond de quelque geôle du Tanganyika. C'était la même moue orgueilleuse, la même nudité puissante, couverte seulement d'une peau de léopard, une sagaie à la main et des gris-gris autour du cou, le même air d'authenticité — sauf que la photo figurait en tête d'un ouvrage d'anthropologie qu'il venait alors de publier à Oxford. Je l'observais froidement tout en continuant à mâcher ma chique.

« — Combien êtes-vous, en pays Oulé ? demandai-je enfin. Quatre, cinq ? Une douzaine ? Les tribus sont contre vous...

« Un mouvement d'humeur, quelque chose de morose dans l'expression du visage et dans la voix :

« — Il n'est pas question de soulever les Oulés. C'est trop tôt, beaucoup trop tôt. Mais je tiens à prendre date. Et je veux que le monde nous entende enfin — même si ce n'est que par ma voix... Je veux qu'on l'entende aux Indes, en Chine, en Amérique, en U.R.S.S., en France même... Il est temps de faire cesser le grand silence noir. Du reste...

« Une hésitation — mais ce fut plus fort que lui :

« — Vous savez dans quelles circonstances on m'a fait perdre mon mandat de député, dans les dernières élections. Les autorités avaient pesé de tout leur poids en faveur de mon adversaire...

« C'était vrai. Mais ça venait mal. Ça venait très mal. Il le sentit.

« — Cela n'a rien à voir avec le présent, bien entendu... J'aurais pris mes responsabilités, de toute façon.

« — Ouais, dis-je, assez méchamment. Puis j'ajoutai :

« — Vous irez en prison.

« Il haussa ses magnifiques épaules. Je pensai : si au moins j'avais des épaules comme ça...

« — Et puis après ? Aujourd'hui, les prisons colonialistes sont les antichambres des ministères...

« Il sourit.

« — Mais vous avez tort de vous faire du souci pour moi. Je ne serai peut-être jamais pris. Le Soudan n'est pas si loin... Et il y a une fameuse station de radio au Caire. Je ne sais si le conflit entre le monde capitaliste et le monde nouveau est pour aujourd'hui, ou pour demain, mais je sais qui en sortira vainqueur : l'Afrique...

« — Vous avez pensé à tout, dis-je. Votre femme va bien ?

« — Elle est en France, chez sa mère. Elle est française, vous savez.

« — Je sais. Vos fils sont toujours à Janson ?

« — Oui, dit-il tranquillement. Je veux qu'ils reçoivent une bonne éducation. Nous aurons besoin d'eux...

« J'approuvai. Il n'était pas cynique. Il nous connaissait, et voilà tout. Il savait qu'il pouvait avoir confiance en nous. Je crachai tout de même ma chique dans l'herbe, avec une certaine violence.

« — Est-ce que je peux vous demander de leur faire parvenir un message ? demanda-t-il. Simplement, que je vais bien.

« — Je dirai ça à Fort-Lamy. Je suis sûr qu'on s'empressera de faire le nécessaire.

« Il fit de la tête un petit signe d'approbation. Il trouvait cela tout naturel — on était entre gens civilisés, après tout. Oui, c'était un homme de chez nous. Il pensait comme nous, et il était nourri de nos idées et de notre matière politique. Je pensai : tu veux bâtir une Afrique à notre image, ce pour quoi tu mériterais d'être écorché vif par les tiens. Je sais bien que ça sera une Afrique totalitaire, mais ça aussi, ça surtout, ça vient de chez nous. Je le pensai, mais je ne l'ai pas dit. Je crachai seulement encore une fois. C'était le meilleur usage que je pouvais faire de ma salive. Ce que je pouvais penser ou sentir ne l'intéressait pas. Ce qui l'intéressait, par contre, c'était ce que j'allais leur raconter à Fort-Lamy, ce que les journaux allaient publier là-dessus. Et moi, tout ce qui m'intéressait désormais, et plus que jamais, c'était de savoir si mon vieil ami Dwala allait tenir sa promesse. Je savais qu'il avait le pouvoir de transformer un homme en arbre, après sa mort, et quelquefois même avant, et j'avais obtenu de lui la promesse solennelle de me libérer une fois pour toutes d'une appartenance dont j'étais trop écœuré pour pouvoir la supporter davantage. Ce qui m'avait toujours effrayé, c'était l'idée de renaître un jour une fois de plus dans la peau d'un homme. C'était une terreur qui me réveillait parfois la nuit et me donnait des sueurs froides. C'est ainsi que j'avais fini par conclure un marché avec Dwala, qui m'avait promis et même juré de me transformer en arbre, avec une solide écorce, la prochaine fois, avec des racines bien plantées dans la terre africaine — et ce, moyennant quelques petites faveurs administratives, pour éviter, notamment, le passage d'une route en pays Oulé. Cet espoir me réconforta et pendant quelques instants, je me sentis tout ragaillardi. Je m'essuyai la figure et la barbe — j'étais complètement trempé — et remis mon casque. Je ne dis rien de ce que je pensais. Ce n'était pourtant pas l'envie qui me manquait. J'avais envie de lui dire : “ Monsieur le Député, j'ai toujours rêvé d'être un noir, d'avoir une âme de noir, un rire de noir. Vous savez pourquoi ? Je vous croyais différent de nous. Je vous mettais à part. Je voulais échapper au matérialisme plat des blancs, à leur pauvre sexualité, à la triste religion des blancs, à leur manque de joie, à leur manque de magie. Je voulais échapper à tout ce que vous avez si bien appris de nous et qu'un jour ou l'autre vous allez inoculer de force à l'âme africaine — il faudra, pour y parvenir, une oppression et une cruauté auprès desquelles le colonialisme n'aura été qu'une eau de rose et que seul Staline a su faire régner, mais je vous fais confiance à cet égard : vous ferez de votre mieux. Vous allez ainsi accomplir pour l'Occident la conquête définitive de l'Afrique. Ce sont nos idées, nos fétiches, nos tabous, nos croyances, nos préjugés, notre virus nationaliste, ce sont nos poisons que vous voulez injecter dans le sang africain... Nous avons toujours reculé devant l'opération — mais vous ferez la besogne pour nous. Vous êtes notre plus précieux agent. Naturellement, nous ne le comprenons pas : nous sommes trop cons. C'est peut-être ça, la seule chance de l'Afrique. C'est peut-être grâce à ça que l'Afrique échappera à vous et à nous. Mais ce n'est pas sûr. Les racistes ont beaucoup dit que les nègres n'étaient pas vraiment des hommes comme nous : il est donc fort possible que ce soit encore un faux espoir que nous avons fait miroiter ainsi aux yeux de nos frères noirs. " Voilà ce que j'avais envie de lui dire, mais je m'en gardai bien. Je ne tenais pas à retrouver sur son visage les mêmes signes, à mi-chemin entre le mépris et l'indulgence, que je surprends dans l'expression de mes collègues de l'Administration, lorsque je leur tiens les mêmes propos. " Ce pauvre Saint-Denis, il est bien brave, mais complètement arriéré, aussi anachronique et lourdaud que les éléphants. Il est vraiment temps de renouveler nos cadres en Afrique. " Je ne tenais pas à m'exposer à ce genre de réflexion. J'ouvris donc la bouche, mais seulement pour me fourrer une nouvelle chique sous la dent. Il me sourit.

« — Cessez donc de vous défendre, Saint-Denis. Vous êtes en train de vous débattre, mais vous savez très bien que votre place est parmi nous. Vous avez donné le meilleur de vous-même à l'Afrique et vous sauveriez l'honneur de l'Administration à laquelle vous appartenez en venant lutter et peut-être mourir à nos côtés...

« J'avoue que j'en ai eu les larmes aux yeux. Je n'ai pas été gâté, dans mon existence, les encouragements officiels et les marques de reconnaissance furent singulièrement rares sur mon chemin. Pourtant, dans le seul domaine de la lutte contre la mouche tsé-tsé, j'avais ouvert des régions entières à l'élevage et sauvé je ne sais combien de vies humaines. La seule indication que ces efforts ne passèrent pas inaperçus fut le surnom de " Tsé-Tsé " dont mes jeunes collègues m'avaient affublé, et encore, je ne suis pas sûr que dans leur esprit ce fût un compliment plutôt qu'une façon de me traiter de vieux radoteur. Et voilà enfin que Waïtari lui-même reconnaissait les services historiques que j'avais rendus aux siens, qu'il m'offrait une fraternité enfin possible, et que personne n'était jamais venu m'offrir, homme, femme ou enfant. Je ne désirais rien de plus au monde que d'être accepté par mes noirs comme un des leurs, pour les aider à se protéger contre les embûches que la civilisation plaçait sur leur chemin. Mais je n'étais pas dupe. Je n'avais pas vaincu la mouche tsé-tsé pour me laisser rouler par un politicien dont la peau noire ne parvenait pas à dissimuler un homme de chez nous. Depuis vingt ans, je n'avais qu'un but, on pourrait presque dire une obsession : sauver nos noirs, les protéger contre l'invasion des idées nouvelles, contre la contagion matérialiste, contre l'infection politique, les aider à sauvegarder leurs traditions tribales et leurs merveilleuses croyances, les empêcher de marcher sur nos traces. Rien ne m'enchantait davantage que de voir mes noirs pratiquer leurs rites et lorsque, dans une de mes tribus, je voyais soudain un des jeunes remplacer sa nudité ancestrale par un pantalon et un feutre, je me dérangeais personnellement pour aller lui botter le cul. La pénicilline et le D.D.T., c'était aussi loin que j'étais disposé à aller sur la voie des concessions et je vous jure qu'il n'est pas encore né, celui qui obtiendrait de moi davantage. Avec mon vieux Dwala, nous avons toujours été au premier rang de ceux qui défendaient l'Afrique noire contre la pénétration de cette odieuse bête blindée que l'on appelle Occident, et nous avons lutté vaillamment pour préserver nos noirs intacts. J'avais personnellement veillé à ce que certaines circulaires impérieuses sur l' “ éducation politique ” trouvent la fin qu'elles méritaient dans les latrines communales : mon principal souci en Afrique a toujours été d'empêcher la propagation de nos poisons, de nos notions occidentales servant d'alibi à l'exploitation, et de nos idéologies maniaques. Je n'allais donc pas me joindre à un homme qui voulait livrer l'âme de son peuple en pâture aux haut-parleurs et aux machins totalitaires, pour qu'elle fût brassée et broyée jusqu'à devenir cette pulpe méconnaissable : les masses. Je secouai résolument la tête.

« — Tant que je serai là, lui dis-je, personne ne viendra remplacer nos cérémonies magiques par les réunions du parti...

« Il eut un geste dédaigneux, qui parut me balayer.

« — Je sais, vous avez besoin de couleur locale et de pittoresque... Vous êtes un réactionnaire et un raciste, par-dessus le marché. Vous aimez les noirs par misanthropie, comme on aime les bêtes. Nous n'avons que faire de cet amour-là...

« Je me sentis las et assez perdu. Peut-être avait-il raison. Peut-être que les hommes noirs étaient vraiment des hommes comme nous, et qu'il n'y avait pas où se fourrer, vers qui se tourner. Je me sentis soudain au cœur d'une immense cochonnerie, à laquelle je ne voyais pas d'issue. Et comme pour me confirmer dans cette " agréable " impression, je vis soudain apparaître entre les arbres une casquette de navigateur sale et une silhouette trapue, débordante de force et de vitalité, qui me parut vaguement familière, sinon reconnaissable. »

XX

« L'homme, qui portait jetés sur l'épaule trois gros poissons enfilés sur une branche par leurs yeux crevés, s'arrêta un instant en me voyant, puis vint à moi les bras ouverts, un rire énorme secouant sa barbe et sa moustache noires comme du jais.

« — Saint-Denis ! Que l'océan me balance ! Que faites-vous là, vieux solitaire ? Venu nous rejoindre ? Un besoin de compagnie ? Ou peut-être a-t-il levé le pied, emporté la caisse de sa circonscription, cherché noblement refuge dans le maquis ? Ha ! Ha ! que la mer m'engloutisse, si ce n'est pas le plus hargneux, le plus ancien et le plus rogue de nos administrateurs d'outre-mer !

« Je fis un effort pour me rappeler qui était cette brute, car je reconnaissais déjà à la répugnance qu'il m'inspirait qu'il s'agissait sans doute d'un ami.

« — Alors, administrateur de mes deux..., on ne reconnaît plus les copains ? Voilà ce que c'est que de passer sa vie seul au fond de la brousse : tous les visages humains finissent par se ressembler. Habib, capitaine au long cours, seul maître à bord, ici-bas — et sa présence ici vous prouve que le cher homme n'a pas fini de naviguer !

« Je m'étonnai de ne pas avoir reconnu immédiatement cette canaille à sa joie de vivre et à son air de santé. Il m'avait passé un bras autour des épaules, bien que j'eusse pris un air encore plus rébarbatif que de coutume. Korotoro et Habib : voilà le genre d'hommes dont Waïtari s'était entouré. Il n'y avait plus que Morel de gênant, dans tout cela, mais c'était clairement un égaré. Je me sentis aussitôt beaucoup mieux, je repris, comme on dit, du poil de la bête. Je pouvais maintenant retourner dans mon trou, me croiser les bras, attendre que ça passe, regarder les étoiles auxquelles seul un éloignement prodigieux conservait leur apparence de beauté. Les choses rentraient en somme dans l'ordre. C'était évidemment une éminente entreprise de ce monde, vouée irrémédiablement aux mêmes bassesses et aux mêmes compromissions que toutes les autres. Je m'enquis avec le maximum d'ironie dans la voix, du sort de l'autre pèlerin terrestre que j'avais connu associé avec Habib.

« — Conquis par une noble cause, mon bon, conquis par la beauté d'un certain idéal. Prêt à tout pour défendre les splendeurs de la nature. Passé dans le camp des éléphants, a tout sacrifié pour la survie de cette puissante image de la liberté naturelle. Désireux également de contribuer à la noble cause du droit des peuples à disposer d'eux-mêmes, soucieux de graver son nom dans l'Histoire, à côté de celui de Byron, du général Chine, du général Russie, et du grand Lawrence d'Arabie ! Mêla donc son faible souffle au vent bouleversant de la révolte ! Présent, comme toujours, derrière toutes les grandes causes, immanquablement mêlé à elles ! Vint me réveiller au milieu de la nuit, me parla noblement, prit son Mannlicher et son cyanure, abandonna tous ses biens terrestres, fila, avec quelques heures à peine d'avance sur la police — une vieille habitude, ha ! ha ! — au secours des éléphants. Accusé aussitôt de tous les crimes de droit commun — et pourtant rien de commun dans sa nature : ami des arts, grand éducateur de la jeunesse, Oxford et Cambridge, homme du monde dans toute l'acception du terme. Nous voilà donc une fois de plus dans le maquis, vieille habitude, idéal pas mort, obligé quelquefois de bouffer de la merde, mais toujours en vie ! Malheureusement, âme très sensible : couché en ce moment sous la tente avec une dysenterie du tonnerre de Dieu, me supplie de le laisser mourir, rien à faire, vivra par mes soins jusqu'au bout, ai pêché pour lui quelques poissons, il faut essayer de sauver nos élites, tout est là, enfin, la vie est belle, c'est le capitaine au long cours Habib qui vous le dit — et Dieu sait si le bougre s'y connaît !

« Il me donna encore une tape sur l'épaule et s'éloigna sur ses jambes arquées, aux mollets étonnamment musclés et solides, bien terrestres, s'en alla avec ses poissons, son air de santé et de joie de vivre, qui en disait long — je ne sais sur qui, ou sur quoi. Je me sentis soudain étrangement soulagé. Quelle que fût ma solitude, je n'étais pas encore mûr pour ce genre de compagnie. Et je voyais maintenant clairement ce qu'il y avait derrière cette fameuse affaire des éléphants et ce que couvrait la naïveté de Morel. Un homme comme Peer Qvist était venu là poussé par sa passion de naturaliste, par sa misanthropie célèbre, qui n'était en réalité qu'une colère généreuse provoquée chez lui par les actes contre nature, les expériences atomiques, les camps de travail forcé, les régimes totalitaires, la barbarie raciste et toutes les autres souillures qui menaçaient les beautés de la terre et risquaient de tarir les sources mêmes de la vie. Derrière, il y avait Waïtari, qui croyait à l'imminence de la troisième guerre mondiale et qui comptait apparaître, après la chute de l'Europe, comme le premier héros du nationalisme panafricain. Derrière eux se tenaient, ainsi qu'il arrive toujours à l'ombre de toutes les causes vraiment humaines, de simples bandits ou assassins, comme un gage de réussite terrestre. Derrière encore, la masse silencieuse des peuples noirs, aux yeux attentifs, ces peuples noirs qui n'étaient pas dans le coup, mais dont l'heure allait sonner, quoi qu'il arrivât. Derrière encore, très loin derrière, et peut-être seulement dans le cœur de Morel, venaient les éléphants. C'était en somme un maquis, un vrai maquis : des hommes de bonne volonté et la crapule, une indignation généreuse et des calculs habiles, des éléphants à l'horizon, mais aussi la fin qui justifie les moyens. Un maquis, vous dis-je, une poignée d'humanité, un rêve généreux et toute la pureté qu'il faut pour causer de grands massacres... » Saint-Denis se tut un moment. Peut-être à cause de son air vaguement mongol, avec son crâne nu, ses pommettes saillantes et son corps ramassé, le Père Tassin pensa soudain qu'il avait l'air d'un cavalier désarçonné, jeté à terre. « Je leur dis adieu. J'allai tout droit à mes chevaux, que N'Gola tenait prêts. Pendant quelques kilomètres, Peer Qvist m'accompagna. Il se tenait très droit sur sa selle, le visage sévère, un étrier plus long que l'autre pour servir d'appui à sa jambe raide — il s'était brisé les articulations de la jambe droite dans une crevasse de l'Arctique. Je me demandai pourquoi, alors qu'il ne m'avait pas dit un mot, il avait choisi de m'accompagner pendant ces quelques minutes. Peut-être parce qu'il s'était soudain senti plus près de moi que des autres. Nos chevaux avancèrent sur la piste raide entre les rochers. Le soleil venait de tomber dans la forêt ; les bambous et les arbres semblaient se partager sa dépouille écarlate. Comme nous cheminions lentement, un craquement prodigieux monta vers nous du côté du Galangalé, la forêt entière frémit et céda sous quelque assaut furieux, et l'air s'emplit des barrissements du troupeau en train de se frayer un chemin vers l'eau. En quelques instants, les craquements des arbres déracinés, le tremblement du sol et des rochers et les appels des éléphants prirent l'ampleur d'un cataclysme naturel. J'écoutai. J'avais l'habitude, et pourtant chaque fois ce tonnerre vivant faisait battre mon cœur plus vite : ce n'était pas la peur mais une étrange contagion. J'écoutai. La forêt semblait s'ouvrir de toutes parts et le fracas était tel qu'il était impossible de lui attribuer une direction. Mais de la hauteur où nous étions je vis, de l'autre côté de la galerie qui couvrait le cours d'eau, toute une partie de la forêt trembler, comme secouée par quelque peur atroce, et les sommets des arbres s'incliner brusquement et disparaître dans les sous-bois ; j'aperçus alors, serrées les unes contre les autres, les énormes formes grises, les gros dos ronds que je connaissais si bien. Je pensai : bientôt, il ne restera pas de place dans le monde moderne pour un tel besoin d'espace, pour une telle maladresse royale. Et comme chaque fois que je les apercevais, je ne pus m'empêcher de sourire avec soulagement, comme si leur vue me rassurait sur quelque présence essentielle. En cet âge d'impuissance, en cet âge de tabous, d'inhibitions et d'asservissement presque physiologique, où l'homme triomphe de ses plus anciennes vérités et renonce à ses plus profonds besoins, il me semblait toujours, en écoutant ce merveilleux vacarme, qu'on ne nous avait pas encore coupés définitivement de nos sources, qu'on ne nous avait pas encore, une fois pour toutes, châtrés au nom du mensonge, que nous n'étions pas encore tout à fait soumis. Et pourtant, il suffisait de l'écouter, ce vieux tonnerre terrestre, il suffisait d'assister une fois à ce vivant éboulement pour comprendre que, bientôt, il ne resterait plus de place parmi nous pour une telle liberté. Mais il était difficile de se résigner. Au bas du sentier, Peer Qvist arrêta son cheval. Je pensai tout à coup que depuis que je le connaissais, je n'avais jamais vu qu'une seule expression sur ce visage aux rides tellement profondes qu'elles en devenaient presque augustes. C'était une expression de sévérité extrême et ses petits yeux bleus semblaient avoir gardé quelque chose des glaces éternelles qu'ils avaient jadis contemplées dans l'Arctique en compagnie de Fridtjorf Nansen. Au-dessus de la barbe grise, les lèvres étaient dures et droites, sans trace de pardon.

— « Écoutez-les bien, dit-il. C'est le plus beau bruit de la terre.

« — Je l'ai entendu toute ma vie.

« — Je ne parle pas seulement des éléphants...

« Je me tus un moment avant de répondre :

« — Nous entendons ce bruit depuis que nous sommes en Afrique.

« — Mais aujourd'hui, vous n'êtes plus les mêmes, Saint-Denis. Auparavant, ce bruit vous arrivait seulement aux oreilles. Aujourd'hui, il arrive jusqu'à votre cœur. Vous ne pouvez plus résister à sa beauté. Jadis, lorsqu'il vous empêchait de dormir, vous preniez un fusil, et tout était dit. Aujourd'hui, vos fusils vous dégoûtent plus encore que ce bruit ne vous fait peur. Je suppose que c'est ce qu'on appelle l'âge de raison. Qu'allez-vous leur dire à Fort-Lamy ?

« — Ce que je ne cesse de leur répéter depuis des années, répondis-je d'un ton bourru. Qu'il faut respecter enfin l'éléphant en Afrique. Qu'il faut entourer la nature de toute la protection dont elle a besoin.

« Le visage de Peer Qvist ne bougea pas. Je me dis qu'à partir d'un certain âge, les visages tendent à se fixer une fois pour toutes dans une expression unique et ne se dérangent plus facilement.

« — Croyez-vous qu'ils vont s'aviser d'envoyer des troupes contre nous ?

« — Il n'y en a guère, en A.E.F. Mais les chasseurs s'agitent beaucoup...

« Son visage demeura aussi sévère, mais ce qu'il me dit me frappa par sa drôlerie :

« — Ça doit être amusant d'être tué à mon âge.

— « Ça doit être tordant, l'assurai-je. Au fait, quel âge avez-vous ?

« — Je suis très vieux, dit-il gravement.

« Il ajouta, comme un fait acquis :

« — Je serais content de mourir en Afrique.

« — Tiens, pourquoi ?

« — Parce que c'est ici que l'homme a commencé. Le berceau de l'humanité est au Nyassaland. C'est à peu près prouvé.

« — Drôle de raison.

« — On meurt mieux chez soi.

« Encore un, pensai-je, qui essaye de se trouver un chez-soi sur la terre. Je demandai :

« — Et Morel ?

« — Nous avons tous besoin de protection...

« Il y avait beaucoup de tristesse dans sa voix.

« — Pauvre Morel, dit-il. Il s'est mis dans une situation impossible. Personne n'est jamais arrivé à résoudre cette contradiction qu'il y a à vouloir défendre un idéal humain en compagnie des hommes. Adieu. »

XXI

« Cette nuit-là, je ne dormis guère, me tournant et me retournant sous ma tente : jamais encore je ne m'étais senti aussi seul, ni aussi abandonné. Peut-être que les éléphants eux-mêmes sont trop petits, pensai-je, les yeux perdus dans le noir, et qu'il nous faut une bête d'amour autrement plus grande et affectueuse à nos côtés. Mais pour l'instant, et dans la catégorie, comme disent les boxeurs, il n'y avait vraiment que les éléphants de visibles à l'horizon. Je rentrai à Fort-Lamy et j'eus avec le gouverneur une entrevue orageuse ; il me dit qu'il me connaissait depuis longtemps, et qu'il n'avait aucune confiance dans l'exactitude de l'emplacement que je lui indiquais sur la carte comme étant le quartier général de Morel — en quoi il n'avait pas entièrement tort. J'essayai de lui expliquer qu'ils s'obstinaient en vain à vouloir faire régler cette affaire par la police, et qu'il était beaucoup plus simple d'obtenir de Paris une modification immédiate du statut des grandes chasses, lequel était périmé depuis longtemps, ainsi que tous les forestiers et tous les administrateurs ne cessaient de le proclamer. Il se mit dans une colère épouvantable, parla d'un Munich métaphysique et me cria qu'il n'était pas prêt, quant à lui, à s'incliner devant l'étendard de la misanthropie, que sa confiance dans l'action humaine demeurait intacte et que notre espèce pouvait être sûre de connaître un avenir radieux. Il brandit le poing et m'assura qu'il ne tolérerait pas, sur son territoire, une telle manifestation de haine contre notre œuvre humaine, un tel effort méprisant et dérisoire pour sortir de notre condition. Il se leva, fonça sur moi à petits pas rapides et, se dressant sur la pointe des pieds, me cria que toute cette campagne pour la protection de la nature n'était, au reste, qu'une diversion politique, et que si le communisme triomphait en Afrique, les éléphants seraient les premiers à être pendus ; il mit les mains dans ses poches et me demanda sarcastiquement si je savais que les éléphants étaient en réalité les derniers individus — oui, Monsieur — et qu'ils représentaient, paraît-il, les derniers droits essentiels de la personne humaine, maladroits, encombrants, anachroniques, menacés de toutes parts, et pourtant indispensables à la beauté de la vie — voilà, Monsieur, ce qu'une certaine presse française — il frappa violemment du poing la pile de journaux sur son bureau — voilà ce qu'une presse soi-disant intelligente faisait de cette affaire — quant à lui, à toutes ces petites frappes métaphysiques, à tous ces baveurs d'encre défaitistes et entortillés, il ne pouvait qu'opposer son grand rire sain et franc de républicain confiant dans le destin de l'homme, solide à son poste et plein de calme fierté devant l'œuvre accomplie. Là-dessus, il écarquilla les yeux, montra les crocs et se mit à rire d'une manière absolument affreuse — aha-ha-ha-ha ! Après quoi, il fallut l'allonger sur le sofa et courir chercher sa femme. » Saint-Denis gloussa un moment dans sa barbe. « J'exagère peut-être un peu, mon Père, mais il est difficile de se faire une idée de l'exaspération dans laquelle toutes les énormités que l'on publiait alors sur l'affaire Morel les avaient mis à Fort-Lamy. J'en connaissais même qui se mettaient à chercher le mot " écologie " dans le dictionnaire. Je sortis de là extrêmement satisfait de moi, accompagné de Foissard qui m'expliqua que le gouverneur ne dormait plus, qu'à Paris on n'arrivait pas à convaincre les Américains qu'il s'agissait vraiment de préservation de la faune africaine dans tout cela, que la presse accusait le gouvernement d'avoir inventé Morel de toutes pièces pour couvrir des désordres politiques graves, et que le monde entier se moquait de la naïveté de la France, qui le tenait encore pour capable, à son âge, de croire aux éléphants. »

XXII

« Voilà donc ce que je racontai à Minna, comme je vous le raconte aujourd'hui, et je crois que je n'ai jamais eu, dans mon existence, l'honneur d'être écouté par une femme avec une telle intensité. Elle se tenait sur le bras d'un fauteuil, sans un geste, dans cette attitude d'immobilité complète qui trahit une passion difficilement contenue, et j'avoue que j'en arrivais à oublier que je n'étais nullement l'objet de cet intérêt presque suppliant qu'elle me témoignait. Il était impossible de ne pas se sentir touché, et même un peu troublé, par cet élan de générosité, par tout ce qu'on devinait en elle de sensibilité et de sympathie. Oui, c'était une femme qu'il était difficile de laisser seule... »

Le jésuite regarda son compagnon avec un peu d'étonnement.

« Lorsque j'en arrivai à ce message homérique à l'humanité dont Morel m'avait chargé avec tant de candeur, et que je lui répétai ses paroles : " Dites-leur bien que je n'ai presque plus de munitions ", ses lèvres tremblèrent, elle se leva brusquement et alla à l'autre bout de la pièce accomplir quelque geste inutile, déplacer un vase, et demeura ainsi, le visage tourné vers le mur, les épaules secouées. Je me sentis un peu décontenancé. Je savais qu'elle avait eu beaucoup de malheurs, dans sa jeune vie, et j'avais d'abord cru que, selon la fameuse expression de Morel, les chiens ne lui suffisaient plus, qu'il lui fallait à elle aussi une amitié plus grande, quelque chose à la mesure de sa solitude terrestre : voilà pourquoi elle se passionnait tellement pour les éléphants. Mais je voyais à présent que c'était une histoire où toute la place était déjà prise, et où il ne devait pas en rester beaucoup, pas pour moi, en tout cas. Je lui dis qu'elle ne devait pas prendre les choses au tragique, que Morel allait probablement être déclaré irresponsable par les médecins et s'en tirer avec un an ou deux d'internement.

« Elle se tourna vers moi avec une violence, une indignation qui me coupèrent le souffle. Il m'arrive souvent de rêver à elle et c'est ainsi que je la vois, debout, le peignoir ouvert, avec seulement une culotte et un soutien-gorge pour la séparer de moi, les cheveux en bataille, criant presque comme une poissonnière, avec ce terrible accent allemand qui la rendait immédiatement moins jolie, par je ne sais quel prodige.

« — Alors, monsieur de Saint-Denis, me lança-t-elle — je ne sais pas du tout pourquoi elle me collait la particule — vous trouvez que parce qu'un homme a eu assez de vous, assez de vos cruautés, assez de vos visages et de vos voix et de vos mains — vous trouvez qu'il est fou ? Qu'il doit être interné, parce qu'il ne veut plus avoir rien, rien de commun avec vous, avec vos savants, avec vos polices, avec vos mitraillettes — avec tout ça ? Croyez-moi, il y a beaucoup de gens comme lui, aujourd'hui. Ils n'ont sans doute pas le courage de faire ce qu'il faut, parce qu'ils sont trop veules et trop... trop fatigués, ou cyniques — mais ils le comprennent — ils le comprennent très bien. Ils vont dans leurs bureaux, ou dans leurs camps, ou dans leurs casernes, ou dans leurs usines, partout où on obéit et où on en a marre, et ceux qui peuvent, ils sourient, en pensant à lui, et ils font comme moi...

« Elle saisit son verre.

« — Ils boivent leur verre à sa santé... *Prosit ! Prosit !* répéta-t-elle, en regardant un point dans l'espace pardessus mon épaule. Je n'ai jamais pu souffrir ce mot allemand et il avait quelque chose de particulièrement pénible dans la bouche d'une jeune femme. Il y avait aussi une certaine vulgarité en elle qui se révélait brusquement dans la voix, dans les gestes, dans ce peignoir ouvert avec une indifférence complète — on sentait qu'elle avait connu beaucoup d'hommes, quoi.

« — Ma chère enfant..., commençai-je. Elle m'interrompit.

« — Et puis, monsieur de Saint-Denis, je vais vous dire encore quelque chose : votre peau, vous savez, ne vaut pas plus cher que celle des éléphants. En Allemagne, pendant la guerre, il paraît que nous faisions des abat-jour avec de la peau humaine — au cas où vous ne le sauriez pas. Et n'oubliez pas, monsieur de Saint-Denis, que nous autres, Allemands, nous avons toujours été des précurseurs...

« Elle rit.

« — Après tout, c'est même nous qui avons inventé l'alphabet.

« Elle voulait sans doute dire l'imprimerie.

« — Oh, et ne faites pas cette tête-là. Je n'ai pas besoin de pitié. C'est vrai qu'il y a beaucoup d'hommes qui me sont passés dessus, mais on se fait une raison. Et on ne peut pas juger les hommes par ce qu'ils font quand ils enlèvent leur pantalon. Pour leurs vraies saloperies, ils s'habillent.

« Elle alluma une cigarette. Je me sentais complètement dérouté. Je ne pouvais comprendre comment cette fille si humble, toujours si réservée et si farouche, était capable d'un tel éclat. Je m'efforçai de lui expliquer qu'elle s'était trompée sur le sens de mes paroles au sujet de Morel. Je voulais simplement dire qu'il était tombé entre les mains d'une bande d'agitateurs politiques et de bandits qui exploitaient sa bonne foi, et que nous ne pouvions plus rien pour lui. Elle m'interrompit. Elle m'affirma avec impétuosité que je me trompais, qu'il était encore temps si seulement j'acceptais de l'aider. Tout ce qu'elle me demandait, c'était un message pour mon ami Dwala, pour qu'il la mît en communication avec Morel. J'essayai naturellement de la raisonner. Je lui rappelai qu'il m'avait fallu vingt ans de dévouement pour gagner la confiance des tribus Oulé, et que ce que le vieux Dwala avait fait pour moi n'était pas transmissible. Nous étions de vieux alliés, tenus à un code d'honneur qu'il ne m'était pas possible de rompre sans miner complètement ma position dans la région que j'administrais. Les quelques villages où

Waïtari avait des sympathisants étaient strictement surveillés et elle allait aboutir tout droit dans les bras du premier commandant de poste militaire venu. Je doutais, du reste, que Waïtari eût plus de quelques dizaines d'amis, et ceux-ci se trouvaient surtout dans les villes : c'était un évolué et les indigènes le savaient. Il était des nôtres, sa tête était bourrée de nos idées, et il méprisait leurs rites. Je lui rappelai enfin que Morel était tout de même accusé de tentatives de meurtre, et que la meilleure chose qu'elle pouvait faire c'était de se tenir hors de tout cela, elle, une étrangère... une Allemande, pour tout dire.

« — Alors, me cria-t-elle, vous préférez qu'il continue, et qu'il tue quelqu'un, pour finir, et qu'on ne puisse alors vraiment plus rien pour lui ? Vous parlez de vos devoirs d'administrateur, mais ne consistent-ils pas, justement, à faire cesser les attentats et à ramener Morel vivant ? Vous aurez même des félicitations du gouvernement, me lança-t-elle, sur un ton qui ne me plut pas du tout. Si seulement je pouvais lui parler, je suis sûre qu'il accepterait de m'écouter.

« Moi aussi, j'en étais sûr. Elle avait évidemment certains moyens.

« — Et ne sentez-vous pas, monsieur de Saint-Denis, qu'il y a là un homme qui vous fait confiance, qui compte sur vous, qui demande à être aidé ? Un homme qui... qui a besoin... qui a besoin de protection ?...

« Sa voix se brisa, ses yeux se remplirent de larmes : c'était un argument auquel il n'était pas facile de résister. Je réfléchis rapidement. Son idée, après tout, ne me paraissait plus aussi folle, à condition de prendre certaines précautions. Je ne sais comment vous expliquer cela, mais j'étais convaincu que Morel allait céder à ses objurgations, qu'il allait la suivre : je me mettais à sa place, probablement. Il me parut même qu'il y avait là une occasion de faire preuve d'habileté que je n'avais pas le droit de laisser échapper. Je suppose que je me vis comme une espèce de Fouché, plein de ruse, se servant d'une femme amoureuse pour se saisir d'un ennemi dangereux. Après tout, on pouvait toujours compter sur l'amour, pour ce genre de besogne. Tous les spécialistes de la police le savent. Elle allait nous servir d'appât : il s'agissait d'amorcer habilement, voilà tout. C'est tout juste, mon Père, si je ne pris pas, dans une tabatière imaginaire, une pincée de tabac, et si je ne la portai pas à mon nez avec un sourire de véritable homme du monde. Ainsi, non seulement je lui cédais, mais je me donnais encore des airs malins. La vérité était qu'il n'était pas possible de dire " non " à sa jeunesse, à sa beauté, à cet air désemparé et pathétique qu'elle avait, debout devant moi. Je lui proposai donc d'envoyer N'Gola auprès de Morel, pour voir si celui-ci accepterait de la rencontrer. En attendant, il valait mieux qu'elle quittât Fort-Lamy et qu'elle attendît sa réponse à Ogo, mon chef-lieu, où elle serait mon invitée et d'où elle ne devrait bouger sous aucun prétexte. Si Morel acceptait l'entrevue, il faudrait convenir d'un endroit hors du pays Oulé, quelque part dans l'Oubangui. Si cela réussissait, tant mieux. Sinon, elle reviendrait tranquillement à Fort-Lamy en expliquant qu'elle avait passé quelques jours dans la brousse.

« Elle eut vers moi un élan de gratitude qui m'irrita, peut-être parce qu'il y était surtout question d'un autre.

« — Allons, allons, lui dis-je, ne me remerciez pas, on va bien voir si vous réussirez. On va bien voir si c'est une histoire de solitude — je veux dire s'il est devenu un " rogue " parce qu'il lui manquait quelqu'un à côté de lui. C'est ainsi que je le comprends, moi, bien que je n'aie rien de commun avec votre Morel.

« Elle alluma encore une cigarette et fuma nerveusement. Il fallait faire vite, en tout cas, me dit-elle : un bataillon de tirailleurs était attendu à Bangui et allait être dirigé immédiatement sur le pays Oulé. Il valait beaucoup mieux arranger tout cela avant l'arrivée des troupes. Je fus assez surpris : je ne savais pas que le gouvernement jugeait l'affaire assez sérieuse pour envoyer des troupes dont on avait tellement besoin ailleurs, et comment l'avait-elle appris ? Sans doute en écoutant les conversations de ces messieurs à la terrasse du Tchadien, pensai-je. Je lui promis de donner immédiatement à N'Gola les ordres nécessaires ; quant à elle, elle pourrait partir avec moi : je quittais Fort-Lamy dans quelques jours. Elle parut contrariée par ce délai. Ne pouvait-elle pas partir pour Ogo dès demain ? Il valait mieux qu'on ne nous vît pas voyager ensemble, elle ne voulait pas risquer de me causer des ennuis. Je me souviens qu'en disant cela, elle me regarda pour la première fois avec une véritable gentillesse. Bon, lui dis-je, comme vous voudrez. Je ne comptais du reste pas m'attarder à Fort-Lamy. N'Gola partirait dès l'aube, par le convoi de camions portugais qui descendait tous les matins sur Bangui. Après quoi, on n'aurait plus qu'à attendre son retour.

« Elle frissonnait maintenant, dans l'air frais, le peignoir ramené sur ses genoux nus. Il était deux heures du matin. Mais je n'arrivais pas à m'en aller. Je continuai à lui parler de n'importe quoi : de la forêt, du climat, de mes noirs... Elle paraissait épuisée et n'écoutait visiblement pas un mot de ce que je lui disais. Je me souviens même qu'à un moment, je me surpris en train de lui expliquer tout ce que j'avais fait, dans mon district, contre la mouche tsé-tsé. C'est curieux, cette maudite mouche, depuis que je l'ai exterminée, je pense tout le temps à elle : on dirait qu'elle me manque. C'était tout de même de la compagnie. Finalement, elle me tendit la main et m'accompagna jusqu'à la porte — me congédia, pour appeler les choses par leur nom. Je dus quitter les lieux, passer sous l'arc de triomphe de l'entrée — il était bien à sa place, celui-là ! — J'aperçus, appuyée contre un des piliers, une silhouette pâle et la lueur rouge d'un cigare : Orsini. Il se tenait là dans une attitude de souteneur qui compte les clients et me regarda avec une étonnante expression de cynisme et de haine. Je rentrai chez moi, réveillai N'Gola et le chargeai du message. Il s'en alla dans la nuit vers son but avec toute l'impassibilité qui convenait. »

XXIII

« Je n'entendis plus parler de Minna pendant quelque temps. Cette nuit-là, je fis une violente crise de paludisme et je demeurai quinze jours à grelotter sous ma moustiquaire. Lorsque je parvenais à ouvrir un œil, je voyais généralement au-dessus de moi la mine soucieuse du docteur Terrot. Une ou deux fois, je crus reconnaître aussi le visage de Schölscher, bien que nos rapports ne justifiassent point une telle sollicitude de sa part. Puis la fièvre baissa, mais je savais que j'étais bon pour une ou deux crises de plus, ce mois-là : chez moi, elles viennent toujours en série. Au premier pas que je fis en me levant, je tombai sur l'adjoint de Schölscher, confortablement installé sur ma terrasse, en train de lire. Il parut un peu gêné, m'expliqua que le commandant avait essayé de me voir lui-même avant son départ dans le Sud, mais que le médecin avait défendu de me déranger ; il avait donc chargé son adjoint de me poser quelques questions au sujet de Morel. Depuis trois jours, il n'avait pour ainsi dire pas bougé de ce fauteuil. Je lui dis avec une certaine aigreur qu'il eût été plus simple de placer une sentinelle devant ma porte. J'ajoutai que je leur avais dit tout ce que je savais, et que d'ailleurs ils donnaient une importance ridicule à ce fait divers. Il m'écouta poliment. Il gardait une main dans la poche de sa vareuse et avait cette élégance méticuleuse un peu étriquée d'officier de cavalerie, qui allait bien avec le stick qu'il tenait sous le coude, le seroual blanc, et son joli menton. Je ne l'aimais pas. J'avais toujours envie de lui dire des choses désagréables et injustes, simplement pour faire contrepoids à tout ce qu'il devait entendre de la bouche des femmes. Le lieutenant laissa passer ma mauvaise humeur avec une patience qui ne fit que m'irriter davantage, parce qu'elle procédait nettement de cette indulgence qu'on s'imagine devoir à de vieux broussards que l'âge et la solitude ont fini par rendre un peu excentriques. Je faillis le rappeler à l'ordre et lui faire remarquer qu'il était naturellement beaucoup plus facile de s'occuper de conquêtes féminines que d'arracher un territoire à la mouche tsé-tsé, mais gardai mon sang-froid. Il me dit que l'Union Française traversait des heures difficiles, que la guerre sainte s'installait à nos frontières et qu'il était essentiel que l'A.E.F. donnât un exemple de calme. Le territoire était entièrement dégarni de troupes : on pouvait le traverser jusqu'au Congo belge sans rencontrer un gendarme. Dans ces conditions, la moindre manifestation de banditisme pouvait avoir des conséquences incalculables. Il avait lui-même une certaine sympathie pour Morel ; malheureusement, ce que celui-ci n'avait pas compris, c'est que le monde d'aujourd'hui n'était plus capable de s'intéresser aux éléphants. Les gens avaient d'autres préoccupations. Il y avait d'autres appels, plus urgents, à leur sensibilité, laquelle d'ailleurs s'était passablement émoussée. Ils ne se passionnaient plus que pour leur propre peau. L'opinion publique n'était même plus capable de croire à l'existence de Morel. Au début, lorsque les autorités françaises donnèrent la version officielle et authentique de l'affaire, il y eut un moment de stupeur et de curiosité, mais aujourd'hui c'était la rigolade générale, et la réaction, notamment aux États-Unis, était : " Les Français nous prennent vraiment pour des imbéciles. " Le lieutenant eut un geste d'impatience.

« — Que voulez-vous, dit-il, nous devons tenir compte de l'opinion publique américaine. Ils sont convaincus, là-bas, que le gouvernement français a inventé de toutes pièces Morel pour couvrir la véritable cause des désordres, qui résiderait dans les aspirations nationalistes des populations autochtones. D'ailleurs, l'idée même des éléphants les irrite prodigieusement à Washington, ils disent que les Français, au lieu de travailler, s'occupent encore de frivolités.

« Il se gratta légèrement la moustache du bout de son stick. Il est vrai, reprit-il, qu'il n'y a plus d'éléphants en Amérique depuis très longtemps, bien qu'ils y aient existé, paraît-il, pendant le miocène. Il était donc de la plus grande importance de mettre la main sur Morel et de le juger, ne fût-ce que pour montrer qu'il existait réellement. Il sera très difficile de convaincre les Américains autrement. Rappelez-vous la haine de Roosevelt pour de Gaulle, en 40 ; or, de Gaulle en 40 comme aujourd'hui, c'est un peu, à sa façon, Morel et les éléphants. Les démocraties utilitaires d'aujourd'hui comprennent mal ce genre de proclamations têtues et désintéressées de dignité et d'honneur humains. Et en dehors même de ces considérations, il était dangereux en ce moment de révéler l'inexistence de nos forces de sécurité en Afrique, en montrant l'aisance avec laquelle un hors-la-loi pouvait leur échapper. Je lui dis, avec une ironie mordante, que son cours de haute politique avait été fort brillant et qu'il était amusant de voir les œufs donner des leçons à la poule, mais que je connaissais très bien les dangers de l'affaire Morel et qu'il n'avait rien à m'apprendre là-dessus.

« — Ce que vous savez sans doute aussi, me dit-il, assez sèchement, c'est que cette fille, vous savez, cette... chanteuse du Tchadien a disparu, et que nous avons toutes les raisons de croire qu'elle a rejoint Morel... Schölscher pense que vous pourriez me donner des informations extrêmement intéressantes là-dessus, monsieur Saint-Denis, et nous expliquer notamment ce que cette fille faisait chez vous, à Ogo, il y a une dizaine de jours...

« Il m'expliqua que l'on avait vu partir Minna un matin, dans une camionnette, en compagnie du major américain, soi-disant pour une partie de chasse qui devait durer plusieurs jours. Au début, personne n'y avait prêté attention, mais on venait de retrouver la camionnette abandonnée au bout d'une piste, en plein pays Oulé... Il m'étudiait attentivement, le menton appuyé contre son stick. Je levai les yeux. " Continuez. " Eh bien, il était obligé de me rappeler que j'avais été la dernière personne à avoir vu Minna longuement, avant son départ, s'il fallait en croire Orsini. Il paraissait s'intéresser beaucoup à cette affaire, Orsini — il tenait Morel pour un agent de l'étranger, envoyé en A.E.F. pour y fomenter des désordres, et y organiser un maquis en vue du conflit mondial qui se préparait, et cette fille, Minna, lui servirait d'informatrice et de... rabatteuse. Le lieutenant parut gêné.

« — Il vous met dans le bain aussi, ajouta-t-il, comme en passant. Il prétend que vous êtes sentimentalement d'accord avec leurs idées. Il jure que vous rêvez secrètement d'une Afrique noire coupée de l'Europe, séparée de tout contact avec une civilisation que vous détestez.

« Il leva la main : je ne devais pas protester, il ne faisait que citer Orsini. Celui-ci devait avoir aussi d'autres raisons de s'intéresser à cette fille : elle était assez jolie, j'avais peut-être remarqué ce détail, moi aussi. Je ne bronchai pas. Je lui déclarai avec quelque hauteur que je ne niais pas avoir joué un certain rôle dans cette affaire, mais que cette fille s'était rendue auprès de Morel uniquement pour le décider à se soumettre, pour essayer de le sauver. A mon avis, notre meilleure chance était de la laisser faire. Elle allait nous le ramener doux comme un mouton. Les femmes, terminai-je, avec un peu d'amertume, disposent de certains moyens de persuasion que les polices les mieux organisées ne possèdent pas. Le lieutenant m'écouta poliment, en jeune homme plein de patience et d'indulgence devant les égarements de l'âge mûr. Vous serez sans doute surpris d'apprendre, dit-il, que d'après les premiers renseignements, cette fille avait emporté avec elle dans la camionnette un véritable arsenal — des armes et des caisses de munitions — de quoi soutenir un siège en règle. Ils viennent de s'en servir pour attaquer et brûler en partie la propriété Wagemann, à l'est de Batanga-Fo. Paris nous ordonne de nettoyer la région et nous espérons en finir avant les pluies — avec un peu de chance. Il était donc parfaitement clair qu'elle n'était nullement partie auprès de Morel pour le décider à se rendre, mais, au contraire, pour rejoindre " l'homme qui voulait changer d'espèce " et l'aider à continuer la lutte — pour l'approvisionner en armes et en munitions qu'elle devait tenir prêtes depuis longtemps ; son départ précipité semblait indiquer qu'il en avait un besoin urgent — peut-être lui avait-il fait parvenir un message en ce sens par quelqu'un — le lieutenant appuyait le menton contre son stick et me regardait pensivement. »

XXIV

« Je pensai de toutes mes forces à mon ami Dwala et à la promesse qu'il m'avait faite, ou plutôt au marché que nous avions conclu. Cela s'était passé il y avait déjà plusieurs années et depuis je continuais fidèlement à payer le prix convenu, une vache et une chèvre, chaque printemps. Je me souvenais de son air rébarbatif, lorsque j'étais venu lui en parler, et combien il s'était fait prier, et comment à la fin je dus me mettre en colère, et menacer de le rosser, ce qui n'était qu'une manière de négocier, il le savait bien, d'autant plus que je dépendais entièrement de sa bonne volonté. Il était assis sur une natte, dans un coin de sa case, petit, nu, ratatiné et grognon, le poil blanc de ses joues et de son crâne seul visible dans l'ombre. Il me dit qu'il avait mal au ventre et que je devais revenir un autre jour ; que d'ailleurs il ne savait pas du tout s'il pourrait faire ça pour moi ; j'étais un blanc et un chrétien, je n'étais pas de sa tribu, pas de sa terre, et il n'avait plus la force qu'il fallait pour entreprendre la chose en faveur d'un mécréant. Je lui rappelai tous les services que je lui avais rendus depuis qu'on se connaissait. Quant à être un chrétien et un mécréant, j'avais plus confiance en lui que certains jeunots de sa propre tribu, et il le savait. Il continua à me dire *mangaja ouana,* va-t'en avec les tiens, mais je savais que c'était uniquement pour faire monter le prix, et il savait que je le savais. Je me mis enfin à gueuler, le menaçant, s'il refusait, de faire passer une route en plein pays Oulé et par son village encore ! Il savait que je ne le ferais jamais, mais que cela comptait tout de même dans le marché. Il gémit, leva les poings, me jura qu'il n'avait jamais fait cela pour un blanc et que c'était une chose que personne n'avait faite avant lui : je sus ainsi qu'il acceptait. Nous convînmes du prix et il me dit qu'il allait me choisir un bon terrain. Mais je connaissais le mien depuis longtemps, j'avais passé des mois à chercher, à comparer, à errer sur les collines à travers les bois. Il me fallait beaucoup d'espace et, en même temps, je ne voulais pas être trop isolé, il me fallait d'autres arbres autour de moi. J'avais finalement choisi une belle colline avec vue sur le grand plateau Oulé que j'aimais tant, et qui était l'Afrique même, avec ses troupeaux qui ne risquaient pas d'être chassés avant longtemps. Il nous fallut une journée et demie pour y arriver et quand nous fûmes rendus, Dwala recommença à faire des difficultés en me disant que c'était trop loin de chez lui : il n'était pas sûr que ses pouvoirs s'étendraient jusqu'ici. Il me proposa un autre terrain, plus près du village, et qui appartenait à la tribu, il ferma son sale œil à demi et je compris qu'il voulait simplement me faire acheter un terrain, alors que celui-ci je pouvais l'avoir pour rien. Je lui dis avec force ce que je pensais de sa proposition et Dwala me regarda avec un peu de reproche : pourquoi te fâches-tu, semblait-il me demander, il faut bien que j'essaie. Je lui montrai exactement l'endroit que j'avais choisi. Il me proposa une autre colline, toute dénudée, où j'aurais plus de place. Mais il me fallait cette vue-là, et le soleil, en face, le matin, et je ne voulais pas être trop isolé cette fois, il me fallait d'autres arbres autour de moi. Il y avait là de très beaux cèdres et je lui en montrai un, pour lui donner une idée exacte de ce que je voulais. Il hocha la tête, ronchonna, se fit encore prier, et me dit qu'il allait essayer, mais que je devais demander aux Pères de la Mission et en particulier au Père Fargue, d'espacer un peu leurs visites dans le village : ils le dérangeaient, ils n'avaient pas une bonne influence sur les esprits, et il n'était pas sûr de réussir s'ils venaient trop fréquemment. Je lui promis. Voilà à quoi je pensais sur ma terrasse, pendant que le lieutenant me parlait. Je savais que Dwala avait le pouvoir de faire de vous après votre mort, dans votre vie nouvelle, un arbre, et j'avais vu de mes propres yeux des arbres que N'Gola m'avait désignés et qui avaient été jadis des membres de sa tribu. Il connaissait leur nom et leur histoire, et il me disait : “ celui-là a été mangé par un lion ” ou “ celui-là était un grand chef Oulé ”. Ces arbres sont encore là et je peux vous les montrer. Vous verrez ainsi vous-même qu'il ne peut y avoir aucun doute sur ce pouvoir de Dwala, ou alors il ne faut vraiment croire à rien. Mais c'était la première fois qu'il faisait ça pour un blanc et il était tellement inquiet des conséquences que la chose pouvait avoir pour lui, qu'en revenant, dans un village où nous nous arrêtâmes, il se saoula à l'alcool de palme. Malgré cela, il gémit toute la nuit, et regarda avec terreur autour de lui : je sais bien qu'il lui arrivait de se saouler souvent, mais je crois qu'il avait vraiment pris de gros risques avec ses esprits, pour me faire plaisir. Voilà à quoi je pensais, avec une sérénité croissante, pendant que le lieutenant continuait à me parler des affaires absurdes, et déjà comme lointaines, d'une espèce qui n'était presque plus la mienne. »

DEUXIÈME PARTIE

XXV

Ils apparurent tous les trois au sommet de la colline, dans les hautes herbes où les chevaux avançaient lentement en levant les naseaux ; Morel venait en tête, avec l'éternelle serviette de cuir bourrée de documents attachée à sa selle ; Idriss le suivait dans le crissement des bambous et des sissongos sur les flancs de son cheval ; avec son profil busqué, ses narines aux aguets, ses yeux sans cils à la fois rapides et figés sous le chèche blanc enroulé autour de sa tête, attentifs au moindre frémissement de la savane, on devinait chez lui une vieille habitude de la brousse et des bêtes de tout poil et il y avait des moments où Habib lui-même ne se sentait pas en sécurité sous ce vieux regard expérimenté. Il y avait trois heures qu'ils descendaient les collines vers le lieu de rendez-vous et le capitaine au long cours, la casquette sur l'oreille, un bout de cigare éteint entre les lèvres, les pieds chaussés d'espadrilles dans les étriers arabes, avait quelque peine à se maintenir en selle : il n'était pas là dans son élément. Mais Waïtari lui avait donné la consigne formelle de ne pas perdre de vue ce fou de Morel.

— Il faut l'empêcher de faire une connerie. Il est à ce point convaincu d'être soutenu par l'opinion publique qu'il est capable de se rendre aux autorités, persuadé qu'il va être acquitté et acclamé. Il sera alors perdu pour nous : tout le monde s'apercevra qu'il s'agit d'un excentrique qui croit vraiment à ses éléphants. Morel est utilisable tant qu'il demeure une légende : en ce moment même, la radio arabe le présente au monde comme une figure inspirée du nationalisme africain. Ne m'accusez pas de cynisme, mais dans tous les mouvements révolutionnaires, il y a toujours eu au début des idéalistes fumeux et inspirés; les réalistes, les vrais bâtisseurs viennent après, lentement, inexorablement. Tout cela pour vous dire qu'il est essentiel de l'empêcher de se faire prendre... vivant. Je l'aime bien, c'est un innocent, mais au fond, il vaudrait mieux qu'il disparaisse en pleine gloire, en pleine légende. Il passerait ainsi à la postérité comme le premier blanc ayant donné sa vie pour l'indépendance de l'Afrique... au lieu de se révéler comme un simple illuminé.

Un geste de la main :

— Inutile de vous dire que je ne suggère rien.

Habib avait pris grand soin de bannir de son visage toute trace de joie. Il avait une véritable passion de professionnel pour toutes les manifestations de la nature humaine. Il avait acquis des êtres une connaissance très intime, laquelle se manifestait le plus souvent par un rire puissant et silencieux. Il rejetait la tête en arrière, ses yeux devenaient des fentes, sa barbe tremblait et il mettait une main sur sa poitrine comme pour retenir la joie qui le soulevait. Mais en tant que trafiquant d'armes, il se gardait bien de manifester ouvertement son hilarité devant « les aspirations légitimes des peuples », les « libérateurs », les « tribuns révolutionnaires » et autres défenseurs de grands principes immortels du type de Morel : ils étaient son pain quotidien. Il attendait pour cela d'être seul. A présent, suivant Morel vers le lieu de rendez-vous, dans le crissement des herbes jaunes où les chevaux plongeaient en hennissant parfois d'inquiétude, il laissait éclater librement derrière le dos de ses compagnons sa gaieté au souvenir de ce chef sans troupes, assis tout seul dans sa grotte, isolé, ses mains puissantes posées sur une carte des « opérations », et qui évoquait de sa voix de tribun la future fédération africaine de Suez au

Cap, dont il se voyait déjà le chef incontesté. Il y avait là un rêve de grandeur et de puissance destiné à suivre la trace de tous les autres rêves de grandeur humaine dans la poussière des chemins. Il avait essayé de faire goûter à son jeune ami de Vries la drôlerie de la chose, mais celui-ci, effondré sur sa natte, les yeux pleins de rancune, torturé par ses intestins, ne desserrait les dents que pour lui adresser de véhéments reproches, le rendant responsable de la situation désespérée dans laquelle ils se trouvaient — comme si, s'exclamait Habib devant cette naïveté de la jeunesse, comme s'il y avait quelqu'un, sur cette terre, qui pût être considéré comme responsable de la situation désespérée dans laquelle ils se trouvaient. Mais de Vries écoutait avec exaspération le langage fleuri du Libanais, dont il n'avait pas la solidité à toute épreuve ; épuisé par la colique et la fièvre, les mouches, les moustiques et les heures de cheval, il semblait vraiment sur le point de priver Habib de sa compagnie. Celui-ci finit par s'inquiéter. Il s'efforça de convaincre Waïtari qu'ils avaient intérêt à se rendre au Soudan : on parlait d'une conférence à Bandoeng où seraient représentés tous les peuples coloniaux, et notamment ceux de l'Afrique noire que l'on avait quelque peu négligés jusqu'à présent. Il fallait se retirer pour quelque temps de l'action directe, pour se rendre devant les aréopages internationaux, faire entendre sa voix. Des fermes incendiées, un maquis insaisissable défendant les ressources naturelles de l'Afrique contre l'exploitation colonialiste — voilà le tableau de la situation qu'il convenait de peindre. Waïtari fut convaincu d'autant plus facilement qu'il était du même avis. Il se tenait debout devant la grotte, les poings appuyés sur une carte devant laquelle il rêvait parfois de pouvoir se faire photographier. « Le chef de l'armée de l'indépendance africaine dans son poste de commandement » : il se souvenait d'une photo analogue de Tito, pendant la guerre. Mais il lui manquait des cadres, des partisans, qui pouvaient être fournis seulement par des masses politiquement conscientes et non par des tribus primitives qu'il méprisait. Il lui arrivait de se sentir écrasé par la solitude. Il ne sortait pratiquement pas de la grotte, un des quatre ou cinq « points d'appui » qu'il avait pu organiser secrètement au cours de ses dernières tournées officielles, en prévision du conflit mondial, qu'il avait cru alors imminent. Il avait commis une erreur de *timing*. Le conflit n'avait pas eu lieu. Il s'était trouvé seul, sans troupes, isolé, trois sur cinq des « points d'appui » où il avait accumulé des armes avaient été pillés et découverts par les autorités. Il avait dû se réfugier au Caire, où il avait végété misérablement, jusqu'à ce que les nouvelles d'une « campagne pour la protection des éléphants en Afrique » parvinssent jusqu'à lui. Il avait immédiatement compris l'avantage qu'il pouvait tirer de l'affaire. Il y avait là l'instrument de propagande rêvé : un coup de pouce suffirait à donner aux désordres l'interprétation qui convenait. Mais il s'était heurté au mur de l'incompréhension. Malgré tous les efforts de la radio arabe, l'opinion publique mondiale continuait à croire à Morel et à ses éléphants. Oui, les foules croyaient vraiment qu'il y avait quelque part au fond de l'Afrique un Français qui défendait réellement les splendeurs de la nature. Cette version était bien entendu encouragée par la presse colonialiste et les autorités, qui se gardaient bien d'attribuer à l'affaire un contenu politique. Appuyé lourdement sur la carte, écoutant les arguments de Habib dont l'habileté inutile l'irritait, il se sentait plus seul et plus éloigné du but que jamais. La grotte sentait la terre, la pourriture et le renfermé, malgré les deux ouvertures par où la lumière entrait avec un éclat blessant pour s'éteindre en grisaille sur les visages. Contre la paroi, un matelas pneumatique, un tas de vêtements, une lampe à huile, une mitraillette avec un chargeur engagé. Plus loin une caisse de fusils-mitrailleurs, mais la plupart des munitions étaient d'un calibre différent de celui des armes.

— Au Caire, on ne demande qu'à vous écouter... Et si vous restez ici encore quelque temps, sans orienter l'opinion publique dans le bon sens, la jolie légende de Morel et de ses éléphants va s'ancrer trop profondément dans l'imagination populaire pour que vous puissiez lui donner une autre interprétation...

Waïtari eut un sourire amer.

— Ce serait quand même assez cocasse et assez effrayant si les Français s'en tiraient avec quelques belles lois nouvelles sur la protection de la nature... Ils en sont capables. Je vous avoue d'ailleurs que si je ne connaissais pas Morel comme je le connais, je le croirais un agent du Deuxième Bureau chargé de jeter un beau rideau de fumée sur les réalités colonialistes... Le nombre de gens, en France et ailleurs, qui prennent soudain à cœur le sort des éléphants africains me paraît quelque chose de très suspect...

Habib baissa les yeux, presque pudiquement, pour cacher son amusement. Ce Napoléon nègre, une vareuse militaire jetée sur les épaules, debout devant sa pauvre carte des « opérations » dans une grotte perdue des Oulés, sans armes, sans soutien, sans organisation, sans partisans, avec sa voix de tribun que seules les masses françaises pouvaient apprécier à sa valeur, avec son besoin de grandeur, son rêve d'Histoire, avec un grand H, avec ses poings fermés, qui évoquaient si bien la puissance à laquelle il aspirait — c'était un spectacle qui le réjouissait profondément. En cet instant même, dévalant les collines dans le sillage d'Idriss, il était soulevé par un rire énorme et silencieux, à l'idée de ce nègre qui attendait au fond d'une grotte que le monde prît conscience de son existence. Ils allaient probablement tous finir en prison, mais cela n'éveillait chez Habib que des souvenirs nullement désagréables : il avait passé dans les prisons quelques-uns de ses meilleurs moments, sexuellement parlant en tout cas. Il jouissait d'un parfait équilibre physique et moral et il lui arrivait même de sentir dans tout son corps, dans son sang, une étonnante certitude d'immortalité : il exhalait alors ce sentiment de plénitude en rejetant la tête en arrière, par un de ces rires silencieux, la bouche ouverte, les yeux fermés, plissés jusqu'à la grimace, que personne ne comprenait jamais, mais qui était une simple manifestation de sa joie de vivre, de sa certitude d'être là dans son élément. Il avait donc été chargé par

Waïtari de veiller sur Morel, de s'assurer, « d'une manière ou d'une autre », que ce dernier ne tombât pas vivant aux mains des autorités, en se rendant à ce rendez-vous qui était probablement un piège ; mais Habib n'avait aucune intention désobligeante à l'égard de l'homme qui défendait les splendeurs de la nature et qui, au contraire, l'amusait beaucoup. Il voulait simplement être là au bon moment, au moment inévitable où ce rêveur allait recevoir une leçon. Au fond, il avait une âme d'éducateur, de moraliste, il aimait que la futilité, l'insignifiance des prétentions humaines fût bien comprise et assimilée. Au besoin, il était prêt à donner un coup de pouce aux événements — juste ce qu'il fallait pour que toute la saveur de la vie ne fût pas gaspillée en vain. En attendant, il fallait se méfier d'Idriss et de ses regards attentifs et figés auxquels, prudemment, il répondait par un signe amical. Le vieux était incontestablement un des meilleurs pisteurs d'A.E.F. et ce qu'il ne connaissait pas de la brousse ne méritait pas d'être connu. Il fallait être prudent. Pendant longtemps, on l'avait cru mort et la nouvelle qu'Idriss était revenu, pour ainsi dire, de l'au-delà pour se joindre au « maquis » de Morel, et défendre les éléphants à ses côtés, avait provoqué à la terrasse du Tchadien, entre autres lieux, des discussions furieuses et des exclamations d'incrédulité. Orsini le premier, Orsini lui-même avait juré que l'hypothèse était à exclure, impossible, impensable, il avait lui-même eu Idriss à son service, il l'avait vu dépérir, vieillir, travaillé par quelque mal profond — « ils sont tous vérolés, n'est-ce pas » — et finalement, retourner dans la forêt comme toutes les bêtes seules et vieilles qui sentent venir la mort.

— Et supposons, avait lancé quelqu'un, que ce mal dont vous parlez fût... une espèce de remords, ou une tristesse provoquée par la contemplation d'une terre qui se vidait des troupeaux immenses qu'il avait connus ?

Devant une telle crédulité, devant une telle bêtise, devant une ignorance aussi typique et aussi grave de l'âme nègre, la voix d'Orsini trouvait quelques-uns de ses plus beaux accents. C'est ça, c'est ça ! — il reconnaissait bien là les bâtisseurs de légendes ! Il ne manquait plus que ça — le fantôme d'Idriss revenant sur la terre pour défendre les troupeaux contre des armes de plus en plus perfectionnées. Il émettait un rire bref, mi-cri, mi-chant de haine, attendait un moment, puis reprenait, avec le calme implacable de quelqu'un qui n'a jamais raté sa cible. Ce qui le frappait chez les blancs-becs nouvellement venus en Afrique, c'était bien leur ignorance totale de l'âme indigène — les mots « âme indigène », sur les lèvres d'Orsini, provoquèrent dans l'assistance quelque stupeur et une curiosité presque passionnée pour ce qu'Orsini pouvait avoir à dire là-dessus. Pour tous ceux qui, depuis près de quarante ans, avaient fait de l'âme indigène l'objet d'une étude quotidienne, qui en avaient fait, en quelque sorte, leur affaire, il était parfaitement clair qu'aux yeux des noirs les éléphants n'étaient que de la viande sur pied, de la bidoche — une chose dont on s'emplit le ventre, si on peut, quand on peut, un point, c'est tout. L'idée qu'un pisteur professionnel comme Idriss pût se mettre soudain à souffrir d'une espèce de remords poétique, de vague à l'âme, de nostalgie au souvenir des bêtes qu'il avait traquées, une telle idée ne pouvait naître que dans les cervelles décadentes et les sensibilités exquises — la source de tous nos maux, ici comme ailleurs, soit dit en passant. Pour Idriss, comme pour tous les autres noirs qu'il avait connus, — et il en avait connu un certain nombre — un éléphant, c'était avant tout cinq tonnes de viande — et l'ivoire par-dessus le marché, s'il y avait moyen de le resquiller. Imaginer qu'Idriss pût, en quelque sorte, revenir errer sur les lieux du crime, révolté par la disparition d'une Afrique qu'il avait connue — voilà qui en disait long sur la trempe des hommes qu'on nous envoie aujourd'hui en Afrique et sur les raisons de notre déclin — que ceux qui ont des oreilles entendent, surtout un certain commandant chargé de veiller sur la sécurité du territoire.

— Mais enfin, disait quelqu'un, beaucoup moins par conviction que pour pousser Orsini dans ses derniers retranchements — là où il trouvait ses plus beaux cris, ses grincements les plus pittoresques, ses chants de haine et de rancune, qui ajoutaient à la nuit africaine un écho nouveau — mais enfin, ce ne serait pas la première fois que l'on verrait un chasseur africain écœuré et repenti, et si Idriss a été vraiment un pisteur exceptionnel, ne peut-on pas lui attribuer des sentiments exceptionnels ? Il n'y aurait alors rien d'extraordinaire à son apparition aux côtés de Morel pour défendre ce qui lui tenait probablement le plus à cœur, et qui était, il fallait bien l'avouer, en voie rapide de disparition, sous la menace combinée des chasseurs et du progrès ? Du reste, des villageois Oulés l'avaient bel et bien vu aux côtés de Morel, avec son chèche blanc et son boubou bleu, les plus anciens l'avaient reconnu, lui avaient parlé, et ils avaient même dit qu'il n'avait pas changé, qu'il avait toujours le même visage sans âge marqué par le sang arabe, en un mot, que c'était bien lui, ils étaient formels là-dessus. Mais Orsini se gardait bien d'avoir la réaction qu'on attendait de lui, il avait beaucoup trop le sens du drame. C'est bon, il n'insistait pas. Idriss n'était pas mort — il avait repris la piste pour défendre la forêt de ses ancêtres, pour conserver la compagnie des troupeaux qui lui était chère, pour s'opposer à l'exploitation éhontée de l'Afrique ou — mieux encore, puisqu'il s'agissait de donner à cette simple affaire de subversion et de propagande politique un caractère légendaire — le spectre d'Idriss était revenu de l'au-delà pour reprendre la piste aux côtés de Morel, aider celui-ci à répandre le feu sacré de l'indépendance africaine, et pour brandir le flambeau de la liberté. Ce qui, naturellement, allait conférer à Morel, aux yeux des indigènes superstitieux, un prestige irrésistible, un caractère surnaturel, pour le plus grand profit des agitateurs politiques qu'il servait — toute cette légende du retour d'Idriss n'avait justement pas d'autre but. Quant à lui, d'Orsini d'Aquaviva, le vieil Africain — un genre d'homme dont on n'avait plus besoin, apparemment, soit dit en passant — qui connaissait les nègres et les éléphants — cinq cents de ces derniers à son tableau de chasse, et il n'avait compté que les plus beaux — il allait se coucher — il était sûr qu'on allait l'excuser — il ne mangeait pas de ce pain-là et refusait d'être dupe — il se permettait de souhaiter aux amateurs de légendes bonne nuit — non sans les prévenir charitablement qu'ils allaient se préparer des réveils pénibles, et plus tôt qu'ils ne croyaient, comme ce fut le cas au Kenya. Il jetait un billet sur la table — il y avait là des gens dont il n'accepterait rien — et s'en allait : la nuit africaine perdait ainsi quelques-uns de ses plus beaux cris. Mais ce n'était pas un fantôme bleu qui suivait à présent Morel à travers les bambous, c'était bel et bien celui que l'aîné des frères Huette avait surnommé « le plus grand pisteur de tous les temps » et sur ses lèvres cela voulait dire de mille éléphants abattus en quarante ans. Avec son boubou bleu, son chèche blanc enroulé autour du front, son visage sans rides en dehors des deux sillons durs qui allaient du nez busqué aux commissures des lèvres, ce visage auquel il eût presque fallu être un géologue pour essayer de donner un âge, ses yeux immobiles, sans cils, Idriss suivait partout le Français et l'aidait dans ses mouvements à travers la brousse, ce qui expliquait l'aisance avec laquelle il échappait aux poursuites. Son regard guettait la surface des herbes et Habib se sentait inclus dans cette attention. Il n'avait pourtant aucune intention d'abattre Morel pour l'empêcher de tomber vivant aux mains des autorités. Il ne se souciait guère de Waïtari et de ses ambitions, lui, simple capitaine au long cours que les hasards d'une navigation mouvementée avaient jeté dans ces eaux difficiles. Il était entré en rapport avec Waïtari au temps où celui-ci occupait une position officielle, et lui avait fourni des armes pour ses « points d'appui ». A la veille d'être arrêté à Fort-Lamy, après l'explosion du camion transportant des grenades, il l'avait rejoint dans son maquis, pour la seule raison qu'il n'avait pas pu fuir au Soudan. Il avait eu une série de contretemps. La maladie du jeune de Vries en était un — le Libanais se sentait contrarié et un peu inquiet, il avait l'impression que son protégé allait, pour ainsi dire, lui filer entre les doigts, le privant d'une de ses plus grandes sources de joie terrestre. Il fallait un médecin, des soins, et il n'était pas sûr que son ami pût tenir jusqu'à Khartoum, même porté sur des brancards, ce qui n'allait pas rendre la traversée plus facile. S'il y avait une chose que Habib ne comprenait pas, c'était qu'on pût tomber malade, manquer de santé physique ou morale, avoir des difficultés avec la vie. Il fit claquer sa langue, avec incrédulité, puis assura sa casquette sur son crâne et donna un coup de talon à son poney pour ne pas se laisser distancer.

XXVI

Il était midi et la lumière était telle que toute chose à son contact perdait sa couleur pour ne conserver qu'une silhouette grise ou noire, les herbes, les mimosées, les termitières, les collines, les bambous, et plus loin, au bas de la pente, un troupeau d'éléphants immobiles, assoupis dans la chaleur du jour. Morel arrêta son cheval et ils restèrent un moment sur la colline dans cet univers de cendre chaude. Venues de l'est, de faibles bouffées de vent charriaient les exhalaisons pénétrantes du feu des savanes, toujours présent quelque part alentour — le feu vivait en Afrique sa vie à la fois royale et furtive de horde solaire, razziant la brousse et les villages à chaque saison sèche et, devant ses soudains jaillissements, il paraissait dérisoire que l'homme pût se vanter de l'avoir jamais inventé. Un sillage dévala soudain au flanc de la colline, courut dans les sissongos comme une déchirure : des phacochères. Un marabout apparut au-dessus d'eux, tourna lentement comme pour se renseigner, cependant que tout ce qui commençait à flairer la présence de l'homme se mit à fuir, en proie à une épouvante contagieuse qui, Morel le savait, gagnait chaque fois des dizaines de kilomètres à la ronde. Il ressentit un instant de violente déception, comme toujours, devant cette fuite, mais sourit moqueusement à son vieux rêve d'être admis, d'être accepté, de voir enfin des oiseaux qui ne s'envoleraient pas à son approche, des gazelles qui continueraient à brouter tranquillement sur son passage et des troupeaux d'éléphants qui le laisseraient venir près d'eux tranquillement jusqu'à les toucher. Habib, derrière son dos, lui lança de cette voix profonde que le rire creusait encore davantage :

— Eh, que voulez-vous, vous êtes des nôtres, les bêtes le savent bien et ne vous l'envoient pas dire, à tout seigneur tout honneur, serrez-moi la main.

Morel finissait par avoir une véritable sympathie pour cette canaille dont la franchise et le cynisme avaient un accent de conviction qu'il paraissait puiser aux sources de quelque professionnelle intimité avec l'humain et parfois, la tête rejetée en arrière, les yeux fermés, il laissait échapper vers le ciel un éclat de rire qui semblait venir du fond même d'une connaissance et d'une compréhension que rien ne pouvait contredire ni ébranler. Morel lui jeta donc un coup d'œil presque amical et s'élança en avant à travers les herbes qui devenaient si épaisses que les chevaux levaient la tête pour protéger leurs naseaux et piaffaient, inquiétés par une odeur de fauve ou la proximité d'une tanière. Ils contournèrent la forêt de bambous et débouchèrent dans le lit d'un marécage desséché : les pluies étaient en retard et déjà les trous d'eau et les sources sur les contreforts des Oulés n'offraient plus qu'une boue à peine humide et qui se durcissait rapidement. Ils virent sur leur gauche, à une centaine de mètres, parmi les rosniers et les mimosées, là où commençait la savane qui s'étendait sur plus de trois cents kilomètres devant eux, les géants immobiles qui ressemblaient à des idoles de granit abandonnées par les adeptes d'un culte disparu. Seuls deux ou trois mâles aux défenses gigantesques tournaient lentement en rond sur le fond craquelé du marécage, levant parfois la trompe et humant l'air dans l'espoir de déceler une trace d'humidité, annonce des pluies. Morel savait que le marécage était une étape de la remontée saisonnière des troupeaux vers le lac Mamoun, dans leur circuit habituel en cette saison, de Mamoun à Sud-Birao, à la Yata, la Nguessi, la Wagaga, où ils étaient d'habitude sûrs de trouver de l'eau même pendant les plus grandes sécheresses. Au cours de celle de 1947, toute cette région avait été déclarée « réserve » par l'administration ; il y eut là alors, pendant quelques semaines, les plus grandes concentrations de troupeaux que l'œil humain eût jamais contemplées, ce que les journaux avaient appelé à l'époque une « vision du paradis terrestre » — et il n'y avait qu'à attendre tranquillement à la lisière de la zone interdite pour être sûr d'un trophée de choix. On vit alors accourir du monde entier des amateurs de beaux coups de fusil, sûrs d'en avoir pour leur argent ; plus de cinquante expéditions en cinq mois, un beau rassemblement d'impuissants, d'alcooliques et de femelles dont la sexualité s'éveille généralement pour la première fois dans les courses de taureaux, et atteint l'instant suprême, le doigt sur la détente et l'œil fixé sur la corne du rhinocéros ou les défenses d'un beau mâle — avec un chasseur professionnel derrière — on est prudent, malgré tout. Instinctivement, Morel serra les poings et sentit la colère lui monter aux narines, les pincer, les blanchir, comme toujours lorsqu'il s'emportait ; pourtant, cette fois-ci, il n'y avait rien à craindre et les choses ne risquaient pas de se passer de cette façon. L'incident Ornando avait eu un retentissement salutaire et les amateurs de virilité allaient se satisfaire ailleurs. Mais il était facile de voir par l'état du marécage et la nervosité des chefs du troupeau que la sécheresse allait être rude et peut-être même exceptionnelle ; montant du fond de boue sèche, les roseaux nus et brûlés montraient par les cinquante centimètres encore verts de leur tige la profondeur habituelle de l'eau disparue. L'évaporation avait dû être particulièrement rapide, et Morel remarquait depuis deux jours que les troupeaux d'éléphants n'envoyaient plus leurs éclaireurs en avant pour vérifier les points de passage ou l'état des champs qu'ils avaient l'intention de piller. Ils paraissaient au contraire se déplacer en bandes compactes et désorientées. Il chercha à se rassurer en pensant que l'eau continuait à attendre les bêtes dans plusieurs endroits sur leur parcours, et qu'elles allaient pouvoir s'y livrer à ces fêtes aquatiques qu'il avait si souvent guettées à travers les roseaux, se douchant et s'aspergeant mutuellement, ou bien restant couchées pendant des heures dans l'onde, à remuer langoureusement leur trompe, avec de profonds soupirs de satisfaction. Il prit du papier et du tabac dans sa poche et commença à se rouler une cigarette, tout en observant le troupeau, les yeux plissés dans un sourire d'amitié. Ce qu'il défendait, c'était une marge humaine, un monde, n'importe lequel, mais où il y aurait place même pour une aussi maladroite, une aussi encombrante liberté. Progression des terres cultivées, électrification, construction de routes et de villes, disparition des paysages anciens devant une œuvre colossale et pressante, mais qui devait rester assez humaine cependant pour qu'on pût exiger de ceux qui se lançaient ainsi en avant qu'ils s'encombrent malgré tout de ces géants malhabiles pour lesquels il ne semblait plus y avoir place dans le monde qui s'annonçait... Il fumait sa cigarette, immobile sur sa selle, observant le troupeau avec une joie paisible, comme s'il n'eût pas eu d'autre souci. Il devait y avoir là une soixantaine de bêtes et, plus loin, au-delà de la forêt de bambous, sur les flancs d'une colline, il voyait les premières silhouettes d'un autre troupeau. Peer Qvist estimait à moins de soixante mille le nombre d'éléphants adultes de l'A.E.F. et du Cameroun, à deux cent mille leur nombre total approximatif sur le continent africain — compte tenu que, parmi eux, rares étaient ceux qui mouraient de vieillesse, n'avaient pas servi ou n'allaient pas servir de cibles trois, quatre, cinq fois. La protection des champs et des récoltes était une excuse absurde, puisqu'il suffisait de quelques pétards pour que les éléphants ne revinssent jamais; quant aux permis, pas un lieutenant de chasse qui n'admît que pour un accordé, quinze ou vingt bêtes étaient abattues illégalement. Le règlement de comptes entre les hommes frustrés par une existence de plus en plus asservie, soumise, et la dernière, la plus grande image de liberté vivante qui existât encore sur terre, continuait à se jouer quotidiennement dans la forêt africaine. Il était difficile d'exiger du paysan africain qui n'avait pas sa ration suffisante de viande, qu'il entourât les éléphants du respect nécessaire : et sa misère physiologique rendait cette campagne pour la protection de la nature encore plus urgente. Mais quelles que fussent la difficulté et la multiplicité des tâches, il fallait se charger, en dépit de tous les obstacles, d'une besogne supplémentaire en s'encombrant encore des éléphants. Morel refusait de transiger là-dessus. Saboteur de l'efficacité totale et du rendement absolu, iconoclaste de la sueur et du sang érigés en système de vie, il allait faire tout son possible pour que l'homme demeurât à jamais comme un bâton dans ces roues-là. Il défendait une marge où ce qui n'avait ni rendement utilitaire ni efficacité tangible, mais demeurait dans l'âme humaine comme un besoin impérissable, pût se réfugier. C'était ce qu'il avait appris derrière les barbelés des camps de travail forcé, c'était une instruction, une leçon que ni lui ni ses camarades n'étaient près d'oublier. Voilà pourquoi il avait choisi de mener avec tant d'éclat sa campagne pour la protection de la nature. Les résultats étaient encourageants : on en parlait partout, à la radio, à la télévision, dans la presse ; il était devenu un hors-la-loi populaire, un « bandit d'honneur » ; il avait ému l'opinion publique et, peu à peu, chacun comprenait l'importance de l'enjeu. Il continuait à fumer tranquillement, en regardant le troupeau harassé qui s'était assoupi. Il était sûr maintenant d'obtenir ce qu'il voulait. Il fallait de la patience, et il était difficile d'en avoir. Le nombre de bêtes blessées qui menaient une existence atroce, quelquefois pendant des années, une balle dans le corps, avec une blessure qui se creusait toujours davantage dans un pullulement gangréneux de tiques et de mouches, était impossible à évaluer, mais il suffisait de parler de cela aux frères Huette, à Rémy, à Vasselard, pour savoir ce qu'ils en pensaient. Trois jours plus tôt, Morel avait lui-même abattu une bête qui avait eu l'œil gauche arraché par une balle et souffrait d'une plaie qui découvrait la boîte crânienne — il l'avait trouvée dans le lit du Yala, tournant en rond sur place, essayant en vain de calmer sa souffrance en appliquant de la boue humide sur son front. Il savait que les derniers grands chasseurs ne traquaient plus les bêtes blessées que pour les achever, et non pour la seule raison qu'elles devenaient dangereuses. Il était sûr que ces hommes avaient pour lui une amitié secrète et qu'au besoin ils allaient venir à son secours, l'aider à se cacher. Le goût des amateurs de « curiosités » et de « souvenirs » africains était pour lui un mystère écœurant. Quelques jours auparavant, il avait attaqué et brûlé la tannerie d'un des « experts » en peausserie de la région ; il s'appelait Herr Wagemann et sa tannerie était située à quelques kilomètres au nord de Gola. Une simple particularité le distinguait des autres marchands de peaux de lions, de léopards et de zèbres, indiens, portugais ou autres, que Morel traquait avec la même ténacité : Herr Wagemann avait eu une idée que les fabricants d'abat-jour en peau humaine de Belsen eussent pu lui envier. Il avait su trouver vraiment l'article rêvé. C'était du reste assez simple, mais il fallait y penser. On coupait les pattes aux éléphants à vingt centimètres environ au-dessous du genou. Et de ce tronçon, à partir du pied, convenablement travaillé, évidé et tanné, on faisait soit des corbeilles à papier, soit des vases, soit des porte-parapluies, soit même des seaux à champagne. C'était devenu un article très demandé, moins dans le territoire lui-même, où l'on était plutôt blasé quant à ce genre d'ornements, que pour l'exportation. Herr Wagemann en exportait plusieurs centaines par mois, en comptant les pattes de rhinocéros et d'hippopotames, et les mains d'orangs-outangs utilisées comme presse-papier. Lorsque Morel avait attaqué son dépôt il y avait trouvé quatre-vingts pattes d'éléphants ainsi évidées et préparées et un nombre égal de pattes de rhinocéros et d'hippopotames, debout dans le hangar, évoquant une image de cauchemar, l'image des bêtes disparues, comme un troupeau de fantômes monstrueux. Il avait mis le feu au dépôt, donné au vieux marchand vingt coups de fouet, lui avait par-dessus le marché cassé quelques dents à coups de poing et l'aurait probablement tué si Habib, qui avait de la mesure, n'était venu le retenir. L'affaire avait fait beaucoup de bruit et semblait lui avoir attiré pas mal de sympathies. Il n'y avait qu'à attendre encore un peu et, sous la pression de l'opinion publique, la nouvelle conférence pour la protection de la faune africaine ne manquerait pas de prendre les mesures indispensables à la défense de la nature. Il pensa un instant à la phrase que Herbier, l'administrateur du Nord-Oulé lui avait dite à ses débuts, lorsqu'il était venu lui demander de signer sa pétition — Herbier était un homme calme, habitué aux rudes réalités quotidiennes de l'Afrique par de longues années de travail administratif et peu porté aux généralités. Il avait mis ses lunettes, lu la pétition, puis il l'avait pliée soigneusement et posée sur la table :

— Mon petit vieux, vous souffrez d'une idée trop noble de l'homme. Vous finirez par devenir dangereux.

Morel se dressa sur ses étriers pour soulager ses cuisses endolories, s'appuya d'une main sur la selle et continua à veiller de loin sur le troupeau assoupi tout en finissant sa cigarette. Les tribus de la région l'avaient surnommé *Ubaba-Giva,* ce qui voulait dire « l'ancêtre des éléphants », et si cela le faisait sourire, il ne souhaitait pas, pour être connu, un plus beau nom. Il fallait continuer à défendre les éléphants d'Afrique et laisser aux habitants des villes et des terres polluées, aux Français surtout, le soin de comprendre toute la portée de sa campagne. Il leur faisait confiance là-dessus, c'était quelque chose qui les concernait directement : cela faisait partie de leurs traditions. Il demeura ainsi encore un moment, écrasa sa cigarette contre la selle et brusquement, — à la surprise de Habib qui hocha la tête et fit claquer sa langue, alléché par l'espoir insensé qui brillait dans les yeux de ce fou de Français si sûr de lui —, il se mit à fredonner et, reprenant les rênes, il dirigea son cheval vers l'est à travers les roseaux, sur la terre sèche qui sautait sous les sabots. Lorsqu'il fut au sommet de la colline, de l'autre côté, il se retourna une nouvelle fois pour sourire aux éléphants, et il y eut sur son visage une telle expression de bonheur, que le Libanais se gratta l'oreille en proférant un juron, avec une admiration de connaisseur, devant cette magnifique folie qui avait toutes les allures, d'ailleurs trompeuses, de l'invincibilité. Puis il donna un coup de talon énergique à sa monture pour accompagner — selon l'expression qu'il avait utilisée devant de Vries sans autre commentaire — « celui qui y croyait encore » à son lieu de rendez-vous.

Ils arrivèrent au village deux heures plus tard et avancèrent entre les huttes. Quelques enfants coururent vers eux, mais les habitants évitaient de les regarder avec une application qui indiquait une frousse intense et une volonté bien arrêtée de ne pas se mêler de ce qu'ils considéraient visiblement comme une affaire de blancs entre eux. Cela mit Morel de mauvaise humeur et il souffrit de ce malentendu car il eût voulu avoir les Africains de son côté. Généralement, à l'approche de son groupe, les villages se vidaient et, à l'intérieur, il ne trouvait que de vieilles femmes et des mères apeurées qui retenaient leurs enfants. Il était incapable de comprendre les raisons de cette hostilité ou de cette crainte. Il payait pourtant toujours les vivres qu'il demandait et après les quelques excès du début il avait imposé à ses hommes, et surtout à Korotoro et ses amis, une discipline dont il n'admettait pas qu'on s'écartât. Ne défendait-il pas l'âme même de l'Afrique, son intégrité et son avenir ? Il savait pourtant que dès qu'il avait le dos tourné, ils abattaient des éléphants. Mais il ne leur en tenait pas rigueur. Ce n'était pas de leur faute. C'était la tragédie de la viande, du besoin de protéines et d'alimentation carnée : voilà pourquoi la chose la plus urgente à faire, — il n'avait jamais cessé de le proclamer dans ses pétitions —, était d'élever le niveau de vie des populations africaines. Cela faisait partie de son combat, de sa lutte pour la protection des éléphants. C'était la première chose à faire, si on voulait sauver les géants menacés. Il ne put s'empêcher pourtant de penser encore une fois à la réponse d'un vieil instituteur noir de Fort-Archambault qui avait rejeté sa pétition avec un geste méprisant :

— Vos éléphants, c'est encore une idée d'Européen repu. C'est une idée de bourgeois rassasié. Pour nous les éléphants, c'est de la viande sur pied — quand vous nous donnerez assez de bœufs et de vaches, on en reparlera...

XXVII

Ils avaient quatre poneys avec eux, trois chargés d'armes et de munitions, le quatrième chargé de whisky ; au bout de la dernière cartouche et de la dernière bouteille, Johnny Forsythe ne savait pas du tout ce qui allait se passer. L'inconnu total, comme on dit. Il se grattait la joue avec émerveillement devant une aussi étonnante absence d'avenir et, de temps en temps, jetait un coup d'œil à cette fille qui le suivait à travers un paysage incandescent où les ombres elles-mêmes paraissaient traquées. Il ignorait ce qui les attendait au bout, mais tous les espoirs étaient permis. Il ricana et secoua la tête. Peut-être allait-il finir comme tant d'autres, en implorant du ciel une aide que personne n'avait reçue jusqu'à présent — du moins, lorsqu'il s'agissait de whisky d'une bonne qualité. Une zone d'ombre, qui pouvait bien cacher une prison française, une balle dans la peau, ou le visage du consul américain à Brazzaville, peiné, tellement peiné : « N'oubliez pas que nous sommes ici chacun responsable du prestige de notre pays. » Ce que le distingué fonctionnaire devait dire à présent éveillait chez Johnny Forsythe la plus grande curiosité. Ce consul était indubitablement le plus bel échantillon de mammifère à station verticale qu'il lui fût jamais donné de rencontrer. « Homme : mammifère à station verticale » : c'était la définition qu'il avait trouvée un jour, en feuilletant le dictionnaire qui traînait dans la maison de son ami l'instituteur noir d'Abéché. Il eut un nouveau ricanement bref et secoua la tête.

— Vous devriez vous arrêter un peu de boire, major Forsythe, vous ne pouvez pas continuer ainsi.

— Ne craignez rien, amie, je cesserai de boire dès que je serai parmi les éléphants. Ce qui me pousse à me saouler, c'est la compagnie de mes semblables. Je peux en supporter un, le matin, deux au maximum dans la journée, mais vers quatre ou cinq heures de l'après-midi, je ne peux plus du tout en supporter, et je bois.

Il avait absorbé depuis qu'ils s'étaient mis en route une quantité d'alcool qui eût suffi à tuer un homme moins solide ou peut-être simplement moins intoxiqué. Minna avait dû conduire la jeep pendant la dernière étape, parce qu'il n'arrivait plus à tenir le volant. Ils devaient quitter la jeep à Niamey et attendre le guide que Morel leur avait envoyé, il s'appelait Youssef, et cet adolescent était venu à deux reprises établir le contact avec Forsythe à Fort-Lamy. Au gîte d'étape, où elle arrêta la jeep, il n'y avait personne. Pendant toute cette partie du parcours ils n'avaient pris aucune précaution : ils étaient à trente kilomètres à peine de la voie Fort-Archambault Fort-Lamy, personne ne les soupçonnait encore, personne ne savait ce qu'ils transportaient : leur présence en cet endroit n'avait rien d'extraordinaire et ne pouvait éveiller aucune suspicion. La nuit était tombée d'un seul coup comme un voile alors qu'ils s'approchaient du lieu de rendez-vous. Minna arrêta la jeep, abandonna Johnny Forsythe affalé sur le siège et descendit. On entendait toutes ces voix inquiétantes où le crépitement incessant des insectes mettait la seule note familière et rassurante. L'Afrique retrouvait dans la nuit son mystère, ses accents innombrables et discordants, ses cris, ses appels et ses rires, et la terre tremblait parfois au passage d'un troupeau. La piste déserte s'étendait dans la lumière des phares. L'air, encore touché par la fraîcheur du désert, était soulevé par une palpitation sonore qui paraissait donner une voix et une respiration au ciel lui-même. Brusquement, comme irrité par ce vacarme d'insectes, par ce chœur des petits, un rugissement qu'aucune distance n'empêchait jamais de paraître tout proche, s'éleva dans ce qui parut devenir soudain silence, et il sembla que les nuages eux-mêmes autour de la lune se mettaient à fuir tout à coup plus vite vers le lointain. Le cœur de Minna se mit à sauter, elle avala sa salive spasmodiquement et écouta un moment, tremblante et heureuse à la fois, la seule voix qui pût s'élever sans ridicule vers l'immensité étoilée. Il lui parut que le rugissement approchait : elle recula, abandonna la nuit, revint s'asseoir sur le pare-chocs de la voiture et là, séparée des ténèbres par la lumière des phares, elle ouvrit son sac à main et, inquiète, presque affolée, elle s'accrocha à un réflexe familier pour se donner du courage : elle croisa les jambes, tira sa jupe sur ses genoux, prit son rouge à lèvres et son miroir et se maquilla les lèvres avec un air de défi. Soudain elle se mit à rire : à chaque rugissement du lion répondait un ronflement sonore de Forsythe dans la jeep. Puis le silence tomba et les insectes revinrent ; elle prit son châle, s'en entoura les épaules et resta là, frissonnante, heureuse, éloignée de tout, bercée par les ondes bleues et phosphorescentes de la nuit. La clarté du ciel était telle que les millions de papillons blancs qui voltigeaient au-dessus de la route paraissaient une Voie lactée terrestre, mise ainsi à portée de la main. Elle se demandait si Morel allait lui permettre de demeurer auprès de lui, de faire elle aussi tout ce qu'elle pourrait pour l'aider dans sa campagne. Sans doute lui demanderait-il des explications, et elle ne serait pas capable de lui en donner. Elle avait agi d'instinct, d'abord parce qu'elle aimait profondément les bêtes ; ensuite, bien qu'elle ne vît pas clairement le rapport elle-même, parce qu'elle s'était sentie souvent seule et abandonnée ; enfin à cause de ses parents tués dans les ruines de Berlin, à cause de son « oncle », de la guerre, de la misère, de son amant fusillé, de tout ce qui lui était arrivé...

— Oh, et puis, pourquoi j'ai fait ça, je n'en sais rien, dit-elle à Schölscher avec un haussement d'épaules, et, prenant la bouteille de cognac sur la table, elle s'en servit un verre — c'était la première fois qu'elle buvait depuis le début de leur entrevue. Ils m'ont tous demandé pourquoi j'étais venue, et ils ne m'ont pas crue quand je leur ai dit que je voulais faire quelque chose pour les bêtes, moi aussi... Et puis, quoi, il fallait bien qu'il y ait quelqu'un de Berlin à côté de lui — *es war aber doch ganz natürlich dass ein Mensh aus Berlin bei ihm war, nicht?...*

Elle interrogea les yeux de Schölscher, pour voir s'il

comprenait. Assise là, tranquillement, avec son verre de cognac et sa cigarette, elle montrait une simplicité presque déroutante : toute la publicité que les journaux faisaient autour d'elle ne paraissait pas l'avoir beaucoup émue. Elle dit à Schölscher qu'ils avaient attendu sur la piste pendant ce qui lui parut être des heures et qu'elle avait commencé à s'assoupir, assise entre les deux lumières béantes des phares, lorsqu'une main avait touché son épaule : elle vit une silhouette blanche devant elle — Youssef. Elle se remit au volant et l'adolescent monta derrière elle. Ils roulèrent jusqu'à l'aube, puis abandonnèrent la jeep dans un fourré, au bout de la piste, où Youssef avait laissé les chevaux. Ils dormirent là, puis repartirent, à cheval cette fois, vers les collines et, en fin d'après-midi, ils virent apparaître dans les sissongos une forme très ronde, installée sur un poney, un casque blanc et un visage familier qui prenait le soleil dans les poils de sa barbe rousse comme dans un filet. Le Père Fargue ne parut pas particulièrement content de les voir, il se montra bougon et monosyllabique, et leur demanda sans aucune curiosité ce qu'ils faisaient dans cette région abandonnée... il avait manifestement failli dire « abandonnée de Dieu », mais il s'arrêta à temps, et hocha lui-même la tête devant ce blasphème. Forsythe lui donna quelques explications embrouillées, d'après lesquelles ils se rendaient à la plantation de Duparc, qui les avait invités à passer une semaine chez lui.

— Bon, eh bien, vous arrivez trop tard, grommela le missionnaire. Il a brûlé la plantation il y a trois jours...

— Qui ça, « il » ?

— Morel, qui voulez-vous que ce soit ? Ils ont copieusement rossé Duparc et mis le feu à la maison... Le malheureux a eu, paraît-il, le tort d'abattre une vingtaine d'éléphants cette année — des bêtes qui piétinaient sa récolte.

— Alors, ça continue ? demanda Forsythe, en rigolant.

Fargue lui jeta un regard curieux.

— Tu parles, si ça continue...

Il murmura quelques mots qui se perdirent habilement dans sa barbe.

— Je viens de me taper quatre jours de cheval à travers les collines pour essayer de mettre la main sur ce cochon de Morel, mais les noirs ont une telle frousse lorsqu'on prononce son nom, ils prennent un air tellement con, qu'on a vraiment envie de se la prendre et de se la mordre... Je vous demande pardon, mademoiselle, il ne faut pas se formaliser de ce que je dis. J'ai beaucoup fréquenté les militaires et mon langage s'en ressent... Vous devriez venir passer la nuit à Ada, il y a une mission de Pères Blancs. C'est sur votre chemin, et ils ont des légumes frais et des fraises des bois.

Ce n'était pas sur leur chemin, mais il ne fallait pas le dire. Ce soir-là, après une ou deux rasades de gros rouge, Fargue donna libre cours à son amertume.

— Je veux lui expliquer, à ce pauvre couillon, tonnait-il, en frappant du poing sur la table, comme s'il essayait de la convertir, elle aussi — je veux lui expliquer, à ce pauvre type qui s'est arrêté à mi-chemin, que les éléphants c'est bien joli ; mais il y a tout de même mieux. Il y a plus grand, il y a plus beau — et il n'a pas l'air de s'en douter ! Car enfin, je vous le demande, le bon Dieu, qu'est-ce qu'il devient, dans tout ça ?

Il tapait sur la table avec violence, comme il eût pu faire sur un être humain : on avait peine à croire qu'elle ne lui avait rien fait.

— Laissez cette table tranquille, lui conseilla Forsythe, elle ne comprendra jamais.

— Oh, vous savez, quand je tape, je tape, dit sombrement le franciscain. Avouez qu'il y a de quoi être écœuré. Quand on porte ça en soi, on le laisse grandir, on fait pas une fausse couche, on s'arrête pas aux éléphants... Tffou !...

Il cracha avec tant de force qu'un nuage de poussière s'envola de la terre battue.

— Et je vais vous dire encore quelque chose : j'ai parfois l'impression que ce type-là me vise personnellement...

— Comment ça ?

Fargue se tut une seconde, puis ouvrit les bras et cria, presque plaintivement :

— Est-ce que je sais, moi ? Peut-être que ce cochon-là a raison ? Peut-être que j'en fais pas assez ? Peut-être que les lépreux et les sommeilleux, c'est pas tout ? Peut-être que je dois aller parmi les éléphants par-dessus le marché ?

Johnny Forsythe commençait à s'amuser.

— Fargue, depuis combien de temps n'avez-vous pas fermé l'œil ?

— Depuis huit nuits, hurla le missionnaire, en envoyant à la table un coup de poing qui eût certainement fait davantage pour la religion s'il avait été assené sur la tête de quelque infidèle. Des éléphants me sautent devant les yeux du soir jusqu'à l'aube ! Vous ne me croirez pas, mais il y en a même qui me font des signes avec leur trompe.

— Quel genre de signes ?

— Est-ce que je sais, moi, quel genre de signes. Ils me font « viens, viens, viens » avec leur trompe, et voilà tout !

Il imita le geste de son index recourbé, avec un air de malice satanique, en clignant d'un œil.

— Eh bien, mon Père, dit Forsythe, c'est du joli !

— Si seulement je savais d'où ils viennent, ces éléphants ! gémit Fargue, avec abattement. Mais va donc savoir ! N'importe qui peut me les envoyer et quand je dis n'importe qui, je me comprends !

— Oh, dit Forsythe, tant que c'est des éléphants, tant que c'est pas des négresses Foulbé à poil...

— Ah ! vous croyez ça, vous ? dit Fargue. Eh bien, elles au moins on sait d'où elles viennent, et quand vous les voyez tout à coup devant vous, la nuit, avec leurs nichons partout, et tortillant du derrière...

Il s'interrompit. Forsythe l'écoutait avec un intérêt évident. Fargue devint très rouge, se remit à taper sur la table.

— Et puis, quoi, si je dois aller parmi les éléphants, j'irai parmi les éléphants ! hurla-t-il, en retroussant ses manches d'un air particulièrement résolu. Si on estime en haut lieu que j'en fais pas assez, que les lépreux et les sommeilleux, ça suffit pas, c'est bon, j'irai aussi parmi les éléphants. Et si après il faut aller parmi les caïmans, et parmi les vipères, eh bien, j'irai parmi les caïmans, et les vipères ! Je m'en fous, moi ! Je me dégonfle pas ! Si on estime que j'en fais pas assez...

Il cognait sur la table avec une énergie concentrée.

— Arrêtez, dit Forsythe en riant, et en vidant le restant de la bouteille dans leurs verres, avec la force que vous avez dépensée contre cette table, mon bon Père, vous auriez pu convertir une tribu de musulmans.

Fargue s'arrêta de cogner.

— C'est vrai, dit-il, vous avez peut-être raison. Il vaut sans doute mieux que je me réserve. Mais je vais vous dire ceci...

Il se pencha vers Forsythe, le visage plissé par la ruse ; il cligna des yeux :

— On ne me la fait pas, mes petits, annonça-t-il. On ne me possède pas comme ça, je vous le dis. Avant de marcher, je veux savoir d'où ils viennent, ces éléphants. Je veux d'abord savoir qui il y a derrière. Si c'est tout ce qui reste à ce type-là, si c'est vraiment la dernière chose à laquelle il croit, si c'est encore un de ces types qui s'arrêtent à mi-chemin parce qu'ils n'ont pas de quoi, parce qu'ils n'ont pas assez de couilles au cul pour aller jusqu'au bout, si c'est encore un truc pour se défiler, pour faire comme si le bon Dieu n'existait plus et qu'on soit obligé de mettre quelque chose d'autre à la place — eh bien alors, sacré nom de...

Il serra les dents et se mit à taper sur la table avec une telle force que, brusquement, au fond de la nuit, un bruit de tam-tam s'éleva quelque part très loin dans la brousse. Fargue parut assez étonné.

— Qu'est-ce que c'est ?

— Rien, dit Forsythe tranquillement. Ils vous répondent. Vous avez dû, sans le savoir, les appeler avec votre tam-tam à la guerre sainte et demain nous serons tous exterminés.

Fargue lui jeta un regard sombre, se leva et sortit sur des jambes assez instables, après avoir souhaité bonne nuit ; Forsythe rit, s'étira, se leva sans le moindre signe d'ivresse : s'il était encore capable d'une chose, c'était de tenir le coup.

— Bonsoir, mon Père, lui cria-t-il dans la nuit, je serai désolé quand vous irez enfin au ciel avec les derniers éléphants et que je ne vous reverrai plus jamais !

Il sortit à son tour de la case et resta là un moment, à regarder le ciel comme s'il cherchait à qui ou à quoi, là-haut, le bon franciscain pourrait, le moment venu, donner un bon coup de poing. A l'aube, ils reprirent la piste et au bout de deux heures de cheval, après avoir longé un sentier parmi les sissongos, tandis que les palmes des rosniers sortaient de roches grises au-dessus de leurs têtes et les euphorbes, avec leurs allures de guetteurs, ils virent au sommet de la colline une silhouette bleue qui les attendait. Ils se trouvaient alors dans un endroit connu sous le nom de monts Geiger, en l'honneur de tous les prospecteurs improvisés qui étaient venus y errer, un compteur Geiger à la main. On n'y avait pas trouvé d'uranium, mais les amateurs de merveilleux demeuraient convaincus que quelque part, sous cet amoncellement de roches, se cachaient des gisements fabuleux qu'ils allaient un jour découvrir. Lorsqu'ils furent au sommet de la colline, parmi les premières cases du village, ils virent Habib — avec sa mine réjouie et sa tenue débraillée, il avait l'air d'un marin qui venait de tirer à l'escale quelque formidable bordée —, et Morel, nu-tête, souriant, sa vieille serviette de cuir attachée à sa selle. Minna le reconnut immédiatement. Il vint vers elle la main tendue, avec cette expression amusée qu'il était difficile de laisser sans réponse.

— Ça s'est bien passé ?

— Très bien.

Forsythe se tourna vers les collines et fit dans leur direction un large geste de salut sarcastique, un peu théâtral — il était ivre depuis dix heures du matin.

— C'est le moment des adieux. J'ai célébré l'événement à l'avance... Lorsqu'on quitte une engeance capable de vous offrir à la même époque le génocide, le « génial père des peuples », les radiations atomiques, le avage du cerveau et les aveux spontanés, pour aller vivre enfin au sein de la nature, il est bien permis de prendre une cuite...

Morel ne l'écoutait pas. Il avait pris la main de Minna dans les siennes et la regardait avec beaucoup de bonté et de gentillesse.

— Merci. Ce que vous avez fait pour nous est très courageux, très utile. Deux de nos cachettes d'armes ont été découvertes, nous n'avons presque plus de munitions et...

Il lui sourit.

— Et puis, l'intention compte encore plus que le reste. Mais ça ne va pas être facile.

— Je sais.

— On en a encore pour un bout de temps, vous savez...

Il se mit à rire.

— La protection de la nature, ce n'est pas précisément ce qui préoccupe les politiciens en ce moment. Mais les peuples s'y intéressent. Ce que nous essayons d'obtenir les passionne et il paraît que tous les journaux en parlent. On va donc y arriver. La nouvelle conférence pour la défense de la faune et de la flore va se réunir dans quinze jours et je me charge d'attirer d'une manière... frappante l'attention du monde sur ses travaux. Ils seront bien obligés de prendre les mesures nécessaires. Sinon, il nous faudra continuer... avoir beaucoup de patience...

— Je ne suis pas pressée.

— Remarquez, vous pourrez rentrer quand vous voudrez. Ils ne vous feront rien. Ils n'oseraient pas. Ils savent bien que nous avons l'opinion publique avec nous...

Elle parlait de ces premiers instants de leur rencontre avec un plaisir et une animation qui évoquaient mieux que les mots ce qu'elle avait éprouvé. Elle s'interrompit un instant, approcha le verre de fine de ses lèvres et dit, les yeux baissés, avec un sourire un peu mystérieux :

— Il avait compris que j'aimais les bêtes peut-être autant que lui...

Au bout du village, il y avait une case plus grande que

les autres, avec un perron de terre battue et des dépendances. A la porte, un noir en short et chemise kaki, un chapeau de feutre sur la tête, tenait dans ses bras une mitraillette et lui parlait tendrement à l'oreille — il fit un peu peur à la jeune femme et Morel dut le remarquer, car il dit :

— Celui-là est surtout un voleur... Il s'est évadé d'une prison de Bangui et nous sommes devenus amis...

A l'intérieur de la case, dans la pénombre sans fenêtre, elle vit un homme obèse, grisonnant, au pantalon déboutonné à mi-chemin, qui agitait nerveusement un éventail japonais sans doute beaucoup moins pour lutter contre la chaleur ou les mouches que pour calmer l'angoisse qui se lisait sur son visage olivâtre et dans ses yeux implorants. Voyant entrer Morel, il agita son éventail à un rythme de ventilateur, se leva, ferma deux boutons par égard pour la petite dame, en laquelle il reconnut sans la moindre surprise l'entraîneuse du Tchadien — il était visiblement au-delà de tout étonnement — puis il dit :

— Monsieur Morel, ça ne peut pas durer ainsi. Voilà quatre jours que vous me tenez prisonnier dans ma maison et je suis obligé de vous demander de partir. Je ne veux pas avoir d'ennuis avec les autorités. Je ne peux pas accepter qu'on transforme mon dépôt en quartier général de banditisme organisé. Le noir qui garde ma porte, armé, je dois préciser, d'une mitraillette, est une des canailles des plus connues d'A.E.F. et s'est conduit à mon égard d'une manière que je ne puis tolérer. J'ai une réputation excellente et pendant la guerre j'ai été de ceux qui contribuèrent financièrement et moralement au ralliement du territoire à la cause des Alliés. Je ne veux pas qu'on dise de moi que j'ai aidé des terroristes, que j'ai encouragé la sédition et les agents de l'étranger, d'autant plus que je suis arabe, et qu'on nous accuse toujours de je ne sais quelle mystérieuse activité en Afrique. Je vous demande instamment de quitter ma maison.

Morel prit la cruche d'eau sur la table et but.

— Si tu as été avec les Alliés, pendant la guerre, tu dois être avec nous aujourd'hui, mon bon, lui dit-il.

C'est le même combat. Tu dois faire quelque chose pour la nature, c'est ce qu'on a défendu pendant la guerre, toi et moi, n'est-ce pas ?

L'éventail s'agita frénétiquement au-dessus des surfaces adipeuses.

— Monsieur Morel, je ne veux pas vous contredire, je ne comprends pas vos intentions, je ne sais pas ce que vous voulez faire, mais voilà quatre jours que je vous répète que vous m'offensez, en me jugeant assez naïf pour croire qu'il s'agit vraiment d'éléphants dans cette affaire. Je vous le dis, monsieur Morel, je ne suis pas un imbécile, loin de là, et j'ai mes trois fils qui reçoivent la meilleure éducation au moment même où je vous parle, à Paris.

— Et de quoi s'agit-il, selon toi ?

— Je ne sais pas, monsieur Morel, de quoi il s'agit et je ne veux pas le savoir. Je ne fais pas de politique.

— Bien sûr que tu ne fais pas de politique, dit Morel. Mais nous avons quand même trouvé sous ton toit plus de cinquante tonnes d'ivoire prêt à être emballé, scié en petits morceaux, comme on fait avant de le mettre dans des pots pour lui faire passer la frontière et l'embarquer sur le bateau aux environs de Zanzibar.

— Cet ivoire m'a été livré par les indigènes. Il a été légalement recueilli sur des bêtes tombées dans la forêt. J'ai des hommes qui prospectent la forêt pour trouver les bêtes mortes. Il ne provient pas de la chasse. De plus, monsieur Morel, je vous demande de ne pas me tutoyer.

— Tu me fais mal, dit Morel. A cent kilomètres d'ici la brousse a été littéralement ravagée par le feu sur plus de quarante kilomètres de front, je suis sûr que tu n'y es pour rien. Il y a quelques nuits, je n'ai pas pu dormir, parce que les bêtes couvertes de brûlures faisaient dans le lit du Yala un bruit d'enfer avant de crever. Bien sûr, ce n'est pas encore du napalm sur les villages, mais si tu examines comme je l'ai fait le lit du fleuve, tu verras qu'il a été labouré par des éléphants qui s'y roulaient pour essayer de calmer leurs brûlures... Et il n'y a pas que ça...

— Monsieur Morel, je vous prie encore une fois de ne pas m'insulter... Vous n'avez pas le droit...

— ... Il n'y a pas que ça. J'ai dans ma serviette des documents officiels, des rapports de commissions d'enquête... Des fois que ça t'intéresserait... Personne n'a jamais vu vos porteurs revenir dans les villages où ils ont été recrutés...

L'éventail s'agita spasmodiquement.

— Je vois que tu m'as compris. Il paraît qu'un homme de moins de quarante ans se vend mille cinq cents riyals dans les oasis — au marché de Litz, plus exactement — et qu'un gars bien roulé de quinze ans, avec un anus intact, ça va chercher quatre mille riyals... Chiffres officiels fournis par la commission de lutte contre l'esclavage des Nations Unies... Pas étonnant que vos gars ne reviennent jamais. Vous les embarquez sur des sambouks, en même temps que l'ivoire — à ceux qui sont musulmans, on promet le pèlerinage à La Mecque... Ça me donne bien le droit de te traiter de salaud, non ?

Minna vit alors pour la première fois dans la pénombre, debout contre le mur de terre battue, une silhouette blanche, un voile jeté autour du cou et des épaules, une main posée sur la hanche, et lorsque l'homme se mit à parler, d'une voix hachée et gutturale, elle aperçut son visage jaunâtre, marqué de deux traits de barbe noire qui couraient du menton aux lèvres. Ce qu'il disait devait être insultant, car son compagnon parut gêné et l'éventail précipita ses battements.

— Qu'est-ce qu'il dit ? demanda Morel.

— Ça n'a pas d'importance, ce qu'il dit, monsieur Morel.

— Qu'est-ce qu'il dit, puisque c'est un homme courageux ?

— Il vous recommande aux chiens.

Morel sourit.

— C'est gentil. Je suis sûr que, venant de sa part, c'est une recommandation qui me servira un jour. Comment s'appelle-t-il ?

— Isr Eddine.

— Dis-lui que chaque fois que je verrai un chien

galeux, je dirai que je viens de la part d'Isr Eddine, le doyen de leur tribu.

— Monsieur Morel, dit le trafiquant, en s'éventant d'un air peiné, nous disons chez nous que les mots partent vite et reviennent lentement.

Morel jeta aux deux compères un regard presque amical.

— N'en parlons plus. Je sais depuis longtemps ce qu'est l'honneur, pour un homme. Tu vas payer tes porteurs, et les renvoyer chez eux. En attendant, tu vas demander à ta femme de nous préparer de quoi manger. Autre chose : tu diras à ce gentilhomme des sables que si j'entends encore une fois un garçon gueuler la nuit dans sa case, je vais le blesser tellement, dans sa dignité, là où il la porte, qu'il rentrera chez lui soulagé d'un grand poids. Les femmes du village sont venues me parler. Chaque nuit on entend clairement qu'il est en train de fendre le cœur d'une mère.

— La viande sèche et salée enflamme le sang, dit le trafiquant sentencieusement.

Il se leva et alla dans la cour, où une négresse opulente vêtue d'une robe de calicot indigo était penchée sur un foyer de pierre. Son compagnon le suivit, avec cette noble allure que donnent les voiles flottant au-dessus des sandales et une belle tête portée droit avec toute la dignité qu'il faut. Minna et Morel se retrouvèrent seuls. C'était la première fois depuis leur rencontre à la terrasse du Tchadien qu'elle le voyait en tête à tête. Mais elle confia à Schölscher qu'elle avait pensé à lui si souvent que dans son souvenir, comme elle l'avait vu à peine, elle l'avait transformé entièrement. Tout d'abord, il n'avait pas du tout la stature héroïque qu'elle lui avait prêtée et son visage n'avait rien de cette noblesse extraordinaire dont elle l'avait paré. C'était un visage simple, carré, assez banal, sauf les yeux qui étaient très beaux, très français, pour autant qu'elle en pût juger d'après les soldats qu'elle avait fréquentés à Berlin. Dès que les deux hommes furent sortis, il s'était tourné vers elle, en riant :

— Comme vous voyez, on me met à toutes les sauces... Les uns m'attribuent des vues politiques profondes : je suis, paraît-il, un agent du Deuxième Bureau, qui cherche à brouiller les cartes et à dissimuler la révolte qui gronde en Afrique ; pour d'autres, je suis un agent communiste et, pour d'autres encore, je suis payé par le Caire pour attiser la flamme nationaliste...

Il haussa les épaules.

— Et pourtant, c'est tellement plus simple que ça... Heureusement, il y a quand même une chose qui existe et qui s'appelle le cœur populaire. Contrairement à ce qu'on croit, ce n'est pas une légende — ce n'est pas uniquement un sujet de chansons... Il s'agit pour nous de toucher le cœur populaire et c'est ce que nous sommes en train de faire. Il nous faut tenir encore quelques semaines, jusqu'à la saison des pluies, si possible, pour faire pencher la balance en notre faveur. Nous n'avons pas assez fait parler de nous, il faut encore un peu de publicité pour atteindre le plus de gens possible, qui comprendront très bien quel est l'enjeu. La protection de la nature, ça les vise directement...

Voilà pourquoi il se dressait avec tant de confiance sur les collines, comme elle devait le voir si souvent dès l'aube, torse nu, la carabine à la main, un sourire un peu moqueur aux lèvres, montant sa garde vigilante autour des géants menacés.

XXVIII

En ce milieu du XXe siècle, c'était une tâche plus que jamais urgente et difficile et, chez ceux qui se laissaient parfois aller au manque d'espoir et de confiance, et attendaient depuis longtemps un signe d'encouragement, la protestation de Morel éveillait un enthousiasme étonnant. Selon l'expression d'un habitué, à la terrasse du Tchadien, lorsqu'on dit que « tous les Allemands ne sont pas comme ça, tous les Russes ne sont pas comme ça, tous les Arabes ne sont pas comme ça, tous les Chinois ne sont pas comme ça, tous les hommes ne sont pas comme ça, on a en somme tout dit sur l'homme, et on a beau gueuler ensuite : " Jean-Sébastien Bach ! Einstein ! ou Schweitzer ! " au clair de lune, le clair de lune est renseigné ». Il sembla soudain que tous les humanistes déçus mais encore humanisants qui avaient le moyen de se payer un billet d'avion tentaient de se rendre en A.E.F. pour se rallier à celui qui était devenu le symbole vivant d'un espoir qui refusait de capituler. Il fallut exiger un visa spécial pour se rendre en A.E.F. et à Douala, à Brazzaville, à Bangui, à Lamy, on dut multiplier les contrôles afin de dépister, parmi les touristes, les « volontaires » qui venaient « s'engager » chez Morel. Il y avait naturellement parmi eux quelques déséquilibrés du type classique, impatients de pouvoir s'embarquer pour la lune, mais il y eut aussi au moins un « ralliement » significatif et sensationnel, qui avait fait peut-être autant de bruit dans le monde que l'affaire Morel elle-même. Le 15 mars, les journaux américains avaient annoncé en titres énormes que le professeur Ostrach, un des plus éminents physiciens des États-Unis et un des pères de la bombe à hydrogène, avait disparu sans laisser de trace. Venant après l'affaire Pontecorvo, la disgrâce d'Oppenheimer, la fuite de Burgess et Mac Lean, cette nouvelle avait causé une véritable consternation, Ostrach connaissait non seulement tous les détails sur la bombe H, mais il n'ignorait également rien des promesses de la nouvelle bombe à cobalt, à laquelle les plus grands esprits du siècle aussi bien en U.R.S.S. qu'en Amérique travaillaient jour et nuit avec un dévouement sans bornes pour cette cause sacrée ; une arme particulièrement décisive puisqu'elle détruisait non seulement la faune, mais encore la flore et il était même possible, après une mise au point nécessaire, d'aboutir à la désintégration intégrale de tout l'élément liquide à la surface du globe, depuis les océans jusqu'aux sources elles-mêmes. Il y avait aussi l'espoir de fabriquer une nouvelle bombe qui tuerait sans provoquer de destructions matérielles. On se rappela qu'au moment de la guerre civile espagnole Ostrach avait donné de l'argent pour les enfants des combattants des brigades internationales et qu'il avait essayé à diverses reprises d'user de son influence sur ses collègues pour limiter la puissance de la bombe à cobalt, de façon à conserver sur la terre quelque forme élémentaire de la vie — notamment le plancton, la flore marine, et le milieu marin en général où l'aventure de la vie avait commencé et où, qui sait, elle pourrait recommencer peut-être un jour dans des conditions meilleures. Une commission chargée d'enquêter sur sa loyauté l'avait du reste lavé de tout soupçon ; quant à ses efforts pour réduire la puissance destructrice de la bombe, ils furent qualifiés par les enquêteurs et par une presse indulgente « d'excentricité naïve fréquente chez les grands savants ». Ce fut donc de cet homme que le monde entier apprit un beau matin la disparition. On finit par découvrir qu'il s'était envolé vers l'Europe sous un nom d'emprunt. Pendant quinze jours, on resta sans nouvelles et il fut tenu pour avéré qu'il avait rejoint l'équipe des savants soviétiques dont les travaux sur « le rayon de la mort » progressaient favorablement. Mais au début de mai, le chef d'un village Baga, au nord-est de Laï, signalait à l'administrateur du cercle la présence, au gîte routier du kilomètre quarante, d'un étranger qui paraissait attendre quelqu'un — or, Morel venait d'être signalé dans la région. L'étranger, aussitôt appréhendé malgré ses véhémentes protestations, et transféré à Fort-Lamy, ne fit aucune difficulté pour reconnaître qu'il était le professeur Ostrach.

Aux États-Unis, la sensation fut telle que les journalistes déjà présents à Fort-Lamy virent leur nombre tripler en vingt-quatre heures. Ostrach était un homme jeune, au long cou renflé d'une grosse pomme d'Adam, avec des cheveux coupés en brosse et grisonnants, des yeux ironiques, qui faisait semblant d'être très étonné par la tempête qu'il soulevait. Après un interrogatoire courtois, au cours duquel on ne put rien tirer de lui sinon qu'il n'avait pas cherché à communiquer aux éléphants des secrets militaires, il reçut les journalistes à la terrasse du Tchadien. Non, il n'avait pas cherché à rejoindre Morel. Tout ce qu'il avait voulu faire, c'était prendre quelques photos d'animaux en liberté, car il avait un goût profond pour la nature et la chasse photographique était un de ses sports favoris. Cherchait-il à photographier des éléphants également ? Oui, bien sûr, il ne voyait pas quel mal il pouvait y avoir. Savait-il que le parti communiste africain avait adopté le mot *komoun,* éléphant, comme mot de ralliement pour toute l'Afrique et comme symbole de lutte contre l'Occident ? Non, il ne le savait pas. Autrement, il n'aurait certainement pas cherché à photographier les éléphants. Désormais, il n'aurait plus rien à faire avec eux. Il tenait à le déclarer hautement et catégoriquement. Il essuya la sueur de son front. « Jésus-Christ, dit-il, expliquez surtout bien que j'ai peu de sens politique et que j'ai voulu photographier ces éléphants sans penser à mal et peut-être sans mesurer les conséquences que cela pouvait avoir. Je n'ai pas été toute ma vie un homme très en vue et je n'ai pas l'habitude de faire attention à tous mes gestes. Jésus-Christ, maintenant que j'y pense, je me souviens que j'ai mené deux ou trois fois mes enfants au zoo du Bronx tout exprès pour leur faire voir les éléphants et que j'ai oublié de le mentionner à la commission sénatoriale au moment de l'enquête sur ma loyauté. Mais ainsi que je vous l'ai dit, je n'ai pas le sens politique très développé, et je ne m'étais pas rendu compte qu'étant donné mes travaux nucléaires, ce n'était pas une chose à faire. Je regrette profondément mon acte. Mais, d'autre part, ce n'est tout de même pas moi qui les ai mis au zoo, ces éléphants, et je trouve que le gouvernement ne devrait pas les y laisser, s'ils ont quelque chose de subversif. Jésus-Christ, il est vrai qu'on ne peut pas penser à tout. » « Professeur Ostrach, demanda un journaliste, êtes-vous catholique ? » « Non, je suis israélite. » « Alors, pourquoi invoquez-vous tout le temps le nom de Notre Seigneur ? » Ostrach parut effrayé. « Qu'est-ce qu'il y a encore, il est là-dedans aussi ? Je veux dire avec les éléphants — il est devenu subversif ? Vous savez, c'est une simple façon de parler, et on peut très bien employer le nom de quelqu'un sans penser comme lui... » Le petit homme faisait semblant d'être très effrayé et on le sentait animé d'un humour frénétique, désespéré, et qui, lui, n'était vraiment pas loin d'être une forme de subversion. Ainsi, il n'avait pas essayé de passer du côté des éléphants comme Morel, mû par quelque dégoût de névrosé pour l'humanité ? Non, en aucune façon — il était absurde de croire que l'humanité le dégoûtait à ce point. Ses lèvres se firent encore plus minces. Non, l'humanité ne le dégoûtait pas à ce point. Sans ça, aurait-il passé les meilleures années de sa vie à travailler avec acharnement pour la doter d'abord d'une bombe à hydrogène et ensuite d'une bombe à cobalt ? Quelqu'un, parmi les journalistes, eut un rire bref et, de nouveau, Schölscher vit dans les yeux du savant américain une lueur de cette antique et impérissable gaieté qui est une garantie de survie. Considérait-il que les éléphants étaient la seule espèce menacée de disparition ? « Excusez-moi, dit Ostrach, mais je ne puis discuter des secrets qui se rapportent à la défense nationale de mon pays. » Est-il exact que le fait d'accumuler des expériences atomiques et des radiations pouvait aboutir à des souffrances graves pour l'humanité entière et que leurs effets risquaient d'être tragiques pour les générations futures ? Encore une fois, il ne lui était pas possible de discuter de ces questions relatives à la défense militaire de son pays. Il fallait laisser les savants poursuivre tranquillement leur œuvre dans la quiétude et la sérénité de leurs laboratoires. « Oui, mais quelle œuvre ? » cria quelqu'un au bout de la terrasse, d'une voix presque désespérée. Quelle œuvre, précisément ? « Tous les espoirs nous sont permis, dit Ostrach, avec un sourire radieux. Il ne faut pas placer des obstacles sur le chemin de la recherche scientifique pure et désintéressée où ce qui compte, ce ne sont pas les résultats pratiques quels qu'ils soient, mais la seule manifestation du génie humain. » Autrement dit, si un savant faisait sauter la terre entière dans un accident de laboratoire, ce serait une manifestation désintéressée du génie humain ? Il refusait de suivre son interpellateur dans des vues aussi pessimistes. La recherche scientifique devait demeurer entièrement libre de tout souci des conséquences pratiques éventuelles... Il resta encore quelques jours à Fort-Lamy, effectuant de nombreuses promenades dans la région, sans doute uniquement pour embêter les autorités, suivi chaque fois d'une véritable caravane de journalistes qui ne doutaient pas de ses intentions — le gouverneur non plus, d'ailleurs, et il veillait à ce que le savant fût pourvu d'une escorte qui ne le quittât pas un instant. Ainsi, pendant huit jours, chaque matin, une caravane motorisée quittait Fort-Lamy, dans le sillage du petit homme moqueur et railleur au volant d'un pick-up, qui s'engageait sur les pistes les plus difficiles de la région, se retournant parfois pour faire des signes amicaux aux journalistes et aux gendarmes qui le suivaient en le maudissant. Si un émissaire de Morel l'attendait quelque part sur son parcours, personne n'en sut jamais rien. Mais sans doute Ostrach cherchait-il moins à semer les journalistes et à rejoindre l'homme qui luttait pour la défense de la nature qu'à donner à cette affaire tout l'éclat et le sens qui convenaient : il réussit admirablement, et il reprit l'avion, saluant amicalement les représentants de la presse éreintés qui osaient à peine croire à leur bonheur, cependant que, par le hublot de l'avion, un petit visage à la fois triste et souriant les regardait avec ironie.

Oui, Schölscher savait que Morel n'était pas seul et que de tous côtés des excentriques ou simplement des sympathisants essayaient de le rejoindre pour lui donner un coup de main. A Fort-Lamy, à Bangui, les bureaux de poste étaient débordés par les lettres et les télégrammes qui lui étaient adressés et le gouverneur recevait de tous les coins du globe et dans toutes les langues un courrier où les insultes superbes n'avaient d'égales que celles qu'il grommelait lui-même à longueur de journée dans sa barbe. Chez tous ceux qui suivaient de près l'actualité et qui en avaient assez d'être ridiculisés par les aberrations politiques, militaires, scientifiques et autres, que l'on commettait en leur nom, la manifestation de Morel paraissait toucher une corde sensible et correspondre à quelque colère ou à quelque attente, qui se transformaient, lorsqu'ils lisaient le récit de ses exploits, en une sorte de soulagement profond. Ainsi donc, pour une grande partie du public, Morel était devenu une espèce de héros, mais il eût été sans doute difficile de trouver quelqu'un qui l'admirât autant que cette fille qui avait partagé pendant des semaines son aventure et n'avait donc pas connu ce mirage de l'éloignement, presque toujours indispensable à la naissance des légendes. Pendant toute la durée du procès, lorsque le nom de Morel était cité à l'audience, elle levait la tête, s'animait et écoutait avec une attention extrême, oubliant le public, les juges et les gendarmes assis à ses côtés. Alors qu'un planteur nommé Duparc racontait comment il avait été tiré de son lit par Morel et un groupe de noirs, roué de coups et attaché à un arbre, pendant qu'on incendiait sa propriété, elle s'était brusquement dressée sur son banc, les yeux étincelants de colère, et avec son très fort accent germanique et cette voix presque vulgaire lorsqu'elle l'élevait trop, elle avait crié :

— Et pourquoi donc ne dites-vous pas toute la vérité, monsieur Duparc, puisque vous la connaissez aussi bien que moi ? Si vous avez honte de la dire, eh bien, je la connais moi aussi, et M. Peer Qvist aussi, et M. Forsythe et d'autres encore qui sont tous là.

Duparc parut profondément ému et se tourna vers elle.

— Je n'ai pas demandé à témoigner, dit-il lentement. Mais j'allais dire la vérité jusqu'au bout et je n'ai tout de même pas besoin d'une Allemande pour me la rappeler.

Elle avait entendu parler de « l'histoire Duparc » dès son arrivée ; Habib y avait fait à plusieurs reprises allusion devant elle, se laissant aller chaque fois à un accès d'hilarité, et elle avait fini par demander à Morel, avec une certaine appréhension :

— Qu'est-ce que c'est que cette histoire Duparc, qui les fait rire tellement ?

Il se tenait assis auprès d'elle, le torse nu et luisant dans la lumière de la lampe à huile et, sur ses épaules, elle voyait les cicatrices des coups de fouet qu'il avait reçus au camp, en Allemagne — elle les effleura du bout des doigts et garda ensuite longuement la main posée sur elles — la deuxième main allemande qui les touchait :

— Ça n'a en effet rien de tragique, dit-il, et je suppose qu'ils ont raison de rire de nous. Au camp, en Allemagne, j'avais un camarade qui se faisait appeler Robert dans la Résistance et qui était le gars le plus gonflé que j'aie jamais rencontré. Un rouquin, costaud, avec des poings et un regard solides — on pouvait y aller. Il était le noyau irréductible de notre block, celui autour de qui tous les « politiques » venaient se grouper instinctivement. Toujours gai, avec ça, de la gaieté de qui est allé au fond des choses et en est revenu rassuré. Lorsque le courage baissait et qu'on ne voyait autour de soi que des nez tristes et des échines pliées, on se tournait vers lui et il trouvait toujours quelque chose pour nous regonfler. Un jour, par exemple, il était entré dans le block mimant l'attitude d'un homme qui donne le bras à une femme. Nous étions écroulés dans nos coins, sales, écœurés, désespérés, ceux qui n'étaient pas trop claqués geignaient, se plaignaient et blasphémaient à haute voix. Robert traversa la baraque, continuant à offrir le bras à la femme imaginaire, sous nos regards médusés, puis il fit le geste de l'inviter à s'asseoir sur son lit. Il y eut, malgré le marasme général, quelques manifestations d'intérêt. Les gars se soulevaient sur un coude et regardaient avec ahurissement Robert faire la cour à sa femme invisible. Tantôt il lui caressait le menton, tantôt il lui baisait la main, tantôt il lui murmurait quelque chose à l'oreille et il s'inclinait de temps en temps devant elle, avec une courtoisie d'ours ; à un moment, apercevant Janin, qui s'était déculotté et qui se grattait les poils, il s'approcha de lui et lui jeta de force une couverture sur le cul.

— Quoi ? piailla Janin. Qu'est-ce qui te prend ? J'ai plus le droit de me gratter ?

— Un peu de tenue, nom de nom, gueula Robert. Il y a une grande dame parmi nous.

— Hein ? Quoi ?

— T'es fou ?

— Quelle dame ?

— Naturellement, dit Robert, entre ses dents. Ça ne m'étonne pas... Y en a parmi vous qui font semblant de ne pas la voir, n'est-ce pas? Ça leur permet de rester sales entre eux...

Personne ne dit rien. Il était peut-être devenu fou, mais il avait encore à ce moment-là des poings solides, devant lesquels les prisonniers de droit commun eux-mêmes se taisaient respectueusement. Il revint auprès de sa grande dame imaginaire et lui baisa tendrement la main. Puis il se tourna vers les copains complètement ahuris, qui le regardaient, la gueule ouverte :

— Bon. Alors, je vous préviens : à partir d'aujourd'hui, ça va changer. Pour commencer, vous allez cesser de pleurnicher. Vous allez essayer de vous conduire devant elle comme si vous étiez des hommes. Je dis bien « comme si » — c'est la seule chose qui compte. Vous allez me faire un sacré effort de propreté et de dignité, sans ça, je cogne. Elle ne tiendrait pas un jour dans cette atmosphère puante, et puis, nous sommes français, il faut se montrer galants et polis. Et le premier qui manque de respect, qui lâche un pet, par exemple, en sa présence, aura affaire à moi...

On le regardait, bouche bée, en silence. Puis quelques-uns commencèrent à comprendre. Il y eut quelques rires rauques, mais tous nous ressentions confusément qu'au point où nous en étions, s'il n'y avait pas une convention de dignité quelconque pour nous soutenir, si on ne s'accrochait pas à une fiction, à un mythe, il ne restait plus qu'à se laisser aller, à se soumettre à n'importe quoi et même à collaborer. A partir de ce moment-là, il se passa une chose vraiment extraordinaire : le moral du block K remonta soudain de plusieurs crans. Il y eut des efforts de propreté inouïs. Chatel, un jour, qui n'en pouvait sans doute vraiment plus, et qui était probablement lui-même sur le point de céder, se jeta sur un condamné de droit commun sous prétexte qu'il « avait manqué d'égards à Mademoiselle ». L'explication qui s'ensuivit devant le Kapo ahuri fit nos délices pendant plusieurs jours. Chaque matin, l'un de nous allait tenir une couverture dépliée dans un coin « pendant que Mademoiselle s'habillait » pour la mettre à l'abri des regards indiscrets. Rotstein, le pianiste, pourtant le plus crevé de nous tous, passait les vingt minutes du repos de midi à cueillir des fleurs pour elle. Les intellectuels du groupe faisaient des mots d'esprit et des discours pour briller devant l'invisible et chacun faisait appel à ce qui lui restait de virilité pour se montrer invaincu. Naturellement, le commandant du camp fut rapidement mis au courant. Le jour même, pendant la pause, il vint trouver Robert avec un de ces sourires glabres et bleus dont il avait le secret...

— Robert, on me dit que vous avez introduit une femme dans le block K.

— Vous pouvez fouiller la baraque, non ?

Le commandant soupira, hocha la tête.

— Je comprends ces choses-là, Robert, dit-il avec douceur. Je les comprends très bien. Je suis né pour les comprendre. C'est mon métier. C'est pourquoi je suis monté si haut dans le Parti. Je les comprends et je ne les aime pas. Je dirai même que je les déteste. C'est pour ça que je suis devenu national-socialiste. Je ne crois pas, Robert, à la toute-puissance de l'esprit. Je ne crois pas aux conventions nobles, au mythe de la dignité. Je ne crois pas à l'irréductibilité de l'esprit humain. Je ne crois pas à la primauté du spirituel. Cette espèce d'idéalisme juif est ce qui m'est le plus insupportable. Je vous donne jusqu'à demain pour faire sortir cette femme du bloc K, Robert. Mieux que ça...

Ses yeux sourirent derrière son lorgnon.

— Je connais les idéalistes, Robert, et les humanitaires. Depuis la prise du pouvoir, je me suis spécialisé dans les idéalistes et les humanitaires. Je fais mon affaire des « valeurs spirituelles ». N'oubliez pas que, pour l'essentiel, nous sommes une révolution matérialiste. Donc... Demain matin, je me présenterai au block K avec deux soldats. Vous me livrerez la femme invisible qui fait tant pour votre moral et j'expliquerai à vos camarades qu'elle sera conduite dans le plus proche bordel militaire, pour satisfaire les besoins *matériels* de nos soldats...

Ce soir-là, la consternation régnait au block K. Une bonne partie était prête à céder et à livrer la femme — les réalistes, les raisonnables, les habiles, les prudents — ceux qui savaient s'arranger, qui avaient les pieds bien sur la terre — mais ils savaient qu'on n'allait rien leur demander, que la question allait être posée à Robert. Et qu'il n'allait pas céder. Il n'y avait qu'à le voir : il jubilait. Il était assis, tout heureux, l'œil frétillant, et ce n'était même pas la peine d'essayer : il n'allait pas céder. Car si nous n'avions plus assez de force ou de foi pour croire à nos propres conventions, à notre mythe, à tout ce que nous nous étions raconté sur nous-mêmes dans nos livres et dans nos lycées, il refusait, lui, de renoncer et il nous observait de ses petits yeux moqueurs, prisonnier d'une puissance autrement formidable que celle de l'Allemagne nazie. Et il se marrait, il se marrait à l'idée que cela dépendait entièrement de lui, que les S.S. ne pouvaient pas lui enlever par la force cette création immatérielle de son esprit, qu'il dépendait de lui de consentir à la livrer ou de reconnaître qu'elle n'existait pas. Nous le regardions avec une supplication muette. En un certain sens, s'il acceptait de céder, s'il donnait l'exemple de la soumission, tout allait devenir plus facile, beaucoup plus facile car, si nous pouvions enfin nous débarrasser de notre convention de dignité, tous les espoirs nous devenaient alors permis. Même, il n'y aurait plus aucune raison de ne pas adhérer au Parti... Mais il n'y avait qu'à voir sa gueule hilare pour être sûr qu'il n'allait pas marcher... Je crois que ce soir-là, les prisonniers de droit commun du block K devaient nous croire vraiment devenus fous. Ceux d'entre eux qui comprenaient avaient des ricanements cyniques et des regards amusés, indulgents, de sages, d'hommes pleins d'expérience, de réalistes qui savent s'arranger et vivre en bonne intelligence avec leur condition, avec la vie —, des regards d'Habib...

— Qu'est-ce qu'on fait ?

— Écoutez, j'ai une idée. Si on la laissait partir demain et puis qu'on la fasse revenir le soir ?

— Elle ne reviendrait plus, dit doucement Rotstein. Ou alors, elle ne serait plus la même...

Robert ne disait rien. Il écoutait, l'œil attentif.

— Ce qui m'embête, c'est qu'ils veulent la coller dans un bordel...

Émile, le petit cheminot communiste de Belleville,

qui avait suivi tout cela d'un air profondément désapprobateur, finit par exploser.

— Mais tu es complètement fou, Robert, complètement piqué ! Tu ne vas tout de même pas t'accrocher à une fiction, à une connerie, à une blague, à un mythe ! Tu ne vas pas te faire mettre au régime solitaire et à la basoche à cause de cette connerie-là ! Pour nous, ici, il s'agit de survivre, de sortir vivants d'ici, pour tout raconter aux autres, pour rendre cette cochonnerie impossible à l'avenir, refaire un monde nouveau, sans s'accrocher à des mythes, à des fantasmagories idiotes !

Mais Robert se marrait doucement et Émile alla se fourrer dans son coin et nous tourna le dos pour bien montrer qu'il n'était plus des nôtres. Le lendemain matin, Robert nous mit tous au garde-à-vous. Le commandant arriva, avec ses deux S.S. ; nous examina à travers son lorgnon. Son sourire paraissait encore plus bleu et plus tordu que d'habitude et son lorgnon lui-même paraissait vraiment amusé.

— Alors, monsieur Robert, dit-il. Cette demoiselle de grande vertu ?

— Elle restera ici, dit Robert.

Le commandant devint légèrement blême. Son lorgnon commença à trembler. Il savait qu'il s'était mis dans un mauvais cas. Ses deux S.S. ne faisaient que témoigner de son impuissance. Il était à la merci de Robert. Il dépendait de sa bonne volonté. Il n'y avait pas de force, il n'y avait pas de soldats, il n'y avait pas d'armes capables d'expulser du block cette fiction-là : on ne pouvait rien contre elle sans notre consentement. L'officier venait se briser les dents contre la fidélité de l'homme à sa convention : peu importait qu'elle fût vraie ou fausse pourvu qu'elle nous illuminât de dignité. Il attendit à peine une seconde — fort habilement, pour ne pas accentuer et prolonger sa défaite.

— Bon, dit-il. Je vois. Dans ce cas, suivez-moi...

Avant de sortir, Robert nous lança un clin d'œil.

— Je vous la confie, les gars ! cria-t-il.

Nous pensions que nous ne le reverrions jamais. Mais il nous fut rendu un mois plus tard, assez rétréci, le nez plutôt aplati, quelques ongles manquants, mais sans trace de défaite dans les yeux. Il entra un matin dans le block, quelque vingt kilos en moins, perdus dans les mystères du régime solitaire, court sur pattes, la gueule couleur de terre, mais, pour l'essentiel, il n'avait pas changé.

— Salut, les enfants. Un mois de cellule pour vous servir. Un mètre dix sur un mètre cinquante, pas moyen de s'allonger — mais justement, j'ai trouvé quelque chose d'épatant. Je vous en fais cadeau tout de suite, parce que j'en vois parmi vous qui font d'assez sales gueules, je ne leur demande pas pourquoi. Il y avait des moments où je me sentais comme ça, moi aussi, j'avais alors envie de foncer tête baissée contre les murs, pour essayer de sortir à l'air libre. Vous parlez de claustrophobie !... Eh bien, j'ai fini par avoir une idée. Quand vous n'en pouvez plus, faites comme moi : pensez à des troupeaux d'éléphants en liberté en train de courir à travers l'Afrique, des centaines et des centaines de bêtes magnifiques auxquelles rien ne résiste, pas un mur, pas un barbelé, qui foncent à travers les grands espaces ouverts et qui cassent tout sur leur passage, qui renversent tout, tant qu'ils sont vivants, rien ne peut les arrêter — la liberté, quoi ! Et même quand ils ne sont plus vivants, peut-être qu'ils continuent à courir ailleurs, qui sait, tout aussi librement. Donc, quand vous commencez à souffrir de claustrophobie, des barbelés, du béton armé, du matérialisme intégral, imaginez ça, des troupeaux d'éléphants, en pleine liberté, suivez-les du regard, accrochez-vous à eux, dans leur course, vous verrez, ça ira tout de suite mieux...

Et ça allait mieux, en effet. On trouvait une exaltation étrange et secrète à vivre avec cette image de la liberté vivante et toute-puissante devant les yeux. Et on finissait par regarder les S.S. en souriant à l'idée que d'un moment à l'autre ça allait leur passer dessus, et qu'il n'en resterait rien... On sentait presque la terre trembler à l'approche de cette puissance jaillie du cœur même de la nature et que rien ne pouvait arrêter...

Il se tut un instant et parut écouter, comme s'il guettait encore dans la nuit africaine ce tremblement lointain.

— Après la Libération, j'ai perdu Robert de vue. Et puis...

Une trace d'amertume dans la voix et une ombre sur le visage qui changea d'un seul coup, la voix elle-même se fit plus grave, grondante de colère contenue, et il se mit soudain à ressembler à l'image que se faisait de lui le public, le « rogue », l'homme devenu « amok », qui tenait depuis six mois le maquis, les armes à la main, par misanthropie, protégeant les éléphants, tournant le dos aux hommes.

— Il existe une loi qui permet d'abattre autant d'éléphants que l'on veut, lorsqu'ils piétinent votre champ... lorsqu'ils menacent les moissons et les cultures. Il n'y a pas de preuves à apporter : on vous croit sur parole. C'est une excuse merveilleuse pour les bons fusils de chez nous. Il suffit de prouver qu'un éléphant a traversé votre plantation, qu'il a piétiné un champ de courges, et vous voilà libre de décimer un troupeau, de vous livrer aux représailles, en toute tranquillité, avec la bénédiction du gouvernement. Il n'y a pas un administrateur qui ignore les abus auxquels cette « tolérance » donne lieu depuis des années. Il n'y a pas un inspecteur des chasses qui n'ait réclamé un plus strict contrôle de ces expéditions punitives... Alors, je me suis occupé un peu de la chose. Je voulais montrer que les éléphants étaient défendus et attirer l'attention sur les abus de ce genre, toucher l'opinion publique à la veille de la conférence du Congo pour la protection de la faune africaine. Il y a quelque temps, j'ai appris qu'un certain Duparc, propriétaire de la seule plantation de coton à deux cents kilomètres à la ronde, avait tué près d'une vingtaine d'éléphants au cours de ces battues « punitives ». Il en faisait régulièrement sous prétexte que sa plantation se trouve sur la voie de migration saisonnière des troupeaux qui remontent vers le nord à la saison sèche et suivent toujours à peu près le même parcours, qui passe par le point d'eau repéré à l'avance par eux. Duparc se plaignait que les troupeaux, dans leur marche vers le nord, semblaient avoir choisi sa plantation pour lieu de rendez-vous comme s'ils étaient sûrs d'y être en sécurité. Il en avait abattu environ une vingtaine en deux ans. Bref, j'ai fait cueillir Duparc dans son lit, une nuit de clair de lune — il dormait les portes et les fenêtres ouvertes — et quand j'arrivai, Habib et Waïtari avaient déjà fait mettre le feu à sa maison. Le gars, en pyjama, était attaché à un acacia, et il regardait brûler son bien avec un étonnement sans bornes. Je m'approchai de lui pour l'explication d'usage, au nom du comité mondial pour la défense des éléphants. Nous nous regardâmes pour la première fois : je reconnus Robert...

Morel se tut un long moment. Minna ne savait pas si c'était pour réfléchir ou au contraire pour essayer de ne penser à rien. Elle comprenait à présent la joie de Habib et le rire bon enfant qui gonflait sa poitrine lorsqu'il faisait allusion à l'histoire et Schölscher se rappela lui aussi le Libanais, debout entre deux gendarmes dans le box des accusés, appuyé sur la barre, apportant avec une délectation évidente son témoignage sur l'incident et invitant parfois d'un geste, d'une intonation, le public et les juges à en goûter la saveur toute terrestre.

— Je n'ai jamais vu deux hommes se regarder avec un tel ahurissement. Ils avaient été tous les deux dans la Résistance et ils s'étaient liés d'amitié dans un camp de concentration en Allemagne. Leurs visages étaient merveilleusement éclairés par les flammes qui sautaient d'une fenêtre à l'autre — et cela valait vraiment la peine de voir la tête qu'ils faisaient. Morel fut le premier à retrouver la parole. « Toi ! bégaya-t-il. S'il y a un homme qui devrait être avec nous, à défendre les éléphants, c'est toi ! Et tu es le premier à les abattre parce qu'ils piétinent ton champ ! » Duparc le fixait avec hébétement, la mâchoire pendante. « Ils piétinaient ma plantation, répétait-il, ils m'ont causé un million de perte l'année dernière, ils saccagent les potagers de mes paysans, régulièrement... J'ai bien le droit de me défendre ! Et si tu veux me faire croire qu'il s'agit d'éléphants là-dedans... Tu n'as qu'à regarder avec qui tu t'es acoquiné ! » « Ça, rigola Habib, c'était pour moi. » Puis il s'était mis à tirer si fort sur ses cordes, que son pyjama s'était déchiré et que l'acacia tremblait comme s'il allait être arraché avec ses racines. Il avait probablement envie de courir vers sa maison avec des seaux d'eau, à moins que ce ne fût pour se jeter dans les flammes — une belle fin, parole d'honneur, pour un idéaliste — car après trois mois de sécheresse, ça flambait bien. Morel aussi eut un geste vers la maison de son collègue — un geste d'impuissance. Puis il baissa la tête. « Tu n'avais pas le droit de chasser les éléphants, répéta-t-il. Pas toi. Pas toi. Relâchez-le... » Puis il s'en alla, le dos rond.

Morel lui avait raconté l'histoire tranquillement, d'une voix égale, comme quelqu'un qui a l'habitude, puis il conclut :

— Enfin, c'est comme ça. Et ça ne prouve rien. Il y a des malentendus, mais les gens, dans leur ensemble, commencent à comprendre. N'importe quel gars qui a connu la faim, la peur, ou le travail forcé, commence à comprendre que la protection de la nature, ça le vise directement...

Elle voyait ses épaules, labourées de cicatrices qu'elle effleurait de ses doigts. Sur le mur de terre battue, un lézard courut dans la lumière de la lampe à huile, et il fit un geste de la main vers la bestiole :

— Et même sans ça... Il y a un inspecteur des Eaux et Forêts à Laï qui a résumé tout cela très bien lorsque je suis allé le voir avec ma pétition... Il m'a dit qu'il faisait depuis des années rapport sur rapport pour obtenir une protection plus efficace de la faune africaine... C'est un noir lui-même, ce qui fait qu'il comprend peut-être mieux. En tout cas, il m'a dit : « Au point où nous en sommes, avec tout ce que nous avons inventé, et tout ce que nous avons appris sur nous-mêmes, nous avons besoin de tous les chiens, de tous les oiseaux et de toutes les bestioles que nous pouvons trouver... Les hommes ont besoin d'amitié. »

Elle répéta ces paroles avec une sorte de solennité triomphante, comme si elles prouvaient une fois pour toutes l'inanité de toutes les accusations que l'on avait portées contre lui, puis elle chercha le regard de l'officier, et dit avec une violence contenue :

— Voilà, commandant. Et on a essayé de le faire

passer pour un misanthrope haineux qui détestait les hommes, alors qu'il voulait au contraire les défendre, les protéger...

Personne mieux que Schölscher ne connaissait le désert où il avait passé tant de nuits seul sur les dunes étoilées, et personne mieux que lui ne comprenait ce besoin de protection qui étreint parfois le cœur des hommes et les pousse à accorder à un chien ce qu'ils rêvent eux-mêmes si éperdument de recevoir. Jamais sans doute ce besoin n'était devenu plus angoissant qu'à l'époque des poussières radio-actives, du cancer, du génial père des peuples Staline et des engins téléguidés prêts à détruire des continents entiers sous la floraison de ces champignons monstrueux dont les apparitions « pacifiques » étaient régulièrement photographiées pour l'édification des peuples. Le cri à la fois narquois et rageur qui s'était soudain élevé du fond de l'Afrique trouvait un terrain tout préparé et cela suffisait à expliquer pourquoi Morel paraissait averti à l'avance de chaque effort des autorités pour s'emparer de lui. Schölscher était sûr d'avoir surpris dans les yeux du gouverneur lui-même une expression de satisfaction à peine déguisée, lorsqu'il était venu lui rendre compte de l'arrestation de toute la « bande », à l'exception du principal intéressé.

— Ainsi, notre ami nous a encore filé entre les doigts ? Tout le monde est là, sauf lui ? Je finirai par croire qu'il a des amis haut placés...

— Oui, on le dit beaucoup. Personnellement, je crois que si Morel demeure insaisissable, c'est qu'il n'est plus là...

— C'est-à-dire ?

— Qu'il a été victime d'un règlement de comptes politique... Une balle dans le dos, dans un fourré.

— Je n'en crois pas un mot, dit le gouverneur.

Il observait l'officier, par-dessus son bureau, un mégot éteint et humide planté dans sa barbe, avec ses yeux à fleur de tête, sa toux de fumeur invétéré. C'était un produit assez typique de la troisième République, très « Ligue des droits de l'homme », probablement franc-maçon, anticlérical, cynique, désabusé et pourtant furieusement attaché à ces vieux principes républicains que les Français inscrivent encore sur leurs drapeaux.

— Vous êtes un peu trop pressé de l'enterrer, mon bon. Vous croyez peut-être qu'on en sera ainsi débarrassé, mais vous vous trompez. Si Morel s'est vraiment fait descendre par les nationalistes — alors là, il va devenir gênant. On peut faire dire n'importe quoi à la légende d'un homme qui n'est plus là pour se défendre...

— Justement, je crois que c'est la raison pour laquelle nous ne le retrouverons pas vivant...

Le gouverneur regardait Schölscher presque méchamment :

— Je ne sais pas quel est l'ordre religieux auquel vous vous destinez, mais je crois le deviner... Vous ne paraissez pas déborder de confiance et d'admiration envers la nature humaine. Je suis, quant à moi, convaincu que notre ami court toujours et qu'il va nous causer encore les pires ennuis...

C'était dit avec espoir et presque avec satisfaction. Tel était également l'avis des journalistes qui câblaient à leurs rédactions les informations les plus fantaisistes venant de témoins « dignes de foi », lesquels étaient sûrs d'avoir reconnu Morel sous un déguisement dans dix endroits à la fois. Peer Qvist lui-même, après son arrestation, installé devant une bouteille thermos de thé fumant, un gros cigare entre les lèvres, très à l'aise et détendu devant le public d'officiers qui se pressait dans le bureau du commandant du poste de Laï où on l'avait amené, avait trouvé dans sa voix grave des accents indulgents, et presque bienveillants, pour affirmer ironiquement :

— Vous avez tort, Messieurs, de vous faire du mauvais sang à son sujet... C'est un garçon obstiné, qui sait ce qu'il veut, et il va vous donner encore du fil à retordre, croyez-moi.

Forsythe n'avait pas été moins affirmatif. Tournant le bouton du phono qu'on lui avait prêté, pour en diminuer l'intensité, et marquant du genou le rythme du disque de jazz qu'il écoutait, il écarta d'un haussement d'épaules toute idée qu'il pût être arrivé quelque chose à Morel.

— Je ne sais pas où il est, puisque nous nous sommes séparés il y a quelques jours. Mais je suis sûr d'une chose : il se porte bien. Et tant qu'on ne prendra pas les mesures nécessaires, il continuera à faire parler de lui.

Mais il y avait un son de cloche qui confirmait Schölscher dans son appréhension : la radio arabe annonçait que Morel avait été abattu par les « colonialistes » français au cours d'un accrochage dans le massif des Oulés. Deux, trois, quatre fois, il était allé voir Waïtari dans sa chambre de l'hôpital militaire où on l'avait transféré — l'ancien député de Sionville était en excellente santé, mais les instructions de Paris étaient impératives : il fallait lui éviter tout traitement de rigueur pendant son incarcération. Waïtari l'accueillait chaque fois avec cette courtoisie froide que l'on se doit entre adversaires civilisés.

— Je vous ai dit déjà tout ce que je savais. Je me suis séparé de Morel environ huit jours avant ce que vous appelez sa disparition. Il y a un journaliste américain qui l'a suivi, paraît-il, jusqu'au bout : adressez-vous à lui. Mais puisque vous paraissez tenir à connaître mon impression, je peux vous la donner : on ne retrouvera pas Morel vivant.

— Vous paraissez mieux que convaincu : renseigné.

— Les colonialistes ne peuvent pas tolérer qu'un Français prenne part à la lutte contre eux, pour l'indépendance de l'Afrique. Tout le monde admet que Morel était un original et même un excentrique, mais sa sympathie pour notre cause était non moins certaine. Les éléphants n'étaient pour lui qu'un symbole de la liberté puissante et géante, de notre liberté... Vous pouvez faire tout ce que vous voudrez, vous n'arriverez jamais à brouiller cette vérité parfaitement claire. Voilà ce qu'il appelait dans son vocabulaire peut-être ridicule, mais sincère : « défendre les splendeurs de la nature... » La liberté.

Quelque part, pensa Schölscher, dans quelque fourré perdu, le cadavre d'un homme achevait de pourrir pour que sa légende pût servir une cause à l'opposé de la sienne, une idéologie étroite et fermée. Il regardait l'Africain en costume de flanelle grise qui se tenait debout devant lui : un homme de chez nous, pensa-t-il soudain.

— On dit qu'il y a eu une rupture entre vous...

— Il y a eu des difficultés. Nous n'étions pas toujours d'accord sur les méthodes... les moyens. Vous avez eu les mêmes conflits dans le maquis français, pendant l'occupation, et il y en a aujourd'hui parmi les fellaghas nord-africains... Mais il était de notre côté.

— Même après ce qui s'est passé sur le Kuru ? J'y suis allé moi aussi, comme vous le savez. J'ai vu...

— Je vous ai déjà dit que Morel était un excentrique, ce qui ne diminue en rien la sincérité de son attachement à la cause de l'indépendance africaine, mais ne facilitait pas les rapports avec lui... Nous nous sommes heurtés à plusieurs reprises, et assez violemment. Mais je puis vous assurer que rien ne nous séparait lorsqu'il s'agissait de liberté...

Et Habib, menottes aux poings, marchant entre deux soldats, pour faire face à toutes les demandes d'extradition qui commençaient à pleuvoir — dont une pour trafic de stupéfiants —, mais toujours aussi sûr de sa vieille complicité avec la vie qui allait le tirer d'affaire d'une façon ou d'une autre, déclarait avec bonhomie :

— Que voulez-vous, j'ai toujours été un philanthrope. Pour les aspirations légitimes des peuples, il fallait des explosifs, et pour les aspirations légitimes de l'âme humaine, il fallait de la drogue. Toujours au premier rang des bienfaiteurs de l'humanité, comme vous le voyez.

... Et cette fille, à présent, qui répétait avec indignation :

— Quand on pense qu'au procès, ils ont essayé de le représenter comme un misanthrope, comme quelqu'un qui déteste les hommes, alors qu'il voulait au contraire faire tout ce qu'il pouvait pour les aider...

— Vous a-t-il jamais expliqué dans quelles circonstances exactement il a eu l'idée de cette fameuse campagne pour la défense de la nature ?

Oui, bien sûr, il le lui avait expliqué. Il n'avait pas

commencé par les éléphants. Il avait commencé par les chiens. Il était sorti du camp après l'arrivée des troupes américaines, assez dérouté et même un peu découragé — il lui fit cet aveu avec un rire un peu gêné, comme s'il eût voulu s'excuser de s'être senti découragé, ne fût-ce qu'un moment. Il ne savait pas très bien quoi faire, par où commencer — par où attaquer la besogne, comment s'y prendre, pour que cela ne se reproduisît plus jamais — il était assez mal en point et le boulot lui paraissait parfois écrasant. Il parcourait l'Allemagne comme un vagabond, partageant la vie des millions de personnes déplacées et des réfugiés qui erraient sur les routes. Un soir, dans une ville, en passant devant l'ancienne banque de Hambourg, — dont il ne restait plus que la façade — il remarqua une fillette sur un trottoir. Elle ne portait pas de manteau et pleurait. Les passants jetaient à la petite des regards désapprobateurs : il était scandaleux de laisser une fillette dehors sans manteau par un froid pareil.

— Ne pleure pas. Tu vois pas que tu embêtes tout le monde ?

La petite s'arrêta de pleurer et l'examina avec attention. Visiblement, elle se demandait à qui elle avait affaire.

— Vous n'auriez pas besoin d'un chien ?

Le chiot était tout blanc, assis dans une flaque d'eau, et semblait ne pas avoir de manteau, lui non plus.

— On ne peut pas le garder. Maman est obligée de travailler, on n'a pas d'argent. Avant la guerre, elle ne travaillait pas, il paraît même qu'on avait une auto.

Le chien avait une oreille noire. Vaguement fox-terrier, plus Dieu sait quoi. Un chien peut être utile, pensa gravement Morel. Il peut garder la maison, garder le verger, dormir à vos pieds à côté de la grande cheminée du salon, après une journée laborieuse... Ce n'était pas suffisant... Il peut vous tenir chaud, en dormant contre vous, remuer la queue à votre vue et vous fourrer son museau dans la main... Bref, il peut vous tenir compagnie. Il prit le chiot par la peau du cou, posa dans le creux de sa main son derrière humide.

— C'est un garçon ?

— Vous voyez bien que c'est une fille.

Il jeta à la petite un regard désapprobateur. Mais ce détail rendait la chose impossible. Dans la vie qu'il menait, une chienne pouvait facilement devenir encombrante. Elle allait sûrement avoir une portée tous les six mois. C'était toujours comme ça, après les guerres. La nature cherchait à rattraper d'un côté ce qu'elle avait perdu de l'autre. Non, décidément, il ne pouvait pas se charger du chiot.

— Bon, je la prends, décida-t-il aussitôt. Quant à toi, file à la maison. Tu diras à ta mère qu'elle est une andouille. Ce n'est pas un temps à te laisser dehors sans manteau.

— Ce n'est pas sa faute. Elle travaille, elle ne peut pas me surveiller.

— File !

La fillette pressa le chien contre elle puis s'enfuit en pleurant. Morel se sentit profondément déprimé. Il n'aurait pas dû céder à la tentation. Il sentit le chiot trembler dans sa main. Il le mit dans la poche de sa canadienne où il laissa sa main sur lui, boule froide et humide qui se réchauffa peu à peu et cessa de trembler. C'est ainsi qu'il avait acquis de la compagnie. Ils allaient ensemble sur les routes, rencontrant d'autres hommes et d'autres chiens — des Baltes et des Polonais, des Tchèques et des Russes, des Allemands et des Ukrainiens, toute une humanité perdue qui errait à la recherche d'un toit, d'un morceau de pain, d'un coin où elle pourrait enfin se sentir chez elle. Il les regardait attentivement les uns et les autres et se demandait ce qu'il pourrait bien faire pour eux. Le chiot était dans sa poche et il sentait dans sa main son museau affectueux. Mais il aurait fallu une poche autrement plus grande et une main autrement plus puissante que la sienne. Il ne lui semblait pas suffisant de s'occuper des réfugiés, ou de faire de la politique, pour lutter contre la misère et l'oppression, — non, ce n'était pas suffisant, il fallait aller plus loin, leur expliquer de quel éveil l'avenir de l'espèce dépendait, mais il ne savait pas comment s'y prendre. Il restait souvent assis au bord du chemin, avec la chienne à ses côtés, se demandant par où commencer.

Il fallait vraiment élever une protestation retentissante, quelque chose qui atteindrait les hommes jusqu'aux confins du monde. Il fallait aller directement à l'essentiel, ne pas se disperser, toucher non seulement la raison, mais aussi l'affectivité, qui ne pouvaient rien l'une sans l'autre. Il restait assis sur un talus, caressait la bête, réfléchissait, une paille entre les dents. Un matin, la chienne était allée courir à travers champs et, le soir, elle n'était pas rentrée. Le lendemain matin non plus. Il ne devait plus jamais la revoir. Il erra partout à sa recherche, posant des questions, mais ce n'était pas une époque où les gens s'intéressaient aux chiens perdus. Finalement, quelqu'un lui conseilla d'aller voir à la fourrière. Il y alla. Le gardien le fit entrer. Un endroit d'une cinquantaine de mètres sur dix, entouré de fils de fer. A l'intérieur, une centaine de chiens, des bâtards pour la plupart — comme il en voyait sur toutes les routes, des bêtes sans protection... Ils le regardaient intensément, avec espoir, sauf les plus découragés, qui ne levaient même pas la tête... Mais les autres — il fallait voir les autres, ceux qui espéraient encore être recueillis...

— Qu'est-ce que vous en faites, si personne ne vient les réclamer ?

— On les laisse là huit jours et après on les passe à la chambre à gaz. On récupère les peaux et avec les os on fait de la gélatine et du savon...

Morel se tut un instant. Minna ne voyait pas son visage, rien que les épaules luisantes, avec les traces du fouet.

— Je crois que c'est là que ça m'a pris, brusquement. J'ai failli d'abord assommer le gardien — et puis je me suis dit, non, pas tout de suite, pas comme ça. Je les ai bien regardés, ces chiens, dont on allait faire de la gélatine et du savon, et je me suis dit, attendez un peu, bande de salauds, je vais vous apprendre, moi, à respecter la nature. Je vais m'expliquer un peu avec vous, et avec vos chambres à gaz, vos bombes atomiques, et votre besoin de savon... Ce soir-là, j'ai ramassé deux ou trois gars sur les routes, deux Baltes et un Juif polonais, et on est allés faire un petit commando sur la fourrière — on a un peu malmené les gardiens, libéré les cabots, et foutu le feu à la baraque. C'est comme ça que je me suis lancé. J'étais sûr de tenir le bon bout. Il n'y avait plus qu'à continuer. Ce n'était pas la peine de défendre ceci ou cela séparément, les hommes ou les chiens, il fallait s'attaquer au fond du problème, la protection de la nature. On commence par dire, mettons, que les éléphants c'est trop gros, trop encombrant, qu'ils renversent les poteaux télégraphiques, piétinent les récoltes, qu'ils sont un anachronisme, et puis on finit par dire la même chose de la liberté — la liberté et l'homme deviennent encombrants à la longue... Voilà comment je m'y suis mis.

... Et Peer Qvist, tournant les yeux vers la fenêtre ouverte, s'écria, avec un éclat soudain dans ses yeux pâles :

— L'Islam appelle cela « les racines du ciel », pour les Indiens du Mexique, c'est « l'arbre de vie », qui les pousse les uns et les autres à tomber à genoux et à lever les yeux en se frappant la poitrine dans leur tourment. Un besoin de protection auquel les obstinés comme Morel cherchent à échapper par des pétitions, des comités de lutte et des syndicats de défense — ils essaient de s'arranger entre eux, de répondre eux-mêmes à leur besoin de justice, de liberté, d'amour — ces racines du ciel si profondément enfoncées dans leur poitrine...

... Et cette fille assise devant lui, les genoux croisés, avec ses bas nylon, sa cigarette et ce regard où se lisait la même hébétude, le même appel que dans les yeux des chiens de la fourrière, implorant la protection de l'homme qui venait d'entrer... Et le Père Fargue, furieux et congestionné au volant de sa jeep, partant à la recherche de celui qu'il appelait « le plus grand païen qu'on ait vu en A.E.F. depuis le gouverneur Condé » — le gouverneur général Condé avait réduit les subventions aux missions chrétiennes en A.E.F. et exigé des diplômes médicaux des sœurs de la Charité. Avec sa barbe rousse que le soleil enflammait, son retentissant accent de Marseille, sa soutane retroussée sur ses cuisses nues sous le short, suivi par les regards admiratifs des boys et des sœurs de la Mission, il paraissait vraiment partir en croisade — mais tout ce qu'il y avait en lui de comique et de puéril n'arrivait pas à le priver de cette dignité que son amour lui conférait. Schölscher se demandait souvent comment les autorités de l'Église toléraient son langage et sa façon de faire le bien comme on enfonce une purge entre les dents d'un enfant récalcitrant — mais la réponse était dans une évidence de foi dont sa force physique elle-même paraissait issue.

— Je m'en vais vous le trouver, moi, gueulait le Père Fargue, le pied sur l'accélérateur. Quand je pense que ce salopard est peut-être assis sur une colline, à l'heure qu'il est, en train de s'exciter sur les éléphants, alors qu'il n'a qu'à lever les yeux pour trouver quelque chose de beaucoup plus grand et de beaucoup plus beau, j'ai envie de cogner ! Je sais aussi bien que lui que nous avons besoin de protection, mais il ne suffit pas pour cela de faire circuler des pétitions et d'organiser des meetings, il faut encore demander une aide à qui de droit...

Une sœur sortit au galop de la Mission, tenant ses jupes à pleines mains, avec sous le bras le bréviaire qu'il avait oublié. Il le fourra dans sa poche.

— Je sais, moi, où le trouver. Il n'y a qu'à suivre les éléphants, il sera parmi eux, en train de s'exciter, et en cette saison, les troupeaux tournent en rond autour des points d'eau, du sud du lac Mamoun à la Yata, et il doit les suivre partout, une carabine à la main, montant la garde comme n'importe quel berger ! Je sais très bien ce qui le travaille ! Mais s'il s'imagine que le Bon Dieu va sortir de sa tanière comme n'importe quelle autre bête de la brousse uniquement pour lui prouver qu'on est là et qu'on s'occupe de Monsieur, pour lui passer la main dans les cheveux, peut-être, en lui disant « mon pauvre chéri », il se fourre le doigt dans l'œil jusqu'au cul, c'est moi qui vous le dis !

Il appuya de toutes ses forces sur l'accélérateur, démarra dans un jet de poussière et Schölscher, venu pour l'interroger sur sa rencontre avec Minna et Forsythe qu'il était le dernier à avoir vus, suivit d'un regard amical cette masse humaine dont la force physique était peu de chose auprès de la foi toute-puissante qui l'habitait.

XXIX

A son retour à Fort-Lamy, Schölscher avait trouvé le gouverneur d'une humeur particulièrement massacrante, regardant sans plaisir une feuille de papier dactylographiée.

— L'ordre de marche, dit-il. Le ratissage des Oulés par l'armée, avec hélicoptères, et tout le tralala... Ce que je ne comprends pas, c'est qu'ils prennent encore la peine de m'informer. Ils doivent être vicieux...

— De combien de temps pouvez-vous retarder l'expédition ?

Le gouverneur le regarda de travers.

— Je vous signale, Schölscher, sans vouloir être désagréable, que votre demande n'a pas encore été acceptée. Vous devez retarder de quelques semaines encore le moment où vous pourrez vous éloigner enfin définitivement de nos pauvres petites affaires humaines et aller vous promener parmi les étoiles. Pour l'instant, vous êtes toujours sous l'uniforme, et au service de l'ordre, et à pas à celui de la miséricorde divine ou de la charité chrétienne. Je commence vraiment à avoir l'impression que la République n'a créé les escadrons de méharistes et les postes du désert que pour permettre à nos officiers de faire leur initiation mystique... Le Père de Foucauld finit par nous coûter horriblement cher en officiers d'élite. Ce n'est même plus du recrutement que le ciel fait dans les confins sahariens, c'est du débauchage. Si je comprends bien, vous êtes en train d'essayer de recruter Morel pour votre légion secrète...

— Vous pourriez leur expliquer que commencer les opérations de ratissage dans les Oulés quinze jours avant la saison des pluies, ça ne rime à rien...

— A Paris, on ne semble pas très ému par les pluies tropicales. Il paraît que ça ne mouille pas... dans les ministères. Je viens de recevoir un envoyé venu tout spécialement pour me le dire : Borrut est en train de faire ce qu'il peut...

— Et l'emploi de troupes dans la région la plus pacifique de l'Afrique donnerait immédiatement à l'affaire un caractère qu'elle n'a pas...

— C'est-à-dire ?

— Un caractère politique, dit Schölscher.

Le gouverneur commençait à perdre patience.

— Écoutez, mon petit vieux, vous allez un peu fort. Vous connaissez le parti que la radio arabe tire de l'affaire. Vous savez ce qui se passe au Moyen-Orient, en Tunisie, au Maroc, en Algérie. C'est ce moment-là que choisit votre énergumène pour attaquer et brûler des fermes dans le massif des Oulés, en compagnie d'un extrémiste panafricain notoire — et vous voulez leur démontrer, à Paris, qu'il n'y a là rien de politique ? Je sais que dans le monde très... retiré, dans lequel vous vivez, on ne croit pas beaucoup aux affaires humaines, mais je vous signale que ce siècle a vu le triomphe d'une doctrine qui a déjà pénétré la moitié des populations du globe et affirme justement que les affaires humaines ne sont que des affaires politiques...

— Ce n'est pas une raison pour les renforcer dans cette opinion, dit Schölscher.

— Jusqu'à présent, nous avons eu beaucoup de veine. L'imagination populaire s'est enflammée pour cette histoire d'éléphants, les journaux nous ont beaucoup aidés — bref, les gens y croient. Le gouvernement, lui, n'y a pas cru une seconde. Il se tait, parce qu'on ne peut pas démentir, sans mettre une autre version à la place — et nos ennemis se frotteraient les mains. Mais je puis vous assurer qu'à Paris on ne croit pas un mot de mes explications. On pense que j'ai trouvé un truc astucieux et qui a pris — ce qui explique pourquoi je suis encore en fonction. Imaginez-vous, on me juge prodigieusement habile...

Il soupira et secoua la tête.

— Mais si vous lisez certains journaux, vous savez

qu'on y parle d'un camp secret d'entraînement de l'armée de l'indépendance africaine, que ce camp se trouverait dans les Oulés, et que Waïtari serait le chef du « maquis ». — On ajoute que Morel est un simple agent du Kominform, et que les éléphants sont une simple ruse de propagande, comme le boycottage du tabac en Afrique du Nord. Vous et moi, nous savons que ce n'est pas vrai, mais vous et moi, nous pensons africain, tandis que là-bas on pense européen, et quand on vient en Afrique, on apporte son manger... Enfin, quoi, Waïtari, ça existe. Oui, je sais, j'ai le rapport d'Herbier : il paraît que Waïtari se trouve au Soudan. Tout ce que cela prouve, c'est qu'il va parler à la radio arabe, donner des conférences de presse et tirer la couverture à lui, utiliser à loisir cet imbécile de Morel et sa marotte, et donner à cette histoire le sens politique qui lui convient... Entre parenthèses, c'est très joli de la part d'Herbier de m'indiquer comment Waïtari et compagnie ont passé la frontière en suivant le sentier des contrebandiers, mais il aurait mieux fait de les cueillir au passage, puisqu'il est si bien renseigné...

— Herbier dispose de trois gardes-cercles pour une région de deux cent mille kilomètres carrés, dit Schölscher.

— Bon. Tout le monde fait son boulot admirablement, quoi. C'en est attendrissant. Je m'étonne que Paris ne nous félicite pas tous les jours...

Il leva un crayon.

— Autre chose : comme par hasard, partout sur le passage de Waïtari, les tribus Oulé se sont mises à bouger. Vous êtes au courant. Je sais : toutes les années au moment des fêtes d'initiation, c'est un peu la même chose... Mais ça n'a jamais été aussi loin. Herbier a failli se faire lapider...

Schölscher ne dit rien. Le gouverneur savait aussi bien que lui pourquoi, chaque année à la même époque, les Oulés se mettaient à bouger, comme il disait. Vers le milieu de la saison sèche, les troupeaux commençaient leur migration saisonnière vers les points d'eau permanents. Les troupeaux d'éléphants frôlaient alors les villages, et narguaient dans les yeux la tribu la plus passionnément férue de chasse de toute l'Afrique centrale. Les trois quarts des traditions Oulé se rapportaient à la guerre ou à la chasse, or l'une était devenue impossible, et l'autre, plus ou moins interdite, ou limitée par des règlements administratifs sévères. A chaque tournée, le gouverneur recevait des pétitions rédigées dans un langage solennel et touchant, pour réclamer de la poudre et des armes de chasse, l'autorisation de se procurer librement la viande d'éléphant qui passait sous leur nez. Il recevait aussi des protestations contre les confiscations de l'ivoire prélevé sur les bêtes abattues parce qu'elles piétinaient les champs de courges — pourtant, sans ces confiscations, la chasse à l'éléphant par tous les moyens, y compris le feu, pratiquée déjà clandestinement sur une échelle considérable, eût vite abouti à la disparition des troupeaux. Lorsque la quantité d'éléphants au moment de la migration saisonnière se faisait particulièrement provocante, les Oulés perdaient la tête et se tournaient parfois contre les administrateurs ou se jetaient à la lance contre les énormes bêtes, à la manière de leurs ancêtres. L'appât de la viande les grisait et ils étaient incapables de résister à l'appel de leur sang. Mais le plus important était que dans tous les rites magiques, les testicules d'éléphants jouaient un rôle essentiel et les jeunes gens qui pouvaient ramener ces trophées étaient admis à siéger avec le rang d'hommes dans les conseils de la tribu. Chaque année, à l'époque de l'initiation, ils souffraient ainsi d'un sentiment de dévirilisation intense qui allait parfois jusqu'à de véritables crises de désespoir ou de folie collective. Il était vrai que cette année, les écarts avaient été particulièrement graves.

— Je sais, dit le gouverneur avec lassitude, sans que Schölscher eût parlé. Je sais bien...

Il fit un geste vers la porte.

— Mais essayez de leur expliquer la chose. Essayez de leur expliquer que les Oulés ne sont pas partis à la conquête de leur indépendance politique, nationale, mais des couilles d'éléphants. Essayez... Vous m'en direz des nouvelles.

La porte s'ouvrit et le colonel Borrut entra avec le

visiteur, un jeune homme très sûr de lui, vêtu d'un costume de flanelle, comme pour indiquer qu'il était trop pressé pour se changer et se préoccuper d'une tenue tropicale. Il tenait à la main une paire de lunettes noires. Le gouverneur se leva et fit les présentations. Le visiteur attaqua aussitôt :

— Je disais au colonel que si les pluies doivent commencer dans six semaines, raison de plus pour lancer l'opération de police immédiatement. Si six semaines ne suffisent pas à arrêter une poignée de terroristes, elles suffisent en tout cas amplement pour empêcher l'affaire de s'étendre et peut-être de gagner les tribus voisines...

— Les tribus ne sont pas dans le coup, dit le gouverneur. En ce qui concerne les populations, le calme le plus complet règne dans toute la région. C'est une affaire qui ne les intéresse pas. Vous pouvez leur parler, les interroger. Pour eux, c'est une affaire de blancs entre eux. Si Morel n'a pas été appréhendé jusqu'à présent, ce n'est pas parce qu'il est soutenu par les tribus, c'est au contraire parce que les tribus se désintéressent de la chose. Pour elles, c'est une affaire qui ne les regarde pas. Naturellement, il s'est greffé là-dessus une agitation politique : celle de Waïtari. J'ai été d'ailleurs le premier à demander des renforts de police. Mais pas quinze cents hommes avec des chenillettes, des hélicoptères et des canons. Vingt groupes de douze hommes bien placés dans les villages Oulé suffiraient amplement.

— En Indochine non plus on n'avait pas voulu mettre en œuvre dès le début les moyens suffisants... La politique des petites doses a mené au désastre.

Le gouverneur s'efforçait de paraître aimable.

— Monsieur, dit-il, croyez-le ou non, et j'avoue qu'il est très difficile de le croire, mais il y a dans le massif Oulé un homme qui s'est vraiment mis en tête de défendre les éléphants d'Afrique contre les chasseurs. Il a avec lui un naturaliste danois qui, il y a quarante ans déjà, a été mis en prison dans son pays parce qu'il avait mené ses étudiants à l'attaque du siège du syndicat des baleiniers, pour protester contre l'extermination des cétacés dans la mer du Nord. Depuis lors, il a été mêlé à toutes les luttes écologiques. Dès qu'il s'agit de défendre la nature, on le trouve dans la bagarre. A eux deux, et avec l'aide de quelques autres déséquilibrés, ils ont blessé trois ou quatre chasseurs et mis le feu à quelques dépôts d'ivoire et à deux ou trois plantations. Je ne minimise pas leur activité criminelle. Mais nous sommes loin de l'Indochine. Je le répète : il y a, ou il y avait — car ils semblent avoir passé la frontière du Soudan — des agitateurs politiques parmi eux, qui essaient de profiter d'une étincelle quelle qu'elle soit pour souffler dessus dans l'espoir que le feu va prendre... Je ne le nie aucunement. Waïtari est du nombre et je suis convaincu qu'il fera tout ce qu'il pourra pour tirer les marrons du feu... Il a été membre d'un de nos partis politiques — le même que votre ministre, je crois — du moins à ses débuts. Ses ambitions allaient mal avec le régime parlementaire... Il rêve d'une domination, d'une puissance, en un mot d'une colonisation auprès de laquelle la nôtre n'aura été qu'un simple conte de nourrice — et Dieu sait qu'il y a des ombres à notre tableau... Il y a aussi un trafiquant d'armes, un condamné de droit commun, un simple aventurier — il était dernièrement à la solde des Frères Musulmans, simplement parce qu'il y avait là une solde à toucher. Un ou deux légionnaires, recrutés parmi les déserteurs qui plongent au passage de nos bateaux dans le canal de Suez. La presse a donné à cette affaire une importance hors de proportions avec la réalité...

— Il y a une femme, n'est-ce pas ? Et un Américain ? Ils sont partis tranquillement de Fort-Lamy pour les rejoindre, si je me le rappelle bien, tout récemment ?

— Oui. Ils sont partis de chez moi. Mais il serait vraiment vain de voir là quelque chose de politique... Les journaux ont fait autour da cette affaire un battage qui finit par en déformer le sens. Et dans l'état de misanthropie où sont tombés les hommes à la suite, notamment, de leurs merveilleuses découvertes scientifiques accrues par l'admirable rivalité entre les Américains et les Russes — ou peut-être sous l'effet de la condition humaine, en général — cette histoire d'éléphants a été pour plusieurs une excellente occasion de se manifester... Nous avons vu passer à Fort-Lamy quelques-uns de ces manifestants, à commencer par le professeur Ostrach...

Le jeune homme leva la main...

— Monsieur le Gouverneur, vous avez su présenter dès le début cette affaire à la presse avec une habileté... que nous avons tous admirée. Mais l'idée que ce Morel puisse s'intéresser uniquement aux splendeurs de la nature est... comment dire ?... un peu naïve. Nous savons qui il est et d'où il vient. Ce n'est pas pour rien qu'il a eu une activité intense dans la Résistance, il a fait deux ans de camp de concentration en Allemagne et l'idée qu'il puisse être autre chose qu'un agitateur politique professionnel à la solde des Soviétiques nous paraît tout à fait saugrenue. Encore une fois : nous comprenons les raisons qui vous ont poussé à accréditer cette version... mais il serait dangereux de nous illusionner là-dessus : il faut discerner d'où vient ce son de cloche. Il ne s'agit pas d'être dupes de nous-mêmes.

Le gouverneur parut complètement écœuré. Il jeta vers Schölscher un regard noir, comme pour lui dire : « Vous voyez, je vous l'ai bien dit : ils apportent tous leur manger. » Même lorsque les Kikuyus du Kenya, volés de leurs dieux africains, se consolaient par des rites magiques où la semence de l'homme et la cervelle des enfants entraient comme ingrédients essentiels, on n'y voyait que la frustration politique d'un peuple qui se réclamait des traditions sacrées de l'Occident. Il baissa la tête pour cacher un sourire ironique qui risquait d'être mal interprété par le visiteur. Celui-ci continuait à parler tranquillement avec les égards dus, de la part d'un simple attaché de cabinet, à un haut fonctionnaire, mais aussi avec une insistance qui suggérait visiblement une opinion bien arrêtée, et non pas uniquement la sienne.

— Les éléments de cette affaire sont tellement clairs et vont si bien dans le même sens que nous ne pouvons guère les dérober à l'attention du public — nous n'en avons d'ailleurs aucunement l'intention... Vous avez un réseau de trafiquants d'armes, représenté par cet agent dont vous parlez. Vous avez un Américain chassé de l'armée de son pays, qui s'était mis au service de la Chine rouge en Corée, et qui ne fait que continuer ici sa besogne. Vous avez une Allemande, qui aurait été la maîtresse d'un officier russe à Berlin et qui disparaît dans la brousse avec une jeep chargée d'armes et de munitions... Enfin, vous avez l'ancien député des Oulés, dont les opinions, les proclamations et les déclarations sont, elles aussi, de notoriété publique... Je n'exprime pas là une opinion personnelle, mais je dois dire que la facilité avec laquelle cette femme a pu tromper la surveillance de la police...

Il s'interrompit.

— Il n'y avait pas de surveillance, dit Schölscher. Il n'y avait aucune raison de la surveiller.

— Avant de quitter Paris, nous avons reçu votre dépêche sur la révolte des Oulés...

— Il n'est pas question de révolte, dit le gouverneur. Si vous aviez lu aussi la dépêche que j'adressais à la même époque l'année dernière — on ne regarde jamais le dossier complètement — vous y auriez vu un compte rendu de manifestations identiques, et également annoncées à l'avance. Les villages Oulé sont situés sur le chemin des migrations saisonnières des éléphants vers les points d'eau. En saison sèche, s'y rassemblent les plus grands troupeaux d'Afrique. Il y a quelques années, j'ai vu des éléphants déferler pendant des heures autour du village où nous étions, impuissants malgré nos armes, nous attendant d'un moment à l'autre à être écrasés avec les cases. C'était pendant la sécheresse de quarante-sept. Cette année, nous avons une sécheresse qui s'annonce au moins égale : dans la région de Gornon, on commence à trouver dans les villages des bêtes aux échines cassées au fond des puits... C'est la saison où, avant la colonisation, les jeunes gens Oulé partaient avec une lance après une cérémonie d'initiation rituelle et ceux d'entre eux qui revenaient avec les testicules d'un éléphant étaient consacrés hommes et avaient le droit de se marier. Nous avons supprimé tout cela pour protéger les éléphants et pour protéger les Oulés. Un adolescent sur trois était tué dans ces joutes. Le résultat est que les jeunes gens Oulé ne sont plus jamais consacrés hommes, à la manière de leurs ancêtres. Ils se marient, c'est entendu, mais quelque chose leur manque toujours, et s'il est facile de supprimer une tradition magique, il est difficile de combler les vides curieux qu'elle laisse dans ce qu'on appelle les mentalités primitives... et que j'appelle l'âme humaine. Le résultat est que, chaque saison, au passage des troupeaux, les Oulés perdent la tête et manifestent leur frustration comme ils le peuvent : cette année, ça a été plus violent que les années passées...

— Il serait peut-être plus simple de les autoriser à chasser l'éléphant un ou deux mois par an. J'en parlerai à Paris.

— Nous sommes liés par des accords internationaux en la matière, dit le gouverneur, assez sèchement.

— Cela peut s'arranger. Il vaut mieux relâcher un peu les règlements que de voir chaque année se reproduire des désordres qui sont naturellement exploités à l'étranger dans le sens que vous connaissez...

Schölscher n'avait pu retenir à ce moment-là un frémissement d'appréhension presque féroce. Que l'action de Morel aboutît à un relâchement encore plus grand des lois en vigueur et notoirement insuffisantes pour la protection de la faune africaine, voilà qui eût été vraiment complet. Maintenant encore, après tous ces mois passés, il ne put s'empêcher de sourire à ce souvenir.

— L'administrateur Herbier vous avait rencontré à trente kilomètres au sud de Gola, au milieu d'une bande d'Oulés qui venait de brûler le centre prophylactique mobile. Il y a là quelque chose que je ne comprends pas : ils réclamaient en hurlant le droit de chasser librement les éléphants, autant qu'il leur plairait. Herbier a pourtant dit dans son rapport que Morel était incontestablement à leur tête, que ces noirs l'acclamaient et qu'il paraissait d'accord avec eux...

Oui, Minna s'en souvenait très bien, parce que c'était la première fois qu'elle l'avait vu complètement désemparé. Waïtari et Habib les avaient quittés quinze jours auparavant, se rendant au Soudan, en compagnie de deux trafiquants qui connaissaient les points de passage vers la frontière, et des porteurs qui transportaient sur une civière de Vries à demi mort. Chemin faisant, aux étapes, Waïtari avait tenu dans les villages de véritables réunions publiques, expliquant aux tribus qu'elles devaient se soulever pour obtenir la satisfaction de leurs revendications légitimes. Il leur parlait de Morel, qui allait leur donner la « liberté », laquelle consisterait surtout dans le droit de chasser autant qu'ils le voudraient et de se procurer ainsi toute la viande qu'ils pourraient désirer. Le résultat était que, à chaque apparition de Morel dans un village Oulé, les jeunes gens se mettaient à le suivre en dansant et en l'acclamant, malgré les conseils de prudence des anciens, beaucoup plus sceptiques quant aux promesses quelles que fussent leur teneur et leur origine. Il était impossible de les calmer. C'était la saison de l'initiation et ils étaient saouls d'alcool de palme, affolés aussi par les craquements dont la brousse retentissait autour d'eux et par la vue des troupeaux qui fuyaient la sécheresse dans un exode vers le lac Kuru. Morel n'avait pas compris le malentendu tout de suite, il s'était tourné vers Peer Qvist et lui avait dit avec satisfaction :

— Je crois qu'ils commencent à sortir de leur indifférence à notre égard.

Ils avaient à ce moment quitté le village de Ldini, parce qu'un hélicoptère était venu tourner avec insistance au-dessus, à plusieurs reprises, et ils remontaient vers une des deux grottes qu'ils avaient aménagées dans les collines, et d'où Morel allait lancer ce fameux « commando » sur Sionville, qui devait faire tant de bruit. Le Danois, lui, ne paraissait pas convaincu, il écoutait attentivement la clameur des jeunes gens qui les entouraient en dansant. Ses petits yeux pâles comme des glaçons, où semblait se refléter une absence totale d'illusions, observaient la scène avec attention. A ses côtés, Johnny Forsythe, un foulard à pois rouges noué de travers autour du cou, le torse nu sous un blouson d'aviateur qui portait les marques encore visibles des galons décousus, toutes ses taches de rousseur dansant sur son visage, riait et saluait à la ronde en levant ses mains jointes comme un boxeur vainqueur, cependant que les chevaux effrayés se bousculaient dans la poussière et secouaient leurs mors.

— Eh bien, dit Forsythe, me voilà enfin devenu populaire, et ce n'est pas trop tôt. Je n'avais pas suscité un intérêt pareil depuis mon retour de Corée... Ou je me trompe fort, ou je suis le premier gentleman sudiste acclamé ainsi par les Africains. Qu'est-ce qu'ils chantent ?

Peer Qvist ne dit rien et, après avoir jeté à Morel un coup d'œil curieux et aigu, poussa son cheval en avant. Minna remarqua que Morel avait d'abord écouté avec satisfaction, mais bientôt parut désemparé, le regard fixé droit devant lui, le visage fermé. Ce fut seulement à la sortie du village, que le Danois lui traduisit ce que les jeunes gens chantaient, scandant entre leurs dents :

Nous allons tuer le grand éléphant
Nous allons manger le grand éléphant
Nous allons entrer dans son ventre
Manger son cœur et son foie
Nous n'aurons jamais faim
Tant qu'il y aura des collines Oulé
Et des éléphants à tuer.

Johnny Forsythe fut secoué d'un tel rire qu'il faillit tomber de son cheval.

— Ça, c'est un hymne à la liberté, ou je ne m'y connais pas, dit-il.

Elle crut que Morel allait se jeter sur lui. L'espace d'un instant, elle le vit vraiment tel qu'on avait essayé de le représenter, le rogue, l'homme devenu amok, les mâchoires serrées, les yeux haineux, les muscles tendus sur le visage qui parut se fermer comme un poing.

— Ta gueule, Johnny. Ça doit être très consolant de se planquer dans le cynisme et de vouloir noyer sa propre saloperie dans une vision consolante de la saloperie universelle, c'est encore plus facile que de se procurer du whisky, ça coûte moins cher. Si ces gens-là en sont encore là, c'est qu'on leur a interdit de chasser, sans rien leur donner à la place. Quand on les voit assis toute la journée à la porte de leurs cases, on dit qu'ils sont flemmards et qu'ils ne sont bons à rien. Quand on coupe les gens de leur passé sans rien leur donner à la place, ils vivent tournés vers ce passé... Et je veux faire quelque chose pour toi, petit...

Pour la première fois depuis qu'elle le connaissait, sa voix avait pris des accents hargneux.

— Peut-être que ça va te soulager. Parce que tu as rampé sur le ventre en Corée, tu te considères comme un spécimen représentatif de l'humanité. Ce serait évidemment assez atroce. Mais je vais te rassurer un peu. Il y a encore en effet une autre possibilité, peut-être que tu n'es pas du tout représentatif, que tu es un salaud exceptionnel, et que ça ne prouve rien contre les autres ce que tu as fait, ou même ce qu'on t'a fait, et que les hommes ne sont pas dans le coup. Peut-être que les hommes ne sont jamais dans le coup, quoi qu'il arrive, quoi qu'on fasse en leur nom. Dans ce cas, il n'y aurait pas de quoi tellement se frapper. Je suis sûr que c'est un raisonnement consolant, qui te fera du bien. Peut-être même que ça t'épargnera l'effort de te saouler la gueule comme tu le fais...

Forsythe le regarda une seconde avec une expression qui ressemblait à de l'affection. Puis il se pencha, saisit la bouteille de whisky dans la sacoche accrochée à sa selle et la lança à Morel :

— Attrape, cria-t-il amicalement. Tu en as plus besoin que moi.

Morel saisit la bouteille au vol, l'envoya se briser en morceaux contre un rocher.

— Merde, dit Johnny Forsythe. C'était ma dernière...

Sur tout le parcours de Mato à Valé ils furent reçus avec enthousiasme dans les villages Oulé qu'ils traversaient. A Valé, ils furent entourés pendant vingt minutes par une foule dansante et hurlante, dont le cri *kamoun*, éléphant, retentissait avec un accent particulièrement triomphant : quelques jeunes gens du groupe arrivaient en effet d'un village voisin, où ils avaient pris part au pillage du poste prophylactique établi dans la région à la suite d'une épidémie d'encéphalite et ils avaient rossé les infirmiers et mis le feu au stock de médicaments. Ils les suivirent en courant sur la piste, les devançant parfois, au comble de la surexcitation, chantant et se bousculant. Mais au village suivant Morel et les siens furent accueillis par le silence. Les cases paraissaient complètement vides et abandonnées. Seuls des chiens jaunes aboyaient, et des enfants aux ventres gonflés les regardaient passer, debout à l'entrée des premières cases coniques construites aux alentours de la forêt. Leurs chevaux s'étaient à peine engagés dans le village qu'ils virent venir vers eux, du côté opposé, un homme qui semblait les attendre sur la place déserte. C'était un blanc tenant fermement une carabine, escorté de deux soldats noirs armés chacun d'un fusil. C'était l'administrateur Herbier, qui se trouvait en tournée d'inspection dans la région ; il connaissait depuis longtemps l'humeur des Oulés au moment des fêtes rituelles et avait été informé des désordres par des infirmiers du poste prophylactique qui avaient pu se sauver, rossés, épouvantés, mais sains et saufs. Herbier s'était immédiatement précipité à Gola, avec la « troupe » : deux gardes-cercles Massa qui étaient avec lui depuis trois ans. Lorsqu'il vit le groupe de cavaliers pénétrer dans le village, suivi des jeunes gens exténués par une course de vingt kilomètres, mais qui trouvaient encore la force de brandir leurs lances et de bondir de temps à autre en hurlant, il leva son arme et marcha à leur rencontre, à travers le village vide, le doigt sur la détente, le canon braqué dans leur direction. Les deux Massas le suivaient, complètement inexpressifs, le fusil à la main. Korotoro, avec une grimace particulièrement réjouie, avait pris l'administrateur dans sa ligne de mire lorsque celui-ci s'était mis à marcher vers eux, et demeura en cette posture, avec Herbier dans sa ligne de mire, pendant tout le temps qu'ils restèrent là. Avec sa moustache en brosse, son petit ventre rond, Herbier n'avait ni le physique ni l'allure de l'emploi, mais il était difficile de ne pas admirer son cran. Quelques cris menaçants retentirent parmi les jeunes gens, mais ceux-ci se turent rapidement et se réfugièrent derrière les chevaux.

— J'espère que tu ne te fais aucune illusion sur ce qui t'attend, Morel, dit l'administrateur. J'imagine aussi que tu t'en fous. Quand on joue au con, on est sûr de gagner. Tu gagneras. Tu auras ta balle dans la peau, c'est moi qui te le dis.

— Eh bien, dit Morel, la peau semble faite pour ça, non ?

— Si je n'avais pas une femme et quatre enfants, dit Herbier, j'aurais maintenant appuyé sur la détente et ce serait déjà fini. Je serais alors heureux en sachant que j'ai vraiment fait quelque chose pour l'Afrique. Mais j'ai des gosses. Je suis donc obligé de me limiter.

— Nous en sommes tous là, répondit Morel, en souriant. T'as tort de te frapper. Moi aussi je suis obligé de me limiter. Je me limite à la protection des éléphants... Je suis modeste.

— Et tu es un lâche, dit Herbier. Tu profites des circonstances. Tu sais que nous ne voulons pas employer la force pour ne pas donner au monde l'impression que c'est une révolte politique qui gronde en pays Oulé et que nous faisons de la répression... J'imagine qu'on te paie pour créer cette impression. Au début, je te croyais sincère. Maintenant, je crois que c'est Le Caire qui tire les ficelles, ou peut-être que ça vient d'encore plus loin.

— Vous n'avez pas besoin d'employer la force, dit Morel, amicalement. Je suis prêt à me rendre. Vous connaissez mes conditions. Il vous suffit d'interdire la chasse à l'éléphant sous toutes ses formes et de prendre toutes les dispositions qu'il faut pour la protection de la faune africaine. Je serai alors prêt à me laisser juger. Je vous mets au défi, du reste, de trouver un tribunal français qui me condamnerait...

Herbier se mit à rire. Ce n'était peut-être pas un rire très réussi, mais il avait fait de son mieux. Puis, tout de suite, son visage redevint aussi rageur qu'auparavant. Il tendit la main vers les jeunes gens de Gola.

— Tu sais ce qu'ils réclament ? Vas-y, demande-leur. Fais-les parler. Allez, je te dis, vas-y !

Il cria quelques mots en oulé aux jeunes gens. Pendant un instant, ils demeurèrent derrière les chevaux, puis on les entendit qui discutaient entre eux. Enfin, l'un d'eux s'avança vers Morel. Il devait avoir un peu moins de vingt ans. Le crâne rasé, le corps ruisselant de sueur et gris de poussière, il se plaça devant Morel et se mit à parler rapidement, en frappant le sol de sa sagaie. A mesure qu'il parlait, se sentant écouté, il commença à se griser de l'attention dont il était l'objet et même, de son pied nu, il envoya une volée de poussière vers l'administrateur. Herbier l'écoutait sombrement, la carabine en main, sans bouger. Parfois il jetait un coup d'oeil rapide à Morel, comme pour s'assurer qu'il comprenait. Le jeune homme Oulé disait que depuis des années lui et les siens essayaient d'obtenir justice, mais qu'à présent grâce à Ubaba-Giva, grâce à Waïtari, ils allaient obtenir ce qui était leur droit. Les Français les empêchaient de chasser librement et infligeaient de sévères amendes à ceux qui s'attaquaient aux troupeaux. Les administrateurs ne leur donnaient pas assez de poudre, ils étaient obligés de couler leurs propres balles et lorsqu'ils tuaient un éléphant qui piétinait leurs champs, on leur confisquait les défenses. C'était injuste. Lui et les siens étaient de grands chasseurs, aucune autre tribu, ni les Wangos, ni les Saras, ne pouvait se comparer à eux, mais le gouvernement les obligeait à languir dans leurs villages comme des femmes et il leur était défendu de se mesurer avec les éléphants. Ils devaient rester les bras croisés, pendant que les pillards Kreichs venaient tranquillement du Soudan tuer autant d'éléphants qu'ils voulaient et repartaient avec les défenses et la viande en se moquant des Oulés — personne ne leur disait rien. Les jeunes gens Oulé ne pouvaient plus prouver qu'ils étaient des hommes. Aux fêtes d'initiation, ils étaient obligés de se contenter de testicules de buffles, à la grande honte de leurs ancêtres morts, ce qui expliquait pourquoi il y avait si peu de naissances dans la tribu, et pourquoi il y avait parmi les nouveau-nés plus de filles que de garçons. Bientôt il n'y aurait même plus de pays Oulé, car tout le monde sait que les collines Oulé sont des troupeaux d'éléphants tués par les chasseurs Oulé et sur lesquels l'herbe a poussé. Il parlait d'une voix saccadée, rythmée ; à la fin, c'était un véritable chant qui montait de ses lèvres, sa colère était tombée comme s'il l'avait épuisée tout entière, pour faire place à la gravité comme il évoquait la naissance des collines Oulé. Bientôt, conclut-il en désignant de nouveau Morel du doigt, les nôtres pourront encore réjouir les esprits de leurs ancêtres en ajoutant aux collines Oulé beaucoup d'autres collines, qui pousseront jusqu'à l'horizon sur les traces des éléphants abattus. Il avait complètement oublié sa colère et élevait la voix dans une sorte de déclaration solennelle, le visage grave : il était devenu difficile de refuser de croire que le pays Oulé était né ainsi et Morel dut se secouer pour ne pas tomber sous le charme : il y avait là encore un tribun populaire en préparation.

— Voilà, dit Herbier avec satisfaction, tu es renseigné ?

— Je suis renseigné sur tout cela depuis des années, dit Morel. Je ne suis pas raciste, et je n'ai donc jamais cru qu'il y avait une différence essentielle entre les noirs et les blancs. Mais c'est pas une raison pour se décourager... Et maintenant, petit père, écarte-toi de là, ou on te passe dessus...

Ils lancèrent leurs chevaux en avant, laissant l'administrateur seul avec ses deux Massas dans le village qui paraissait mort. Mais ce soir-là, Morel avait retrouvé sa gaieté et sa confiance, et, comme il s'était arrêté à l'entrée de la forêt de bambous et que les collines grises du pays Oulé s'étendaient à l'infini à ses pieds, regardant cet immense troupeau pétrifié qui se mettait parfois à vivre et à bouger, il s'était approché de Minna et, les jambes écartées, les yeux fixés sur la cigarette qu'il roulait entre ses doigts en souriant, il lui avait parlé avec un plaisir évident de tout ce qu'ils voyaient, montrant parfois d'un geste de la main ce paysage auquel rien ne paraissait manquer. Il y avait dans sa voix une trace de satisfaction et presque de fatuité et on sentait qu'il comptait vraiment sur sa « ruse » pour arriver à ses fins.

— Tu comprends, si je leur disais simplement qu'ils sont dégoûtants, qu'il est temps de changer, de respecter la vie, de s'entendre enfin là-dessus, de conserver une marge d'humanité où il y aurait de la place même pour tous les éléphants, ça ne les dérangerait pas beaucoup. Ils se contenteraient de hausser les épaules et de dire que je suis un illuminé, un excité, un humanitaire bêlant. Donc, il faut être malin. Voilà pourquoi je veux bien leur laisser croire que les éléphants, c'est seulement un prétexte, un camouflage, et qu'il y a derrière une raison politique, qui les vise directement. Alors là, il n'y a pas de doute, ils ont des chances de se réveiller, de s'alarmer, de faire quelque chose, de me prendre au sérieux. Or ce qu'il y a de plus habile à faire, de plus astucieux, c'est évidemment de nous enlever le prétexte, c'est-à-dire d'interdire complètement la chasse à l'éléphant. C'est ce qu'ils vont faire à la nouvelle conférence du Congo. Et c'est tout ce que je demande. Le reste...

Il fit un geste de la main.

— A toutes choses il faut un commencement...

... Et le Père Fargue, qui avait passé tant de semaines à parcourir les collines Oulé à la recherche du mécréant qui voulait faire de l'homme le protecteur de lui-même, qui se croyait assez grand et assez fort pour suffire à cette tâche et qui croyait n'avoir besoin de personne :

— Que je le trouve, seulement, mon ami, et je lui ferai jaillir tant d'étincelles devant les yeux qu'il finira peut-être par y voir clair à leur lumière, je lui apprendrai, à s'adresser à qui de droit avec ses appels et ses pétitions.

... Et Peer Qvist, assis, très droit, devant son thé bouillant, après son arrestation, avec ce visage où les rides elles-mêmes, par leur dureté, évoquaient beaucoup plus la force que l'âge :

— Je suis un vieux naturaliste. Je défends toutes les racines que Dieu a plantées dans la terre et aussi celles qu'il a plantées à tout jamais dans l'âme humaine...

... Et le colonel Babcock, étendu dans sa chambre à l'hôpital militaire de Fort-Lamy, une sentinelle sénégalaise à sa porte, dans la véranda — comme si un homme en armes pouvait empêcher l'évasion qui se préparait. Schölscher, en entrant, avait été frappé par l'ordre impeccable des draps et de l'oreiller, qui indiquait beaucoup plus le degré d'épuisement du malade que les soins de l'infirmière. Le colonel Babcock ne cherchait plus à voiler son humour, seule tentative d'insoumission permise à un officier de Sa Majesté Britannique :

— La dignité, voilà ce qu'il défendait. Il voulait que l'homme fût traité décemment, ce qui ne lui était presque jamais arrivé jusqu'à présent — sauf en Angleterre, bien entendu. C'était une magnifique protestation, à laquelle un gentleman ne pouvait demeurer indifférent...

Il s'arrêta pour reprendre son souffle. On entendit alors dans la chambre un petit bruit sec, qui provenait d'une boîte en carton placée au chevet du colonel. La boîte était ouverte. A l'intérieur se trouvait un haricot sauteur qui faisait parfois un petit bond. Le colonel le regardait alors avec amitié. Tout le monde, à Fort-Lamy, connaissait à présent sa petite lubie : depuis quelques mois, il transportait partout avec lui un de ces haricots sauteurs du Mexique, habités par un ver minuscule qui essaie de se débarrasser par des détentes brusques de la carcasse qui l'enferme, ce qui a pour résultat unique de faire effectuer au haricot un petit bond. Depuis quelque temps, la première chose que faisait le colonel Babcock en s'asseyant à la terrasse du Tchadien était d'ouvrir la boîte et de la placer sur la table devant lui. Parfois, il faisait la présentation :

— *Meet my friend Toto,* disait-il, et, en général, le haricot choisissait toujours ce moment pour faire un petit bond. Le colonel commandait alors un verre de whisky pour celui qu'il avait appelé une fois son « compagnon d'infortune ». Personne ne faisait plus attention, au Tchadien, à cette lubie innocente : on en avait vu d'autres.

— Bien sûr il y a eu aussi dans son cas une part de solitude. Je puis vous en parler en connaissance de cause : c'est seulement ces derniers temps que j'ai eu la chance de rencontrer une véritable, une grande amitié...

Dans la boîte, le haricot fit un petit bond et le colonel lui sourit. Avec son visage émacié, très « grand d'Espagne », sa barbiche grise, ses mains immobiles, il n'avait pas l'air d'un terroriste et pourtant c'était exactement ce qu'il était : l'humour est une dynamite silencieuse et polie qui vous permet de faire sauter votre condition présente chaque fois que vous en avez assez, mais avec le maximum de discrétion et sans éclaboussures.

— Pauvre Toto, dit le colonel. Il se fait du mauvais sang à cause de moi. L'état de mon cœur lui donne des soucis. Il est doux de se dire que l'on va manquer à quelqu'un. Si ce qu'il redoute arrive, est-ce que je peux vous demander de l'adopter ? Oh, c'est vrai : vous êtes déjà pourvu. On dit beaucoup que vous allez vous retirer dans un monastère...

Il y avait trop de gentillesse dans les yeux noirs pour que ce pût être désobligeant.

— Je crois que Morel défendait une certaine conception de la dignité, la façon dont nous sommes traités ici-bas l'emplissait d'indignation. Il y avait en lui un Anglais qui s'ignorait. Bref, il me parut tout naturel qu'un officier britannique fût associé à l'affaire... Après tout, nous sommes un pays connu pour notre amour des bêtes...

Toto fit un petit bond : il avait l'air de s'amuser.

— Si bien qu'un matin, je pris mon pick-up, je pris Toto que vous voyez là et qui a, lui aussi, une très belle nature, je pris également des armes et des munitions et je me dirigeai par petites étapes vers ce massif des Oulés où l'on disait que ce Français se trouvait avec quelques autres insoumis... Ainsi que vous le savez, je ne suis pas allé très loin. Je ne sais si ce furent les émotions, ou simplement l'approche de ce malentendu physiologique qu'on appelle la mort, mais j'eus une fâcheuse crise cardiaque un peu avant d'arriver à Gola, et me voici avec une sentinelle à ma porte, pour m'empêcher de m'évader. Le juge d'instruction m'a informé que je serai inculpé de tentative d'assistance à des criminels...

Mais après la conversation qu'il avait eue avec le médecin, Schölscher ne pensait pas que le colonel eût à faire face à cette éventualité. Il mourut effectivement quelques jours plus tard et ses dernières volontés furent scrupuleusement respectées, malgré la réprobation évidente manifestée par le consul britannique venu spécialement de Brazzaville pour assister à la cérémonie. Qu'on recouvrît le cercueil du colonel du drapeau britannique, il ne voyait là rien que de très naturel, mais qu'on plaçât sur ce drapeau un haricot sauteur, lequel, pendant toute la cérémonie, ne cessa de faire de petits bonds, voilà qui parut au distingué fonctionnaire le comble du mauvais goût, voilà qui en disait long sur l'influence mal supportée de la vie au milieu de Français, pour certaines natures qui ne savent pas s'accrocher aux disciplines salutaires du vieux pays.

... Et Haas, enfin, descendu des roseaux du Tchad, à la nouvelle qu'on se décidait à préparer une expédition contre Morel, voulait à tout prix y prendre part et déclarait :

— Si ce bougre-là défend vraiment les éléphants, je lui tirerai mon chapeau, et me mettrai avec lui. Mais s'il se sert d'eux pour faire de la politique, ou simplement de l'astuce, si c'est encore un truc idéologique, un truc pas franc, de la propagande, eh bien, je veux être là pour la battue, pour lui apprendre à ne pas salir la dernière chose propre que les hommes ont encore en eux...

Mais si des hommes un peu partout donnaient leur interprétation de l'aventure, ceux qui la vécurent auprès de Morel furent unanimes dans leur témoignage : il n'avait qu'une idée, défendre les éléphants. Il pouvait passer des heures derrière les buissons à observer les géants en liberté, les yeux rieurs et heureux, et souvent Idriss était obligé de lui mettre la main sur l'épaule pour l'empêcher de s'aventurer trop près. Le soir, lorsqu'il revenait au camp, il s'asseyait près du feu, la carabine entre les genoux, le chapeau sur la nuque, et disait avec cet accent faubourien qui était toujours plus marqué lorsqu'il était heureux ou ému :

— Au fond, ce que je veux, c'est qu'on apprenne plus tard aux enfants noirs dans les écoles : c'est Morel, un Français, qui a sauvé les éléphants, qui a fait respecter la nature en Afrique. Je veux qu'on dise ça comme on dit que c'est Fleming qui a inventé la pénicilline. Tu vois que je suis pas désintéressé. Peut-être que j'aurai le prix Nobel, si on crée un jour un prix Nobel d'humanité...

Il s'imaginait populaire, entouré de sympathie universelle et parlait toujours comme s'il y avait dans le monde des millions de pauvres bougres qui n'avaient pas autre chose à faire que de s'occuper des splendeurs de la nature. Chaque fois qu'il voyait un troupeau d'antilopes s'envoler d'un bond à travers les herbes jaunes, ses yeux brillaient de plaisir et on sentait bien qu'il était heureux... Minna sourit elle-même, à ce souvenir, puis réfléchit un moment, et soupira. Il avait dû beaucoup souffrir en captivité — dans la « fourrière », ainsi qu'il le disait. C'était sans doute pour ça. Un soir ils avaient vu l'horizon se couvrir de fumée et ils avaient surpris les hommes d'un village qui revenaient de la chasse au feu — l'incendie continua à courir pendant plusieurs jours, dévastant la région. Morel s'était mis dans une colère terrible et avait fait brûler les cases de tous les notables du village... Elle leva les yeux vers Schölscher :

— Au procès, on a cité ça comme exemple de sa « folie »... J'ai essayé de leur expliquer, mais ils ne m'ont même pas écoutée. Ce sont des gens qui n'en ont pas assez bavé, qui ne peuvent pas comprendre... Ils ont voulu prouver qu'on était des anarchistes, comme ils ne cessaient de le répéter... Toutes ces questions qu'ils m'ont posées, c'était pour prouver que j'étais une espèce de fille perdue qui en voulait à la terre entière, et puis voilà. Il fallait leur répondre « oui, non, oui, non » et finalement, j'ai haussé les épaules, et je les ai laissés dire, vous pensez si ça m'était égal...

... Dans la salle où siégeait la cour criminelle, le ronron des ventilateurs se bornait à donner une voix à la chaleur.

— Ainsi, vous avez rejoint Morel uniquement poussée par votre amour de la nature ?

— Oui.

— Pour l'aider à mener sa campagne pour la protection de la nature ?

— Oui.

— Vous n'aviez aucun autre motif ?

— Aucun.
— Avez-vous eu des rapports sexuels avec Morel ?
— Oui.
— Après ou avant de l'avoir rejoint ?
— Après.
— Vous étiez amoureuse de lui ?
— Je...
— Nous vous écoutons.
— Je ne sais pas. Ce n'était pas ça...
— C'était votre amour de la nature ?
— Oui.
— Est-il exact, ainsi que l'indiquent les informations de la police allemande, qu'après la Libération vous travailliez, si je puis dire, dans une maison de prostitution ?
— Je...
— Répondez oui ou non.
— Oui.
— Pendant combien de temps ?
— Au moment de la prise de Berlin les soldats russes nous avaient enfermées dans une villa d'Ostersee. Ils nous avaient violées. Nous sommes restées là plusieurs jours. Ensuite, quand la police militaire nous a trouvées là-dedans, on nous a classées comme « prostituées », pour arranger les choses.
— Après être sortie de la... villa, comme vous dites, vous êtes retournée chez votre oncle ?
— Non, je suis restée quelque temps à l'hôpital.
— Vous étiez malade ?
— J'avais une maladie vénérienne et un début de grossesse.
— Vous avez eu un enfant ?
— Les médecins de l'hôpital m'ont fait avorter.
— Sur votre demande ?
— Oui.
— Quel âge aviez-vous alors ?
— Dix-sept ans.
— Vous deviez avoir quelque rancune envers les hommes ?
— J'étais très malheureuse mais je n'éprouvais aucune rancune contre personne.

— Vous n'en vouliez à personne ?
— A personne.
— Si peu, qu'après votre sortie de l'hôpital vous êtes devenue la maîtresse d'un officier russe ?
— Oui.
— Vous avez vécu longtemps avec lui ?
— Trois mois.
— Et ensuite ?
— Il a été muté. Il a déserté pour rester avec moi. Mon oncle l'a dénoncé et je ne l'ai plus jamais revu.
— Vous l'aviez encouragé à déserter ?
— Non.
— Vous étiez amoureuse de lui ?
— Oui.
— Et votre oncle l'a dénoncé ?
— Oui.
— L'officier a été arrêté et vraisemblablement fusillé ?
— Oui.
— Par la faute de votre oncle ?
— Oui.
— Et vous vous êtes alors trouvée toute seule ?
— Oui.
— Et où êtes-vous allée alors ?
— Je suis revenue vivre chez mon oncle.
La salle ne bougeait pas. Le président laissa passer un moment, pour faire durer l'effet de cet aveu.
— Cela vous était donc égal, qu'il ait dénoncé l'homme que vous aimiez ?
— Ça ne m'était pas égal.
— Vous êtes cependant revenue vivre avec lui ?
— Il était difficile de se loger à Berlin à cette époque-là.
— Avez-vous jamais entendu parler des nihilistes russes ?
— Non.
— Ainsi, vous êtes revenue vivre chez votre oncle ?
— Oui.
— Est-ce que vous avez eu des rapports sexuels avec lui ?
L'avocat de la défense bondit.

— Monsieur le Président, ces questions déshonorent la justice française et...

— Je demande que l'accusée réponde à ma question. Nous avons sous les yeux une enquête complète de la police de Berlin et des témoignages certifiés de la commission de contrôle interalliée. Avez-vous eu des rapports sexuels avec votre oncle ?

— Ce n'était pas mon vrai oncle, dit Minna, d'une voix qui tremblait légèrement. C'était mon oncle par alliance...

— Vous avez eu des rapports sexuels avec lui ?

— Mes parents ont été tués dans un bombardement alors que j'avais quinze ans et il m'avait recueillie aussitôt après. Il m'avait forcée tout de suite à avoir des rapports sexuels avec lui.

— Vous ne vous êtes pas plainte à la police ?

— Non.

— Pourquoi ?

— J'avais honte.

— Vous préfériez continuer à avoir des rapports sexuels avec votre oncle, plutôt que de vous plaindre à la police ?

— Oui. Et puis...

— Et puis ?

— Ce n'était pas très important. Des millions d'hommes étaient tués... Toute la ville était en ruine et les enfants mouraient dans les rues. Ce n'est pas ça qui comptait.

— Le comportement sexuel des êtres humains n'a aucune importance, n'est-ce pas ?

— Ce n'est pas ça qui compte, répéta-t-elle obstinément.

— Vous avez fait ensuite un numéro de... nu, dans une boîte de nuit à Berlin ?

— Oui.

— Il vous est arrivé d'avoir des rapports sexuels avec des clients ?

— Oui.

— Pour de l'argent ?

— Oui.

— C'était une chose à laquelle vous n'attachiez aucune importance ? Ça ne comptait pas ?

Elle regarda désespérément à droite et à gauche comme si elle eût cherché quelqu'un qui l'eût comprise et défendue. Dans la salle, Schölscher, le képi posé sur ses genoux, la regardait amicalement. Assis entre deux Pères Blancs, Saint-Denis s'était dressé, puis rassis, le visage blême. Au banc des accusés, Peer Qvist croisait les bras sur sa poitrine, le visage à la fois tranquille et sévère, et Habib avait l'air de s'amuser énormément. Forsythe baissait la tête. Seuls Waïtari et les jeunes gens qui l'accompagnaient ne semblaient pas touchés par l'affaire et ne paraissaient même pas écouter. Il était évident que cela ne les intéressait pas. Elle chercha encore un moment, puis les larmes se mirent à glisser sur ses joues.

— Mais néanmoins, lorsque vous avez rejoint Morel avec des armes et des munitions, vous affirmez que vous ne sentiez aucune rancune spéciale contre les hommes ?

— J'ai voulu quitter tout cela... J'ai voulu l'aider...

— C'est pour cela que vous avez rejoint Morel ? Pour l'aider ?

— Oui.

— Et vous prétendez avoir agi sans aucune rancune ?

— J'ai voulu l'aider à défendre les éléphants...

— Vous étiez amoureuse de lui ?

— Je ne sais pas.

— Vous le connaissiez bien ?

— Non. Je l'avais vu une seule fois.

— Et cela vous a suffi pour vous lancer dans une aventure dont les conséquences certainement ne vous échappaient pas ?

Elle resta un moment sans dire un mot, les mains sur la barre et secouant violemment la tête, comme pour se débarrasser de leurs questions. Ce fut pourtant elle qui eut le dernier mot. Elle les regarda tous avec obstination, avec cet air têtu que le public lui connaissait déjà et dit :

— C'était un homme qui croyait à quelque chose de propre.

... A deux cents mètres de là, le marchand Araf Irnit,

de Kano, ayant vendu avec succès sa cargaison de myrrhe s'assit sous un acacia, à côté de son âne, mit ses lunettes, et prit un moment de repos, le Livre à la main, les lèvres bougeant silencieusement sur les versets : « J'ai placé ma confiance en le Vivant, qui ne meurt pas. Louange à Dieu qui n'a pas d'enfants, pas d'associés à son règne et qui n'a pas besoin d'auxiliaires. Proclamons sa grandeur. Tu n'es ici que de passage. Louange à Celui qui était un trésor caché et qui s'est laissé connaître et a créé la créature... » Ses lèvres continuaient à bouger, pendant que son regard parcourait la place vide, s'arrêtait à son âne, suivait trois femmes aux voiles noirs portant leur jarre d'huile sur l'épaule, puis ses lèvres bougèrent plus vite, il ferma les yeux et appuya un poing contre sa poitrine. « Il n'y a pas d'autre Toit, il n'y a pas d'autre Porte, il n'y a pas d'autre Beauté, il n'y a pas d'autre Tendresse. Sois le Bienvenu, dans mon cœur, dans mes yeux, sur mes lèvres, Toi, qui soulèves les pierres... » Il se demanda un instant s'il n'avait pas vendu sa marchandise à un prix un peu trop bas et se frappa aussitôt la poitrine, se balançant légèrement, puis retira ses lunettes et s'essuya les yeux. « Je te remercie d'être Toi, tu es Riche et la créature est pauvre. Tu es Glorieux et la créature est vile. Tu es Immense et la créature est méprisable. Tu es Grand et la créature est petite. Tu es Fort et la créature est faible. Je te remercie d'être Toi... » Il psalmodiait doucement, regardant parfois l'ombre de l'acacia qui s'allongeait peu à peu sur la place, ou un cavalier Gola qui passait à côté, le visage voilé de bleu, ou une bande d'enfants qui s'ébattaient dans la poussière du soir, et lorsque son attention se dissipait un peu, il se frappait la poitrine, regardait le ciel, élevait la voix et se balançait. Lorsqu'il se sentit tout à fait reposé, il remit le Livre dans son étui et le cacha sous son burnous, grimpa sur son âne, lui donna un coup de talon et s'en alla sur la route en se demandant s'il n'était pas imprudent de voyager le soir avec tant d'argent sur lui, tous les Golas étaient des voleurs, c'était connu. A la même heure, un peu plus au sud, la femme Foulbé Fatima, dont le mari était tirailleur dans le Fezzan, était assise à la porte de sa *hadja,* recevant les offrandes et les félicitations de ses voisines. A l'intérieur était couché le corps de son enfant mort et Fatima souriait en touchant les mains de tous ceux qui apportaient des provisions pour le voyage de celui qui, si jeune, avait déjà été élu. Une caravane de chameaux revenant de Murzouk et se dirigeant vers le Fezzan, les sacs de cuir chargés de sel, s'arrêtait à cent kilomètres à l'ouest du premier point d'eau, le puits de Sara, et dans la nudité du désert, cinquante hommes — dont le fameux Kamzin, qui avait mené à bon port plus de cinquante caravanes chargées d'armes automatiques pour les confins algériens — s'agenouillaient dans la blancheur de leurs burnous et touchaient du front le sable, pendant que Kamzin, un œil barré d'une taie blanche, une partie du nez rongée par le lupus, murmurait à chaque plongeon : « Barakatoum il Khadhizi, la Ilahi, m'ana Tadhour Ilahi... del Kahdhir, ô mon Dieu ! sois présent parmi nous, ô mon Dieu ! que la Baraka d'Ouwaïr, la Baraka des grands seigneurs soit présente parmi nous... » Les paupières baissées à demi, Schölscher les voyait, eux tous, qui lui avaient permis de retremper dans l'Islam sa foi chrétienne. Il sourit à sa propre certitude. Mais il savait qu'il était vain de vouloir tendre la main à quelqu'un qui est trop loin de vous. Avec une ironie un peu cruelle, il tendit de nouveau à Minna le paquet de cigarettes. Elle aspira la fumée, ramena une fois de plus sa jupe sur ses genoux et secoua ses cheveux avec bonhomie. Oh, elle ne leur en voulait pas. Il fallait les comprendre, eux aussi. Morel leur avait glissé une fois de plus entre les doigts, alors ils se rattrapaient sur ceux qui étaient là. Il y avait de quoi être furieux — ne disait-on pas que Morel projetait un attentat en pleine séance du tribunal, qu'on l'avait reconnu sous un déguisement au marché arabe, qu'il allait monter un « commando » pour libérer les inculpés et fouetter les juges — de la part de l'aventurier qui avait réussi l'exploit de Sionville, on pouvait s'attendre à tout.

Cette affaire de Sionville, les autorités n'arrivaient pas à l'avaler — pendant huit jours, les journaux n'avaient parlé que de ça, ce qui était exactement le but de l'expédition, la raison pour laquelle Morel l'avait tentée. La nouvelle conférence pour la protection de la faune africaine devait commencer au Congo et Morel avait décidé de frapper ce qu'il appelait « un grand coup », pour influencer les délégués et fixer sur leurs travaux, de cette façon sensationnelle, l'attention de l'opinion publique. Il se trouvait alors avec ses hommes dans une grotte à la lisière de la brousse et au pied de la forêt équatoriale, qui commençait dans l'enchevêtrement des bambous, des rocs et des épineux sur les escarpements des Oulés. Un camion devait venir chercher le « commando » le premier mardi de juin de l'autre côté du massif des Oulés, sur la piste de Lati à Sionville ; après avoir exécuté le raid, les quatre hommes du groupe, Morel, Forsythe, Peer Qvist, Korotoro, plus les trois étudiants qui les attendraient dans le camion, devaient filer vers la frontière soudanaise et Khartoum, où Waïtari était en train de discuter avec des représentants de Nasser. Idriss devait les mener jusqu'au camion puis revenir vers la grotte, avant de se rendre avec Youssef et Minna au lac Kuru, où Waïtari avait installé ce qu'il appelait un « point d'appui ». Certains articles de journaux qualifiaient déjà ce point de « centre d'entraînement de l'armée de l'indépendance africaine », que les journalistes situaient au gré de leur imagination en vingt endroits différents de l'A.E.F. Les deux tronçons du groupe devaient se rejoindre sur le Kuru et parcourir ensemble en camion les cinquante kilomètres qui les séparaient de la frontière soudanaise. Selon l'expression de Forsythe, dont la formation militaire s'était réveillée soudain devant la belle hardiesse du plan, le commando avait « à peu près autant de chances de réussir que moi d'être élu Président des États-Unis ». Il y avait deux chefs-lieux de cercles administratifs entre l'endroit où le camion les attendait et Sionville, à sept heures de route de là. Même s'ils arrivaient à exécuter l'opération, ils étaient sûrs d'être interceptés sur le chemin du retour. Il exposa tous ces arguments à Morel, lequel lui dit tranquillement, tout en continuant à nettoyer avec soin sa carabine :

— L'ennui avec toi, c'est que tu n'as aucune confiance dans ton prochain. Bien sûr, qu'ils seront avertis. Et puis après ? Ils regarderont de l'autre côté, pour ne pas nous voir passer, et voilà tout. Ils pourront dire ensuite qu'ils ne nous ont pas vus. Les gens en ont marre, crois-moi, qu'ils soient administrateurs de cercles ou simples pékins. Ils lisent les journaux, ils savent ce qui se passe dans le monde, et ils sont prêts à nous donner un coup de main. Ils ne s'y risquent peut-être pas eux-mêmes, mais ils sont heureux que quelqu'un fasse une tentative pour défendre la nature. Tu as tort d'en douter.

Johnny Forsythe se grattait la tête et cherchait en vain une trace de dérision dans les yeux de Morel, qui paraissait tout à fait sérieux. La seule chose qui le préoccupait était la venue des pluies. La région désertique du *waterless track* pré-soudanais s'étendait à l'est des Oulés jusqu'au lac Kuru, cent cinquante kilomètres de poussière rouge, de pierres, d'euphorbes et de roches sans un point d'eau, mais qui devenaient infranchissables après quelques heures de pluie à partir de Gola. Comme on n'était qu'au début de juin, il n'était pas encore tombé une goutte d'eau. L'Afrique entière était épuisée par la sécheresse. Idriss, invité à donner son avis, hésita pendant quelques heures : il regardait le ciel de ses yeux en fentes minces, ses narines profondément échancrées frémirent, comme s'il cherchait à s'imbiber de la moindre trace d'humidité qu'il pouvait y avoir dans l'air, puis il se prononça : la sécheresse n'était pas sur le point de finir. La forêt se vidait de toute trace de vie, les bêtes avaient fui vers les points d'eau dont elles se croyaient sûres ; le mince filet du Galé avait disparu depuis longtemps entre les pierres. Ils étaient eux-mêmes obligés de descendre vers le puits d'un village à cinq kilomètres de là pour remplir leurs gourdes. Les troupeaux d'éléphants abandonnaient leurs circuits saisonniers habituels et se dirigeaient vers le Kuru, dont les eaux ne se desséchaient jamais. Mais il y avait là un parcours de cent cinquante kilomètres sans une source et seules les bêtes adultes pouvaient s'y risquer. Idriss gesticulait, son bras nu sortant de la manche bleue, qui coulait sur l'épaule, et parlait avec une animation que personne ne lui connaissait : on n'avait encore jamais vu cela, de mémoire d'homme, et dans sa bouche ces paroles avaient un accent d'autorité que personne ne songeait à mettre en doute. Sur son visage grêlé errait l'expression d'une crainte superstitieuse, qui prenait la forme d'une extrême dévotion. Il multipliait les prières et restait longuement le front contre le sol ; il était assez émouvant de voir le plus célèbre pisteur de l'A.E.F. prier ainsi pour la protection des troupeaux qu'il avait contribué à décimer. Il paraissait frappé de stupeur devant l'étendue du désastre qui se préparait ; accroupi dans son burnous, il prenait de temps en temps une poignée de terre qui s'écoulait comme du sable entre ses doigts, puis hochait la tête sans dire un mot. Et ils sentaient bien tous que même l'air autour d'eux était chargé d'une lourde épouvante. Les voix de la forêt s'étaient tues ; à l'aube, il n'y avait pas trace de rosée sur le sol. Les branches semblaient avoir perdu toute sève et se cassaient sous la moindre pression. L'absence de troupeaux était à peu près totale : pas un buffle, dans une région où ils en avaient vu des milliers, par un koudou sur les collines, pas un trot de phacochère ou de porc-épic dans les sous-bois et ils commençaient à voir des cynos crevés au pied des arbres. Une fois, ils virent un vieil éléphant suivre tout seul le lit du Galé et, le soir même, ils avaient trouvé la bête morte sur les cailloux, abandonnée par le troupeau, trop vieille pour tenter la traversée. C'était l'année où, sur les plages du Mozambique, des éléphants furieux, descendus vers la mer après des semaines de soif, crevaient en quelques heures après s'être gorgés d'eau salée ; où des bandes de babouins se jetaient dans les puits des villages et s'y noyaient par grappes glapissantes ; où la quasi-totalité des récoltes fut perdue, où dans toute l'Afrique centrale et jusqu'à l'océan Indien, le mot « eau » était devenu une supplication unanime sans cesse répétée. Morel avait perdu un peu de son assurance et scrutait longuement le ciel comme pour y chercher quelque trace de bonté. Forsythe l'observait avec un peu d'ironie, sans oser toutefois la lui manifester ouvertement ; une seule fois, il avait posé la main sur la vieille serviette que Morel trimbalait partout avec lui, l'éternelle serviette bourrée de manifestes et de pétitions, et il avait dit :

— On ne sait vraiment plus à qui s'adresser avec tout ça, hein ?

Morel inclina la tête.

— Sans doute. Mais il y a un très vieux proverbe de chez nous — la sagesse populaire, tu sais — peut-être même qu'il existe en Amérique aussi. Nous disons : fais ce que tu dois, advienne que pourra...

Le lendemain, à l'aube, le petit « commando » de quatre hommes s'enfonçait dans la forêt pour accomplir ce qui devait être l'exploit le plus sensationnel de l'homme qui défendait les éléphants et allait donner à sa campagne un retentissement nouveau dans le monde entier.

XXX

Forsythe devait dire plus tard que les trois jours et les deux nuits de marche qu'ils avaient dû faire pour traverser le massif des Oulés, dans une région où les chevaux étaient inutilisables, lui laissèrent un souvenir à peine moins pénible que la fameuse « marche de la mort » que les prisonniers américains avaient dû effectuer, pendant la campagne de Corée, par ordre du commandement communiste au moment de la retraite de Séoul. Mais il l'évoquait avec satisfaction, aussitôt après son arrestation, et même avec une certaine complaisance, accrue sans doute par la lecture des journaux, qui parlaient de leur raid de Sionville en termes dithyrambiques — on sentait presque des larmes d'émotion dans les accents que trouvaient les journalistes pour vanter l'héroïsme et le désintéressement de « cette poignée d'hommes seuls au fond de la brousse qui avaient prouvé qu'au milieu des pires difficultés qui nous assaillent, nous demeurons encore capables de nous occuper des autres espèces et de leur protection, que nous sommes capables de générosité et de désintéressement ». « Ce qui n'empêche pas le gars qui a écrit ça, commenta Forsythe, de rester tranquillement sur son derrière, en laissant aux autres le soin de faire le boulot... Et remarquez encore qu'il voit une preuve de désintéressement dans le fait que les hommes se décarcassent pour défendre la nature, ce qui prouve bien que, dans l'esprit de ce brave, il y a une distinction digne d'être soulignée entre l'espèce humaine et la nature, et qu'il n'a pas encore eu le temps de s'apercevoir que lorsqu'on défend l'une, on défend l'autre — bref, il n'a rien compris à ce que Morel faisait. Mais passons. Ils sont bien gentils de nous traiter en héros, et je leur en suis très obligé. Je puis vous assurer que ces deux jours de marche forcée ont failli m'avoir — d'autant plus que j'avais absorbé au cours des deux années écoulées une quantité assez prodigieuse d'alcool, et comme cure de désintoxication, ça se posait un peu là. J'avais parfois l'impression que chaque globule de mon sang hurlait dans mes veines et réclamait sa ration habituelle. Mais j'ai tenu le coup. Je me souviens qu'une fois, alors que je n'arrivais plus à me lever après un quart d'heure de repos, Morel s'était approché de moi, une flasque de whisky à la main — il pensait décidément à tout. A ma propre surprise — on ne se connaît jamais assez — je refusai. J'ai laissé mes globules hurler — je les voyais pour ainsi dire gueules ouvertes, des millions et des millions de globules — et me remis à marcher, sous l'œil approbateur de Peer Qvist, qui m'observait. Malgré son genou raide, ce vieil animal n'offrait aucun signe perceptible de fatigue ; je l'apercevais devant moi, grande silhouette qui grimpait inlassablement dans les clartés et les ombres, montait et descendait, à travers les galeries forestières, les roches et les bambous, à travers les roseaux et les collines, avec une persévérance presque hallucinante, increvable, comme immortel, suivi de Korotoro, qui portait sa mitraillette en bretelle, l'avant-bras posé sur le canon, et qui me montrait parfois ses petites dents magnifiques dans un sourire encourageant ; derrière venait Idriss, dont le burnous bleu apparaissait et disparaissait parmi les arbres, enfin Morel fermait la marche — tenant serrée sa fameuse serviette pleine de manifestes et de proclamations, qui était devenue pour moi comme le symbole même de sa folie... »

Ils furent sur le lieu de rendez-vous à cinq heures du matin et virent le camion. Idriss se replongea sans un mot dans la forêt. Trois jeunes noirs étaient assis auprès d'un feu et se dressèrent d'un bond, la mitraillette à la main. Morel marcha vers eux.

— C'est travailler comme des cochons, dit-il. Personne ne sait qui vous êtes, personne ne vous soupçonne de rien, mais il faut que vous vous fassiez remarquer. Planquez-moi vos arrosoirs.

Les trois jeunes gens cherchaient quelqu'un du regard et l'un d'eux prononça enfin le nom de Waïtari. Morel leur expliqua que leur chef avait été obligé de se rendre au Soudan plus tôt que prévu et qu'il lui avait passé le commandement de l'expédition : ils parurent terriblement déçus. On sentait chez eux un dévouement absolu à Waïtari et le désir de briller et peut-être de mourir à ses côtés. Son absence les rendait inquiets, peu sûrs d'eux-mêmes et les désorientait. L'un d'eux s'appelait Madjumba ; c'était un Oulé aux épaules puissantes ; il cachait sa nervosité sous une mine constamment renfrognée ; sa voix elle-même, transposant en français, dont il connaissait admirablement toutes les nuances, le rythme rapide, précipité et guttural de son parler natal, ne paraissait connaître d'autre ton que celui de l'emportement. Le deuxième, Inguélé, avait un visage fin et doux, dont la beauté rêveuse et la timidité reflétaient une délicatesse d'âme et de sentiments que les heurts avec la réalité avaient dû canaliser en une aspiration secrète ; peu attiré par la politique, embarrassé dès que ses amis mettaient la discussion sur ce terrain, il semblait s'être joint à eux un peu comme la jeunesse romantique allait mourir jadis en Grèce aux côtés d'Ypsilanti ; sans doute aussi, d'une grâce presque féminine, se sentait-il obligé de multiplier les preuves de sa virilité. Le plus gentil des trois, le plus cultivé, et peut-être le plus naturellement courageux, il était cependant entièrement dominé par ses compagnons et surtout par Madjumba, qu'il suivait aveuglément plutôt que Waïtari lui-même ; il n'avait vu ce dernier qu'une fois et le connaissait surtout par leurs récits enflammés. Il émanait de lui ce rayonnement de pureté qui fait parfois de la jeunesse un des rares moments de souveraineté humaine et ce fut pour Inguélé que Morel eut le plus d'égards, spontanément, peut-être aussi parce qu'il avait reconnu en lui les mêmes aspirations qui animaient jadis certains de ses camarades du camp de déportés. Le troisième, N'Dolo, fils d'un des plus prospères commerçants de Sionville, dont le camion, à l'insu de son propriétaire, servait à l'expédition, était l'intellectuel du groupe : un visage expressif, mobile, qui s'appliquait au détachement et au sang-froid, conscient sans doute du reproche d'émotivité qu'on faisait à ceux de sa race ; c'était le type du fort en thème qui décide de passer à l'action et de mettre les théories en pratique ; il dit à Morel que ses camarades et lui avaient fait une partie de leurs études en France « parce qu'ils étaient les fils de parents privilégiés ». Morel, après quelques minutes de conversation avec eux, parut écœuré, soucieux et, en réponse à une grimace de Forsythe, il murmura :

— Oui — et ils n'ont pas vingt ans...

Puis il grimpa aux côtés de N'Dolo qui tenait le volant. Pendant tout le parcours, l'étudiant ne cessa de l'interpeller, avec une volubilité qui n'attendait pas de réponse et cachait le manque d'assurance d'un adolescent s'essayant à traiter un homme de quarante ans d'égal à égal. Il y avait aussi dans ses propos une trace d'animosité et d'irritation, due sans doute à l'absence de Waïtari et au malaise éprouvé en compagnie d'un homme qu'il considérait comme un illuminé et dont les buts devaient lui paraître incroyablement naïfs, sans aucun rapport avec les siens propres. Il ne cessa de le réaffirmer, les yeux fixés sur la piste étroite, entre les murs interminables des arbres, sa main quittant parfois le volant pour assurer sur son nez ses lunettes qui n'en avaient nul besoin : pour lui, les éléphants n'étaient qu'un moyen de propagande de premier ordre, une image de la puissance africaine en marche, que rien, désormais, ne pouvait arrêter. C'était une excellente arme de lutte politique, une occasion de crier la colère des peuples africains contre l'exploitation de leurs richesses naturelles par le capitalisme étranger. Ils n'avaient pas oublié que le colonialisme s'était implanté en Afrique pour exploiter l'ivoire avait de se tourner vers des pillages encore plus lucratifs. Personnellement, les éléphants, ça ne lui faisait ni chaud ni froid. Ils étaient même plutôt un anachronisme, un boulet au pied d'une Afrique moderne, industrialisée et électrifiée, — une survivance de la nuit tribale. Il ne pouvait être question de transformer le continent en réserve écologique. Il se tourna vers Morel qui ne disait rien et regardait tranquillement devant lui. N'Dolo assura ses lunettes sur son nez et évita de justesse une ornière. Le camion raclait les buissons ; un léopard traversa lentement la piste, sans tourner la tête. Des babouins tombaient parfois des branches devant eux, se mettaient à courir, le mâle couvrant les arrières, criant et menaçant, puis la femelle saisissait les petits qui s'accrochaient à ses poils et la famille entière disparaissait en glapissant dans les arbres. Nous ne voulons plus de ça, dit N'Dolo, avec un mouvement de la tête dans leur direction, nous ne voulons plus être le jardin zoologique du monde, nous voulons des usines et des tracteurs à la place des lions et des éléphants. Pour atteindre ce but, il nous faut d'abord en finir avec le colonialisme, qui se complaît dans ce croupissement exotique, lequel a pour principal avantage de lui procurer des matières premières et une main-d'œuvre à bon marché. Il faut s'en débarrasser coûte que coûte et s'occuper ensuite, avec la même énergie et la même dureté, d'endoctriner les masses : écraser le passé tribal, faire pénétrer par tous les moyens les notions politiques nouvelles dans les cervelles obscurcies par les traditions primitives. Une période de dictature serait indispensable, les masses n'étant pas prêtes à prendre les commandes ; l'effort d'Ataturk en Turquie et celui de Staline en Russie étaient historiquement justifiés... Morel l'écoutait calmement : depuis longtemps il n'avait plus d'illusions sur ce qui attendait l'Afrique. Et sans doute fallait-il faire la part de la jeunesse et de la nervosité chez cet adolescent isolé et peu sûr de lui qui essayait de montrer de quel bois il se chauffait. Ses propos enflammés étaient une façon de chanter dans la nuit pour se donner du courage. Dommage, pensa Morel, qu'un gosse de cet âge soit si peu exigeant. Quand on est jeune, il faut voir grand, se montrer plus généreux, plus intransigeant, refuser les compromis, refuser les limites... Mais allez donc expliquer à ces jeunes étriqués qu'il fallait non seulement aller de l'avant, mais encore s'encombrer des éléphants, s'attacher au pied un boulet de ce poids — ils vous prendraient pour un fou — ce que vous êtes, du reste. Ils hausseraient les épaules et vous traiteraient d'idéaliste, notion encore plus démodée, arriérée, dépassée, périmée et anachronique que les éléphants. Ils ne comprendraient pas. Peut-être parce qu'ils n'avaient pas encore connu les camps de travail forcé, cette apothéose de l'utilitarisme et du rendement intégral dans la marche en avant. Ils ne pouvaient donc imaginer à quel point la défense d'une marge humaine assez grande et généreuse pour contenir même les géants pachydermes pouvait être la seule cause digne d'une civilisation quels que fussent les systèmes, les doctrines ou les idéologies dont on se réclamait. Ils avaient passé quelques années au Quartier Latin — mais il leur restait encore à acquérir une autre éducation, que ni les écoles, ni les lycées, ni les universités ne pouvaient donner — il leur restait à faire leur éducation humaine. Un jour ou l'autre, quand il aura un peu de répit, il tâchera de leur expliquer tout cela — pour le moment, il fallait se contenter de profiter de leur camion. La nouvelle conférence pour la protection de la faune africaine se réunissait dans huit jours à Bukavu ; d'habitude, ses décisions ne trouvaient aucun écho dans les journaux. Mais cette fois, il allait s'arranger pour qu'il en fût autrement... Il soupira avec satisfaction, plongea ses doigts dans la blague à tabac et commença à se rouler une cigarette. Le camion s'immobilisa soudain dans un brusque coup de frein qui projeta Morel contre le pare-brise. Un vol affolé de perdrix rouges, le trot rapide d'un porc-épic, puis les arbres tremblèrent, s'inclinèrent dans un vacarme assourdissant et une vingtaine de bêtes sortirent lentement de la forêt et bloquèrent la piste devant eux. Ils étaient à la limite du parc national de Bioundi et devaient se sentir en sécurité, ou peut-être la sécheresse les rendait-elle indifférentes à tout ce qui n'était pas leur préoccupation profonde — elles ne prêtèrent en tout cas aucune attention au camion. Seul un éléphanteau, l'unique de la bande, se tourna avec espoir dans leur direction, prêt à jouer, mais sa mère le rappela aussitôt à l'ordre. Les géants longèrent un instant la route, puis tournèrent à droite, laissant le talus jonché de branches arrachées, et la piste encombrée d'arbres penchés ou renversés. N'Dolo eut un geste d'impuissance.

— Comment voulez-vous édifier un pays moderne avec ça ? s'exclama-t-il.

Il se tourna vers Morel. Mais le Français, qui était occupé à tasser le tabac avec ses doigts lorsque le camion s'était arrêté, demeurait sans bouger, une feuille de papier à cigarette collée à sa lèvre inférieure, et ses yeux bruns riaient avec une telle expression de plaisir que l'étudiant eut un geste irrité et se tut : c'était vraiment un pauvre type qui ne s'était jamais remis de ses années de captivité — Waïtari avait raison de chercher à profiter de sa marotte, mais ce n'était pas la peine de parler de choses sérieuses avec lui.

Assis à la table pliante devant la paillote où il avait installé son P.C., le médecin-commandant Ceccaldi écoutait d'une oreille distraite le Père Fargue, qui déversait sur lui les flots d'une indignation accumulée depuis des semaines qu'il parcourait en vain les Oulés à la recherche de Morel, sans autre auditoire que son cheval Butor. Le commandant avait vu avec une certaine appréhension ce tonneau d'homme dévaler vers lui la pente d'une colline, et s'était résigné à lui consacrer son bref moment de répit entre deux opérations. Le franciscain, sa tonsure étincelante de lumière — ce n'était du reste que de la sueur — tempêtait contre le « mécréant », contre le « blasphémateur », et le « vrai cochon » qu'il poursuivait sans relâche pour tenter de le ramener à la raison. Des paysans noirs se tenaient assis par terre dans leurs boubous blancs devant l'antenne chirurgicale, attendant leur tour avec une patience née peut-être de l'espoir, peut-être de la résignation. L'épidémie d'onchocercose faisait vivre à l'A.E.F. une de ses grandes batailles humaines. Les hélicoptères de l'armée prélevés dans l'Aurès arrosaient sans répit les marécages et les fleuves, refuges de la mouche simulie propagatrice d'épidémie ; mais le mal avait déjà chassé de chez elles des populations entières : quatre-vingt-dix mille hectares de terre cultivée avaient été abandonnés ; dans certains villages, la moitié des habitants étaient devenus aveugles. Ceccaldi opérait les kystes pratiquement sans interruption, il avait dormi en moyenne trois heures par nuit depuis le début de la campagne. Dans ces conditions, il ne lui restait que fort peu d'intérêt à consacrer à Morel et à ses éléphants — et encore moins à l'ancien député des Oulés et à sa prétendue « légion d'indépendance africaine », dont on parlait beaucoup également. Mais le Père Fargue était un vieux lutteur contre le mal sous toutes ses formes : aussi le médecin l'écoutait-il avec toute l'attention dont il était encore capable.

— Duparc prétend que c'est au camp de concentration, chez les nazis, que cette manie lui était venue. Il paraît que c'était là-bas leur façon de lutter contre la claustrophobie et les barbelés : ils s'imaginaient les grands troupeaux d'éléphants cavalant à travers les espaces libres de l'Afrique... Ça lui est resté.

Ceccaldi observait la longue file de paysans qui marchaient à travers le village. Il essayait de calculer le nombre de cas désespérés : tous ceux qui se faisaient conduire ou tenaient un bâton à la main... Il se demanda pourquoi les aveugles regardent toujours vers le ciel. Mais la proportion des incurables tendait à diminuer depuis une semaine.

— C'est possible, dit-il distraitement. Il a pu en effet faire ce que nous appelons dans notre jargon médical une « fixation »...

— Et alors ? gueula Fargue. Vous croyez qu'il est le seul à rêver d'une liberté formidable ? Nous en sommes tous là ! Il n'a qu'à faire comme tout le monde, il n'a qu'à patienter un peu, ça viendra, il n'y a qu'à attendre. Nous faisons tous de la claustrophobie, nous avons tous marre de la cellule... de la carcasse !

Il se donna sur la poitrine un violent coup de poing.

— Nous sommes tous en taule, il n'est pas le seul ! Pas un vrai chrétien ici-bas qui ne rêve d'être libéré. Mais pour cela, minute, papillon ! Il faut faire la queue, comme les copains, en levant les yeux vers Celui qui a créé l'âme et sa prison, qui en enfermé l'une dans l'autre ! Hein ?

— Évidemment, évidemment, dit Ceccaldi, avec beaucoup de courtoisie.

Il se leva.

— Excusez-moi, mais j'ai tout un village sur les bras...

Visiblement satisfait par son gros effort théologique, Fargue se leva également.

— Allons-y, dit-il. Je suis venu pour vous donner un coup de main.

A l'intérieur du camion, Johnny Forsythe, assis entre Inguélé et Korotoro, qui ronflait sur son épaule, était en train de subir une longue diatribe de Madjumba sur le problème noir aux États-Unis. L'étudiant en connaissait les données avec une précision impressionnante, citant sans arrêt des statistiques et des faits précis. Le lynchage, la ségrégation, la condition économique des noirs dans le Sud et dans les grandes villes — pendant que le camion roulait sur la piste étroite à travers la forêt des Oulés, le jeune homme lui récitait tout cela avec indignation : il n'était pas loin de l'en rendre personnellement responsable. Forsythe retrouvait sur les lèvres du jeune noir, presque mot pour mot, les termes du réquisitoire contre le racisme en Amérique, que les autorités communistes de Chine lui avaient fait lire à la radio en captivité pendant la guerre de Corée.

— Oui, dit-il. Je sais, je connais, il y a beaucoup de

vrai. J'ai même fait autrefois tout un discours là-dessus... Ça a fait un certain bruit.

Il essaya de chasser ce souvenir en éclatant d'un rire totalement dénué de gaieté. Le gentil Inguélé parut soulagé par ce ton conciliant. Forsythe comprenait mal ce que cet adolescent timide faisait parmi eux, avec son allure gracile, ses longs cils et ce visage dont les traits fins avaient une noblesse qui n'était peut-être que de la beauté. Il n'était pas efféminé, mais comme beaucoup de jeunes gens de son âge dont la virilité n'exclut pas la douceur, il avait dû entendre souvent des plaisanteries blessantes et peut-être n'y avait-il pas d'autre raison à sa présence ici, dans une aventure folle qui défiait toutes les chances de réussite, aux côtés de ces deux nationalistes farouches : les idées jouaient probablement dans son choix un rôle moindre que le désir ardent d'un adolescent d'affirmer son courage, fût-ce au prix même de sa vie.

— Vous êtes en tout cas remarquablement bien renseigné, dit Forsythe. Vous avez sans doute fait des études en France ?

— J'ai en effet reçu une bonne formation politique à Paris, dit Madjumba. Ici, j'ai été élève des Pères, mais avec eux, on n'apprend rien... Ce sont des fossiles, des survivants d'une époque révolue...

Il se tut, et loucha vers Peer Qvist, avec un peu de gêne, puis baissa les yeux vers la petite Bible que le Danois tenait dans ses mains. Mais le vieil aventurier ne l'avait pas entendu. La Bible sur les genoux, il sommeillait. Depuis longtemps déjà, il ne dormait tout à fait qu'une heure ou deux par nuit et il reconnaissait à ce signe une vieillesse dont il ne ressentait pas autrement l'emprise, ni sur sa volonté si sur son cœur ; il lui arrivait aussi de plus en plus souvent de demeurer dans cet état de demi-veille, quelque part entre le présent et un passé lointain. C'étaient des moments presque entièrement peuplés de souvenirs, de paysages, de bêtes, de forêts, d'espèces et de terres sauvegardées ; parfois aussi de visages d'hommes depuis longtemps disparus, visages haineux, sarcastiques ou niais, qui étaient apparus sur son chemin et dont il ne restait plus rien. Ses yeux étaient légèrement entrouverts, les paupières complètement immobiles, cependant qu'il revoyait un soleil pâle se lever sur les troupeaux de rennes de Laponie dans la *taïga* du Grand Nord, où le froid avait une couleur grise et bleue. Puis la vision changeait : c'étaient les mines effrayées des gamins qui s'étaient vivement écartés de l'arbre lorsque pour la première fois, à l'âge de neuf ans, un gourdin à la main, il avait donné un signe de ce mauvais caractère qui devait le rendre célèbre, en défendant un nid contre les petits détrousseurs. Ensuite, les forêts de Finlande, peu à peu sacrifiées à la pâte à papier, en faveur desquelles il avait d'abord plaidé auprès des fonctionnaires du tsar ; comme ses objurgations étaient demeurées sans effet, il avait formé avec quelques étudiants une véritable brigade volante de défense qui attaquait les camps de bûcherons. On avait dit naturellement qu'il avait des buts politiques et que les forêts n'étaient qu'un prétexte pour tenter d'arracher la Finlande aux mains des tsars — il avait d'ailleurs fini par lutter pour la liberté de la Finlande aussi, cela allait ensemble. Non, il n'avait jamais transigé avec sa tâche de naturaliste et de conservateur des espèces, le seul titre officiel qu'il n'eût pas dédaigné, et cela lui avait valu coups, blessures, ennemis, insultes et sarcasmes, expulsions et jours de prison en nombre tel que sa mémoire en avait perdu le compte. Sa campagne contre le massacre des phoques et des baleines, contre la pollution chimique des terres, de l'ozone et des océans, s'était heurtée, en 1950, à l'indifférence complète. Appuyé contre la paroi du camion, ses grosses mains calleuses nouées autour de la Bible, ses rares cheveux gris collés à ses tempes sous le feutre qui glissait, sa carabine à ses pieds, ses paupières figées au-dessus des deux fentes de lumière bleue pâlie par l'âge, il revoyait la mer du Nord avec ses baleines sauvées peut-être parce qu'il avait mis à sac un jour le siège du syndicat des baleiniers, la grimace du petit ours Koala qui venait dormir accroché à son bras comme à une branche, et le visage de Fridtjof Nansen, qui n'était pas seulement un grand explorateur polaire, mais encore un homme porté par le plus profond amour pour toutes les racines vivantes qu'une force toute-puissante avait implantées dans la terre et dont quelques-unes étaient à tout jamais enfoncées dans le cœur des hommes ; lui aussi, comme Morel, avait défendu cette marge de l'humain qu'il avait toute sa vie disputée aux gouvernements, aux systèmes politiques, aux régimes totalitaires ; il était venu le voir en prison, et lui avait dit tristement : « Mon vieux Peer, on te dit misanthrope, mais tu es plus jeune que moi, et tu vivras assez longtemps et tu auras à te dresser un jour pour la défense d'une autre espèce de plus en plus menacée — la nôtre... » Nansen, qui avait voué les dernières années de sa vie à cette tâche, qui avait fait établir le premier passeport des sans-patrie et fait reconnaître par tous les pays du monde le statut de privilégié, Nansen avait vu juste : il vint un temps où Peer Qvist eut à faire appel à tout son mauvais caractère pour lutter contre les camps de la mort et les camps de travail forcé, contre la bombe à hydrogène et la menace sournoise, déjà prévisible, des déchets de piles atomiques lentement accumulés sur la terre, dans l'air et au fond des mers ; il eut à hurler et à manifester contre l'indifférence coupable et la complaisance sinistre du congrès des physiciens à Genève, prêts à payer le « progrès » de quelques millions de cancers nouveaux — lutte menée avec la même fureur qu'il avait jadis déployée pour la défense des oiseaux. Visage de son ami le pasteur Kaï Munk, fusillé par les nazis parce qu'il avait défendu contre ses ennemis une des plus tenaces racines que le ciel eût jamais plantées dans le cœur des hommes, et qu'ils nomment liberté — qui est en eux comme un attouchement de la main divine ; groupe d'Indiens du Wyoming au tournant du siècle, qu'on aurait encore pu sauver, mais qu'on avait préféré abandonner dans leurs réserves à l'alcool, la syphilis et la tuberculose ; barrières de corail au large de l'Australie où il était allé pour reposer ses yeux et reprendre courage car l'homme n'était pas encore parvenu à menacer ces deux mille kilomètres de corail animé d'une vie fabuleuse et toute proche des premiers temps ; lutte contre l'érosion, terres tuées par l'exploitation intensive ; — Peer Qvist expulsé d'ici, indésirable là, radié de tel institut, de telle académie, puis invité à y reprendre place dix ans plus tard, lorsque les faits lui donnaient raison — trop tard — comme si une récompense officielle pouvait racheter le crime commis — seuls son grand âge et son excentricité lui valaient à présent une sorte de popularité indulgente et condescendante — ce vieil obstiné de Peer Qvist, cette tête de cochon faisait encore parler de lui... Combien de luttes, combien d'efforts, et tout restait éternellement à faire, à défendre ; toutes ces racines vivantes, ces ramifications prodigieuses dans leur variété et leur ténacité, devaient être défendues sans trêve ni répit... L'Organisation mondiale pour la Défense de la Faune et de la Flore elle-même ne voulait plus entendre parler de lui, il avait dû quitter le comité directeur, où ses « méthodes » n'étaient pas appréciées : on lui reprochait non seulement ses excès de naturaliste, mais encore son ingérence fréquente dans les luttes politiques... C'était exact. Les racines étaient innombrables et infinies dans leur variété et leur beauté et quelques-unes étaient profondément enfoncées dans l'âme humaine — une aspiration incessante et tourmentée orientée en haut et en avant — un besoin d'infini, une soif, un pressentiment d'ailleurs, une attente illimitée — tout cela qui, réduit à la dimension des mains humaines, devient un besoin de dignité. Liberté, égalité, fraternité, dignité... Il n'y avait pas de racines plus profondes et pourtant, de plus menacées. Peer Qvist n'avait jamais transigé avec sa mission de naturaliste et tous ceux qui tentaient d'arracher de la terre ces racines l'avaient toujours trouvé sur leur chemin. Et tout restait encore à faire, et il était pourtant si vieux... Enfin, il paraît que la méchanceté conserve, pensa-t-il. Je dois en avoir alors pour un bout de temps... Il sentit une main sur son épaule : Johnny Forsythe.

— Oui ?

— Je suis en train d'expliquer à ce jeune homme ce que nous faisons ici. Il ne croit pas aux éléphants. Il ne croit pas qu'ils nous intéressent vraiment, que c'est même tout ce qui nous intéresse. Il dit que c'est peut-être vrai pour Morel, qui est fou, mais qu'il y a vraiment des tâches plus urgentes, d'autres choses à défendre, comme les aspirations légitimes des peuples, par exemple. Je lui ai expliqué qu'en ce qui me concerne, je suis venu parmi les éléphants uniquement parce que je ne savais plus où me fourrer. Et toi ?

— Oh, moi, dit Peer Qvist, de sa voix traînante et grave qu'il était si difficile de soupçonner d'humour, j'ai été chargé de mission par le musée d'histoire naturelle de Copenhague. C'est tout.

Un peu avant le coucher du soleil ils virent un camion venir en sens inverse et Morel descendit pour aider N'Dolo à manœuvrer sur la piste étroite. Il ne craignait pas d'être reconnu : les vieilles photos d'identité qu'on avait publiées n'avaient que peu de ressemblance avec son visage d'aujourd'hui. Le conducteur du camion se révéla être un Portugais du nom de Sanchili, qui rentrait chez lui. Il s'était risqué sur une route qu'il suffirait de deux heures de pluie pour rendre impraticable et cela au moment où les autorités étaient partout prêtes à renforcer les barrages, parce que sa femme accouchait à Nguélé où il avait son dépôt de marchandises. C'était son neuvième enfant. Ils parlèrent un moment, au milieu de la route, tout en fumant, le Portugais se plaignant des affaires...

— Je suis exportateur d'ivoire, dit-il. Alors, vous comprenez, avec les plastiques...

Morel l'examinait attentivement, se grattant la joue. Il hésita une seconde...

— Eh bien, dit-il enfin, j'espère pour vos dix enfants et pour les suivants que vous ne rencontrerez pas Morel sur votre chemin... Il vous couperait les couilles.

Le petit Portugais fut secoué par un bon rire.

— Elle est fameuse, celle-là... Je vais la raconter à ma femme. Je vous avoue que ça ne me dirait rien de le rencontrer... Vous pensez : je suis le plus gros commerçant d'ivoire de la région. Allez, au plaisir. Tenez, voilà ma carte, si jamais vous passez par Nguélé...

— Je n'y manquerai pas, dit Morel. C'est promis. Vous dites que votre dépôt est là-bas ?

— Oui, juste à la sortie de la route. On ne peut pas se

tromper, il y a mon nom dessus... Vous serez le bienvenu. Allez, bonne chance, et à bientôt, peut-être.

Morel le regarda s'éloigner, puis remonta dans le camion.

XXXI

Vers dix heures du soir, ils traversèrent Sionville, roulèrent le long du fleuve, entre les manguiers, puis s'engagèrent sur une route qu'ils suivirent pendant cinq kilomètres, s'arrêtant enfin sur une hauteur devant la propriété Challut. Morel sauta à terre. La nuit avait une présence, un corps, une vie bruissante ; on sentait ses sueurs, son intimité ; dans l'épaisseur du jardin, le chœur des insectes était une pulsation intense qui donnait à l'obscurité des flancs palpitants, une respiration précipitée ; maintenant que le camion s'était tu, Morel entendait cette présence autour de lui : on était loin du Sahel et de son vide. Une main toucha son épaule : N'Dolo.

— Je viens avec vous...

— Pas question. Tu restes au volant, comme c'était entendu ; si tu n'as pas les nerfs assez solides pour supporter l'attente, fallait y penser plus tôt...

L'étudiant retourna au camion. Morel prit sa serviette bourrée de papiers et avança vers la grille. Les autres l'attendaient déjà. Il était le seul à n'être pas armé. Rangées à l'intérieur du jardin, il y avait une demi-douzaine de voiture américaines. Ce n'était pas prévu.

— On fait les pneus ?

— Non. S'il y en a qui veulent partir, qu'il partent... S'ils trouvaient les pneus crevés, ça donnerait l'éveil. On verra après.

En s'approchant de la villa de Challut, propriétaire du journal et un des plus gros exploitants miniers de la région, ils virent les fenêtres éclairées et entendirent de la musique. Un perron à double escalier accédait à la terrasse ; les fenêtres étaient ouvertes, on voyait des couples qui dansaient. Korotoro s'arrêta une seconde.

— Ça guinche, dit-il, avec un grand sourire.

Morel dut lui taper sur l'épaule pour le faire avancer. Mais il fut amusé d'entendre ce garçon qui n'avait jamais quitté les bas quartiers et les prisons des villes d'Afrique parler soudain l'argot parisien. C'était vraiment un miracle d'assimilation. Ils laissèrent Peer Qvist et Inguélé dans les buissons devant la villa et suivirent l'allée jusqu'à l'imprimerie du journal qui se trouvait dans un hangar, au fond du jardin. Morel entra le premier. Le numéro était sur le bloc et la rotative attendait. Dans un coin, deux noirs en short jouaient aux dames sur la table. Le troisième, un vieux typo aux cheveux blancs, se penchait sur le texte.

— Salut, les gars.

Les deux joueurs de dames levèrent la tête. Ils gardaient des visages impassibles, mais on sentait qu'ils s'y appliquaient. Le typo les regarda tranquillement par-dessus ses lunettes.

— Bonsoir, dit-il.

Les deux autres demeuraient complètement raides, l'un d'eux avait encore la main posée sur le pion qu'il s'apprêtait à avancer sur le damier. Forsythe s'approcha d'eux aimablement.

— Qui gagne ?

On entendit le bruit d'une voiture, un coup de frein et des voix... Madjumba se tourna vers le jardin, la mitraillette levée.

— Ce sont seulement les invités qui arrivent, petit, dit le vieux. Ils ne viennent jamais ici...

Morel fouillait dans sa serviette sans se presser. Il prit une feuille de papier et la posa sur la table.

— Tu vas nous mettre ça en première page...

Le typo resta un moment penché sur le texte, le crayon à la main : *Le Comité mondial pour la Défense des Éléphants communique : les sanctions suivantes ont été prises contre des chasseurs n'ayant pas obtempéré aux injonctions du Comité. Le capteur d'éléphants Haas, les chasseurs Longevielle, Ornando, pris en flagrant délit, ont reçu un châtiment corporel. Les propriétés des chasseurs Sarkis, Duparc, le magasin d'ivoire Banerjee et le dépôt de tannerie Wagemann qui transforme les pieds d'éléphants coupés en vases, corbeilles à papier, seaux à champagne et objets de décoration générale, ont été brûlés. Le trafiquant d'ivoire Banerjee a reçu dix coups de basoche. Reste à exécuter : Mme Challut, « championne » des grandes chasses, une fessée en public. Le Comité rappelle, pour dissiper les rumeurs malveillantes, qu'il n'a absolument aucun caractère politique et que les questions politiques, les considérations d'idéologie, de doctrine, de parti, de race, de classe, de nation lui sont complètement étrangères. Il poursuit simplement une œuvre humanitaire. Il s'adresse uniquement aux sentiments de dignité de chacun, sans distinction, sans discrimination, et sans autre souci qu'une entente pour la protection de la nature. Il s'est donné une tâche précise et limitée, la protection de la nature, des éléphants, pour commencer, et de tous les animaux que dans les manuels scolaires du monde entier on appelle « les amis de l'homme », et il pense que tous les hommes, quels qu'ils soient et d'où qu'ils viennent, peuvent et doivent s'entendre là-dessus. Il s'agit simplement de reconnaître l'existence d'une marge humaine que tous les gouvernements, partis, nations, que tous les hommes s'engageraient à respecter, quelle que fût l'urgence ou l'importance de leur entreprise, aspiration, construction ou combat. Au moment où se réunit à Bukavu une nouvelle conférence pour la protection de la faune et de la flore africaines, il croit indispensable d'appeler l'attention de l'opinion publique mondiale sur les travaux de la conférence, travaux qui se déroulent trop souvent au milieu de l'indifférence générale. Les délégués doivent travailler sous le regard attentif de l'opinion publique mondiale. Le Comité prend solennellement l'engagement de cesser son action dès que les mesures indispensables auront été prises. Pour le Comité, signé :* MOREL.

Le typo ne parut pas surpris. Pendant qu'il lisait, Morel l'observait avec une légère anxiété.

— Hein ? Qu'est-ce que tu en penses ? Tu es d'accord ?

— C'est bien dit.
Morel parut content.
— Alors, vas-y.
Le typo le regardait gravement.
— Je suppose qu'il faut mettre ça au milieu de la page, encadré ?
— Fais pour le mieux.
— En rouge ?
— Allons-y pour le rouge. Faut que ça saute aux yeux...
Le typo se mit au travail. Les deux joueurs de dames n'avaient pas bougé. Korotoro s'approcha d'eux et brouilla en riant les pions avec le canon de son arme. Ils roulèrent des yeux affolés, leurs pommes d'Adam se mirent à sauter spasmodiquement cependant qu'ils transpiraient sans rien dire. Au bout d'un moment, Forsythe commença à s'agiter.
— Il n'y a rien à boire ici ? demanda-t-il.
Le vieux mit son crayon derrière son oreille.
— Non, mais si vous voulez je peux aller vous chercher une bouteille de bière à la cuisine.
— Et avertir le patron ? lança Madjumba. Tu nous prends pour qui ?
Le vieux ne lui prêta aucune attention et se tourna vers Morel. Celui-ci était occupé à se rouler une cigarette.
— Vas-y, dit-il tranquillement.
— Vous êtes fou ? cria Madjumba. Et s'ils ont le téléphone ?
— Ils ont le téléphone, dit le typo.
— Vas-y, répéta Morel, sans lever les yeux.
Le vieux s'en alla. Forsythe, installé sur un tabouret, et qui suçait une fleur, secoua la tête ironiquement.
— C'est très beau, dit-il. Ça fait du bien de voir quelqu'un qui se fie à ce point à la nature humaine... Il y a pourtant des moments où je ne te comprends pas.
— Ça ne fait rien, dit Morel, avec un soupçon d'humour.
Le temps passait lentement. Le visage de Madjumba était fermé, hostile. Immobile, la mitraillette sous le coude, il paraissait à la fois méprisant et défiant. Il

n'avait jamais très bien compris les motifs qui avaient poussé Waïtari à prêter son appui à ce fou, qui se tenait là avec sa serviette bourrée d'appels et de manifestes « humanitaires », en train de lécher sa cigarette, aussi calme que s'il assistait à quelque réunion syndicale, dans un faubourg ouvrier de Paris, mais il avait obéi comme toujours à son chef sans hésiter, et maintenant il allait sans doute payer pour sa fidélité. La longue explication de N'Dolo, au moment de l'arrivée de Youssef avec le message, ne l'avait convaincu qu'à moitié. « Il s'agit de tirer parti des désordres quels qu'ils soient, expliquait N'Dolo avec volubilité. Même d'une bagarre entre ivrognes, même d'un mari qui bat sa femme, de chaque verre cassé. Il faut que l'on dise que c'est le Parti qui est derrière. C'est comme ça qu'on élargit ses assises. On vous croit très forts, et ainsi on vous renforce. Cette affaire Morel est une occasion unique. On ne peut pas la laisser passer. Le pays est trop calme, trop détendu. Les tribus se foutent complètement de l'indépendance, elles ne savent pas ce que ça veut dire, le mot lui-même n'existe pas encore dans notre parler. On ne peut pas soulever des masses qui ne sont guère que des peuplades primitives, il faut s'adresser par-dessus leur tête à ceux qui sont capables de nous comprendre, au monde extérieur, à l'opinion publique des pays évolués. Il faut se manifester, faire signe aux mouvements analogues dans le monde, prouver que nous existons, que nous sommes prêts à faire encore plus, si on nous aide, donner une raison de parler de nous à la radio du Caire, de Budapest, donner à nos amis de l'extérieur une occasion de crier à l'oppression. Le militant de base n'existe pas, les masses n'ont encore aucune formation politique, ne nous suivent pas, — sur cinquante Oulés qui ont fait des études, il y en a quarante qui marchent avec l'administration. Pourquoi ? Parce que l'éducation a fait qu'ils se sentent plus proches des Français que de la tribu qu'ils ont laissée loin derrière eux. Il faut essayer de faire la soudure. Il faut commencer par prouver que le nationalisme Oulé existe. Quel que soit le feu qui brûle, il faut l'alimenter. Voilà pourquoi il est indispensable d'annexer Morel et de profiter de la curiosité qu'il suscite. Je te le répète, on ne peut pas laisser passer l'occasion, Waïtari sait ce qu'il fait... »

Il avait obéi, mais il avait au moins espéré une action sérieuse et héroïque — non cette atmosphère de grève sur le tas. Il aurait voulu au moins pouvoir se libérer de sa tension nerveuse, de son impatience, de son besoin de tuer ou de se faire tuer, de hurler très haut son nom — après tout, son sang était celui des guerriers qui avaient dominé pendant des siècles cette région de l'Afrique. Au lieu de cela, cette attente interminable et cet imbécile heureux qui croyait qu'il ne pouvait rien lui arriver et qui s'imaginait entouré d'une sorte de sympathie universelle. Le vieux, qui était un valet des colons, allait naturellement les trahir — et ils allaient être faits comme des rats. Il tenait son arme prête, résolu à ne pas se laisser prendre vivant... Il entendit des pas sur le gravier. Le vieux revenait avec une assiette de sandwiches et deux bouteilles de bière. Il jeta à Madjumba un regard écrasant et se remit au travail. Dans un coin, il y avait un paquet de vieux journaux de France, et Morel se mit à fouiller dans le tas avec curiosité. « Depuis quelques semaines, la presse du bloc atlantique inonde ses lecteurs de récits sensationnels sur ce qu'elle appelle " la prodigieuse aventure de l'homme qui est allé défendre les éléphants en Afrique ". Les plus gros titres sont consacrés à ce personnage mythique dont l'existence, faut-il le dire, est plus que douteuse... Tous les moyens sont bons pour tenter de détourner l'attention publique des préparatifs de la guerre atomique activement poursuivis... » Mais c'était un vieux numéro. Il en chercha un plus récent. « L'existence d'un mouvement armé en faveur de l'indépendance en pays Oulé ne fait plus aucun doute... Il faut voir les efforts pathétiques d'une certaine presse pour tenter de cacher la vérité sous le rideau de fumée d'une prétendue campagne humanitaire pour la protection de la faune africaine... » Et un numéro encore plus récent : « L'éléphant est et demeurera l'emblème du prolétariat africain en lutte contre l'exploitation capitaliste. » Morel parut extrêmement satisfait ; tout en lisant, il faisait parfois un petit signe approbateur. Chaque fois qu'il trouvait un article qui lui était consacré, il arrachait soigneusement la page, la pliait et la mettait dans sa serviette. Fouillant à nouveau, il mit de côté quelques numéros, puis les tendit à Forsythe...

— Lis ça, dit-il, on parle encore de toi...

Forsythe fit une grimace désabusée.

— Je vois ça d'ici...

Tous les torrents de boue qui s'étaient déversés sur lui depuis son retour de Corée et son *dishonorable discharge* de l'armée, devaient s'être remis à couler... Il essaya de prendre un air cynique et déplia le journal. « Je m'attendais vraiment à tout sauf à ça, devait-il dire plus tard à Schölscher, au moment de son premier interrogatoire. Pas la moindre trace d'injure, d'insulte, de dénonciation... Au contraire, je semblais être devenu très populaire aux États-Unis. Tout le monde paraissait soudain très fier qu'il y eût un Américain parmi ces " nobles aventuriers " qui avaient pris le maquis pour défendre les éléphants d'Afrique. Des gens que je ne connaissais pas, que je n'avais jamais vus, affirmaient qu'ils n'avaient jamais douté de moi. Il y avait une interview de mon père, qui disait qu'il serait fier de me serrer dans ses bras, et une autre de mon ex-fiancée, qui m'avait plaqué au moment de mon affaire de Corée : elle disait qu'elle priait Dieu pour que je revienne vite. Une vraie petite putain sensible à la publicité. Naturellement, il n'était pas très difficile de voir ce qu'il y avait là derrière : Ornando, et ses quarante millions d'auditeurs et de lecteurs qu'il haïssait. Il me consacrait une minute tous les soirs à son programme, disant entre autres gracieusetés que j'étais le plus noble Américain depuis Lindbergh et sa traversée de l'Atlantique nord, et réclamant la révision de mon procès qui avait été, déclarait-il, un *frame up* — un coup monté évident. Comme on le dit si bien en français, il y avait là vraiment de quoi se marrer... Mais je vous jure que je n'avais absolument aucune envie de rire. J'en étais malade. Écœuré, ou ému, je ne sais trop... mais malade. C'étaient les mêmes gens, exactement les mêmes, qui m'avaient craché dessus, pour ne pas dire plus, au moment de mon retour de Chine... Ornando les avait retournés comme des crêpes à coups de journaux et de télévision, et maintenant, ils parlaient de moi avec des trémolos émus dans la voix, je croyais presque les entendre. Je ne sais pas si vous me comprenez, mais je vous jure que je n'ai jamais eu plus d'amour et d'amitié pour les éléphants qu'à ce moment-là. J'étais prêt à signer un contrat pour rester parmi eux jusqu'à la fin de mes jours, et crever parmi eux, et pour eux, s'il le fallait. Morel m'observait en souriant : " Tes actions ont l'air de remonter, dit-il. — Oui, fis-je, en essayant de rigoler, pour rester dans la tradition. C'est comme ça, chez nous. Des hauts et des bas... " »

Vers minuit, les trois mille exemplaires du journal étaient prêts. Au moment de quitter le hangar, le vieux typo s'approcha de Morel, et lui tendit la main.

— Bonne chance, lui dit-il. Je regrette d'être trop vieux et de ne pas pouvoir faire grand-chose pour vous aider... Mais je parlerai de vous à mes petits-enfants... J'ai beaucoup lu et je comprends de quoi il s'agit.

Ils transportèrent les journaux dans le camion. Le jardin retentissait d'un chant triomphal de cigales. N'Dolo se tenait crispé au volant et conduisait, rigide de terreur. Il tourna sans rien dire vers Morel un visage luisant, et sa panique parut s'étendre soudain à la pulsation sonore et saccadée des insectes.

— Ça ne va plus être long, dit Morel. Dix minutes. Va dégonfler les pneus. Tu ne risques plus rien. On est là.

— Une voiture est arrivée... Ils ne m'ont rien demandé, mais...

— Je sais, je sais. Vas-y.

Ils retournèrent dans le jardin et rejoignirent Peer Qvist et Inguélé devant la villa. Ils entendirent la musique et virent les couples glisser devant la fenêtre ouverte sur la terrasse.

— Ça me rappelle mon premier bal, dit Peer Qvist, gravement.

Ils montèrent l'escalier double du perron et entrèrent ensemble. Une douzaine de personnes, smokings blancs et seaux à champagne. Petits fours. Des fauteuils tapissés de peaux de zèbres, de peaux de léopards, de peaux d'antilopes — des peaux partout et quelques magnifiques défenses d'éléphants dans les coins — des cornes de koudous, d'okapis — des pièces de choix. Un cri de femme, un bruit de verre brisé, puis le silence, où seul *le Beau Danube bleu* continua à égrener ses notes jusqu'à ce que Madjumba eût fait sauter l'aiguille d'un coup de crosse. On n'entendit plus alors qu'un tintement précipité de verres sur le plateau entre les mains tremblantes, gantées de blanc, d'un boy affolé. Forsythe s'approcha de lui, lui passa gentiment un bras autour des épaules.

— Viens, beauté... On va s'occuper tous les deux du téléphone.

Voici comment le docteur Gambier, un des invités, décrivait plus tard la scène, avec un plaisir rétrospectif qu'il ne cherchait pas à dissimuler : « Morel était un peu en avant des autres, un mégot éteint collé à la lèvre inférieure, les jambes écartées et il nous regardait attentivement, un à un. Il tenait une serviette bourrée à la main et seul il n'était pas armé. A côté de lui se tenaient deux jeunes noirs qui me parurent particulièrement menaçants, le doigt sur la détente — un troisième était allé se placer derrière nous, avec son feutre mou déchiré sur le crâne, et il bouffait des petits fours par poignées. Peer Qvist, ce vieux fou que la plupart d'entre nous connaissaient — je l'avais même reçu chez moi — et enfin ce déserteur américain, tristement célèbre. Vendu aux communistes en Corée, chassé de l'armée de son pays, échoué au Tchad et probablement sans ressources, il s'était d'abord mis à la solde du Caire, comme instructeur — c'est ce qu'on disait, du moins — comme certains de nos déserteurs de la Légion qui avaient fui des bateaux en plongeant au passage de Suez. Il paraissait prendre tout cela à la blague, rieur, avec une figure assez sympathique, un mouchoir noué de travers autour du cou, un blouson de cuir ouvert sur un torse nu de rouquin, et d'énormes mains de brute qui tenaient une arme. Mais surtout, il y avait Morel. Il ne ressemblait guère aux photos qui avaient été publiées de lui, mais on ne pouvait pas s'y tromper et j'entendis de très jolies lèvres à mes cotes murmurer dans un souffle, comme sur le point d'expirer, mais non sans volupté : " C'est Morel. " Il promena son regard sur les fauteuils tapissés de peaux de bêtes et sur les murs couverts de défenses d'éléphants et la petite lueur de gaieté qu'il avait dans les yeux disparut d'un seul coup. Il sembla devenir furieux, et même dangereux, serra les dents, jeta son mégot par terre et l'écrasa. Il était donc devant nous, à plus de mille kilomètres des collines Oulé où il était censé se cacher. Aucun de nous ne bougea : nous nous souvenions de ce qui était arrivé à Haas, Ornando et quelques autres. Je n'étais pas le moins inquiet, mais je ne pouvais m'empêcher de regarder Morel avec une immense curiosité. Nous ne parlions que de lui depuis des mois, et cependant, il était difficile de croire à son existence, qui tenait trop de la légende : plusieurs d'entre nous étaient convaincus que les autorités l'avaient inventé de toutes pièces, lui et ses éléphants, pour détourner l'attention de l'activité, pourtant sans aucune portée, de Waïtari, qu'on disait responsable des désordres récents dans les Oulés. Je dis " plusieurs d'entre nous ", mais je n'ai jamais été du nombre. Je crois au merveilleux de l'Afrique, tout y est encore et sera toujours possible, ses aventuriers ne diront jamais leur dernier mot — et ce ne sont pas nécessairement ceux qui rôdent autour de son or, de ses diamants, de son uranium. J'ai toujours cru que l'Afrique pouvait faire mieux que ça — et voilà qu'elle le faisait sous mes yeux. N'oubliez pas qu'à ce moment-là, pour un grand nombre de gens, après tout le battage que la presse à sensation avait fait autour de lui, Morel était devenu vraiment un héros populaire. Ils y croyaient. Ils y croyaient, à lui et même à ses éléphants. Challut fut naturellement le premier à retrouver ses esprits, ce qui n'est pas étonnant chez un homme dont on ne peut pas dire qu'il les perde facilement... " Qu'est-ce que cela veut dire ? " gronda-t-il. Morel le regarda assez aimablement. " Nous n'avons rien contre vous, dit-il. Mais nous avons un mot à dire à Mme Challut. Le Comité pour la Défense de la Nature ne saurait oublier qu'elle détient le ' record ' féminin de la chasse à l'éléphant.

Une centaine de bêtes abattues, à ma connaissance... ” Sa voix eut un accent de colère contenue. Puis il ouvrit posément sa serviette, sortit une feuille de papier et lut cet incroyable document, cette espèce de manifeste que vous connaissez et que nous devions trouver le lendemain imprimé dans le journal... Je dois dire que l'effet fut foudroyant. Lorsqu'il en arriva au passage : “ Mme Challut, ‘ championne ’ des grandes chasses : une fessée en public ”, il y eut des “ ah ” et des “ oh ” et tous les regards se portèrent vers l'intéressée. Elle était devenue très pâle. Vous la connaissez : petite, énergique, assez belle, à quarante ans, malgré ce quelque chose d'un peu viril dans les gestes et la voix, c'était certainement la dernière personne qu'on pût imaginer exposée à pareil traitement. Elle s'était tournée vers son mari. “ Tu ne vas pas le laisser faire ? ” cria-t-elle. A ma connaissance, c'était la première fois qu'elle lui demandait aide et protection... »

Challut fit un pas en avant. C'était un homme fort, fruste, malgré son smoking blanc, ancien mineur du Nord, ancien prospecteur d'or, qui aimait répéter « je me suis fait moi-même » avec un profond accent de conviction. Il baissa le front, et sa voix elle-même baissa, issue du plus profond de sa dignité blessée.

— Si tu fais cela, Morel, dit-il lentement, j'aurai ta peau, même si ça doit me coûter tout ce que j'ai. Je sais pour qui tu travailles. Je connais la chanson. Les éléphants, tu parles... Mais il n'y a que les Européens, pratiquement, qui ont des armes de chasse et le moyen de prendre des permis et ce que tu veux dire, c'est que nous sommes les seuls à exploiter et à épuiser les richesses naturelles de l'Afrique. J'entends cette chanson depuis que je suis ici, et la vérité c'est que ces richesses, on ne les exploite pas assez, — sans nous, on ne les exploiterait pas du tout, et on ne saurait même pas qu'elles existent... Sans nous, on n'aurait pas découvert un seul gisement et la population n'aurait pas doublé en vingt ans. Quand je suis arrivé ici, il n'y avait que la syphilis, la lèpre et le sommeil : mes noirs, je les ai guéris, nourris, habillés, je leur ai donné du travail, des maisons, et de l'ambition, le désir de faire comme nous. Des hommes comme moi ont été et sont encore le levain de l'Afrique. Toi et les tiens, vous appelez cela « exploitation éhontée des richesses naturelles de l'Afrique ». Moi j'appelle cela bâtir l'Afrique pour tous, et d'abord pour les Africains. Parce que nous sommes à peu près les seuls à posséder des armes et à prendre des permis et à faire de la chasse sportive, tu as cru malin de faire de la chasse à l'éléphant le symbole de « l'exploitation capitaliste des richesses de l'Afrique »... Oui, j'ai lu tout ça dans vos journaux communistes. Même, je n'avais pas besoin d'un schéma explicatif. J'avais compris avant...

— Mmm..., fit Morel.

Il était évident à son air satisfait qu'il trouvait cette interprétation séduisante. Il devait dire plus tard à Peer Qvist : « Elle était excellente, celle-là. Je n'y avais pas pensé. Il l'a trouvée tout seul, Challut, comme ça, tout naturellement, comme on rote. Enfin, qui se sent morveux se mouche. Mais c'est tout de même marrant, ce qu'ils peuvent être têtus. Que quelqu'un puisse simplement en avoir marre de leurs petites affaires et s'occuper de sujets plus importants, d'une marge plus grande, ça les dépasse. Ils peuvent pas croire ça. Il faut qu'il y ait un truc derrière, un truc pas franc, quelque chose de foireux, quelque chose à leur portée. On ne la leur fait pas, tu comprends. Ils sont tellement habitués à renifler leur petite ordure que lorsque quelqu'un a besoin de respirer un bon coup, de se tourner enfin vers un objet vraiment important, grand, qu'il faut sauver à tout prix, ça les dépasse. C'est quand même malheureux... » Il disait cela tranquillement, assis auprès du feu, avec une parfaite sincérité. Peer Qvist faillit perdre patience. Il ouvrait déjà la bouche pour lui dire que ce n'était pas la peine de ruser, qu'il savait bien, lui, ce que Morel défendait vraiment, mais il rencontra le regard très attentif et à peine ironique de son chef et, avec un bon juron scandinave entre les dents, il se roula dans sa moustiquaire et lui tourna le dos.

— J'ai bien compris le sens de cette manifestation, oui ? gronda Challut. Bon. Alors maintenant, tu peux filer d'ici, en attendant le jour où l'on aura l'occasion de se retrouver. Mais si tu oses toucher à un cheveu de la tête de ma femme...

Une expression d'humour un peu gras passa sur le visage de Morel. Il parut savourer longuement une excellente plaisanterie.

— C'est pas un cheveu de sa tête qu'on va toucher, dit-il. Mais elle aura sa leçon. Pour respecter les bons usages, on choisira le plus vieux d'entre nous pour faire ça, sans malentendu possible...

Il fit un signe au Danois. Peer Qvist avança, imperturbable, vers Mme Challut, qui se mit à hurler.

— Ne me touchez pas !

« ... Il était difficile de ne pas sourire, racontait plus tard le docteur Gambier, malgré la fureur de Challut et les cris de sa femme. Peer Qvist n'y allait certainement pas de main morte, mais la mine sérieuse avec laquelle il s'acquitta de sa tâche était irrésistible. Comme c'est un des hommes les plus âgés que je connaisse, même s'il cultive le genre, sa barbe grise et son front sévère ôtaient à la scène tout caractère scandaleux, et de voir la petite Annette Challut gigoter, le derrière en l'air, sous la main de ce patriarche, vous donnait le fou rire. Même, je dis ça entre nous, la petite Challut exagérait. On peut penser ce qu'on veut, mais une femme dont la plus grande joie est de tuer des éléphants, ça vous fait malgré tout un peu mal au ventre. Il y a d'autres façons de se satisfaire... ou de se rattraper. Comme médecin, je n'aime guère me livrer à ce genre de psychologie, mais elle semblait un peu trop se venger sur les gros mâles de quelque chose ou de quelqu'un... Bref, je n'étais pas le seul à sentir qu'elle n'avait pas volé la correction. Et la gravité avec laquelle le vieux Scandinave s'acquittait de sa besogne renforçait encore l'impression qu'elle recevait une bonne leçon. Oui, malgré tout ce qu'on a pu dire là-dessus, je crois que Morel était entièrement sincère et, vous savez, les vrais chasseurs, les vieux, cherchent depuis longtemps et par tous les moyens à diminuer la " casse " et ne cachent pas leur dégoût pour les *safaris*... »

Au moment où l'expédition punitive quittait la villa, Challut apparut sur la terrasse, bien détaché sur le fond de lumière, une carabine à la main... Madjumba avait déjà levé sa mitraillette, lorsque Morel lui fit sauter la crosse de l'épaule.

— Avec qui êtes-vous, monsieur Morel ? hurla l'adolescent. Avec nous, ou avec eux ?

— Il y a encore d'autres endroits où on peut se mettre, petit, dit Morel. Il y a encore de la marge... Et c'est justement là que je suis, moi. Apprends à maîtriser tes nerfs. Tu en tueras autant que tu voudras, des tiens et des autres, quand tu seras le patron. Pour le moment, le patron, ici, c'est moi.

Ils sautèrent dans le camion et N'Dolo démarra à toute allure.

— Plus lentement, on n'a pas besoin de se presser... On a une bonne avance. Tu as fait les pneus ?

— Oui.

Ils jetèrent les piles de journaux devant la porte de l'hôtel où les boys passeraient les prendre à cinq heures du matin en allant au marché. Ils étaient en train de traverser le bidonvillc de cabanes en tôle, planches et carton goudronné qui s'étendait à l'est de Sionville sur un kilomètre le long du fleuve, lorsqu'ils virent dans la lumière des phares une silhouette étonnante, debout sur la route, les bras levés. C'était un Oulé qui devait avoir près de deux mètres de haut, il s'appuyait sur une canne et portait un costume noir, un col dur, un casque colonial et des espadrilles blanches. Derrière lui, dans la poussière que le vent ramenait vers eux, deux ou trois autres silhouettes en short, immobiles. N'Dolo freina violemment. L'homme s'approcha.

— Salut, camarades, dit-il. Nous commencions à être inquiets. Il ne nous reste que peu de temps pour faire la distribution, mais vous pouvez être sûrs que ce sera fait. Camarades, permettez-moi de vous féliciter. C'est une bonne idée. J'ai l'habitude de la lutte politique, et je puis vous dire que c'est une bonne idée. Même nos camarades illettrés qui n'ont pas de formation marxiste ont tous compris lorsque nous leur avons expliqué ce que cela voulait dire, les éléphants. Et les colons monopolistes, impérialistes, fauteurs de guerre et leurs valets politiques ont compris aussi, lorsqu'ils ont commencé à trouver le mot *komoun*, éléphant, écrit sur les murs de leurs maisons. La preuve qu'ils ont compris, c'est que déjà leur police l'efface. Le Parti vous appuiera à fond. C'est une bonne idée politique, camarades, et nous saurons nous en servir.

Il leva brusquement le poing.

— *Komoun !*

— *Komoun*, répéta Morel, aimablement, en levant le poing.

Korotoro laissa tomber le dernier paquet de journaux aux pieds de la silhouette interminable, qu'ils abandonnèrent là, debout, le poing fermé, appuyée sur sa canne dans la nuit africaine.

Morel n'était pas mécontent de ces malentendus. Tant que la protection des éléphants n'était qu'une simple idée humanitaire, une simple question de dignité humaine, de générosité, de cœur, de marge à préserver quelle que fût la difficulté de la lutte, cela ne risquait pas d'aller très loin. Mais dès qu'elle menaçait de devenir une idée politique, elle devenait explosive, et les autorités étaient obligées de la prendre au sérieux. On ne pouvait pas la laisser courir, permettre aux autres de l'exploiter, s'en débarrasser d'un haussement d'épaules, la laisser se retourner contre soi. On était obligé d'agir immédiatement pour la neutraliser. Et le mieux était évidemment d'annexer la chose. Autrement dit, de s'occuper vraiment et activement de la protection de la faune africaine, d'interdire la chasse à l'éléphant sous toutes ses formes et sans condition, d'entourer ces géants encombrants et menacés de toute la protection et de toute l'amitié nécessaires. Morel était convaincu que les gouvernements responsables allaient finir par le comprendre et par exécuter ce programme — c'était tout ce qu'il demandait. Encore une fois, il ne fallait pas être au-dessus de certaines habiletés. Il tira sa blague à tabac et son papier de riz, puis malgré les cahots du camion et l'obscurité, se roula à tâtons une cigarette et l'alluma.

— Tu as l'air de te marrer, dit Forsythe.

L'allumette s'éteignit.

XXXII

Le jour se levait et les collines commençaient à venir vers eux de l'est, et il parut à Saint-Denis qu'elles l'avaient écouté toute la nuit, qu'elles se pressaient à présent autour de lui pour poser des questions. Il voyait le visage de son compagnon sortir lui aussi de l'ombre, un visage où les marques d'une nuit sans sommeil demeuraient invisibles, comme confondues avec celles de l'âge.

— Déjà la nuit n'est plus et je m'aperçois que j'ai passé, je crois, beaucoup plus de temps à me souvenir qu'à parler. Vous m'avez dit que vous comptiez retourner dès ce matin à votre terrain de fouilles et je ne saurai sans doute jamais ce que vous êtes venu chercher dans ces collines. Je ne puis rien vous apprendre sur cette affaire que vous n'ayez déjà appris depuis les quarante ans que vous fouillez le limon pour retrouver les vestiges de ce que furent, il y a un million d'années, des êtres humains : leurs armes les plus primitives parlent déjà de leur courage et de la lutte qu'ils ont menée depuis les débuts de la préhistoire pour surmonter leur condition. Le courage, voilà sans doute le dernier mot, une rébellion contre la dure loi qui nous fut imposée dès l'origine. Il suffit de se pencher sur le fragment pathétique de quelque arme de pierre taillée par les premiers humains pour entendre monter, du fond des époques géologiques révolues, comme le chant héroïque d'une épopée à laquelle Morel et ses compagnons n'ont fait qu'ajouter une note de plus, un accent nouveau. Mais peut-être que tout cela n'est qu'un simple prétexte pour venir me voir, et que vous avez simplement besoin de compagnie. Il est vrai qu'à cet égard, mon Père, vous devez être déjà abondamment pourvu et qu'il ne vous viendrait sans doute pas à l'idée de vous réfugier parmi les éléphants. Et cependant, si vous avez parcouru plus de cinq cents kilomètres uniquement parce que vous vouliez parler à quelqu'un de l'affaire, de Morel, et de cette fille, cette Allemande qui l'avait si bien compris, c'est que vous aviez peut-être senti soudain, vous aussi, d'une manière particulièrement poignante, que nous avons besoin d'une protection et que toutes les prières qui l'ont implorée depuis les premiers rites magiques des cavernes, toutes les supplications, n'ont guère eu de résultats satisfaisants. Et vous n'êtes peut-être pas trop hostile à ceux qui ont si bravement tenté de prendre eux-mêmes en main le destin des êtres et qui ont essayé de faire de leur mieux. Voilà sans doute l'explication de Morel. De son courage, de sa persévérance, de son refus de composer. Et de cette fille qui avait compris sous les ruines de Berlin que la nature ne pourrait plus se passer désormais d'une protection et qui l'avait suivi instinctivement, comme mue par un simple réflexe de conservation. Depuis que le gouvernement m'a chargé de veiller sur ces collines, sur les derniers grands troupeaux de l'Afrique, ils me tiennent compagnie et j'ai eu l'impression d'avoir rallié Morel, moi aussi. On a beaucoup dit que Morel n'est plus, qu'il a été abattu par un de ses compagnons pour des raisons politiques. Je n'en crois rien. On n'a rien pu prouver ni dans un sens ni dans l'autre, et personnellement je le crois toujours présent dans ces collines. Il avait beaucoup d'amis et, peu à peu, s'était tendu autour de lui une sorte de rideau de complicités protectrices, il est donc difficile de l'imaginer vaincu. Pour moi, il est donc toujours par ici, prêt à recommencer sa campagne pour la défense de la faune, bref il n'a pas encore dit son dernier mot. Il vient souvent me trouver, dans ma solitude, avec sa serviette ridicule, grosse d'espoirs dactylographiés et me dit ironiquement, avec cet accent parisien assez inattendu sur ces collines : « Les chiens, ça suffit vraiment plus. Les gens se sentent drôlement seuls, ils ont besoin d'une autre compagnie : il leur faut quelque chose de plus grand, de plus costaud, qui puisse vraiment tenir le coup. Non, les chiens ne suffisent plus, il faut au moins des éléphants. » Et Schölscher, tel qu'il marchait sous les regards curieux des gens du bazar, silhouette élégante et virile, avec son seroual blanc, son stick, son képi bleu horizon et ce visage dont la sérénité disait bien le cœur en paix d'un homme enfin en possession de toute l'amitié qu'il cherchait. Il est dans un monastère de la Trappe, à Chauvigny, et on a donné au Tchadien plusieurs explications de sa décision, sauf la plus évidente. Il est probable que son contact intime avec l'Islam, au cours de tant d'années passées dans les confins, avait joué un rôle dans ce soudain jaillissement de la foi. Je crois que sa décision avait mûri lentement au contact du désert et de ceux qui l'habitent — au contact de la terre africaine. C'est une terre qui reprend dans son sein, plus vite qu'une autre, les branches tombées, les ambitions et les hommes. C'est une terre qui est par excellence un lieu de passage, de campement éphémère, d'étape, où les villages eux-mêmes semblent à peine posés, comme prêts à disparaître. Chacun de nous y a reçu sa leçon d'insignifiance et Schölscher y fut sans doute plus sensible que d'autres. Oui, il me suffit parfois d'un rien, d'une nuit plus claire, d'un instant de solitude particulièrement poignant pour les voir tous autour de moi, et pour entendre leurs voix. Minna, l'air têtu, secouant la tête avec obstination comme je l'avais vue faire au procès, lorsqu'on lui demandait si elle avait rejoint Morel parce qu'elle était amoureuse de lui, et qui répétait inlassablement pour essayer de les convaincre : « J'étais venue pour mon propre compte. Je voulais l'aider. Et je voulais qu'il y eût quelqu'un de Berlin avec lui... » Au fond, mon Père, pour comprendre leur manifestation, pas besoin d'être très intelligent : il suffit d'avoir souffert. Elle n'était pas très intelligente et n'avait certainement pas d'instruction — son visage n'était cependant pas sans mystère et on y lisait parfois un certain humour, une sorte d'ironie désespérée, quand elle regardait ses juges, assise entre deux gendarmes, les jambes croisées, secouant à l'occasion ses cheveux blonds — mais elle avait assez souffert pour comprendre sans hésitation de quoi il s'agissait. Les juges, au début, avaient essayé de l'aider, ils lui avaient tendu la perche, surtout après ma déposition : j'avais témoigné qu'elle était partie avec mon accord, et que si elle avait porté des armes et des munitions à

Morel, c'était uniquement pour gagner sa confiance, mais que son but principal était de le faire renoncer à son entreprise folle, en le persuadant de se rendre aux autorités. Mais elle avait écarté avec indignation cette main tendue. « J'ai voulu faire quelque chose pour l'aider à défendre la nature » — c'est tout ce qu'ils arrivèrent à en tirer, ce qui finit par lui valoir les six mois de prison qui lui furent infligés. Elle avait jusqu'au bout refusé d'admettre qu'elle fût amoureuse de lui — avec colère, comme si on essayait de lui enlever quelque chose, de diminuer la portée de ce qu'elle avait accompli — même les témoignages qui semblaient bien prouver qu'elle avait eu, pour employer le langage d'audience, « des rapports sexuels » avec Morel, ne provoquèrent chez elle qu'un haussement d'épaules, et cette affirmation tranquille, une fois de plus répétée : « Oui, j'ai voulu l'aider. » Et Peer Qvist, avec sa petite Bible à la main, réaffirmant devant la Cour son intention de continuer la lutte, de ne jamais renoncer à défendre ces racines infiniment variées que le ciel avait plantées dans la terre et aussi dans la profondeur des âmes humaines qu'elles agrippaient comme un pressentiment, une aspiration, un besoin de justice, de dignité, de liberté et d'amour infinis. Et Forsythe lui-même qui avait fini par comprendre que l'espèce humaine n'était pas une chose à vomir, mais seulement à protéger — j'ai lu dans les journaux qu'à sa sortie de prison et à son retour en Amérique, il fut accueilli triomphalement, en héros — et qu'il mène depuis une campagne passionnée pour la défense de la nature dans son pays. Et Habib, après le procès, mené vers le camion, menottes aux poings, mais toujours bon enfant, sa casquette crasseuse de capitaine au long cours sur l'oreille, jetant des œillades intéressées à l'un des gendarmes, particulièrement vigoureux et joli garçon — Habib qui, pendant l'audience, s'était tant diverti, ne perdant pas un mot de ce qui se disait, visiblement enchanté par les efforts que tous ces pauvres moucherons faisaient pour sortir d'une condition qui lui convenait si parfaitement à lui — me lançant au passage, avec un rire rassurant : « Je n'ai pas encore fini de naviguer ! » Il avait raison : il parvint à s'évader pendant son transfert en direction de Douala, — avec la complicité d'un gardien qu'il avait réussi à séduire — on le dit à présent très occupé par la contrebande d'armes en Méditerranée orientale, toujours prêt à servir « les aspirations légitimes des peuples, et celles de l'âme humaine en général », ainsi qu'il le disait. Je n'ai jamais pu m'empêcher d'avoir pour lui une sorte de sympathie — il était tellement à son affaire, dans tout cela ! Et n'oublions pas Orsini..

Saint-Denis s'arrêta un moment et se tourna vers les collines toutes proches, attentives, rajeunies à chaque lueur d'une aube nouvelle. Il faisait maintenant assez clair pour qu'il pût voir dans la main du jésuite un chapelet dont les grains noirs coulaient lentement entre ses doigts : il se tut, pour ne pas déranger ce qu'il croyait être une prière matinale, mais le jésuite suivit son regard et l'encouragea d'un sourire à continuer : depuis longtemps il avait délaissé les petites routines de son état, mais le chapelet lui occupait les doigts et l'aidait à moins fumer.

— N'oublions pas Orsini : il ne nous le pardonnerait pas. Toute sa vie n'a été qu'une longue protestation contre son peu d'importance : c'était cela, sans doute, qui l'avait poussé à tuer tant de bêtes magnifiques, parmi les plus belles et les plus puissantes de la création. J'ai recueilli, un jour qu'il était saoul, les confidences d'un écrivain américain qui vient régulièrement en Afrique pour abattre sa ration d'éléphants, de lions et de rhinos. Je lui avais demandé d'où lui venait ce besoin, et il avait bu assez pour être sincère : « Toute ma vie, j'ai crevé de peur. Peur de vivre, peur de mourir, peur des maladies, peur de devenir impuissant, peur du déclin physique inévitable... Quand ça devient intolérable, toute mon angoisse, toute ma peur se concentrent sur le rhino qui charge, le lion qui se lève soudain devant moi dans l'herbe, l'éléphant qui se tourne dans ma direction. Mon angoisse devient enfin quelque chose de tangible, quelque chose qu'on peut tuer. Je tire, et pendant quelque temps, je suis délivré, j'ai la paix complète, la bête foudroyée a entraîné dans sa mort toutes mes terreurs accumulées — pour quelques heures, j'en suis débarrassé. Au bout de six semaines, cela représente une véritable cure dont l'effet persiste quelques mois... » Il y avait sans doute de cela, chez Orsini — mais surtout, une violente protestation contre la petitesse et l'impuissance de sa condition d'homme — la petitesse de l'individu Orsini. Il lui fallait abattre beaucoup d'éléphants et de lions pour compenser ce sentiment d'infériorité. N'oublions donc pas Orsini : ce serait une erreur grave. Je le sens, à la porte de ce récit, comme une âme en peine, essayant d'entrer, protestant contre le manque d'attention — essayant de prendre la parole, de faire entendre sa voix. Lui aussi était un homme qui n'aimait pas se sentir seul — mais pour qu'il pût accéder au plus petit commun dénominateur humain, il fallait que celui-ci fût à sa taille, qu'il ne fût pas trop élevé. Voilà pourquoi, sans doute, il a haï toute sa vie ce qui pouvait donner de l'humanité une idée trop haute ou trop noble. Une exigence comme celle de Morel le mettait complètement hors de lui. Il se sentait personnellement visé. Que l'on pût demander aux hommes de voir assez grand, d'être assez généreux, de voir aussi grand, d'être aussi généreux — voilà qui visait Orsini directement dans tout ce qu'il connaissait de lui-même, dans sa propre infériorité. Je crois même que tous les mouvements politiques dirigés contre les droits de la personne humaine, contre une conception élevée de notre dignité sont nés de cette volonté de se rassurer sur eux-mêmes de tous ceux qui se sentent inférieurs à une grande tâche et qui puisent dans leur petitesse blessée une haine farouche de ces obstinés qui, disent leurs ennemis — et avec quel mépris ! — « se font des illusions ». En tout cas, après le raid de Sionville, tous ceux qui voyaient Orsini à la terrasse du Tchadien sentirent qu'il « n'allait pas se laisser faire », qu'il allait relever le défi — c'était clairement l'impression qu'il s'efforça de nous donner. Toute son attitude changea. On n'entendit plus sa voix, il n'adressait plus la parole à personne, et lorsqu'on venait s'asseoir à sa table, il faisait semblant de ne pas vous voir, et demeurait là, avec son nez un peu bossu et ses vêtements blancs, la tête haute, comme une statue dressée à la petitesse outragée. Personne n'osait plus l'interpeller, lui donner une tape sur l'épaule : on aurait eu l'impression d'interrompre un culte, le culte de la haine silencieuse, qu'il célébrait. Ce qui se passait dans sa tête, sous ce panama impeccable, nous ne le sûmes que plus tard, trop tard, hélas ! bien après qu'il eut lancé sa convocation « pour une réunion strictement confidentielle, dans l'intérêt commun ». Il avait fait parvenir cette invitation quelque peu mystérieuse aux plus grands chasseurs d'A.E.F. — et il y en eut quelques-uns qui se rendirent au rendez-vous. Ils s'y rendirent surtout parce qu'ils se méfiaient d'Orsini et parce qu'ils n'allaient pas le laisser agir en leur nom, sans savoir exactement de quoi il retournait. Ils se réunirent donc dans son bungalow, d'où toute trace d'Afrique était soigneusement bannie — rien que de bons meubles d'Europe, et pas un trophée — il n'était pas de ceux qui décoraient leurs murs avec « de la vermine ». Il accueillit ses visiteurs en silence, leur serra fortement la main, et les regarda profondément dans les yeux, en frères d'armes — puis il renvoya les boys, ferma les portes — une véritable réunion de conspirateurs, chacun le sentit clairement. Il y avait là les frères Huette, qui venaient pourtant rarement à Fort-Lamy, et qui vivaient avec leurs femmes et leurs enfants noirs dans le Nord Cameroun ; il y avait Bonnet — qui avait perdu un bras en 14-18, mais qui donnait à tous ceux qui en avaient deux l'impression qu'ils étaient des infirmes — un gros rougeaud, des cheveux gris coupés ras, des dents en or, une manche dans la poche ; Gauders, pour qui la grande chasse n'avait été qu'un chapitre d'une vie tumultueuse qui allait du « milieu » de la rue Fontaine, du temps des frères Mauro, à la fameuse « armée privée » de Popski, qui opérait contre Rommel dans le désert de Libye ; Goyé, le seul, avec l'aîné des Huette, à avoir connu l'époque de la chasse professionnelle à l'ivoire à peu près libre, et qui prenait encore parfois, malgré le dégoût qu'ils lui inspiraient, des touristes, lorsque les fonds étaient bas. Orsini alla de l'un à l'autre, emplissant les verres, puis il se redressa, les regarda et se mit à parler. Dans certaines circonstances, les méthodes ordinaires devenaient insuffisantes, il fallait savoir prendre soi-même la justice en main. L'heure était venue — il n'allait pas s'étendre là-dessus. Depuis six mois, les amateurs de safaris évitaient l'A.E.F. On ne pouvait les en blâmer : ils n'allaient pas risquer leur peau pour le simple plaisir de chasser. L'action de Morel avait été honteusement exploitée par la presse mondiale dans le but de faire monter les tirages et cette campagne atteignait le point où les grandes chasses étaient mises en cause et considérées comme déshonorantes. Bref, leur profession, une des plus belles et des plus nobles, risquait à tout jamais d'être frappée de discrédit. Tout cela parce que les politiciens avaient pour Morel des faiblesses coupables, simplement parce qu'ils étaient de mèche avec Waïtari et à la solde, comme lui, de la Ligue Arabe, qui avait fait de l'abattage des éléphants le symbole de la prétendue « exploitation » de l'Afrique par les blancs. Il fallait en finir une fois pour toutes, et pour y arriver, un seul moyen : forcer Morel à sortir de son trou. Voilà donc ce qu'il proposait... Les autres l'écoutaient en silence. Bonnet fut le premier à parler.

— Non, mon vieux, je ne marche pas.

— Moi, j'appelle ça une belle cochonnerie, gronda Goyé. Si je mettais la main sur Morel, je lui casserais la gueule. Mais je ne sais pas pourquoi les éléphants feraient les frais de l'affaire... Sur le fond, ce type-là a raison ; on en a assez bousillé. Les touristes, il n'y a qu'à leur faire faire de la chasse photographique...

Gauders suçait son cigare, regardant Orsini de ses yeux plissés moqueusement. Les frères Huette se tenaient tous les trois debout contre la cheminée sans manifester le moindre signe d'intérêt. Orsini était devenu blême.

— Vous ne pourrez pas mettre la main sur Morel autrement, dit-il, d'une voix que l'exaspération faisait trembler. Il n'y a qu'une façon de le faire sortir de son gîte, c'est d'abattre autant d'éléphants qu'il faut pour qu'il se rue à leur secours. Je sais bien que c'est contraire à la loi, mais il y a des situations que la loi n'a pas prévues, où il faut faire justice soi-même...

Gauders sortit le cigare de sa bouche.

— En somme, il s'agit de lui envoyer ta carte de visite ?

— Si tu veux.

— Drôle de façon d'écrire son nom...

Bonnet fut le premier à partir, suivi des frères Huette, qui n'avaient pas ouvert la bouche de toute la soirée. Gauders et Goyé se levèrent à leur tour.

— Si vous n'avez plus de couilles au cul, j'irai tout seul, lança Orsini. Vous avez peur d'une amende ? Challut la payera pour vous avec plaisir.

— J'aime pas les coups foireux, dit Gauders. J'ai été du milieu, autrefois, et il y a une loi contre les coups foireux, même dans le milieu... J'ai tué pas mal de bestiaux dans ma putain de vie, et même des hommes, si je me rappelle bien... J'ai pas beaucoup de mémoire. Si t'as des comptes à régler avec Morel, vas-y, fais-lui la peau, mais essaye pas de jouer par la bande... Mais si tu veux un conseil, laisse tomber. Tu nous ferais beaucoup plus de tort que de bien... Morel, bientôt on n'en entendra plus parler. Ça lui passera. Les hommes, ça passe vite...

— J'irai tout seul, répéta Orsini. Je ne me dégonfle pas.

Saint-Denis sourit amèrement.

— Je dois dire en effet qu'il ne se dégonfla pas. La nouvelle de la marche triomphale d'Orsini à travers la brousse nous parvint dix jours plus tard à Fort-Lamy, et comme cela se passait dans ma circonscription, ce fut à moi qu'on s'adressa pour me prier d'arrêter ses exploits. Ce n'était pas difficile : il faisait tout ce qu'il fallait pour qu'on sût où il se trouvait. Les tam-tams l'annonçaient de village en village et les amateurs de viande lui faisaient à chaque étape un accueil triomphal. Orsini descendait la Yata en abattant tous les éléphants qu'il pouvait trouver autour des points d'eau, sans aucune discrimination, mâles, femelles avec leurs petits — il comptait bien que le bruit de ses exploits atteindrait Morel. En somme, il cherchait à se faire un nom. Il n'évitait pas les réserves et avait pris avec lui deux ou trois bons tireurs dans les villages qu'il traversait : dans toute la région, on ne parlait que de lui. Il était devenu un héros populaire, le dispensateur de viande, le nourricier, le bon et le généreux, le providentiel — en quelques jours, sa gloire bien terrestre éclipsa quelque peu celle de Morel. Ceux qui l'avaient aperçu au cours de cette marche triomphale — Rodriguez, à Ouassa, avait essayé de le raisonner — m'ont dit qu'il était dans un véritable état second, presque halluciné, les joues creuses, envahies par une barbe sale, qu'il passait les nuits sans dormir, un sourire supérieur aux lèvres, dans les villages où l'on dansait jusqu'à l'aube en son honneur, repartant dès les premières heures du jour à la poursuite des éléphants que la sécheresse avait chassés vers quelque endroit facile à repérer — il semblait vraiment qu'il y avait entre lui et ces vieux géants quelque compte personnel à régler. Quatre jours après son départ de Fort-Lamy, à sept heures du matin, alors que je m'attendais à atteindre vers le début de l'après-midi le dernier campement d'Orsini — les pluies vinrent enfin dans la soirée, rattrapant leur retard avec une violence sans égale — je vis sur la piste devant moi une procession étrange apparaître dans les sissongos. Je reconnus d'abord une silhouette familière, le casque blanc et la soutane roussie du Père Fargue, — derrière lui, deux porteurs avec une civière et un groupe de noirs avec des morceaux de viande attachés à des branches et encore tout sanglants. Fargue me serra la main sans rien dire et je m'approchai de la civière. Le visage qui dépassait de la couverture était bien celui d'Orsini, mais il me fallut un moment pour le reconnaître sous la barbe qui mangeait jusqu'à ses pommettes osseuses, où seule la souffrance terrible des yeux me fut un repère familier. Je soulevai la couverture, mais la rabattis aussitôt. Fargue me demanda si j'avais de la morphine, mais j'avais laissé ma trousse médicale dans la jeep, à vingt kilomètres de là. « C'est vrai qu'il lui reste presque plus assez de corps pour souffrir, grommela Fargue. Il y a bien seize heures qu'ils l'ont arrangé... J'ai jamais vu quelqu'un s'accrocher à la vie comme ça. » « Comment c'est-il arrivé ? » demandai-je, beaucoup plus par réflexe que pour me renseigner : le coup d'œil sous la couverture m'avait suffi. « Les éléphants lui ont passé dessus, dit Fargue. D'après ce que les boys m'ont dit, ils étaient arrivés à cent mètres d'un troupeau. Orsini avait posté deux tireurs à cet endroit et était allé se placer lui-même un peu en avant, pour intercepter encore une ou deux bêtes au moment de la débandade. Le reste, je le tiens de lui — c'est peut-être du délire, car depuis des heures il était dans cet état quand on me l'a apporté — il y avait bien deux jours que je le cherchais — et il ne savait plus ce qu'il disait. Il prétend en tout cas qu'étant arrivé dans une clairière, il eut soudain le sentiment d'un danger qui le guettait derrière les buissons et, tournant la tête, il vit Morel debout à une cinquantaine de mètres de lui. Il jure que c'était bien Morel, seul, une carabine dans les mains et complètement immobile, comme s'il eût toujours été là, comme s'il l'avait toujours attendu. Orsini leva son arme et tira. Il manqua son coup — à cinquante mètres, remarquez bien, fait déjà assez étonnant en soi de la part d'un de nos meilleurs spécialistes des grandes chasses, et qui me confirme dans l'idée qu'il a été victime d'une hallucination, due à la fatigue nerveuse et à cette manie qu'il avait de penser à Morel jour et nuit. Il me dit qu'il tira, tira encore et encore, le manquant chaque fois. Ce fut alors que les éléphants, affolés par les coups de feu ou, si vous préférez, pour employer l'expression que ce malheureux m'a balbutiée : « pour venir au secours de Morel », se ruèrent sur lui et lui passèrent dessus — et vous voyez là le résultat, qui n'est pas ce que j'ai vu de plus beau... » Je m'approchai d'Orsini. Après tout, j'avais mon rapport à faire, et l'on était en train de se disputer ferme à Lamy pour essayer de savoir si Morel était toujours vivant, ou s'il venait d'être abattu, comme certains le prétendaient, par un de ses compagnons, pour des mobiles politiques. Je me penchai sur le blessé. « Orsini, demandai-je, êtes-vous bien sûr que c'est Morel que vous avez vu ? » Les lèvres couvertes de caillots noirs bougèrent un peu. « Sûr, murmura-t-il. Mais... » C'était un « mais » qui remettait tout en question. « Essayez de répondre. » « J'ai pensé tellement à lui... Même dans mon sommeil... Je le voyais tout le temps... » Le témoignage n'était pas concluant. Je sentis soudain l'odeur de la viande sanglante que les villageois transportaient chez eux. Les yeux d'Orsini se tournèrent vers le Père Fargue, ses lèvres bougèrent pour prononcer le mot de la fin — le plus terrible, le plus atroce, le plus effrayant : « Je veux vivre ! » murmura ce qui restait de l'homme. Le Père Fargue lui-même parut ébranlé. « Cochon ! » grommela-t-il, la gorge nouée. Il lui ferma les yeux. Voilà pour Orsini. Mais ainsi que je vous l'ai dit, son témoignage ne me paraît pas concluant : Morel occupait à ce point ses pensées qu'il peut fort bien avoir été victime d'une hallucination. D'autre part, je n'ai jamais pris au sérieux ceux qui donnent notre ami pour mort, simplement parce que, depuis quelque temps, on n'a pas entendu parler de lui. Il y avait autour de ce Français trop de bonnes volontés latentes — les hommes de notre temps ne pouvaient pas ne pas le comprendre et ne pas l'aider... On a même prétendu que vous-même, mon Père, l'aviez pendant quelque temps caché sur votre terrain de fouilles — mais je vois à votre sourire que c'est là une accusation toute gratuite et que vous n'êtes pas venu jusqu'ici pour me demander des nouvelles, afin de les lui porter... Les complicités dont il était entouré étaient réelles — cela allait du radio qui omettait de transmettre à temps le message signalant sa présence, jusqu'à mon collègue et ami Cérisot dont le geste désormais célèbre est bien propre à renforcer l'opinion courante à l'étranger, que les fonctionnaires français d'Afrique n'obéissent pas aux ordres qu'ils reçoivent, mais font une politique « à eux », comme on dit. C'est un geste bien français, à mon avis, bien compréhensible — et Cérisot n'a pas voulu manquer cette occasion de crier enfin son opinion, au moment où le camion de Morel traversait son chef-lieu, après l'expédition de Sionville, dans les circonstances que vous savez... »

De Sionville à Yango, il y a six heures de camion, en comptant une moyenne de quarante kilomètres à l'heure. Cérisot, commandant du cercle administratif, reçut le message radio l'informant du « raid des terroristes » sur l'imprimerie du journal de Sionville et l'invitant à prendre « toutes mesures » qu'il jugerait utiles pour arrêter coûte que coûte Morel et les six hommes de sa bande sur leur chemin de retour, à cinq heures du matin. Cela lui laissait juste le temps de se retourner. Cérisot était un homme rondelet, nerveux, colérique, débordant d'énergie et de bonne volonté, qui se tenait toujours très droit, sans doute à cause de sa taille plus que modeste. Il plia très soigneusement et même solennellement le message que son radio venait de lui apporter. Il eut l'impression que c'était là une occasion qu'il attendait depuis longtemps, qu'il avait peut-être attendue toute sa vie. Il n'était pas, quant à lui, aussi sûr que Morel allait pousser l'optimisme jusqu'à passer par Yango — il avait sans doute abandonné son camion à la sortie de Sionville, — mais s'il était assez confiant pour le faire, il allait être reçu comme il convenait. Cérisot s'affaira immédiatement. Il courut mettre son uniforme de lieutenant de réserve, dans lequel il eut beaucoup de peine à s'introduire — il n'y parvint qu'en sacrifiant une bonne moitié de sa capacité respiratoire. Il mobilisa ensuite toutes ses forces militaires, au nombre de trois gardes-cercles, plus le radio, puis huit villageois qui avaient servi dans l'armée, leur distribua des fusils et les disposa le long de la route. Il se plaça lui-même à leur tête, le képi crânement posé sur l'oreille. Il avait passé la journée précédente à lire les journaux et les revues qui lui parvenaient de France deux fois par mois, et il se trouvait exactement dans l'état d'esprit qu'il fallait pour accueillir « l'homme qui voulait changer d'espèce » comme il le méritait. Il avait été particulièrement touché par la réhabilitation, dans les démocraties populaires, des hommes politiques que l'on avait fait pendre, et qui étaient à présent proclamés innocents par ceux-là mêmes qui les avaient pendus ; par la découverte d'un Staline paranoïaque massacreur par ceux-là mêmes qui, pendant vingt ans, l'avaient proclamé « génial père des peuples » ; par la mort du dernier pêcheur japonais victime de la pollution au mercure du milieu marin ; par les derniers massacres d'enfants au nom du droit sacré des peuples à disposer d'eux-mêmes ; par le racisme blanc, noir, jaune ou rouge et même par le progrès foudroyant du cancer dans le monde — qui prouvait au moins que l'homme n'était pas seul à traiter la nature avec cruauté et mépris. Il attendait depuis longtemps l'occasion de dire son mot sur tout cela. A deux ou trois reprises, il inspecta ses hommes, rectifia sévèrement les détails de leur tenue, et les fit manœuvrer pour exercer leurs réflexes. Lorsqu'il vit enfin au bout de la piste, entre les arbres immenses, le camion de celui qui menait si courageusement le combat pour la défense de la nature, son petit visage rond frémit d'émotion. Il se tourna vers ses hommes.

— Garde-à-vous !

Le camion avait accéléré. Une mitraillette pointa de la cabine dans leur direction.

— Présentez... armes !

Le camion passa à toute vitesse devant les douze hommes qui rendaient les honneurs et le petit officier français perdu dans la forêt qui saluait, figé au garde-à-vous. Morel les regarda avec approbation, sans trace d'étonnement.

— Les gens ont compris, dit-il tranquillement. Moi, j'ai toujours dit qu'il faut pas désespérer.

A Banki, le sergent-radio reçut l'ordre d'interception en même temps que son collègue de Yango. Il le regarda un moment sans expression aucune, le crayon à la main. C'était un noir de l'Oubangui, qui avait dix ans de service, et qui avait beaucoup réfléchi à la question. La route passait devant la fenêtre du poste. Il demeura longuement devant la feuille de papier, jetant de temps en temps un coup d'œil vers la route. Il dut attendre près de deux heures. Lorsque le camion de Morel fut passé, il se pencha sur l'appareil : « Veuillez répéter votre dernier message. Difficultés de récepteur. » Il transcrivit une fois de plus le message, accusa réception et alla porter le télégramme au commandant.

Ils roulaient continuellement, ne s'arrêtant que pour

faire le plein d'essence et d'huile dans les bidons qu'ils transportaient. Pendant tout le parcours, à chaque halte, les trois jeunes gens se consultaient à voix basse, jetant parfois à Morel des regards indignés. Madjumba était celui qui paraissait le plus hostile. Il exerçait sur les deux autres un ascendant presque physique ; il n'était pas aussi intelligent que N'Dolo, ni sans doute qu'Inguélé, qui avait trop de sensibilité pour s'affirmer, mais de lui se dégageait une volonté farouche et presque charnelle et il était aisé de voir que dans sa voix les deux autres trouvaient cette passion à l'état pur qui les stimulait. Morel ne leur prêtait pas attention, mais Peer Qvist les surveillait du coin de l'œil. Il ne comprenait pas les motifs de leur hostilité sourde, mais pressentait un éclat. Ce matin-là, après avoir roulé à travers les forêts dès l'aube, lorsqu'ils firent halte une deuxième fois pour refaire le plein des bidons et chauffer du café, N'Dolo s'approcha de Morel qui, pâle, défait, haletant, s'affairait autour du moteur surchauffé. L'étudiant assura ses lunettes sur son nez et dit :

— Nous venons vous demander des explications... Nous estimons que vous nous avez bernés. De quel droit avez-vous déclaré dans le texte du manifeste publié que notre action n'avait aucun caractère politique ? Qui vous y a autorisé ? Pourquoi ne nous avez-vous pas soumis le texte avant la publication ? Notre concours vous a été accordé sans conditions, mais vous n'aviez pas le droit d'escamoter les buts de notre mouvement devant l'opinion publique...

Morel lui lança un regard fatigué.

— Eh bien ? dit-il.

— Cette déclaration était clairement dirigée contre nous. Vous n'aviez aucun besoin de la faire. Vous nous avez trahis. Nous sommes un mouvement politique. Nous constituons un commando de l'armée de l'indépendance. Vous avez saboté au dernier moment notre action, vous lui avez ôté toute portée politique.

Morel se dressa, s'essuya le front. Il était sombre, excédé.

— Écoute, petit, fit-il. Tu es jeune, et c'est à Waïtari que je devrais dire ça, mais puisque tu y tiens... La seule chose qui m'intéresse, c'est la protection des éléphants. Je sais que ça t'irrite : mais enfin, je m'en fous, c'est comme ça. J'ai dit clairement dès le début ce que je voulais, ce que je défendais. Vous avez voulu vous mettre avec moi. Bon. Vous avez dit que la protection des éléphants, ça vous intéressait aussi. Bon, parfait. Vous avez proposé de m'aider, sans conditions, sans arrière-pensée. Très bien, merci, j'ai accepté. Vous faisiez là quelque chose de bien. Je ne refuse personne... Bien sûr, vous aviez vos raisons, je les vois très bien : je ne suis pas aussi con que j'en ai l'air. Moi, j'ai les miennes... Cela ne nous empêchait pas de marcher ensemble, puisque nous étions d'accord sur les objectifs immédiats. Mais il ne faut pas oublier que c'est vous qui êtes venus avec moi, que moi, je ne vous ai rien demandé, que je ne suis pas allé vous chercher. Vous avez toujours gueulé que tout ce qui vous intéressait c'était de me donner un coup de main, parce que vous aimiez les éléphants, vous aussi, — ils étaient l'Afrique. Vous m'avez même dit que le jour où vous seriez les patrons, la protection des éléphants, vous en feriez quelque chose de sacré, vous la mettriez dans vos Constitutions. J'ai accepté. Si la nature ne vous intéresse pas tant que ça, si le nationalisme vous suffit, si l'indépendance est tout ce qu'il vous faut — et crèvent les éléphants ! pourvu que vous l'obteniez — il fallait le dire avant. Je ne fais pas de politique, moi. Je défends les éléphants, c'est tout. Mais pour te consoler, je vais te dire encore quelque chose. T'as pas besoin de te frapper. Ils en feront, eux, une affaire politique. Tu peux compter sur eux. Ils n'accepteront jamais que ce soit autre chose qu'une affaire politique. Ils feront tout ce qu'il faudra pour ça. Alors, tu n'as pas besoin de t'en faire.

— Êtes-vous oui ou non pour le droit des peuples à disposer d'eux-mêmes ? cria N'Dolo.

Morel parut sincèrement affligé. Il se tourna vers Peer Qvist :

— Y a pas moyen, il veut pas comprendre.

— Vous êtes contre l'indépendance de l'Afrique, dit l'étudiant. Voilà la vérité.

— Mais enfin, est-ce que je parle assez clairement

oui ou non ? gueula Morel. La seule chose qui m'intéresse, c'est la protection des éléphants. Je veux qu'ils soient là, bien vivants, bien gras, et qu'on puisse les voir. Que ce soit la France qui fasse ça, ou les Tchécoslovaques, ou les Papous, je m'en fous, à condition qu'ils fassent le boulot. Mais le mieux, encore, c'est de se mettre tous ensemble, c'est peut-être la seule façon d'y arriver. J'ai envoyé ma pétition dans tous les pays du monde, et aux Nations Unies par-dessus le marché, partout où il y a des bureaux de poste. Pour le moment, il va y avoir une conférence internationale, et je m'adresse à eux, je leur dis : il faut vous entendre là-dessus, c'est important. Peut-être qu'ils vont arranger ça. Sinon, s'il faut créer encore de nouveaux États, de nouvelles nations, africaines ou autres, ça me va aussi : à condition d'être sûr qu'ils vont protéger les éléphants. Mais je veux être sûr. Je demande à voir. J'ai été tant de fois couillonné, moi et mes copains... Les idéologies, en principe, je m'en méfie : ça prend généralement toute la place, et les éléphants, c'est gros, c'est encombrant, ça paraît bien inutile, quand on est pressé. Quant au nationalisme qui se limite à lui-même, comme ça se voit partout en ce moment, et qui se fout pas mal des éléphants, c'est encore une des plus grosses cochonneries que l'homme ait inventées ici-bas — il en a inventé quelques-unes. Maintenant que j'ai très bien parlé, et que ça t'a rassuré, tu ferais bien de m'aider avec les bidons.

Lorsque N'Dolo se fut éloigné, Morel se tourna vers Perr Qvist et lui demanda :

— C'est pourtant assez clair ?

— Oui, dit le Danois, avec un peu de tristesse. Bien sûr. Mais il ne sera pas convaincu. Je connais tout ça depuis longtemps. En Finlande, lorsque je défendais les forêts et que les fonctionnaires russes m'expliquaient patiemment que la pâte à papier, c'est tout de même plus important que les arbres, c'était la même chose... Ils n'ont compris que lorsqu'il n'est resté presque plus de forêts. Ça continue, quoi. Et les baleiniers m'expliquaient que la graisse de baleine était nécessaire sur le marché, que c'était beaucoup plus important que les baleines...

A partir de ce moment, les trois jeunes gens n'adressèrent plus la parole à Morel et ne cachèrent plus leur hostilité. Lorsque N'Dolo conduisait, son visage était haineux et lorsque leurs regards se rencontraient, Morel y lisait un mépris arrogant. A un moment, après l'avoir regardé ainsi deux ou trois fois et après deux heures de silence, l'étudiant lui lança :

— Je vais vous dire ce que c'est, votre alibi « écologique ». C'est un truc pour vous débiner. Ça vous permet de vous sentir la conscience tranquille. Un rideau de fumée, vous comprenez ? Derrière lequel vous faites tranquillement la besogne du colonialisme et du capitalisme.

Morel acquiesça tranquillement :

— Ça peut arriver aussi.

— Sacré nom de nom, cria l'étudiant exaspéré, répondez une fois pour toutes directement, au lieu de filer en oblique ! Est-ce que vous êtes pour la liberté des peuples, oui ou non ?

Morel avait instinctivement ouvert la bouche pour répondre, mais s'arrêta à temps. Ce n'était pas la peine. S'ils n'avaient pas encore compris, c'est qu'ils n'avaient vraiment pas ça en eux. On l'a, ou on ne l'a pas. Ils n'étaient pas les seuls à ne pas l'avoir. Ce n'est pas encore aujourd'hui, pensa-t-il gravement, que les peuples du monde allaient descendre dans la rue pour réclamer de leurs gouvernements quels qu'ils soient le respect de la nature. Mais ce n'était pas une raison pour se décourager : après tout l'Afrique avait toujours été le pays des aventuriers et des têtes brûlées, et aussi des pionniers, qui y laissaient leurs os pour tenter d'aller toujours plus loin — il n'y avait qu'à faire comme eux. Quant au succès final... Il ne désespérait pas. Il fallait continuer, tout tenter. Évidemment, si les hommes n'étaient pas capables de se serrer un peu pour tenir moins de place, s'ils manquaient à ce point de générosité, s'ils ne consentaient pas à s'encombrer des éléphants, quel que fût le but poursuivi, s'ils s'obstinaient à considérer cette marge comme un luxe, eh bien ! l'homme lui-même allait finir par devenir un luxe inutile. Personnellement, bien sûr, cela lui était égal. Sa misanthropie était du reste célèbre, officiellement reconnue et proclamée. Il se redressa, s'essuya le front et la lueur de gaieté qui n'était jamais enfoncée très profond dans ses yeux apparut à la surface : il savait que ni Peer Qvist ni Forsythe ne s'étonnaient de son sourire, quant aux autres, quant au monde entier, il y avait longtemps qu'ils le prenaient pour un fou.

A l'étape suivante, les trois jeunes firent encore bande à part, mangèrent séparément. Ils ne quittaient pas leurs armes et se conduisaient comme s'ils s'attendaient à être attaqués lorsqu'ils auraient le dos tourné. Peer Qvist les observait avec indulgence. Il avait l'habitude de la jeunesse et il comprenait leur mauvaise humeur — mais celui qui ne les quittait littéralement pas des yeux, c'était Korotoro. Maussade, son feutre crasseux sur les yeux, il tenait toujours sa mitraillette prête sur ses genoux nus, et il dit à Forsythe, avec un geste en direction des étudiants :

— Ceux-là préparent un sale coup.

Ce fut au cours de cette dernière étape que Forsythe fit un peu mieux connaissance avec Korotoro. Entre l'officier américain, descendant d'une des plus vieilles familles sudistes et le vagabond noir qui avait traîné dans toutes les prisons d'Afrique son chapeau de feutre et son fond de culotte, il y avait une sympathie instinctive, simplement parce qu'une certaine expérience de la persécution avait fini par leur donner quelque chose de commun. Ils dormaient souvent côte à côte et aux tapes amicales de l'un, l'autre répondait par son sourire un peu cruel, mais éblouissant. Ce soir-là, alors qu'ils étaient arrêtés parmi les buissons d'euphorbes et que toute la nuit du désert retentissait autour d'eux des appels des troupeaux en exode vers l'eau, Forsythe vit dans le clair de lune Korotoro assis par terre, tenant sur ses genoux la mitraillette comme un instrument de musique dont on s'apprête à jouer. Pour la première fois, Johnny Forsythe se demanda ce qui avait poussé ce mauvais garçon dans le sillage de Morel, pourquoi il le suivait avec tant de fidélité.

— Dis donc, Koro...

Même dans la nuit, le sourire de Korotoro était visible.

— Ça fait un an que tu vas partout avec lui... Tu aimes les éléphants tant que ça ?

— Les éléphants moi je m'en fous...

— Alors quoi ? Tu es avec les autres ? Pour l'indépendance de l'Afrique ? T'es un fellagha, comme ces trois-là ?

— Moi je m'en fous...

Il cracha et dit avec fierté :

— Moi, j' suis déserteur de l'armée française, alors je m'y connais...

Ce n'était pas très clair, mais c'était dit avec un accent de supériorité et un geste de mépris à l'adresse des trois étudiants debout près du camion.

— Bon. Alors, pourquoi es-tu venu avec lui ?

Korotoro cracha de nouveau.

— Moi j'ai personne, expliqua-t-il brièvement.

Ce fut tout — et si c'était un aveu d'amitié pour Morel, sans doute n'avait-il pas au monde de meilleure raison d'être là. Ce fut en tout cas à Korotoro qu'ils durent cette fois d'avoir évité le pire. Le regard attentif avec lequel ce pilleur des marchés et des boutiques syriennes suivait le moindre geste des trois conspirateurs avait sans doute empêché ces derniers de mettre leur projet à exécution plus tôt. Forsythe dut se reprocher amèrement de ne pas leur avoir prêté l'attention qu'ils méritaient — cette attention qu'ils réclamaient pourtant, qu'ils revendiquaient presque par toute leur attitude — à la manière de très jeunes gens, ils ne pouvaient supporter de ne pas être pris au sérieux. La conviction d'avoir été trahis et cette indifférence un peu paternelle qu'on leur témoignait, où ils voyaient une évidence de mépris, finit par les pousser jusqu'à la rupture décisive et au-delà même, peut-être, de ce qu'ils avaient d'abord envisagé. Forsythe devait avouer à Schölscher n'avoir à aucun moment pressenti ce qu'ils préparaient.

— Je ne leur prêtais aucune attention. Je voyais bien qu'ils n'étaient pas contents, mais cela me faisait plutôt sourire. Et puis, quoi, je pensais à autre chose. A

Sionville, j'avais bu, si je puis dire, à une source empoisonnée : celle de l'espoir... L'idée que je pouvais enfin retourner aux États-Unis, la tête haute, comme on dit, que mes compatriotes avaient compris et qu'ils étaient prêts à m'acclamer comme un héros après m'avoir craché dessus, qu'ils avaient entendu ce que j'essayais de leur gueuler du fond de l'Afrique, m'avait complètement enivré. Venant d'où je venais, remontant pour ainsi dire du fond de l'abîme, il y avait là, avouez-le, de quoi occuper mes pensées. J'étais couché sur le sable, à regarder les étoiles et je vous jure que j'en voyais plus qu'il n'y en avait. Jamais la nuit ne m'avait paru plus claire. Je crois même qu'un moment je m'étais mis à chanter — bref, j'étais à mille lieues de m'occuper de nos trois jeunes gens. Je m'étais assoupi enfin, lorsque j'entendis soudain un bruit de moteur — levant la tête, je vis le camion qui démarrait dans la nuit à toute allure, je vis Koro faire quelques pas en courant, puis lever sa mitraillette et tirer. Une rafale répondit du camion, je vis Koro danser sur place, je le vis tirer et tirer encore en direction du camion qui s'éloignait, puis tomber, sans lâcher l'arme. Je me souviens que son feutre avait roulé par terre et que le premier geste de Morel, lorsque nous vîmes qu'il était mort, fut de ramasser son chapeau et de le lui enfoncer sur la tête. C'était un chapeau de feutre marron, un vrai symbole de la civilisation urbaine. Il y tenait beaucoup, il devait y avoir une sorte d'amitié entre eux deux. On s'attache à n'importe quoi... Nous l'enterrâmes ainsi, avec son feutre sur la tête, en creusant le sable avec nos mains. Puis nous nous regardâmes. Il y avait encore une vingtaine de kilomètres jusqu'au lac, mais de toute façon, nous savions que la vigilance de Koro nous avait probablement sauvés. Il avait surveillé de si près les trois têtes chaudes, qu'ils n'avaient pas pu mettre plus tôt leur projet à exécution. S'ils l'avaient fait à l'étape précédente, cinquante kilomètres plus bas, on était foutus, sans eau, sans vivres et sans armes. Pendant tout le parcours, Koro était resté pratiquement le doigt sur la détente mais il s'était assoupi deux minutes et les autres n'attendaient que ça. Nous les avions trahis, vous comprenez. Nous avions osé proclamer à la face du monde que notre lutte ne se réclamait d'aucun parti politique... Ils avaient donc rompu avec nous et filé directement vers la frontière soudanaise, pour aller se plaindre à leur chef bien-aimé. Ils voulaient créer une nation nouvelle, ce que Morel essayait de sauver leur paraissait sans doute ridicule, risible, bien digne d'une sensibilité décadente... Je dois dire que Morel faisait une assez sale gueule... Ce n'était naturellement pas l'idée de faire vingt kilomètres à pied sans eau sur le *waterless track* qui lui faisait cet effet. Ça, les efforts, les difficultés, les périls, je vous jure qu'il n'y pensait pas. Mais il aimait beaucoup Koro, il y avait longtemps qu'ils étaient ensemble et bien que ce salaud-là lui eût volé un jour sa montre — il l'avait retrouvée sur lui en le fouillant — il y avait entre eux une espèce d'amitié... Mais il y avait aussi autre chose : les trois étudiants. Je crois que Morel s'imaginait que parce qu'ils avaient été élevés dans les écoles et les universités françaises, qu'ils avaient fait leurs « humanités », comme on dit chez vous, ils auraient dû comprendre ce que lui essayait de défendre, quel était le véritable enjeu. Mais ce sont là des choses qu'on n'apprend pas dans les écoles. On les apprend à ses dépens. Il faut en baver beaucoup pour comprendre ce que c'est, le respect de la nature. Et ces gars-là, au fond, malgré toutes leurs études, étaient loin du compte. Korotoro, lui, ne savait même pas lire, mais il avait dû tout sentir, instinctivement... Il attachait plus d'importance à l'amitié qu'au reste. Lui, il en avait bavé et ça renforce rudement l'instinct de conservation, le besoin de protection. Morel d'ailleurs finit par en convenir, par le dire assez clairement, alors que nous ramassions nos affaires pour essayer de parcourir le plus de chemin possible avant la grande chaleur du jour, parmi les éléphants, les buffles et les troupeaux d'antilopes que l'on commençait à apercevoir dans le soleil levant, vers les hautes falaises rouges qui montaient à l'horizon. « Si ces trois blancs-becs n'en sont pas au point de vouloir donner leur vie, s'il le faut, pour la défense de la nature, c'est qu'ils n'ont pas encore assez souffert eux-mêmes. Je finirai par croire que le colonialisme n'a pas été pour eux une école suffisamment dure, qu'il ne leur a rien appris à cet égard, que le colonialisme français a traité en fin de compte la nature avec pas mal de respect. Il leur reste encore beaucoup à apprendre et le peuple français ne donne pas ce genre de leçons. Les hommes de leur race s'en chargeront. Ils auront un jour leurs Staline, leurs Hitler et leurs Napoléon, leurs Führer et leurs Duce, et ce jour-là, leur sang lui-même gueulera dans leurs veines pour réclamer le respect de la vie — ce jour-là, ils comprendront. »

TROISIÈME PARTIE

XXXIII

Le claquement des boules d'ambre l'une contre l'autre dans la main de son interlocuteur finissait par irriter Waïtari plus encore que la nonchalance avec laquelle il l'écoutait, enfoncé dans son fauteuil. Le chapelet pendant langoureusement dans sa main au-dessus de ses genoux croisés et les heurts secs des boules ponctuaient tout ce que Waïtari lui disait depuis une heure. Il avait un visage fatigué et intelligent, aux traits à la fois marqués et fins — des lèvres qui disparaissaient presque lorsqu'il souriait, et, à l'exception du tarbouche posé sur ses cheveux grisonnants, il était vêtu à l'européenne, d'un complet bien coupé. Waïtari le voyait pour la première fois. Malgré les assurances de Habib, qui avait arrangé l'entrevue, il se demandait si ce personnage avait vraiment le poids que le Libanais lui attribuait. Il essayait de le déduire de ses propos et de son attitude, ce qui ne rendait pas la discussion plus facile. Il avait entendu prononcer son nom avec crainte dans les milieux politiques du Caire, immédiatement après la chute de Farouk, au moment où la puissance des Frères Musulmans paraissait fermement assise et destinée à durer. Quelle était son influence actuelle, après la destruction du mouvement par Nasser, il était incapable de le dire. Habib l'avait assuré que son autorité était demeurée intacte, surtout en ce qui concernait la répartition des armes et des fonds, mais il eût fallu en être sûr, et, depuis quelques instants, Waïtari s'accrochait à l'espoir que le refus qu'il venait d'essuyer n'engageait pas nécessairement le Comité du Caire. Sa présence au Soudan au moment où éclataient les premiers désordres dans le Sud et où allait se jouer le sort de l'union avec l'Égypte était un signe qui paraissait confirmer les assurances de Habib. Son compagnon était un homme jeune, trapu, au cou puissant laissé à nu par la chemise kaki ; avec sa moustache en brosse et ses cheveux coupés court il avait la tournure classique de l'officier égyptien. Il pouvait être là en expert, ou pour surveiller l'autre ou pour les deux à la fois — mais sa présence n'était pas non plus un signe encourageant. Il n'avait rien dit pendant toute l'entrevue, mais il était évident qu'il avait beaucoup parlé avant. Le soleil pesait sur la toile de tente qui recouvrait le jardin intérieur de l'Hôtel du Nil à Khartoum où l'entrevue avait lieu. Au centre, la fontaine laissait mollement retomber son jet d'eau sur la mosaïque verte et bleue. De chaque côté de l'escalier, un boy en boubou et turban blancs, un plateau d'argent sous le bras, se tenait dans une attitude immobile et comme absente. Waïtari sentait l'exaspération monter en lui. Il eut soudain horreur de cette atmosphère de langueur orientale où toute idée d'action paraissait une dérision.

— Je suppose que c'est votre dernier mot ? demanda-t-il brutalement.

L'autre leva la main.

— Mon cher, le dernier mot n'existe pas en politique, vous le savez bien. Disons que pour le moment, il nous est très difficile de vous soutenir activement. Nous sommes trop occupés en Tunisie, en Algérie, au Maroc, où nous sommes en train d'obtenir les résultats positifs que vous savez. Et la question palestinienne a toutes les priorités. Je vous ai parlé très franchement. Disperser en ce moment nos efforts serait une pure folie. Votre mérite est grand, à nos yeux, d'autant plus grand que vous êtes, disons le mot, entièrement seul, ou presque. Mais la situation au Tchad ne justifie pas une aide matérielle en hommes, armes et munitions de l'ordre de celle que vous réclamez. Nous pourrions à la rigueur former des cadres — à condition que vous ayez les hommes à former. Je crois que tel n'est pas encore le cas. Le temps viendra... Il n'est pas encore venu. Vous avez la malchance d'appartenir à une région de l'Afrique qui n'est pas... entièrement prête. A l'heure actuelle, chaque cartouche et chaque dollar dont nous disposons peuvent être employés beaucoup plus efficacement ailleurs. Et nous n'avons aucun intérêt à créer en A.E.F. des désordres sporadiques et insignifiants — cela ne ferait que souligner notre manque de préparation. Il vaut beaucoup mieux que l'opinion publique ait l'impression d'une force qui se réserve, que la démonstration d'une force qui n'existe pas... Nous ne pouvons pas être partout à la fois. Tels sont les motifs de notre refus... momentané. Le temps viendra, je vous assure...

Sa voix et son visage eurent un léger frémissement. Waïtari avait conservé assez de sang-froid pour apprécier comme il convenait ce mouvement d'orgueil : quelle que fût la position de son interlocuteur en Égypte sur le plan intérieur, sur celui de l'action panarabe il avait conservé ses pouvoirs. Mais Waïtari connaissait assez le conflit entre les traditionalistes de la guerre sainte et les modernistes du progrès économique et politique pour toucher juste le point sensible.

— Si je comprends bien, vous servez avant tout vos croyances religieuses, dit-il lentement. Au Caire, on m'avait beaucoup parlé du droit des peuples à disposer d'eux-mêmes...

L'autre inclina la tête.

— L'Islam est un levain puissant, mais encore faut-il lui laisser le temps d'agir... Nous sommes obligés de le défendre en premier lieu contre la barbarie matérialiste qui déferle sur nous de l'Occident...

Il tenait les yeux fixés sur le chapelet d'ambre, mais les lèvres se firent plus fines : un sourire...

— Pour nous, d'ailleurs, vous ne l'ignorez pas, le marxisme est une doctrine occidentale...

Waïtari savait que ses attaches, d'ailleurs récentes, avec le parti communiste étaient connues : il avait toujours voté avec lui depuis sa rupture avec le groupement du centre dont, à l'origine, il avait été l'élu.

— Je ne vois pas le rapport, dit-il froidement. En ce qui me concerne, je ne vois pas pourquoi j'aurais refusé le soutien communiste sur un terrain d'ailleurs nettement délimité... Vous acceptez bien les armes des démocraties populaires...

Un geste de lassitude : la main était à l'opposé de celle de Waïtari, sans puissance, toute en finesse, en longueur, en frémissements...

— Ne nous engageons pas dans ce genre de discussion. Tout ce que je veux dire, c'est qu'il nous faut de la patience. Il s'agit d'abord de préparer le terrain. L'Afrique dite « noire » sera avec nous... L'Islam y fait les progrès que vous connaissez. Notre foi est plus jeune, plus brûlante, elle a la rapidité et la puissance du vent du désert qui l'a vue naître — elle triomphera... Une Afrique islamisée serait dans le monde une force irrésistible. Cela viendra...

De nouveau une animation presque souterraine agita son visage. A peine perceptible... Mais Waïtari connaissait ces visages dissimulés jusque dans leur nudité, où la peau seule demeure impassible alors que le sang lui-même charrie la passion : c'était un fanatique à froid, et, qui plus est, un fanatique religieux ; il n'eut plus de doute sur le bien-fondé de ce que Habib lui avait dit : pour l'essentiel, et malgré la débâcle des Frères Musulmans, le C.L.A. demeurait un mouvement religieux. Les boules reprirent leur égrènement régulier entre les doigts fins.

— Pour le moment, il faut savoir nous limiter. Les progrès de notre foi même au-delà de l'équateur laissent perplexes les missionnaires chrétiens... Les écoles coraniques sont à l'avant-garde de la lutte. Le reste viendra tout seul. Je tiens à ajouter que si votre action récente avait suscité ne fût-ce qu'un commencement d'écho, nous eussions peut-être considéré la chose sous un autre angle... dans la limite de nos moyens actuels.

— Vous lisez pourtant bien les journaux ? demanda Waïtari, avec une hauteur qui — il sentit que l'autre en était conscient — essayait de cacher son point faible.

Un nouveau sourire mince, une lente inclination de la tête :

— Je les lis. Et je les porte même sur moi... Voyez.

Il fit glisser sur la table une pile de journaux anglais et français. Waïtari les avait tous dans sa chambre : mais il avait pensé aux journaux arabes. Il fut exaspéré contre lui-même : c'était le dernier argument qu'il aurait dû invoquer. Les journaux ne parlaient que de Morel. Il fit semblant de parcourir les titres : « L'excentrique du Tchad demeure insaisissable... » « La plus étrange aventure du monde : notre envoyé spécial en A.E.F. vous raconte la folle entreprise du Français qui défend les éléphants contre les chasseurs. » Il ne put cacher son irritation : la presse à sensation, qui se désintéressait des grandes aspirations légitimes des peuples, réduisait à néant tout son effort d'exploiter Morel. Celui-ci devenait un rideau fermé qui dérobait Waïtari aux yeux du monde — un rideau de fumée qu'il fallait dissiper au plus vite et par n'importe quel moyen. Il repoussa les journaux avec dédain.

— Il est normal que la presse colonialiste présente l'affaire sous cet angle, dit-il.

— Oui. Comme il est normal que la presse arabe la présente sous un jour qui vous est favorable... Nous ne vous avons jamais refusé notre appui moral.

Waïtari se rendit brusquement compte qu'il faisait fausse route. Après tout, il s'agissait beaucoup moins pour lui d'obtenir des armes et des « volontaires » que de faire parler de lui, d'imposer sa personnalité et son nom sur le plan international. C'était tout ce qu'il pouvait espérer pour le moment, même s'il avait pu accomplir en A.E.F. quelques raids éphémères. Imposer son nom, prendre date, devenir, pour l'extérieur, une personnalité de premier plan, l'interlocuteur indispensable, — tel était à l'heure actuelle le seul objectif possible. Il était plus conscient que n'importe qui de l'impossibilité, dans un avenir prévisible, de transformer le Tchad en nation indépendante — en dehors d'une fédération africaine beaucoup plus large où sa place personnelle eût été loin d'être assurée. Tant que leurs coutumes étaient respectées, les tribus pouvaient peut-être se contenter encore longtemps de la liberté qui leur était laissée de vivre comme il leur plairait. Il avait pris position pour l'indépendance, au moment de la guerre froide, où l'imminence apparente de l'occupation de toute l'Europe par l'armée rouge et du conflit avec l'Amérique ouvrait des perspectives entièrement nouvelles et pour ainsi dire illimitées. En passant à la dissidence, il avait alors pensé prendre date, s'imposer comme interlocuteur du vainqueur futur quel qu'il fût. Sans doute avait-il commis une erreur de jugement — une erreur de *timing*, comme disent les Anglais. Il avait eu raison trop tôt. Tout ce qu'il pouvait faire maintenant, c'était acquérir de la stature. Il fallait s'imposer au monde extérieur comme une personnalité exceptionnelle de la carte politique africaine — se hisser jusqu'à ces tribunes internationales où personne ne lui demanderait ce qu'il représentait en valeur de soutien populaire ou de possibilités pratiques, mais uniquement quels étaient son talent, son éloquence, et la puissance de persuasion qui émanait de sa voix. C'était la seule façon encore possible de sortir de la solitude politique — de la solitude tout court. Il fallait « se placer », pour employer le jargon parlementaire des couloirs en temps de crise — « se placer » sur le plan international... Il se mit à parler — et il parla longtemps. Il était heureux que la conversation eût lieu en français — c'était la seule langue qui lui permît de donner le meilleur de lui-même. Lorsqu'il eut fini, il n'avait obtenu ni les armes, ni l'argent, ni les « volontaires », mais il n'avait aucun doute sur les résultats de l'entrevue : ses interlocuteurs partaient avec la conviction que cet homme à la voix de bronze, qui revêtait la passion africaine de l'habit bien taillé de la logique française, était une étoile nouvelle qui se levait au firmament politique de l'Afrique. Il demeura un instant dans son fauteuil, s'épongeant le front. Il était sûr de l'effet produit. Malheureusement, ces deux hommes n'étaient qu'une fraction insignifiante de l'auditoire qu'il lui fallait toucher. Le problème demeurait entier. La première conférence des représentants des peuples coloniaux allait se réunir bientôt à Bandoeng et ses organisateurs n'avaient pas jugé bon de l'inviter. Il allait faire en sorte qu'une telle omission — un tel affront — ne pût se reproduire à l'avenir. Il fallait à tout prix acquérir la stature nécessaire et le terrorisme, même éphémère, même sans portée réelle, demeurait la seule action qui pût lui donner les assises politiques indispensables sur le plan international. Il ne pouvait être question de provoquer un soulèvement des tribus dont les chefs et les sorciers lui demeuraient hostiles et qui étaient séparées de lui par une barrière infranchissable d'ignorance, de superstitions et de pratiques primitives. Mais il suffirait, à deux ou trois reprises, de fournir aux journaux les quelques titres indispensables qui vous ouvrent d'abord les portes d'une prison puis celles des ministères... Il en revenait ainsi toujours au même point. Il fallait se faire remarquer — se procurer des armes coûte que coûte, recruter des « volontaires » bien payés, effectuer quelques raids en profondeur dans le territoire français. Il fallait donc trouver de l'argent — et dans la complexité des forces qui étaient en jeu sur le continent africain et dans le monde, cela devait pouvoir s'arranger. Il n'avait aucun doute là-dessus — peut-être parce qu'il ne doutait pas de son propre destin. Ce destin, il le sentait dans la puissance de sa propre voix, dans celle de ses mains, dans la dimension même de sa solitude, à laquelle seul le pouvoir absolu était capable de fournir une réponse suffisante. L'aspiration infinie qui le tenait parfois éveillé des nuits entières était à la fois comme un souvenir et une volonté, un souvenir des dix générations de chefs Oulé dont il était issu, et une volonté d'élever toute l'Afrique jusqu'à lui, hors de la nuit tribale. Il n'était pas question de « croire à son étoile » — il était très loin de telles superstitions — mais de croire aux forces intellectuelles, morales et physiques qu'il sentait en lui. Il se leva d'un brusque élan et se dirigeait vers l'escalier lorsqu'un boy l'arrêta silencieusement et lui tendit une carte de visite sur un plateau d'argent. Il ne put retenir un frémissement d'orgueil : « Robert Dajeon, député. » Il demeura une seconde immobile et souriant, la carte de visite à la main. Ainsi, pensa-t-il, les milieux gouvernementaux français commençaient à s'agiter... Qu'on lui envoyât discrètement à Khartoum un tel émissaire, même s'il ne venait pas de l'Oubangui, c'était déjà marquer un point. Il suivit le boy jusqu'à la chambre du premier étage que celui-ci lui indiqua.

XXXIV

Dajeon l'accueillit en pyjama.

— Je pensais que tu aimerais mieux qu'on ne nous voie pas ensemble.

Waïtari retrouvait avec une émotion qui l'étonna le tutoiement parlementaire. Il eut soudain une nostalgie intense de la buvette des couloirs et même des longues séances de nuit, à l'issue desquelles on allait manger une soupe à l'oignon aux Halles. Il dut exagérer, sur son visage, l'expression de froideur jusqu'à l'hostilité, pour lutter contre cet afflux soudain de souvenirs. Dajeon était un homme solide, ancien médecin de l'Oubangui qu'il représentait depuis la guerre au Parlement. Ils avaient appartenu tous les deux au même parti du centre, déjeuné, voté et fait des tournées politiques ensemble. Il était respecté au Parlement pour sa connaissance profonde des problèmes africains et pour sa défense souvent passionnée et colérique des intérêts du territoire et des thèses de l'évolution accélérée. Waïtari le jugeait sincère, moyennement intelligent, maladroit et inefficace par cette bonne volonté têtue qui ignore les obstacles.

— Je suis ici en copain.

Waïtari eut un léger sourire.

— Je n'en doute pas.

Ils se serrèrent la main.

— Assieds-toi...

Il s'assit lui-même sur le lit, sous le ventilateur. Waïtari évita le fauteuil et choisit la chaise.

— J'ai vu ta femme et tes gosses à Paris...

— Je reçois régulièrement de bonnes nouvelles, merci.

— Bon, coupa Dajeon. Je suis venu ici parce que j'ai appris que tu t'y trouvais. De ma propre initiative. Personne ne m'a dit de venir. Aucun mandat. Ni le gouvernement, ni le parti, ni le gouverneur, personne. Si tu crois autre chose, cette conversation est inutile.

— Je ne crois rien, dit Waïtari. Tu es là. Parfait. Alors ?

— Je te demande de laisser tout ça. De revenir avec nous.

— Tiens ? Je croyais que ce n'était pas le parti...

— Pas avec le parti. Avec nous tous. Avec les Français et les Africains qui essayent de bâtir quelque chose ensemble.

Waïtari eut un moment d'hésitation. Un simple battement de cœur. Trois fois rien. La force des souvenirs... Et il était sûr que son visage ne l'avait pas trahi.

— Trop tard, dit-il.

— A cause de cette histoire de Morel ? Ce n'est pas sérieux. On arrangera ça...

Il rit.

— On pourrait même modifier le statut des grandes chasses...

Waïtari haussa les épaules avec irritation.

— Il ne s'agit pas de ça, dit-il. Morel est un fou... Il n'a aucune importance. Mais vous avez manqué le coche. Le train est parti. Vous ne pouvez plus le rattraper.

Dajeon se tassa légèrement. Depuis vingt ans qu'il était en Afrique, chaque fois qu'il était question de réformes politiques, il n'entendait que deux chœurs de voix : les « trop tôt » et les « trop tard ».

— Des histoires, ça, coupa-t-il brutalement. Du journalisme... Il n'est jamais trop tard pour la modération et le juste milieu. C'est là que le progrès se fait : au juste milieu...

— Pardon, dit Waïtari. C'est précisément là qu'il ne se fait jamais. C'est peut-être là qu'il finit — après quelques siècles d'histoire — mais ce n'est pas là qu'il commence... J'ai été avec vous pendant trois ans : presque une législature... Mais lorsqu'il s'est agi de donner un portefeuille à un Africain, vous avez choisi Bodango...

— Dakar a plus d'importance politique et économique que Sionville, dit Dajeon. Il n'y avait là rien de personnel et tu le sais bien.

— Je n'en fais pas une question personnelle, dit Waïtari avec hauteur. Mais justement : qu'avez-vous fait pour l'éducation politique des masses en A.E.F. ?

— Allons, dit Dajeon. Tu connais aussi bien que moi les données du problème. On ne peut pas pousser à fond l'éducation politique et l'éducation tout court des masses sans l'accompagner d'un développement économique, culturel et social parallèle. Il faut créer en même temps les élites et les débouchés, le syndicalisme et les usines. Faire l'un sans l'autre, c'est travailler pour le malheur du peuple. L'émancipation politique doit marcher de pair avec l'émancipation économique, ou les résultats sont désastreux. Nous avons été obligés de marcher lentement. Il n'existait pas avant l'âge atomique, il n'existe pas encore de ressources nationales ou internationales capables de mener ces deux tâches de front... Nous avons tout de même atteint le minimum vital. C'est déjà plus que n'en pourraient dire certains pays « indépendants »...

— Les Russes ont bien réussi ce tour de force chez eux sans attendre le miracle de l'atome, dit Waïtari.

— Oui, mais à quel prix ? Nous avons essayé nous aussi : ce fut Congo-Océan... Nous avons fait porter tout notre effort sur le terrain de l'hygiène, de l'alimentation et de la natalité. La base de départ est jetée. C'est déjà quelque chose.

— Le Congo-Océan fut un crime contre l'humanité parce que c'était vous, les Européens, qui commandiez, et nous, les Africains, qui mourions par milliers sous l'effort, dit Waïtari, tranquillement. Si ç'avaient été les Africains eux-mêmes, maîtres chez eux, qui avaient décidé la construction du chemin de fer, alors, même avec le double de victimes, le Congo-Océan eût été acclamé partout comme une œuvre de civilisation et de progrès.

Dajeon le regardait bouche bée.

— Il s'agit d'arracher l'Afrique à son état archaïque, dit Waïtari, et seuls les Africains eux-mêmes ont le droit d'exiger de leurs peuples un tel effort et les millions de vies humaines qu'il va coûter. Arracher l'Afrique à la nuit tribale, cela suppose une poigne que l'énergie atomique ne fournira pas — et cette poigne, vous ne pouvez l'avoir honorablement... Donc, avec vous, c'est la stagnation. Sous prétexte de respecter les usages, les coutumes, les vies humaines... Mais c'est la stagnation. Tandis que laissez-moi les mains libres...

Il montra ses mains puissantes...

— Et vous les verrez valser, les us et coutumes, sorciers, tam-tams et négresses à plateaux... Moi, je leur ferai bâtir les routes, les mines, les usines et les barrages. Moi, je peux. Parce que je suis moi-même un Africain, que je sais ce qu'il faut, et que j'en connais le prix. Ce prix, je suis prêt à le payer. Ils l'ont payé en Russie. Et regarde-les aujourd'hui...

Dajeon était devenu cramoisi.

— Tu sais très bien qu'il faudrait changer tout l'organisme humain, ici, et le régime alimentaire — sans parler du climat — avant d'avoir le droit de demander aux paysans africains un effort pareil... Ils crèveraient comme des mouches.

— Les esclaves noirs ont bâti les États-Unis du Sud et mon grand-père me disait que nous leur avions vendu les plus chétifs, dit Waïtari.

— Allons ! Il ne s'agissait là que d'un travail de plantation. Non pas d'usines, de barrages, ni de mines... ni, surtout, de stakhanovisme.

— Il y a dans tout ce que tu dis un petit fumet raciste qui fait plaisir, dit Waïtari, ironiquement. Les noirs ne sont pas capables de s'adapter à l'effort de construction moderne... Les Russes, oui, mais les noirs... Bien sûr, ils crèveront. Les Russes ont crevé aussi. Mais lorsqu'il s'agit de tout l'avenir d'un peuple, d'un continent et de sa grandeur future, on ne peut pas hésiter...

Dajeon se taisait. Il pensait au degré de frustration

psychologique et de solitude que supposait une telle volonté de puissance. Et sans doute ne fallait-il pas oublier non plus l'atavisme d'un descendant des chefs Oulé... Il voulut dire qu'il y avait dans tout cela une notion oubliée, une notion de dignité humaine, de respect de l'humain — mais il se sentait la langue liée...

— Je ne vois pas en tout cas ce que tu attends et de qui tu l'attends, dit-il enfin.

Waïtari se leva.

— Pas de vous, en tout cas, dit-il. Mes hommages chez toi.

Il se dirigea vers la porte, laissant Dajeon assis lourdement sous le ventilateur.

*

Il rentra dans sa chambre, ôta son veston et s'allongea sur le lit. L'initiative de Dajeon était purement personnelle : c'était clair et d'ailleurs cela lui ressemblait tout à fait. Plein de cette bonne volonté bêlante qui croit toujours pouvoir tout arranger par du compromis. Le juste milieu... Il eut un geste irrité. Il ne fallait donc plus rien attendre de ce côté-là. Il regarda sa montre : à cinq heures, il avait rendez-vous avec Habib. Celui-ci connaissait tous les trafiquants d'armes du Moyen-Orient et peut-être y aurait-il moyen d'obtenir des crédits. Malheureusement, il ne voyait pas quelles garanties il pourrait leur offrir. Et les « volontaires » ne se recrutaient pas par des traites tirées sur l'avenir... Il regardait avec humeur les gravures d'équitation sur les murs : bientôt la seule trace du passage des Anglais au Soudan... Son visage prit une expression boudeuse, ses mains levées, au-dessus de l'oreiller agrippèrent les barreaux du lit : c'était un de ces moments où il avait la sensation de mourir d'impatience. Entre la conscience qu'il avait de ses possibilités et son isolement politique, le contraste lui paraissait de plus en plus insupportable. Toute sa volonté ne lui servait plus qu'à lutter contre le découragement. La France seule pouvait le comprendre et l'apprécier : il se sentait perdu au cœur de l'Afrique des sorciers et des fétiches. Il se savait plus intelligent, plus doué, plus instruit que quatre-vingt-dix-neuf Français sur cent : docteur en droit et licencié ès lettres, auteurs d'ouvrages remarqués. Mais il s'était délibérément séparé de la France, d'abord par une erreur de calcul, ensuite, surtout, parce que le système politique français, ses institutions et ses traditions conservatrices ne pouvaient être conciliés avec son ambition, son goût du pouvoir et sa volonté d'imposer à l'histoire l'empreinte indélébile de son nom. Et il se sentait tout autant à l'écart des tribus africaines, parce qu'il représentait une menace pour leurs coutumes ancestrales, une révolution. Il ne pouvait rien attendre de ce côté-là : il lui fallait atteindre indirectement l'opinion publique mondiale. Mais lorsqu'il essayait de profiter de l'entreprise insensée de Morel pour tenter de lui donner un contenu politique, les masses populaires en Europe et en Amérique prenaient au sérieux cette ridicule histoire de protection de la faune africaine, se passionnaient pour la défense des éléphants et continuaient à l'ignorer, lui, et la cause de l'indépendance africaine qu'il incarnait. Il fallait en finir coûte que coûte avec Morel et son mythe humanitaire, se révéler enfin aux yeux du monde comme le véritable instigateur des désordres et de la révolte africaine… Il en était là de ses pensées lorsqu'on frappa à la porte et il ne fut pas mécontent d'accueillir Habib, qui portait avec lui partout où il allait cette conviction goguenarde de l'infinité des ressources offertes par la terre à ceux qui savaient l'habiter avec art. Son assurance se réclamait d'une longue habitude des hommes et des choses et lorsqu'il vous regardait, vous sentiez que vous étiez pour lui une vieille connaissance, qu'il savait déjà tout sur vous avant même de vous avoir rencontré. Oui, il était déjà au courant du résultat négatif de la rencontre avec le représentant du Comité du Caire. Il ne fallait pas prendre cet échec plus au sérieux qu'il ne le méritait. Ils changeraient d'idées là-dessus : il suffirait de leur prouver qu'on était capable d'obtenir des résultats pratiques. Justement, il y avait peut-être moyen de s'arranger. Il arrivait avec un petit projet qui avait germé dans le cerveau génial de son ami de Vries, pendant que celui-ci s'ennuyait à l'hôpital — oui, il était à présent complètement rétabli, grâces en soient rendues au Tout-Puissant —, c'était une occasion littéralement poussée par le bon vent dans leur direction. Une véritable intervention du ciel en leur faveur — et ce n'était pas une simple façon de parler, car il s'agissait là de la sécheresse effroyable que le retard des pluies avait infligée à toute l'Afrique de l'Est... Cela pouvait rapporter, avec un peu de chance, une vingtaine de millions. Il était prêt à organiser l'expédition — avec l'aide de de Vries, qui connaissait admirablement la région. Il était toujours prêt à rendre service à un ami, moyennant une commission de vingt pour cent — dix pour cent de plus que le chiffre habituel — mais il y avait des risques, et il se chargeait de trouver les moyens de transport nécessaires et les hommes. Seule son autorité personnelle pouvait décider ces derniers à ne pas exiger un paiement d'avance... Il parlait avec une joie évidente, et malgré son insistance sur la commission, Waïtari sentait qu'il y avait chez lui bien plus une véritable vocation d'aventurier qu'un simple instinct de lucre et aussi peut-être un plaisir presque démoniaque à donner une petite leçon à l'idéalisme sur la façon dont les choses se passent ici-bas...

— Au fait, au fait, coupa-t-il, sans ménagement. Épargnez-moi tout ça... Nous nous connaissons depuis assez longtemps. De quoi s'agit-il ?

Habib sortit de sa poche une carte et la déplia sur le lit.

— Là, dit-il en posant un doigt énorme sur une tache bleue. Ça s'appelle le Kuru... C'est un lac. Le seul de toute la région qui contienne encore de l'eau.

Waïtari l'écoutait attentivement, assis sur le lit, et fumant. Il mit immédiatement en doute le bénéfice mirifique que le Libanais prétendait tirer de l'expédition, mais c'était un point à tout prendre secondaire. En définitive, ce que Habib lui proposait, c'était un raid en profondeur dans le territoire français : quelque chose dont il rêvait, lui, depuis longtemps. C'était une occasion vraiment unique d'en finir une fois pour toutes avec Morel et le mythe des éléphants qui dérobait aux yeux du public la révolte africaine, au point qu'il en venait parfois à se demander si Morel n'était pas un agent du Deuxième Bureau français spécialement chargé de répandre cet écran de fumée idéaliste et humanitaire sur une tentative de soulèvement et sur les réalités colonialistes. Des fermes brûlées, des attaques à main armée, tout cela était présenté à l'opinion comme la folle entreprise d'un misanthrope qui s'était mis en tête de défendre la faune africaine. Si la proposition de Habib devait avoir pour effet de dissiper avec éclat cette équivoque, et de balayer cet écran de fumée qui le dérobait lui, Waïtari, et la cause qu'il incarnait, aux yeux de l'opinion mondiale, cela seul suffisait à la rendre digne d'être acceptée. Cela pouvait également rapporter quelques millions et dans sa situation actuelle ce n'était pas à négliger. Et surtout, avec un peu de chance, ils pouvaient escompter un accrochage avec les forces françaises et des dépêches dans les journaux, genre communiqué de l'Aurès, au sujet des « rebelles dispersés aux confins soudanais ». Cette publicité, il était prêt à aller en prison pour l'obtenir — c'était la meilleure façon de rappeler son nom à la mémoire des puissances de Bandoeng, qui avaient omis de l'inviter... Il écrasa sa cigarette.

— Intéressant, dit-il, sur le ton de l'indifférence. Mais je vous préviens que j'ai à peine de quoi payer ma note d'hôtel.

XXXV

Le 22 juin, vers midi, l'avion à bord duquel le reporter américain Abe Fields prenait les photos de l'extraordinaire concentration d'éléphants sur le lac Kuru, se trouvait à quelques mètres au-dessus de l'eau, un peu plus bas que la paroi rocheuse où le lac commençait à l'ouest pour s'étendre ensuite sur deux cents kilomètres carrés de dunes, de rochers et de roseaux. L'avion avait tourné toute la matinée au-dessus de la région et était déjà allé se poser une fois sur le terrain d'El Garani au sud du Bahr el Gazal, pour faire le plein d'essence, reprenant ensuite son vol. Couché à plat ventre dans le nez de l'appareil, Fields prenait cliché sur cliché d'un des plus dramatiques reportages de sa carrière. Toute la région désertique à l'est du lac était couverte de bêtes agonisantes ou qui luttaient encore pour atteindre les eaux du Kuru. Les cent cinquante kilomètres du *waterless track*, — piste unique à moitié effacée par le sable — étaient parsemés de carcasses et lorsque l'avion descendait au ras du sol, des centaines de charognards se levaient dans son sillage pour retomber aussitôt avec une lourdeur molle. Des buffles en masses compactes se tenaient longuement immobiles dans la poussière rouge, levant à peine la tête au passage de l'avion, pour s'ébranler ensuite à nouveau : ils laissaient chaque fois derrière eux les bêtes affaissées qui ne pouvaient plus suivre, mais qui essayaient encore de se lever avec ce mouvement spasmodique des pattes qui ressemblait déjà à l'agonie ; le *track* était couvert de taches fauves immobiles et, dispersés sur toute la région depuis les marécages à sec du Bahr Salamat, leur lieu de retraite habituel en saison sèche, les éléphants affluaient vers le Kuru par groupes isolés, ou s'arrêtaient brusquement, laissés sur place par l'effondrement de leurs forces. Soulevée par les troupeaux encore en marche, la fameuse poussière rouge de la région, si épaisse parfois que le soleil s'y réfléchissait, rendait le travail du photographe particulièrement difficile. Fields ne connaissait rien à la faune africaine et était à peu près incapable de distinguer un buffle d'un tapir, mais il savait que le public était toujours particulièrement touché par la souffrance des bêtes et il était sûr de tenir là un beau sujet, ce qui l'exaltait. Pour mieux expliquer aux lecteurs les raisons de ce prodigieux exode des troupeaux vers le Kuru, il avait photographié successivement les lits des principaux bahrs et lacs des environs, le fond craquelé du Mamoun, celui d'Yro et les marécages de Bahr Salamat qui découvraient sur des dizaines de kilomètres leur nudité géologique, évoquant une de ces visions d'une autre planète dont le public était toujours si friand. Au-dessus du Bahr el Din desséché, son pilote était descendu assez bas pour lui permettre de photographier une centaine de caïmans aplatis sur le sol ou renversés sur le dos : le lit du Bahr était labouré par leurs sursauts d'agonie. Le lac Kuru lui-même avait perdu toute l'eau de ses méandres extérieurs, seul le centre continuait à miroiter sur une vingtaine de kilomètres carrés, autour des rochers rouges recouverts de terre et de roseaux. Plusieurs centaines d'éléphants se tenaient immobiles dans l'eau et parmi les roseaux, cependant que la boue encore humide du marécage qui s'étendait vers le nord était animée par un prodigieux tourbillon d'oiseaux ; mais c'était un spectacle impossible à photographier, car, dès que l'avion descendait, il était pris aussitôt dans un nuage vivant dont il lui fallait sortir en hâte pour ne pas perdre ses hélices. Fields dut se contenter d'une photo prise à deux cents mètres d'altitude, d'où les oiseaux n'apparaissaient que comme une immense plantation colorée. Abe Fields avait photographié bien des choses dans sa vie, depuis les routes mitraillées de France jusqu'aux dévastations de l'ouragan Hazel dans les Caraïbes en passant par les plages de Normandie et les soldats français sautant sur des mines en Indochine, sans parler de beaucoup d'autres sujets, mais il n'avait encore jamais vu pareil spectacle. Il ne se faisait d'ailleurs aucune illusion sur la qualité de l'émotion qu'il ressentait : celle-ci était strictement professionnelle, due au caractère unique du reportage qu'il était en train de réaliser, loin de tout concurrent. Depuis longtemps il ne réagissait plus autrement : il en avait trop vu et s'il avait dû participer plus intimement que par les yeux à tout ce qu'il avait photographié dans sa carrière de chasseur d'images, il eût fini depuis longtemps noyé dans l'alcool. (Fields était le premier à reconnaître qu'il buvait déjà beaucoup trop.) Mais la carapace à toute épreuve qu'il estimait avoir acquise lui garantissait à présent une place de premier plan dans sa profession, qui ne manquait pourtant pas de mains froidement expertes et d'yeux endurcis.

Fields était un petit homme agile qui avait eu des débuts difficiles et qui était allé en Espagne pendant la guerre civile avec la détermination farouche d'y laisser sa peau ou d'en revenir avec un reportage vraiment sensationnel ; il avait réussi à prendre à quelques mètres deux clichés demeurés célèbres de républicains fauchés par le tir d'une mitrailleuse pendant la première attaque de la Guadalajara : il était lancé. (Il avait lui-même reçu une balle dans le bras mais n'avait rien senti dans son enthousiasme.) Depuis, le seul événement qu'il n'avait pas réussi à photographier fut l'extermination de sa famille en Pologne, et encore, disaient ses ennemis, ce n'était pas sa faute : il n'était pas là. Il était myope, avec des yeux assez tristes qui avaient pris une fois pour toutes le parti de regarder le monde avec autant d'émotion que l'objectif de la caméra. Depuis quelque temps, il n'avait pas de chance : il avait raté les premiers massacres en Afrique du Nord, et il était venu au Tchad dans l'espoir de faire un reportage sur Morel, mais n'avait pas eu plus de succès que les vingt autres journalistes qui se relayaient à Fort-Lamy ; il était ensuite allé à Khartoum sur la foi de tuyaux laissant pressentir un soulèvement au cours du conflit opposant partisans et adversaires du rattachement à l'Égypte, mais les troupes mutinées avaient déjà été reprises en main au moment de son arrivée. Il était certes au courant du retard des pluies, de la sécheresse qui s'ensuivait, mais cela n'avait évoqué dans son esprit aucune image concrète ; ce fut seulement à Khartoum qu'il entendit parler de l'agonie des troupeaux d'éléphants rendus enragés par la soif et venus se jeter dans l'océan sur la plage du Mozambique, puis de la migration en masse des troupeaux vers les derniers points d'eau. Il flaira là quelque chose d'intéressant et décida d'aller voir sur place. Il loua un avion ; dès son premier vol, il se rendit compte du filon journalistique qu'il tenait là. A présent, il était en pleine action et il rendait grâces au ciel de cette aubaine. Le seul avion qu'il avait trouvé était un vieux Blenheim que les Anglais avaient abandonné et sur lequel son propriétaire, Flight Lieutenant Davies, anciennement de la R.A.F., formait des

« volontaires » pour tous les points névralgiques du Moyen-Orient ; il loua l'un et l'autre. L'avion ne paraissait pas fait pour autre chose que des tours de piste, mais comme toujours, il fallait arriver le premier : cela ne vous laissait guère le temps de vous soucier de la sécurité. (Fields ne craignait pas les accidents : ils lui avaient souvent permis de réaliser ses meilleures photos. Il avait d'ailleurs la ferme et étrange conviction qu'il ne mourrait pas dans un accident, mais d'un cancer de la prostate ou de l'anus. Il était incapable de dire d'où lui venait cette certitude. Peut-être de l'idée qu'il se faisait de la condition humaine.) Il prit encore quelques clichés puis revint s'asseoir à côté du pilote. Il ferma le masque pour pouvoir lui parler.

— Ce que je ne comprends pas, dit-il, c'est ce qu'ils bouffent. Bien sûr, il y a de l'eau. Mais le sol autour est complètement nu.

— Les roseaux, dit Davies. Il y en a plein. Les éléphants, en tout cas, adorent ça...

Davies avait eu une conduite brillante pendant la guerre. Trop âgé ensuite pour continuer à servir dans le personnel navigant de la R.A.F. et incapable de vivre sans piloter, il était devenu une de ces épaves volantes prêtes à tout pour demeurer dans leur élément, qui se situait n'importe où à partir de mille pieds au-dessus du sol. Depuis 1945, il promenait dans tous les bars, d'Alexandrie à Khartoum, ses joues couperosées, sa voix bien élevée, son argot d'aviation démodé et ses moustaches en guidon de bicyclette — mais aussi et surtout sa profonde nostalgie de l'envol. Jusqu'à l'arrivée des Allemands, il avait été instructeur de l'aviation égyptienne, puis il transporta des armes en Tripolitaine et au Soudan, pour se trouver enfin avec un Blenheim et un Beechcraft à la disposition des clients sur un terrain voisin de cet aérodrome de Gordon's Tree où il avait connu des jours meilleurs. En dehors des cours d'entraînement, il desservait tous les coins impossibles où les avions de transport sérieux refusaient en frissonnant de se poser.

— Ils se nourrissent de roseaux. Il paraît que les

roseaux, c'est très bon, lorsqu'on les bouffe par les racines...

Le moteur gauche se mit à cracher, l'avion vibra et au même moment, le moteur droit s'arrêta net. Fields saisit son sac de négatifs et se l'accrocha rapidement avec les deux caméras autour du cou. (Fields avait l'habitude des pannes d'avion et des atterrissages forcés et y était toujours préparé.) Ils étaient à ce moment-là à cinq mètres au-dessus des troupeaux. Davies chercha un banc de sable inoccupé, et en vit un, juste devant lui, d'où un nuage d'oiseaux venait de s'envoler; avec l'argent de l'assurance, il allait pouvoir s'acheter deux appareils en état potable — l'avion passa de justesse au-dessus d'un groupe d'éléphants debout dans l'eau, mais au moment où il allait toucher du ventre, deux autres bêtes couchées sur le flanc et à demi immergées se relevèrent brusquement sous l'aile gauche; l'avion pivota, toucha de la queue et se fendit en deux. Fields fut projeté hors de la carlingue et se retrouva assis dans le sable, la sacoche de négatifs et les caméras miraculeusement intactes. Il se leva immédiatement, mit ses lunettes, régla l'objectif, prit une photo de l'appareil avec les éléphants à l'arrière-plan, et quelques autres de Davies, écroulé sur les commandes, la poitrine enfoncée. Puis il regarda autour de lui.

Vu du sol, le lac paraissait beaucoup plus grand et les troupeaux encore plus nombreux : les éléphants l'entouraient à peu près de tous côtés. Fields eut un moment d'appréhension mais les bêtes étaient dans un tel état d'épuisement que la chute de l'avion parmi elles n'avait provoqué aucune réaction — seulement un envol général des oiseaux : parmi eux Fields ne put reconnaître que des marabouts et des jabirus géants en grand nombre, parce qu'il en avait vu chaque matin de sa fenêtre d'hôtel à Fort-Lamy. Déjà les oiseaux se posaient à nouveau, entre autres de petits échassiers qui venaient se percher parfois sur le dos ou les flancs des éléphants. Il y avait aussi, vers l'est, contre la grande falaise rouge, une masse compacte, fauve et vivante de ce que Fields crut être des antilopes, complètement immobiles dans le miroitement étincelant de l'air, de l'eau et de la roche rouge. Fields jugea que dans ces conditions il ne risquait rien à s'aventurer dans l'eau : le lac finissait à une centaine de mètres devant lui dans des dunes de sable sur lesquelles s'élevaient des paillotes, certaines à demi écroulées et paraissant abandonnées. Elles étaient éparpillées sur toute la longueur de la dune sur une distance de deux kilomètres environ. A l'extrémité nord de la dune, à l'endroit où celle-ci finissait devant un mur de roseaux, il aperçut une silhouette d'homme qui courait dans sa direction. Il marcha prudemment à sa rencontre, levant le sac de films et les caméras au-dessus de sa tête, mais il découvrit que l'eau n'avait nulle part plus d'un mètre de profondeur. Il atteignit la dune sans encombre et fut rapidement rejoint par l'homme qui courait vers lui et qui se révéla être un blanc, un grand garçon rouquin, torse nu, qui portait un mouchoir blanc à pois rouges noué autour du cou, le nœud sur le côté : son visage couvert de taches de rousseur lui parut vaguement familier.

— Il y avait quelqu'un d'autre à bord ?

— Oui, il est mort, dit Fields dans un mauvais français. Il essayait de se rappeler où il avait vu cette tête-là. Il prit ses cigarettes dans la poche de sa chemise et tendit automatiquement le paquet. Les taches de rousseur manifestèrent soudain une joie débordante, sans proportion avec ce que Fields pouvait connaître du désir de fumer.

— Des américaines ! Ce sont les premières que je vois depuis...

Fields ne l'écoutait plus. Il avait reconnu les taches. Elles avaient figuré d'une manière que l'on pouvait qualifier de proéminente dans les journaux américains au moment de la guerre de Corée, s'étalant en première page comme une marque d'ignominie. Après une éclipse totale d'une longue durée, les taches de rousseur avaient réapparu en première page, mais leur caractère avait changé : au moment où Fields avait quitté Paris pour le Tchad, elles étaient devenues presque héroïques. Ce fut à ce moment seulement que le reporter comprit où sa bonne étoile l'avait mené. Ce qu'une vingtaine de journalistes essayaient en vain de capter depuis des mois, une vulgaire et providentielle panne d'avion le jetait soudain devant sa caméra...

— Gardez le paquet. J'espère que la marque ne vous rappelle pas de trop mauvais souvenirs du pays...

Forsythe rit pour cacher son embarras. Ils échangèrent quelques mots sur les circonstances de l'accident, debout sur la dune, avec des milliers d'oiseaux, de buffles, d'éléphants immobiles autour d'eux et comme enlisés dans la chaleur, dans un air tremblant où les mirages multipliaient les troupeaux à l'infini. (Les estimations que Fields donna du nombre d'éléphants sur le Kuru au moment de son arrivée variaient entre mille et deux mille. Lorsque les clichés qu'il avait pris d'avion furent développés, le nombre d'éléphants rassemblés sur le lac le matin de l'accident fut estimé à cinq cents environ.) Il recula un peu et prit une photo de Forsythe. Puis ils suivirent la dune en direction des paillotes. Fields dit plus tard qu'à partir de ce moment-là, il n'avait plus eu qu'une idée en tête : mettre la main sur Morel. Il tenait sa caméra prête et était à ce point saisi par l'émotion que ses genoux se mirent à trembler. (Il évaluait mentalement à cinquante mille dollars au moins la somme que ce reportage pouvait lui rapporter.) En même temps, il luttait contre un autre sentiment, beaucoup plus profond et authentique, mais dont il ne tenait pas à examiner de trop près la nature. La manifestation de Morel avait touché en lui une corde secrète : on ne reste pas impunément vingt-cinq ans aux premières loges de l'actualité mondiale sans qu'une indignation comme celle de « l'homme qui avait changé de camp » ne rencontre en vous un terrain tout préparé. Il éprouvait aussi une véritable anxiété : il n'était pas exclu que Morel fût un simple agitateur politique particulièrement habile au service du Caire, de l'U.R.S.S. — ou des deux. Fields était partagé entre le scepticisme et l'espoir, ce qui se traduisait par une extrême agitation : il regardait de tous les côtés à la recherche d'une silhouette qu'il voyait d'avance gigantesque, légendaire, se détachant soudain sur le ciel, une carabine sous le bras, mais il n'apercevait qu'un grand nombre d'éléphants, ce qui l'intéressait beaucoup moins. Il répondait distraitement aux questions de Forsythe. Du point de vue professionnel, c'était déjà une défaillance étrange de sa part : Forsythe suscitait aux États-Unis une curiosité intense. Mais avec Forsythe, Fields savait où il en était : il connaissait le fond de l'affaire. Tandis que Morel lui ouvrait des horizons où tout restait encore à découvrir, et où il s'agissait peut-être d'une aspiration très proche de son cœur. Il confirma en tout cas à Forsythe ce que celui-ci savait déjà depuis l'expédition de Sionville : pour le public américain, il était devenu le héros de l'heure, un composé de Davy Crockett, de Lindbergh et de soucoupe volante, le tout rehaussé d'une auréole de martyr. C'était un de ces retournements d'opinion dont le public avait l'habitude, et dont Fields ne s'étonnait plus depuis longtemps. Oui, son histoire de Corée n'était rappelée que pour lui trouver des excuses : on expliquait par sa pureté d'âme qu'il n'eût pas mis en doute l'authenticité des « preuves » fournies par l'ennemi de l'emploi, par l'aviation américaine, des mouches empoisonnées répandues en Corée. Quant à ses discours à la radio, il n'avait fait que céder à une indignation somme toute compréhensible, chez un jeune Américain idéaliste, confronté soudain avec les « preuves » de l'emploi d'armes bactériologiques par l'armée de son pays. Et lorsqu'il comprit enfin la supercherie ignoble, son dégoût fut tel qu'il alla vivre parmi les éléphants, dans la brousse africaine, les défendant les armes à la main contre une espèce avec laquelle il ne voulait plus rien avoir de commun. C'était très romantique, très émouvant et on avait envie de faire quelque chose pour le pauvre garçon : autrement dit, un filon journalistique sûr.

— Depuis, « ils » se passionnent pour votre aventure. Vous devriez remercier Ornando, bien qu'il ne l'ait pas fait pour vous : il adore retourner les foules comme une crêpe, cela fait partie de la haine qu'elles lui inspirent. En tout cas, « ils » sont à fond pour vous.

Fields ne dit pas qui étaient ces « ils » : c'était manifestement pour lui un mot qui se passait de précision. Son sens professionnel finit par revenir enfin et lui rappeler qu'il avait là sous la main un sujet de reportage tout cuit ; il prit encore une ou deux photos de Forsythe et commença à poser des questions. Forsythe répondait avec une certaine nervosité.

— Vous savez que j'ai refusé de rester en Chine et que j'avais demandé à être rapatrié... Vous savez aussi comment j'ai été reçu. Pas un journal qui n'ait publié ma photo avec les commentaires que vous savez. J'ai été chassé ignominieusement de l'armée et je suis allé me terrer au Tchad, pour me faire oublier — et encore j'ai dû partir en fraude par le Mexique, parce que mon pays, tout en me rejetant, me refusait le passeport nécessaire pour quitter ses frontières. J'ai passé la plus grande partie de mon temps à me saouler. La déchéance classique, quoi, avec tous les degrés d'usage... Je n'insiste pas. Mon père me servit une petite rente, à condition qu'on n'entendît plus parler de moi : dans le Sud, nous avons le sens de l'honneur très développé. A Fort-Lamy, ça n'allait pas très bien non plus : une fois, j'ai dû casser la gueule à un type qui m'avait offert à boire, « pour m'aider à oublier »... Puis le jour vint où le même type m'ayant à nouveau offert une tournée, sans rien dire il est vrai — juste un sourire — j'acceptai : je n'avais pas assez d'argent pour me procurer tout l'alcool nécessaire. Il n'y avait que les noirs de gentils : ils riaient, mais ce n'était pas de moi, c'est leur façon de voir les choses. Bref, ça allait mal. C'est alors que Morel est venu me voir avec sa pétition. Vous pensez si j'ai signé ! Personne au monde n'était mieux placé que moi pour comprendre. Car c'est trop facile de dire que ce sont les communistes qui m'ont trompé et qu'il suffirait donc de se débarrasser du communisme pour... *et cætera.* Il y avait là, en Corée, une commission de savants de réputation mondiale, une centaine d'hommes de tout âge et de tous pays, qui démontraient par *a* plus *b* au petit officier aviateur de vingt-cinq ans que j'étais, que son pays avait semé la peste, le choléra sur les populations civiles — et voilà, monsieur, des mouches infectées à l'appui... Des visages humains, honnêtes, propres, avec des rides d'homme et des yeux d'homme qui me regardaient et me demandaient de faire mon devoir d'homme en dénonçant ce crime... Ah ! il s'agit bien de communisme, de fascisme, de démocratie, ou de je ne sais quoi... C'étaient des hommes. J'ai dit à la radio tout ce qu'on voulait. Quand je suis rentré aux États-Unis, on m'a prouvé par *a* plus *b* qu'il n'y avait pas un mot de vrai dans tout cela. C'était de la propagande, de la guerre froide... J'aurais dû savoir que l'armée à laquelle j'appartenais était incapable d'une bassesse pareille. De nouveau, des visages d'hommes sévères, dignes, des savants de réputation mondiale, des aréopages internationaux... Mais, chose étrange, tout me paraissait sans importance. Que les Américains fussent ou non coupables, que les communistes fussent ou non coupables, qu'importait ? L'homme était dans le bain complètement, souillé de la plante des pieds jusqu'à la moelle. Ça venait de loin et ça continuait. Ce n'était ni plus ni moins beau que les Mau-Mau, ou Hitler avec ses Juifs, c'était la même affaire, l'affaire homme, qui continuait... Oui, j'ai très bien compris ce que Morel essayait de leur gueuler. Je l'ai aidé. Quand on a vu ce que ça donnait, sa pétition, c'est-à-dire rien, une rigolade générale, on a constitué un stock d'armes... Vous connaissez la suite. Nous voilà ici...

Fields fit un geste de la tête pour indiquer qu'il comprenait. Il chercha ses cigarettes dans toutes ses poches, se rappela qu'il les avait données à Forsythe. Il lui en réclama une sans faire aucun commentaire et Forsythe se demanda s'il l'avait écouté. L'ancien officier éprouvait pour le journaliste une estime instinctive : ce petit homme venait d'affronter un accident d'avion terrible et il l'avait vu patauger tranquillement, avec ses lunettes et ses caméras, parmi les éléphants, comme s'il traversait un passage clouté. Il est vrai que son métier l'avait probablement endurci. C'était un homme qui en avait tant vu ! Un Juif, décida-t-il, en regardant à la dérobée son visage, et ce quelque chose dans les yeux. Il s'étonna soudain qu'il n'y eût pas de Juif aux côtés de Morel depuis le début. Il lui dit qu'ils se trouvaient sur le Kuru avec les siens depuis leur coup de main de Sionville, qui avait eu pour but d'appeler l'attention du monde sur la Conférence pour la Protection de la Faune africaine de Bukavu ; qu'ils vivaient dans les paillotes abandonnées d'un village de pêcheurs Kaï que les inondations de 1947 avaient chassés : on les avait aidés à s'établir sur les hauteurs, à l'extrémité ouest du lac. Morel était parti depuis deux jours pour Gfat, carrefour de pistes chamelières entre le Tchad et le Soudan, de l'autre côté de la frontière. L'unique marchand de l'endroit avait, paraît-il, une radio et Morel espérait apprendre quelque chose sur les résultats de la conférence qui venait de se terminer.

— Il est persuadé qu'ils vont prendre les mesures nécessaires et, s'ils le font, il a l'intention de se constituer prisonnier... Il est convaincu qu'il sera acquitté triomphalement par les tribunaux français. Il se fait probablement des illusions. Je n'en sais rien.

Il se tut, puis ajouta avec une trace de gêne dans la voix qu'il comptait, quant à lui, retourner aux États-Unis dès qu'il le pourrait. Cette fois encore, Fields ne fit aucun commentaire. Ils étaient arrivés de l'autre côté de la dune et Fields reconnut de loin la jeune femme qui les attendait derrière les paillotes, à côté des chevaux. Il s'arrêta et prit une photo avant de s'approcher. Il avait souvent entendu parler de Minna au Tchadien et regardé avec curiosité les photos d'amateur que les uns ou les autres avaient prises d'elle et que tous exhibaient volontiers : en somme, elle avait fait beaucoup travailler son imagination et à présent, il se sentait déçu. Elle était assez jolie, mais d'une manière plutôt banale, seule sa bouche avait quelque chose d'un peu émouvant, d'un peu douloureux, à la fois plate et charnue ; il était cependant impossible d'imaginer chez cette fille une force de rancœur ou de misanthropie suffisante pour aller porter des armes et des munitions à celui que l'on appelait « un ennemi du genre humain ». Elle dit à Fields qu'elle avait assisté de la dune à son accident, mais qu'elle n'avait pas eu le courage d'approcher. Elle avait cru tous les occupants de l'avion tués sur le coup et elle hocha la tête, en regardant Fields avec une sorte d'incrédulité, comme pour s'assurer qu'il était bien intact. Fields lui dit que son pilote avait été tué, mais que lui-même était indemne. (Une radiographie faite à l'hôpital de Fort-Lamy devait révéler trois côtes fêlées.) Il lui parla en allemand, tout en cherchant de l'œil l'angle favorable ; il lui demanda d'enlever le feutre à jugulaire qu'elle portait, et prit une photo : comme fond, il y avait les éléphants immobiles dans l'immense miroir vertical des mirages, les rochers hérissés de roseaux, et les échassiers blancs... Ça pourra aller, décida-t-il, en ajustant le film. Pendant qu'il travaillait, elle parla de la détresse des troupeaux avec une animation, une sympathie véritablement sincères et Fields se demanda si cette fille était tant soit peu consciente de l'étrangeté de leur rencontre dans ce paysage des premiers temps du monde, et de la curiosité que son aventure suscitait un peu partout — il devait dire plus tard qu'il n'avait eu à aucun moment l'impression de se trouver parmi des terroristes, mais chez les membres de quelque paisible expédition scientifique exclusivement soucieux de leur mission.

— Il vaudrait mieux que j'aille m'occuper de votre copain, dit Forsythe. Avec cette chaleur...

Fields promit de l'aider, après avoir pris encore quelques photos. Il mourait d'envie de mettre enfin la main sur Morel, mais il dut se résigner à la patience et accepta avec empressement lorsque Minna lui proposa de voir Peer Qvist ; il essaya de se rappeler tout ce qu'on lui avait dit sur le naturaliste danois dont le mauvais caractère et la misanthropie célèbres avaient choisi cette fois l'excuse des éléphants pour se manifester. Les avis à son sujet étaient assez partagés : certains prétendaient que sous une enveloppe de patriarche il cachait une âme de cabotin assoiffé de publicité, d'autres le croyaient sincère, mais fou, d'autres encore rappelaient qu'il avait été un des principaux signataires de l'appel de Stockholm pour l'interdiction des armes atomiques, qu'il avait été mêlé à la guerre d'Espagne puis mis en prison par Hitler — ceux-là voyaient en lui un simple agent des menées communistes dans le monde. (Fields eut plus tard l'occasion de poser quelques questions à Peer Qvist au sujet de la signature qu'il avait apposée au bas de l'appel de Stockholm. Le naturaliste lui répondit qu'il avait eu pour seul mobile les conséquences effroyables des radiations atomiques sur la faune et la flore. Il ne s'agissait pas seulement des armes de guerre, mais aussi des déchets des réacteurs nucléaires à usage pacifique, qui conservaient indéfiniment leur virulence dans l'air et dans les mers, constituant ainsi un péril pour la faune marine et les oiseaux.)

Pendant qu'ils marchaient sur la dune vers la paillote du Danois — Fields nota qu'ils avaient tous choisi apparemment d'habiter assez loin les uns des autres, ce qui lui parut curieux — Minna lui dit que l'excès de la sécheresse donnait à l'évaporation les proportions d'une marée. Chaque matin, les roseaux, les dunes et les rochers paraissaient avoir grandi au cours de la nuit. Il suffisait de voir dans quel état d'épuisement les troupeaux arrivaient sur le Kuru où ils demeuraient ensuite prostrés pendant plusieurs jours, sans manger, pour imaginer ce qui se passait ailleurs...

— *Schrecklich !* dit-elle. *So Schrecklich !*

Fields eut quelques mots de circonstance. Il ne pouvait pas dire qu'il avait pour les bêtes une affection particulière. Il lui était arrivé de vouloir acheter un chien, projet irréalisable avec son métier ambulant, et une fois, au Mexique, pendant une corrida, il avait souhaité ardemment la mort du matador, tant il avait été écœuré par la vue du taureau transpercé. Il avait rarement dans sa vie pris parti à fond pour quelqu'un ou quelque chose mais cette fois-là il l'avait fait : il était pour le taureau. Ce n'était pas une déformation professionnelle : il avait bien sa caméra, mais il avait fermé les yeux. « Regardez celui-là qui ferme les yeux ! dit en américain quelqu'un à côté de lui. Vous savez, Monsieur, le taureau, ce n'est que de la viande sur pied ! » Fields l'observa froidement : Bronx, décida-t-il, en dépit de sa chemise flamboyante et de son chapeau du Texas qui lui allait à peu près aussi bien qu'un cigare à un cul. « Il est très difficile de savoir où commence et où finit la viande sur pied », rétorqua-t-il, sur un ton qui ne laissait aucun doute sur ses intentions inamicales. Abe Fields ne se croyait pour les bêtes aucune tendresse spéciale et se sentit donc un peu choqué en entendant cette fille parler du sort de la faune africaine comme de la seule chose qui comptât. Cela blessait son sens moral : dans un monde où soixante pour cent de l'humanité crevaient de faim, au point que le mot « liberté » ne pouvait avoir pour eux aucun sens, il y avait tout de même des causes plus urgentes à défendre que la protection de la nature. Mais cette dernière pensée éveilla soudain dans sa tête un écho si inattendu, qu'il se demanda s'il n'y avait pas, chez cette fille et chez Morel, une arrière-pensée. Cette protection de la nature, qu'ils réclamaient avec tant d'éclat, tant de ténacité, ne masquait-elle pas une tendresse généreuse envers tout ce qui souffre, subit et meurt, à commencer par nous-mêmes, qui irait ainsi bien au-delà de la simplicité apparente des buts qu'ils poursuivaient ? Il eut ce frémissement de l'affût, qu'il éprouvait chaque fois qu'il se sentait sur la piste de quelque sujet exceptionnel. Il essaya de freiner cette surexcitation professionnelle : même s'il avait flairé la vérité, peu lui importait, puisque cela ne pouvait pas se photographier. Et cette pauvre fille, probablement très ignorante, produit typique des boîtes de nuit de Berlin, ne pouvait vraiment pas être soupçonnée de dissimuler sous sa beauté assez banale et même un peu vulgaire, sous ce regard bleu et insistant, toujours comme un peu blessé, une telle pénétration du plus ancien et cependant du plus urgent problème de l'homme dans sa marche incertaine ; il était vraiment impossible de la juger capable de comprendre ces choses-là ; elle devait croire naïvement que le Français ne défendait que les éléphants en chair et en os, et rien d'autre ; peut-être même s'était-elle tout simplement amourachée de lui. Mais lorsqu'elle s'arrêta un instant pour regarder les oiseaux piqués par centaines sur les bancs de sable et sur les palmes des roseaux, dans la lumière déjà presque rose du soir, il lut sur son visage une telle expression de bonheur qu'instinctivement il saisit sa caméra.

— Comment en êtes-vous venue là ? demanda-t-il pourtant, par acquit de conscience et presque brutalement : il préférait toujours les instantanés.

Elle détourna les yeux et Fields eut l'impression que c'était pour cacher un sourire un peu moqueur.

— Cela vous étonne ? J'ai appris, pendant la guerre et... depuis, un certain nombre de choses...

— Je ne vois pas le rapport.

— Oui, je suis sûre que vous ne le voyez pas. Eh bien, j'avais lu à Fort-Lamy les pétitions que M. Morel faisait circuler et je voulais faire, moi aussi, quelque chose pour la protection de la nature... Cela vous surprend sans doute parce que je suis une Allemande et que vous croyez...

— Je ne crois rien du tout. Je ne vois pas ce que ce fait a à voir là-dedans. Cela n'explique pas pourquoi vous avez pris le risque de porter des armes et des munitions à un hors-la-loi...

— Je viens de Berlin, dit-elle, avec une sorte d'obstination. Nous avons vu beaucoup de choses à Berlin... Oh ! je ne sais pas comment m'expliquer. On le sent, ou on ne le sent pas. Je suppose qu'à un moment, j'en ai eu assez. J'ai soudain eu besoin de... d'autre chose.

Elle haussa les épaules. Évidemment, pensa Fields. Il connaissait cela. Autre chose... Quelque chose de différent. C'était ce que les éditeurs de journaux lui demandaient constamment. Ils avaient raison. Ce serait un sacré reportage photographique à faire... Ils étaient arrivés à l'extrémité de la dune et Minna lui indiqua la dernière paillote du village qui se trouvait un peu à l'écart des autres.

— C'est là.

Ils trouvèrent le Danois assoupi par terre sur une couverture, les paupières entrouvertes et immobiles. Fields ne l'avait jamais rencontré, mais il avait souvent lu des articles qui lui étaient consacrés et les magazines publiaient sa photo fréquemment. Il n'y avait rien là d'étonnant : c'était de la bonne copie. Un visage qui était allé aussi loin que possible dans l'expression de la vieillesse et d'une certaine dureté ascétique — en tout cas, pour un Européen. (Fields avait vu aussi bien, sinon mieux, chez les Chinois et les Hindous. Les seuls visages de blancs qui pouvaient soutenir la comparaison étaient certaines figures de missionnaires d'Asie — et encore ces derniers perdaient tout caractère européen et finissaient par avoir des yeux bridés.) Fields se pencha pour regarder le livre à côté du dormeur : la Bible. Avec cette tête-là, pensa-t-il, on n'a vraiment pas besoin d'une carte de visite. Il prit une photo, avec le livre bien en évidence. Le Danois ouvrit les yeux et les regarda tous les deux fixement : mais Fields sentait que l'homme était encore loin, qu'il voyait encore ce qu'il venait de quitter. Fields lui expliqua l'accident d'avion, dit qui il était et ce qu'il faisait dans la région. Ils commencèrent à parler et Minna les laissa seuls. Peer Qvist affirmait qu'un tel retard des pluies était, à sa connaissance, sans précédent et que les conséquences allaient en être effroyables pour la terre africaine. Il en parlait avec une telle émotion et avec une telle expression, comme fanatisée, dans ses prunelles pâles que Fields sentit là une compassion qui dépassait une simple inquiétude de naturaliste.

— Oui, dit le Danois après un silence, il y a comme ça des moments où l'on dirait que le ciel lui-même a soudain décidé d'arracher ses plus belles racines de la terre...

Fields murmura quelque chose d'indistinct. Il n'était pas croyant. Il lui demanda de l'autoriser à prendre quelques photos et il se produisit alors un malentendu curieux. Fields pensait naturellement à l'autorisation de photographier le vieil aventurier lui-même, mais celui-ci comprit autrement.

— Bien sûr, dit-il, avec un geste large de propriétaire, prenez toutes les photos que vous voudrez. Il y a là une des plus grandes concentrations d'oiseaux que l'œil humain ait pu contempler depuis longtemps. Si vous pouvez me faire parvenir ensuite vos photos au Danemark, pour ma collection, je vous en serai reconnaissant.

Fields promit volontiers. Avant de sortir, le Danois ramassa la Bible et la glissa dans sa poche. Pendant qu'ils marchaient sur la dune, Fields lui demanda dans quelles circonstances il était entré en contact avec Morel.

— Vous pouvez dire que c'est le Musée d'Histoire

Naturelle de Copenhague qui m'a chargé de mission auprès de lui, dit le Danois, avec une étincelle d'humour dans les yeux.

Il ne semblait pas aimer beaucoup les organismes officiels. Fields insista et Peer Qvist finit par lui expliquer qu'il avait été un des premiers destinataires de la pétition de Morel. Celui-ci lui avait demandé de mobiliser l'opinion publique scandinave en faveur des éléphants. Dans la lettre qui accompagnait la pétition, Morel parlait du Danemark, de la Suède, de la Norvège et de la Finlande, « qui ont en partie résolu chez eux le problème de la protection de la nature et qui doivent à présent aider à le résoudre partout dans le monde ». Peer Qvist se tut un instant.

— Dans une certaine mesure, il a peut-être raison... Je ne songerais pas à le dire à mes compatriotes, qui sont trop contents d'eux-mêmes — et j'ai horreur de faire plaisir — mais il est hors de doute qu'il y a chez nous un respect instinctif pour toutes les manifestations de la nature...

Lorsqu'il avait reçu la pétition de Morel, il s'était d'abord adressé au Comité de Genève — sans autre résultat qu'une prudente réserve... Il était d'ailleurs brouillé avec eux. Tout récemment encore, ils avaient refusé de l'appuyer, lorsqu'il avait protesté contre l'installation de bases d'engins téléguidés dans deux îlots du Pacifique sud, unique lieu d'étape de milliers d'oiseaux rares dans leur migration vers l'Arctique.

— Ils craignaient qu'on les accuse de faire de la politique...

Finalement, il ne put résister et prit l'avion. Morel était encore à Fort-Lamy, se promenant partout avec sa serviette bourrée de statistiques.

— Il m'exposa ses projets... Je ne peux pas dire que je l'aie découragé. J'avais derrière moi cinquante ans de luttes analogues, et je savais qu'il fallait avant tout dans ces cas-là éveiller la curiosité et l'intérêt des foules... D'ailleurs, Morel n'est pas un homme qui se laisse décourager... J'insistai pourtant sur les difficultés. Il me dit : « Oh, vous savez, j'ai l'habitude. J'ai déjà fait une fois quelque chose dans ce genre... Le combat le plus terrible que j'aie livré dans ma vie, ce fut pour les hannetons... »

Peer Qvist allait évidemment se lancer dans l'histoire de Morel et de ses hannetons et Fields le ramena poliment à leur sujet. Les hannetons et les îles du Pacifique ne l'intéressaient qu'à moitié. Le vieux, manifestement, avait tendance à radoter. (Quelques années plus tard, lorsque Fields rencontra Peer Qvist en Suède, à Upsal, peu de temps avant la mort du naturaliste, celui-ci, que les souvenirs obsédaient, finit par lui raconter l'histoire des hannetons, et il sut ainsi à quel point, et malgré toutes les belles photos prises, il avait raté son reportage sur Morel.) Fields l'ayant interrompu avec le plus de tact possible, Peer Qvist se tut et le regarda ironiquement.

— Enfin, dit-il. Je vois que je vous fais perdre votre temps. Vous venez ici pour prendre des photos... Pas pour écouter mes explications. Vous pourrez du reste interroger Morel lui-même. Il va être de retour d'un moment à l'autre.

Fields vit derrière les roseaux une longue file de pêcheurs Kaï, tout nus, un panier sur le dos, et qui avançaient, dans l'eau jusqu'au ventre, en plantant tous les deux pas leurs sagaies devant eux. Ils chantaient une mélopée haletante et scandée, interrompant le rythme par un cri qui accompagnait chaque mouvement du bras. Peer Qvist lui dit qu'ils tuaient parfois ainsi jusqu'à trois silures d'un seul coup de sagaie. Au début, ils venaient aussi couper les tendons des éléphants épuisés — genre de chasse pratiqué avec plus de courage, à cheval, par les Kreichs du Soudan qui attaquaient ainsi au coupe-coupe les troupeaux dans les Bongo. Mais Morel leur avait fait passer cette envie-là dès son arrivée. Au moment où ils contournaient la barrière de roseaux, Fields vit des masses presque compactes d'oiseaux s'élever, puis retomber comme des mottes multicolores projetées par quelque prodigieux galop. Ensuite un groupe de cinq éléphants serrés les uns contre les autres apparut dans un nuage de poussière rouge que les roseaux balayaient sur leurs flancs — dès qu'ils furent dans l'eau, ils se dispersèrent, les deux bêtes du centre s'effondrant littéralement, et demeurant sur le flanc sans bouger — cependant que les autres continuaient à avancer vers les eaux plus profondes.

— Ils soutenaient ceux qui sont tombés, dit Peer Qvist. Dieu seul sait depuis combien de temps ils marchaient ainsi. Il en arrive entre cinquante et cent par jour depuis que nous sommes là...

Fields avait manqué l'arrivée et laissa retomber la caméra sur sa poitrine. (Il avait terminé trois mois auparavant le contrat d'exclusivité qui le liait à un magazine américain. Il avait créé sa propre agence à Paris. Son reportage sur le Kuru devait lui rapporter plus de cent mille dollars — la plus forte somme qui eût jamais été payée pour un seul reportage photographique.) Il passa les deux heures suivantes à prendre des photos en couleur des oiseaux qui couvraient par dizaines de milliers tout le fond du marécage — un lent mouvement blanc, noir, rouge, gris et rose, tantôt bigarré, tantôt régulièrement divisé en grandes taches uniformes d'oiseaux demeurés groupés ; une véritable plantation vivante, une faune aquatique qui paraissait surgir de la profondeur de la terre plutôt que de tomber du ciel. (Fields avait toujours éprouvé une certaine hostilité à l'égard de la beauté. En sa présence, il se sentait encore plus isolé. Il avait un caractère plutôt doux et avait besoin d'harmonie et de concorde, et il n'aimait pas se sentir comme une fausse note au milieu d'un accord universel. Il avait dû faire un reportage sur les fresques de Carpaccio et il en était revenu malade. Il avait la même réaction devant les paysages grandioses auxquels il préférait un petit bar enfumé où l'on se sentait chez soi.) Pendant qu'il travaillait, Peer Qvist lui indiquait les noms des espèces, avec une fierté de propriétaire, mais Fields n'essayait pas de les retenir ; il ne voulait pas se laisser distraire : il serait beaucoup plus simple de soumettre ensuite les photos à un spécialiste pour identification. (Un expert du Musée d'Histoire naturelle de New York reconnut sur les clichés vingt-sept espèces d'oiseaux, une bonne moitié venant d'Europe.) Il prit aussi, subrepticement, quelques photos du Danois. L'image de ce vieux gardien, au regard perçant sous son grand chapeau sud-africain, debout avec sa carabine au bord d'une mer d'oiseaux était une des choses les plus étrangement émouvantes qu'il eût contemplées de sa vie. Peer Qvist parut favorablement impressionné par la fièvre et la rapidité avec lesquelles le journaliste se livrait à son travail. Sur le chemin du retour, il fut d'une humeur plus affable et Fields sentit qu'il était remonté un peu dans son estime. Il en profita pour l'interroger sur quelques-unes des campagnes qu'il avait menées pour la préservation de la nature et fut assez surpris lorsque le Danois, après une longue énumération des espèces qu'il avait défendues et qui semblaient inclure toute la création, conclut, avec une certaine brusquerie :

— Et la liberté, partout ! — s'enfermant aussitôt après dans un silence morose qui paraissait être fait des souvenirs de toutes ces luttes passées. Fields commençait à connaître l'humeur de son compagnon et il se garda bien d'interrompre sa rêverie ; ils marchèrent en silence jusqu'à l'endroit, au bord de la dune, où Minna était en train de préparer un repas : Forsythe plaisantait avec elle, debout, ne s'arrêtant de parler que pour vider directement dans sa bouche à l'aide de son couteau le contenu d'une boîte de conserve américaine. (Fields ne tarda pas à constater que Morel avait dû préparer son affaire soigneusement et longtemps à l'avance. Outre une grande variété de vivres en conserves, caisses de munitions, trousse de secours d'urgence et matériel de campement, leur équipement portait la marque d'une préparation sans doute élémentaire, mais qui excluait l'idée du « coup de tête » d'un « rogue » ainsi qu'on se plaisait encore à appeler Morel un peu partout. En réalité, il apparut au moment du procès que cet embryon d'organisation avait été l'œuvre de Waïtari qui, peu de temps avant son entrée dans la dissidence, avait commencé à installer sur le Kuru un camp d'entraînement de la future Armée de l'Indépendance Africaine. L'existence de ce camp en A.E.F. avait été à cette époque régulièrement annoncée par les journaux et démentie par les autorités. Waïtari s'était mis à préparer des points d'appui pour son « maquis » dès

1948, au moment où l'imminence du troisième conflit mondial lui avait paru certaine, alors qu'il accomplissait ses dernières tournées comme député en A.E.F. avant de se réfugier au Caire pour y prononcer à la radio son fameux discours de rupture avec la France. Avec l'aide de Habib, il avait pu établir ainsi trois noyaux de maquis futurs, très embryonnaires, mais qu'il se proposait d'étoffer ultérieurement. Depuis, les chefs des tribus qui l'avaient écouté au moment de sa puissance officielle avaient dénoncé ces cachettes aux autorités, à l'exception du vieux Ghaliti, chef d'un village sur le Kuru et l'un des contrebandiers les plus respectés des confins soudanais. Le lac s'estompait déjà dans les grisailles ; on entendait les barrissements des éléphants auxquels la première fraîcheur du soir rendait un peu de vie, Fields commençait à avoir de la fièvre, ses côtes lui faisaient mal ; il sentait peser sur lui toute la fatigue accumulée des émotions de la journée. Il put à peine toucher aux conserves et aux boulettes de poisson mélangé de farine de mil que Minna lui passa dans une gamelle ; il s'excusa et alla s'allonger sur le sable. Une seule idée le tenait éveillé : être là, si Morel arrivait avant la tombée de la nuit, pour prendre une photo. Il demanda cependant à Peer Qvist s'il attendait beaucoup de la conférence de Bukavu.

— Je crois qu'ils prendront enfin une décision, dit le naturaliste. Le monde entier exige qu'ils s'entendent enfin là-dessus... Et, ainsi que vous le savez, nous avons attiré d'une manière spectaculaire l'attention du public sur leurs délibérations.

Un peu plus tard, Forsythe lui parla de son pilote.

— On ne pouvait pas le laisser dans la carlingue... J'ai pensé que la meilleure chose à faire était de le placer dans l'eau, en attendant...

Il tendit à Fields le paquet de cigarettes que celui-ci lui avait donné.

— J'ai récupéré les siennes.

Fields fut ennuyé : il avait complètement oublié Davies.

— Je l'ai calé entre deux rochers, par deux mètres de fond, pour qu'il ne se fasse pas piétiner par les éléphants. J'ai mis ses objets personnels dans votre paillote — celle-là — pour le cas où vous voudriez les envoyer à sa famille.

— Vous savez, je le connaissais très peu, dit Fields.

Il avait à peine fini de parler qu'il vit apparaître trois cavaliers au sommet de la dune. L'un d'eux était un blanc. Fields se leva d'un bond et saisit sa caméra. Toute trace de fatigue l'avait abandonné et il prit sa première photo de Morel moins de trente secondes après l'avoir aperçu. Il estima à ce moment-là qu'il n'avait pas plus de cinq ou dix minutes de bonne lumière devant lui et il les utilisa au maximum. Il y avait longtemps qu'il n'avait plus ressenti une telle surexcitation professionnelle — plus exactement, depuis les premières heures de la libération de Paris. (Fields n'aimait pas beaucoup les Français, mais il adorait Paris.) Il usa la moitié d'un film avant d'avoir établi avec Morel le moindre contact personnel. Les deux Africains qui accompagnaient celui-ci dévisageaient avec méfiance le journaliste, mais Morel parut amusé pendant que Forsythe lui donnait quelques mots d'explication. Il laissa la bride de son cheval à l'adolescent en boubou blanc qui l'accompagnait, s'assit dans le sable et se mit à manger avec appétit, en se laissant photographier avec une certaine complaisance, sembla-t-il à Fields, qui s'y connaissait. Le plus grand et le plus âgé des deux Africains avait un type arabe assez marqué : un nez busqué et une mince ligne de poils gris au-dessus et au-dessous des lèvres. Fields se rappela qu'à Fort-Lamy on attribuait l'aisance avec laquelle Morel échappait aux autorités à la présence à ses côtés d'un des meilleurs pisteurs d'A.E.F., que tout le monde croyait mort depuis longtemps. C'était probablement celui-là. L'autre était un adolescent au visage un peu morose et attentif. Il y avait, dans son expression, quelque chose à la fois d'intense et de secret, une violence contenue sous l'immobilité des traits qui tout de suite intrigua Fields —, une passion cachée, une intelligence et une volonté un peu mystérieuse d'impassibilité qu'il décela immédiatement. Mais les heures dramatiques qui suivirent l'arrivée sur le Kuru lui firent oublier l'adolescent et il ne sut qu'au moment du procès le rôle décisif que celui-ci avait joué dans l'aventure de Morel. Et encore, même à ce moment-là, personne n'aurait pu dire avec certitude si le Français était sorti vainqueur de l'épreuve, ou si cette confiance un peu souriante et tranquille qu'il avait dans la loyauté humaine l'avait mené à finir dans quelque fourré perdu de la forêt équatoriale, où seules les fourmis sont toujours sûres d'avoir le dernier mot. Pendant qu'il mangeait, Morel racontait aux autres les résultats de son expédition à Gfat. Le marchand de l'endroit — un drôle de type, pas franc — avait bien une radio, mais les deux émissions de Brazzaville qu'il avait pu écouter ne faisaient aucune mention des travaux de la conférence pour la protection de la faune africaine. Par contre, il avait pu acheter du tabac, quelques provisions, des chemises et des shorts. Le mieux était de rejoindre Waïtari à Khartoum comme c'était entendu : si les puissances représentées à la conférence avaient pris les engagements nécessaires, tant mieux ; sinon il allait falloir continuer. De toute façon, on ne pouvait pas s'orienter dans cette affaire en demeurant sur le Kuru. Il fallait d'abord mesurer l'enthousiasme avec lequel l'opinion publique soutenait leur campagne. On pourrait alors décider de la conduite à tenir en toute connaissance de cause. Fields, qui l'écoutait attentivement, se sentait assez dérouté. Il y avait chez Morel quelque chose de simple, de direct, qui suggérait beaucoup de bon sens et un esprit pratique. Ce n'était qu'une impression, mais Fields avait l'habitude des instantanés. Morel avait l'air assuré de quelqu'un qui s'occupe tranquillement de son boulot. Avec sa voix claire, un peu faubourienne, son visage aux traits droits, il rappelait à Fields les quartiers populaires de Paris et il était étrange de le voir et de l'entendre là, parmi les éléphants d'Afrique. Le trait marquant de son visage était l'obstination, visible dans le dessin du front, de la bouche, et qui n'excluait pas une gaieté ironique au fond des yeux. Fields se décida enfin à lui poser les quelques questions qu'il avait préparées dans sa tête au cours de la journée. (Il n'avait pas l'habitude des interviews. Lorsque le reportage nécessitait un texte, ce qui était rarement le cas avec lui, on lui adjoignait quelqu'un. C'était un travail que personne n'enviait parce qu'il avait la réputation de rapporter des photos qui écrasaient toujours le texte.) Il commença par parler à Morel de la curiosité suscitée partout par sa personne et par sa pétition qui se couvrait de centaines de milliers de signatures...

— On vous prête des arrière-pensées politiques... On dit que les éléphants sont pour vous le symbole de l'indépendance africaine. Les nationalistes le proclament ouvertement et vous donnent leur appui...

Morel acquiesça.

— J'ai vu ça. Tout le monde trouve malin d'annexer les éléphants, mais personne ne fait rien pour eux. Remarquez, que chacun associe les éléphants à ce qu'il y a en lui de plus propre, moi, ça me va. Pour le reste, qu'ils soient communistes, titistes, nationalistes, arabes ou tchécoslovaques je m'en fous... Ça ne m'intéresse pas. S'ils sont d'accord là-dessus, moi, ça me va. Ce que je défends, c'est une marge — je veux que les nations, les partis, les systèmes politiques, se serrent un peu, pour laisser de la place à autre chose, à une aspiration qui ne doit jamais être menacée... Nous faisons ici un boulot précis — la protection de la nature, à commencer par ses plus grands enfants... Faut pas chercher plus loin.

— Voilà plusieurs mois que vous tenez le maquis. Comment expliquez-vous la facilité avec laquelle vous avez toujours échappé aux autorités ?

Morel rigola.

— Tout le monde me veut du bien !...

— Vous avez blessé des chasseurs, brûlé des fermes. Mais vous n'avez jamais tué personne. Est-ce un hasard ?

— J'ai visé de mon mieux.

— Pour éviter de tuer ?

— On n'apprend jamais rien à un gars en le tuant... Au contraire, on lui fait tout oublier. Hein ?

Il parut très fier de sa formule.

— Les autorités — et les chasseurs — affirment que,

contrairement à vos déclarations, les éléphants ne sont nullement menacés de disparition. Qu'on leur accorde, en fait, toute la protection nécessaire.

— Et qu'on peut donc continuer à les tuer?

Fields ne sut quoi répondre.

— Il y a des régions entières où ils ont déjà disparu, reprit Morel. Ces régions, tout le monde les connaît : elles figurent sur la carte. Elles en couvrent même la plus grande partie... Mais dans d'autres régions ils sont gravement menacés... Je sais : il y a les réserves, mais quand on en est à vanter les réserves, on a tout dit sur ce qui se passe ailleurs. Je peux vous montrer des régions cinq, six fois plus grandes que la France, où les éléphants, on n'en voit plus depuis deux générations, mais l'administration locale vous dira tranquillement qu'il y en a partout, qu'ils vivent libres et prospères, et que c'est vous qui êtes de mauvaise foi et refusez de les voir...

Pour la première fois, on entendait une note de colère dans sa voix. Fields commençait à avoir des battements de cœur. Il ne se sentait pas à la hauteur. Il comprenait aussi que le fond de l'affaire était là, à sa portée, qu'il suffirait de poser la question qui convenait. Mais tout ce qu'il trouva à dire fut :

— Je serais heureux si vous pouviez me préciser encore une fois la nature de vos rapports avec les nationalistes... Nous sommes très intéressés par ce problème en Amérique.

— Tous ceux qui veulent m'aider sont les bienvenus. Le nationalisme, vous savez... Que ce soient les chasseurs blancs, ou les chasseurs noirs, les anciens, ou les nouveaux. Je serai aux côtés de tous ceux qui prendront les mesures nécessaires pour la protection de la vie libre. Races, classes ou nations, je m'en barbouille... Si, en laissant l'Afrique, la France pouvait assurer le respect des éléphants, ça voudrait dire que la France resterait en Afrique pour toujours... Ça m'étonnerait un peu, mais je ne demande qu'à voir.

Il ajouta, comme en passant :

— J'ai fait de la résistance sous l'occupation... C'était pas tellement pour défendre la France contre l'Allemagne, c'était pour défendre les éléphants contre les chasseurs...

Fields tenait les mains serrées autour de sa caméra. C'était nerveux. Il n'avait aucune intention de prendre une photo. Il faisait d'ailleurs trop sombre. Il voyait à peine Morel : juste une ombre, assise dans le sable. Il cherchait à habituer ses yeux de myope aux étoiles. Il était assis sur le sable, lui aussi, les jambes écartées. Il avait mis sur sa tête, pour se protéger du soleil, son mouchoir, dont il avait noué les quatre bouts et il avait oublié de l'enlever. Il ne voyait presque plus Morel, mais il l'entendait très bien. Il commençait aussi à voir les étoiles.

— La politique, j'en ai jamais été friand. Même la grève politique, j'ai toujours été contre. Lorsqu'un ouvrier de chez Renault fait la grève, c'est pas pour des raisons politiques, c'est pour pouvoir vivre comme un homme... Au fond, il défend ainsi la nature, lui aussi.

Il se tut un instant.

— Quant au nationalisme, il y a longtemps que ça devrait plus exister que pour les matches de football... Ce que je fais ici, je pourrais aussi bien le faire dans n'importe quel pays...

Il se mit à rire.

— Peut-être pas dans les pays scandinaves. Et encore, il faudra que j'y aille un jour pour voir ça de près. Ils font un peu trop bande à part...

Fields cherchait toujours la question à poser. Il sentait qu'il suffirait de quelques mots pour que tout fût dit. Il les avait presque au bout de la langue... Mais il décida que son français n'était pas à la hauteur. Il manquait de vocabulaire. C'était du moins l'excuse qu'il se donna. Et peut-être était-ce trop vague, trop difficile à formuler. Fields se rabattit sur un point précis.

— Vous semblez vous en prendre surtout aux chasseurs européens, aux planteurs, aux amateurs de safaris. Mais j'ai cru comprendre, d'après ce qu'on m'a dit à Fort-Lamy, que ce sont surtout les indigènes qui abattent les éléphants...

Morel inclina la tête.

— C'est exact. Cinq mille environ l'année dernière,

rien que pour le Congo. Chiffre officiel : ça veut dire au moins le double... Et il y a tout le reste de l'Afrique...

Il regarda Fields, en tirant sur sa cigarette.

— Seulement, les noirs ont une sacrée excuse : ils bouffent pas à leur faim. Ils ont besoin de viande. C'est un besoin qu'on a tous dans le sang et on n'y peut rien, pour le moment. Alors, ils tuent les éléphants, pour se remplir le ventre. Techniquement, ça s'appelle un besoin de protéines. La morale de l'histoire ? Il faut leur donner assez de protéines à bouffer pour qu'ils puissent s'offrir le luxe de respecter les éléphants. Faire pour eux ce que nous faisons pour nous-mêmes. Au fond, vous voyez que j'ai un programme politique, moi aussi : élever le niveau de vie du noir africain. Ça fait automatiquement partie de la protection de la nature... Donnez-leur assez à bouffer et vous pourrez leur expliquer le reste... Quand ils auront le ventre plein, ils comprendront. Si on veut que les éléphants demeurent sur la terre, qu'on puisse les avoir toujours avec nous tant que notre monde durera, faut commencer par empêcher les gens de crever de faim... Ça va ensemble. C'est une question de dignité. Voilà, c'est assez clair, non ?

Il se leva et s'éloigna, silhouette perdue parmi les étoiles. Fields se faisait à présent de l'affaire une idée assez précise, mais serait-il capable de mettre tout ça par écrit ? Il était redevenu conscient de la douleur qui mordait ses côtes dès qu'il bougeait : la tension qui le soutenait venait de tomber. Il se préoccupait déjà du moyen le plus rapide et le plus sûr pour faire parvenir ses photos et son interview à son agence de Paris. Il était très ému par la valeur commerciale du reportage qu'il tenait entre ses mains et, selon son habitude, il était obsédé par la crainte qu'il arrivât malheur aux rouleaux de films. La meilleure solution eût consisté à rallier Khartoum. Morel avait lui-même l'intention de s'y rendre, mais il ne savait encore quand et Fields sentait que lui-même ferait mieux de partir tout de suite. D'autant plus que les cinquante kilomètres de piste qu'il fallait parcourir pour rejoindre la route en un point appelé le puits de Gfat — où, selon Forsythe, il pouvait espérer rencontrer une caravane et se faire transporter au moins jusqu'à la route d'El Fasher —, exigeaient un effort qu'il valait mieux accomplir tout de suite, sans attendre que la douleur s'aggravât, ce qu'elle avait nettement tendance à faire, jusqu'à devenir insupportable. (Fields n'avait jamais fait de parcours sérieux à cheval auparavant.) Il décida néanmoins de rester. Il était parfaitement conscient que cette décision n'avait aucun caractère professionnel : il éprouvait de la peine à se séparer de Morel.

XXXVI

Les camions suivaient la piste avec une lenteur qui paraissait souligner encore les difficultés de l'entreprise, la chaleur et l'absence de limite de ce paysage du Bahr el Gazal avec les épineux au ras des pierres, les touffes d'herbe sèche où le nuage de poussière soulevé par une hyène qui filait en oblique devenait un événement. La piste elle-même paraissait illusoire à Waïtari : quelques touffes d'herbe en moins, c'était toute la différence.

— Ça va être du joli, s'il se met à pleuvoir, dit-il.

— La météo ne parlait pas de pluie, dit Habib. Mais on verra bien, *inch' Allah !*

De Vries conduisait depuis quatorze heures. Waïtari voyait son profil clair, aux traits comme réduits, brutaux dans leur petitesse charnue aux lignes brusques, les cheveux collés et l'œil pâle dont la fixité bleue ne quittait pas la piste. Habib était assis entre les deux, un cigare éteint aux lèvres, dont l'odeur froide achevait d'écœurer Waïtari. La cabine était surchauffée au point que les ondées de sueur elles-mêmes devenaient un soulagement. Il était inquiet, éreinté par les longues secousses du camion et ébloui par la lumière désertique dont il avait complètement perdu l'habitude, furieux contre lui-même de ne pas avoir pensé à emporter des verres fumés. Chaque fois qu'il regardait de Vries, il se demandait comment celui-ci pouvait fixer ainsi la piste brûlante, qu'il lui fallait presque deviner entre les cailloux, pendant des heures, de ses yeux comme transparents de pâleur. Au fur et à mesure qu'ils se rapprochaient du but, les chances de réussite lui paraissaient de plus en plus douteuses. Il n'avait comme garantie que les assurances de de Vries, qui se prétendait expert en la matière et qui paraissait en effet connaître la région, et aussi l'optimisme de Habib — mais chez ce dernier l'optimisme était une seconde nature. Il était un peu tard pour hésiter à présent. Et si c'était à refaire, il aurait probablement agi de même : c'était la seule façon de se procurer une somme d'argent importante. Et si l'expérience devait être un fiasco matériel, il y avait encore la chance possible de rencontrer un détachement français : avec les quarante hommes armés et en uniforme dans les camions, un communiqué du genre « nos troupes ont attaqué un groupe de rebelles » était au fond ce qui pouvait arriver de mieux. Ce qu'il fallait éviter à tout prix, c'était de passer pour des « pillards » ayant franchi la frontière du Soudan — mais il était là pour remettre les choses au point et la radio du Caire ferait le reste. Malheureusement, il avait perdu l'habitude d'efforts physiques pareils. Pendant vingt ans, en dehors de quelques tournées électorales, il avait vécu dans les villes — et elles lui manquaient cruellement. Ce qu'il aimait par-dessus tout, c'étaient les grandes discussions, les réunions publiques où il pouvait faire entendre cette voix dont il connaissait la puissance, et les tribunes, ces trônes de la démocratie. Il avait la nostalgie de Paris, des repas préparés par sa femme, de l'atmosphère des réunions politiques, où son visage noir commandait immédiatement l'attention. Peut-être avait-il fait une erreur. Mais les dés étaient jetés. Le nouveau conflit mondial paraissait si proche, au moment où il avait pris sa décision, qu'on ne pouvait même pas dire qu'il avait eu tort. Simplement, les circonstances l'avaient trahi. Et, de toute façon, on l'avait combattu et vaincu aux élections, sous prétexte qu'il avait quitté son parti deux ans avant la fin de la législature, pour se rapprocher de l'extrême gauche. Il ne pouvait donc plus être question d'un nouveau mandat parlementaire. Il ne restait que les aréopages internationaux, et il était en ce moment sur le seul raccourci qui pouvait l'y mener. D'autant plus qu'il s'agissait beaucoup moins d'exploiter la conscience nationale des Oulés, qui ne se réclamaient encore que de leurs sorciers et de leurs fétiches, que celle de l'Amérique, de l'Inde, de l'Asie. Même au Parlement français, ce qu'il avait représenté, ce n'étaient certainement pas les conceptions démocratiques des tribus Oulé, mais la conscience qu'avaient les Français de leurs propres aspirations démocratiques. De toute façon, lorsqu'il était question de progrès, il était question de l'étranger. Il lui fallait donc simplement parler très haut et avec éclat pour être entendu de très loin. Il s'agissait d'accéder directement et de plain-pied à la tribune mondiale et aux aréopages internationaux, à l'exemple des dirigeants palestiniens. Il fallait sauter purement et simplement l'étape africaine pour accéder aux commandes de l'internationale nationaliste, dont le caractère raciste et religieux formait le ciment profond, et redescendre ensuite de si haut vers les masses africaines, avec tout le prestige que cela conférait. S'il fallait attendre les aspirations nationales des Oulés, autant parler pour la postérité, c'est-à-dire renoncer à tout destin personnel. En Oulé, en Massa, en Go, le mot « nation » n'existait pas, et les barrières entre tribus demeuraient toujours dressées. Celles du langage également : il avait passé le plus clair de son activité politique à répandre et à stimuler l'enseignement du français, écrasant les dialectes, afin de préparer les voies de pénétration indispensables à la propagande nationale et à l'unité. C'était le seul moyen de faire l'éducation des masses et de réveiller leur esprit de revendication. Jusqu'à présent, la seule revendication des Oulés qu'il avait pu exploiter avec quelque succès était leur besoin de viande — le besoin ancestral de viande de l'homme africain et de l'homme tout court. C'était un besoin plus profond, plus impérieux que celui d'une structure nationale. Dans sa jeunesse, il avait souvent vu une bête abattue et dévorée sur place par les hommes du village, les plus avides absorbant jusqu'à dix livres de viande en une fois. Du Tchad au Cap, l'avidité de l'Africain pour la viande, éternellement entretenue par les famines, était ce que le continent avait en commun de plus fort et de plus fraternel. C'était un rêve, une nostalgie, une aspiration de tous les instants — un cri physiologique de l'organisme plus puissant que l'instinct sexuel. La viande ! C'était l'aspiration la plus ancienne, la plus réelle, et la plus universelle de l'humanité. Il pensa à Morel et sourit amèrement. Pour l'homme blanc, l'éléphant avait été pendant longtemps uniquement de l'ivoire et pour l'homme noir, il était uniquement de la viande, la plus abondante quantité de viande qu'un coup heureux de sagaie empoisonnée pût lui procurer. L'idée de la « beauté » de l'éléphant, de la « noblesse » de l'éléphant, c'était une notion d'homme rassasié, de l'homme des restaurants, des deux repas par jour et des musées d'art abstrait — une vue de l'esprit élitiste qui se réfugie, devant les réalités sociales hideuses auxquelles elle est incapable de faire face, dans les nuages élevés de la beauté, et s'enivre des notions crépusculaires et vagues du « beau », du « noble », du « fraternel », simplement parce que l'attitude purement poétique est la seule que l'histoire lui permette d'adopter. Les intellectuels bourgeois exigeaient de leur société décadente qu'elle s'encombrât des éléphants, pour la seule raison qu'ils espéraient ainsi échapper eux-mêmes à la destruction. Ils se savaient tout aussi anachroniques et encombrants que ces bêtes préhistoriques : c'était une simple façon de crier pitié pour eux-mêmes, afin d'être épargnés. Tel était le cas de Morel — cas typique s'il en fut. Il était beaucoup plus commode de faire des éléphants un symbole de liberté et de dignité humaine que de traduire ces idées politiquement en leur donnant un contenu réel. Oui, c'était vraiment commode : au nom du progrès, on réclamait l'interdiction de la chasse aux éléphants et on les admirait ensuite tendrement à l'horizon, la conscience tranquillisée d'avoir ainsi rendu à chaque homme sa dignité. On fuyait l'action mais on se réfugiait dans le geste. C'était l'attitude classique de l'idéaliste occidental et Morel en était un exemple parfait. Mais pour l'Africain, l'éléphant n'avait d'autre beauté que le poids de sa bidoche et, quant à la dignité humaine, elle était avant tout celle d'un ventre plein. C'est là en tout cas qu'elle commence. Quand l'Africain aura le ventre plein, peut-être alors s'intéressera-t-il lui aussi au côté esthétique de l'éléphant, et se livrera-t-il à une méditation agréable sur les beautés de la nature en général. Pour l'instant, la nature lui conseillait d'ouvrir le ventre de l'éléphant, d'y mordre dedans à belles dents, et de manger, manger jusqu'à la stupeur, parce qu'il ne savait pas d'où le prochain morceau allait lui venir. Mais il s'agissait là de choses qu'il n'était pas question de dire ouvertement. Pour le moment, le marxisme lui-même était un luxe difficile. Les nationalismes nouveaux avaient tout à gagner dans l'immédiat à se placer sur le terrain du sentimentalisme bourgeois décadent, où la « beauté des idées » était un argument souvent décisif, plutôt que sur celui du matérialisme historique qui visait la bourgeoisie dans ses entrailles. Aussi avait-il fait de son mieux pour annexer la protection, le « respect » des éléphants et toute l'action de Morel. Mais le sentimentalisme des foules occidentales dépassait pourtant tout ce qu'il en connaissait : il fallait faire cesser l'équivoque qui cachait aux yeux du monde son importance à lui, Waïtari. Et aussi se procurer les fonds indispensables à la mise sur pied d'une organisation sérieuse. Il avait vingt hommes dans les trois camions, tous armés et équipés : aucun d'eux n'avait été payé. Si l'expédition se soldait par un échec, il allait se trouver dans une situation sans issue. Tout ce qu'il avait pu payer, grâce à un trafiquant de Khartoum qui avait consenti à lui faire une avance, c'étaient les uniformes kaki, qui provenaient des surplus de l'armée anglaise : les dépouilles de cette armée. Il était entièrement entre les mains de Habib et de de Vries. Étrange de voir comment toutes les grandes entreprises humaines de l'histoire dépendent à certains moments de vulgaires canailles. Marchands d'armes, espions, agents provocateurs, bailleurs de fonds louches, ils étaient intimement mêlés à quelques-unes des plus nobles réussites de l'homme. Ce qui ne voulait malheureusement pas dire que leur présence à vos côtés suffit à garantir le succès.

Il se tourna vers Habib et surprit son regard goguenard posé sur le képi que Waïtari tenait sur ses genoux. C'était un vieux képi bleu horizon de lieutenant de réserve de l'armée française qu'il avait toujours gardé précieusement, pour des raisons de prestige auprès des tribus. Il avait simplement enlevé les galons de lieutenant pour les remplacer par les cinq étoiles de général. Pas des étoiles d'or françaises : des étoiles noires, qu'il avait fait broder sur le fond azur. Bien sûr, un général sans troupes, pensa-t-il, sous ce regard moqueur. Mais ses troupes se trouvaient aux Indes, en Asie, en Amérique, en France même. Il lui suffirait d'élever suffisamment la voix pour qu'elle pût les atteindre.

— Je n'ai pas besoin d'une armée, dit-il. Les idées n'ont pas besoin de troupes : elles font leur chemin toutes seules. Mais s'il y a un accrochage, il faut être en uniforme pour avoir droit à un communiqué sérieux.

Habib pensa que Waïtari s'était entièrement mépris sur le sens de son regard d'admiration. Il continua à loucher avec une fascination émerveillée sur le képi bleu horizon aux étoiles noires... Une fois de plus, il éprouva une gratitude infinie envers la vie pour tous les joyaux précieux qu'elle avait si abondamment semés sur son chemin. C'était un képi profondément français et les cinq petites étoiles noires cousues à la place des galons de lieutenant disaient bien ce qu'elles voulaient dire — et surtout, jusqu'où les hommes pouvaient aller dans leur solitude.

— Très juste, dit Habib.

Il avait, quant à lui, refusé énergiquement de revêtir l'uniforme et avait simplement gardé sa casquette de yachtman. Il avait toujours navigué, sinon sous son propre pavillon, du moins toujours pour son propre compte, et il pensait bien continuer. Il était l'aventurier-né qui ne s'attachait à aucune cause, et si un idéal pouvait l'inspirer, c'était seulement celui d'être à la hauteur de toutes les possibilités merveilleuses de la vie. Et aussi, en l'occurrence, de procurer à son jeune et intéressant ami quelques distractions sportives dont le besoin était compréhensible à son âge, et lui permettre en même temps de régler un compte personnel avec la nature.

— Il n'y aura pas d'accrochages, dit de Vries. Je connais le coin. Le seul poste militaire est à la frontière, deux cents kilomètres au nord : six hommes...

— Et il ne va pas pleuvoir, ajouta Habib. Vous pouvez compter sur moi... J'ai la baraka.

Forsythe commençait à perdre patience. Il ne comprenait pas la répugnance manifeste de Morel à quitter le Kuru. Il ne voyait pas ce qu'ils avaient à gagner à demeurer sur le lac. Morel pouvait répéter tant qu'il voulait que la région était dégarnie de troupes, il avait commis une imprudence en se rendant à Gfat, un lieu de passage connu et surveillé des caravanes de contrebande ; cela n'aurait eu aucune importance s'ils avaient quitté le lac dans des délais raisonnables, mais Forsythe était prêt à parier que la nouvelle de leur présence ici n'avait pas été perdue pour tout le monde. Ils risquaient de se faire cueillir bêtement, juste au moment où lui-même allait pouvoir rentrer en Amérique et refaire sa vie. Les résultats de la conférence du Congo étaient sans doute connus à Khartoum et Morel lui-même admettait qu'ils devaient s'y rendre, avant de décider ce qu'il convenait de faire ensuite. Forsythe était convaincu que, même si les délégués, à Bukavu, prenaient à l'unanimité les décisions nécessaires, Morel allait continuer le reste de sa vie à rôder autour des troupeaux. Comme il était sans un sou, le dernier éclair de sa célébrité éphémère passé, il allait devenir lui aussi une de ces épaves africaines comme on en voit tant, qui apparaissent soudain dans les bars, dont on se murmure avec un sourire de pitié l'histoire, sans même baisser la voix. « Tenez, voilà Morel. Je le croyais mort depuis longtemps. Pourtant, Dieu sait qu'il avait fait parler de lui... Oui, il a eu, comme on dit, son heure de gloire. » Alors suivait une longue histoire qui éveillait chez l'interlocuteur quelques vagues échos, puis un « Ah ! mais oui, bien sûr, je me rappelle très bien... L'homme qui défendait les éléphants... » accompagné d'un nouveau regard amusé à l'intéressé, avec une trace de compassion — bien content qu'on se fût, soi-même, toujours borné à rester dans les affaires... Forsythe eut un sourire amer : il connaissait très bien tout cela — et il n'avait pas l'intention de suivre Morel dans cette chute. Il aurait pu évidemment les laisser là, partir tout seul, mais il avait gardé de son expérience de Corée un besoin presque maladif de loyauté. Et il y avait Minna. Il essayait en vain de comprendre son attitude, son indifférence complète à tout ce qu'il lui disait. Elle souriait, c'était tout. Ils se voyaient d'ailleurs à peine. C'était là encore une chose extraordinaire : ils vivaient tous les quatre dans des paillotes séparées, chacun dans son coin et, en dehors des repas qu'elle leur préparait, ne se parlaient guère. Forsythe, chez qui l'instinct grégaire de ses compatriotes était très fort, et qui avait besoin de compagnie, finissait par s'en indigner. Quatre solitudes monstrueuses, qui refusaient de se fréquenter, de se serrer les coudes. Même Idriss et Youssef faisaient bande à part : ils vivaient séparément et ne se parlaient presque jamais. Morel passait ses journées sur le lac, parmi ses éléphants. Peer Qvist disparaissait dans les marécages, occupé sans doute à compter les dizaines de milliers d'oiseaux pour voir s'il n'en manquait pas un. Minna seule restait sur la dune, assise au bord de l'eau, regardant les éléphants avec une expression de plaisir et presque de bonheur, qui l'irritait, mais qu'il était bien obligé de respecter. Forsythe se retrouvait une fois de plus seul. Auparavant, il eût trouvé tout cela parfaitement naturel. Lui non plus n'était pas particulièrement attiré par les visages humains, par la compagnie des hommes. Mais à présent, ce lien psychologique avec les trois autres était rompu. Il lui semblait que l'obstination de Morel, de Peer Qvist et de Minna sortait des limites humaines, que leur intransigeance, leur exigence commençaient à prendre quelque chose d'illimité et d'impossible, et qu'ils allaient se perdre complètement dans la poursuite du bleu, dans cette lutte pour atteindre des horizons qui n'avaient plus rien de terrestre. Un matin, il tenta de convaincre Minna qu'il ne leur était plus possible de continuer à errer dans ce *no man's land* où ils s'étaient fourvoyés. Il la trouva en train de discuter avec les deux Kaïs, qui venaient, comme chaque matin, lui apporter ces boulettes de poisson dont la vue seule lui levait le cœur. Il ne savait pas de quoi ils discutaient ainsi : chacun s'exprimait dans une langue que l'autre ne comprenait pas — Minna leur parlait en allemand et ils lui répondaient en kaï, avec des hochements de tête entendus et des gestes expressifs — cela durait un quart d'heure tous les jours et puis, apparemment très satisfaits les uns des autres, ils se quittaient avec de grands sourires. Il lui dit qu'ils n'avaient plus aucune raison de rester là, que cela devenait dangereux, qu'ils avaient fait pour Morel et ses éléphants tout ce qu'il était possible de faire, et qu'il se proposait de rallier Khartoum. A sa grande surprise, elle approuva immédiatement.

— Vous trouverez peut-être un camion à Gfat, dit-elle. Il paraît qu'il en passe parfois.

— Et vous ? dit-il, avec indignation.

— Comment, moi ?

— Vous n'allez pas venir ?

— Où voulez-vous que j'aille ?

— Avec moi...

— Et où voulez-vous que j'aille, avec vous, major Forsythe ? Vous allez peut-être me demander de vous épouser ?

— Bien sûr, dit-il, en faisant un effort peu convaincant pour retrouver son accent cynique.

Il ajouta immédiatement :

— C'est sérieux, vous savez.

Elle lui sourit, avec beaucoup de gentillesse.

— Merci, dit-elle. Je ne vais pas vous épouser simplement parce que je ne sais pas où me fourrer... Vous savez, major Forsythe, l'amour, ça existe...

— Morel ? demanda-t-il doucement.

Elle secoua la tête.

— Non, pas Morel. Morel, c'est peut-être plus que ça, mais ce n'est pas ça... Non, ce n'est pas Morel... Ce n'est plus personne... maintenant.

Elle détourna la tête et s'éloigna. Forsythe la regarda marcher sur la dune vers la ligne basse du ciel au-dessus des roseaux. Il pensait à ce qu'on disait à Lamy, ces histoires qu'on racontait sur son aventure tragique avec un officier russe qui avait été fusillé. Ça doit être ça, pensa-t-il, en la regardant s'éloigner sur la dune —, et il souhaitait de tout son cœur d'être un officier russe fusillé.

— Sur le Kuru ? répéta le gouverneur. Ce n'est presque plus chez moi...

Mais c'était *encore* chez lui. C'était toujours chez lui. Il avait toujours droit à tous les emmerdements. Lorsqu'une tribu décidait soudain qu'elle ne pouvait plus se passer une seconde de testicules d'éléphants pour ses cérémonies magiques, et qu'elle se mettait en conséquence à tout casser, parce qu'on ne lui permettait pas d'en couper assez, il fallait que ce fût une tribu Oulé de chez lui, et pas du Tchad, où elles sont pourtant aussi nombreuses. Lorsque les hommes-léopards commençaient à trouver qu'on n'avait pas parlé d'eux depuis longtemps, et déchiquetaient cinq villageois en un mois avec leurs griffes, il fallait que ce fût chez lui. Lorsqu'un mort disparaissait mystérieusement, juste avant d'être peint aux couleurs verte, bleue et jaune — à l'origine, le rite avait pour but de rendre le corps intouchable et réservé aux esprits — et qu'on n'en retrouvait ensuite que des os bien rongés, il fallait que ce fût chez lui, et il fallait qu'un journaliste de passage se trouvât justement là et fourrât son nez là-dedans, bien qu'une telle histoire de cannibalisme ne se fût pas produite depuis quinze ans. En général, quand un journaliste venait mettre son nez dans une affaire, c'était toujours chez lui. Lorsque la sécheresse s'acharnait sur l'Afrique, il fallait que les informations publiées citassent ses plantations et ses parcs nationaux pour donner une indication sur les proportions du désastre. Et lorsqu'un misanthrope enragé décidait de « choisir les éléphants », c'était chez lui, sous son nez, dans son chef-lieu administratif qu'il accomplissait son exploit le plus sensationnel. Il aurait pu aller chez Du Niarque, qui avait les forêts les plus épaisses et les plus inaccessibles et où il aurait été très bien, chez Bardassié, qui avait sous son gros derrière cent mille kilomètres fort accueillants — si l'on passe sous silence la tsé-tsé, la filariose, et les plus belles concentrations de trigonocéphales d'Afrique — ou bien chez Vandarem, où il y avait également tout ce qu'il faut pour être heureux. Mais non : il fallait qu'il vînt chez lui. Il s'y attendait du reste depuis le début. Dès qu'il avait entendu parler des premiers exploits de Morel au Tchad, il s'était senti mal à l'aise, et même inquiet : « Tiens, s'était-il dit, ce n'est pas chez moi ? Comment ça se fait ? » C'était clairement un malentendu. Morel avait dû s'en rendre compte. Lorsqu'il décida de se manifester en plein centre d'une ville, il choisit Sionville, et lorsqu'il éprouva le besoin d'administrer une fessée à quelqu'un pour se soulager, il choisit la petite Challut et, comme de bien entendu, avec les appuis politiques de son mari... Ça n'avait pas traîné. On disait que son successeur avait déjà pris place dans l'avion. Et pourtant, le gouverneur des Oulés n'eût changé sa place et sa circonscription pour rien au monde. C'était ça, l'Afrique : il en sortait toujours quelque chose de nouveau, d'inattendu. On pouvait la mener tout doucement dans une direction nouvelle : elle continuerait toujours à vous surprendre, à faire jaillir sous vos yeux quelque chose d'extraordinaire, de totalement insensé et s'il existait encore une terre où l'homme pouvait susciter une légende, c'était bien cette terre-là. Morel allait probablement lui coûter son poste, mais il n'arrivait pas à lui en vouloir. Depuis qu'il l'emmerdait, il avait même fini par éprouver pour cet illuminé une véritable tendresse. C'était un aventurier digne de l'Afrique, à la mesure de ses superstitions, de ses contes et de ses absurdités. Il y aura d'autres aventuriers après lui, blancs, rouges, noirs, jaunes, parce qu'en Afrique, le fantastique n'aura jamais dit son dernier mot. Mais celui-là était un homme selon son cœur. Quant à son successeur à lui... Il y avait peut-être moyen d'arranger ça. Il sourit. Le gouverneur des Oulés était un homme jeune, au visage gai, énergique et il ne se laissait pas faire facilement. Il se tourna vers Borrut. L'officier avait été détaché auprès de lui, du Tchad, exprès pour l'affaire — puisque cela se passait chez lui, à présent — et il s'était occupé de Morel depuis le début. Cela prouve, pensa le gouverneur, ce que nous savions déjà : que les militaires ont les reins plus solides que les fonctionnaires.

— Alors ?

Borrut effleura rapidement la carte du doigt.

— Ce petit point bleu que vous voyez là — et qui, lui, n'est pas chez vous, comme vous dites, mais au Soudan — le puits de Gfat... C'est un carrefour caravanier qui a eu son importance au temps de la traite d'esclaves. Il continue à en avoir, bien que la marchandise ait changé... La route d'El Fasher passe beaucoup plus au nord, mais pour ceux qui ont intérêt à éviter les routes surveillées, ce carrefour n'a pas de prix... Nous y avons donc placé quelqu'un. Il durera ce qu'il durera, parce que tôt ou tard, avec le départ des Anglais et les projets d'union... Ce qui fait qu'il est très exigeant, mais il vaut bien ça... Morel s'est présenté dans la boutique il y a quatre jours. Il est entré, comme ça, surgi du désert, avec deux noirs — il paraît que l'un d'eux est Idriss, mais je demande à voir, Idriss doit être mort depuis longtemps — il est allé directement au poste de radio et il a écouté pendant cinq heures les nouvelles. Comme tous les mégalomanes, il n'a sans doute pas pu résister à l'envie de savoir ce qu'on dit de lui...

Le gouverneur réfléchissait. Il venait de rentrer de la réunion bisannuelle de Brazzaville, où il n'avait rencontré que des regards ironiques ou compatissants. Le petit Santex, cette espèce de faux bon gros avec son nom de serviette hygiénique, lui avait même tapé sur l'épaule en lui demandant : « Alors, mon cher, et votre protégé ? » Ses collègues eux-mêmes l'avaient traité en grand malade ou en objet fragile. Il y avait parmi eux ceux qui continuaient à prétendre que les éléphants étaient un mythe, et que Morel était un agent de l'étranger, et lorsqu'il avait soutenu le contraire, il avait eu la majorité contre lui. Ils étaient tous d'accord : il fallait bien se garder de détruire cette fiction, puisque le monde entier y croyait, mais ils étaient convaincus pour la plupart qu'il s'agissait d'une tentative camouflée, d'ailleurs sans aucune portée réelle, des nationalistes panafricains. Et il était exact que l'opinion publique « marchait », comme ils le disaient, que le public croyait à Morel et à ses éléphants. Des télégrammes et des pétitions en sa faveur arrivaient par milliers de tous les coins du monde. Morel était pour eux le héros d'une cause qui n'avait rien à voir avec les nations et les idéologies politiques, d'une cause qui n'avait rien à voir avec l'Afrique et qui les touchait au plus profond d'eux-mêmes, sans doute parce qu'ils s'y retrouvaient tous au sein d'une rancune secrète, mais aussi et surtout, peut-être, parce qu'ils rêvaient tous plus ou moins confusément d'arriver à sortir un jour vainqueurs des difficultés de la condition humaine. Ils réclamaient une marge d'humanité. Ils y croyaient. Et le gouverneur y croyait lui-même. C'était en Afrique que l'homme était apparu à l'origine, il y avait des millions d'années — encore une histoire bien caractéristique — et il était normal que ce fût en Afrique qu'il revînt pour protester le plus rageusement possible contre lui-même...

— Bon, et ensuite ?

— Il a acheté des gauloises et cent paquets de gris, qui étaient destinés aux caravaniers de chez nous. Ensuite, il est reparti vers le Kuru. Notre ami l'a fait suivre jusqu'à la piste. Il n'y a aucun doute là-dessus.

— Le Tchad a fait quelque chose ?

— Ils ont envoyé une compagnie de méharistes d'Afna. Schölscher est avec eux.

— Des méharistes sur le Kuru ?

— Je sais bien... Mais il n'y a pas d'autres troupes à cinq cents kilomètres à la ronde... Ça vient au mauvais moment. Il y a un plan à l'étude pour réorganiser la surveillance de la frontière soudanaise... Pendant plus de quarante ans, il y a eu les Anglais. Cela faisait deux polices au lieu d'une. Et on n'avait à compter qu'avec les Kreichs pillards d'ivoire qui font des raids au sud des Bouga. A présent... Quelque chose comme treize cents kilomètres de frontière nouvelle à surveiller.

Le colonel suivit une ligne du doigt sur la carte.

— L'essentiel est de l'empêcher de se réfugier au Soudan. Après, il n'y aura plus qu'à le cueillir... C'est l'affaire de quarante-huit heures.

— Ouais, dit le gouverneur.

Le colonel parut vexé.

— Enfin, je ne vous cache pas que je serai soulagé quand ce sera terminé, dit le gouverneur, plus amicalement. Il est devenu beaucoup trop populaire... Il pourra passer son temps de prévention à lire son courrier. Après le procès, j'imagine qu'on va le déclarer irresponsable. A propos, vous savez que mon successeur est pour ainsi dire désigné.

Borrut fit une tête de circonstance.

— Sayag... Je me demande ce qui l'attire ici.

— C'est un grand chasseur, dit Borrut. Il vient au moins une fois par an en Afrique pour chasser...

Le gouverneur parut vivement intéressé.

— Joli coup de fusil ?

— Oh, une réputation mondiale... Il a été un des grands chasseurs d'ivoire professionnels, il y a vingt ou trente ans.

Le visage du gouverneur s'éclaira visiblement. Il accompagna Borrut avec beaucoup de gentillesse jusqu'à la porte. Le colonel n'avait jamais vu un homme condamné mieux portant. Lorsqu'il fut parti, le gouverneur passa dans le bureau voisin et demanda à son chef de cabinet de venir.

— Dites-moi... Il reste encore ici quelques journalistes, ou est-ce qu'ils sont tous repartis ?

— Il en reste encore deux ou trois. Nous déjeunons ensemble tout à l'heure.

— Bon. Vous connaissez Sayag ?

— Je l'ai rencontré chez vous l'année dernière. Il était venu chasser...

— C'est vrai, je me souviens. Alors, voilà, mon petit, il paraît qu'il va me remplacer. Vous pouvez le dire aux journalistes : ce n'est plus un secret. Dites que c'est un monsieur, et qu'il connaît admirablement l'Afrique... Il y vient chasser régulièrement tous les ans. Tâchez de les intéresser. C'est, paraît-il, le plus grand chasseur d'éléphants que nous ayons en France. Au moins cinq cents éléphants à son tableau... Oui, vous pouvez y aller. Expliquez-leur qu'en occupant les fonctions de gouverneur, il pourra mieux que n'importe qui donner à la chasse touristique une impulsion nouvelle... Vous voyez le topo? Dites que, sous son impulsion, nous allons pouvoir remplacer le Kenya comme pays des safaris... C'est ça, je vois que vous m'avez compris. Allez-y...

Il revint s'asseoir à son bureau et réfléchit un moment. Puis il se mit à rire.

*

C'était le meilleur moment. Il ne faisait pas chaud et les oiseaux, au-dessus des troupeaux, avaient les couleurs de l'aube. Des milliers d'échassiers — marabouts, jabirus — erraient autour des bêtes sur les dunes et les rochers, et les pélicans avaient à peine assez de place pour s'élancer. Chaque matin, on voyait la terre rouge émerger un peu plus de l'eau ; en temps ordinaire, les rochers avec les touffes d'herbe et de roseaux, les masses d'oiseaux, n'étaient que des îlots sortant à peine du lac : à présent, on voyait jusqu'à cinq mètres de roche et de terre, qui couraient d'une falaise à l'autre ; on pouvait traverser le lac à pied sans se mouiller. Le nombre des bêtes s'était encore accru pendant la nuit. Les dernières arrivées restaient parfois quarante-huit heures sans s'écarter de l'eau, et demeuraient prostrées pendant des journées entières. Sans doute ne s'agissait-il pas seulement d'épuisement physique, mais aussi d'une réaction nerveuse après les semaines qu'elles venaient de vivre : Morel savait que les éléphants se remettaient plus lentement que les autres bêtes de leurs émotions. Dans les articles qu'il leur avait consacrés, Haas, qui avait vécu vingt-cinq ans parmi les éléphants, du Kenya au Tchad, disait qu'il avait souvent vu une femelle à laquelle il avait pris ses petits, après quelques heures de fureur et de course enragée à leur recherche, perdre brusquement toute énergie, et demeurer couchée inerte pendant que les autres membres du troupeau essayaient en vain, en la poussant du front, de l'aider à se remettre debout. Il prétendait avoir pu s'approcher d'une de ces mères effondrées que ses congénères venaient de quitter, de guerre lasse, et caresser sa trompe sans enregistrer la moindre réaction.

Caresser sa trompe — c'était le terme que cet homme remarquable employait. Cela ne l'empêchait pas de continuer à leur enlever leurs petits pour les envoyer en captivité. En captivité. Des éléphants en captivité... Morel sentit le sang lui cogner au visage, et il serra sa carabine, avec une haine totale, farouche, à l'égard de tous les capteurs du monde. Lorsqu'il avait enfin réussi à loger une balle dans les fesses de Haas, il sentit qu'il n'avait pas vécu en vain. Il s'était ensuite approché du Hollandais, pour qu'il sût d'où ça venait. Sous les acacias, les boys se tenaient à une distance respectueuse. « J'ai lu votre article sur vos captures, dit-il. Je me suis dit : je vais ajouter quelque chose à ses droits d'auteur... » Un bref éclat de rire secoua Haas, immédiatement suivi par un rictus de douleur. Puis il se souleva sur un coude : « Serrez-moi la main, si je ne vous écœure pas trop », dit-il.

L'éléphant était couché sur le flanc gauche ; sur l'autre, il y avait encore la poussière rouge du désert, poudreuse à force de sécheresse ; deux hérons rôdaient entre ses pattes. D'abord Morel le crut mort, mais lorsqu'il sortit des roseaux, il surprit un bref frémissement d'oreille, un début de réflexe d'alerte : il vit son œil bouger et s'arrêter sur lui. Il toucha la poussière du doigt : la bête n'avait même plus la force de se doucher. Il n'y avait pas trente centimètres d'eau dans la mare, la surface boueuse bouillonnait par endroits, il était entouré de claquements secs et continus, une incessante pétarade : les poissons de vase quittaient le lac en bondissant sur leurs nageoires caudales. C'était la première fois qu'il les entendait se déplacer pendant le jour ; en général, ils attendaient la nuit pour entreprendre leur migration. Il se demanda où ils espéraient arriver, et pourquoi ils avaient attendu si longtemps. Ils pouvaient parcourir ainsi en bondissant des dizaines de kilomètres, mais cette fois, ce n'était pas assez. Et pourtant, il n'avait trouvé que rarement un poisson de vase mort. Il s'assit sur une roche, la carabine sur les genoux, l'odeur de vase et de plantes pourries dans les narines et les zigzags d'insectes devant les yeux. Il avait déjà surpris les villageois Kaï coupant les tendons de bêtes isolées comme celle-là. Après la correction qu'il leur avait administrée, il ne pensait pas qu'ils allaient recommencer. Quant à lui, il ne lui restait qu'à monter la garde, puisque de toute façon il n'était venu que pour ça... Au bout d'une demi-heure, l'éléphant leva la tête et s'aspergea mollement. Morel lui fit un clin d'œil.

— C'est ça, mon gars, dit-il. Faut jamais désespérer. Au contraire : il faut être fou, mais le premier reptile qui a traîné son ventre hors de l'eau pour aller vivre sur la terre, sans poumons, et qui a quand même essayé de respirer, il était fou, lui aussi. N'empêche que ça a fini par faire des hommes. Faut toujours essayer le plus qu'on peut.

Il se demanda s'il avait seulement pensé cela ou s'il avait vraiment parlé et se tourna vers Youssef : depuis un an qu'ils étaient ensemble, sans doute ne s'étonnait-il plus de rien.

— Reste pas là-dedans, dit Morel, y a des crocos.

L'adolescent sortit lentement des roseaux.

— Youssef !

— Oui, missié.

— Quand ce sera toi le patron, faudra t'occuper des éléphants...

— Bien, missié.

Mais il ne s'intéressait pas aux troupeaux. Il ne les regardait même pas. Morel avait même l'impression qu'il les méprisait. Et pourtant, il s'était joint spontanément à sa campagne pour la protection de la faune africaine. Tout à fait au début de la lutte, il était sorti un jour de la forêt sans rien dire, et depuis il le suivait partout, une mitraillette à la main, comme un ange gardien noir. Parfois, Morel avait toutes sortes d'idées au sujet de Youssef. Il le dévisageait alors comme maintenant, attentivement, le regard amusé et amical. C'était un visage sans trace de servilité et les yeux avaient une profondeur de passion et de gravité qu'il était impossible d'ignorer. Il y avait près d'un an qu'ils étaient ensemble, mangeant et dormant côte à côte et, une fois, Morel avait entendu l'adolescent parler dans son sommeil. C'était par une nuit claire du Sahel, il avait fait quelques pas dans la lumière bleue et il s'était arrêté près de Youssef qui était couché sur le flanc, le visage contre la terre. L'adolescent avait soudain prononcé quelques mots, et Morel sut ainsi à quoi s'en tenir : il lui avait suffi de ces quelques secondes pour connaître les forces qui se disputaient l'âme de l'Afrique, et il fit confiance à la meilleure d'entre elles, sans hésitation. Depuis, la présence de Youssef lui rappelait à tous les instants l'importance de l'enjeu — qui n'était pas seulement sa propre vie.

— T'en as pas assez de rester toujours derrière moi ?

— Non, missié.

— Tu me veux du bien, quoi.

Une trace d'inquiétude, vite réprimée. Morel ouvrait déjà la bouche pour dire enfin ce qu'il devinait, ce qu'il savait, mais s'arrêta à temps. Cela n'aurait servi à rien. Il n'y avait pas de raccourci. Il fallait laisser ce jeune garçon faire lui-même son éducation humaine, réussir ou échouer. Il lui faisait confiance. Il n'y avait pas de raison pour qu'il échouât. Il lui sourit.

— Tu as peur qu'il m'arrive quelque chose ?

L'adolescent baissa les yeux. Il y eut une trace de lutte sur son visage, où seule l'échancrure des narines disait le sang des premiers conquérants arabes.

— Moi, j'y vais partout avec toi.

Peer Qvist avait dit : la suprême confiance de l'Afrique. Waïtari avait un autre nom pour cela : paternalisme. La fidélité du serviteur à son maître... Morel se pencha sur l'éléphant, toucha sa trompe inerte, sourit à l'œil qui le regardait entre les rides :

— T'en fais pas, va, on les aura tous, lui dit-il. On les aura tous jusqu'au trognon. Les blancs, les noirs, les gris, les jaunes et les rougeâtres. On les aura. La vase, ça n'a qu'un temps. On en sortira. Et tu vas voir, il finira par leur venir des poumons pour respirer.

XXXVII

Fields passa sa deuxième nuit dans la paillote, enroulé dans la couverture que Minna lui avait donnée. Il dormit mal et ses côtes le faisaient souffrir ; à deux reprises il avait dû se lever pour aller vomir. Il fut réveillé une troisième fois par une présence féminine à ses côtés et se dressa d'un bond, le cœur affolé : mais ce n'était que la nuit africaine, avec son allure de femme voilée. Il resta assis un bon moment, essayant de se remettre de son émotion : il venait de si loin, en lui, ce besoin de féminité, qu'il ne s'habituerait jamais à sa solitude. Lorsqu'il était très fatigué, ou malade, cela devenait une obsession. Assis dans l'obscurité, il fuma une cigarette, cherchant à se convaincre qu'il s'agissait d'un simple instinct de reproduction et là-dessus non plus il ne fallait pas se laisser duper. Mais tous ces raisonnements ne faisaient que souligner le caractère désespéré de cette lutte contre la solitude qu'il soutenait depuis si longtemps. Il se demanda aussi si une femme pouvait suffire à un tel besoin de présence immanente. Il était ridicule de penser qu'une paire de bras autour de vos épaules pût vous tirer de là. D'ailleurs, il avait couché avec un nombre considérable de femmes. Ce n'était pas ça. Là encore il y avait une espèce de malentendu. Il sourit, écrasa sa cigarette dans le sable : ce qu'il fallait, c'était un bon chien, qui viendrait vous donner la patte de temps en temps. Il était deux heures du matin. Les barrissements des éléphants s'élevaient dans l'obscurité, tumultueux et tout proches — il pensa que rien n'empêchait ces géants de venir renverser les paillotes et de l'écraser... Il se rendormit enfin pour être réveillé presque aussitôt — en réalité, il avait dormi profondément trois heures — par un bruit de fusillade. Fields écouta un instant, se croyant encore victime de ses obsessions nocturnes habituelles : c'était cette fusillade à la fois espacée et drue de la tête de pont d'Anzio, le cinquième jour après le débarquement, ou celle des plages de Normandie — il se méfiait de ses souvenirs. Mais il ne rêvait pas. La seule explication possible était que Morel avait été surpris par les forces de police — et qu'il se défendait. Mais cela n'expliquait pas un feu aussi nourri. Il saisit ses caméras et la sacoche des films, et courut sur la dune. Il lui restait à ce moment-là un rouleau intact et la moitié d'un autre, engagé dans le rolleiflex. Mais il ne comptait pas sur le rouleau de réserve : il avait pour principe de garder toujours une marge de sécurité d'un rouleau, quelle que fût la pression des événements. Cela lui permettait de conserver en toutes circonstances sa tranquillité d'esprit. (Fields était hanté par l'idée que quelque événement sensationnel et quasi miraculeux, inouï, sans rapport avec le reportage en cours, allait se produire alors qu'il ne lui resterait plus de film dans sa caméra.) Il avait les yeux embués à la fois par l'insomnie et le sommeil, mais il prit sa première photo avant même de comprendre ce qui se passait. Dans un air matinal qui ressemblait à une sorte de lucidité sereine, le paysage entier paraissait s'être rapproché et, de toutes les mottes de terre rouge, d'herbe et de roseaux qui couvraient les rochers, des hommes couchés à plat ventre tiraient sur les éléphants. Les coups de feu partaient de tous les côtés, dirigés sur toute l'étendue du lac et Fields vit aussi, un peu partout, des silhouettes debout sur les rochers : elles épaulaient sans arrêt, dans le soleil étincelant sur leurs coiffes arabes qui rappelaient à Fields celles des soldats de la police britannique du désert pendant la guerre. Les barrissements des bêtes affolées se fondaient en un monstrueux vacarme, couvrant de plus en plus le bruit de la fusillade. Une centaine d'éléphants, en masse grise et compacte, se tenaient au milieu du lac, serrés les uns contre les autres, parmi les gerbes soulevées par les explosions : couchés sur les rochers, les chasseurs leur jetaient des bâtons de dynamite dans les pattes. Un coup d'œil suffit à Fields pour voir que la même scène se reproduisait sur toute l'étendue du Kuru et jusqu'aux marécages du nord, où tous les oiseaux du monde paraissaient avoir soudain bouché le ciel, cependant que plusieurs troupeaux se concentraient sous la grande falaise terminale de l'ouest, à l'endroit le plus profond, éloigné de trois cents mètres des premiers pitons rocheux. (Fields dit plus tard que sa première impression fut qu'un bataillon d'hommes en armes avait pris position sur le Kuru au cours de la nuit.) Il prit une demi-douzaine de clichés et essaya de descendre dans l'eau pour un *close up* d'un groupe de sept éléphants immobiles, qui s'effondraient lentement sous une rafale continue d'armes automatiques tirée à moins de cinq mètres du rocher, mais il entendit une balle siffler à ses oreilles et décida de ne pas poursuivre l'aventure avec tous ses films précieux sur lui et qui risquaient fort de finir au fond de l'eau. Il recula donc vers le sommet de la dune et tâcha de s'orienter un peu dans cette confusion, pour voir quelles étaient les meilleures photos à prendre. Fields était là tout entier : il ne perdit pas de temps à s'interroger sur les raisons de ce massacre systématique des éléphants exténués et se borna à l'enregistrer froidement sur sa pellicule. (Fields devait plus tard publier une de ces photos avec une légende qui citait entre guillemets l'explication que Waïtari lui avait donnée : « Nous avons fait cela pour en finir avec le mythe des éléphants. On s'efforce de cacher notre lutte pour l'indépendance sous le rideau de fumée d'une prétendue campagne pour la protection de la nature. C'est une manœuvre classique de l'Occident : dissimuler sous de grands mots et de grands principes humanitaires des réalités hideuses. Il fallait en finir avec cette tactique. Désormais, c'est fait. ») Fields laissa enfin retomber la caméra sur sa poitrine et se mit à courir vers la paillote de Morel. Il rata à ce moment-là une photo unique. Pendant qu'il courait, il aperçut un éléphant magnifique, ses défenses énormes dressées vers le ciel, qui était parvenu à escalader jusqu'à mi-hauteur un rocher, sous les balles tirées presque à bout portant ; au moment où Fields braquait son objectif, la bête avait réussi à saisir le chasseur avec sa trompe et elle s'écroula avec lui dans l'eau. Fields ne rata la scène que d'une demi-seconde et uniquement parce que le corps du chasseur pendant sa chute lui avait été dissimulé par l'éléphant. Malgré le vacarme, il avait entendu distinctement le hurlement de l'homme.

Fields se trompa tout à fait dans son estimation du nombre de bêtes abattues sur le Kuru. A son retour à Fort-Lamy, il avait indiqué le chiffre approximatif de quatre cents éléphants tués au cours des deux jours que dura la fusillade. Le chiffre officiel communiqué par les autorités du Tchad aux autorités britanniques, à la suite du rapport de l'Inspection des Chasses, et qui fut reproduit par la presse, était de deux cent soixante-dix éléphants tués, dont deux cents porteurs d'ivoire. L'erreur de Fields s'expliquait par l'état de surexcitation professionnelle dans lequel il se trouvait, et aussi par le fait qu'il avait établi une estimation d'ensemble pour toute l'étendue du Kuru en fonction de ce qui s'était passé dans la cuvette centrale du lac. Les chiffres qu'il avait donnés, et même ceux cités par le communiqué officiel, se heurtèrent à l'incrédulité de tous les spécialistes des grandes chasses. L'emploi des armes automatiques, lui aussi, fut considéré comme invraisemblable par les professionnels. Même si l'on admettait que de Vries avait pu placer tranquillement pendant la nuit les trente-cinq hommes dont il disposait sur les falaises du Kuru, en profitant de l'état de prostration des troupeaux, une moyenne de plus de sept bêtes par tireur sortait du domaine des possibilités cynégétiques. Le plus grand abattage d'éléphants enregistré en 1910, dans l'Oubangui, était de soixante-dix bêtes pour vingt hommes, et il s'agissait d'un troupeau à peu près enlisé dans les marécages du Bandou et qui se mouvait avec une extrême lenteur, laissant aux chasseurs tout le temps nécessaire. Les experts mirent également en doute l'affirmation de Fields, selon laquelle pendant les deux jours que durèrent les opérations, de très nombreuses bêtes revinrent au lac, après avoir pu fuir au début de la fusillade. Les chiffres furent discutés même après le retour de Schölscher et la preuve pourtant irréfutable qu'il ramenait avec lui. Les radios arabes citèrent les comptes rendus du massacre publiés par les journaux européens comme l'exemple type de la campagne de propagande contre les mouvements nationalistes africains. Fields mit d'abord en doute les chiffres de Schölscher, qui étaient basés sur le nombre de défenses prélevées et ne tenaient aucun compte des bêtes blessées qui s'étaient écartées du lac pour mourir. Le nombre devait être considérable — d'autant plus que les tireurs comptaient beaucoup plus sur l'intensité de la fusillade que sur la précision des coups. Les qualités qui font un bon soldat ne sont pas nécessairement celles d'un bon chasseur et Habib avait recruté la plupart de ses hommes parmi les déserteurs des unités soudanaises qui s'étaient révoltées en avril, et qui avaient été ensuite réunis par petits groupes soigneusement camouflés et tenus en réserve dans les villes, pour les futurs besoins éventuels, au moment du référendum sur l'indépendance ou l'union. Il y avait également quelques déserteurs de la Légion étrangère, parmi les centaines ramenés et qui sautaient du bateau au moment du passage de Suez : certains se morfondaient à Khartoum dans l'attente des événements et des soldes promises. Toute l'expédition avait d'ailleurs été menée comme une expédition militaire, sans même parler des uniformes : de nombreuses bêtes avaient été abattues par des rafales de mitraillettes, et plusieurs avaient la tête déchiquetée par des explosifs. Il ne manquait vraiment que les avions en piqué, les fusées et le napalm.

Fields trouva Morel dans sa paillote, assis par terre avec ses compagnons, le visage ensanglanté. Il apprit plus tard que, dès le début de la fusillade, celui-ci avait saisi sa carabine et couru vers le lac, s'arrêtant une seconde pour tirer de la dune, puis s'élançant dans l'eau et continuant à tirer, debout dans l'eau jusqu'aux genoux parmi les éléphants qui s'ébranlaient de tous les côtés. Il avait eu son homme au troisième coup et épaulait à nouveau lorsqu'un coup de crosse dans la nuque était venu l'assommer. Peu avant, Forsythe et Minna avaient été surpris pendant leur sommeil, mais ils n'avaient pas trouvé Morel qui dormait à l'extrémité de la dune, près des éléphants, enroulé dans une couverture. Habib l'avait cherché en vain, quand il le vit brusquement apparaître au milieu des troupeaux, en train de tirer. Sauf Minna, ils avaient tous les mains liées derrière le dos et deux Soudanais tenaient les mitraillettes braquées dans leur direction. Entre eux se tenait un homme que Fields n'avait jamais vu auparavant mais qu'il reconnut tout de suite. Il avait un visage d'un noir presque calciné qui donnait aux traits, à la fois fins et d'une dureté presque classique, une beauté virile difficile à oublier. (La première réaction de Fields en le voyant fut un sentiment d'infériorité.) Et cependant, ce n'était pas le visage qui le fascinait. Fields n'arrivait pas à détourner les yeux du képi qui coiffait cette tête de César noir. C'était le képi bleu horizon des officiers de cavalerie français — avec les cinq étoiles du général commandant d'armée au milieu. Mais ces étoiles n'étaient pas d'or : elles étaient noires. Fields les regardait bouche bée. C'était à la fois effrayant et pathétique, un des plus beaux cas de paranoïa qu'il lui eût jamais été donné de contempler. Instinctivement, ses mains se portèrent à la caméra et il prit une photo, tout en criant : « Journaliste, journaliste... », convaincu que c'était la dernière photo qu'il prenait de sa vie. (Un an auparavant, Fields avait rencontré à New York l'écrivain noir George Penn qui revenait d'Accra. Celui-ci lui avait dit : « Il y a en Afrique noire plusieurs hommes politiques d'envergure. Il y a N'Krumah, à Accra, Azikiwé, au Nigeria, Awoluwa chez les Iambas, et Kenyatta, qui est en prison au Tanganyika. Mais il y a aussi un des hommes les plus extraordinaires que j'aie jamais rencontrés, que ce soit parmi les blancs, ou parmi les noirs : Waïtari, d'A.E.F. Quand on entendra vraiment parler de l'Afrique, on entendra surtout ce nom-là. A moins que les Français n'en fassent entre-temps leur Premier ministre : s'ils sont assez malins pour ça. ») Derrière Waïtari se tenait un personnage qui paraissait goûter la scène au moins autant que le cigare éteint qu'il serrait entre les dents. Il portait une casquette de marin, une chemise et un pantalon de toile bleue, des souliers blanc et noir, et avec son air de bonne crapulerie, il évoquait bien plus quelque petit port de la Méditerranée où l'on serait en train de régler entre amis une gentille affaire de contrebande, plutôt que le cœur de l'Afrique et le plus ancien conflit de tous les temps. Peer Qvist était assis dans un coin de la paillote, à côté d'Idriss, le menton sur la poitrine. Forsythe avait dû offrir une résistance sérieuse, parce qu'il crachait du sang. Il avait d'abord été trompé par la tenue militaire des hommes qui étaient venus le réveiller d'un coup de pied dans les côtes. Il avait cru qu'il s'agissait d'un détachement de police régulière du Soudan venu les arrêter, agissant en liaison avec les autorités de l'A.E.F. Il ne comprit ce qui se passait que lorsqu'il vit Waïtari et Habib — même alors, il avait dû attendre les premiers coups de feu sur le lac pour être tout à fait renseigné. Il se jeta sur les soldats qui le conduisaient et fut sérieusement malmené par eux. Youssef n'était pas là ; quant à Minna, la blouse kaki déchirée, le visage frémissant, presque hystérique, elle se débattait en pleurant entre les mains d'un Soudanais qui la tenait solidement par les épaules, les dents découvertes dans un sourire ravi. Fields, lorsqu'il entra dans la paillote, fut accueilli par les mitraillettes qui s'étaient tournées vers lui avec un ensemble émouvant, mais en dépit d'une seconde d'attente pénible, il avait saisi sa caméra tout en déclinant sa qualité sacrée de journaliste américain. (Fields avait une idée bien arrêtée de son destin. Cette conviction qu'il avait de mourir certainement un jour d'un cancer de la prostate ou de l'anus était pour beaucoup dans la réputation de courage qu'il avait même auprès de ses concurrents.) La seule inquiétude qu'il éprouvait à ce moment avait pour objet sa caméra et ses films : il s'attendait à les voir confisqués. Mais Waïtari parut au contraire enchanté de sa présence. Toute son attitude indiquait une satisfaction et un empressement qu'il essayait à peine de cacher. Fields avait un coup d'œil de vieux routier pour cette attitude des politiciens à son égard, et il se sentit immédiatement rassuré. Il comprenait fort bien l'intérêt que l'ancien député des Oulés pouvait avoir à faire parler de lui, surtout aux États-Unis. Il parut en tout cas oublier complètement Morel et parla à Fields avec une courtoisie et un effort de séduction qui indiquaient bien quelle importance il attachait à sa qualité de journaliste.

(Fields devait dire plus tard qu'il avait eu constamment l'impression de parler à un intellectuel français.)

— J'espère que vous nous rendrez justice dans ce que vous écrirez, dit-il. (Fields nota qu'il avait parlé d'abord avec une certaine emphase, mais qui disparut rapidement pour faire place à une violence sourde, celle de la conviction. Fields fut certain dès le début qu'il était parfaitement sincère et qu'il croyait en lui-même. Il savait commander l'attention de cette manière indéfinissable qui est le secret des grands démagogues et des vrais tribuns. Fields ne fut pas dupe du côté purement oratoire — il n'avait jamais rencontré d'homme politique qui pût oublier le public lorsqu'il s'adressait à un journaliste, mais il était sensible à l'envergure, peut-être parce qu'il était conscient d'en manquer totalement lui-même, et celle de Waïtari avait en plus ses assises dans une dignité physique qui à la fois irritait Fields et le rendait légèrement envieux.)

— Votre présence ici me permettra de dissiper un malentendu. Je ne saurais vous dire avec quelle colère et avec quelle indignation les champions de l'indépendance ont suivi l'effort de la presse colonialiste pour camoufler le véritable objet de notre combat, qui est la liberté de l'Afrique, et lui substituer cette scandaleuse, ridicule et insultante version que Morel a été tout particulièrement chargé de faire accréditer. Nous savons qui le paie, et pourquoi il a pu échapper pendant si longtemps aux autorités. Sa « campagne » a été le rideau de fumée derrière lequel on veut cacher nos aspirations nationales. Nous en sommes d'autant plus indignés, outragés, que nous en avons assez de servir de jardin zoologique au monde, de délassement à l'usage des Occidentaux blasés par leurs gratte-ciel et leurs automobiles, qui viennent ici pour se retremper dans le primitif et s'attendrir devant notre nudité et nos troupeaux. Nous en avons assez — par-dessus la tête — et je vous demande d'insister là-dessus — nous voulons faire sortir l'Afrique de la sauvagerie et je puis vous jurer que les cheminées d'usines sont à nos yeux mille fois plus belles que les cous des girafes tant admirées de vos touristes oisifs. Nous sommes ici pour faire cesser ce malentendu. Et aussi — remarquez, c'est moins important — pour nous procurer une quantité d'ivoire, la plus grande possible, — avec le produit de la vente, nous nous achèterons des armes nouvelles — nous n'en avons jamais assez. Personnellement, je n'ai jamais eu de goût pour la chasse. Je voudrais même que notre peuple oublie qu'il a jamais été un peuple de chasseurs. C'est encore un lien avec les temps primitifs, avec une époque archaïque dont nous le ferons sortir coûte que coûte. Notre présence ici prouve que nous ne sommes à la solde de personne. On m'a proposé de l'aide au Caire : j'ai refusé. Mais les marchands d'armes ne donnent pas leur marchandise pour rien. Il faut la payer. Votre opinion publique s'apitoie sur les éléphants : le sort des peuples africains lui est ou indifférent ou caché. Je me propose de réveiller son attention et je compte sur votre conscience professionnelle pour dire la vérité sur notre mouvement. Si nous devions sacrifier tous les éléphants d'Afrique pour réaliser nos buts, nous frapperions sans hésiter...

Fields vivait à Paris depuis plusieurs années, mais il n'avait jamais entendu personne improviser en français avec une telle aisance. Il se demanda dans quelle langue Waïtari s'était adressé aux tribus d'A.E.F. au cours de ses tournées de propagande. (Par la suite, il chercha à se renseigner là-dessus. Waïtari ne connaissait parfaitement que le dialecte Oulé. Les quelque vingt-sept autres dialectes du territoire lui étaient totalement inconnus. Il avait été de ceux qui avaient mené avec le plus d'acharnement, depuis 1945, la campagne pour l'enseignement du français dans les tribus, et pour l'élimination progressive des dialectes autochtones. La raison en était facile à deviner. Les sorciers et les chefs de tribus conservaient leur pouvoir à l'abri de cette barrière du langage. Pour Waïtari, l'emploi du français était l'arme principale d'émancipation, d'unification et de propagande, la seule façon de lutter contre les traditions. Le dialecte Oulé ne comporte pas le mot « nation », pas le mot « patrie », pas le mot « politique », pas les mots « ouvrier, travailleur, prolétariat », et l'expression « droit des peuples à disposer d'eux-mêmes », y devient « victoire des Oulés sur leurs ennemis ». L'apparent paradoxe qui avait fait de Waïtari le champion intransigeant de l'emploi de la langue française avait donc une explication facile.) Pendant que Waïtari parlait, la fusillade continuait sur le lac, — démonstration pratique de ce qu'il disait. Comme beaucoup de ses compatriotes, Fields n'avait pas l'esprit particulièrement tourné vers la méditation philosophique, et, surtout depuis sa naturalisation, était peu porté aux abstractions. Il était plus sensible aux moyens employés, aux choses palpables, et que l'on pouvait photographier — elles n'allaient pas manquer, sur le lac — qu'à la grandeur des buts poursuivis. Pendant que le tribun noir évoquait devant lui, d'une voix frémissante, l'image de la future Afrique industrialisée électrifiée, débarrassée de ses brousses et de ses traditions primitives, Fields était surtout conscient de la fusillade au-dehors et ne pouvait s'empêcher de tenter d'évaluer mentalement le nombre d'éléphants abattus (nombre qu'il exagéra fortement sous l'effet de l'émotion). Il prit encore une photo de Morel, Forsythe, Peer Qvist, et Idriss, assis, les jambes croisées, les mains liées derrière le dos, dans la pénombre des roseaux serrés — il y avait dans cette attitude des vaincus un indéfinissable aspect d'éternité. A leurs côtés, Minna, la blouse déchirée, sanglotait à présent silencieusement, en se passant parfois la main sur le visage. (Fields déclara pas la suite, assis dans un petit café de Paris où il aimait rencontrer ses compatriotes : « La seule révolution à laquelle je crois encore est la révolution biologique. L'homme deviendra un jour une chose possible. Le progrès se retire de plus en plus dans les laboratoires de biologie. ») De tous, Morel était le plus calme, ni surpris, ni indigné. Il était évident qu'il avait déjà rencontré to cela auparavant sur son chemin, qu'il savait à quoi s'en tenir mais que rien ne pouvait le décourager. C'était un homme qui ne savait pas désespérer. Interrogé plus tard par Fields, qui lui demandait assez hargneusement à quoi il pensait pendant tout le temps que dura le massacre des éléphants, il répondit tranquillement, avec une lueur d'ironie :

— A Youssef. C'est de lui que cela dépend. C'est à luí de comprendre... Il choisira.

(Au cours de ses allées et venues, Fields vit à plusieurs reprises Youssef à côté des chevaux qu'il soignait. L'adolescent était assis dans le sable, les jambes croisées. Il avait dû cacher son arme ou peut-être la lui avait-on enlevée, mais, sans doute à cause de sa jeunesse, les hommes de Habib l'avaient laissé en liberté. Lorsque le journaliste lui adressa quelques mots, l'adolescent leva les yeux, le regarda sans répondre — peut-être sans le voir — et Fields fut frappé par l'extraordinaire expression de souffrance qu'il surprit sur ce visage généralement masqué d'impassibilité. Les lèvres tremblaient, les yeux brillaient douloureusement, les traits avaient perdu leur fermeté et révélaient une détresse, une hésitation, un conflit intérieur dont le journaliste essaya en vain de démêler les raisons. Il baissa lentement la tête, sans réagir, sans répondre à l'interpellation amicale que Fields lui avait lancée.)

Pendant que Waïtari prononçait son discours — car il était difficile d'appeler autrement sa tirade passionnée — Morel ne sortit qu'une seule fois de son apparente indifférence. Il eut un sourire et fit un signe d'approbation lorsque l'ancien député des Oulés leur lança avec colère :

— Bien sûr, on m'accuse d'être un sympathisant communiste. C'est plus commode. Mais ce ne sont pas les communistes, c'est un écrivain français d'extrême droite, Charles Maurras, qui a dit que, de toutes les libertés humaines, la plus précieuse est l'indépendance de la patrie...

Le seul personnage qui apporta à Fields quelque soulagement pendant cette confrontation fut l'homme à la casquette de navigateur, dont le cigare, dressé au milieu d'une barbe manifestement teinte, d'un noir de jais, avait quelque chose d'obscène, et qui paraissait savourer la scène avec un délice extrême, une jubilation manifestée parfois par un rire silencieux. Forsythe écoutait avec un sourire cynique dont il semblait avoir retrouvé pour la circonstance le secret. Peer Qvist fut le seul qui tenta d'intervenir. A plusieurs reprises, il avait jeté à Waïtari des regards impatients ; enfin, d'une voix entrecoupée par la rage, avec son accent scandinave traînant, il l'interrompit :

— Les dizaines de milliers de nègres morts pendant la construction du chemin de fer Congo-Océan ne sont eux-mêmes rien à côté de ce que vous proposez à l'Afrique... Vous allez être un de ses plus cruels colonisateurs — un de ceux qui lui sont le plus étrangers — la couleur de votre peau n'y fait rien : vous êtes un produit typique de l'Occident, un de nos plus beaux produits. Les noirs ont connu les marchands d'esclaves, l'anthropophagie, la colonisation et les Mau-Mau, mais ce n'est rien à côté de ce qu'ils connaîtront avec vous autres, quand vous serez les nouveaux tyrans de l'Afrique — et mon cœur se serre pour les survivants...

Waïtari sourit : sa voix eut presque de la gentillesse.

— Dommage qu'il n'y ait presque plus de blancs comme vous en Afrique, Peer Qvist. Notre tâche eût été plus facile. Les plus dangereux pour nous ce sont les Européens qui essayent d'édifier quelque chose, non pas ceux qui se contentent de probité candide et de lin blanc... Vous êtes un anachronisme, même en Europe, et il ne servirait à rien de vouloir vous convaincre. Vous êtes le passé, vous ne comptez plus. L'exquise misanthropie de Morel, son dégoût des mains humaines, pas assez propres à son gré — sont une maladie nerveuse typiquement bourgeoise dont nous serions nous-mêmes fous de vouloir nous préoccuper : il y a longtemps que je ne vois plus dans les maladies mentales, comme font nos sorciers, la manifestation d'une présence surnaturelle maléfique... Notre ami Forsythe est là pour des raisons bien à lui... Idriss défend le passé le plus arriéré de l'Afrique, celui des troupeaux sauvages en liberté : lions, léopards, éléphants et buffles jusqu'aux limites de l'horizon... Cette jeune femme, pour qui j'ai la plus grande amitié, est là par dégoût des hommes : elle aurait dû se contenter de la compagnie d'un chien. Vous êtes tous des produits typiques d'une société déséquilibrée. Ce n'est pas à vous que je parle, mais à un représentant de l'opinion publique américaine, qui peut beaucoup pour notre mouvement... Quant à vous, Peer

Qvist, encore une fois, je vous aime bien, parce que vous m'amusez, et je connais le rêve secret qui vous travaille... J'ai été l'élève des Pères Blancs. Permettez-moi de vous dire que le temps du paradis terrestre est à jamais révolu. Les peuples noirs ont beaucoup trop souffert de leurs superstitions et de leur besoin de merveilleux pour que vous soyez le bienvenu quand vous venez y ajouter les vôtres. Comme le Père Fargue, et quelques missionnaires célèbres ici, vous en êtes encore à rêver de bergers mystiques — la nuit, vous cherchez l'étoile de Bethléem ; chaque fois qu'une femme passe sur son âne, dans le désert, vous vous demandez si sous ses voiles elle ne cache pas un nouveau-né dans ses bras. Pas étonnant que lorsqu'on vous confronte ensuite avec la dure réalité des machines, du prolétariat et de ses conditions de vie, vous deveniez fou de rage, et vous vous réfugiiez comme votre ami Saint-Denis au cœur de l'Afrique « magique », l'Afrique des rites religieux et des sorciers, ou parmi les troupeaux d'éléphants qui vous font rêver des temps bibliques : vous ne pardonnerez jamais à la jeunesse de cette terre abandonnée de vouloir vous priver de votre rêve d'opium... Mais vous en savez le prix, vieil homme ? C'est l'ignorance, la lèpre, le pian, l'éléphantiasis, la filariose — cela fait partie du « merveilleux » — c'est la mortalité infantile et la sous-alimentation chronique de cent millions d'individus. Voilà le prix que notre peuple paie pour votre besoin d'évasion et pour ces troupeaux d'éléphants dont vous faites un tel cas. C'est avec joie que nous les verrons disparaître jusqu'au dernier. Il n'y aura pas d'arche de Noé. Je vous conseille, Peer Qvist, de retourner à votre cher Musée d'Histoire naturelle de Copenhague... Vous y serez un échantillon tout à fait à sa place.

Il se tourna vers Fields.

— Je vous verrai dans un instant. Je tiens à dissiper le malentendu devant l'opinion publique du monde, qui a les yeux tournés vers l'Afrique en ce moment. Je vous demande de m'aider honnêtement — de faire loyalement votre métier.

Il n'y avait pas trace de cynisme dans sa voix, mais

presque une qualité de noblesse et d'émotion. Fields n'était pas dérouté. Il avait de cela une expérience professionnelle solide. Ce noir n'était pas différent de tous les autres tribuns révolutionnaires qui inscrivaient les mots « liberté », « justice », « progrès » sur leurs drapeaux, en même temps qu'ils jetaient des millions d'hommes dans des camps de travail forcé pour les faire mourir à la tâche. On ne pouvait pas lui en vouloir : la besogne était écrasante. Lentement accumulée au cours des siècles, éternellement retardée, elle prenait à la fin des proportions titanesques. Oui, Fields connaissait tout cela. L'essentiel était de prendre de bonnes photos, sans s'occuper du reste. Il en prit encore une de Waïtari, mais il fallait ménager la pellicule et il commençait à vivre dans la terreur de ne pas en avoir assez. Lorsque l'ancien député de Sionville fut sorti de la paillote, l'homme à la casquette de navigateur s'approcha de Morel, prit le paquet de tabac dans sa poche et lui roula une cigarette, qu'il lui mit entre les lèvres, puis lui offrit du feu. Morel le laissa faire et aspira la fumée. Il paraissait avoir pour cet individu une certaine sympathie, peut-être parce que c'était sans doute une franche canaille mercenaire entièrement dépourvue d'idéologie ou de motifs désintéressés. Les deux soldats aux visages luisants sous leurs coiffes jaunes braquaient leurs mitraillettes sur les prisonniers avec beaucoup plus d'inquiétude que de menace, ce qui ne les rendait que plus dangereux. Fields se sentait gêné par son statut privilégié et se demandait s'il ne pouvait pas intervenir auprès de Waïtari pour qu'on détachât Morel et ses compagnons. L'homme à la casquette de navigateur, dont Fields apprit plus tard que c'était un aventurier du nom de Habib, posa une main amicale sur l'épaule de Morel.

— Ce n'est pas un jour faste pour toi, je le crains, mon ami, lui dit-il, avec une certaine douceur. Je ne sais si tu es au courant, mais la conférence pour la protection de la faune africaine a été ajournée il y a trois jours sans avoir rien décidé au sujet de tes éléphants... Le statut de chasse actuel a été légèrement modifié, mais pour l'essentiel, il n'y a rien de changé...

Il ralluma son cigare éteint. Morel parut plus affecté par cette nouvelle que par ce qui se passait sur le Kuru. Son visage se creusa profondément et il baissa la tête. Fields sentit jusqu'à quel point cet homme que tant de gens considéraient comme un rogue et un fou avait compté sur le bon sens et la générosité de ceux-là mêmes qu'il avait combattus et défiés. (Plus tard, Fields eut l'occasion de s'entretenir avec quelques-uns des délégués de la conférence de Bukavu. L'un d'eux lui présenta la chose de la façon suivante : « Notre mission était de réexaminer le statut de protection de la faune africaine, en particulier en ce qui concerne les spécimens menacés de disparition. Nous n'étions appelés ni à nous prononcer sur l'aspect moral des grandes chasses, leur dignité ou leur indignité, ni à nous occuper de Morel et de sa marotte. Il est exact que dans certaines régions le nombre des éléphants africains est en diminution, mais cela va de pair avec le recul de la forêt et l'avance des terres cultivées. D'une façon générale, et pour l'ensemble de l'Afrique, il est totalement faux de dire que les éléphants sont en voie de disparition. Ils sont en voie de diminution — ce qui n'est pas la même chose. Il sera toujours temps de modifier le statut pour protéger le nombre d'animaux indispensables à la conservation de la race. Pour le moment, ils sont assez nombreux pour représenter une menace sérieuse pour les cultures. Le moment viendra fatalement où le nombre de ces géants encombrants, qui exigent des espaces ouverts illimités, devra être sérieusement réduit. Ce moment n'est pas encore venu. Mais il viendra. Imaginez un peu ce que cela représenterait : d'immenses troupeaux d'éléphants en liberté dans un de nos pays industrialisés comme la Belgique, par exemple. Dieu sait tout ce que Nehru donnerait pour débarrasser l'Inde des vaches sacrées. Nous n'allons tout de même pas regarder les éléphants africains comme des intouchables, simplement à cause d'un maniaque... ») Ses compagnons parurent consternés, à l'exception de Forsythe : il dit plus tard à Fields qu'il n'avait jamais eu beaucoup d'illusions sur le résultat de la conférence de Bukavu. (Forsythe refit à la suite de l'affaire une petite crise de cynisme. Il dit à Fields, à plusieurs reprises, avec un sourire désabusé : « Ça m'est égal. Je laisse tomber. Tout ce que je veux, c'est rentrer chez moi. Au fond, rester tranquillement chez soi c'est encore la meilleure façon de leur tourner le dos à tous. » Mais cela ne dura que quelques heures, et il parut retrouver vite son visage de colère qui était un signe de santé.) Habib observa la réaction de Morel avec une expression de délectation : il avait l'air de marquer des points. Mais peut-être ne se délectait-il que de son cigare. Morel leva brusquement les yeux vers Forsythe.

— Jack, ce type sur la falaise... Le premier que j'ai tiré... Tu ne sais pas si je l'ai eu ?

— Je l'ai vu tomber dans le lac. Il ne s'est pas relevé. D'ailleurs les éléphants lui sont passés dessus.

— Bon.

Il s'adressa à Habib.

— J'ai été sûr dès le début que c'était une idée de votre ami de Vries, dit-il. Lui seul connaissait la région suffisamment pour pouvoir calculer le coup... Je l'avais prévenu. Je vous avais prévenu aussi. Je lui ai dit que si je le reprenais autour d'un troupeau, j'aurais sa peau. Je l'ai eue.

Habib fut un instant décontenancé. Son visage était devenu gris et ses dents mordirent profondément le cigare. Puis ses traits se détendirent et il retrouva son sourire goguenard. Il hocha la tête et saisit son cigare entre ses gros doigts.

— Si je comprends bien, il a tout de même fini par me filer entre les doigts, dit-il presque gaiement. J'ai réussi à le retenir deux ou trois fois, mais ça devait arriver. *Inch' Allah !* Il me faudra choisir un autre compagnon d'infortune...

Il cracha par terre le bout de cigare, parut un peu songeur. Puis il eut un bon gros rire qui ne semblait pas affecté.

— Allons ! Ce n'est pas encore ça qui m'empêchera de naviguer !

Lorsque Fields sut plus tard la nature des rapports qui avaient uni Habib à son jeune protégé, il ne put s'empêcher d'admirer le coffre et la solidité de cette crapule aux mollets puissants, dont il avait à première vue méconnu l'envergure.

(Fields devait retrouver Habib quelques années plus tard à Istanbul, dans le bar de l'Hôtel Hilton où il était descendu. Il était en train de bouder devant un Martini, lorsqu'il entendit un bon rire : une patte énorme s'abattit sur son épaule. C'était Habib, la barbe fraîchement teinte, très à l'aise dans un uniforme de capitaine au long cours de la marine marchande d'un pays d'Amérique centrale — « une cargaison d'oranges, monsieur, me croirez-vous ? De vraies oranges cette fois, je vous jure » ! Fields était venu à Istanbul au moment de la tension turco-grecque ; on s'attendait à des événements, et Habib put lui fournir là-dessus quelques à-côtés intéressants. (Le blocus de Chypre par les bateaux de guerre anglais n'avait pas empêché la contrebande d'armes.) Il paraissait remarquablement bien renseigné. Puis ils reparlèrent de l'affaire Morel et de leur rencontre sur le Kuru. « Vous vous souvenez de cet instant, lorsque vous vous êtes tourné vers Morel, pour lui demander si vous pouviez faire quelque chose pour lui ? Vous m'avez bien fait rire. Pourquoi ? Mais parce que vous lui aviez déjà sauvé la vie, ce qui fait que votre question m'a paru vraiment marrante. Bien sûr, je peux vous expliquer comment : les très jeunes disciples de Waïtari, Madjumba, N'Dolo et... le troisième, je ne me souviens plus de son nom, mais il était remarquablement beau — eh bien, ils avaient décidé de l'exécuter comme traître. Ils avaient même formé une espèce de tribunal à trois, à Khartoum, et ils l'avaient jugé et condamné comme traître, avant d'arriver sur le Kuru. Il paraît que Morel les avait trompés pendant l'expédition de Sionville, et qu'il avait complètement omis de mentionner les motifs idéologiques pour lesquels il demandait leur appui. Il n'avait pas parlé de l'indépendance de l'Afrique. Il avait dit dans son manifeste — vous vous souvenez qu'il l'avait fait imprimer dans le journal local — il avait dit que son action n'avait aucun caractère politique, ce qui les avait rendus fous, parce qu'ils n'étaient là que pour ça. Ils étaient arrivés à

Khartoum bouillants d'indignation, l'avaient jugé solennellement et condamné à mort. Dès leur arrivée sur le Kuru, ils avaient insisté auprès de Waïtari pour qu'il leur permît d'exécuter leur jugement. Sans votre présence, Morel était fait comme un rat — mais Waïtari n'eut aucune peine à leur expliquer qu'avec un journaliste célèbre sur les lieux il ne pouvait en être question. Vous vous souvenez qu'il était sorti assez précipitamment de la cabane ? C'était pour aller reprendre sérieusement en main les trois petits... Et vous, qui demandiez à Morel ce que vous pouviez faire pour lui... C'était trop drôle. Ah ! je dois dire que c'était vraiment le bon temps. Malheureusement, des hommes comme Morel, qui vous donnent l'occasion de jouir, ça ne se rencontre pas tous les jours... Dommage. On n'a pas si souvent l'occasion de se délecter... » Il se cura les dents un moment en silence. « Enfin, c'est la vie, *inch' Allah !* » conclut-il, avec une nuance de regret.)

Fields demeura encore un instant dans la paillote, où personne ne soufflait mot, essayant de trouver quelque chose d'encourageant à dire. Tout ce qu'il put imaginer, ce furent quelques vagues remarques peu convaincantes sur la réaction de l'opinion publique américaine « qui avait pris cette affaire à cœur et qui allait réclamer la protection des éléphants », phrase qui lui valut un regard ironique de Forsythe. Morel ne lui prêta pas la moindre attention. Minna soupira profondément et s'essuya les yeux.

— On continuera tant qu'il faudra, dit Peer Qvist.

Morel demanda seulement :

— Avec quelles armes ?

Il se tourna vers Fields.

— Vous m'avez demandé tout à l'heure ce que vous pourriez faire pour nous. Vous pourriez essayer de convaincre Waïtari de nous laisser des armes et des munitions. Après tout, puisque tout ce qui l'intéresse, c'est qu'on parle des émeutes d'Afrique, je ne vois pas pourquoi il refuserait...

Fields comprit soudain que, depuis que Morel avait appris l'échec de la conférence de Bukavu, il n'avait pas cessé un seul instant de dresser des plans en vue de campagnes futures. Le journaliste fut soulagé de pouvoir tenter quelque chose pour lui ; promit de le faire immédiatement et sortit de la paillote fermement résolu à obtenir pour Morel des armes et des munitions, dût-il pour cela abuser de son statut de journaliste et les voler au cours de la nuit. Il trouva Waïtari un peu plus bas sur la dune, en train de discuter avec animation avec deux jeunes gens noirs qui paraissaient contrariés. Le troisième se tenait un peu à l'écart, l'air troublé et embarrassé. La voix de Waïtari avait des accents de colère. A l'approche de Fields, la discussion cessa immédiatement et les deux jeunes gens le regardèrent sans aménité. Waïtari parut surpris et contrarié par la requête du journaliste, mais après un instant de réflexion, il accepta de lui donner satisfaction. Il parut ensuite se désintéresser complètement de Morel, bien que soucieux de constater l'effet produit sur Fields par ses paroles et par les événements. Fields, qui se sentait devenir un objet précieux entre les mains de l'ancien député des Oulés, se montra assez réservé et dit simplement qu'il n'avait pas encore eu le temps de réfléchir à tout cela ; il alla ensuite prendre quelques photos sur le lac, où la fusillade, bien que plus espacée, continuait dans les méandres extérieurs et les roseaux. Il essaya aussi de se rendre compte du genre d'hommes que Waïtari avait recrutés. Il constata qu'il s'agissait presque entièrement de Soudanais du Sud, qui semblaient tous avoir des rudiments d'anglais et lui disaient : « Sir », sur un ton vaguement militaire. Mais à toutes ses questions ils découvraient leurs dents dans un grand sourire, et refusaient de répondre. Il fut assez étonné de trouver parmi eux quatre blancs : deux Allemands, un Balte et un Slovaque, tous déserteurs de la Légion, qui avaient depuis longtemps atteint à la totale indifférence quant à « contre qui ou avec qui » se ranger, pourvu que leurs services professionnels fussent bien rétribués — ce qui n'était apparemment pas le cas à la Légion — c'était, avec la durée du contrat, une des choses qu'ils lui reprochaient. Ils se laissèrent photographier sans difficulté, pendant qu'ils étaient en train de se restaurer, comme des gens détachés de tout lien qui pût les pousser à vouloir garder l'anonymat. Ils se plaignirent des Soudanais, qui tiraient « comme des gens qui font leur service militaire », ce qui, sur les lèvres du Slovaque blond et solide, paraissait être la suprême injure ; ils estimaient qu'avec des tireurs bien entraînés, étant donné l'absence de réaction des éléphants au début, ils auraient pu atteindre une moyenne de sept à dix bêtes par fusil. Ils se montrèrent beaucoup plus discrets lorsque Fields chercha à savoir ce qu'ils étaient venus faire à Khartoum ; l'Allemand finit par dire simplement qu'ils « attendaient », et qu'ils étaient là « à la disposition »... Fields remarqua que toute l'expédition avait l'allure d'une organisation militaire, avec un cuisinier et des provisions, — et la seule crainte qu'il leur entendit exprimer fut celle de voir la police soudanaise les intercepter sur le chemin du retour, « bien qu'elle eût d'autres chats à fouetter ».

La chaleur était à son comble ; venus de tous les côtés, les vautours tournoyaient autour du lac. Fields fut également surpris de voir dans l'eau toute une population noire accourue d'on ne savait où, pour s'attaquer à la viande avec des couteaux.

Il chercha à calculer le nombre d'éléphants abattus au cours de cette première journée, mais ses calculs variaient chaque fois. Il était particulièrement intéressé par ce chiffre, car il essayait d'évaluer, tout au moins à peu près, le bénéfice que Waïtari pouvait escompter de l'expédition, et la quantité d'armes que cela représentait. Il était arrivé au bout de la première journée aux chiffres provisoires suivants : cent cinquante éléphants abattus, dont quatre-vingt-quatre porteurs d'ivoire ; en mettant à quarante livres en moyenne la paire de défenses, cela pouvait faire trois mille cinq cents livres égyptiennes au maximum. Une mitraillette Thompson valait à ce moment-là au Moyen-Orient cinquante livres ; une caisse de vingt-quatre grenades, cent livres, une arme de poing, dix à quinze livres suivant l'état ; un fusil Beretta, vingt livres ; et il s'agissait de chiffres qui variaient souvent de cinquante pour cent selon les tendances du marché et la situation politique. Un déserteur de la Légion étrangère était enrôlé à cinquante livres par mois. Fields estima qu'avec le produit de son expédition, Waïtari pouvait équiper et entretenir pendant trois mois une vingtaine de « volontaires ». Ce n'était certainement pas à la hauteur de ses ambitions, ni même suffisant pour troubler l'ordre dans un des territoires les plus paisibles et les mieux administrés de l'Afrique. Mais sans doute s'agissait-il surtout pour Waïtari d'en finir avec le mythe des éléphants, de s'affirmer aux yeux du monde comme le véritable chef de la révolte africaine. A la fin, Fields posa assez brutalement la question à l'homme de l'Afrique future. Celui-ci acquiesça tranquillement, pour indiquer que, bien entendu, il y avait réfléchi.

— Je n'ai pas le moindre espoir de causer du grabuge dans l'état actuel des choses. Encore moins de soulever les tribus : celles-ci sont, hélas, loin d'être prêtes à me suivre dans ce genre de tentative — à cause de l'état primitif dans lequel leurs chefs, rois et sorciers, les maintiennent — avec la complaisance des autorités, soucieuses, n'est-ce pas, de préserver les « coutumes ». Pour le moment, en ce qui concerne le résultat local, je me borne à prendre date. Il faut qu'on sache que le mouvement existe — si ce n'est pas encore dans les masses, du moins dans les élites capables de s'exprimer. Pour le reste, je vous le dis franchement, il me faut surtout atteindre l'opinion publique extérieure, celle qui est toute disposée à nous écouter. Et il faut en finir avec le mythe des éléphants — le temps des grands mots est passé. Je cherche à faire entendre ma voix malgré toutes les ruses qui essayent de l'étouffer. Le reste viendra plus tard. Et puis... Kenyatta est en prison, N'Krumah n'en est sorti que pour prendre le pouvoir... Comment s'étonner que les organisateurs de cette conférence des peuples coloniaux, qui doit se tenir on ne sait encore quand à Bandoeng, n'aient pas jugé utile de m'inviter? Les prisons sont aujourd'hui les antichambres des ministères. Pour ce que je veux faire, vingt hommes suffiront amplement...

Fields fit signe qu'il comprenait, mais il dut paraître assez mal à l'aise devant cette franchise, et peut-être même légèrement choqué, bien qu'il n'eût guère l'habitude de manifester ses sentiments dans l'exercice de sa profession. Le visage de Waïtari revêtit une expression presque douloureuse, et pour la première fois, Fields sentit qu'on allait toucher enfin au cœur du problème.

— Je vous choque, sans doute, dit-il presque avec tristesse, et peut-être croyez-vous que je veux jouer les Machiavels nègres, mais essayez donc d'être un noir entièrement évolué et — pourquoi ne pas le dire ? — conscient de ses forces intérieures et de ses possibilités dans un pays qui en est encore là...

Il tendit le bras vers la carcasse d'un éléphant, dans l'eau, à une vingtaine de mètres de l'endroit où ils se trouvaient : deux noirs complètement nus étaient assis dans le ventre ouvert et sanglant de la bête et mordaient les entrailles à belles dents...

— Oui, vous pouvez saisir votre caméra... Mais pour nous, c'est un spectacle de tous les jours...

Il resta un moment, la main tendue dans cette direction, puis tourna le dos à Fields et s'éloigna, avec une dignité que la dernière expression de tristesse apparue sur son visage rendait encore plus émouvante.

Un peu plus tard, Waïtari devait revenir une fois de plus sur le sujet. Habib avait ordonné à ses hommes de cesser leur tir pour encourager les troupeaux à revenir, après une nuit de tranquillité. Fields était assis sur le sable au bord de l'eau, complètement épuisé, et ne respirant qu'à demi pour diminuer la douleur dans ses côtes. Il était d'une constitution plutôt frêle et avait très peu de résistance physique naturelle. Dans l'exercice de sa profession, il faisait parfois preuve d'une endurance d'athlète, mais uniquement basée sur une surexcitation nerveuse, une espèce d' « état second » qui s'emparait de lui lorsqu'il tenait un bon sujet. C'était cette source d'énergie mystérieuse, dont il était complètement dépourvu dans la vie de tous les jours — il s'essoufflait en montant les cinq étages de son appartement, place Dauphine — qui lui permettait de demeurer sur la brèche jour et nuit. Toute la journée, il n'avait pas cessé de courir sur les dunes et dans l'eau, avec sa caméra et sa sacoche de films dont il craignait par-dessus tout de se séparer. Il ne lui restait plus qu'un demi-film. Il sentait venir la chute nerveuse brutale qui allait l'étendre sur le flanc. C'était le moment entre tous où il avait besoin d'alcool et d'un nouveau paquet de cigarettes. C'était aussi le moment où il commençait à sentir le besoin d'une présence féminine à côté de lui. (Encore, fallait-il qu'elle fût jolie.) Il faisait maintenant très frais, presque froid, et ce changement brutal de température, après la chaleur brûlante, le rendait complètement groggy. Il se tenait donc assis dans le crépuscule, sur le sable, le nez baissé. Chaque fois qu'il levait les yeux le ciel avait changé de couleur, passant du bleu pâle au jaune et au violet, pour se fondre enfin dans une obscurité qui lui rappela le golfe du Mexique, avec autour de sa barque le plancton phosphorescent et laiteux. Il essaya vaguement de se rappeler ce qu'il était allé faire dans une barque au milieu du golfe du Mexique, se souvint qu'il y était allé prendre une série de photos en couleur sur la vie de la mer, pour un magazine écologique qui publiait inlassablement des numéros spéciaux sur la terre, le ciel, la mer, les animaux et les hommes, et dont on disait qu'un jour il allait sortir un numéro spécial sur Dieu, avec photos en couleur à l'appui. Il s'efforçait de ne pas entendre le barrissement des bêtes blessées en train de crever, dont la nuit était pleine. Sa dernière photo avant les ténèbres fut celle d'un tas d'ivoire que les hommes du village transportaient pièce par pièce jusqu'aux camions arrêtés sur la piste à sept kilomètres de là. Les racines étaient encore ensanglantées. Rien de bien différent, en somme, de ce qui se passait dans les autres abattoirs du monde. Peut-être parce qu'il était très fatigué, les pensées de Fields prirent une direction qu'il qualifiait d' « inutile ». Un de ses premiers souvenirs d'enfant était le sourire de sa mère : il se trouvait que c'était un sourire tout étincelant de l'or de nombreuses couronnes qui fascinaient l'enfant. Chaque fois qu'il était déprimé, ce souvenir revenait en même temps que celui du tas de couronnes et de dents en or « récupérées » par les nazis sur les victimes des chambres à gaz et des fours crématoires. Il avait passé des heures à contempler fixement les photos de ce tas que les journaux de l'époque avaient publiées : il y cherchait le sourire de sa mère.

Il en était là de ses réflexions lorsqu'il vit une silhouette marcher vers lui dans la clarté bleue. C'était Waïtari. Ils échangèrent quelques mots. Fields fit une remarque sur l'extraordinaire variété de cris et bruits de toutes sortes qui venaient du lac, et en particulier un crépitement sourd, presque continu, qui s'élevait du côté des marécages desséchés. Waïtari lui dit que ce bruit-là était fait par les poissons qui essayaient de quitter les endroits à sec pour se rapprocher de l'eau. On en trouvait quelquefois à des dizaines de kilomètres de tout point d'eau, continuant à bondir sur leurs nageoires caudales.

— Quelle terre prodigieuse, dit Fields.

Waïtari demeura un instant silencieux.

— Oui. Mais il serait temps d'en finir avec tout ça. D'en finir avec la préhistoire... Vous savez ce que je ressens, lorsque je vois en bordure de nos rares routes, ces troupeaux qui seuls attirent ici vos touristes ? La honte. La honte, parce que je sais que cette « beauté » va de pair avec le cul nu de nos nègres, avec la vérole, la vie dans les arbres, les superstitions et l'ignorance crasse. Chaque lion, chaque rhinocéros, chaque éléphant en liberté, cela veut dire encore attendre, supporter encore la sauvagerie et le primitivisme, et le sourire supérieur des « techniciens » blancs, qui vous disent, en vous tapant sur l'épaule : « Vous voyez bien, mon vieux, que vous ne pouvez pas encore vous passer de nous... » Mais nous voulons être un continent en marche, non un continent accroupi dans la nuit de ses fétiches, contemporain de l'éléphant préhistorique et du lion qui vient encore dévorer les enfants dans nos villages. La brousse est pour nous une vermine dont nous devons nous débarrasser. Je n'ai pas le moindre scrupule à abattre ces bêtes que vous appelez magnifiques, mais qui nous rappellent un peu trop ce que nous sommes restés. Ce sera un grand jour pour l'Afrique quand elle célébrera la disparition de ses derniers grands troupeaux. Nous garderons quelques spécimens dans des cages, pour que nos petits-enfants sachent ce que fut le passé, et qu'ils puissent juger avec fierté du chemin parcouru. Il faut qu'on cesse de nous considérer comme un coin où le merveilleux a été oublié un peu plus longtemps qu'ailleurs, et dont les habitants, pour être heureux, n'ont besoin que d'une banane, d'un sexe, et d'une noix de coco... J'ai été éduqué en France, dans le pays le plus civilisé du monde, et j'ai siégé pendant des années sur les bancs du Parlement français... Pouvez-vous imaginer ce que peut être, ici, ma solitude ?

Sa voix eut un tremblement et il fit un geste vers les clartés de la nuit.

— La mienne, et celle de quelques autres ? L'Afrique ne s'éveillera à son destin que lorsqu'elle aura cessé d'être le jardin zoologique du monde... Lorsqu'on viendra ici, non pour regarder nos négresses à plateaux, mais nos villes et nos richesses naturelles enfin exploitées à notre seul profit. Tant qu'on parlera de « nos espaces illimités », et de notre peuple « de chasseurs, de cultivateurs et de guerriers », nous serons toujours à votre merci — ou pire encore, à la remorque de quelqu'un. L'Amérique est sortie de ses limbes avec la disparition des bisons et des buffles ; tant que les loups ont poursuivi les traîneaux dans la steppe russe, le moujik a crevé de saleté et d'ignorance, et le jour où il n'y aura plus de lions ni d'éléphants en Afrique, il y aura par contre un peuple maître de son destin. Pour notre jeunesse, nos élites — dosées au compte-gouttes — les grands troupeaux en liberté donnent la mesure du retard qu'il faut rattraper... Nous sommes prêts à essayer de rattraper ce retard, non seulement au prix des éléphants, mais encore à celui de notre vie...

Malgré sa fatigue, la douleur ressentie dans son côté gauche et son état d'abrutissement, Fields se rendait parfaitement compte de l'ardeur que l'ancien député de Sionville mettait à le convaincre. On avait souvent tenté ainsi de le persuader, mais jamais avec une telle ferveur, une telle violence sourde, jamais d'une voix aussi bouleversante par sa beauté virile. De plus, un malentendu le gênait, qu'il essaya de dissiper.

— Vous savez, dit-il, je suis un reporter photographe

et je n'ai jamais rien publié de ma vie — je veux dire, aucun texte... Je laisse parler ma caméra. Je comprends très bien vos mobiles, mais je ne pourrai jamais les exposer aussi clairement que vous l'avez fait...

Il hésita...

— Cela demande un professionnel.

Waïtari demeura silencieux. Lorsqu'il parla, ce fut avec un accent de méfiance proche de la colère.

— Vous voulez dire que vous vous contenteriez de publier les photos des éléphants abattus sans rien... expliquer ?

— Ce n'est pas mon métier d'écrire...

— Votre reportage serait alors entièrement tendancieux. Les photos ne présenteraient qu'un à-côté de l'affaire... Je pourrais les détruire, vous savez.

— Je sais.

— Écoutez, j'ai besoin de me faire entendre en Amérique. Vous avez les nègres les plus évolués du monde. Les plus assimilés...

Il disait « assimilés » comme un compliment. Fields se dit qu'il n'avait encore jamais vu de Français plus étonnant que ce Français-là.

— Vous ne vous doutez même pas de la conspiration de silence dont je suis l'objet... La radio et la presse arabes ne parlent de moi que lorsqu'elles n'ont plus rien à dire. Votre devoir de journaliste est de m'aider à me faire entendre...

— Donnez-moi une déclaration écrite. Je ferai ensuite ce que je pourrai. Je n'ai aucun talent. J'ai un coup d'œil, c'est tout. Il faut beaucoup de talent...

Il allait dire « pour justifier tout cela », mais se tut.

— Je vous donnerai avant votre départ toute la documentation nécessaire. Voulez-vous m'accompagner à Khartoum ? Cela vous permettrait d'expédier votre reportage par le premier avion.

— Non. Je pense rester avec Morel.

— Par sympathie ? Je soupçonne qu'il vous intéresse bien plus que le destin des peuples africains... Vous pensez sans doute que c'est là un sujet qui flattera davantage le palais blasé de vos lecteurs...

— Ce n'est pas ça.

— Je ne vois pas d'autre raison.

— Et moi, je ne vois pas ce que j'irais photographier à Khartoum. Il me reste une bonne moitié de film... Je voudrais...

Il dit brutalement, pour se convaincre lui-même :

— Je voudrais en finir avec l'affaire Morel.

Waïtari parut amusé.

— Eh bien, vous n'aurez pas à attendre longtemps... Sans moi, il n'ira pas loin.

— Justement. Je voudrais être là.

Waïtari se leva. Dans la nuit lumineuse — il couvrait les étoiles de ses épaules — il parut à Abe Fields, qui était demeuré assis, d'une taille presque gigantesque.

— Monsieur Fields, vous êtes un professionnel endurci.

— Un professionnel, oui.

— Je vous donnerai mon *curriculum vitae,* une déclaration et toute la documentation me concernant, demain matin. N'oubliez pas que vous avez là-dedans un sujet en or, pour un pays comme le vôtre, qui cherche à se libérer en Afrique de son propre complexe noir...

Il s'éloigna de cette démarche souple qui était peut-être ce qui lui restait de plus africain. Fields se dit que même sa dernière phrase était un vrai mot de Français : il l'avait entendu mille fois dans la bouche de ses confrères journalistes, des Français irrités par certaines campagnes de presse aux États-Unis contre le « colonialisme français ». Il pensa brusquement que Waïtari était moins peut-être un nationaliste africain qu'un nouvel exemple de la division des Français entre eux. Même le *curriculum vitae* que Waïtari lui remit le lendemain, avec l'exposé de ses buts et le « sens » de son action, était profondément français : les lycées, les bourses d'études mentionnées avec fierté, le doctorat en droit, les articles publiés, les différents groupements et partis politiques auxquels il avait appartenu, et ses démissions successives, les commissions parlementaires — rien n'y manquait. Pas un noir en Amérique n'eût pu suivre la même filière dans son pays ni se réclamer de ce degré d'intégration. Waïtari était un chef-d'œuvre français, et le seul défaut de ce chef-d'œuvre était d'être trop bien réussi, et de demeurer isolé : son ambition était à la mesure de sa solitude. Il n'existait pas en pays Oulé ni dans toute l'A.E.F. de place qui pût répondre à un tel besoin de grandeur : sa formation avait fait de Waïtari un homme condamné aux sommets. Fields se rappela à nouveau ce que son ami l'écrivain noir Georgie Penn lui avait dit de l'ancien député de Sionville à son retour d'Accra : « Lorsqu'on entendra vraiment parler de l'Afrique, on entendra surtout ce nom-là... A moins que les Français n'en fassent leur premier ministre — s'ils sont assez malins pour ça... » (Fields tint parole et donna à la déclaration et aux exposés de Waïtari toute la diffusion qu'il put. Mais les résultats furent assez limités. L'opinion aux ÉtatsUnis se passionnait pour Forsythe et Morel, et se refusait à voir derrière leur activité des motifs politiques. Le public américain, comme d'habitude, réagissait beaucoup plus à ce qui le touchait dans sa sensibilité qu'à ce qui faisait appel à des considérations idéologiques. Or le reportage de Fields sur le Kuru, les photos d'éléphants abattus dans des conditions dont les photos antérieures sur la sécheresse et sur la souffrance des troupeaux avaient souligné encore l'atrocité, touchaient les sensibilités beaucoup plus directement que les motifs politiques pouvant à la rigueur justifier une telle expédition. La sympathie et l'intérêt immédiat que soulevait dans le public tout ce qui touchait aux animaux était un trait bien connu des directeurs de journaux, qui tablaient dessus à coup sûr en période creuse. A cet égard, Fields aimait à citer l'anecdote suivante : avant la guerre, il avait publié dans un magazine à fort tirage un reportage photographique, qui représentait des tortues géantes gisant sur le dos avant d'être jetées vivantes dans des cuves d'eau bouillante pour être transformées en soupe de conserve. Après cette publication, la vente du magazine avait augmenté de cinq pour cent. Fields ne sut jamais l'effet que son reportage avait eu sur la vente de la tortue en conserve. Il présumait qu'elle était demeurée ce qu'elle était auparavant.)

XXXVIII

Pendant tout le temps qu'il demeura sur le Kuru, Fields fit ce qu'il put pour obtenir de Waïtari une amélioration du traitement qui était infligé à Morel et à ses compagnons. Dès le début, il protesta violemment contre les « tortures » auxquelles ils étaient soumis, avec une émotion, une indignation si sincères que Waïtari lui fit observer, avec un peu de mépris, que les Américains avaient trop tendance à qualifier de « tortures » tout ce qui était un manque de confort.

— Lorsque vos prisonniers sont rentrés de Corée, ce qu'ils appelaient « tortures communistes », c'étaient les conditions de vie de la grande masse des peuples asiatiques depuis des siècles qu'on leur avait fait partager pendant quelques mois...

— Peut-être bien, dit Abe Fields, mais la question est de savoir si vous voulez gagner à votre mouvement les sympathies du public américain ou si ses réactions vous sont indifférentes... A l'heure actuelle, ce public vous ignore, mais il se passionne pour l'aventure de Morel. Et qu'est-ce que vous faites ? Au nom de la liberté et du droit des peuples à disposer d'eux-mêmes, vous commencez par massacrer les éléphants pour des raisons qui sont, mettons, un peu trop théoriques et idéologiques pour les lecteurs des journaux américains — quant à Morel, dont la presse, à tort ou à raison, a fait un héros populaire presque légendaire, vous le gardez avec ses compagnons pieds et poings liés depuis vingt-quatre heures, par une chaleur accablante... Je vous dis ça parce que vous paraissez sincèrement préoccupé de toucher l'opinion publique des États-Unis. Je sais que c'est bête, mais on réagit beaucoup plus chez nous à tout ce qui touche la sensibilité dans les idéologies... Et moi, mon métier est de dire tout ce que j'ai vu, comme je l'ai vu. Je suis photographe.

Waïtari l'interrompit avec une impatience qui devenait presque de la colère.

— Je crois que je ferais mieux de vous poser tout de suite une ou deux questions.

— Allez-y.

— Êtes-vous, oui ou non, pour la liberté des peuples africains ? Êtes-vous, oui ou non, pour ou contre le colonialisme ? Vous êtes le seul journaliste ici, et il vous sera trop facile de présenter ce que nous faisons sous un jour tendancieux.

Le nez d'Abe Fields commençait à émettre des sifflements irrités.

— Écoutez-moi, monsieur, dit-il en élevant un peu la voix. Je suis certainement contre le colonialisme. Je suis pour la liberté de tout le monde. Même celle des Français, et je ne raffole pas particulièrement des Français... Ni de personne. Seulement, il y a un quart de siècle que je prends des photos de l'Histoire, avec un grand H, et ça finit par vous donner, malgré tout, une drôle de sympathie pour les éléphants... Je ne crois pas me tromper en vous disant que des millions de gens dans le monde ont beaucoup plus de sympathie pour Morel que vous ne paraissez vous en douter... Vous devriez compter avec ça. Ce serait de la bonne tactique...

— Vous êtes vraiment un porte-parole de l'Occident, monsieur, fit Waïtari.

Une note de persiflage : mais Fields avait l'habitude des intellectuels français.

— Je ne sais pas. Je ne sais pas jusqu'à quel point le public soviétique, par exemple, est au courant de l'aventure de Morel. S'il l'est, il me semble qu'un ouvrier russe, qui peine huit heures par jour à visser des boulons et, le reste du temps, écoute des discours sur la nécessité de visser plus de boulons, plus vite, avec plus d'enthousiasme, je crois que cet ouvrier soviétique aurait une très grande sympathie pour Morel et ce qu'il essaie de sauver...

L'entretien avait lieu dans une des paillotes, que Waïtari avait transformée en quartier général. Il était assis devant une caisse de munitions qui lui servait de table. Une carte de la région était dépliée sous sa main, à côté d'un paquet de cigarettes, d'un briquet et de son képi bleu horizon aux cinq étoiles noires. Un Soudanais en coiffe jaune se tenait devant la paillote. A la droite de l'ancien député des Oulés, un des jeunes gens qui l'accompagnaient partout était immobilisé dans une attitude de raideur militaire, une main sur le revolver accroché à son baudrier de cuir. Abe Fields louchait de temps en temps vers ce baudrier soigneusement astiqué. Il avait horreur des baudriers et même du cuir en général : il y avait, entre le cuir et la brutalité, une association intime qui venait du fond des siècles. Le jeune Africain était carré d'épaules, dur de visage — beau dans sa dureté, d'ailleurs, du point de vue strictement personnel du cameraman. Toute cette mise en scène était d'autant plus troublante qu'elle n'était pas calculée, mais correspondait à quelque besoin psychologique profond : cela rappelait à Fields des souvenirs pénibles. Abe Fields était sans doute ce qu'il y avait de plus anticuir au monde : ç'avait fini par devenir une véritable phobie. Depuis qu'il était entré dans la paillote, il luttait contre ce sentiment d'animosité. Il essaya de se dire que cette atmosphère « Permanence du Parti » ou « Quartier général » n'était pas nécessairement le signe d'une nouvelle saison du cuir en train de se préparer, mais de la solitude d'un homme qui cherchait ainsi à se donner l'illusion d'une appartenance, d'une organisation, d'une fraternité d'action autour de lui. Et cet Africain avait été trop nourri des traditions de la grandeur militaire française pour ne pas rêver de s'égaler à elle. Le képi bleu aux étoiles noires était un dernier et tragique hommage à la France. C'est tout de même étonnant à quel point les Français ont réussi leurs conquêtes partout où ils sont passés, pensa Fields. Ce noir allait, d'un moment à l'autre, se réclamer de Jeanne d'Arc ou de La Fayette, de la Résistance, de Charles de Gaulle et de la Révolution. Fields serait probablement parvenu à faire entièrement abstraction de cette atmosphère « historique » pénible s'il n'y avait pas eu les coups de feu au-dehors et les barrissements des éléphants en train de crever.

— Vous ne comprenez pas du tout, dit Waïtari.

Il prit une cigarette dans le paquet. Il portait au

poignet une montre en or très compliquée, avec trois cadrans intérieurs. C'était de toute évidence le dernier mot en matière de précision moderne. Fields fut également sensible à la beauté des mains. C'est même émouvant de voir à quel point les mains humaines peuvent encore être belles, malgré tout, pensa-t-il.

— Je ne demande qu'à comprendre, vous savez.

— La bourgeoisie française aux abois utilise des hommes comme Morel pour cacher, derrière ses rideaux de fumée idéalistes et humanitaires, un certain nombre de réalités hideuses. Cette fumée, ce sont les grands mots, les grandes proclamations oratoires, liberté, égalité, fraternité, le noble souci de protéger avant et par-dessus tout la faune africaine... Les éléphants de Morel, c'est ça. Les réalités hideuses, c'est le colonialisme, la misère physiologique, le maintien de deux cents millions d'hommes dans l'ignorance crasse pour retarder ainsi leur émancipation politique. Je suis en train de dissiper ce rideau de fumée avec éclat. Par tous les moyens dont je dispose... Ainsi que vous le voyez. Il est très habile, très commode, de nous lâcher dans les jambes un « héros populaire », pour utiliser votre expression, de prétendre que tous ces désordres sont dus à un excentrique préoccupé exclusivement de défendre les éléphants contre les chasseurs. Jolie légende, en effet, astucieusement fabriquée pour endormir l'opinion publique... Mais voilà : la réalité refuse de se laisser faire. Nous nous refusons à demeurer plus longtemps cachés par ces nuages du légendaire et du fabuleux... Il faut qu'on nous voie, il faut qu'on voie la réalité africaine, avec toutes ses plaies. Il est d'ailleurs probable que votre « héros populaire » a été grassement payé par les colonialistes pour semer la confusion...

— Vous le croyez sincèrement ?

— Comment expliquez-vous autrement la complaisance, pour le moins étrange, des autorités à son égard ? Admettons cependant que ce soit un illuminé qui croit vraiment en ce qu'il fait. Mon devoir est de dissiper tout malentendu à cet égard. Ce qui compte, c'est l'indépendance de l'Afrique. Ce ne sont pas les éléphants...

Il fit un geste brusque de la main.

— Soyons sérieux. Le destin des peuples africains nous est plus précieux que les jolies légendes. Je ne dis pas que Morel est un agent du Deuxième Bureau, je dis qu'il mérite de l'être. Nous sommes en train de dissiper le rideau de fumée. On ne veut pas nous voir : on nous verra.

Fields se demanda quelle proportion de « je » il entrait dans ce « nous ».

— Ceci dit, et par égard pour vos scrupules, si votre « héros populaire » me donne sa parole qu'il va se tenir tranquille et qu'il ne tentera rien pendant que nous sommes là, je suis prêt à le détacher. Je ne peux pas m'offrir le luxe d'immobiliser trois hommes pour le garder, j'en ai besoin ailleurs.

Fields ne pensa pas un seul instant que Morel accepterait cette condition, mais à sa surprise, le Français le fit sans difficulté. Il considérait visiblement cette bataille perdue comme une simple péripétie de la lutte qu'il avait entreprise et dont il acceptait d'avance les hauts et les bas. Il ne paraissait ni abattu ni, encore moins, découragé. Incroyablement sale, les joues noires de poils, les mains liées derrière le dos, sentant l'étable, sous le canon de la mitraillette qu'un Soudanais inquiet braquait dans sa direction, on le sentait soulevé par quelque invraisemblable et coriace confiance, quelque invincible obstination. Sa folie devait consister justement en cela : ne jamais se décourager. Un con, pensa Abe Fields, en français : c'était le seul mot qui convenait. Un imbécile heureux, qui refuse de se rendre à l'évidence. Et pourtant, les preuves ne manquaient pas : il n'y avait pas seulement les barrissements des éléphants en train de crever sur le lac, mais aussi l'échec de la conférence pour la protection de la faune africaine, qui s'était séparée sans être parvenue à modifier le statut des grandes chasses. On allait tirer les éléphants comme avant : au nom du progrès, de l'industrialisation intensive, du besoin de viande, ou pour la beauté du coup de fusil. Mais Morel se conduisait comme s'il n'était pas suffisamment renseigné là-dessus. On ne lui avait manifestement jamais appris à vivre. Il y avait bien un accent de tristesse dans sa voix, mais à peine perceptible.

— Il faudra inventer une piqûre spéciale, grommela-t-il. Ou des comprimés. On trouvera bien ça un jour. J'ai toujours été un gars confiant, moi. Je crois au progrès. On mettra sûrement en vente un jour des comprimés d'humanité. On en prendra un à jeun le matin dans un verre d'eau avant de fréquenter les autres. Alors, là, du coup, ça deviendra intéressant et on pourra même faire de la politique... Il veut ma parole que je ne bougerai pas de la case, s'il nous détache ? Je la lui donne. A condition qu'il nous laisse des armes et nos chevaux, quand il s'en ira.

— Il l'a promis.

— Bon. Qu'est-ce qu'il veut qu'on fasse ? D'ailleurs, on est désarmés. On pourrait évidemment leur cracher dessus, mais ce serait inefficace. Moi, je suis pour l'efficacité. J'aime les tâches précises, limitées, possibles... Je ne suis pas un rêveur. C'est pourquoi je suis ici...

Il rigolait presque. Fields remarqua pour la première fois qu'il portait, épinglée sur sa chemise, une petite croix de Lorraine. C'était l'insigne adopté pendant la dernière guerre par une poignée de Français qui avaient refusé d'accepter la défaite de 1940 et s'étaient rangés autour d'un général aujourd'hui éloigné, Charles de Gaulle, lui aussi un homme qui croyait aux éléphants. Ce petit insigne expliquait pas mal de choses et, en tout cas, l'air de confiance qu'avait Morel. Ses compagnons paraissaient eux-mêmes gagnés par la contagion. Car il était contagieux, Abe Fields n'avait à cet égard aucun doute. Il commençait à se sentir lui-même atteint : son cœur avait des élans presque indécents et il avait, il en était conscient, aux lèvres, un sourire particulièrement idiot. Peer Qvist, un sourcil gris écroulé sur une paupière, l'autre levé sur un glaçon malicieux, observait le reporter avec intérêt, mais on disait du vieil écologiste qu'il cachait sous son apparence de patriarche un humour particulièrement féroce, ainsi qu'un besoin marqué de faire parler de lui. Il était normal qu'il fût là, au plus profond de la bagarre, puisque son nom était intimement lié depuis cinquante ans à toutes les campagnes pour la protection de la faune et de la flore. Il faisait son métier, soutenait sa réputation — tout au plus pouvait-on se demander si sa réputation ne lui était pas aussi chère que les espèces qu'il défendait, ainsi que certains de ses confrères le prétendaient ouvertement. Mais que dire de cette fille, cette Allemande, qui se tenait à côté de Morel avec sa mine de fierté, d'exaltation, presque de bonheur, comme si elle avait atteint enfin quelque chose que personne ne pourrait plus jamais lui enlever ? Ce n'était pourtant qu'une pauvre entraîneuse, et il paraissait difficile d'imaginer qu'elle aussi était venue se mêler à cette aventure pour témoigner de quelque confiance profonde, de quelque refus de s'incliner et de désespérer, et que l'on pouvait sortir de l'Allemagne nazie, des ruines de Berlin et des mains des soldats conquérants, avec toutes ses illusions intactes et une confiance têtue dans les beautés de la nature. Il était plus facile et plus vraisemblable de l'imaginer venue là comme une simple suiveuse — Morel était d'ailleurs assez « beau gars » dans le genre un peu vulgaire, avec ses mèches rebelles, ses yeux bruns, son joli menton, — malgré sa façon déplorable de se racler la gorge, — et ses lèvres bien françaises, dont la gouaille avait parfois comme un accent d'immortalité.

(Fields devait se défendre contre des élans de sympathie rétrospective, lorsqu'il lui arrivait de parler de Morel à ses compatriotes, dans le petit bar américain de Paris où il tenait ses assises. « Quelqu'un, je ne sais plus qui à Fort-Lamy, avait trouvé pour Morel un surnom qui lui allait bien : c'était, disait-il, un *esperado.* Une nouvelle espèce d'homme surgie victorieusement du fond de l'ignominie. Inutile de vous dire que je n'en suis pas. J'avoue cependant qu'il est agréable de savoir qu'il y a quelqu'un, quelque part, qui va droit son chemin, envers et contre tous, cela vous permet de dormir tranquille. »)

Forsythe lui-même était non moins que les autres touché par cette contagion de gaieté, par cet extrémisme de l'espoir qu'aucune évidence contraire ne paraissait capable d'entamer. Sur son visage tuméfié, les taches de rousseur trouvaient encore assez de place entre les bleus pour composer une grimace joyeuse.

— Vous allez voir, ça va s'arranger, lança-t-il à Fields. L'Occident est déjà en train de nous acclamer, d'après ce que vous me dites vous-même. Il n'y a plus qu'à attendre les démocraties populaires. L'union va se faire autour de nous, je vous le dis. Je m'attends d'un moment à l'autre à recevoir un télégramme de mes « interrogateurs » de Chine et de Corée, conçu à peu près ainsi : « Regrettons sincèrement malentendu passé stop prenons mesures immédiates pour assurer protection éléphants stop commission de savants ayant faussement témoigné emploi guerre bactériologique par nos frères américains vient avouer activité saboteurs et provocateurs au service anti-parti stop ses membres condamnés travaux forcés perpétuité stop vive amitié entre peuples fraternellement unis pour défense de la nature. » Je vous assure, il n'y a pas lieu de se décourager.

Abe Fields vérifia sa caméra et prit de lui une bonne photo, avec ses cheveux roux dans les stries de lumière qui se glissaient entre les herbes sèches de la paillote, son mouchoir à pois rouges autour du cou, sa gueule de boxeur entre deux rounds et son torse nu — il prit la photo bien plus pour se défendre contre la vague de contagion sympathique qui déferlait sur lui que pour tout autre motif.

— Vous pouvez donc lui donner ma parole, répéta Morel, à condition qu'il nous laisse des armes et nos chevaux pour continuer...

Il suivit Abe Fields d'un regard amical. C'était un brave, ce petit photographe. Courageux et désireux de vous aider, tout bouillonnant de bonne volonté sous son apparence indifférente. Il ne faudrait pas le presser beaucoup pour qu'il remplaçât sa caméra par une mitraillette et qu'il se lançât résolument au secours des géants menacés. Disgracieux, chétif, myope, avec ses cheveux et son nez juifs, sans doute plus amoché par son accident qu'il ne voulait l'admettre, on le sentait tout prêt à voler au secours d'une cause immortelle.

C'était d'ailleurs une chance qu'il fût là et il était important qu'il prît de bonnes photos : cela allait remuer l'opinion publique et c'était ce qu'il fallait. Car il fallait que l'opinion publique sût qu'en ce siècle de défaitisme et d'acceptation, des hommes continuaient à lutter pour l'honneur du nom d'homme et pour donner à leurs espoirs confus un élan nouveau. Tôt ou tard, cette aspiration informulée qui les habitait allait se frayer un chemin à l'air libre, prendre corps, éclater à la surface comme une triomphale floraison. Du Baïkal à Grenade et de Pittsburgh au Tchad, le printemps souterrain qui vivait sa vie cachée dans la profondeur des racines allait surgir à la surface de la terre de toute la puissance irrésistible de ses milliards de pousses faibles et tâtonnantes. Il pouvait presque entendre ce lent cheminement vers l'air libre et la lumière, ce bruissement timide et clandestin. Il était très difficile de percevoir ces petits craquements, à peine audibles et biscornus, des souches qui cherchent à se frayer un chemin à travers toute l'épaisseur d'une acceptation millénaire. Mais il avait une oreille très fine et exercée à suivre sur toute l'étendue du globe la lente poussée, millimètre par millimètre, de ce vieux et difficile printemps...

*

LE CINÉMA SOVIÉTIQUE ?
CE QUE DOIT ÊTRE
NOTRE CINÉMA SOVIÉTIQUE.
VOILÀ CE QUE LE PUBLIC SOVIÉTIQUE
ATTEND DE SON CINÉMA

Deux hommes sortaient de l'immeuble de la *Pravda* à Moscou et marchaient à petits pas vers la rue où passait le tramway. L'un était grand, maigre, le dos voûté par un excès de taille et les heures de bureau ; il marchait les mains derrière le dos, les lunettes sur le nez, il avait une petite barbiche noire et s'appelait Ivan Nikitych Touchkine. L'autre était plus petit et moins osseux, il avait même un visage rond assez confortable ; il s'appelait Nikolaï Nikolaïevitch Riabtchikoff, et à chaque pas que faisait son ami, il était obligé d'en faire deux pour se maintenir à son allure, ce qui lui donnait une démarche trottinante et pressée. Les deux hommes étaient inséparables depuis vingt ans, assis face à face au même bureau, dans le même coin de la salle de documentation du journal, où ils étaient employés comme traducteurs, l'un pour l'anglais, l'autre pour le français ; ils partageaient avec deux autres familles un appartement de trois pièces dans la Komsmolskaïa.

— *Ddaa...* fit Ivan Nikitych Touchkine, qui commençait toujours ses conversations par cet acquiescement, habitude à laquelle son ami ne prêtait plus attention. *Ddaa...* Les millionnaires de Wall Street ne savent visiblement plus quoi inventer pour détourner l'attention du peuple américain de la crise économique qui le menace et des préparatifs de guerre... Voilà des semaines qu'ils consacrent la première page de leurs journaux aux aventures, probablement inventées de toutes pièces, de ce Français qui est soi-disant allé en Afrique centrale pour défendre les éléphants contre les chasseurs... Voilà la nourriture intellectuelle qu'ils donnent chaque matin à leurs lecteurs. Je suis naturellement obligé d'ingurgiter ça dans les moindres détails... Cela devient même fatigant. Il m'arrive d'en rêver la nuit. L'autre nuit, figurez-vous, Nikolaï Nikolaïevitch, j'ai rêvé de troupeaux entiers d'éléphants en liberté fonçant droit devant eux à travers la brousse, cassant tout, piétinant tout, faisant trembler la terre...

— Oui, je vous ai entendu soupirer dans votre sommeil, Ivan Nikitych, dit son compagnon. Je vous ai entendu soupirer et je me suis dit : Ah ah ! notre Ivan Nikitych fait de beaux rêves.

— Ça se passe aussi dans votre secteur linguistique, Nikolaï Nikolaïevitch ; qu'est-ce qu'on en dit dans les journaux français ?

— Il est très difficile de se faire une opinion là-dessus. Les journaux progressistes de Paris ont d'abord présenté l'affaire sous un jour favorable. On avait cru au début qu'il s'agissait là d'une manifestation anticolonialiste, la chasse à l'éléphant étant un exemple typique de l'exploitation des richesses naturelles de l'Afrique par les monopolistes occidentaux. Mais il semble à présent que ce Morel est un agent du Deuxième Bureau français, envoyé en Afrique pour tenter une manœuvre de diversion : on veut détourner l'attention de l'opinion publique mondiale de la révolte des peuples africains et de leurs légitimes aspirations... Tout cela témoigne clairement du désarroi dans le camp occidental.

— *Ddaa...* fit Ivan Nikitych Touchkine.

Les deux amis marchèrent un instant en silence. Tout à l'heure, ils allaient tenter de se trouver une place dans le tramway bondé, faire la queue devant un magasin pour leurs provisions, rentrer dans leur chambre et attendre leur tour d'occuper la cuisine pendant la demi-heure qui leur était assignée. Mais ils avaient l'habitude. Ils n'avaient, l'un et l'autre, que quarante ans, et leurs pères avaient déjà été de petits scribes mal payés de l'administration tsariste. Le dimanche, ils allaient se promener à la campagne et dépliaient leurs échines en faisant du canotage ensemble. Ivan Nikitych Touchkine ôtait ses lunettes, Nikolaï Nikolaïevitch Riabtchikoff retroussait ses manches, ils se regardaient en souriant.

— Paré ?

— Paré !

Et saisissant les rames, ils y allaient vigoureusement, les dents serrées, l'œil rageur, bégayant parfois des injures, labourant l'eau, le visage cramoisi, jusqu'à épuisement total de leurs forces. Le lendemain à huit heures du matin, ils étaient à leur bureau.

— *Ddaa...* soupira Ivan Nikitych. Remarquez, Nikolaï Nikolaïevitch, les éléphants sont des bêtes intéressantes. Je regrette que le cinéma soviétique ne nous donne pas plus fréquemment l'occasion de les admirer dans leur élément naturel, la liberté. L'éléphant, Nikolaï Nikolaïevitch, mérite d'être étudié avec attention. Ils en ont bien deux au jardin zoologique, j'y vais parfois avec mes neveux pour qu'ils puissent s'instruire et voir un peu à quoi ça ressemble, mais...

Il n'acheva pas sa phrase et soupira.

— Il y avait aussi un excellent numéro de dressage

d'éléphants au cirque, l'hiver dernier, dit Nikolaï Nikolaïevitch... Je ne sais si vous vous en souvenez.

— *Ddaa...* grommela Ivan Nikitych.

— C'est même étonnant de voir ce qu'un dompteur adroit et résolu peut faire avec des bêtes aussi énormes et aussi puissantes... On aurait dit des moutons. Il y en avait qui dansaient et d'autres qui se dressaient sur leurs pattes de derrière, ou bien se couchaient sur le flanc et on pouvait leur marcher dessus... Très remarquable. Il paraît que notre dressage est le meilleur du monde.

Autour d'eux, Moscou bourdonnait d'une vie intense : des immeubles nouveaux et des réalisations d'hygiène, d'industrie, sortaient à vue d'œil du sol, le nombre des voitures et des richesses en circulation augmentait de minute en minute, tout un peuple accédait enfin au bien-être matériel, mais Ivan Nikitych Touchkine continuait à rêver tout haut aux splendeurs de la nature.

— *Ddaa...* L'autre jour, je regardais les deux éléphants derrière la grille, ils ont fini par me faire pitié. Je me suis dit : c'est dommage. Les éléphants ne sont pas faits pour vivre comme ça. Ils ont besoin d'espace. Ils sont faits pour vivre en liberté. Des bêtes aussi magnifiques, ça doit être respecté...

— Je suis de votre avis. J'ai éprouvé moi-même à plusieurs reprises ce sentiment...

— Bien sûr, ils sont là pour l'édification de la jeunesse. Il faut que la jeunesse de nos écoles sache à quoi ça ressemble, comment c'est fait, comment ça vit — c'est, bien entendu, indispensable. Ça leur permet d'approfondir leurs connaissances en histoire naturelle... Autrement, ils ne sauraient même plus à la fin que ça existe...

Nikolaï Nikolaïevitch fut frappé par l'accent de tristesse de la voix de son ami. Il marchait de son pas coutumier vers l'arrêt du tramway, pour prendre sa place dans la queue, mais son regard paraissait voilé et, les mains croisées derrière le dos, il continuait à rêver tout haut aux splendeurs de la nature.

— Remarquez, ils ont de la place, derrière la grille, ce n'est certes pas une cage... Mais ce n'est pas ça.

Surtout, lorsqu'on sort du bureau et qu'on a besoin de se changer les idées par la contemplation de la nature. C'est sur ce point que je trouve le cinéma soviétique tout à fait déficient... Et même intolérable ! Donnez-nous, camarades cinéastes, ce dont nous avons besoin ! Montrez-nous, camarades, les grands troupeaux d'éléphants en liberté... Cent éléphants, cent cinquante éléphants... Mille éléphants, que le diable m'emporte !

— Je vous en prie, Ivan Nikitych, ne criez pas... Tout cela est évidemment comme vous dites... Mais pas dans la rue...

Ivan Nikitych se tourna vers lui, arrêté au milieu du trottoir. Des passants le regardaient avec curiosité :

— Vous me direz : pardon, Ivan Nikitych, chez nous ce n'est pas possible, notre terre russe n'a jamais connu d'éléphants en liberté... Mais c'est là justement que je vous réponds : et le cinéma, camarades ? Et notre cinéma soviétique, ça sert à quoi ? Qu'est-ce qu'il attend, je vous le demande, pour nous donner ce dont nous avons besoin ? Ah ! qu'est-ce qu'il attend ?

— Je vous en prie, Ivan Nikitych, ne criez pas...

— Je ne crie pas. Je m'exprime, c'est tout. Je m'adresse aux responsables du cinéma soviétique et je leur dis : assez ! Il faut, camarades cinéastes, que ça change ! Pourquoi nos studios n'envoient-ils pas quelques équipes de prises de vues en Afrique, là où il y a encore des éléphants en liberté, qu'on nous les montre, qu'on nous les amène sur nos écrans, qu'on puisse au moins regarder ça une fois, avant de crever ?...

Il gesticulait énergiquement. Un petit attroupement s'était formé autour d'eux et les gens l'écoutaient avec intérêt ; Nikolaï Nikolaïevitch le tirait nerveusement par la manche. Mais Ivan Nikitych était tout entier à son irrésistible élan.

— Montrez-nous, camarades cinéastes, les grands espaces ouverts, le ciel avec des millions d'oiseaux, la savane avec ses girafes, ses antilopes, ses lions... Faites-nous voir des lions, camarades cinéastes soviétiques, des lions en liberté ! Faites-nous voir le rhinocéros puissant, l'orang-outang sauvage, l'extraordinaire variété d'oiseaux qu'il y a partout, chacun vêtu à sa manière, chacun chantant à sa façon, avec ses couleurs à lui, ses plumes à lui, son nid à lui, ses habitudes à lui, ses fantaisies dans le ciel ! Et surtout, camarades soviétiques, faites-nous voir des éléphants ! Une charge d'éléphants, qui passe à travers tout, qui renverse tout, qui enfonce tout, qui fout tout en l'air, que rien ! rien ! ne peut arrêter : la terre tremble, les forêts s'écartent — voilà ce que nous attendons du cinéma soviétique, camarades ! Le peuple soviétique a tout de même le droit d'exiger que son cinéma lui donne ce dont il a besoin ! Notre cinéma soviétique doit être le reflet fidèle des besoins et des aspirations profondes et irrésistibles de l'homme soviétique...

Quelqu'un lui mit la main sur le bras. Ivan Nikitych Touchkine assura ses lunettes sur son nez. Une vingtaine de personnes se pressaient autour de lui et l'observaient avec curiosité. Quelques-unes riaient. D'autres ne riaient pas. L'homme qui lui avait mis la main sur l'épaule s'adressa à lui avec l'accent incontestable de l'autorité.

— Voulez-vous circuler, camarade, au lieu de provoquer des attroupements...

— Mais.

— Il n'y a pas de mais. Vous préférez peut-être me suivre au poste ?

— J'expliquais seulement à un ami ce que doit être selon moi le nouveau cinéma soviétique...

Il chercha désespérément dans la foule le visage de Nikolaï Nikolaïevitch, mais celui-ci avait disparu. Ivan Nikitych Touchkine se passa sur le front une main tremblante.

— Je vous demande pardon, bégaya-t-il. J'ai dû prendre froid...

Son dos se voûta encore davantage et il s'en fut tristement prendre sa place dans la queue.

Le député français Jean Dubord était assis sur un tabouret au comptoir d'un café, boulevard Saint-Germain, le pardessus ouvert, le foulard autour du cou, et écoutait d'une oreille distraite le barman qui lui exposait son point de vue sur ce dingue, défenseur des éléphants en Afrique. Les journaux du soir ne parlaient que de ça. Le député était préoccupé. Il essayait de se rappeler à quelle formation politique il appartenait. Son parti s'était scindé en deux, les éléments des extrémités de chaque tronçon se repliant eux-mêmes par des systèmes d'imbrication vers trois formations diverses, lesquelles exécutaient un mouvement tournant autour du centre afin de s'y substituer, cependant que le centre lui-même subissait un glissement vers la gauche dans ses éléments centripètes et vers la droite dans ses éléments centrifuges. Le député Jean Dubord était à ce point dérouté qu'il en venait à se demander si son devoir de patriote n'était pas de susciter lui-même la formation d'un groupement nouveau, une sorte de noyau centre-gauche-droite avec apparentements périphériques, lequel pourrait fournir un pivot stable aux majorités tournantes, indépendamment des charnières qui articulaient celles-ci intérieurement, et dont le programme politique pourrait être justement de sortir du rôle de charnière pour accéder au rôle de pivot. De toute façon, le seul moyen de s'y retrouver était d'avoir un groupe à soi. Il leva brusquement vers le barman un regard désemparé.

— Eh bien moi, je vais vous dire ce que c'est, votre histoire d'éléphants, dit-il. C'est encore un mouvement antiparlementaire...

Le barman parut extrêmement étonné.

— Comment ça ?

— Toute cette histoire de vague de fond, de colère populaire, de force irrésistible, de masse, on connaît ça... Les éléphants vengeurs qui renversent tout sur leur passage, il faut être con pour ne pas comprendre ce que cela veut dire. On veut renverser le régime par la force.

— Mais pardon, pardon, monsieur le Député, dit le barman. Un type, en Afrique, va vivre parmi les éléphants, réclame qu'on les protège, et les défend contre les chasseurs. Qu'est-ce que cela a à voir avec le régime ?

— C'est un truc pour lancer un nouveau mouvement totalitaire, voilà ce que c'est, votre Morel. On commence par dire que les éléphants sont menacés, et puis on les invite à marcher sur le Parlement... Il y a un mois que toute la presse réactionnaire ne parle que de Morel et de ses troupeaux... C'est cousu de fil blanc. On veut soulever contre nous le peuple. Encore un « sauveur », un « défenseur »... On veut exciter contre nous les masses populaires...

Il se laissa glisser de son tabouret, mit cent francs dans la soucoupe et s'éloigna, les mains dans ses poches bourrées de journaux, le cache-nez pendu tristement autour du cou... Il était facile de prendre un billet d'avion et d'arriver au Tchad, mais une fois là-bas, que ferait-il ? Il était très peu probable qu'il pût parvenir à établir discrètement un contact avec Morel, encore moins à le rejoindre. On allait dresser autour de lui un barrage de fonctionnaires empressés et il était exclu, dans ces conditions, qu'il pût arriver jusqu'à Morel ne fût-ce que pour lui serrer la main. Il se mit à marcher dans la rue, la tête basse, mâchonnant son mégot et se demandant s'il n'allait pas après tout interpeller le gouvernement sur la protection de la faune africaine.

Dans une clinique privée de Neuilly, un homme sortit dans le couloir et s'arrêta, un pardessus gris jeté sur les épaules. Le médecin le rejoignit presque immédiatement et lui dit quelques mots d'encouragement qu'il n'entendit pas. C'était un homme jeune et sa femme venait de mourir d'un cancer foudroyant de l'utérus. Ils étaient mariés depuis un an et il adorait sa femme. Le plus curieux était qu'il ne se sentait pas victime d'une injustice particulière. L'injustice qu'il venait de subir était une simple application de la loi, une loi biologique tout aussi crapuleuse, immonde et cynique que certaines lois humaines, comme par exemple les lois de Nuremberg. C'était une loi qui ne pouvait être abrogée, mais seulement tournée, et dans les laboratoires des hommes essayaient astucieusement de mieux la connaître pour tenter de composer avec elle. Dans le monde entier, les savants travaillaient avec acharnement à élaborer un compromis. Le médecin lui avait mis une main sur l'épaule et continuait à recommander le courage. Du fond de sa détresse, l'homme se rappela soudain qu'il existait au moins quelqu'un, quelque part, qui refusait les compromis, qui refusait de composer, qui ne transigeait pas avec l'injustice. Il regarda le médecin.

— Vous n'avez pas le journal d'aujourd'hui ?

Le médecin ne comprit pas. La jeune femme venait de mourir et au cours des dernières quarante-huit heures cet homme paraissait avoir souffert au moins autant qu'elle. Et le voilà maintenant qui demandait le journal...

— Si.

Il fouilla dans sa poche sous sa blouse blanche et lui tendit le journal du soir. L'homme le prit et le déplia avidement. Ses yeux coururent rapidement de page en page, puis s'arrêtèrent...

— Il résiste toujours, dit-il, avec satisfaction. C'est qu'on n'en vient pas à bout aussi facilement qu'ils le croient... Moi qui depuis quelques jours commençais à être inquiet... Mais il tient toujours, notre ami.

Il rendit le journal au médecin éberlué et se mit à marcher dans le corridor, d'un pas sûr, la tête haute, les paupières rouges et gonflées, mais souriant.

La rumeur que l'arrestation de Morel était imminente s'était répandue à Fort-Lamy, reprise aussitôt par les journaux du monde entier. Et parmi tous ceux qui pensaient parfois à lui avec une satisfaction secrète, comme s'ils l'eussent tacitement chargé de les représenter dans tout ce qu'il y avait en eux d'avorté, de raté, d'accepté, de subi, dans ce besoin à la fois véhément et vague de « leur dire un jour ce que je pense d'eux », de « sortir de tout ça », « leur montrer », « en finir », tous ceux qui « en » avaient assez, sans bien se rendre compte de quelle grandeur illimitée ce petit pronom se parait en la circonstance, tous ceux qui se sentaient vengés par ce refus d'accepter et de subir, exprimé en leur nom, et secrètement flattés par ce qu'ils prenaient pour une manifestation de dégoût et de mépris qui ne les visait pas personnellement — c'étaient d'ailleurs les mêmes qui se sentaient personnellement flattés lorsque le capitaine Carlsen demeurait trois jours accroché à son épave en haute mer — tous ceux qui avaient depuis longtemps échoué dans leur entreprise — de garder pignon sur rue — et se contentaient de tenir le coup dans leur arrière-boutique, en attendant l'heure de la fermeture ; tous ceux qui attribuaient par erreur à leurs petits ennuis matériels une rancune qui venait de bien plus loin et qui coulait dans leurs veines avec le sang même de l'espèce, tous ceux-là, donc, se sentirent irrités et dépités à cette pensée : celui qui exprimait si bien leur aspiration impossible d'en sortir, de surmonter leur destin, d'être autre chose — des hommes, enfin ! — allait être amené entre deux gendarmes et menottes aux poings comme n'importe quel perceur de murailles. Il y avait évidemment d'autres, tout aussi nombreux, qui retournaient en ricanant à leur apéritif dans leur petit coin et poussaient un bon soupir de soulagement à l'idée qu'ils avaient eu raison de ne rien tenter, parce qu'il n'y avait décidément « rien à faire », ainsi qu'ils l'avaient dit dès le début, et que, « dans la vie, il faut savoir se résigner » — ceux-là se décernaient évidemment des certificats de sagesse et de modération et retrouvaient la paix de l'esprit, ce qui est très important dans le métier. Mais chez tous ceux qui aspiraient à une vie autre que celle de jetons de présence dans les circuits de distribution, la nouvelle de l'arrestation de l'homme qui avait choisi les éléphants provoqua une sorte de consternation. Personne ne l'avouait : on ne pouvait tout de même pas avouer qu'on n'était pas content d'être ce qu'on était ; seuls les faillis notoires et qui n'avaient plus rien à cacher, dont l'échec était aussi visible que leur ivrognerie, leur chemise sale ou leurs souliers éculés, pouvaient se payer le luxe de se montrer abattus ou indignés à l'idée que tout allait rentrer dans l'ordre et que tout allait à nouveau se voiler d'acceptation.

En Haute-Savoie, dans un sana, les nouvelles publiées par la presse ou la radio au sujet de l'homme qui réclamait un respect élémentaire de la nature, étaient affichées au tableau noir dans le hall d'entrée. Lorsque la nouvelle de l'A.F.P. annonçant que l'on s'attendait d'un moment à l'autre à l'arrestation du hors-la-loi parut au tableau, il y eut parmi les malades un abattement et une consternation tels que le médecin-chef interdit l'affichage des communiqués. La plupart des tuberculeux étaient des jeunes gens frappés en plein élan de vie et d'espoir. Une jeune fille avec un pneumo et un deuxième poumon touché, regarda le tableau et éclata en sanglots. C'était la première fois qu'elle pleurait depuis qu'elle était en sana. C'était le comité des malades qui avait décidé d'afficher les nouvelles de la croisade de protestation de Morel, et le médecin-chef eut beaucoup de mal à les y faire renoncer. Un étudiant lui lança une phrase dont le rapport avec l'affaire Morel parut au médecin fort énigmatique. Il lui dit : « Il n'y a aucune raison de se laisser faire sans protester. »

A peu près au même moment, un adolescent noir de quatorze ans avait la tête écrasée par des blancs parce qu'il avait sifflé d'admiration au passage d'une femme blanche, les colombophiles russes faisaient exploser une bombe à hydrogène et préparaient une fusée transcontinentale qui pourrait la transporter et rendre inhabitable un territoire plus grand que la Grande-Bretagne, les Mau-Mau mêlaient la cervelle d'un nouveau-né à la potion qu'ils absorbaient pour jurer leur fidélité à la cause du droit des peuples à disposer d'eux-mêmes, et dans le même ordre d'idées, le ministre de la Reconstruction assistait aux obsèques de l'enfant mort de froid dans un taudis français quelque temps auparavant, et serrait la main des parents. Au nom de la liberté, des tribus nord-africaines violaient des enfants de six ans et ouvraient au couteau les matrices des femmes françaises lorsque leur virilité ne pouvait plus se manifester autrement, pendant que les savants discutaient gravement pour savoir si les quantités de poussières radioactives absorbées par l'humanité à la suite des expériences atomiques successives allaient aboutir à créer une génération de génies ou d'imbéciles, cependant qu'en France le gouvernement prodiguait des encouragements officiels à la production de l'alcool, ce qui était évidemment une solution. Tous ceux qui trouvaient chaque matin ces informations dans les journaux et n'avaient l'occasion de pousser un soupir de soulagement qu'à la lecture des nouvelles de l'homme acharné à poursuivre sa campagne pour la protection de la nature, furent consternés et rendus presque enragés par l'annonce de son arrestation imminente, à laquelle du reste ils refusaient encore de croire.

Le 22 juin, au moment où les derniers journalistes demeurés à Fort-Lamy recueillaient enfin le fruit de leur patience — on leur avait fait part confidentiellement d' « un dénouement imminent » de l'affaire — et se tenaient à la terrasse du Tchadien attendant une convocation, un groupe de cavaliers, deux Africains et trois blancs, cheminait lentement à travers la petite brousse raide et plate au sud-est de Gola, où l'ombre grise des mimosées couchée sur la terre paraissait elle-même sur le point d'expirer et où le paysage tout entier avec ses arbustes secs, ses termitières, ses arbres aplatis et ses herbes brûlées semblait sur le point de s'évanouir dans la lumière. Depuis un mois, en A.E.F., au Soudan, en Ouganda, dans certaines régions du Dongo, du Kenya, du Tanganyika, toute chasse sportive était frappée d'interdiction ; on estimait que la sécheresse allait causer aux troupeaux une diminution qu'il faudrait dix à quinze ans pour compenser ; les pertes en élevage et en culture nécessitaient partout l'intervention du gouvernement ; au sud, les sorciers menaçaient de faire durer la sécheresse tant que leur place ancienne ne leur serait pas rendue dans les conseils des tribus ; les paysans noirs quittaient en masse les régions frappées ; le trou dans la récolte du coton ruinait la plupart des vendeurs à terme. L'air ne sentait plus le sahel mais le désert et, dans une atmosphère d'où les dernières traces d'humidité avaient disparu, Haas retrouvait dans ses narines cette sécheresse des muqueuses qui était presque celle du *khamsin.* Il était très impressionné par ce spectacle dont il n'avait jamais connu l'équivalent même aux confins du Tibesti où tout, étant conçu pour la sécheresse du désert, vit avec elle en bonne intelligence ; habitué à l'humidité fétide du Tchad, il avait d'abord mâchonné son cigare avec une certaine satisfaction, devant une telle salubrité de l'air dénué de miasmes, mais peu à peu, frappé par cette absence presque totale de vie, par la souffrance décharnée des rares bêtes aperçues et les regards tristes des hommes dans les villages traversés, il finit par s'assombrir, jura entre ses dents à chaque charogne bourdonnante, puis se mit à penser aux moustiques avec une véritable nostalgie, et ne tarda pas à reconnaître au lac Tchad qu'il avait jusqu'à présent traité de vieux pourri et de boueux, mais dont les eaux tenaient encore bon et ne se refusaient à aucune soif, certains côtés de bon bougre pour lesquels il lui serait beaucoup pardonné.

Son compagnon, Jean de Fonsalbert, envoyé spécial d'un grand hebdomadaire parisien, était moins sensible à ce paysage tragique : c'était son premier séjour en Afrique centrale et il manquait d'éléments de comparaison. Il n'avait qu'un souci : être le premier journaliste à rencontrer Morel.

Il y avait vingt-cinq ans que Haas vivait parmi les éléphants du Tchad, qu'il capturait pour les zoos : depuis la guerre de 14 exactement, au cours de laquelle il avait été gazé ; le remords aidant, il avait monté l'expédition dans le but de retrouver Morel et de le conduire vers un lieu sûr. Ce qui l'irritait, c'était qu'il y avait des imbéciles pour prétendre que Morel n'était pas uniquement animé par son affection pour les géants que l'on traquait si impitoyablement, mais qu'il poursuivait quelque but politique caché. Chez le vieux solitaire du Tchad un tel scepticisme provoquait une colère immédiate, car il savait, lui, ce qu'était l'amour pour les éléphants et aussi, surtout depuis qu'il avait été gazé, ce qu'était la misanthropie. N'empêche qu'il était résolu à tirer les choses au clair. Si l'aventurier était sincère, s'il ne cachait rien, si simplement il aimait ces bêtes magnifiques, il était résolu à le conduire vers un endroit où il pourrait être en sûreté. Sinon, s'il s'agissait encore de quelque cochonnerie humaine, politique ou autre, de quelque truc de propagande, il allait lui casser la gueule et retourner à ses roseaux.

Quant à Verdier, qui les accompagnait, Haas l'avait recruté parce qu'il annonçait à qui voulait l'entendre sa sympathie pour Morel et surtout parce qu'il avait au Cameroun une plantation abandonnée, qui était un lieu de refuge idéal, à condition d'y parvenir. Haas ne prêtait aucune attention aux bavardages de Verdier qui était depuis longtemps l'objet de la risée générale en A.E.F. Animateur de l'Association des Français Libres du Tchad, ayant pris part au ralliement du territoire aux Alliés pendant la guerre, c'était un obsédé du général de Gaulle, pour qui il ressentait un peu le même attachement que Haas avait pour les éléphants. Ce gros homme bedonnant se faisait de Morel une idée à la fois comique et simpliste, image de ses propres obsessions.

— Je vais vous le dire, moi, pérorait-il, s'adressant au journaliste avec une pointe de condescendance. Si vous voulez vous donner la peine de consulter les écrits du général de Gaulle, vous trouverez l'explication de notre aventurier. Je connais le passage par cœur : « Toute ma vie, je me suis fait une certaine idée de la France. Le sentiment me l'inspire aussi bien que la raison. Ce qu'il y a en moi d'affectif imagine naturellement la France telle la princesse des contes ou la Madone aux fresques des murs, comme vouée à une destinée éminente et exceptionnelle. J'ai d'instinct l'impression que la Providence l'a créée pour des succès achevés ou des malheurs exemplaires. S'il advient que la médiocrité marque pourtant ses faits et gestes, j'en éprouve la sensation d'une absurde anomalie, imputable aux fautes des Français, non au génie de la patrie... » Eh bien ! monsieur, remplacez le mot « France » par le mot « humanité », et vous avez votre Morel. Il voit, lui, l'espèce humaine telle une princesse des contes ou la Madone des fresques, comme vouée à un destin exemplaire... Si elle le déçoit, il en éprouve la sensation d'une absurde anomalie, imputable aux fautes des hommes, non au génie de l'espèce... Alors il se fâche et essaie d'arracher aux hommes un je ne sais quel écho de générosité et de dignité, un je ne sais quel respect de la nature... Voilà votre homme. Un gaulliste attardé. Ça me paraît évident.

Haas l'écoutait avec sur le visage toute l'expression de mépris que sa barbe lui permettait de manifester. Décidément les hommes étaient à ce point imbus d'eux-mêmes qu'ils étaient absolument incapables de comprendre que quelqu'un pût en avoir assez d'eux, de leur vue, et de leur odeur, et décider d'aller vivre parmi les éléphants parce qu'il n'y avait pas au monde de plus belle compagnie.

XXXIX

Lorsque Fields sortit de la paillote, il vit de grands nuages noirs s'amasser à l'est et il fut frappé par cette pesanteur d'encre à l'horizon, qui paraissait annoncer quelque imminente et prodigieuse crevaison du ciel : Habib lui-même, qui allait et venait sur la dune comme un capitaine sur la passerelle d'un navire menacé par la tempête, était visiblement impressionné par cette enflure de l'horizon qu'il regardait avec le respect d'un vieux navigateur pour les éléments.

— Ça ne va plus tarder, maintenant, dit-il à Fields. C'est la dernière fois que je crois encore à quelque chose, même si ce n'est qu'à la météo... J'espère malgré tout qu'on aura le temps de passer.

Il poussa un grand coup de gueule, accompagné de quelques bourrades aux noirs qui transportaient l'ivoire vers les camions qu'il avait fait avancer jusqu'aux abords du lac, à la limite du marécage desséché. Si les pluies arrivaient, les camions allaient demeurer là jusqu'à l'année prochaine — Fields était prêt à supporter n'importe quoi pour pouvoir prendre une photo du spectacle. Mais le Libanais demeurait solidement optimiste. Il allait et venait sur ses jambes trapues, la casquette sur l'oreille découvrant une partie de son crâne chauve, un moignon de cigare éteint entre les dents, qu'il retirait parfois pour crier quelques jurons à l'adresse des porteurs qui répondaient par de grands rires. Voyant que Fields l'observait avec intérêt, il lui lança :

— Vous voyez que je sais prendre aussi le commandement des opérations terrestres, quand il le faut...

Il donna à l'Américain une tape amicale sur l'épaule et s'éloigna, en compagnie du grand légionnaire blond qu'il paraissait avoir pris en amitié, pour organiser le départ des camions. (En dehors de son protégé de Vries, Habib avait perdu encore deux hommes pendant les opérations : l'un d'eux, soulevé de son rocher et écrasé par un éléphant, et l'autre, tué par une balle perdue pendant la fusillade désordonnée du début.)

Fields s'assit sur le sable pour souffler un peu. Ses côtes lui faisaient de plus en plus mal et il commençait à se demander s'il était en état de suivre Morel. Sur le lac, perchés sur les flancs des bêtes tuées, les charognards donnaient quelques coups de becs rapides, puis levaient la tête, regardaient de tous côtés et revenaient à leur festin. Fields ne savait pas ce qu'il détestait de plus : leur dos rond ou cette façon qu'ils avaient de hocher la tête et de regarder autour d'eux. Les éléphants abattus éparpillaient sur toute l'étendue du lac leurs monticules funéraires, chacun avec sa sentinelle grise et bossue. Des rires et des cris montaient de l'eau : les femmes du village, les enfants, découpaient la viande et la jetaient dans les paniers qu'ils portaient sur le dos ; chaque fois qu'ils s'approchaient, les charognards hochaient le bec, couraient à l'autre bout, et ne cédaient leur place qu'au dernier moment, s'élevant d'un vol lourd pour se poser aussitôt sur le monticule le plus proche. Quelques éléphants étaient déjà revenus vers l'eau, l'air était plein de barrissements lointains, parmi lesquels Fields cherchait à reconnaître ceux des bêtes blessées.

Illuminée par le dernier soleil au-dessus des roseaux, une flottille de cornes se déplaçait comme autant de mâts : les antilopes revenaient boire. Très loin, vers l'ouest, un nuage de poussière touché par le soleil annonçait déjà de nouveaux troupeaux...

Fields avait vu, à l'aube du premier jour, une masse compacte de buffles dresser une forêt pointue de cornes à l'endroit où, la veille, il n'y avait que des oiseaux. (Lorsque le journaliste parla à Fort-Lamy des buffles sur le Kuru, il y eut un cri unanime de protestation : cela ne s'était jamais vu. Mais il y en avait — et par centaines. Il fournit des photos à l'appui.)

Vers quatre heures, Waïtari s'apprêta à quitter le lac et fit dire à Fields qu'il voulait lui parler. Celui-ci vit de loin la silhouette au sommet de la dune, sous le ciel orageux, au-dessus du marécage aux oiseaux, à l'endroit même du premier entretien avec Peer Qvist ; il était entouré des trois jeunes gens qui n'avaient pas adressé une parole au journaliste pendant tout le temps qu'ils étaient demeurés sur le lac ensemble. Il avait mis son képi bleu horizon aux étoiles noires et, flanqué de ses aides de camp en tenue militaire, baudrier et revolver au côté, il donna à Abe Fields une très forte impression de déjà vu. C'était un des clichés les plus usés de l'humanité. Il prit quand même une photo, par politesse. (Fields avait toujours prétendu que le drame profond de la vie de César, ce n'était pas le coup de poignard de Brutus : c'était l'absence de photographes. Il se rattrapait évidemment avec les statuaires, mais ce n'était pas la même chose et, pour l'essentiel, la carrière de César avait été gaspillée prématurément.) Les trois jeunes gens étaient figés dans une attitude d'hostilité, mais Waïtari lui tendit la main.

— J'ai tenu à vous dire adieu.

— Ce n'est sûrement qu'un au revoir, dit Fields, poliment. Je suis convaincu qu'on entendra encore beaucoup parler de vous.

L'ancien député des Oulés ne put réprimer un sourire de satisfaction.

— On verra bien... J'espère beaucoup qu'il y aura un accrochage, à notre retour, avec les forces de la répression. Sans ça, notre mission ici aura été en partie manquée... Il est indispensable que j'aille en prison. Ou que je me fasse tuer...

— Je crois que nous nous reverrons, répéta Fields.

— Peut-être. Je compte en tout cas sur vous et sur la presse américaine.

Fields dit quelques mots de circonstance. A sa grande surprise, il se sentit plus ému qu'il ne l'eût prévu. Quelle que fût l'ambition de l'homme, sa solitude était au moins égale. La photo prise de bas en haut, du pied de la dune, avec l'immensité du ciel autour, allait être encore une fois plus éloquente que le texte qui l'accompagnerait. C'était ça, le métier de Fields : rendre le texte inutile.

— L'Afrique est lourde à porter, dit Waïtari, et nous sommes encore si peu nombreux à pouvoir la charger sur notre dos...

Ce que tu portes est beaucoup plus lourd que l'Afrique, pensa Fields.

— Kenyatta est en prison... N'Krumah n'en est sorti que pour prendre le pouvoir... Vous voyez que mon chemin est tout tracé. Mais dans l'immédiat, autour de moi, il n'y a que quatre jeunes gens dont je sois entièrement sûr... Je compte sur votre honnêteté professionnelle pour bien expliquer qui nous sommes et ce que nous voulons...

Fields, dans son français boiteux, s'embarqua dans une longue phrase pour lui donner les assurances nécessaires, tout en espérant que son accent et son manque de vocabulaire allaient cacher son absence de conviction. Ce n'était pas qu'il n'eût pas aimé aider Waïtari. Il était exact qu'il n'aimait pas beaucoup les Français, à cause de leurs querelles, mais il adorait la France, il était incapable de vivre longtemps ailleurs, et il admirait également certains Français comme Victor Hugo, Jeanne d'Arc, Maurice Chevalier et La Fayette. D'ailleurs, Waïtari était une exception, on ne pouvait pas dire que ce fût un Français comme les autres. La France était un pays trop accompli, trop limité par ses traditions et ses lois, ses institutions et son opinion publique, pour une ambition et une volonté comme les siennes. Il lui fallait des terres vierges, des populations en friche et des tâches gigantesques. Il lui fallait une liberté d'action et de pouvoir à la mesure de la force qu'il sentait en lui. Voilà sans doute pourquoi il avait un jour quitté son banc au Parlement français pour partir à la conquête de l'Afrique. Sans doute allait-il réussir et coloniser l'Afrique, bâtir un monde nouveau : l'ère de l'exploitation intensive et des conquêtes ne faisait que commencer, et la colonisation intérieure n'allait pas être la plus douce, ni la plus désintéressée. La réponse à tout cela n'existait pas encore ; Morel avait raison, il manquait une pilule, et on ne pouvait donc que souhaiter bonne chance au futur dictateur noir. Ce que Fields fit de son mieux. Il fut malgré tout soulagé lorsque Waïtari se dirigea enfin vers les camions, suivi des trois jeunes gens qui ne firent même pas un signe d'adieu. Il est toujours éprouvant d'assister aux efforts d'un homme pour s'accrocher à une paille, surtout lorsqu'on est soi-même la paille en question. Fields le regarda donc s'éloigner avec une certaine sympathie et pas mal de tristesse. Il ne s'agissait pas seulement, sous le ciel illimité de l'Afrique, d'un chef sans troupes, d'une volonté de puissance sans espoir d'assouvissement, d'un intellectuel français qui était un Oulé et d'un Africain en révolte contre la forêt primitive, il s'agissait surtout d'un homme seul, — tout le reste n'était rien. Il n'oublia cependant pas de prendre une photo du groupe qui s'éloignait.

Lorsqu'il revint vers les paillotes, Fields trouva Morel sur la dune, en discussion animée avec Peer Qvist et Forsythe, qu'il essayait de convaincre de rallier Khartoum et, de là, leurs pays respectifs, pour profiter de l'intérêt du public à leur égard, et donner un élan nouveau à la campagne pour la protection des éléphants. Minna était assise dans le sable, le menton dans les mains, tournée vers le lac, et ne semblait pas écouter.

— De toute façon, avec les pluies, on ne pourra plus bouger. Vous serez beaucoup plus utiles en faisant du bruit à l'extérieur. Faites des conférences, des réunions, parlez à la radio. Gueulez... On vous écoutera, après toute cette publicité... Moi, je vais me planquer pendant six mois dans les collines. Dites-leur bien que je suis toujours là, que j'ouvre l'œil... Il faut les forcer à réunir une nouvelle conférence, pas au Congo cette fois, quelque part où ça se voie mieux, à Genève, par exemple, où ils auront peur d'échouer...

Ils passèrent le reste de la journée, une partie de la nuit et la matinée suivante à essayer de retrouver et d'achever les bêtes blessées qui étaient en train d'agoniser dans les roseaux. Morel ne parut découragé qu'une seule fois, alors qu'il pataugeait, avec Fields derrière lui, dans l'odeur de charogne et le bourdonnement des ıches, parmi les vautours qui ne quittaient qu'au derı r moment les collines funéraires, à leur approche.

— Bon Dieu, est-ce qu'ils ne changeront jamais ? Depuis le temps que ça dure... Il faudra vraiment inventer une pilule spéciale... Une pilule d'humanité, de dignité. Et encore, il faudra la leur faire avaler de force. Ça vous donne envie de tout plaquer et d'aller vivre en Allemagne.

— Qu'est-ce que tu vas encore aller foutre en Allemagne ? gronda Peer Qvist qui pataugeait à leurs côtés, les pantalons retroussés sur ses genoux osseux, la carabine levée au-dessus de l'eau.

— Me retremper dans les souvenirs. Peut-être que ça me guérirait... Les nazis avaient probablement dit la vérité sur nous, avec beaucoup de franchise... Il faut pas l'oublier. C'était peut-être eux, la vérité... Le reste, des beaux mensonges. Qui sait si ce que j'essaye de faire ici, c'est pas seulement une façon de mentir...

— *Tfou !* cracha le Danois, avec indignation.

Lorsqu'il entendait Morel tenir de pareils propos, Abe Fields se sentait très malheureux. Il aimait voir son Français avec de la colère dans les yeux, une carabine au poing, sans attendre que les pilules de dignité fissent leur apparition sur le marché. Il était du reste probable que l'organisme humain ne pourrait pas les supporter. Mais quelle que fût son humeur, il ne se sentait heureux que lorsqu'il marchait avec sa caméra aux côtés de ce fou de Français qui défendait les éléphants. Il oubliait alors ses côtes blessées, sa fatigue, sa vieille expérience des hommes et tout ce qu'il connaissait déjà des causes perdues. Il finissait même par croire qu'il était encore possible de faire quelque chose. Par pudeur, il essayait de se dire qu'il s'agissait là d'un enthousiasme purement professionnel : il lui restait encore une bonne moitié de film. Il est vrai que s'il devait passer six mois avec le Français dans une grotte des Oulés, ce n'était pas assez. Il ne se sentait pourtant heureux que lorsqu'il entendait son Morel faire des plans de campagnes futures et des projets pour la défense de la faune africaine.

— Je crois qu'avec un peu de persévérance et une campagne de presse bien orchestrée, nous obtiendrons des résultats... C'est pourquoi il est important que vous deux soyez là-bas pour souffler sur le feu... Ça prendra. Ce n'est plus qu'une question de pression sur les gouvernements.

Il finit par demander à Morel l'autorisation de l'accompagner jusqu'au Tchad : il avait l'intention de se rendre à Fort-Lamy pour expédier de là ses photos ; autant, dit-il, faire une partie du chemin ensemble.

(Fields se défendit toujours avec âpreté d'avoir voulu suivre Morel pour des motifs autres que professionnels. Au moment de ses difficultés avec les autorités du Tchad, lesquelles avaient refusé au début de croire à sa version d'accident d'avion, pour parler de complicité et d'aide à des criminels, il ne dut sa liberté qu'à la protestation indignée des journalistes encore présents à Fort-Lamy. Cette accusation des autorités françaises avait provoqué chez ses confrères une hilarité dont Fields fit les frais pendant longtemps, d'autant plus qu'il fallait bien lui faire payer son reportage sensationnel. Mais un Abe Fields maquisard, un Abe Fields devenu amok et défendant les éléphants, les armes à la main, envers et contre tous, un Abe Fields idéaliste et désintéressé — c'était une des meilleures plaisanteries de l'année, et chaque fois qu'il apparaissait à la terrasse du Tchadien pendant l'enquête, les acclamations l'accueillaient de tous côtés. Fields prenait cela assez mal — ce qui augmentait naturellement la dose qu'on lui administrait. Tant que dura son interrogatoire à la police, il cita tous les précédents illustres qui lui revenaient à la mémoire, la présence de Thomson chez Zapatta, de Strauss chez Pancho Villa, de tous les journalistes auprès de Giuliano, au temps où celui-ci terrorisait la Sicile. Le retour de Schölscher, qui avait vu l'avion accidenté sur le Kuru, le tira définitivement d'affaire. A ce propos, ce fut seulement lorsqu'il put rapporter à la police les circonstances de son accident que Fields se souvint d'un détail qui lui était complètement sorti de l'esprit. Cela concernait le Squadron leader Davies, son pilote. Il se rappela pour la première fois que Forsythe, pour éviter les effets rapides de la chaleur sur le corps, l'avait coincé entre deux rochers, sous l'eau, en attendant de pouvoir l'enterrer plus chrétiennement. Ensuite, avec les événements qui suivirent, personne n'y avait plus pensé. Le pauvre type devait toujours être enfoncé là-dedans parmi les éléphants. Fields se consola en se disant que pour un héros de la bataille d'Angleterre cela ne devait pas être une société désagréable.)

Lorsqu'il vint demander à Morel l'autorisation de le suivre, celui-ci sourit.

— Vous voulez être là pour prendre une photo?

Et avant que Fields eût trouvé quelque chose à répondre, il ajouta :

— On dit que vous autres, grands reporters, vous finissez par acquérir un flair particulier pour être là au bon moment...

Fields fut frappé par son accent de tristesse. Il se demanda si le Français ne lui attribuait pas ici un pressentiment qu'il éprouvait peut-être lui-même.

(Fields ne croyait pas aux pressentiments et n'en éprouvait aucun à ce moment-là. Il ne croyait pas non plus au flair particulier des journalistes pour « être là au bon moment ». Les meilleurs reportages photographiques qu'il avait réalisés étaient, pour la plupart, l'effet du hasard. Le jour où Gandhi avait été assassiné, il se trouvait là entre deux avions, en attendant d'aller photographier une chasse au tigre chez un maharadjah : les trois photos qu'il avait pu prendre quelques instants après l'attentat lui avaient rapporté quinze mille dollars. Il s'était posté sur son passage uniquement parce qu'il n'avait rien d'autre à faire. Il était en vacances à Haïti au moment où un ouragan détruisit Jérémie, ce qui non seulement couvrit largement ses frais, mais paya son loyer à Paris pendant un an. En ce qui concernait Morel, il avait simplement pressenti que, à peu près seul et désarmé, il ne pouvait aller bien loin, et il tenait assez naturellement à être là au moment où allait prendre fin une aventure qui passionnait le public américain.)

Morel avait fixé le départ au coucher du soleil, afin de faire le plus de chemin possible pendant la nuit. Idriss et Youssef avaient amené les chevaux sur la dune. Morel examinait attentivement le ciel immobile, où les nuages montaient au-dessus du désert comme un amoncellement de rocs noirs. Il se tourna vers Idriss.

— Hein ? Qu'est-ce que tu en dis ? Il va pleuvoir, ou non ?

Idriss secoua la tête. Avec son boubou bleu, son turban blanc enroulé autour de la tête, les deux rides sauvages creusées de ses narines à ses lèvres, les rares poils gris de son menton, il inspirait à Fields autant de confiance dans ses pronostics que le bureau météorologique de New York. (Fields avait passé des nuits blanches avec sa caméra sur la route des ouragans annoncés, qui allaient tranquillement dévaster des régions où ils n'étaient pas attendus.)

— Espérons-le. Il nous faut au moins deux jours pour traverser...

Fields passa les derniers instants avant le départ avec Peer Qvist qui avait tenu à faire un tour d'adieu sur le marécage, parmi les oiseaux.

— Je ne verrai plus jamais cela, avait-il dit.

Abe Fields n'avait jamais été particulièrement porté à la contemplation de la nature, mais cette fois il fallait vraiment admirer. Extraordinaire, émouvante, la végétation de plumes couvrait le marécage à perte de vue et, sous les nuages immobiles et pesants, un deuxième ciel, plus proche, vivant et innombrable, celui-là, semblait avoir triomphé de tout le vide de l'autre. Les oiseaux créaient ainsi, tout près de la terre, un ciel à portée de la main et enfin accessible. Certaines espèces étaient tellement familières à Fields que leur présence aux confins du désert africain lui parut provenir de quelque tragique erreur. Hirondelles, cigognes, hérons, mouettes, toute la vieille Europe ailée des chaumières et des ports de pêche semblait s'être réfugiée là, parmi les jabirus immenses, les marabouts, les pélicans, les baloenicepts du Bahr el Gazal, et toutes les espèces dont il ne connaissait pas les noms. Peer Qvist lui dit que ce tapis vivant de près de cent kilomètres carrés qui changeait de couleur, s'élevait et retombait, s'éparpillait et se reformait comme une tapisserie fulgurante sans cesse brodée et rebrodée sous ses yeux, n'était qu'une parcelle infime, tombée en cours de route, des milliards d'oiseaux migrateurs qui rejoignaient la vallée du Nil et les marécages du Bahr el Gazal soudanais. Le Danois en parlait avec une ferveur qui était presque celle de la prière, et lorsqu'il se détourna enfin, Fields vit que les yeux du vieux naturaliste étaient mouillés. Par discrétion, il fit semblant de prendre une photo du marécage, dont il avait déjà pourtant toute une série en couleur, et Peer Qvist lui rappela sa promesse de lui en faire parvenir des épreuves.

(Fields tint sa promesse. Il envoya une collection complète au nom du naturaliste, aux bons soins du Musée d'Histoire naturelle de Copenhague. L'envoi lui revint avec ce simple mot : « Inconnu ». Fields trouva que cette réponse avait de la grandeur. Il réadressa son colis aux bons soins du Comité international pour la défense de la faune et de la flore, à Genève. L'envoi lui revint encore, cette fois avec la mention : « Ne fait plus partie de nos services. » Fields eut alors une idée de génie. Il adressa tout simplement son paquet au nom de « Peer Qvist, Danemark. » Il reçut, quelques jours plus tard, un mot de remerciement du destinataire.)

Lorsqu'ils revinrent sur la dune, les autres étaient déjà prêts. Fields s'approcha de son cheval avec appréhension ; il se demandait s'il allait pouvoir supporter le voyage. Le lac s'était tu ; les femmes et les enfants avaient regagné leurs villages avant le crépuscule, portant sur le dos ou sur la tête les paniers précieux ; à l'odeur de la vase se mêlait maintenant de plus en plus une autre odeur que Fields essayait en vain d'ignorer. Les éléphants revenaient vers l'eau, d'autres erraient dans les roseaux, leurs barrissements s'élevaient de toutes parts et l'oreille de Fields croyait y distinguer encore ceux des bêtes blessées. Morel avait attaché à sa selle sa serviette de cuir, et à présent il allumait une cigarette avec son amadou. Il s'était rasé, il portait son chèche fraîchement lavé enroulé autour du cou, et sa petite croix de Lorraine épinglée sur la poitrine. Il paraissait calme et prêt à continuer aussi longtemps qu'il le faudrait.

(Fields ne comprit vraiment la force secrète qui l'habitait que plusieurs années plus tard, au moment de sa rencontre avec Peer Qvist à l'Université d'Upsal, en Suède, où le vieux naturaliste faisait ce qui devait être son dernier cours sur la préservation des espèces. Repris par les souvenirs, le vieillard passa la moitié de la nuit à égrener son passé — et il en vint aussi à raconter enfin au journaliste l'histoire de Morel et des hannetons. Ce fut alors qu'Abe Fields connut vraiment le fond de l'affaire. Il écouta en silence, et lorsqu'il sortit dans la nuit enneigée et silencieuse où les étoiles elles-mêmes frissonnaient, il se mit à marcher avec une légèreté et une confiance nouvelles, et il eût donné beaucoup pour pouvoir retrouver Morel et lui dire que, lui aussi, Abe Fields, « y croyait » de tout son cœur.)

Pour le moment, il se sentait assez malheureux, assis sur son cheval, les yeux et le visage écarlates, un mouchoir noué sur la tête pour la protéger contre le soleil, les quatre cornes en l'air, se demandant pourquoi il s'acharnait à suivre le hors-la-loi à travers cent kilomètres de régions désertiques au risque de finir en prison ou de crever d'insolation, alors qu'il ne lui restait presque plus de film. Forsythe était déjà à l'autre bout de la dune, tenant son cheval par la bride, sans doute pour éviter les adieux. Il avait fait tout ce qu'il avait pu pour dissuader Minna de suivre Morel.

— Vous ne pourrez jamais faire le parcours...

— Je l'ai déjà fait une fois.

— Pas dans les mêmes conditions. Les chevaux tiennent tout juste debout... Même si vous arrivez au Tchad, vous allez vous faire arrêter. Un homme seul pourrait encore s'en tirer, mais une femme...

— Vous devriez vous renseigner sur ce que les femmes sont capables de supporter, major Forsythe... Je pourrais vous raconter un certain nombre de choses là-dessus.

— Réfléchissez bien. Nous avons voulu faire une manifestation, illustrer à notre façon le dégoût de tant de gens et leur protestation... Nous avons réussi au-delà de tout espoir. Le monde entier a les yeux fixés sur nous. C'est le moment de continuer notre campagne par d'autres moyens, en profitant de l'attention et de la sympathie qui nous entourent. On ne peut pas gaspiller cette audience que nous avons ainsi acquise. Pour Morel, ce n'est pas la même chose : même s'il est arrêté, son procès aura un retentissement énorme et donnera à la sympathie populaire un nouvel élan. Il sera sans doute acquitté triomphalement. Mais il risque sa vie en attendant, et vous aussi... C'est de la folie...

— Qu'est-ce qui vous a rendu brusquement si raisonnable, major Forsythe ? Peut-être la nouvelle que vous pouvez enfin rentrer chez vous, que vous êtes même devenu une espèce de héros dans votre pays et que peut-être, qui sait ? l'armée américaine va donner le nom de Forsythe à une promotion de West Point ?

Il ne put s'empêcher de rire.

— Ce jour-là serait en tout cas un grand jour pour les éléphants... C'est égal, vous êtes drôlement bien renseignée sur nos traditions militaires !

— J'ai couché avec pas mal d'officiers américains...

— Si vous ne voulez pas venir avec moi, allez avec Peer Ovist au Danemark.

Elle secoua la tête.

— Il faut que je reste avec lui.

— Vous devriez comprendre qu'il y a d'autres façons de l'aider maintenant, beaucoup plus efficaces, et même plus urgentes... C'est bien ce que nous allons essayer de faire. Vous croyez peut-être que nous l'abandonnons ?

— Ça m'est égal, ce que vous faites. Je veux être là, c'est tout.

— Pourquoi ?

Elle sourit.

— Il faut bien qu'il y ait quelqu'un de Berlin avec lui, vous ne croyez pas, major Forsythe ?

Elle lui tourna le dos et s'éloigna sur la dune de cette démarche que son pantalon d'homme rendait maladroite et plus féminine encore. Il la suivit des yeux avec une petite trace de cynisme aux lèvres. Il était sûr de la retrouver. Il suffisait d'attendre. Un jour, il aurait sa chance : le lien des souvenirs communs, à défaut d'autre chose, suffirait à la lui ramener. A moins, évidemment, que Morel ne cède enfin à tant d'abnégation, qu'il l'épouse à leur sortie de prison, qu'ils aient des enfants, s'installent tous les deux dans une ville d'Afrique et ouvrent un petit commerce d'ivoire pour les touristes. « Vous pouvez aussi aller voir Morel, c'est une curiosité locale, vous savez, il a eu son moment de célébrité, on l'appelait " l'homme qui défendait les éléphants... ". Il tient maintenant une boutique de souvenirs en ivoire pour les touristes. Eh oui ! que voulez-vous, il faut bien vivre, ça finit toujours comme ça... Il se laisse photographier facilement, surtout lorsqu'on lui achète quelque chose. »

Il leva le bras et lui fit un geste d'adieu. Elle répondit. Il attendit ensuite que le Danois l'eût rejoint et les deux hommes dirigèrent leurs chevaux vers la piste de Gfat. Ils avaient le marécage à traverser et les oiseaux s'envolaient sur leur passage : les ailes blanches des marabouts, des cigognes et des hérons s'agitaient comme des adieux dans le crépuscule. Peer Qvist rabattit le bord de son feutre sur son visage et ne se retourna pas une fois vers les cinq silhouettes qui s'éloignaient sur le ciel. Il se reprochait déjà ce qui lui apparaissait malgré tout comme un abandon, bien qu'il sût que la meilleure façon d'aider le Français n'était plus de demeurer auprès de lui en Afrique, mais de profiter de la sympathie populaire qu'il soulevait pour essayer d'obtenir enfin des mesures concrètes pour la protection de la nature et le respect de cette marge humaine qu'il réclamait. Surtout si Morel allait être arrêté et jugé, comme cela était à peu près inévitable, il fallait être là-bas pour soulever un tollé général et obtenir son acquittement sous la pression de l'opinion. Mais il se sentait épuisé et malheureux et, pour calmer ses regrets et oublier sa fatigue, il se mit à faire à haute voix des projets de campagnes futures.

— Il va falloir recommencer les comités, les appels, réunir des noms qui comptent. Dommage que le vieux Gustave de Suède soit mort. C'était un ami, il nous aurait aidés... Et le pasteur Kaj Munk... fusillé par les Allemands. C'était un grand écrivain... Et Bernadotte... et Axel Munthe... Quand on vit trop longtemps, on finit par ne plus connaître personne.

Forsythe ne disait rien. Il était difficile de faire des projets d'avenir lorsqu'on laissait l'avenir derrière soi.

XXXX

Pendant les quelques premières heures, Fields crut qu'il n'allait pas pouvoir supporter une minute de plus les effets que les mouvements de son cheval avaient sur ses côtes endolories ; pendant les heures suivantes, il lui parut impossible de résister à la chaleur, à la réverbération du soleil sur la terre rouge, les pierres et la poussière que les chevaux soulevaient — les touffes d'herbe elles-mêmes étaient transformées en barbelés sur lesquels ses yeux venaient se blesser — en fait, il supporta tout cela avec l'énergie décuplée et quelque peu monstrueuse des gens possédés par une idée fixe ; la sienne était de suivre Morel jusqu'au dénouement de son aventure pour prendre une photo. C'était tout, et il refusait d'y voir autre chose, aucun ralliement, aucune adhésion, aucune sympathie personnelle, il faisait son métier. Il avait la chance de tenir là un sujet exceptionnel et il n'allait pas le gâcher, tant qu'il lui resterait un bout de film ; tous ceux qui le connaissaient savaient qu'il n'avait plus d'illusions sur rien, plus d'indignations nobles, plus d'élans humanitaires, rien que de la pellicule et un objectif toujours prêt : il lui était complètement indifférent de savoir ce que le monde allait devenir une fois qu'il l'aurait photographié. Il se tenait accroché au pommeau de sa selle arabe, son mouchoir sur la tête, les quatre nœuds en l'air comme des cornes, s'en servant également pour s'essuyer le cou, le visage, les yeux et l'objectif de sa caméra, ainsi que pour se moucher et s'éventer ; il se traînait sur son cheval caparaçonné à la manière des chevaux Foulbés à travers la steppe désertique, les escarpements, les roches d'où s'échappaient des nuages de poussière rouge, assoiffé, furieux, les dents serrées, derrière Morel, la caméra autour du cou, avec une obstination qui faisait sourire le Français et semblait même le remplir d'une certaine admiration.

— Alors, photographe, tu crois que tu vas tenir le coup ?

— Bien sûr, répondait Fields, belliqueusement. Qu'est-ce que vous croyez ? J'ai été en Libye, à Anzio, à Leyte, sur les plages de Normandie et de Corregidor, et j'ai été fait chevalier de la Légion d'honneur à titre militaire pour la libération de Paris, si ça vous dit quelque chose.

— Bien, bien. Et tu as fait tout ça uniquement pour prendre des photos ?

— Uniquement.

— Le reste, tu t'en fous ?

— Je m'en fous.

— On peut tous crever ?

— Certainement.

Morel avait les yeux rieurs. Avec son petit chapeau de feutre européen brûlé par le soleil, son regard brun et gai, sa croix de Lorraine, son chèche kaki couvert de poussière rouge qui lui donnait un aspect vaguement militaire, genre spahi, très colonial, — « une gueule bien française », pensait Fields, venimeux — avec des lèvres marquées par la gouaille même lorsqu'il ne souriait pas, ne disait rien, mais vous regardait seulement de cette façon qui n'allait pas sans une certaine gentillesse, sans parler de cette vieille serviette bourrée de pétitions, de manifestes, de proclamations, d'appels, qu'il traînait partout avec lui attachée à sa selle. Il était si différent de tout ce qu'on racontait sur lui dans les journaux, qu'Abe Fields sentit vraiment que son devoir le plus strict était de rapporter au moins de bonnes photos du Français, pour le montrer au public tel qu'il était, des photos sans texte, sans légende, sans commentaires — tel qu'il était, c'est-à-dire parfaitement équilibré, tranquillement sûr de lui, sans trace de haine ou de rancœur, se moquant de vous avec tout le sérieux nécessaire, et faisant un boulot précis, limité, terre à terre : la protection des éléphants, de la faune africaine, exactement ce qu'il fallait, ni plus ni moins, tout ce qu'on aurait dû faire depuis longtemps. Il ne put résister et prit de lui encore une photo, bien qu'il eût à présent à se préoccuper sérieusement de ménager sa pellicule s'ils devaient rester longtemps ensemble.

— Photographe...

— Oui.
— Tu m'as bien l'air décidé. Tu ne serais pas attiré par les éléphants, des fois, toi aussi ?
— Je me fous pas mal de vos éléphants. Je fais mon métier, c'est tout.
— Ne te fâche pas... Il ne faut jamais se fâcher ! Est-ce que je me fâche, moi ?
— Non, non, bien sûr que non. Tout le monde sait que vous ne vous fâchez jamais.
— Tu dis que tu as fait aussi la libération de Paris ?
— Oui.
— J'étais pas là. Empêché. C'était beau ?
— Je vous ferai voir des photos.
— Tu m'as dit que tu as débuté pendant la guerre d'Espagne ?
— Oui.
— Moi aussi. On se serait pas rencontrés des fois ?
— Possible.
— Il y avait de très beaux éléphants, là-bas. C'est connu pour ses éléphants, l'Espagne.
— Oui.
— Et en Russie, tu y as été ?
— Pas encore.
— Tiens, comment ça se fait ?
— Pas de visa.
— Ça viendra. Dès qu'ils auront des éléphants à photographier, tu auras ton visa. Ils enverront un carrosse pour te chercher. Construire un monde nouveau avec les éléphants dans les jambes, il paraît que c'est pas possible. Il paraît qu'ils sont une gêne, une survivance anachronique. C'est pas mon avis, mais il paraît que c'est comme ça. Voilà pourquoi c'est tellement important ce qu'on fait, toi et moi...
— Pas moi, vous. Moi, je prends des photos.
— Le sort des éléphants, ça ne te préoccupe pas ?
— Il ne vous arrive jamais de penser à autre chose ?
— Si. Mais c'est bien triste.
— Vous devriez quand même essayer.
— Et puis je suis fou, on t'a pas renseigné ?
— Bien sûr que vous êtes fou, ils étaient tous fous :

Gandhi, avec sa résistance passive et ses jeûnes, votre de Gaulle, avec sa France, vous, avec vos éléphants...

Et il continuait, hagard, serrant les dents, les paupières brûlées, les lèvres gonflées, la poussière rouge pénétrant jusque dans son nez, dans sa gorge, dans ses oreilles et même — il en était sûr — dans sa prostate, le râpant traîtreusement dans ses fondements. De temps en temps, il promenait autour de lui un regard ahuri, voyait des antilopes rouges couchées par centaines, leurs cornes inertes — des centaines de lyres — avec la sentinelle grise des charognards sur leurs flancs, une harde de buffles dont la masse puissante paraissait si peu faite pour une telle détresse, quelques-uns luttant encore spasmodiquement pour se lever à leur approche ; loin, à l'est, bouchant l'horizon, des nuages noirs complètement immobiles, coagulés, des éléphanteaux crevés, les zigzags des mouches vertes, le faufilement des hyènes, la poussière encore, encore des roches, des termitières sous des épineux, le visage de Churchill gueulant en 1940 dans le micro sa volonté de continuer, alors que Fields attendait avec sa caméra dans la pièce voisine, — et même une fois, son cheval heurta la carcasse béante d'un lion, aux entrailles bourdonnantes, devant laquelle Idriss, fantôme bleu impassible, s'était arrêté incrédule, avec cette estime muette qu'il n'accordait qu'à ses plus anciens ennemis — la vue de ce lion mort faillit faire pleurer Abe Fields d'attendrissement sur lui-même. Idriss semblait d'ailleurs l'avoir pris en grippe, lui et sa caméra, il le regardait de travers, et chaque fois que le reporter braquait son objectif sur Morel, le vieux pisteur crachait ostensiblement. A plusieurs reprises, il l'appela *oudjana ga* et *oudjana baga* ce qui, traduisit Morel obligeamment, voulait dire : « Oiseau annonciateur » et « oiseau du malheur ». Morel riait. Mais dans l'état de fatigue nerveuse où Fields se trouvait, il se sentit blessé au-delà de toute mesure, outragé, humilié et indigné. Le nez baissé, il médita longuement sur ces mots, décidant pour finir qu'Idriss était antisémite. Une fois, voyant un vautour se poser lentement, les ailes déployées, sur une carcasse de bête à demi pourrie, il se dit qu'il n'était rien d'autre que cela : un vautour toujours prêt à se jeter avec sa caméra sur des victimes toujours fraîches, et il se trouva même une certaine ressemblance physique avec l'oiseau, surtout quant à son nez et à ses yeux de myope. Il essaya d'expliquer tout cela en américain à Idriss, lui montrant le ciel où tournoyaient ses confrères dont chacun tentait de le battre de vitesse et de lui ôter le pain de la bouche ; ce n'était pas sa faute, expliquait-il, il fallait arriver le premier sur les lieux, le métier l'exigeait. Idriss cracha, parut scandalisé et alla avertir Morel. On l'aida à s'allonger à l'ombre d'une couverture étendue sur un épineux et Minna resta assise auprès de lui, lui essuyant le front avec son mouchoir mouillé. Il reprit un peu ses esprits, et regarda fixement le visage épuisé de cette Allemande, cette silhouette féminine inattendue, invraisemblable dans ce paysage de persécution universelle, un visage aux traits tirés au point de la rendre méconnaissable — seuls les cheveux blonds sous le grand feutre rejeté sur la nuque, tenu par une jugulaire, et les yeux clairs au point d'être innocents, demeuraient toujours pareils à eux-mêmes dans leur éclat et leur gentillesse.

— Pourquoi n'êtes-vous pas allée au Soudan avec les autres ? Vous êtes amoureuse de lui ?

— Essayez de dormir un peu, monsieur Fields...

— Vous l'aimez tant que ça ?

— Nous en reparlerons une autre fois, quand on ira mieux tous les deux... Moi aussi, je n'en peux plus et j'ai la dysenterie.

Sur son visage, les ombres étaient plus marquées que les traits. Voilà ce que c'est que l'amour, pensa Fields avec cette profonde connaissance de l'amour de qui n'avait jamais été aimé. En réalité, les éléphants, elle s'en moque éperdument. Une femme ne supporterait pas tout cela pour des idées, je connais quand même les femmes, une femme ne peut avoir tant de courage, de persévérance et d'indifférence envers tout ce qui peut lui arriver que lorsqu'elle aime un homme... Je connais les femmes, se dit Fields triomphalement, je les connais bien : j'y pense tout le temps. En imagination, il ne cessait de les fréquenter. En imagination, il avait eu probablement quelques-unes des plus belles aventures amoureuses de ce temps, il avait fait des conquêtes sensationnelles, étourdissantes. Mentalement, il fit le calcul du nombre d'éléphants qu'il était prêt à sacrifier pour inspirer à une femme un amour pareil, un tel dévouement : très vite, il en arriva à sacrifier l'espèce entière. Elle se penchait sur lui, avec un léger sourire qui triomphait de tout le reste : de la maladie, de l'air incandescent, de l'épuisement. Aplati sous sa tente improvisée, étouffant de chaleur, les yeux brillants de rancune, saignant du nez, Fields se dit qu'il aurait particulièrement souhaité inspirer un tel amour et un tel dévouement à une Allemande, lui, fils de parents gazés à Auschwitz : cela aurait prouvé que l'homme pouvait être, somme toute, acceptable... Mais peut-être était-il vicieux, tout simplement.

— Vous l'aimez... C'est absolument évident. Ne le niez pas. Ce n'est pas la peine de me dire que vous faites tout ça pour les éléphants...

— Je ne vous dis rien, monsieur Fields. C'est vous qui parlez trop, alors que vous devriez vous reposer...

— Dites-moi la vérité...

— La vérité est qu'il faut faire quelque chose pour les défendre, monsieur Fields... Tout le monde l'a compris maintenant, même moi... puisque je suis ici. Pourtant, je ne suis pas très intelligente. Seulement, j'ai vu ça de près... pendant la guerre, à Berlin... et plus tard. Mais je vous expliquerai une autre fois.

Abe Fields siffla littéralement d'irritation et de mépris.

— Vous vous foutez de moi !

— Essayez de dormir un peu, je vous mets votre mouchoir sur les yeux...

Des nihilistes, voilà ce qu'ils étaient, des nihilistes et des anarchistes, et qui voulaient probablement renverser par la force le gouvernement des États-Unis. Jamais, jamais Abe Fields n'allait leur donner un visa américain. Ce visa qu'il avait eu jadis lui-même tant de mal à obtenir. Toute cette affaire était typiquement une affaire de décadence européenne, d'anarchie, une entreprise subversive inconcevable aux États-Unis où la dignité de la personne humaine était sauvegardée sur tous les fronts, en avant, en arrière et sur les côtés, au point que le problème ne se posait même plus ; il n'avait qu'une envie, c'était de rentrer en Amérique pour y publier ses photos, dénoncer le nihilisme des intellectuels français et allemands ; mais, pour le moment, il était coincé sous sa tente improvisée, entre un cactus et un épineux, plein de poussière, ne voyant entre ses paupières douloureuses qu'une espèce de nature morte de pierres, d'épines, de sable, et les pieds d'Abe Fields, le globe-trotter, qui allait faire, à son retour, de cette campagne pour la préservation des éléphants, le but de sa vie. C'était d'ailleurs son dernier reportage. Il allait abandonner le métier — personne ne pourrait le faire revenir sur cette décision. (Plus tard, Fields cita souvent cette résolution irrévocable comme un signe caractéristique de l'état de prostration physique et morale où il se trouvait à ce moment-là.)

Fields fit les dernières douze heures du désert dans un état de stupeur presque heureuse, en proie à des visions érotiques provoquées en partie par les frottements du cheval et en partie par son désir de s'accrocher à la vie en lui trouvant malgré tout quelque attrait tangible. Il n'oublia cependant jamais de prendre des photos. Une fois, alors que Minna était assise dans le sable, contre un rocher, les yeux mi-clos — et son visage semblait réduit à cette grande bouche un peu plate, toujours douloureuse et maintenant presque tragique — il la vit tendre la main vers son sac, l'ouvrir, y prendre un bâton de rouge et se farder les lèvres. Fields la regarda, incrédule : elle était en train de se refaire une beauté. Il fut tellement étonné que lorsqu'il se dressa enfin pour braquer son appareil, elle avait déjà fini. Mais, à partir de ce moment, il la guetta constamment. C'était là une image de futilité humaine qu'il tenait à transmettre à la postérité. Il tint son appareil prêt, essuyant fébrilement le sable sur l'objectif. Il s'était mis en tête d'avoir cette photo. Finalement, il l'avait eue. Lorsqu'il la vit s'arrêter une fois de plus sur la piste, ouvrir son sac, s'essuyer la figure où la poussière, la souffrance et la sueur se coagulaient en une pâte presque compacte, et se mettre du rouge sur les lèvres, il ne la loupa pas. Sans doute à cause de la fièvre, il eut à ce moment-là encore une de ses idées saugrenues. Il avait pensé à sa mère sur le chemin de la chambre à gaz, à Auschwitz, et à toutes les jeunes femmes qui y avaient péri : il eut un ricanement à l'idée que l'humanité trouvait toujours le moyen, en chemin, de se refaire une beauté, de temps en temps. Il y avait même des hommes, des grands hommes, qui étaient spécialement préposés à cet emploi. Des maquilleurs. Ils recevaient généralement pour cela le prix Nobel.

Le troisième jour après leur départ du Kuru, ils entrèrent dans la petite brousse du Tchad, qui couvrait le sol de sa nudité rabougrie et sans ombre où les termitières elles-mêmes volaient en poussière au moindre coup de sabot. Morel ne faisait aucun effort pour se cacher et traversait les villages Gola ou s'y arrêtait, sans se soucier d'être vu. Les femmes qui faisaient sécher le manioc par terre, sur de grandes feuilles de rosniers, levaient la tête pour le regarder passer, un sultan centenaire et impotent apparut soutenu par deux hommes à la porte de sa case de boue sèche, le visage à peine visible sous l'amas des draperies blanches et les suivit longuement du regard, les enfants nus couraient derrière lui, les potiers quittaient leurs amphores rouges et se précipitaient pour le voir, et les cavaliers drapés s'écartaient sur la route pour le laisser passer ; ce fut là que Fields entendit pour la première fois le surnom qui désignait Morel dans tout le Tchad : *Ubaba Giva*, c'est-à-dire, traduisit Morel avec fierté, « l'ancêtre des éléphants ». Il était clair qu'on lui attribuait une sorte de sainteté, quelque caractère surnaturel et qu'il leur inspirait une crainte respectueuse, peut-être une simple crainte de contagion : le démon qui l'habitait était probablement de ceux qui sortent parfois de l'oreille et se glissent en vous par les narines lorsqu'on approche trop.

— Vous n'avez pas peur d'être arrêté ?

— Les autorités ne tiennent pas tant que ça à m'arrêter. S'ils m'arrêtaient, il faudrait me juger et ce serait du joli, si la justice française se mettait à juger un homme parce qu'il défend les éléphants... A quoi ça ressemblerait-il ?

Il se croyait visiblement entouré d'une protection universelle. Fields décida que sa véritable folie résidait précisément là-dedans : il se croyait soutenu et populaire. Peut-être y avait-il là aussi quelque ironie désespérée, mais Fields ne le croyait pas. Il paraissait sincèrement confiant et insouciant et le reporter prit de lui sa photo préférée, en train de rire et de plaisanter avec le maréchal-ferrant qui s'occupait de leurs chevaux. (Autant que Fields put se le rappeler ensuite, des sept chevaux qu'ils avaient au départ, deux avaient dû être abattus pendant la traversée de la steppe désertique, et au moment où ils atteignirent le premier village Gola, les bêtes étaient dans un tel état qu'il fallait s'arrêter toutes les deux heures. Idriss passa une journée à négocier l'achat de bêtes nouvelles.) Fields se demandait où le Français puisait ses réserves de forces, mais là-dessus, il n'y avait qu'à se rappeler tout ce qu'on disait depuis toujours sur les gens animés par une foi. Lui-même savait jusqu'où il pouvait aller pour prendre une photo. C'était une question de vocation. Mais la fille était exténuée. Sous son grand chapeau de feutre, son visage semblait s'amenuiser chaque jour, se creuser, à la fois blafard et écorché par le soleil, les traits avaient changé de forme, étaient devenus aigus. Une nuit où la douleur dans ses côtes empêchait le reporter de rester étendu, il sortit de sa case pour essayer de respirer, malgré la sensation qu'il avait chaque fois, en happant l'air, de sentir la pointe de ses côtes s'enfoncer dans le poumon gauche. Il trouva Minna appuyée contre un arbre, en train de vomir.

— Ne lui dites rien, monsieur Fields.

— Il vaut mieux en finir. Vous n'êtes plus en état de continuer... Ni moi non plus. Nous sommes tous les deux bons pour l'hôpital. Moi, je pourrai peut-être encore tenir un jour ou deux, mais vous...

— Je vais encore essayer demain. Je ne peux pas le laisser seul, monsieur Fields. Vous savez...

Elle eut une espèce de sourire de défi.

— Je veux qu'il y ait quelqu'un de Berlin avec lui jusqu'au bout...

— Je ne vois pas ce que Berlin vient faire là-dedans.

— Quelqu'un comme moi, monsieur Fields, qui suis sortie des ruines de Berlin, qui ai connu beaucoup de choses...

— Nous avons tous connu beaucoup de choses. Soixante pour cent des hommes dans le monde crèvent de faim.

— Je pourrai un jour vous raconter...

— Je sais. A Fort-Lamy, on parle beaucoup de vous. Ce n'est pas une raison...

— Je resterai avec lui tant que je pourrai tenir debout, dit-elle.

— On peut aimer un homme sans aller jusqu'à mourir de dysenterie pour lui.

Elle eut un sursaut d'indignation.

— Vous n'y comprenez rien. Parce que je suis une entraîneuse, une fille sans culture... Je suis là pour mon propre compte, monsieur Fields. J'ai été violée par les soldats et...

— C'était des soldats russes. Et la guerre. Ce n'est pas une raison pour se laisser crever à cause des éléphants.

— Ce n'étaient pas des soldats russes, monsieur Fields. L'uniforme n'y fait rien. Vous devriez le savoir. Vous devriez être le premier à comprendre pourquoi un homme se met à défendre la nature avec un tel acharnement... Vous m'avez dit l'autre jour que votre famille a été gazée à Auschwitz...

— Oui. Et alors? Ça ne m'empêche pas de me limiter à prendre des photos. Il faut réunir une bonne documentation sur tout cela, c'est tout ce qu'on peut faire. Contre qui voulez-vous plaider?

Elle ne l'écoutait pas. Il y avait des accents presque hystériques dans sa voix, mais il était difficile de savoir s'ils étaient dus à l'épuisement et à la maladie ou s'ils étaient habituels : cette fille étonnante, si différente de son physique, avec ces rondeurs bien placées, ces cheveux blonds et ces yeux écarquillés, qui avait un jour quitté tranquillement sa boîte de nuit du Tchad pour rejoindre dans une jeep bourrée d'armes et de munitions l'homme qui défendait les éléphants, avait-elle vraiment agi ainsi, comme elle disait, « pour son propre compte », pour manifester, elle aussi, pour se jeter, elle aussi, au secours d'une idée parfaitement irréalisable, exagérée, cocasse, et même inadmissible, de la dignité humaine. Sans doute n'était-elle pas assez intelligente pour cela, et sa fatalité était d'avoir un corps, un visage, qui donnaient aux hommes beaucoup moins le désir de la comprendre, que celui de la déshabiller. Peut-être protestait-elle aussi contre cela. Quant à l'intelligence, Abe Fields avait son idée là-dessus : une certaine féminité extrême, avec ce que cela suppose d'intuition et de sympathie, c'était, à sa connaissance, ce qui approchait le plus du véritable génie. Il ne l'avait d'ailleurs jamais rencontré chez une femme. Il avait parfois l'impression de l'avoir lui-même, sous la forme d'un appel effrayant. Appuyée contre l'acacia, le visage luisant, fondu dans la sueur et les larmes, elle était épuisée, vidée de tout, hors sa volonté de tenir. Très sérieuse, péniblement dépourvue d'humour, à la manière des Allemands, et aussi loin que possible de la gouaille railleuse de Morel, personne sans doute ne le comprenait mieux qu'elle, pourtant.

— Je vais essayer encore demain. Je ne sais pas du tout ce qu'il espère, mais ça ne fait rien... La grotte où nous étions auparavant, avec les médicaments, les provisions, les munitions, a été découverte par la troupe. Si je vois demain que je deviens un poids pour lui, je m'arrêterai. Je lui dirai de continuer seul ; déjà, à cause de moi, il ne prend que le chemin le plus facile... Il suit la piste. Hier, Idriss lui a demandé d'éviter le village où il y avait des infirmiers du Cercle, mais il n'a rien voulu savoir, simplement pour que je puisse me reposer une nuit...

— Ce n'est pas à cause de vous, dit Fields. Il est sincèrement convaincu que rien ne peut lui arriver. Sa marotte, c'est de se croire entouré de sympathie. Pas seulement en Afrique : dans le monde entier. Ça ne m'étonnerait pas s'il croyait que les ouvriers russes prient pour lui dans leurs usines... C'est ça, sa folie. Si vous voulez mon avis, il s'imagine que les autorités françaises le protègent secrètement... qu'elles sont fières de lui. Car il croit à la France, par-dessus le marché. Si vous le poussez un peu, il vous dira que la « mission spirituelle de la France », c'est de protéger les éléphants... Il est comme ça, on n'y peut rien. C'est là sa véritable folie. Aux Indes, peut-être qu'elle lui aurait conféré une certaine sainteté... Mais je crois que s'il continue, il recevra une balle dans la peau. Quand ça arrivera, et je vous dis que ça ne va pas tarder, je veux être là... pour prendre une photo. Ça finit toujours comme ça...

Et il était vrai que Morel paraissait d'une confiance déroutante, un peu troublante, et même contagieuse : Fields commençait malgré lui à se sentir convaincu qu'il ne pouvait rien lui arriver...

— Alors, photographe, fatigué ?

— Fatigué.

— Ne te dépense pas trop. On n'a pas fini. Ce boulot-là, c'est jamais fini. Tu dois en savoir quelque chose, depuis le temps que tu es partout où ça se passe... Tu auras encore de sacrées photos à prendre.

— J'espère bien.

— Ménage ta pellicule...

Les rides du rire sautaient sur son visage, comme de petits insectes amicaux qui couraient partout autour de ses yeux bruns, jeunes et chaleureux, mais il s'efforçait de demeurer sérieux.

— Remarque, c'est très dur à saisir... Personne n'a encore réussi un bon cliché.

Fields faillit lui dire qu'il avait bien réussi, une ou deux fois. Des instantanés au dix millième de seconde, pour capter un éclair, un passage, un sursaut — et parfois, la lueur de dignité humaine qui s'attardait encore un moment sur le visage que la vie venait de quitter. Il y avait même des visages qui demeuraient figés à jamais dans cette expression-là, comme pour aller ensuite la mêler intimement à la terre. Mais il n'allait pas tomber dans le panneau. Il opposa à Morel le regard froid et indifférent du cameraman, l'observant du point de vue strictement professionnel — une tête typiquement française, genre « on les aura » et gauloises bleues, une voix traînante et profonde à la fois, et cet air militant des piquets de grève sur le tas et des cahiers de revendications. Il essaya de découvrir pourquoi il le trouvait à ce point français, décida que c'était à cause d'une certaine gaieté grave et du pli de la bouche, à mi-chemin entre la gouaille et la colère.

— Dis donc... Il vous en reste encore beaucoup, d'éléphants, en Amérique ?

— Les éléphants n'existent plus en Amérique depuis le miocène.

— Alors, il n'en reste plus ?

Fields serrait les dents.

— Si. Il en reste encore.

— Vivants ? Ou sur du papier ?

— Vivants.

— Comment ça se fait ?

— On a un Président que ça intéresse.

— Il fait quelque chose pour eux ?

— Oui. Il a, par exemple, aboli la ségrég...

Il s'interrompit. Il n'allait pas se laisser faire. Il refusait de marcher. Morel riait, la tête rejetée en arrière, avec tout le soleil d'Afrique étincelant sur son visage.

— C'est bien ça. En France, on a fait beaucoup pour les éléphants. On en a même tellement fait que la France a fini par devenir elle-même un éléphant, et maintenant elle est comme eux menacée de disparition... Dis-moi, photographe, tu crois toujours que je suis fou ?

— Oui.

— Tu as raison. Il faut être fou... Tu as de l'instruction ?

— Oui.

— Tu te rappelles, le reptile préhistorique qui est sorti pour la première fois de la vase, au début du primaire ? Il s'est mis à vivre à l'air libre, à respirer sans poumons, en attendant qu'il lui en vienne ?

— Je ne me rappelle pas, mais je l'ai lu quelque part.

— Bon. Eh bien ! ce gars-là, il était fou, lui aussi. Complètement louftingue. C'est pour ça qu'il a essayé.

C'est notre ancêtre à tous, il ne faudrait tout de même pas l'oublier. On serait pas là sans lui. Il était gonflé, il n'y a pas de doute. Il faut essayer, nous aussi. C'est ça, le progrès. A force d'essayer, comme lui, peut-être qu'on aura à la fin les organes nécessaires, par exemple l'organe de la dignité, ou de la fraternité... Ça vaudrait vraiment la peine d'être photographié, un organe comme ça. C'est pour ça que je te dis de laisser un peu de pellicule... On ne sait jamais.

— J'en laisse toujours, à tout hasard, dit Fields.

Il fit quelques efforts pour parler à Youssef, mais se heurta à un silence presque hostile. Depuis qu'ils avaient quitté le Kuru, l'adolescent paraissait torturé par quelque chagrin secret. Il veillait sur Morel avec une nervosité étrange, ne quittait jamais son arme et, la nuit, demeurait longtemps assis près du Français assoupi, le regardant à la clarté des étoiles, appuyé sur sa mitraillette. Il semblait lutter contre une angoisse profonde, dont le journaliste tenta en vain de déceler la raison ; il finit par conclure que l'adolescent comprenait que leur belle aventure approchait de son dénouement. Fields essaya aussi d'interroger Idriss, qu'on disait le meilleur de tous les pisteurs d'Afrique, — il était vraiment difficile de le soupçonner de quelque mobile idéologique secret. Il avait pris de lui d'excellentes photos : cette tête sauvage, ce nez busqué, aux deux sillons qui couraient comme deux entailles au couteau vers les rares poils gris du menton, les narines aux aguets et les yeux attentifs qui ne scrutaient d'autres pistes que celles de la terre africaine. Il n'obtint de lui que quelques monosyllabes, mais brusquement, alors qu'il avait épuisé toutes ses ruses d'approche, l'homme qui avait pourtant passé toute sa vie dans la brousse et parmi les troupeaux lui jeta presque violemment de sa voix gutturale :

— Là où il y a les éléphants, il y a la liberté...

Mais sans doute cherchait-il seulement à faire plaisir au blanc qui l'employait, et Fields se refusa énergiquement à croire que cet être noble et primitif pût être lui aussi contaminé par les idées. Il ne fallait cependant pas oublier qu'on se trouvait en Afrique française et que les

Français étaient parfaitement capables de lui avoir fourré leurs idées dans la tête. Les colonialistes ne respectent rien. Ils prenaient des êtres royaux dans leur beauté primitive, sereins dans leur ignorance, nobles dans leur simplicité, et les déformaient à leur gré dans l'étau des idéologies et de la politique. Il fallait en finir avec le colonialisme une fois pour toutes, et rendre à l'Afrique son vrai visage. Il n'y avait plus qu'un Français pour avoir cette idée stupide de vouloir en même temps aller de l'avant et défendre le caractère sacré des éléphants. Comment pouvait-on marcher triomphalement en avant, sur la route du progrès, si on voulait s'encombrer des éléphants ? Il y avait là une incompatibilité évidente. Abe Fields oscillait sur son cheval, gesticulant et faisant parfois des remarques à haute voix qui amusaient Morel. A un moment, il perdit complètement la tête, s'arrêta pour adresser aux éléphants une sommation : qu'ils paraissent devant lui et il les photographierait enfin ! — puis il les accusa de ne pas exister, d'être un mythe, une invention des libéraux et des intellectuels, une simple excuse pour faire crever Abe Fields, à la grande joie de ses concurrents. On le descendit de son cheval, on l'aida à s'allonger sous les arbres au bord de la piste, et Minna essaya de lui faire avaler un comprimé. « Ah ! Ah ! dit Abe Fields. Des comprimés de dignité ! » Il se révolta contre cette tentative ignoble. Il leur dit qu'il était un Américain sorti de la vase depuis vingt ans, date de sa naturalisation, et qu'il avait ainsi acquis des poumons pour respirer à l'aise. Il dormit une heure et se remit en selle, se demandant amèrement comment cette Allemande arrivait à supporter ce que lui, Abe Fields, le plus grand reporter vivant, n'arrivait plus à endurer. Chaque fois qu'il sortait de sa torpeur, il la voyait aux côtés de Morel, soutenue par quelque ridicule mais prodigieux amour de la nature. Et pourtant, aux étapes, lorsque Youssef et Idriss descendaient prudemment Abe Fields de son cheval, et qu'il faisait quelques pas, les jambes écartées comme s'il avait un poids de cent kilos à la place de la prostate, il voyait bien en la rejoignant que cette fille était, elle aussi, à bout. Son visage suant était gris et ses yeux exprimaient la souffrance physique, la seule qui fût vraiment insupportable, décida Fields, quoi qu'on en dît. Elle avait abandonné toute prétention à la féminité, même dans ses plus élémentaires pudeurs, et lorsqu'elle s'arrêtait, vingt fois par jour, et descendait de son cheval, aidée par Idriss, il fallait se détourner pour ne pas la voir, elle n'avait même plus la force de s'éloigner. Ce pauvre reptile féminin avait rampé courageusement jusque-là hors de la boue et des ruines de Berlin, mais son corps, qui lui avait déjà causé tant d'ennuis, avait encore une fois le dernier mot.

(Fields avait toujours été d'avis que les gouvernements ne faisaient pas assez pour les laboratoires de biologie, se préoccupaient trop de politique et pas assez de progrès biochimique. Une succession de vingt Einstein de la biologie pourrait facilement nous tirer de là, pensa-t-il. Il se sentit plein d'espoir et se mit à fredonner. Il vit clairement les reptiles, autour de lui, hocher la tête avec approbation. Fields dit plus tard qu'il avait à ce moment-là tous les signes du delirium tremens, provoqué par la sécheresse et la privation d'alcool et qu'il se voyait entouré d'un cercle fraternel de reptiles de sa taille, cuirassés d'écailles, la gueule ouverte largement, en train de faire des exercices respiratoires. Il essayait lui-même de son mieux, mais chaque fois ses côtes semblaient rentrer dans ses poumons, et il ne rêvait plus alors que de pouvoir retourner dans sa vase natale, ramper dans sa bonne flaque de boue bien fraîche, se rouler en boule et demeurer là, abandonnant une fois pour toutes ses rêves de dignité humaine. Et pourtant... Abe Fields, le précurseur, Abe Fields, le premier humain, Abe Fields, le premier reptile sorti de la vase à la conquête triomphale de la dignité... Ça, c'était une photo ! Ses concurrents pouvaient toujours se fouiller pour y arriver... Pulitzer Prize, Pulitzer Prize... Il se mit à pleurer d'espoir et d'émotion.)

Mais lorsque la fièvre s'apaisait, il ne pouvait s'empêcher de se sentir ému par le visage de Minna, par les efforts de cette fille pour suivre Morel là où il allait, avec des yeux agrandis par la souffrance et par sa volonté de persévérer.

— Si seulement je pouvais trouver du Vioforme...

— Vous ne pouvez pas continuer dans cet état-là, dit Abe Fields, qui se trouvait, au même moment, debout au bord de la piste, serrant un tronc d'arbre entre ses bras, les jambes écartées, tel qu'on l'avait descendu de son cheval, et convaincu que sa prostate allait éclater s'il faisait le moindre mouvement. Il faut le laisser continuer seul... C'est de la folie... Ça n'a pas de sens.

— Je voudrais seulement tenir jusqu'aux collines...

— Et après ?

— Ça m'est égal. Si je dois mourir, j'aime mieux que ce soit là-bas...

— Et après ? demanda Fields, posément.

Elle parut surprise d'abord, puis réfléchit, chercha une réponse et bien entendu, pensa Fields avec satisfaction, ne trouva rien : elle n'avait que ce courage ridicule, têtu, qui ne la quittait pas, une vraie obstination de Boche.

— C'est vrai, reprit-elle. Mais ça ne fait rien. Il faut bien essayer.

— Mais essayer quoi ? gueula Fields, complètement exaspéré par cette obstination bête et ce refus de voir les réalités. Au nom de quoi ? Pourquoi ? Qu'est-ce que ça peut foutre, bon Dieu, tout ça, dans ces conditions ? Vous vous adressez à qui, au juste ?

Elle était assise sur le talus, le visage ruisselant d'une sueur presque grise, son chapeau sur les genoux, sous ses mains inertes. Mais elle leva les yeux vers lui et il y vit ce qui le mettait chaque fois hors de lui : une petite lueur de défi et même de gaieté, qu'elle avait attrapée sans doute auprès de ce salaud de Morel. Dans ce visage vidé, dont les pommettes saillantes accentuaient encore la maigreur, dans ce visage réduit à sa plus simple expression, cela était d'autant plus intolérable qu'il sentait aussitôt la contagion le gagner : il s'entendit rire.

— Ça va, dit-il, ça va. Je connais la chanson. Mais on peut tout de même aimer les éléphants sans se laisser crever bêtement de dysenterie pour eux...

Elle secoua la tête.

— J'y crois, vous savez.

— A quoi ? gueula Fields.

Elle ferma les yeux et secoua la tête en souriant.

Au moment du procès, Fields devait se souvenir, au cours des derniers instants de l'interrogatoire, de cette incapacité ou de ce refus de chercher les mots qu'il fallait. Elle venait de reconnaître qu'elle avait refusé de se réfugier au Soudan après avoir délibérément choisi de demeurer auprès de Morel : il avait l'intention de continuer sa campagne après la saison des pluies, qu'il comptait passer dans les collines Oulé. Le président parut extrêmement satisfait.

— Ainsi vous étiez décidée à l'aider ?

— Oui.

Il y eut dans le public un frémissement. Son avocat ne put s'empêcher de lever les bras. Assis au fond de la salle, le Père Fargue émit un grognement qui voulait être discret, mais qui s'entendit dans toute la salle et probablement au-dehors. Les deux assesseurs noirs, sous leur toque rouge, parurent consternés : maintenant il allait être très difficile de l'acquitter. Au banc de la presse, Marstall, le célèbre journaliste d'extrême-droite de Chicago, se pencha vers sa voisine, une envoyée spéciale non moins célèbre, mais connue pour avoir son centre un peu plus au milieu, et il dit :

— Cette fille est allée jusqu'au bout de la haine... C'est les Russes qui lui ont fait ça, elle a été violée je ne sais combien de fois pendant la prise de Berlin.

Au premier rang des accusés, Waïtari demeura méprisant et lointain, Peer Qvist approuva gravement d'un mouvement de la tête, et Forsythe lui fit un petit signe d'encouragement. Derrière eux, Madjumba, N'Dolo et Inguélé — ce dernier avait passé la moitié de son temps de prévention à l'hôpital et semblait désespéré — parurent impatients et irrités, mais, seul au dernier banc des accusés, au-dessus des autres, et tendant continuellement le cou pour ne rien perdre du spectacle, Habib donnait tous les signes d'une franche gaieté — on le sentait heureux d'être là. Fields se tenait recroquevillé sur sa chaise, dans une position très inconfortable par cette chaleur, et qui l'aidait à transformer en tension physique sa tension nerveuse. Il était là en qualité de témoin, ce qui lui causait un préjudice sérieux, car il avait dû abandonner sa caméra et assister, impuissant et écœuré, au travail de ses concurrents, qui s'en donnaient à cœur joie. Il aurait payé cher pour pouvoir prendre une photo de Minna telle qu'il la voyait à présent, debout à la barre, avec sa blouse blanche et sa jupe de toile, ses yeux éloquents, insistants, comme ceux des muets qui cherchent à se faire comprendre, et cette chevelure blonde qui touchait maintenant presque ses épaules, et qui lui allait beaucoup mieux que les cheveux courts. Lourde et presque maladroite dans son excès de féminité. Il eût voulu photographier aussi les regards du public qui allaient vers elle : ils ne s'arrêtaient pas seulement à son visage et ne visaient pas uniquement la recherche de la vérité. Il comprit à ce moment-là pourquoi il était tellement facile de se tromper sur elle, pourquoi il s'était lui-même trompé au début : le destin de cette fille était d'éveiller chez les hommes une attention dont les neuf dixièmes étaient d'origine purement physique. Il restait très peu de place pour le reste.

— Ainsi, contrairement à tout ce que vous avez affirmé au début, vous n'aviez aucune intention de convaincre Morel de se constituer prisonnier, mais au contraire vous vouliez l'aider à continuer sa campagne terroriste ?

— Je voulais rester avec lui.

— Pourquoi ?

Elle chercha à s'expliquer. Dans un regard d'abord : mais elle vit bien vite que c'était inutile.

— Je ne sais pas, peut-être parce que je suis une Allemande... Ce que je veux dire, c'est qu'avec tout ce qu'on a raconté sur nous — oh ! il y a beaucoup de vrai — je pensais... je me disais...

— Nous vous écoutons.

— Je me suis dit : il faut qu'il y ait aussi quelqu'un de chez nous, avec lui... Quelqu'un de Berlin.

— Vraiment, je ne vois pas le rapport. Expliquez-vous.

— Eh bien ! ce que je veux dire, c'est que nous croyions aussi à tout cela...

— A quoi ?

— A ce que Morel essayait de faire... A ce qu'il défendait.

— Les éléphants ?

— Oui. A la protection de la nature...

— C'est tout ? Et vous étiez prête à risquer votre liberté, et même peut-être votre vie, puisque vous étiez malade, pour défendre des bêtes ? C'est ça que vous voulez nous faire croire ?

— Pas seulement ça.

— Quoi alors ? Pourriez-vous avoir une fois pour toutes l'extrême obligeance de dire à cette cour ce que selon vous Morel « défendait » exactement ?

Elle demeura sans répondre, essayant encore une fois, et presque désespérément, de s'expliquer dans un regard.

— Le nationalisme africain ? L'indépendance de l'Afrique ?

— Non...

— Alors, quoi ?

— Je ne sais pas... Je ne sais pas le dire.

— Voulez-vous le dire en allemand ? Nous avons ici un interprète.

— Je ne pourrais pas le dire en allemand non plus.

— C'est bien ce que je pensais, dit le président avec satisfaction.

Agrippé au pommeau de la selle pour éviter de peser trop lourd sur sa prostate, Fields se disait rageusement que les humanitaires étaient en vérité les derniers et les plus insupportables des aristocrates, qu'ils n'apprenaient jamais rien et oubliaient toujours tout. Ils continuaient à s'enthousiasmer pour les splendeurs de la nature, à réclamer sans se décourager le respect de la nature, à réclamer sans se décourager le respect d'une marge humaine, quelle que fût la difficulté de notre marche en avant, comme ils s'enthousiasmaient depuis des siècles pour la liberté et la fraternité sans être gênés le moins du monde par les camps de travail forcé et les nationalismes ; ils réclamaient la protection des éléphants sans prêter la moindre attention au tas d'ivoire qui grandissait autour d'eux. Pourtant la disparition de ces pachydermes était inscrite dans l'édification du monde nouveau, de l'Afrique nouvelle, comme la disparition des bisons et des buffles le fut jadis dans celle des États-Unis d'Amérique. C'était un processus irréversible et il était tout aussi absurde de s'en prendre au communisme qu'au capitalisme américain : si le colonialisme lui-même était en voie de disparition, il était pour le moins probable qu'une servitude encore plus grande le remplacerait. La manifestation de Morel n'avait pas de sens, parce qu'il n'y avait personne pour répondre à ses signaux de détresse. La tragédie de cet homme était qu'il n'avait pas d'autre interlocuteur que lui-même. La seule chose qui pourrait nous tirer de là, pensa Fields, c'est une révolution biologique, mais sur ce point encore la recherche scientifique s'égarait dans d'autres directions... C'était dommage. Car le courage ne manquait pas, ni même une volonté extraordinaire... Pour s'en convaincre, il n'y avait qu'à voir cette fille qui refusait de se laisser abattre par sa misère physiologique et se retrouvait à chaque halte aux côtés de l'homme qui croyait ce siècle encore capable de s'encombrer des éléphants. Dans la poussière dorée, avec ses cheveux blonds, et les lignes de son corps dont aucun épuisement n'arrivait à entamer la douceur, c'était une vision qu'il eût aimé avoir toujours devant lui. Fields les voyait parfois se tourner l'un vers l'autre pour se parler, ou pour échanger ce sourire de complicité ironique qui le remplissait chaque fois d'une folle indignation. Ce n'était même plus de l'obstination, mais vraiment le signe de quelque congénitale et contagieuse imbécillité. On eût dit qu'ils avaient vraiment la certitude de marcher vers un avenir radieux. Et chemin faisant, ils avaient encore l'insolence d'admirer le paysage.

— Regarde, photographe, la plaine de l'Ogo et les premières collines, derrière... Ce que ça peut être beau ! Tu devrais prendre ça en couleur.

— Je n'ai pas l'intention de gaspiller mon dernier film, grommela Fields. Du reste, je n'en ai plus, en couleur.

— Dommage. Tu le réserves à quoi, exactement, ton bout de film ? A mon arrestation ?

Il rigolait.

— Tu te fais des illusions... Il ne m'arrivera rien.
Ils s'arrêtèrent dans un village à quelques kilomètres à peine des premiers contreforts des collines Oulé, où commençait la forêt de bambous. Toute la population les regardait passer. Idriss eut un long conciliabule avec un petit homme ratatiné, aux bras labourés par des cicatrices, qu'il connaissait depuis trente ans, depuis la grande époque de la chasse professionnelle. Ses doigts étaient morts, et les cicatrices sur ses bras et sur ses mains étaient le souvenir des griffes du lion qui avait tué Bruneau de Laboré, en Oudaï, en 1936. Ils apprirent de l'homme qu'à la suite de la découverte de la grotte dans les Oulés, avec les armes, les réserves de vivres et de munitions, un détachement militaire de cinquante hommes, deux camions et une jeep, avait été envoyé sur place et se trouvait encore dans la région. Idriss fit un nouvel effort pour convaincre Morel de s'écarter de la piste afin d'éviter une rencontre, d'abandonner provisoirement l'idée de rejoindre d'une traite les collines, pour se terrer dans la brousse pendant quelques jours. Fields le vit discuter avec animation, en désignant parfois la piste du doigt. Ils étaient arrêtés sous le grand arbre de la place où se tenaient depuis un siècle les réunions des anciens, entourés par les roquets jaunes, misérables, éternels parias de tous les villages africains, qui couraient autour d'eux en glapissant, cependant que les habitants sortis de leurs cases retenaient leurs enfants et les regardaient de loin. Youssef ne disait rien, le visage fermé, immobile sur son cheval, serrant la mitraillette dans ses bras. Tombées de l'arbre, les ombres et les lumières se déplaçaient sur eux au moindre mouvement. Idriss insistait, gesticulait avec véhémence, parlait avec volubilité, ses draperies bleues coulant sur son bras à chaque geste de sa main levée. Morel l'écoutait attentivement, mais secouait la tête. Une ou deux fois, pendant qu'Idriss essayait de le convaincre, il jeta un coup d'œil rapide à Minna. Elle était assise par terre, les genoux ramenés jusqu'à son menton. Elle s'efforçait de dissimuler par son attitude ce qu'il était impossible d'ignorer : elle était à bout. Les gouttes de sueur autour de ses lèvres n'étaient plus

celles de la chaleur, mais de l'épuisement. Fields lui-même se sentait à peu près aussi solide qu'un chiffon mouillé, cependant il savait qu'il pourrait encore tenir le coup tant qu'il lui resterait un bout de film. Mais comment demander à la malheureuse, dans l'état où elle se trouvait, d'escalader les rochers de la forêt de bambous. Idriss se tut enfin, après avoir pointé encore une fois énergiquement l'index vers le bout de la piste. Morel fit un geste d'approbation.

— Je sais bien qu'on va droit dessus, dit-il. Seulement, eux aussi ils doivent savoir maintenant que nous sommes par là. Ou je me trompe fort, ou ils vont s'écarter discrètement de la piste pour ne pas nous tomber dessus. Ils vont nous laisser passer. Ils ont dû recevoir des ordres... Et même s'ils n'en ont pas reçu, ça leur ferait mal au ventre de nous arrêter. Merde, ce sont des soldats français, après tout. Les éléphants, ça les connaît... Ils les ont toujours défendus et c'est encore ce qu'ils sont venus défendre en Afrique...

Il y avait en lui une confiance et une certitude auxquelles il était impossible de résister. On se sentait gagné par la contagion comme par une marée. Il y avait bien la petite lueur de gaieté dans ses yeux bruns, mais elle devait y être depuis toujours et c'était sans doute simplement une table de couleur plus claire dans ses prunelles. Fields décida de remettre à plus tard de s'y retrouver. Pour le moment, il était trop fatigué, il ne pouvait que le suivre. Il vit Minna se lever et tous deux reprirent leur place dans le petit groupe derrière Youssef. L'adolescent se tenait si près de Morel que les flancs de leurs chevaux se touchaient parfois, et son visage sans expression sous le vernis de la sueur avait maintenant des lueurs d'angoisse, alors qu'il fouillait du regard la piste qui s'allongeait droite et vide devant eux entre les arbres, l'arme prête, serrée contre son coude.

Youssef sentait la révolte grandir dans son cœur, et c'était une révolte qui n'avait plus qu'un lointain rapport avec celle qui l'avait poussé jadis à se joindre à Waïtari.

Quelque part devant eux, sur cette piste qui s'étendait entre les premiers arbres de la forêt, allait apparaître d'un moment à l'autre un détachement de soldats qui avaient l'ordre, il le savait, et quoi qu'en dît Morel, d'arrêter le Français et de le prendre vivant, pour qu'il pût proclamer tranquillement à la face du monde entier la vérité sur ses éléphants ridicules. Mais sa révolte ne venait pas de son appréhension. Il avait été placé par Waïtari auprès de Morel dès le début, pour veiller sur ses moindres gestes et, surtout, pour empêcher qu'il ne tombât vivant aux mains des autorités. Il fallait à tout prix qu'il ne pût proclamer, au cours d'un procès où les yeux du monde entier seraient braqués sur lui, que les désordres à son actif n'avaient qu'un seul but : la protection de la faune africaine, et qu'il avait mené ce combat insensé uniquement pour défendre les éléphants, pour exiger le respect d'une marge d'humanité parmi nos luttes les plus cruelles, quelle que fût la pression de l'Histoire ou le but poursuivi. S'il tombait vivant aux mains de la police, rien ne pourrait le retenir de crier au monde sa vérité essentielle, d'affirmer que l'indépendance de l'Afrique l'intéressait dans la seule mesure où elle garantissait le respect de ce qu'il voulait sauver, qu'il n'avait aucun but politique mais strictement humanitaire, qu'il se réclamait simplement d'une certaine conception d'humanité. Il fallait l'empêcher de causer ce tort à la cause du nationalisme africain, d'autant plus qu'il allait sûrement accompagner ses discours de dénonciations de tous les nationalismes quels qu'ils fussent ; il le faisait en toute occasion. Il fallait le supprimer à temps et le présenter ensuite comme un héros du nationalisme africain, abattu par les tueurs colonialistes dans quelque coin obscur de la forêt. Les instructions que Youssef avait reçues étaient formelles, mais la présence du journaliste avait compliqué les choses dès le début. Au lieu de rejoindre Fort-Lamy, comme il l'avait annoncé, le reporter s'obstinait à suivre Morel comme s'il avait l'intention de ne pas le quitter. Mais cette complication elle-même n'était rien à côté du trouble qui torturait Youssef. Ce qui grandissait en lui, c'était une poussée qui ressemblait fort à un refus d'obéissance. Étudiant en droit, acquis à la cause du nationalisme, il avait dû, pour obéir à Waïtari, se déguiser en simple serviteur et il vivait ainsi auprès de

Morel depuis plus d'un an. Il y avait des moments où il se laissait gagner par cette contagion de confiance et d'espoir qui émanait du Français, et pour lui qui avait été formé dans des universités françaises, il était difficile de ne pas comprendre l'importance et l'urgence de ce que Morel défendait. Car il se mêlait à tout cela un certain nombre de vieilles notions acquises au lycée, à l'université, des textes appris par cœur et récités, des mots, rien que des mots, bien sûr, mais auxquels pour la première fois ce Français parvenait à donner un accent de vérité. Il ne s'agissait même plus de savoir si les fins justifient ou non les moyens, il ne l'avait jamais cru ; si l'homme était capable de fraternité vraie, ou s'il devait demeurer une irrémédiable contrefaçon. Il n'était pas question de renoncer à l'indépendance de l'Afrique, mais cette indépendance ne lui paraissait plus séparable à présent d'un but beaucoup plus important et encore plus menacé. Pourtant ses ordres étaient précis : il fallait à tout prix empêcher Morel de tomber vivant aux mains des autorités. Sa fidélité au Mouvement demeurait entière, mais il se demandait si elle était compatible avec ce qu'il attendait confusément. Il y avait là bien sûr quelque chose d'assez difficile à concilier avec une rafale de mitraillette dans le dos. C'était pourtant ce que le Mouvement exigeait de lui au nom d'une logique indiscutable et de nécessités impérieuses. Et quel droit avait-il de se soucier d'autre chose que de cette volonté du peuple africain d'entrer dans l'Histoire ? La seule excuse qu'il avait était la présence du journaliste, un témoin plus que gênant, mais si le détachement militaire apparaissait au bout de la piste, il n'aurait plus le choix. Il tenait donc son arme prête — avec un manque total de résolution, le visage impassible et le cœur bouleversé, luttant de son mieux contre l'élan de sympathie qui le portait vers ce Français : il le suivait depuis si longtemps et le voyait éternellement condamné à se trouver pris entre deux feux, lui qui continuait à défendre avec une confiance et un optimisme tellement contagieux une cause dont le monde qui venait n'avait plus aucune intention de s'embarrasser.

La piste montait droit devant eux, en une pente légère qui paraissait finir dans le ciel.

Ils avaient quitté la petite brousse et les premiers arbres se dressaient des deux côtés du talus, de plus en plus serrés. Fields, peut-être à cause de ses expériences passées au cours des patrouilles en Corée et en Malaisie, luttait contre la conviction que le silence et le vide qui les entouraient recelaient une présence humaine cachée — il n'y avait rien de tel pour rendre la brousse silencieuse.

Il était prêt à parier n'importe quoi qu'ils étaient en train de tomber dans une embuscade. Mais le silence durait et la piste continuait à être déserte. Seuls parfois des babouins en bandes sortaient des fourrés et se mettaient à courir devant eux. On en trouvait par grappes, noyés au fond des puits à la recherche de l'eau, ou étouffés dans les jarres de mil qu'ils avaient tenté de piller, et dont le couvercle s'était rabattu sur eux. Le ciel était cotonneux et terne : Fields examina son objectif, modifia le diaphragme et la vitesse. Il s'aperçut aussi qu'il n'était pas le seul à lutter contre l'appréhension. Il avait perçu à plusieurs reprises les regards que Youssef jetait autour de lui, les ramenant parfois sur Morel, qu'il touchait presque du bout de son arme. Fields remarqua que le chargeur était engagé.

Le détachement du lieutenant Sandien, qui suivait la piste en sens inverse, se trouvait à ce moment-là à trente kilomètres devant eux. Le lieutenant était en tête dans sa jeep, suivi par deux camions de tirailleurs de l'Oubangui. Il roulait à vive allure sous un ciel gris qui paraissait enfin sur le point de s'ouvrir. Il revenait des Oulés, où des désordres s'étaient produits comme presque chaque année, au moment des fêtes d'initiation — celles-ci étaient terminées et la tribu avait offert à Sandien les six outres de sang de bœuf chaud en signe de soumission et de repentir. Quelques années à peine avant la Première Guerre mondiale, la cérémonie se faisait encore avec le sang humain. Le lieutenant Sandien ignorait la présence de Morel dans la région et les derniers ordres qu'il avait reçus à son sujet dataient d'avant l'affaire de Sionville et précisaient, comme à tous les autres commandants militaires du territoire, de rechercher et d'arrêter le « rogue » par tous les moyens. Mais il était convaincu que l'aventurier s'était réfugié au Soudan. Le lieutenant était un grand garçon blond, d'aspect sportif, sorti un des premiers de sa promotion de Saint-Cyr, blessé en Corée. Il dit plus tard à Fields, avec une nuance de regret et même de gêne dans la voix, comme s'il cherchait à se justifier :

— J'étais à mille lieues de me douter que Morel se trouvait lui aussi sur la piste, presque sous mon nez, je n'avais donné aucun ordre d'alerte, ni rien. Nos armes n'étaient pas chargées, j'avais seulement mon revolver d'ordonnance et le sergent derrière moi dans la jeep avait seul une arme prête à tirer. Lorsque nous sommes tombés sur vous, je peux dire que c'était inattendu, et même alors j'ai d'abord pensé qu'il s'agissait de planteurs en balade. Cela vous explique le coup de surprise et le temps perdu. Dommage... Je me suis fait sérieusement engueuler. Mais de toute façon, je ne pense pas que cela aurait changé quelque chose... Enfin, c'est dommage malgré tout, ça devait être quelqu'un d'assez étonnant. Car c'est merveilleux de voir à notre époque et avec toutes les difficultés qu'on a, un homme encore capable de se passionner à ce point pour les éléphants...

Youssef se tenait à un mètre à peine derrière Morel, le doigt sur la détente, et Fields devait se souvenir jusqu'à la fin de ses jours de ce visage noir dans ses draperies blanches, un visage où la sueur coulait en gouttes épaisses sous l'effet de l'angoisse et de l'hésitation, et où chaque trait portait la marque d'une souffrance presque physique.

Pourtant la piste demeurait silencieuse et déserte entre les arbres, et Fields n'entendait d'autre bruit que le battement du sang à ses oreilles. Mais son vieil instinct de professionnel continuait à lui crier la présence du danger, l'imminence d'un dénouement tragique, et il vérifiait nerveusement toutes les quelques secondes l'objectif de sa caméra, pressentant avec une certitude croissante que la fin de l'aventure était là, à quelques pas devant eux.

Schölscher avait attendu les camions de Waïtari à cinquante kilomètres de la frontière soudanaise, dans l'amoncellement de granits du défilé d'El Garajat, à l'endroit précis où, près d'un demi-siècle auparavant, la mission topographique du capitaine Gentil avait été massacrée par les cavaliers nubiens. Alors qu'il était déjà en marche vers le Kuru pour arrêter Morel, Schölscher avait appris par un message de Gfat retransmis par Lamy que les dissidents soudanais avaient passé la frontière. Il n'avait que vingt hommes avec lui, et il décida d'arrêter les contrebandiers à leur retour, au seul endroit où la configuration du terrain lui permettait de dissimuler ses méharis et ses hommes. Il était en liaison radio avec le lieutenant Dulud qui était demeuré avec douze hommes sur la piste de Gfat, bien qu'il fût peu probable que Morel se risquât sur ce carrefour notoirement surveillé. Il se demandait ce que les déserteurs des régiments soudanais révoltés pouvaient bien faire sur le Kuru. La plupart s'étaient réfugiés dans la brousse du sud ou avaient fait leur soumission, et l'amélioration des rapports avec l'Égypte, ainsi que l'approche de l'indépendance, avaient rendu stériles toutes les manœuvres des derniers partisans de l'union. Sans doute s'agissait-il de quelques contrebandiers d'armes, qui opéraient plus au sud que d'habitude pour déjouer la surveillance sur leurs points de passage coutumiers. Le 23 juin, à trois heures de l'après-midi, Schölscher vit des colonnes de sable monter loin, à l'ouest, dans un air d'une telle transparence qu'il fut étonné d'avoir à attendre une demi-heure avant d'apercevoir les trois camions, plus quinze autres minutes avant de donner l'ordre de tirer sur les pneus. Les camions stoppèrent immédiatement, sauf le dernier qui bifurqua à gauche, s'engagea sur les pierres qui sautaient en pétaradant, et se renversa sous le poids de son chargement d'ivoire, qui se déversa sur le sol sous les yeux stupéfaits de Schölscher. Une rafale de mitraillette partit de la cabine du deuxième camion, des hommes bondirent au-dehors et se jetèrent à plat ventre derrière les cailloux, plutôt pour se mettre à l'abri que pour résister, mais les rafales continuaient à partir du camion, arrosant en vain le rocher. Il y eut ensuite un moment de silence total, puis trois jeunes gens, en tenue kaki et mitraillette au poing, sautèrent à terre et s'élancèrent en tirant sur les rochers. L'un d'eux, en pleine course, poussa soudain un long cri strident — Schölscher reconnut le vieux cri de guerre des Oulés : le jeune étudiant en droit qui l'avait lancé retrouvait ainsi, spontanément, le plus ancien réflexe guerrier de sa tribu. Il était évident que les trois jeunes nationalistes demandaient à mourir et que c'était là encore un baroud d'honneur, un de plus, sur le chemin étoilé de l'humanité, un geste, pensa-t-il, inspiré par nos plus hautes traditions, nos manuels d'histoire et tout ce que nous leur avons appris. Il se sentit aussi triste que l'on peut être lorsqu'on croit encore malgré tout à la fraternité humaine. Mais derrière les pierres, les vieux méharistes de Schölscher riaient entre eux et ne tiraient pas. Les jeunes gens vidèrent leurs chargeurs, puis baissèrent les bras, abandonnés à la banalité de leur vie sauve et à la solitude de leur espérance. La portière du premier camion s'ouvrit brutalement, une main agita une casquette de yachtman dont la coiffe sale pouvait passer à la rigueur pour un drapeau blanc. Habib descendit, les bras levés, serrant encore nerveusement entre ses dents un cigare écrasé par le choc contre le pare-brise. Derrière lui, apparut lentement une belle tête d'Africain sous un képi bleu horizon. Schölscher réunit les Soudanais qui avaient jeté leurs armes et levaient les mains en l'air en riant. Il y avait parmi eux trois blancs — il s'occuperait d'eux plus tard —, il s'approcha de Waïtari et de Habib : le Libanais, bien que légèrement blême, eut un rire silencieux.

— Je n'y suis pour rien, je ne faisais que passer; parole d'honneur! dit-il.

Waïtari lui jeta un regard de mépris avant de parler :

— Nous sommes des soldats en uniforme, et nous demandons à être traités comme tels.

Schölscher dut faire un effort pour détacher ses yeux du képi bleu horizon aux étoiles noires. Il n'y avait peut-être pas, dans tout le firmament, d'étoiles plus perdues et plus isolées que ces étoiles-là.

— Bonjour, monsieur le Député, dit-il.

— Il y a longtemps que j'ai laissé ça derrière moi et vous le savez bien, dit Waïtari. Je suis ici en tant que combattant de l'armée de l'indépendance africaine, faites votre métier.

Schölscher jeta un coup d'œil aux trois jeunes gens qui se tenaient derrière leur chef — l'un avait une bonne tête d'intellectuel de chez nous, l'autre avait surtout des poings fermés et le troisième, un visage d'une douceur et d'une tristesse qui le forcèrent à se détourner avec colère et regret. Il faudrait peut-être former les masses avant les élites, pensa-t-il, ou alors, on fait des désespérés.

— Sur combien de jeunes gens comme ceux-là pouvez-vous compter parmi les Oulés ? Combien sont prêts à vous suivre ?

— Je m'adresse à l'opinion publique mondiale, dit Waïtari. Je ne m'adresse pas encore aux Oulés... L'opinion publique mondiale, voilà mon armée. Faites votre métier, Schölscher, et surtout, n'essayez pas de me donner des leçons. Je puis dire, je crois, que j'ai une expérience politique un peu plus étoffée que celle d'un petit officier méhariste qui a passé son temps parmi les chameaux du désert. Je sais ce que je fais. Je me constitue prisonnier. Demain, votre presse sera bien obligée d'annoncer au monde que l'armée de l'indépendance africaine a eu son premier combat et que son chef est en prison. Cela me suffit — pour le moment.

— Je crains qu'il n'y ait un malentendu, dit Schölscher, vous ignorez sans doute que vos camions sont littéralement bourrés d'ivoire...

Malgré lui, il ne put s'empêcher de sourire.

— Si bien que mon rapport ne fera mention que de pilleurs d'ivoire surpris au moment où ils revenaient d'un raid — pas très différent de ceux que nos vieux amis les Kreichs font un peu plus au sud avec des moyens, il est vrai, beaucoup moins perfectionnés. Dommage d'avoir mêlé votre nom à ça...

— Cet ivoire est destiné à payer au moins en partie

nos armes, dit Waïtari. Tout ce que cela prouve, c'est que contrairement à vos allégations, je ne suis à la solde d'aucune puissance et que je n'ai personne vers qui me tourner, si ce n'est l'opinion publique mondiale. En tout cas, vous ne pourrez plus prétendre que les récents désordres en Afrique sont dus uniquement à un excité qui réclame la protection des éléphants... Ça ne prendra plus. On saura enfin la vérité... Je le dirai encore mieux et plus clairement au procès.

— J'admets que je n'ai pas votre expérience politique, dit Schölscher, mais je vous suggère aussi de dire que ces camions d'ivoire ont été placés par les autorités françaises sur votre route, pour tenter de vous discréditer... Puisque tous les coups sont permis.

Waïtari haussa les épaules et lui tourna le dos. Quant à Habib, il avait retrouvé tout son aplomb.

— Parole d'honneur, dit-il, je faisais simplement de l'auto-stop...

Schölscher obtint de lui toutes les informations qu'il voulut sur Morel et ses intentions. Il se mit en liaison radio avec le lieutenant Dulud, qui lui apprit l'arrestation de Forsythe et de Peer Qvist trente-six heures auparavant, alors qu'ils allaient franchir la frontière soudanaise. Il passa le commandement à son adjoint, prit six hommes et le camion en meilleur état, recueillit l'essence qui restait et se mit immédiatement en route. Il ne demeura que quelques heures sur le Kuru, et essaya de rattraper Morel dont il retrouva sans peine la trace à Gola : il s'en fallut d'une demi-heure qu'il arrivât à temps.

Au moment où Morel passait devant l'enclos qui abritait l'école coranique, le *mullah* Abdour, assis dans son burnous immaculé à l'ombre d'un acacia, lui jeta un regard prudent. Ostensiblement, il faisait à sa classe le commentaire de la Parole, mais il l'agrémentait de quelques nouvelles de la guerre sainte qu'il avait recueillies dans le Nord. Une vingtaine d'élèves de douze à quinze ans se tenaient devant lui, absorbés par celui qui semblait avoir hérité de tout l'art des conteurs arabes. Les poules caquetaient dans l'enclos, deux chiens jaunes se prenaient à la gorge, mais les élèves, assis les jambes croisées à l'ombre du plus bel acacia du village, écoutaient bouche bée celui qui revenait de loin avec des récits enivrants. Les infidèles fuyaient devant la colère du Tout-Puissant — mais il n'y avait pas de refuge contre l'Unique Partout-Présent. La colère du Majestueux, du Suprême, du Havy Lel Qayyoun, Le-Seul-Vivant-subsistant-par-soi, se manifestait partout comme la bonne saison. On voyait les grains de sable du désert se transformer en autant de cavaliers en armes qui déferlaient sur les villes des sans-foi par vagues irrésistibles — et voilà pourquoi les pauvres hors-lumière n'avaient jamais compris qu'il y eût si peu d'eau et tant de grains de sable dans le désert... Abdo Abdour avait recommencé ce discours plus de cent fois depuis qu'il avait quitté l'université de Moussoro, où il se rendait chaque année en même temps que dix autres propagateurs de la Parole dans les tribus ; il regardait donc autour de lui rêveusement tout en parlant, s'efforçant de ne pas bâiller, se grattant parfois le poil gris, l'œil mouillé par l'exaltation de la Vérité, mais cherchant dans le paysage quelque sujet de distraction. C'est ainsi qu'il vit passer Morel au pas, couvert de poussière, suivi d'une femme et de trois hommes, dont un blanc. Il le reconnut immédiatement — il avait dû donner à plusieurs reprises des renseignements à son sujet. Il reconnut également l'adolescent qui le suivait de près, une mitraillette sous le coude. Il fut frappé par l'aspect du visage du Français, mais conclut simplement que *Ubaba-Giva,* l'ancêtre des éléphants, allait mourir. Un deuxième regard sur le visage fermé et déterminé de l'adolescent qui le suivait le confirma dans cette impression. Ce qui était écrit depuis longtemps était enfin sur le point d'arriver... Abdo Abdour était un agent très bien renseigné.

A Fort-Lamy, le gouverneur bougea dans son fauteuil et chercha quelque chose à dire. Il y avait douze heures qu'il attendait un message radio.

— Je ne comprends pas... Schölscher doit être sur le Kuru depuis ce matin... De toute façon, ça ne peut plus tarder. J'espère qu'ils vont nous le ramener vivant, pour qu'il puisse s'expliquer.

— Ça m'étonnerait, dit Herbier.

Il était venu rendre compte de la situation dans sa région, mais le gouverneur le retenait sous un prétexte ou un autre depuis trois jours. Ils étaient des amis de trente ans que la chance et la promotion avaient séparés : l'un était parvenu au sommet, alors que l'autre s'était arrêté, sans doute pour toujours, aux échelons intermédiaires.

— Ça t'étonnerait ?

Herbier ôta la pipe de sa bouche. Il a tort de se balader partout avec cet instrument, pensa le gouverneur : une énorme pipe jaune recourbée, en écume, avec laquelle il apparaissait dans les réceptions et les réunions officielles et qui accentuait juste ce qu'il fallait son côté un peu original et excentrique, le côté « vieux broussard », qui ne lui faisait aucun bien parmi ceux qui parlaient de l'urgence à donner à l'Afrique une infrastructure moderne, ou des cadres animés par un esprit nouveau. Il y avait longtemps que le gouverneur voulait lui en parler, mais il n'avait jamais osé courir le risque de se frotter à l'humour de l'autre, qu'il connaissait bien. Cet objet ridicule en forme de pipe était probablement devenu pour Herbier un véritable compagnon, et il était à la fois trop tard et trop tôt pour procéder ainsi à un *post mortem* de sa carrière : les deux hommes étaient à quelques années de la retraite.

— Ça m'étonnerait qu'il se laisse prendre vivant... Je ne crois pas que Morel tienne à vivre dans *nos* conditions... Je veux dire : dans nos conditions biologiques...

Le gouverneur haussa les épaules. Il paraissait vieilli et triste.

— Il est assez difficile de mettre ça dans un rapport officiel, dit-il. Nous n'avons pas encore, au Ministère, une sous-direction métaphysique, où il serait possible de se réfugier en cas de problèmes graves. Ça viendra. En attendant, je veux qu'on me l'amène ici et qu'il s'explique. A Paris, ils croient de moins en moins aux éléphants. Pour eux, c'est clair : il s'agit d'une provocation politique. Mais on verra bien. Il nous le dira...

Il eut un sourire.

— Ça peut t'étonner, mais d'une certaine façon, je lui fais confiance. Ça a l'air con, mais je crois que c'est un pur... Un enragé, bien sûr, un piqué, mais un sincère, un type qui en a eu assez. Assez de nous, assez de nos mains, de nos cœurs, de nos pauvres cerveaux... Assez de la condition humaine. Évidemment, ce n'est pas à cheval et les armes à la main qu'on peut en sortir. Mais ce n'est pas un coup foireux. Il est devenu amok... Et soit dit tout à fait entre nous, il y a des moments où je le comprends... Bref, je veux qu'il vienne ici, qu'il s'assoie sur cette chaise, et qu'il s'explique. Pour le reste... Ma carrière, tu sais, au point où j'en suis...

Il leva les bras. Herbier sourit : l'un allait prendre sa retraite comme gouverneur et l'autre comme administrateur de première classe. Mais Herbier aimait beaucoup trop l'Afrique et son peuple pour regretter de n'avoir jamais pu les contempler des hauteurs : une belle vue, peut-être, mais une vue de loin. A l'immensité des panoramas, il préférait l'intimité des paysages. Il avait depuis longtemps choisi la base, la terre, les paysans noirs, et il y était demeuré — solidement accroché. Il n'avait jamais rêvé des sommets. Il dit, doucement :

— Ce type-là est atteint d'une conception trop noble de l'homme... Une exigence comme ça, ça ne pardonne pas. On ne peut pas vivre avec ça en soi. Il ne s'agit même pas de politique, d'idéologie... Il nous manque quelque chose de plus important à ses yeux, un organe, presque... On n'a pas ce qu'il faut. Je serais très étonné s'il se laissait prendre vivant.

A la terrasse du Tchadien, en dehors de Joubert, il n'y avait personne. Il était venu s'asseoir là, après avoir envoyé son dernier papier sur l'affaire, peut-être parce qu'il avait besoin de se retremper dans un paysage qui révélait si bien de quoi il s'agissait. Il suffisait de regarder autour de soi pour comprendre. Au-delà du parapet, la mollesse du fleuve dans ses écailles de lumière, entre des faisceaux d'herbes brûlées, semblait ralentir le temps lui-même, et le palmier solitaire de

Fort-Foureau, dans ce paysage-là, semblait avoir perdu beaucoup de membres de sa famille. Ce qui le fascinait dans la révolte de Morel, c'est qu'elle n'était pas la première. Il y avait eu d'autres protestations. Au temps du Bas-Empire égyptien, par exemple, on avait vu la foule descendre dans les rues et envahir les temples en menaçant les prêtres épouvantés. Cette foule égyptienne d'il y a quatre mille ans ne réclamait ni du pain, ni la paix, ni la liberté. Elle réclamait l'immortalité. Elle lapidait les prêtres et exigeait l'immortalité. La manifestation de Morel avait à peu près autant de chance d'aboutir. Debout sur les collines d'Afrique, il gesticulait, vociférait, protestait et faisait des signaux condamnés à demeurer sans réponse. Pour l'essentiel, la condition humaine n'était pas susceptible de recevoir une solution politique, l'injustice était telle qu'il n'y avait pas de révolution humaine capable de la redresser.

Rue Pierre-Curie, à l'Institut de Biologie, Wasser relut pour la dernière fois les résultats des travaux de la journée. Il avait depuis un mois l'impression de toucher au but. La somme des observations accumulées commençait à s'orienter nettement dans une seule direction possible. Il avait dès le début pressenti que le cancer n'était pas une maladie causée par un certain virus, mais une maladie du virus lui-même, une déficience de celuici, lorsque l'organisme cessait d'assurer des conditions normales d'existence. Autrement dit, au lieu d'entrer en lutte avec lui, il fallait au contraire traiter, définir les conditions normales d'entente physiologique avec le virus. Sa pensée était à ce point canalisée en direction de son travail qu'il ne dormait plus que quatre heures par nuit et ne mangeait que lorsque quelqu'un insistait. Il prenait ses repas dans des cantines d'étudiants, portait des vêtements que ses amis lui offraient, il refusait systématiquement de travailler pour l'industrie privée. Il n'était pas vraiment désintéressé et il le savait. C'était une question d'amour-propre, de dignité. Les conditions biologiques actuelles de l'existence humaine lui apparaissaient comme une injustice de l'ordre du scandale. Et l'idée qu'il se faisait de la dignité humaine était incompatible avec l'humiliation de voir des millions d'hommes mourir dans la force de l'âge par suite d'une simple erreur sur la cause. Il luttait de son mieux. Nous n'avions aucune raison de nous contenter des conditions physiologiques que la nature nous avait faites il y avait quelque cinq cent mille ans. Il était inadmissible qu'après cet immense laps de temps l'homme demeurât pour l'essentiel dans un état d'évidente infirmité. Wasser croyait au progrès, et se tenait à l'avant-garde de la lutte. En sortant de l'Institut, il acheta le journal et y chercha les nouvelles de l'homme qui partageait si clairement son indignation, et son refus de capituler devant les conditions de vie qui nous étaient faites. Il se sentait en parfait accord avec ce révolté, accusé de misanthropie. Que l'on manifestât avec un tel éclat son refus de se soumettre à la condition humaine présente, condition d'infirme, voilà ce qui le touchait profondément. Il aurait voulu l'aider, mais la recherche scientifique demandait beaucoup de patience, et on ne transforme pas l'humanité d'un coup de baguette magique à l'intérieur d'un laboratoire : et le bougre était trop pressé. Il fallait une longue patience, une succession de découvertes, un travail de synthèse et d'exploration, notamment de la masse du cerveau, dont les trois quarts demeuraient encore inutilisés, mystérieux, réservés à quelque fonction à venir — et qu'il importait enfin d'exploiter, de mobiliser. L'avenir était probablement là, dans ces cellules encore anonymes et secrètes. Il trouva dans le journal l'annonce de l'arrestation imminente de Morel, mais ne fut pas convaincu : on pouvait imaginer que le bonhomme était entouré de nombreuses complicités. Il mit le journal dans sa poche et alla prendre tranquillement le métro.

Le cheval Butor accomplissait le plus dur effort de sa vie.

Il avait été laissé en paix par son maître à la Mission des Pères Blancs de Nguélé, où il goûtait un repos bien mérité, lorsque le franciscain réapparut dans un état de fureur et d'excitation qui avait eu pour effet immédiat de rendre son poids encore plus écrasant, peut-être parce qu'il bougeait sans cesse d'impatience sur sa selle. Le Père Fargue avait le visage consterné et congestionné, il soufflait, grognait, soupirait et transpirait comme s'il était déjà à la veille de comparaître devant Celui qui allait avoir sûrement malgré tout quelques questions à lui poser. Il n'était pas seul. Derrière lui, fluets et nerveux sur leurs mulets, deux Pères Blancs, qu'il avait arrachés à la paix de leurs prières, le suivaient avec appréhension, mais aussi avec une résolution qui n'était pas due aux paroles désagréables que le missionnaire des lépreux avait proférées le matin même à leur égard.

— Vous avez bien caché des collabos pendant la guerre, avait gueulé Fargue, en les poussant énergiquement vers la porte de la Mission. Alors, vous pouvez cacher un authentique résistant contre notre misérable condition ! Ça va, ça va, taisez-vous, vous n'allez pas m'apprendre le catéchisme. Bien sûr, c'est un orgueilleux et un blasphémateur, et qui devrait se mettre à genoux et prier au lieu de montrer le poing. Mais ce n'est pas entièrement sa faute. Il n'a pas pris assez d'élan, voilà tout. Il en a tellement sur le cœur qu'il n'a pas pu prendre assez d'élan, ça pesait trop lourd. Alors, il s'est arrêté aux éléphants. Mais peut-être qu'un bon coup de pied au cul va lui donner l'élan qu'il faudrait. En attendant, je ne veux pas qu'il se laisse abattre sur une route comme un chien enragé, sans avoir eu le temps de comprendre et de s'adresser avec ses pétitions à qui de droit. Vous allez donc me le garder caché à la Mission le temps qu'il faudra, et moi je me charge de lui donner de l'élan, soyez tranquilles. Je vais lui apprendre à tomber en panne, à s'arrêter aux éléphants. Il faut le dépanner et je m'en vais le faire, je sais m'y prendre, allez.

— La Mission, jusqu'à présent, n'a jamais eu d'ennuis avec les autorités, dit d'un ton légèrement pincé le plus jeune des Pères.

— Non, dit Fargue, avec satisfaction, mais il n'est pas trop tôt pour commencer.

Elle ne savait pas si c'était une défaillance passagère, due à la fièvre et à l'épuisement, ou si c'était quelque chose de plus profond, une vérité qui s'imposait enfin à elle parce qu'elle n'avait plus le courage et la force de lui résister, mais il y avait des moments où la seule chose qui comptait était qu'il passât son bras autour de ses épaules, qu'il caressât son visage, qu'il la serrât contre lui. Tout le reste cessait alors d'exister. C'était seulement une fatigue passagère, elle en était sûre, une soif d'affection, due à son état physique, un simple besoin de repos. Elle continua à le nier avec une énergie pathétique, au moment du procès, alors qu'ils refusaient tous de comprendre qu'elle pût être là pour son propre compte, qu'elle pût, elle aussi, croire à quelque chose, qu'elle pût mettre tant d'obstination et de fidélité à défendre une marge humaine où il y aurait de la place même pour les éléphants. Cette idée les faisait rire et le président lui-même, avec son pince-nez et sa sévérité morne, parut narquois et amusé. Malgré sa peau parcheminée, il avait quand même réussi à se donner l'air d'un monsieur qui avait assez vécu pour connaître les femmes et même les filles, et les mobiles, toujours les mêmes, qui peuvent les animer.

— Allons, essayez de nous dire maintenant la vérité... Vous avez d'abord prétendu que lorsque vous l'aviez rejoint — avec des armes et des munitions, ne l'oublions pas, — vous n'aviez qu'une idée : le convaincre de se constituer prisonnier. Maintenant, vous avouez vous-même que vous êtes restée avec lui pour l'aider à poursuivre son activité terroriste... Si vous nous avez menti, avouez-le à présent, la Cour vous en tiendra compte...

— Je n'ai pas menti. A Fort-Lamy, tout le monde disait qu'il détestait les hommes, que c'était un désespéré, un misanthrope... Je croyais que c'était vrai... Qu'il était très malheureux... Très... Très seul... Et que je pouvais peut-être...

— Le faire changer d'avis ?

— Oui.

— Vous étiez amoureuse de lui ?

— Ce n'est pas ça... Ça n'a rien à voir...

— Il vous était... mettons, très sympathique ?

— Oui.

— Et vous n'avez plus essayé de le faire changer d'avis ?

— Ce n'était pas vrai, ce qu'on disait de lui. Il n'était pas comme ça...

— Pas comme ça ?

— Il n'était pas désespéré. Il ne détestait pas du tout les hommes... Au contraire, il leur faisait confiance, c'était un homme qui riait beaucoup, qui était gai... Il aimait la vie, et la nature, et...

— Et les éléphants, je suppose ?

Elle ne répondit pas, mais son demi-sourire était une réponse.

— Donc vous êtes restée tout simplement avec lui ?

Elle ne semblait pas avoir entendu. Ses yeux, son sourire allaient ailleurs, elle parlait rapidement.

— Il n'a jamais été découragé, même par l'échec de la conférence. Il a dit tout de suite qu'il y en aurait une autre et qu'ils prendraient les mesures de préservation nécessaires. Mais il fallait continuer à manifester, parce que ces choses-là ne se font pas toutes seules, il faut toujours se battre pour les obtenir, à cause de l'inertie générale, et surtout parce que les gens ont besoin d'être encouragés et renseignés. Voilà pourquoi il était tellement important pour lui de continuer, pour montrer que c'était possible, pour réveiller les gens, les empêcher de croire toujours au pire, et qu'il n'y a rien à faire, alors qu'il suffit de ne pas se laisser décourager...

Il y eut alors, dans la salle, un petit incident : Haas, qui était spécialement descendu pour la circonstance de ses roseaux du Tchad, parut tellement soulagé et triomphant à l'idée que Morel n'avait jamais renoncé à défendre les éléphants, qu'il était résolu au contraire à continuer jusqu'au bout la lutte, qu'il se dressa et commença à frapper de toutes ses forces de son poing droit, dans le creux de sa main gauche et cria : « bravo ! », ce qui lui valut d'être immédiatement expulsé. (Huit jours auparavant, Haas avait néanmoins réussi la capture de trois éléphanteaux pour le zoo de Tadensee.) Près de la porte, Sandro, le camionneur, n'arrivait pas à se convaincre que c'était la même fille avec laquelle il avait couché dix-huit mois auparavant.

Ça l'ennuyait et le diminuait un peu à ses propres yeux, bien qu'il ne sût pas pourquoi. Il avait l'impression saugrenue d'avoir perdu quelque chose dans l'affaire. Il se sentait d'autant plus mal à l'aise qu'il s'était tout exprès bien habillé pour l'occasion, puisque tout le monde savait qu'ils avaient couché ensemble, et il s'attendait à être regardé, mais personne ne lui avait prêté la moindre attention depuis le début du procès, il avait l'impression de n'avoir jamais existé.

— Vous avez donc changé d'idée et pris la décision de l'aider ?

— Je ne pouvais pas l'aider, au contraire j'étais une gêne pour lui... Un encombrement... Je voulais rester avec lui jusqu'au bout.

— Vous saviez qu'il pouvait être arrêté d'un moment à l'autre ?

— Oui... On nous avait dit à Gola qu'il y avait un détachement militaire sur la même route que nous, qui descendait des Oulés et venait à notre rencontre.

— Néanmoins, vous l'aviez suivi ?

— Oui.

— Vous étiez amoureuse de lui ?

— Ça n'a rien à voir.

— Vous étiez sa maîtresse ?

— Je vous dis que ça n'a rien à voir, cria-t-elle.

— En somme, vous lui étiez dévouée... corps et âme ?

— Oui.

Le président laissa passer une seconde.

— Ce qu'annoncent les journaux est-il exact : avez-vous l'intention, à l'issue du procès... c'est la formule qu'ils emploient... d'épouser le « major » Forsythe ?

Forsythe leva légèrement la tête.

— Oui.

— Et pourtant vous aviez pour Morel un... attachement tellement profond que vous n'avez pas hésité à demeurer avec lui malgré la quasi-certitude d'une arrestation ?

— Oui.

Fields savait très bien où ce magistrat respectable voulait en venir. La note sur laquelle il voulait finir l'interrogatoire. Depuis le début, c'était le climat qu'il avait cherché à créer autour de l'affaire. Démontrer qu'il s'agissait d'un groupe de nihilistes, d'anarchistes, sans aucun but déterminé, sans principes, sans morale, sans foi, qu'elle était une fille comme on en trouve toujours à la remorque des bandes d'aventuriers, couchant avec l'un ou avec l'autre, allant du chef au lieutenant, au gré des circonstances et du moment. Fields avait failli commettre la même erreur au début : il lui était donc difficile de s'indigner. Et pourtant, il avait une envie folle de se lever et d'aller donner un bon coup de poing dans la gueule de ce juste. En temps ordinaire, il se serait borné à prendre une photo de lui. Mais comme il n'avait pas sa caméra, il lui était très difficile de se défendre.

— Cela vous paraît tout naturel ?

Elle observa le magistrat avec un peu de curiosité, réfléchit une seconde, puis dit avec une sorte de gentillesse, comme on chercherait à secourir une personne en difficulté :

— Le major Forsythe et moi-même nous avons des... souvenirs ensemble...

Sans doute voulait-elle dire « communs ».

— Des souvenirs, qui sont très forts... et nous allons continuer ensemble. Nous avons promis cela à M. Morel et nous allons continuer ensemble à... à...

Elle se tut.

— A défendre les éléphants, je suppose? dit le président, sardonique.

... Elle le revoyait, avec cette mine un peu satisfaite de lui-même, qu'il avait parfois, debout, solide sur ses pattes un peu courtes, en train de se rouler une cigarette, avec cet air malin, que l'on pouvait bien trouver irritant. Elle croyait encore l'entendre :

— Tu vois, même à l'école, on nous l'a pourtant appris... il y a certaines bêtes que l'on appelle : « les amis de l'homme »... il faut bien les défendre... on en a besoin. Les amis de l'homme... C'est dans tous les manuels de zoologie... Ça y était en tout cas de mon temps. Ça dit bien ce que ça veut dire...

Le public se demandait pourquoi elle souriait.

— Eh bien ! dit le président, il ne m'appartient pas de présumer du jugement qui sera rendu par cette Cour, mais j'espère que l'occasion ne vous sera plus donnée avant quelque temps de troubler l'ordre public...

Ce qui l'avait peut-être aidée le plus à tenir, à continuer, lorsque les branches des arbres se mettaient à tourner au-dessus de sa tête et qu'elle devait fermer les yeux pour résister au vertige, c'était la crainte de lui déplaire, de ne pas paraître aussi forte qu'il la croyait. Chaque fois qu'il l'interrogeait un peu anxieusement, alors que leurs chevaux marchaient côte à côte au même pas lent vers les collines, elle trouvait toujours assez de courage pour lui répondre avec un semblant de gaieté.

— Comment ça va ?

— Ne vous occupez pas de moi, monsieur Morel... Je suis une Allemande solide, d'une souche de paysans...

— Dans deux heures, on sera dans les collines. Il y a une ou deux grottes, dans la région, qu'on a repérées justement pour les cas d'urgence... Évidemment il n'y a pas de médicaments... ni rien. Mais on finira bien par s'en procurer.

— Ne vous faites pas de souci pour moi.

Il essayait de se persuader qu'il avait besoin d'elle uniquement parce que c'était une Allemande et que sa présence dans cette affaire prouvait bien qu'il ne fallait pas désespérer de ce peuple. C'était bien leur tour de faire quelque chose pour les éléphants. Il était temps, après Auschwitz, qu'ils puissent manifester eux aussi leur amour de la nature, se porter à leur tour au secours de la marge humaine, assurer la défense de cette marge que le progrès doit rendre de plus en plus large, et qui doit nous contenir tous, par-delà les races, les nations et les idéologies. Il avait toujours eu une passion tenace pour toutes les formes de la vie — il avait appris de Peer Qvist le mot « écologie », qu'il ne connaissait pas — dont les ennemis l'avaient toujours rencontré en travers de leur chemin. Quoi de plus normal qu'il se fût ainsi trouvé défendant leur incarnation vivante la plus grande et la plus menacée ? Si la présence des éléphants anachroniques et encombrants rendait difficile la construction d'un monde nouveau, cela prouvait seulement que cette construction était œuvre humaine. Et il se sentait sur le point d'aboutir, d'obtenir des résultats au moins partiels. Encore un peu de bruit, et il n'y aurait aucune raison pour qu'un immense mouvement d'opinion n'aboutît à des mesures de salut indispensables. Après... Il ne put s'empêcher de se tourner encore une fois vers elle...

— Regarde, on voit déjà les collines.

— Je vois.

— Encore un peu, on y sera. On pourra enfin se reposer...

Youssef retroussa la manche de son bras libre et essuya la sueur de son front. Il n'y avait toujours rien en vue au bout de la piste, mais il prenait un gros risque en attendant ainsi le dernier moment. Il avait cependant une bonne excuse : la présence du journaliste américain. Il était impossible d'abattre Morel sous ses yeux. Cela risquait de causer beaucoup de tort au Parti. Il avait pour instructions d'attendre que Morel fût seul. Mais le reporter tenait à peine sur son cheval et Idriss était obligé de le soutenir pour l'empêcher de tomber. D'une seconde à l'autre, il allait s'arrêter, rester assis tout seul au bord de la route. Si Youssef n'exécutait pas à ce moment-là ses consignes, il allait être considéré par ses camarades comme traître à l'Organisation. Il ne s'agissait surtout pas de se dire que la cause ne justifie pas les moyens : ce n'était qu'une façon de flancher. Ce problème-là était depuis longtemps tranché du point de vue doctrinal et sur ce terrain, au moins, il n'y avait pas à hésiter. S'il n'appuyait pas sur la détente, ne fût-ce qu'au dernier moment, il allait rompre la seule fraternité qu'il connût, celle de la Révolution nationale. Il sentait la crosse de l'arme brûler sa main, qu'il était obligé d'essuyer sans arrêt. Même si le journaliste demeurait avec eux, il lui resterait toujours la possibilité de jurer qu'il n'avait fait qu'exécuter la consigne de Morel lui-même, qui ne voulait pas se laisser prendre vivant. Il fixait le bout de la piste avec une telle attention qu'il commençait à avoir des taches devant les yeux, et les prenait chaque fois pour les camions qu'il guettait.

Au même moment, le détachement du lieutenant Sandien se trouvait encore à une dizaine de kilomètres de là, à un quart d'heure environ.

Le gouverneur des Oulés avait quitté en toute hâte Sionville au volant de sa voiture, dès qu'il eut reçu les premières informations de son chef autochtone du cercle de Gola concernant la présence de Morel sur la piste Gola-les-Oulés. Le détachement militaire avait dû investir la région le matin même et si le gouverneur était fermement résolu à empêcher quelque chose, c'était bien que Morel fût tué au cours d'une rencontre avec des soldats français. C'eût été un acte contre nature, tout autant que si Morel avait été tué par les éléphants. Il y avait des siècles qu'ils luttaient ensemble contre l'ennemi commun et rien ne pouvait les séparer. Le gouverneur avait reçu la veille un télégramme le confirmant dans ses fonctions et il était prêt à jeter dans la balance toute son autorité retrouvée pour essayer de sauver ce Français qui refusait de désespérer.

Le seul blanc qui les vit passer, à vingt-cinq kilomètres au sud de Gola, à l'endroit où la piste coupe à travers les plantations de coton pour filer directement sur les contreforts des Oulés, était un petit prospecteur d'uranium nommé Jonquet, qui était arrivé d'Europe six semaines auparavant et qui revenait en jeep d'une plantation des environs, dont il avait cherché en vain à intéresser le propriétaire à ses recherches — selon sa propre expression, « il avait besoin de quelque appui financier ». Il venait de déboucher du chemin qui allait de la plantation à la piste principale, et il dut bloquer ses freins pour les éviter : il les regarda passer sans que Morel lui prêtât la moindre attention. Le compte rendu que Jonquet fit de cette rencontre inattendue était éloquent dans sa simplicité.

— Je croyais que le temps des desperados était fini, même en Afrique. Morel n'était d'ailleurs pas armé. Mais il y avait, derrière lui, un jeune noir qui l'était pour deux, si je puis dire. Je viens d'arriver en Afrique, je ne suis pas encore blasé : ce garçon, avec sa mitraillette, qui m'a bien regardé, et surtout l'autre noir, beaucoup plus âgé, avec son burnous bleu et son turban, une tête vraiment sauvage et qui ne vous veut pas de bien, ça m'a vraiment fait quelque chose. Il y avait aussi les gamins du village qui couraient derrière eux, à distance respectueuse. Morel venait le premier, tête nue, couvert de poussière, une espèce d'écharpe kaki, sale, autour du cou, et contrairement à tout ce que je croyais de lui, il n'avait pas l'air fou, ni même excité. Mais il devait l'être : sans ça il ne se serait pas trouvé là en plein jour, sur cette piste où il passe des camions même en cette saison, en pleine région des plantations. Ou bien il s'en foutait, ou il faut croire qu'il avait des protections haut placées. Je ne le dis pas, je pose la question, c'est tout. Celle qui m'a le plus frappé, c'est la fille. Elle avait vraiment une sale mine, on devinait qu'elle avait dû être jolie, mais maintenant elle avait des yeux enfoncés, cernés de bleu, un visage où il ne restait plus que la peau tendue et suante, et j'aurais juré qu'elle n'allait pas pouvoir faire un mètre de plus... Il y avait aussi ce journaliste américain avec des caméras au cou et une sacoche de cuir sur l'épaule — lui, alors, il paraissait complètement piqué, un mouchoir avec quatre petites cornes sur le crâne... hagard, avec des yeux qui lui sortaient de la tête. Et tout ça, pour des éléphants ! Il faut vraiment ne plus croire à rien. J'en ai déjà vu, des libertaires et des anarchos, mais ça, alors, ça dépassait tout ! Il faut vraiment détester les hommes, avoir bien envie de leur cracher dessus... Je n'en reviens pas. Et remarquez... je les comprends un peu. On a tous un peu de ça en nous. Mais pas à ce point, tout de même. Moi, au moins, j'ai mon espoir de trouver de l'uranium pour me consoler... Il faut bien croire à quelque chose, pas ?... Je suis aussitôt retourné à la plantation pour les prévenir. Je suis allé trouver Roubaud et je lui ai tout raconté. Je ne sais pas ce que j'attendais de lui, au juste, mais je ne voulais pas garder ça pour moi tout seul. Il m'a écouté tranquillement. Vous le connaissez : un gros un peu triste. « Bon, dit-il,

Morel est passé par là. Bon. Et puis après? Je m'en fous : j'ai rien contre lui. Je vous conseille de la fermer. » Voilà où nous en sommes, monsieur. Moi, j'appelle ça de la misanthropie. Pas étonnant qu'il ait pas voulu participer à mes recherches, Roubaud : c'est encore un gars qui croit à rien, pas plus à l'uranium qu'au reste... Je trouverais Morel caché dans sa plantation, ça ne m'étonnerait qu'à moitié...

Jonquet s'était trompé lorsqu'il avait affirmé que Minna n'était pas capable de faire un mètre de plus. Elle fit encore cinq kilomètres, bien qu'elle dût s'arrêter plusieurs fois. Elle ne l'abandonna que lorsqu'elle s'évanouit complètement et, en ouvrant les yeux, elle vit son visage penché sur elle avec une amitié soucieuse. Elle essaya de sourire, puisque c'était ça qui les unissait le plus profondément. Il y répondit.

— Mon pauvre vieux, dit-il. Cette fois, tu as gagné.

— *Ich kann ja nicht mehr...*

Il la tenait dans ses bras. Elle levait vers lui un visage brouillé de larmes, où le sourire tremblait encore dans la poussière et la sueur, mais où il vit ce signe d'épuisement qu'il connaissait si bien depuis longtemps, depuis le camp : une mouche qui courait sur son front et sa joue sans qu'elle eût la force de la chasser, sans même qu'elle la sentît. Il connaissait bien ça, la mouche qui commence à se trouver chez elle. Il souleva la jugulaire, ôta le chapeau de feutre, lui prit la tête entre ses mains. Les lèvres elles-mêmes avaient perdu leur relief, presque grises et sans vie. Il avait pourtant couru tous les risques pour essayer d'abréger le parcours, suivant une piste fréquentée, allant tout droit alors que les soldats venaient sans doute à leur rencontre, comptant il est vrai sur la sympathie de quelques-uns, la compréhension des autres, et la fidélité des Français à leurs traditions, mais la vérité était qu'elle ne pouvait plus continuer. Lui-même ne savait plus très bien où aller. Leur grotte dans les Oulés avait été découverte. Ils en avaient d'autres : mais sans réserves de médicaments, sans autres armes et munitions que celles laissées par Waïtari et qui suffiraient à peine pour quelques jours. Et pourtant, il fallait continuer. Les gens avaient besoin de savoir qu'il était toujours là, vivant, présent quelque part en Afrique, c'était cela, cette présence française dont on parle tant.

— Peut-être en te reposant une heure ou deux ?... On pourrait s'arrêter un peu.

Elle ne répondit rien et il ne chercha même pas à la convaincre.

— Bon. Je vais te ramener au village... Il y a peut-être un poste sanitaire. En tout cas, il y a une plantation par là... Je vais aller les chercher.

— J'irai toute seule.

— Pas question.

— Vous n'allez pas vous arrêter à cause de moi... Je vous en prie, allez-vous-en... Continuez. Faites cela pour moi.

— Te laisser là, sur la route ?

— Je ne veux pas qu'il vous arrive quelque chose à cause de moi...

Il hésita une seconde mais il était difficile de résister à ce regard à la fois suppliant et volontaire. C'était tout ce qu'il pouvait faire pour elle, continuer. Pour elle et pour des millions d'autres gens qui avaient tellement besoin d'amitié, il fallait continuer sa manifestation, ne pas se laisser prendre, ruser, se cacher, défendre sans répit la marge humaine au milieu de nos pires difficultés, demeurer insaisissable quelque part au fond de la brousse, parmi les derniers éléphants, comme une consolation, une promesse, une confiance irréductible en nous-mêmes et dans notre avenir ! Il fallait avant tout demeurer présent, et si une balle vous atteignait, il fallait se traîner pour mourir dans quelque recoin obscur de la brousse, où on ne vous retrouverait jamais — et ceux qui ont besoin de vous pourraient toujours vous croire vivant. S'il devait périr d'une balle dans le dos, suivant la tradition classique de ce genre d'entreprise, il fallait que ça ne se sût pas, pour que la légende puisse s'emparer de lui, qu'elle claironne partout sa présence invincible et que les gens le croient seulement caché et prêt à surgir au moment le plus inattendu —

alors qu'ils n'osaient presque plus compter sur lui — pour défendre les géants menacés.

— Bon.

— Il ne faut pas qu'il vous arrive quelque chose...

— Il ne m'arrivera rien, promit-il, gravement. J'ai énormément d'amis. Je ne t'ai pas tout dit, mais on va m'aider, sois tranquille.

Il ne savait pas si elle le croyait ou non, mais il fallait bien essayer de la rassurer, de les rassurer tous. Il était très important qu'on le crût toujours vivant.

— Si tu entends des rumeurs défaitistes, n'y crois pas. Que je suis tué, ou ceci ou cela... Dis-leur de ne pas y croire, ils ne m'auront jamais.

Le plus drôle était qu'il y croyait presque lui-même. Il ne savait pas ce qu'il allait faire, ni où aller, presque sans armes et sans munitions, mais il était sûr de trouver des amis.

— Tu ne vas peut-être plus entendre parler de moi pendant quelque temps : je vais rester planqué là-dedans...

Il fit un geste vers la forêt.

— Mais je reviendrai.

Ses yeux retrouvèrent leur expression de complicité ironique.

— On les forcera à réunir une autre conférence... Peut-être même qu'on me demandera d'y aller... Je te dis, ils finiront par nous laisser la marge nécessaire... Quant à ceux qui sont contre... on les aura.

Abe Fields fit entendre un glapissement de mépris. « On les aura... » Il avait une aversion violente pour cette expression qu'il avait entendue mille fois dans la bouche des soldats français qui ne devaient jamais revenir. Abe Fields, malgré sa fièvre, se sentait fier d'être un Américain réaliste, avec le revenu national le plus élevé du monde par tête d'habitant, le niveau de vie le plus confortable depuis l'évolution primitive ; les reptiles de l'océan originel pouvaient être fiers de l'Amérique et l'ancêtre qui avait pour la première fois rampé sur ses écailles hors de sa vase natale pouvait dormir tranquille : il avait réussi. Son nom aurait dû être vénéré dans toutes les écoles, car c'était lui le véritable pionnier, le père de l'entreprise libre, de l'esprit d'initiative, du risque, de tout ce qui caractérise aujourd'hui encore l'essor matériel prodigieux des États-Unis. Il promena à la ronde un regard triomphant et tous les lézards assis autour de lui se mirent à applaudir : Abe Fields voulut les saluer, et ne dut qu'à l'intervention rapide d'Idriss de ne pas tomber de son cheval.

— Tu crois que tu tiendras le coup jusqu'à la plantation ? Il y a dix kilomètres.

— M. Fields m'aidera.

— Penses-tu. Regarde-le, il a les yeux qui lui sortent de la tête. Il n'y est plus. Hé, photographe !...

Fields saisit sa caméra.

— Tu pourras l'accompagner ?

— Je veux continuer avec vous.

— Voyez-moi ça ! Je croyais que tu n'avais plus de film ?

— Ça m'est égal. Je m'arrangerai.

— Tu vas prendre des photos comment ? Avec ton cul ?

— Je veux vous donner un coup de main.

— Tiens, tiens, je croyais que les éléphants tu t'en foutais ?

— J'ai eu toute ma famille gazée à Auschwitz.

— Ah ! bon, fallait le dire. Seulement, je peux pas t'emmener.

— Pourquoi ?

— Ce serait pas juste. Tu sais plus ce que tu fais. Dans l'état où tu es, tu serais même foutu de vouloir renverser par la force le gouvernement des États-Unis, si on te le demandait gentiment.

— Je suis citoyen américain et j'ai le droit de défendre les éléphants partout où ils sont menacés ! gueula Abe Fields. Jefferson, Lincoln, Eisen...

— Oui, oui, je sais.

— J'ai le droit de défendre les éléphants comme tout le monde.

— C'est ça, va les défendre comme tout le monde.

— Je veux mourir pour les éléphants !... gueula Abe Fields.

— Encore un qui va se faire traîner devant une commission d'enquête...

— Les G.I. américains sont venus défendre vos maudits éléphants en Europe ! gueulait Fields. Sans nous...

Une douleur particulièrement violente dans son côté gauche le calma quelque peu. Il porta les deux mains à son flanc et grimaça de souffrance.

— Vous allez faire tous les deux demi-tour. Il y a une plantation à quelques kilomètres. Tu m'entends ?

— Je ne sais pas si je tiendrai jusque-là. J'ai les côtes qui me rentrent dans les poumons.

— Tu essaieras... Qu'est-ce qu'il y a ?

— Une jeep et des camions, cria Youssef.

L'étudiant sentait la sueur chaude couler sur son visage et son cou : il avait l'impression de saigner. Il serrait l'arme sous son coude avec une telle force qu'il n'arrivait plus à décontracter son bras. Il respira profondément, sans quitter des yeux les points noirs qui grandissaient à l'horizon : vingt minutes, une demi-heure après avoir quitté la piste, ils allaient atteindre les contreforts des Oulés et l'enchevêtrement de la forêt de bambous parmi les rochers. Là il allait se trouver seul avec Morel et Idriss, sans témoin gênant. Il s'épongea la figure avec sa manche, essayant presque violemment de croire que sa décision était prise, que cela allait être très simple : une rafale de mitraillette et Morel entrait à tout jamais dans la légende. Il allait devenir le héros du nationalisme africain, celui à qui on pourrait toujours se référer triomphalement sans crainte de démenti. On pourrait exploiter son nom dans les réunions, dans les conférences, dans les meetings, et provoquer l'enthousiasme et l'émotion de l'assistance qui l'acclamerait debout, sans qu'il pût venir vous jeter dans les jambes ses éléphants ridicules. Il allait demeurer à jamais le premier blanc ayant donné sa vie pour le nationalisme noir. Il ne pourrait plus jamais protester, se dresser soudain devant l'opinion publique et crier très haut sa conviction obstinée, vous déclarer que ce qu'il défendait vraiment était avant et par-dessus tout une certaine conception de la dignité humaine. Il serait enfin possible de l'utiliser à fond et sans risque, dans un but pratique, en vue d'un résultat précis, donnant à son nom tout l'éclat qu'on voulait, sans crainte que cet imbécile heureux ne surgît soudain quelque part, furieux et maladroit, frappant du poing et gueulant sa vérité têtue. On n'allait plus jamais risquer de le voir apparaître dans quelque réunion, avec sa serviette bourrée de pétitions et d'appels, sa tête échevelée d'éternel militant, cogner du poing sur la table et détruire tous vos efforts pour l'utiliser, en gueulant : « Moi, c'est bien simple, tout ce que je défends, c'est la nature... Appelez cela comme vous voulez. Liberté, dignité, humanité, écologie... Cela revient au même. Je fais tout ça pour les amis de l'homme. On nous l'a appris à l'école, ce que ça veut dire. Le reste, je m'en contrefous. » Tant qu'il serait vivant, ce maladroit allait demeurer toujours pour vous un bâton dans les roues. Il le comprenait si bien, à présent, depuis près d'un an qu'ils étaient ensemble, il connaissait si bien sa marotte magnifique, qu'il n'y avait vraiment pas d'autre moyen que de le tuer pour lutter contre cette contagion qui émanait de lui, contre cette confiance tranquille qu'il avait en vous. D'autant plus qu'on ne passe pas impunément quinze ans de sa vie dans les écoles et les universités de vos ennemis sans finir par absorber quelques-uns de ces poisons qu'ils vous distillent si savamment. La fin qui ne justifie pas les moyens... La marge humaine que l'on respecte, quelles que soient les idéologies et l'âpreté de la lutte. On a beau savoir qu'il n'y a là que des mots, des survivances d'un autre âge, incompatibles avec le progrès historique et la lutte des classes, il est difficile de se débarrasser, d'une seule rafale de mitraillette, de toute l'éducation qu'on a reçue. Et ce qu'il y avait de plus irritant c'était que parfois, lorsque Morel se retournait et qu'il voyait le canon de la mitraillette braqué dans sa direction, l'étudiant avait la conviction que l'homme qu'il suivait pour l'abattre n'était pas dupe, qu'il *savait*. Il y avait alors une lueur de moquerie dans son regard, presque de défi, qui disait bien sa folie profonde et il semblait vous dire : « Et moi, je te parie que tu ne feras pas ça ! » C'était intolérable : il semblait avoir engagé avec vous une lutte secrète qu'il se sentait sûr de gagner parce qu'il croyait en vous. Youssef avait envie de lui crier qui il était, de l'injurier, de le frapper même, de lui arracher une fois pour toutes cette confiance absurde dans les hommes qu'il avait dans le cœur, de lui crier qu'il ne mettait rien au-dessus de l'indépendance africaine, aucun autre souci, aucune autre considération, aucune autre dignité et que tous les moyens seraient bons pour atteindre cette fin-là. Mais si l'on doit exécuter un homme qui vous fait à ce point confiance, il vaut encore mieux qu'il n'en sache rien, qu'il puisse au moins mourir avec sa foi intacte. La lutte que Youssef soutenait avec lui-même était à ce point douloureuse qu'il avait parfois envie de se jeter au galop à la rencontre du convoi militaire, de tirer puis de se faire tuer. Son cheval sentait cette nervosité et se cabrait, soulevant un nuage de poussière qui devait déjà être visible des camions. Idriss se mit à parler avec colère en gesticulant énergiquement et en brandissant l'index dans la direction du convoi. Morel se décida enfin.

— Bon, c'est le moment ou jamais.

— Où comptez-vous aller ? cria Fields.

— On trouve toujours des amis.

Abe Fields le regarda pour la dernière fois. Nu-tête, les cheveux bouclés, avec son air de jeunesse, la petite croix de Lorraine sur la poitrine, et cette lueur moqueuse au fond des yeux bruns, le pli ironique des lèvres où semblait toujours manquer une gauloise et, attachée à la selle, l'absurde serviette d'éternel militant, bourrée de tracts, de manifestes et de pétitions. Abe Fields eut soudain une inspiration.

— Attendez, lui cria-t-il. Qu'est-ce que vous allez faire de toute cette paperasse dans la brousse ? L'épingler aux arbres ? Laissez-la-moi. Je vais m'en occuper.

— C'est vrai, dit Morel. Tiens, photographe de mon cœur, je te la confie...

Il détacha la serviette et la jeta au milieu du chemin.

— Prends-en bien soin... Fais ce qu'il faut. Un jour je viendrai te demander des comptes. Salut, camarade !

Il dirigea son cheval vers le talus, suivi par Idriss et

Youssef ; ils quittèrent tous les trois la piste et s'enfoncèrent entre les arbres. Une dizaine de kilomètres encore et les bambous allaient succéder aux arbres, jusqu'aux premiers rochers gris des Oulés, sur une terre pierreuse aux touffes drues et rares, avec les villages tapis dans l'amoncellement des rocailles, sous leurs toits en pinceau, puis de nouveau les bambous et la savane des collines, l'herbe à éléphants, sur cent mille kilomètres carrés où aucune battue ne pourrait les retrouver. Un peu plus au sud, il y avait le Père Tassin, qui dirigeait les fouilles de paléontologie et, bien qu'il quittât son site pendant la saison des pluies, il n'allait certainement pas leur refuser l'hospitalité de ses cabanes abandonnées. Peut-être même accepterait-il de les aider d'une manière plus active... C'était un savant que l'on disait intéressé par tout ce qui avait trait aux origines de l'homme. Ou bien ils pourraient remonter vers le Cameroun et vers le lac Tchad et aller demander un refuge à Haas, c'était, lui aussi, un ami de notre vieille espèce menacée. Mais les moustiques du Tchad n'étaient pas à rechercher pendant la saison qui venait. Il avait, en tout cas, le temps de voir et de se décider ; les bonnes volontés, les complicités et même les protections ne manquaient pas. Pour le moment, il fallait s'éloigner de la piste — c'était la même piste, où, dix mois auparavant, il s'était trouvé face à face avec l'administrateur Herbier, et il se rappela avec plaisir son visage honnête et outragé, ce visage d'homme qui avait toujours fait de son mieux. La fatigue donnait au corps de Morel une lourdeur de pierre, et comme toujours, lorsque la limite des forces approchait, les souvenirs devenaient plus denses et plus insistants. Il pensait à tout ce que les journaux racontaient sur lui. Chacun lui attribuait ses espoirs, ses révoltes et ses rancunes secrètes ou sa propre misanthropie : il avait eu beau leur expliquer, il n'y avait rien eu à faire, ils continuaient à lui attribuer des motifs compliqués. Pourtant, la vérité était bien simple et il ne s'était jamais gêné pour la leur dire. Il aimait la nature, voilà tout. Il aimait la nature et il avait toujours fait de son mieux pour la défendre. Le plus dur combat qu'il avait livré dans sa vie, ç'avait été en faveur des hannetons. Le sourire, ce sourire dont Abe Fields se méfiait tant, apparut sur ses lèvres et y demeura. Il se souvenait de ce combat avec une précision étonnante, comme toujours lorsque son corps lui faisait mal et que la limite de ses forces paraissait atteinte, et c'était un souvenir qui l'aidait chaque fois à tenir et à continuer.

Ç'avait été le plus dur combat de sa vie.

Cette affaire des hannetons s'était déroulée au mois de mai, après sa première année au camp, et il en avait été le premier instigateur, il avait été le premier à se porter à leur secours et à déclencher ainsi le mouvement.

Ils travaillaient alors à la carrière d'Eupen, sur la Baltique, transportant des sacs de ciment pour l'œuvre gigantesque de nouveaux pharaons qui bâtissaient pour mille ans. Ils allaient lentement, en file indienne, essayant d'éviter un faux mouvement, pour ne pas s'écrouler sous le poids. Il y avait là des déportés politiques et des condamnés de droit commun, tous soumis au même régime de rééducation par le travail forcé, selon l'usage du XXe siècle, pendant que les SS aux gueules déjà brûlées par le premier soleil se prélassaient dans l'herbe une fleur entre les dents. Il y avait là Rotstein, le pianiste polonais, Revel, l'éditeur français clandestin, dont la barbe poussait si vite qu'il semblait parfois tout bourré de poils comme un matelas de crin, et qui, pour lutter contre la puanteur pendant la corvée des latrines, récitait tout haut des poèmes de Mallarmé ; Szwabek, un Polonais encore — il gardait sur lui, toute froissée, la photo de sa truie qui avait gagné le premier prix au concours agricole et il vous la montrait avec fierté pour vous prouver qu'il avait été quelqu'un... Prévost, dit Émile, le cheminot de la S.N.C.F., qui, une fois, en entendant siffler une locomotive, s'était mis à chialer... Il y avait même un Durand, l'éternel Durand de toutes les fêtes, qui passait son temps à vous dire ce qu'il faudrait faire au premier Schmitt rencontré après la Libération... Après la Libération, il se présenta chez le docteur Schmitt à Eupen, un revolver dans sa poche, hésita un moment, puis lui serra la main et s'en alla... Il y avait l'aumônier Julien, qui maigrit à peine pendant ses deux ans de camp, si bien qu'on l'accusait de se faire ravitailler en cachette par son bon Dieu... D'autres, bien d'autres encore, qui étaient tombés en cours de route et dont les noms ne signifiaient plus rien. Ils marchaient donc pliés sous leur charge, pendant que les gardes, dans l'herbe, goûtaient la première chaleur printanière, les pantalons ouverts aux caresses du soleil.

Soudain, Morel avait senti quelque chose heurter sa joue et tomber à ses pieds ; il baissa les yeux prudemment, essayant de ne pas perdre l'équilibre : c'était un hanneton.

Il était tombé sur le dos et remuait les pattes : il s'efforçait en vain de se retourner. Morel s'était arrêté et regardait fixement l'insecte à ses pieds. A ce moment-là, cela faisait un an qu'il était au camp et, depuis trois semaines, il portait les sacs de ciment huit heures par jour, le ventre vide.

Mais il y avait ici quelque chose qu'il n'était pas possible de laisser échapper. Il plia le genou, les sacs en équilibre sur l'épaule, et d'un mouvement de l'index, il remit l'insecte sur ses pattes.

Il le refit à deux reprises, pendant la durée du trajet. Celui qui marchait devant lui, l'éditeur Revel, fut le premier à comprendre. Il eut un grognement d'approbation et se porta immédiatement au secours d'un hanneton tombé sur le dos. Puis ce fut Rotstein, le pianiste, si fluet qu'on eût dit que son corps cherchait à imiter la finesse de ses doigts. A partir de ce moment, presque tous les « politiques » se portèrent au secours des hannetons, tandis que les « droit commun » passaient à côté avec des jurons. Pendant les vingt minutes de pause qu'on leur accordait, pas un des politiques ne céda à l'épuisement. C'était pourtant le moment où d'habitude ils se jetaient par terre et restaient là, sans bouger, jusqu'au coup de sifflet suivant. Mais cette fois, ils paraissaient avoir trouvé des forces nouvelles. Ils rôdaient, les yeux rivés au sol, à la recherche d'un hanneton à secourir. Cela ne dura pas longtemps, d'ailleurs. Il avait suffi que le sergent Grüber arrivât sur les lieux. Ce n'était pas une simple brute, celui-là. Il avait de l'instruction. Il avait été instituteur au Schleswig-Holstein, avant la guerre. En une seconde, il avait compris ce qui se passait. Il avait reconnu l'ennemi. On se trouvait devant une manifestation scandaleuse, une profession de foi, une proclamation de dignité, inadmissible chez des hommes réduits à zéro. Oui, il lui avait suffi d'une seconde pour faire le point et pour saisir toute la gravité du défi lancé aux constructeurs d'un monde nouveau. Il se rua au combat. Il se jeta d'abord sur les prisonniers, accompagné des gardes qui ne comprenaient pas très bien de quoi il s'agissait, mais qui étaient toujours là pour cogner. Ils distribuaient donc des coups de crosse et des coups de botte, mais le sergent Grüber comprit très vite que ce n'était pas ce qu'il fallait pour toucher les manifestants comme il convenait. Il fit donc une chose qui était peut-être répugnante mais pathétique aussi dans son impuissance à atteindre l'objectif visé : il se mit à courir dans l'herbe, les yeux rivés au sol, et, chaque fois qu'il voyait un hanneton, d'un coup de botte, il l'écrasait. Il courait dans tous les sens, tournait en rond, bondissait, le pied levé, frappait le sol du talon, dans une sorte de danse désopilante, presque touchante par son inutilité. Car il pouvait assommer les détenus et il pouvait écraser les hannetons, mais ce qu'il visait était complètement hors d'atteinte, hors de portée et ne pouvait être tué. Il avait entrepris une tâche qu'aucune armée, aucune police, aucune milice, aucun parti, aucune organisation, ne pouvaient mener à bien. Il eût fallu pouvoir tuer tous les hommes jusqu'au dernier et sur toute la terre et encore il était probable qu'une trace allait demeurer derrière eux, comme un sourire invincible de la nature. Bien sûr, il leur fit payer très cher sa défaite. Il les fit trimer deux heures de plus, ce jour-là, et ces deux heures, c'était toute la différence entre ce qui était l'extrême limite des forces humaines, et ce qui était au-delà. Le soir, ils se demandaient s'ils pourraient supporter un tel épuisement, s'il allait leur rester encore un peu de force pour le lendemain. Rotstein était particulièrement atteint. Il était allongé en travers de son grabat. On avait envie de se pencher sur lui et de le retourner comme un hanneton. L'aider à s'envoler. Mais on n'avait pas besoin de l'aider. Il s'envolait tout seul, chaque soir.

— Eh, Rotstein ! Rotstein !

— Oui.

— Tu vis toujours ?

— Oui. Ne m'interrompez pas. Je me donne un concert.

— Qu'est-ce que tu joues ?

— Jean-Sébastien Bach.

— Tu es fou ! Un Boche ?

— Justement. C'est pour ça. Pour rétablir l'équilibre. On ne peut pas laisser l'Allemagne éternellement sur le dos. Il faut l'aider à se retourner.

— Nous sommes tous sur le dos, grommela Revel. C'est de naissance.

— Taisez-vous. Je n'entends plus ce que je joue.

— Grand public, ce soir ?

— Ça peut aller.

— Des jolies femmes ?

— Pas ce soir. Ce soir, je joue pour le sergent Grüber.

Otto, le Silésien, gémit dans son coin. Il faisait un rêve. Ils le connaissaient, c'était toujours le même : il avait tué une veuve, pour la dévaliser, et chaque nuit il rêvait qu'elle lui tirait la langue. Il se réveilla en sursaut.

— *Immer die alte Schickse,* grogna-t-il.

— C'est curieux qu'elle te tire toujours la langue, dit Émile.

— Ce n'est pas curieux. Je l'ai étranglée.

— Ah ! bon, dit Émile. Alors, le jour où elle te montrera son cul, ça voudra dire qu'elle t'a pardonné.

A travers la fente d'aération, on voyait la tour du guet, avec sa mitrailleuse penchée.

— Dites, les gars, qu'est-ce qu'on fait demain, s'il en tombe encore ?

— Il faut espérer qu'il n'en tombera plus, dit le Père Julien.

— Ah ! non, dit Revel. J'espère bien qu'il en tombera. Comme ça, au moins, on peut dire ce qu'on pense. Ça fait du bien.

— Tu parles ! dit Émile. Regarde Rotstein.
— Eh, le curé !
— Oui.
— Le bon Dieu, qu'est-ce qu'il fout ?
— Merde, dit le Père Julien. Laisse le bon Dieu tranquille. Qu'est-ce qu'il vient faire là-dedans ?
— Rien, comme d'habitude.
— Peut-être qu'il est tombé sur le dos... qu'il remue les pattes, mais qu'il ne peut pas se relever.
— Merde, merde, et merde, dit l'aumônier, avec cœur.
— C'est pas un langage de prêtre.
— On n'est pas entre prêtres, ici...
— Émile !
— Oui.
— T'es communiste ?
— Oui.
— Alors, qu'est-ce que t'as à te fatiguer pour des hannetons ? C'est pas marxiste. C'est pas dans la ligne du parti.
— On a tout de même le droit de se laisser aller de temps en temps, dit Émile.
— Émile !
— Oui.
— T'es communiste ?
— Ça va. Ça suffit.
— Alors, est-ce que tu crois qu'en Russie soviétique, dans un camp de travail, on te laisserait prendre ton temps pour retourner les hannetons ?
— Sûrement pas.
— Mais alors ?
— Il n'y a pas de camp de travail forcé en Russie.
— Ah ! bon.
— Pauvres de nous...
— Ce que je ne comprends pas, c'est pourquoi ils tombent toujours sur le dos.
— C'est la nature. Pourquoi on est ici, nous ?
— Alors c'est un truc qui demande encore à être mis au point.
— Quoi ? Quel truc ?
— La nature.

— On te le mettra au point, t'en fais pas.
— Émile !
— Quoi encore ?
— Pourquoi que tu fais ça pour les hannetons ?
— Par charité chrétienne, na.
— Bravo, bien répondu, dit le Père Julien.
— Oh ! toi, le curé, tais-toi. T'es discrédité. T'as perdu la face. T'as plus rien à dire.
— C'est vrai, dit quelqu'un. Il pourrait pas nous donner un coup de main, ton bon Dieu ? Il est vraiment pas serviable.
— Écoutez, les gars, je fais vraiment tout ce que je peux, dit le Père Julien.
— Bien sûr, bien sûr.
— Vous ne me croyez pas ?
— Mais si, mais si.
— Il pourrait tout de même nous donner un coup de main. On est sur le dos, il le voit pas ?
— Je fais de mon mieux, je vous le jure, dit le Père Julien.
— Même nous, on trouve moyen de faire quelque chose pour les hannetons.
— Vous vous moquez bien des hannetons, allez, dit le Père Julien. Vous faites ça par orgueil. Si vous n'étiez pas dans le camp de concentration, vous marcheriez sur les hannetons sans même vous apercevoir qu'ils existent. Ça se passe dans la tête, ça se passe pas dans le cœur. Vous crevez d'orgueil, voilà...
— C'est pas de l'orgueil, protesta quelqu'un, faiblement. C'est autre chose...

— Youssef.
— Oui, Missié.
— Laisse tomber le « missié ». C'est plus la peine. Je suis au courant.

Ils tenaient les chevaux par la bride, seuls, tous les deux, dans la profondeur de la brousse, sous les épineux qui les couvraient de leurs guenilles et la forêt jaune des bambous au-dessus de leurs têtes, l'un très droit, l'arme toute prête, l'autre assis sur un rocher, perdu dans ses souvenirs et souriant, dédaigneux ou incroyablement sûr de lui, il était impossible de savoir... On n'entendait plus les camions, rien que l'affolement des insectes. Youssef voyait le dos de l'homme qui paraissait attendre la rafale, et parfois, lorsqu'il bougeait la tête, son profil un peu moqueur, sous le chapeau de feutre roussi et déchiré. Idriss s'était éloigné à la recherche d'un passage à travers la broussaille et ils étaient seuls, tous les deux, sous la lumière jaune des bambous.

— Eh bien, qu'est-ce que tu attends ? Vas-y.

Le visage de l'étudiant était vide et presque creux, sous la sueur. Il dut faire un effort violent pour dénouer sa gorge :

— Comment avez-vous su ?

... Dans la nuit du désert, la forme blanche avait bougé dans le sable et Morel s'était arrêté un instant devant l'adolescent assoupi. Le visage était grave et presque triste, sous la lumière bleue. Puis les lèvres tremblèrent, prononcèrent quelques mots et Morel demeura longuement immobile, penché sur cette tête rebelle hantée jusque dans ses rêves par la seule certitude dont l'homme pût se réclamer.

— Tu rêvais en français, dans ton sommeil...

— Qu'est-ce que je disais ?

Morel regardait ailleurs. Loin : ce n'était pas un regard qui se laissait arrêter facilement.

— Tu bafouillais quelque chose au sujet de la dignité humaine...

Il se tourna vers l'adolescent, avec ce sourire grave qui venait beaucoup plus de la bonté des yeux que de l'ironie des lèvres.

— Alors, qui es-tu, au juste ?

— Je m'appelle Youssef Lanoto et j'ai fait trois ans d'études à la Faculté de droit de Paris...

— Ensuite ?

— Waïtari m'a mis à côté de vous pour vous surveiller.

— C'était bien bon de sa part.

— Il ne fallait pas que vous tombiez vivant aux mains des autorités. Vous auriez soutenu jusqu'au bout que le seul but de votre action était la protection des éléphants...

— La vérité, quoi.

— Après Sionville, on vous a condamné à mort. Vous aviez abusé de notre aide, caché les buts politiques véritables de notre mouvement... On n'a pas pu exécuter le jugement, à cause du journaliste américain.

— Je vois.

— Je devais vous abattre quand il nous aurait quittés. Quand on serait seuls...

— Maintenant, quoi, dit Morel.

— Oui, maintenant.

Un accent d'amertume...

— Plus tard, on vous aurait sans doute présenté au monde comme un héros ayant donné sa vie pour l'indépendance africaine...

Morel baissa un peu le front. Les lèvres se plissèrent encore plus, les mâchoires se durcirent, le visage reprit son air buté...

— C'est gentil. Seulement, voilà : c'est pas pour moi. Ça ne prend plus. L'alibi nationaliste, je le connais et je le vomis : de Hitler à Nasser, on a bien vu ce que ça cache... Les plus beaux cimetières d'éléphants, c'est chez eux. Mais si vous voulez faire le boulot vous-mêmes, je suis d'accord. Ça me va. Seulement, faites-le. Que ce soit vous ou nous, les jaunes ou les noirs, les bleus, les rouges ou les blancs, ça m'est bien égal. Je serai toujours d'accord. Mais à une condition. Parce que pour moi, il n'y a qu'une seule chose qui compte...

La voix retrouva soudain toute sa colère.

— Je veux qu'on respecte les éléphants.

— Je sais, dit Youssef, doucement.

Morel regarda encore une fois le canon de l'arme. Presque avec espoir : il aurait bien voulu se reposer un peu, avant de continuer. C'était une seconde de fatigue, rien de plus et il n'en avait pas honte.

— Bref, tu devais me descendre, dit-il, avec une nuance de regret. Je me demande ce qui t'en a empêché. D'ailleurs, tu peux encore... C'est même le meilleur moment.

— Je n'ai pas cette intention.

— Tiens, comment ça se fait ?

Youssef le regardait avec amitié. C'était un homme

qu'il fallait défendre et protéger, il fallait justifier sa confiance irrésistible, et veiller sur lui comme le dernier sel de la terre...

— Je crois qu'on peut faire encore un bout de chemin ensemble, dit-il.

Abe Fields était debout au milieu de la piste, les yeux fixés sur la serviette de cuir. Elle gisait dans la poussière du chemin, bourrée de proclamations, de manifestes, d'appels ; lourde d'espoirs déçus... Il se baissa et la ramassa. Ce n'était pas assez, pensa-t-il en cherchant à émettre quelques grincements cyniques pour lutter contre son émotion. Ce qu'il faut, ce n'est plus des manifestes et des pétitions, mais un effort biologique prodigieux : d'après certains avis autorisés, on est peut-être sur la bonne voie. La déclaration récente du conseiller scientifique du gouvernement britannique, personnage officiel s'il en fût, était à cet égard nettement encourageante. Cet homme éminent avait en effet affirmé que la lente accumulation des radiations dues aux déchets nucléaires allait sans doute produire, par son effet à long terme sur les gènes, quelque quatre-vingt-dix pour cent de crétins parmi les générations futures, mais peut-être aussi dix pour cent de génies, lesquels allaient à leur tour ouvrir devant l'humanité une ère encore plus éclatante de progrès et de prospérité. Abe Fields se sentit immensément encouragé et même se mit à rire. En attendant il serra fermement la serviette dans sa main et se tourna vers l'Allemande. Elle était en train de sangloter, en regardant l'endroit où Morel et ses deux compagnons avaient disparu entre les arbres. Abe Fields lui prit la main.

— *Wein nicht,* lui dit-il en yiddish, en croyant parler allemand. Il ne peut rien lui arriver.

Le jésuite suivait depuis le matin le sentier au flanc de la colline, il rentrait chez lui le cœur léger, prêt à passer une nouvelle saison sur le terrain de fouilles, avec ses pensées et ses manuscrits : son ordre aimait mieux le savoir au fond de la forêt africaine qu'en Europe. Il ne souffrait guère de cet exil, entretenant une correspondance suivie avec la demi-douzaine d'hommes dont les noms marquent une époque et dont la pensée, parfois fort différente de la sienne, lui apportait l'appoint précieux de la contradiction. A la fatigue d'une nuit sans sommeil s'en ajoutait une autre, plus ancienne, plus irrémédiable, et qui l'attristait un peu. Il éprouvait une très vive curiosité, en même temps qu'un certain dépit, à l'idée qu'il allait bientôt quitter l'aventure humaine sans avoir pu en pressentir plus distinctement les nouvelles péripéties, aussi accidentées et solitaires que les collines qu'il parcourait depuis le matin. Il était assez humain pour regretter de quitter la partie sans avoir pu assister à ses phases les plus passionnantes. Il essayait de ne pas trop céder à cette curiosité un peu autoritaire, dont il réprouvait lui-même le caractère excessif et le manque d'humilité, mais qui ne faisait qu'augmenter avec l'âge, peut-être parce qu'avec l'approche de la fin, chaque élément d'observation prenait une importance accrue. Il regrettait de ne pas rapporter de son expédition des nouvelles plus encourageantes, mais il avait l'habitude de la patience et il ne fallait pas être trop pressé. Il pensait aux derniers mots que Saint-Denis lui avait dits au moment de leur séparation, debout près de son cheval, levant vers lui son regard où paraissait brûler encore la dernière lumière de la nuit. « On prétend, mon Père, que vous avez caché notre ami sur un de vos terrains de fouilles, et qu'il est tout juste en train de reprendre son souffle, avant de continuer, mais je vois mal pourquoi vous manifesteriez tant de sympathie à un homme qui veut s'ériger lui-même en protecteur suprême de la nature. Cela me paraît aller contre ce qu'on connaît de votre ordre, et même de vos écrits. Si je vous ai bien lu, vous ne semblez pas attendre grand-chose de nos efforts, et on dirait que vous considérez la grâce elle-même comme une mutation biologique qui donnera enfin à l'homme les moyens organiques de se réaliser tel qu'il se veut. S'il en est ainsi, la lutte de Morel, sa tentative de soulèvement vous paraissent sans doute comiques et futiles et peut-être n'avez-vous cherché auprès de moi et dans ces souvenirs que nous avons évoqués ensemble que le divertissement d'une nuit. Avec ses pétitions, ses manifestes, ses tracts, ses comités de défense, et pour finir, avec son maquis armé et organisé, il doit vous sembler qu'il réclame de nous un changement qui, pour longtemps encore, n'est concevable que comme un chant d'espoir. Mais je ne puis me résigner à un tel scepticisme et j'aime mieux croire que vous n'êtes pas sans éprouver une sympathie secrète pour ce rebelle qui s'est mis en tête d'arracher au ciel lui-même je ne sais quel respect de notre condition. Après tout, notre espèce est sortie de la vase il y a quelques millions d'années, et elle finira par triompher aussi un jour de la dure loi qui nous est faite, car notre ami avait raison : c'est là, sans aucun doute, une loi qu'il est grand temps de changer. Il ne restera alors de l'infirmité et du défi d'être un homme qu'une dépouille de plus sur notre chemin. »

Le jésuite fit de la tête un signe bref, qui pouvait aussi bien avoir été causé par un brusque écart de son cheval, que par un geste d'assentiment. Avec ses lèvres minces, mais sans sécheresse, et toujours adoucies aux commissures par les deux petits traits fins de l'ironie, avec ses yeux perçants et étroits, son grand nez osseux, il avait le profil d'un marin breton habitué à scruter l'horizon. Ses ennemis aimaient rappeler qu'il avait des boucaniers célèbres parmi ses ancêtres et il ne détestait pas ces allusions à son sang d'aventurier. Il avait lui-même vécu une des plus belles et des plus passionnantes aventures qu'une créature puisse connaître sur la terre dans l'absence du doute et dans la certitude d'un épanouissement final. Il se balançait lentement au pas de son cheval, tournant parfois la tête, d'un mouvement vif, vers les collines ou vers la silhouette d'un arbre dont son œil caressait les ramifications infinies — il y avait longtemps que l'arbre était son signe préféré, avant celui de la croix. Il souriait.

divertissement d'une nuit. Avec ses pétitions, ses manifestes, ses tracts, ses comités de défense, et pour tout
avec son masque [illegible] et [illegible], il dont vous semblez
qu'il réclame de nous un [illegible] engagement qui, pour longtemps encore, n'est concevable que comme un [illegible]
d'espoir. Mais je ne puis me résoudre à un tel scepticisme, et j'aime mieux croire que vous restez pas [illegible]
[illegible] une [illegible] éternelle [illegible] qu'à une
[illegible] de tête d'arracher au ciel lui-même je ne sais quel
respect de notre condition. Après tout, notre espèce est
sortie de la vase il y a quelques millions d'années, et elle
finira par [illegible] aussi un jour [illegible] nous
est [illegible], si notre ami avait raison, ce serait, sans aucun
doute, une [illegible] qu'il est grand temps de changer, et il ne
restera alors de l'humanité [illegible]
qu'une [illegible] de plus au notre [illegible] »

Le jeune [illegible] la tête [illegible] qu'on pouvait aussi
bien avoir été [illegible] par un [illegible]
que par un geste d'assentiment. [illegible]
[illegible] et [illegible]
[illegible] les [illegible] de [illegible]
[illegible] son grand [illegible]
[illegible]
[illegible] qu'il avait [illegible]
[illegible] et [illegible] ne [illegible] pas ces
[illegible] son [illegible] avoir [illegible]
que des plus [illegible] et [illegible]
[illegible] sur la terre dans
[illegible] et dans le [illegible] d'un [illegible]
[illegible] il se [illegible] pas de son
[illegible] parfois [illegible] vers
vers les collines ou vers la silhouette d'un [illegible]
[illegible]
[illegible]
[illegible]

DU MÊME AUTEUR

Aux Éditions Gallimard

LE GRAND VESTIAIRE, *roman.*

LES COULEURS DU JOUR, *roman.*

ÉDUCATION EUROPÉENNE, *roman.*

TULIPE, *récit.*

LA PROMESSE DE L'AUBE, *roman.*

JOHNNIE CŒUR, *théâtre.*

GLOIRE A NOS ILLUSTRES PIONNIERS, *nouvelles.*

LADY L., *roman.*

FRÈRE OCÉAN :

I. POUR SGANARELLE, *essai.*

II. LA DANSE DE GENGIS COHN, *roman.*

III. LA TÊTE COUPABLE, *roman.*

LA COMÉDIE AMÉRICAINE :

I. LES MANGEURS D'ÉTOILES, *roman.*

II. ADIEU GARY COOPER, *roman.*

CHIEN BLANC, *roman.*

LES TRÉSORS DE LA MER ROUGE, *récit.*

EUROPA, *roman.*

LES ENCHANTEURS, *roman.*

LA NUIT SERA CALME, *récit.*

LES TÊTES DE STÉPHANIE, *roman.*

CLAIR DE FEMME, *roman.*

CHARGE D'ÂME, *roman.*

LA BONNE MOITIÉ, *théâtre.*

LES CLOWNS LYRIQUES, *roman.*

LES CERFS-VOLANTS, *roman.*

VIE ET MORT D'ÉMILE AJAR

Sous le pseudonyme de Fosco Sinibaldi :

L'HOMME A LA COLOMBE, *roman.*

*Au Mercure de France, sous le pseudonyme d'*Émile Ajar :

GROS CÂLIN, *roman.*

LA VIE DEVANT SOI, *roman.*

PSEUDO, *récit.*

L'ANGOISSE DU ROI SALOMON, *roman.*

1553. William Styron — *Le choix de Sophie*, tome I.
1554. Florence Delay — *Le aïe aïe de la corne de brume.*
1555. Catherine Hermary-Vieille — *L'épiphanie des dieux.*
1556. Michel de Grèce — *La nuit du sérail.*
1557. Rex Warner — *L'aérodrome.*
1558. Guy de Maupassant — *Contes du jour et de la nuit.*
1559. H. G. Wells — *Miss Waters.*
1560. H. G. Wells — *La burlesque équipée du cycliste.*
1561. H. G. Wells — *Le pays des aveugles.*
1562. Pierre Moinot — *Le guetteur d'ombre.*
1563. Alexandre Vialatte — *Le fidèle Berger.*
1564. Jean Duvignaud — *L'or de la République.*
1565. Alphonse Boudard — *Les enfants de chœur.*
1566. Senancour — *Obermann.*
1567. Catherine Rihoit — *Les abîmes du cœur.*
1568. René Fallet — *Y a-t-il un docteur dans la salle ?*
1569. Buffon — *Histoire naturelle.*
1570. Monique Lange — *Les cabines de bain.*
1571. Erskine Caldwell — *Toute la vérité.*
1572. H. G. Wells — *Enfants des étoiles.*
1573. Hector Bianciotti — *Le traité des saisons.*
1574. Lieou Ngo — *Pérégrinations d'un digne clochard.*
1575. Jules Renard — *Histoires naturelles. Nos frères farouches. Ragotte.*
1576. Pierre Mac Orlan — *Le bal du Pont du Nord*, suivi de *Entre deux jours.*
1577. William Styron — *Le choix de Sophie*, tome II.
1578. Antoine Blondin — *Ma vie entre des lignes.*
1579. Elsa Morante — *Le châle andalou.*
1580. Vladimir Nabokov — *Le Guetteur.*
1581. Albert Simonin — *Confessions d'un enfant de La Chapelle.*
1582. Inès Cagnati — *Mosé ou Le lézard qui pleurait.*
1583. F. Scott Fitzgerald — *Les heureux et les damnés.*
1584. Albert Memmi — *Agar.*

1585.	Bertrand Poirot-Delpech	*Les grands de ce monde.*
1586.	Émile Zola	*La Débâcle.*
1587.	Angelo Rinaldi	*La dernière fête de l'Empire.*
1588.	Jorge Luis Borges	*Le rapport de Brodie.*
1589.	Federico García Lorca	*Mariana Pineda. La Savetière prodigieuse. Les amours de don Perlimplin avec Bélise en son jardin.*
1590.	John Updike	*Le putsch.*
1591.	Alain-René Le Sage	*Le Diable boiteux.*
1592.	Panaït Istrati	*Codine. Mikhaïl. Mes départs. Le pêcheur d'éponges.*
1593.	Panaït Istrati	*La maison Thüringer. Le bureau de placement. Méditerranée.*
1594.	Panaït Istrati	*Nerrantsoula. Tsatsa-Minnka. La famille Perlmutter. Pour avoir aimé la terre.*
1595.	Boileau-Narcejac	*Les intouchables.*
1596.	Henry Monnier	*Scènes populaires. Les Bas-fonds de la société.*
1597.	Thomas Raucat	*L'honorable partie de campagne.*
1599.	Pierre Gripari	*La vie, la mort et la résurrection de Socrate-Marie Gripotard.*
1600.	Annie Ernaux	*Les armoires vides.*
1601.	Juan Carlos Onetti	*Le chantier.*
1602.	Louise de Vilmorin	*Les belles amours.*
1603.	Thomas Hardy	*Le maire de Casterbridge.*
1604.	George Sand	*Indiana.*
1605.	François-Olivier Rousseau	*L'enfant d'Edouard.*
1606.	Ueda Akinari	*Contes de pluie et de lune.*
1607.	Philip Roth	*Le sein.*
1608.	Henri Pollès	*Toute guerre se fait la nuit.*
1609.	Joris-Karl Huysmans	*En rade.*
1610.	Jean Anouilh	*Le scénario.*
1611.	Colin Higgins	*Harold et Maude.*
1612.	Jorge Semprun	*La deuxième mort de Ramón Mercader.*

1613.	Jacques Perry	*Vie d'un païen.*
1614.	W. R. Burnett	*Le capitaine Lightfoot.*
1615.	Josef Škvorecký	*L'escadron blindé.*
1616.	Muriel Cerf	*Maria Tiefenthaler.*
1617.	Ivy Compton-Burnett	*Des hommes et des femmes.*
1618.	Chester Himes	*S'il braille, lâche-le...*
1619.	Ivan Tourguéniev	*Premier amour,* précédé de *Nid de gentilhomme.*
1620.	Philippe Sollers	*Femmes.*
1621.	Colin MacInnes	*Les blancs-becs.*
1622.	Réjean Ducharme	*L'hiver de force.*
1623.	Paule Constant	*Ouregano.*
1624.	Miguel Angel Asturias	*Légendes du Guatemala.*
1625.	Françoise Mallet-Joris	*Le clin d'œil de l'ange.*
1626.	Prosper Mérimée	*Théâtre de Clara Gazul.*
1627.	Jack Thieuloy	*L'Inde des grands chemins.*
1628.	Remo Forlani	*Pour l'amour de Finette.*
1629.	Patrick Modiano	*Une jeunesse.*
1630.	John Updike	*Bech voyage.*
1631.	Pierre Gripari	*L'incroyable équipée de Phosphore Noloc et de ses compagnons...*
1632.	Mme de Staël	*Corinne ou l'Italie.*
1634.	Erskine Caldwell	*Bagarre de juillet.*
1635.	Ed McBain	*Les sentinelles.*
1636.	Reiser	*Les copines.*
1637.	Jacqueline Dana	*Tota Rosa.*
1638.	Monique Lange	*Les poissons-chats. Les platanes.*
1639.	Leonardo Sciascia	*Les oncles de Sicile.*
1640.	Gobineau	*Mademoiselle Irnois, Adélaïde* et autres nouvelles.
1641.	Philippe Diolé	*L'okapi.*
1642.	Iris Murdoch	*Sous le filet.*
1643.	Serge Gainsbourg	*Evguénie Sokolov.*
1644.	Paul Scarron	*Le Roman comique.*
1645.	Philippe Labro	*Des bateaux dans la nuit.*
1646.	Marie-Gisèle Landes-Fuss	*Une baraque rouge et moche comme tout, à Venice, Amérique...*

1647. Charles Dickens — *Temps difficiles.*
1648. Nicolas Bréhal — *Les étangs de Woodhe.*
1649. Mario Vargas Llosa — *La tante Julia et le scribou-lard.*
1650. Iris Murdoch — *Les cloches.*
1651. Hérodote — *L'Enquête*, Livres I à IV.
1652. Anne Philipe — *Les résonances de l'amour.*
1653. Boileau-Narcejac — *Les visages de l'ombre.*
1654. Émile Zola — *La Joie de vivre.*
1655. Catherine Hermary-Vieille — *La Marquise des Ombres.*
1656. G. K. Chesterton — *La sagesse du Père Brown.*
1657. Françoise Sagan — *Avec mon meilleur souvenir.*
1658. Michel Audiard — *Le petit cheval de retour.*
1659. Pierre Magnan — *La maison assassinée.*
1660. Joseph Conrad — *La rescousse.*
1661. William Faulkner — *Le hameau.*
1662. Boileau-Narcejac — *Maléfices.*
1663. Jaroslav Hašek — *Nouvelles aventures du Brave Soldat Chvéïk.*
1664. Henri Vincenot — *Les voyages du professeur Lorgnon.*
1665. Yann Queffélec — *Le charme noir.*
1666. Zoé Oldenbourg — *La Joie-Souffrance*, tome I.
1667. Zoé Oldenbourg — *La Joie-Souffrance*, tome II.
1668. Vassilis Vassilikos — *Les photographies.*
1669. Honoré de Balzac — *Les Employés.*
1670. J. M. G. Le Clézio — *Désert.*
1671. Jules Romains — *Lucienne. Le dieu des corps. Quand le navire...*
1672. Viviane Forrester — *Ainsi des exilés.*
1673. Claude Mauriac — *Le dîner en ville.*
1674. Maurice Rheims — *Le Saint Office.*
1675. Catherine Rihoit — *La Favorite.*
1676. William Shakespeare — *Roméo et Juliette. Macbeth.*
1677. Jean Vautrin — *Billy-ze-Kick.*
1678. Romain Gary — *Le grand vestiaire.*
1679. Philip Roth — *Quand elle était gentille.*
1680. Jean Anouilh — *La culotte.*
1681. J.-K. Huysmans — *Là-bas.*
1682. Jean Orieux — *L'aigle de fer.*

1683. Jean Dutourd — *L'âme sensible.*
1684. Nathalie Sarraute — *Enfance.*
1685. Erskine Caldwell — *Un patelin nommé Estherville.*
1686. Rachid Boudjedra — *L'escargot entêté.*
1687. John Updike — *Épouse-moi.*
1688. Molière — *L'École des maris. L'École des femmes. La Critique de l'École des femmes. L'Impromptu de Versailles.*
1689. Reiser — *Gros dégueulasse.*
1690. Jack Kerouac — *Les Souterrains.*
1691. Pierre Mac Orlan — *Chronique des jours désespérés,* suivi de *Les voisins.*
1692. Louis-Ferdinand Céline — *Mort à crédit.*
1693. John Dos Passos — *La grosse galette.*
1694. John Dos Passos — *42e parallèle.*
1695. Anna Seghers — *La septième croix.*
1696. René Barjavel — *La tempête.*
1697. Daniel Boulanger — *Table d'hôte.*
1698. Jocelyne François — *Les Amantes.*
1699. Marguerite Duras — *Dix heures et demie du soir en été.*
1700. Claude Roy — *Permis de séjour 1977-1982.*
1701. James M. Cain — *Au-delà du déshonneur.*
1702. Milan Kundera — *Risibles amours.*
1703. Voltaire — *Lettres philosophiques.*
1704. Pierre Bourgeade — *Les Serpents.*
1705. Bertrand Poirot-Delpech — *L'été 36.*
1706. André Stil — *Romansonge.*
1707. Michel Tournier — *Gilles & Jeanne.*
1708. Anthony West — *Héritage.*
1709. Claude Brami — *La danse d'amour du vieux corbeau.*
1710. Reiser — *Vive les vacances.*
1711. Guy de Maupassant — *Le Horla.*
1712. Jacques de Bourbon Busset — *Le Lion bat la campagne.*
1713. René Depestre — *Alléluia pour une femme-jardin.*
1714. Henry Miller — *Le cauchemar climatisé.*

1715. Albert Memmi — *Le Scorpion ou La confession imaginaire.*
1716. Peter Handke — *La courte lettre pour un long adieu.*
1717. René Fallet — *Le braconnier de Dieu.*
1718. Théophile Gautier — *Le Roman de la momie.*
1719. Henri Vincenot — *L'œuvre de chair.*
1720. Michel Déon — *« Je vous écris d'Italie... »*
1721. Artur London — *L'aveu.*
1722. Annie Ernaux — *La place.*
1723. Boileau-Narcejac — *L'ingénieur aimait trop les chiffres.*
1724. Marcel Aymé — *Les tiroirs de l'inconnu.*
1725. Hervé Guibert — *Des aveugles.*
1726. Tom Sharpe — *La route sanglante du jardinier Blott.*
1727. Charles Baudelaire — *Fusées. Mon cœur mis à nu. La Belgique déshabillée.*
1728. Driss Chraïbi — *Le passé simple.*
1729. R. Boleslavski et H. Woodward — *Les lanciers.*
1730. Pascal Lainé — *Jeanne du bon plaisir.*
1731. Marilène Clément — *La fleur de lotus.*
1733. Alfred de Vigny — *Stello. Daphné.*
1734. Dominique Bona — *Argentina.*
1735. Jean d'Ormesson — *Dieu, sa vie, son œuvre.*
1736. Elsa Morante — *Aracoeli.*
1737. Marie Susini — *Je m'appelle Anna Livia.*
1738. William Kuhns — *Le clan.*
1739. Rétif de la Bretonne — *Les Nuits de Paris ou le Spectateur-nocturne.*
1740. Albert Cohen — *Les Valeureux.*
1741. Paul Morand — *Fin de siècle.*
1742. Alejo Carpentier — *La harpe et l'ombre.*
1743. Boileau-Narcejac — *Manigances.*
1744. Marc Cholodenko — *Histoire de Vivant Lanon.*
1745. Roald Dahl — *Mon oncle Oswald.*
1746. Émile Zola — *Le Rêve.*
1747. Jean Hamburger — *Le Journal d'Harvey.*
1748. Chester Himes — *La troisième génération.*
1749. Remo Forlani — *Violette, je t'aime.*

1750.	Louis Aragon	*Aurélien.*
1751.	Saul Bellow	*Herzog.*
1752.	Jean Giono	*Le bonheur fou.*
1753.	Daniel Boulanger	*Connaissez-vous Maronne ?*
1754.	Leonardo Sciascia	*Les paroisses de Regalpetra,* suivi de *Mort de l'Inquisiteur.*
1755.	Sainte-Beuve	*Volupté.*
1756.	Jean Dutourd	*Le déjeuner du lundi.*
1757.	John Updike	*Trop loin (Les Maple).*
1758.	Paul Thorez	*Une voix, presque mienne.*
1759.	Françoise Sagan	*De guerre lasse.*
1760.	Casanova	*Histoire de ma vie.*
1761.	Didier Martin	*Le prince dénaturé.*
1762.	Félicien Marceau	*Appelez-moi Mademoiselle.*
1763.	James M. Cain	*Dette de cœur.*
1764.	Edmond Rostand	*L'Aiglon.*
1765.	Pierre Drieu la Rochelle	*Journal d'un homme trompé.*
1766.	Rachid Boudjedra	*Topographie idéale pour une agression caractérisée.*
1767.	Jerzy Andrzejewski	*Cendres et diamant.*
1768.	Michel Tournier	*Petites proses.*
1769.	Chateaubriand	*Vie de Rancé.*
1770.	Pierre Mac Orlan	*Les dés pipés ou Les aventures de Miss Fanny Hill.*
1771.	Angelo Rinaldi	*Les jardins du Consulat.*
1772.	François Weyergans	*Le Radeau de la Méduse.*
1773.	Erskine Caldwell	*Terre tragique.*
1774.	Jean Anouilh	*L'Arrestation.*
1775.	Thornton Wilder	*En voiture pour le ciel.*
1776.	XXX	*Le Roman de Renart.*
1777.	Sébastien Japrisot	*Adieu l'ami.*
1778.	Georges Brassens	*La mauvaise réputation.*
1779.	Robert Merle	*Un animal doué de raison.*
1780.	Maurice Pons	*Mademoiselle B.*
1781.	Sébastien Japrisot	*La course du lièvre à travers les champs.*
1782.	Simone de Beauvoir	*La force de l'âge.*
1783.	Paule Constant	*Balta.*
1784.	Jean-Denis Bredin	*Un coupable.*
1785.	Francis Iles	*... quant à la femme.*

1786. Philippe Sollers — *Portrait du Joueur.*
1787. Pascal Bruckner — *Monsieur Tac.*
1788. Yukio Mishima — *Une soif d'amour.*
1789. Aristophane — *Théâtre complet*, tome I.
1790. Aristophane — *Théâtre complet*, tome II.
1791. Thérèse de Saint Phalle — *La chandelle.*
1792. Françoise Mallet-Joris — *Le rire de Laura.*
1793. Roger Peyrefitte — *La soutane rouge.*
1794. Jorge Luis Borges — *Livre de préfaces, suivi de Essai d'autobiographie.*
1795. Claude Roy — *Léone, et les siens.*
1796. Yachar Kemal — *La légende des mille taureaux.*
1797. Romain Gary — *L'angoisse du roi Salomon.*
1798. Georges Darien — *Le Voleur.*
1799. Raymond Chandler — *Fais pas ta rosière !*
1800. James Eastwood — *La femme à abattre.*
1801. David Goodis — *La pêche aux avaros.*
1802. Dashiell Hammett — *Le dixième indice.*
1803. Chester Himes — *Imbroglio negro.*
1804. William Irish — *J'ai épousé une ombre.*

Impression Bussière à Saint-Amand (Cher),
le 12 janvier 1987.
Dépôt légal : janvier 1987.
1er dépôt légal dans la collection : novembre 1972.
Numéro d'imprimeur : 301.
ISBN 2-07-036242-6./Imprimé en France.